WERONIKA ANNA MARCZAK

The Monet Family

Be Strong, My Pearl

atb aufbau taschenbuch

WERONIKA ANNA MARCZAK

The MONET FAMILY

Be Strong, My Pearl

ROMAN

Aus dem Polnischen
von Paulina Schulz

aufbau taschenbuch

Die Originalausgabe unter dem Titel
Rodzina Monet – Perełka 2
erschien 2023 bei You&YA, MUZA, Warschau.

Liebe Leser:innen,
in *The Monet Family – Be Strong, My Pearl*
sind potenziell triggernde Inhalte enthalten.
Hierzu findet Ihr am Ende dieses Buches entsprechende Hinweise.
Wir wünschen Euch ein schönes Leseerlebnis.
Eure Aufbau Verlage

FSC
www.fsc.org
MIX
Papier | Fördert
gute Waldnutzung
FSC® C083411

ISBN 978-3-7466-4226-0

Aufbau Taschenbuch ist eine Marke
der Aufbau Verlage GmbH & Co. KG

1. Auflage 2026

www.aufbau-verlage.de
10969 Berlin, Prinzenstraße 85

Bei Fragen zur Sicherheit unserer Produkte wenden Sie sich bitte an
produktsicherheit@aufbau-verlage.de.
Satz Greiner & Reichel, Köln
Druck und Binden CPI books GmbH, Leck, Germany

Printed in Germany

1

Schließ dich nicht ein

Auf der Türschwelle erschien Vincent.

Adrien, der sich immer noch über mich beugte, richtete sich plötzlich auf, machte zwei große Schritte nach hinten und hob in einer beschwichtigenden Geste seine Hände.

»Ich habe sie nicht angefasst.«

»Was soll das heißen?«, fragte mein Bruder in einem unheilvoll ruhigen Ton.

»Ich habe sie nicht angefasst«, wiederholte Adrien.

Bei Vincents Anblick wurde ich von einer Gefühlswelle überrollt. Mein Kinn begann noch stärker zu zittern, mir stiegen wieder Tränen in die Augen, und ich wollte nichts mehr, als zu ihm zu stürzen, in seine Arme zu fallen und ihn mit seiner kühlen Stimme sagen zu hören, dass alles wieder gut werden würde.

Das Einzige, was mich davon abhielt, war meine Angst, dass er wütend auf mich wäre, wenn er herausfand, wie furchtbar unvorsichtig ich gewesen war. Ich würde es nicht überleben, wenn er mich jetzt zurückweisen würde.

Schließlich war er es, der auf mich zu kam. Dabei legte er das Tablet, das er mitgebracht hatte, auf seinem Schreibtisch ab.

»Was tust du hier, Hailie?«, fragte er stirnrunzelnd, als er bemerkte, wie schlecht es mir ging. »Was ist passiert?«

»Es ist meine Schuld«, schluchzte ich auf, als er seine Hand auf meine Schulter legte.

Ich habe es nicht verdient, von ihm getröstet zu werden.

»Was ist passiert?«, wiederholte er, dieses Mal in einem noch kühleren Ton.

Während ich noch überlegte, ob ich ihm zuerst von Dads beunruhigendem Anruf erzählen sollte oder davon, dass unser Gespräch von seinem Partner mitgehört worden war, ergriff Adrien schon das Wort: »Deine Schwester hat einen höchst interessanten Anruf erhalten. Ich bin gespannt, was du dazu zu sagen hast.«

Ich blickte auf den atemberaubend schönen Tüll meines Kleides, dessen Schimmern ich noch vor Kurzem mit purer Freude bewundert hatte. Jetzt schien es mir unmöglich, je wieder ein solch unschuldiges Glück zu empfinden.

»Wer hat angerufen?«, fragte Vincent mit angespannter Stimme.

Ich schluckte, während eine Träne mein Kinn herabtropfte und sich in den Falten meines Kleides verlor.

»Nun sag schon, wer angerufen hat, Hailie Monet«, ermutigte mich Adrien.

Es schnürte mir so sehr die Kehle zu, dass meine Stimme kaum hörbar war, als mein Blick schließlich zu meinem Bruder wanderte und ich antwortete: »Dad.«

In diesem Moment sah ich ganz deutlich Angst und Entsetzen in Vincents blassen Augen aufblitzen. Doch es dauerte nur den Bruchteil einer Sekunde, bis er seine Gefühle wieder im Griff hatte und seine Gesichtszüge erstarrten.

»Ah, ja«, murmelte er eisig.

»Das ist ja seltsam. Ich hatte keine Ahnung, dass deine kleine Schwester ein Medium ist und Anrufe aus dem Jenseits erhält.« Adrien legte den Kopf schief und schaute mich mit seinen kohlschwarzen Augen an. »Vielleicht könntest du ja mal meinen Hund von mir grüßen, Hailie? Er fehlt mir sehr.«

Man hätte das für einen Scherz halten können, aber in Wirklichkeit kochte er vor Wut. Ich ging über seine Bemerkung hinweg, denn ich wusste, dass ich noch eine weitere wichtige Information zu übermitteln hatte.

Mein ältester Bruder würde mich vielleicht hassen, aber er musste wissen, dass unser Vater Hilfe brauchte, und zwar sofort.

Ich zupfte an seiner Jacke, um seine Aufmerksamkeit auf mich zu ziehen.

»Vince, er ist in Schwierigkeiten«, flüsterte ich. »Es ist etwas Schlimmes passiert … Er hat so oft angerufen, deshalb habe ich …«

Aus Angst, zu viel zu sagen, hielt ich inne, auch wenn es jetzt höchstwahrscheinlich keine Rolle mehr spielte. Mir fiel wieder ein, dass ich Vincents Smartphone irgendwo fallen gelassen hatte, also suchte ich mit dem Blick den Boden ab, und mein Bruder, angespannt wie noch nie, folgte ihm, bevor er für einen Moment die Lider schloss.

Als er die Augen wieder öffnete, warf er noch einmal einen Blick auf mich, Adrien und das Smartphone auf dem Boden, bemerkte den verschütteten Whiskey – und man konnte förmlich sehen, wie die Räder in seinem Kopf auf Hochtouren arbeiteten, während er bereits überlegte, wie es weiterging. Das war eine Eigenheit von Vincent, die ich immer bewundern würde – seine Bereitschaft, jedes Problem zu lösen und jedes Hindernis zu überwinden, das ihm den Weg versperrte. Keine Herausforderung war ihm zu groß, und er verschwendete keine Zeit mit unnötigen Sorgen.

Zuerst drückte er mit der Hand gegen meinen Rücken, um mich zu seinem Sessel zu navigieren. Ich setzte mich vorsichtig, und er nahm aus einer Schublade ein schwarzes Taschentuch und reichte es mir, damit ich mir Rotz und Tränen abwischen konnte. Währenddessen bückte sich Vincent, um sein Handy aufzuheben. Er tippte einen Moment lang darauf herum, und sein Gesichtsausdruck war so unergründlich, dass er genauso gut ein Kreuzworträtsel hätte lösen können. Schließlich gab er nur ein leises Seufzen von sich und drückte das Smartphone an sein Ohr:

»Will, ich brauch' dich im Büro. Sofort«, knurrte er in den Hörer und legte auf. Dann ließ Vince das Smartphone in seine Hosentasche gleiten und wandte sich schließlich an Adrien. »Wir haben ein langes Gespräch vor uns«, sagte er.

Adrien stand etwas abseits und beobachtete jede seiner Bewegungen ganz genau. Seine Hände steckten in den Hosentaschen, aber er war alles andere als entspannt und versuchte, lässig zu bleiben: »Was du nicht sagst.«

»Setz dich doch«, sagte mein Bruder kühl und deutete auf das Sofa, auf dem Adrien bereits zuvor gesessen hatte.

»Das wird kein Kaffeeklatsch hier. Ich verlange eine Erklärung, und zwar sofort«, knurrte Adrien. Dann zog er die Hand aus der Hosentasche und deutete auf Vincent. »Du kannst dich glücklich schätzen, dass ich bereit bin, dir überhaupt zuzuhören, Monet.«

»Die Sache ist etwas komplizierter. Wenn du wirklich eine Erklärung haben willst, musst du dich in Geduld üben. Am besten, du setzt dich wirklich erst mal hin.«

»Tu nicht so, als hättest du hier das Sagen, so kommen wir nicht weiter!«

»Dann bleib eben stehen. Wie du willst.«

Sie starrten sich feindselig an. In ihren Anzügen wirkten sie bedrohlich wie Geschäftsleute, die einen sehr krummen Deal abzuwickeln hatten. Gleichzeitig erinnerte mich ihr Wortgefecht an das Gerangel von Kindern auf dem Spielplatz, nur in etwas gehobenere Worte gekleidet. Vielleicht hätte ich es sogar lustig gefunden, wenn ich nicht so heftig mit Angst und Schuldgefühlen zu kämpfen gehabt hätte.

Vincent wandte sich von Adrien ab und kam wieder zu mir herüber. Er lehnte sich gegen die Kante seines Schreibtischs und beugte sich dann leicht vor, bevor er zwei Finger unter mein vom Weinen feuchtes Kinn legte.

»Hat Adrien dir in irgendeiner Weise wehgetan, bevor ich reingekommen bin?«, wollte er wissen und sah mich eindringlich an.

Ich schaute zögerlich zu dem Mann, der mir vorhin einen solchen Schrecken eingejagt hatte. Er hatte wieder beide Hände in den Taschen, und als sich unsere Blicke kurz trafen, sah er schnell wieder weg.

»Sieh mich an, Hailie, nicht ihn«, ermahnte mich Vince und ballte seine Hand zur Faust.

Was sollte ich ihm denn sagen? Adrien hatte mich zwar nicht angefasst, das nicht; aber er hatte mich angeschrien und mit meinen Gefühlen gespielt. Aber mich selbst zum Opfer machen war das Letzte, was ich wollte, schließlich ging es hier um viel ernstere Angelegenheiten – die auch noch das Ergebnis meiner eigenen Dummheit waren.

Ich schüttelte den Kopf und sah meinem Bruder direkt in die blauen Augen.

»Bist du sicher?«, fragte er.

»Er hat mich nicht angefasst«, antwortete ich mit heiserer

Stimme. Ich räusperte mich und fügte im Flüsterton hinzu: »Er war nur sauer.«

Vincent durchbohrte mich mit seinem Blick wie ein lebender Lügendetektor, aber er kam nicht dazu, weiter zu fragen, weil in diesem Moment Will das Büro betrat.

Vince richtete sich auf und begrüßte ihn mit einem Nicken, und ich strahlte beim Anblick meines Lieblingsbruders – nur um gleich darauf traurig zu werden, wenn ich an seine Enttäuschung dachte, wenn er erst einmal erfuhr, was passiert war.

»Wir haben ein Problem«, verkündete Vince. »Ich möchte, dass du Hailie hier wegschaffst und ihr hilfst, sich zu beruhigen, während Adrien und ich uns zusammensetzen, um ein paar Fragen über den vorgetäuschten Tod unseres Vaters zu klären.«

Wills Augen weiteten sich bei meinem Anblick und Vincents Worten. Der Schock schien ihn für den Bruchteil einer Sekunde zu lähmen, doch er fing sich schnell wieder und kam auf mich zu. Selbst als er meine Hand nahm, um mich sanft nach oben zu ziehen, ließ er Vincent und Adrien nicht aus den Augen.

»Vince«, flüsterte er, als er mir von hinten seine steifen Hände auf die Schultern legte. Er war kurz davor, dem Befehl Folge zu leisten, aber seine Neugier und seine Anspannung gewannen die Oberhand. »Was ist hier los?«, wollte er wissen.

»In Adriens Anwesenheit wurde ein … ungünstiger Anruf entgegengenommen«, erklärte Vincent. »Du verstehst sicher, dass die Sache so schnell wie möglich geklärt werden muss.«

Will nickte, und während er mich zum Ausgang schob, konnte ich hören, wie er schluckte. Ich wollte so schnell wie möglich weg, und gleichzeitig fühlte ich mich verpflichtet, zu bleiben und mich den Vorwürfen zu stellen, auch wenn mir bis jetzt noch niemand welche gemacht hatte. Der Fehler, den ich mir geleistet hatte, war so riesengroß, dass ich bereit war, alles zu tun, was Vincent von mir verlangte, um ihn auszubügeln.

Mit raschelndem Ballkleid und Vincents Stofftaschentuch in der Hand, das von meinen Tränen ganz feucht war, verließ ich mit Wills Hilfe den Personaltrakt des Hauses. Mein Lieblingsbruder führte mich schweigend in mein Zimmer, schloss die Tür hinter uns und schob mich aufs Bett. Gleich darauf ging er vor mir in die Hocke, um mir in die Augen sehen zu können, denn ich ließ den Kopf immer noch hängen.

»Hailie, was ist passiert?«, fragte er sanft. »Erzähl mir alles.«

Ich biss mir auf die Unterlippe, schluchzte noch einmal auf und verbarg mein Gesicht in den Händen. Wills Finger schlossen sich um mein Handgelenk, und er zog meine Hände von meinem Gesicht fort. In einem ruhigen Rhythmus streichelte er mit dem Daumen über meine Hand, während er darauf wartete, dass ich bereit war zu sprechen.

Es vergingen Minuten, in der er versuchte, etwas Sinnvolles aus mir herauszubekommen. Das Problem war nicht, dass ich ihn nicht einweihen wollte, es kam mir bloß nicht über die Lippen, etwas zuzugeben, wofür er mich verachten würde. Als ich endlich den Mut fasste, ihm davon zu erzählen, wie ich Vincents Smartphone zurück ins Büro bringen wollte und einen Anruf angenommen hatte, ohne zu wissen, dass Santana dort gewesen war, schaute ich Will ins Gesicht, um sicherzugehen, dass mir nicht der kleinste Anflug von Abscheu entging.

Doch sein Blick ließ nichts als Sorge erkennen. Er schwieg für einen so unerträglich langen Moment, dass ich meine Hand aus seinem Griff löste, um damit erneut mein Gesicht zu bedecken.

»Ich würde am liebsten sterben«, schluchzte ich.

Es war, als hätte jemand einen Eimer eiskalten Wassers über Will ausgeschüttet. Er zuckte regelrecht zusammen und zog seine Stirn in Falten. Diesmal nahm er meine Hände weniger sanft von meinem Gesicht und drückte sie gegen die Matratze. Sein Blick bohrte sich in meine vom Weinen geschwollenen Augen.

»Sag so etwas nie wieder.«

Ich blinzelte ängstlich, als seine merkwürdig tiefe Stimme in mein Ohr drang. Will schüttelte meine Handgelenke – nicht auf aggressive Weise, sondern als wollte er mich zur Ordnung rufen. »Hast du mich verstanden?«, fragte er schroff. »Ich will nie wieder solche Sätze aus deinem Mund hören. So etwas darfst du nicht sagen, verstehst du? Nicht einmal denken.«

»Hör auf, mich in Schutz zu nehmen!«, schrie ich ihm ins Gesicht, geradewegs in seine himmelblauen Augen. Ich versuchte, meine Hände wegzuziehen, aber dieses Mal gelang es mir nicht. Trotzdem fuhr ich fort: »Es ist meine Schuld!«

»Das kannst du doch so nicht sagen ...«

»Und ob ich das kann! Wie kannst du mir in die Augen sehen und so tun, als wäre das, was passiert ist, nicht meine Schuld?!«

Frustriert, weil ich mich aus seinem Griff befreien wollte, es mir aber nicht gelang, schnaubte ich. Außerdem schränkte das Kleid mich in meinen Bewegungen ein, und ich fühlte mich wie gefesselt. Mein Kopf fühlte sich an, als würde er gleich platzen unter dem pochenden Schmerz.

Als ich aufsah, bemerkte ich Dylan und Shane im Türrahmen. Mit zusammengepressten Lippen und zusammengezogenen Brauen verfolgten sie schweigend, was sich zwischen Will und mir abspielte.

Sie wagten nicht, uns zu unterbrechen, waren aber offenbar bereit, im Zweifelsfall einzugreifen, als plötzlich auch noch Tony erschien. Als Einziger hatte er es geschafft, sich seines Anzugs zu entledigen. Momentan trug er nur Boxershorts und sah im Vergleich zu seinen immer noch elegant gekleideten Brüdern beinahe komisch aus. Doch zu diesem Zeitpunkt war mir überhaupt nicht zum Lachen zumute.

Will, dessen Finger meine Handgelenke immer noch wie Handschellen umschlossen, erhob sich, um sich neben mich aufs Bett zu setzen, erst dann löste er seinen Griff. Stattdessen legte er sofort seinen Arm um mich und drückte mich so fest an sich wie noch nie.

Es fühlte sich gut an, wenn er mich auf diese Weise tröstete, aber ich war der Meinung, dass ich es nicht verdient hatte und hasste mich dafür, seine Zuwendung so schamlos anzunehmen.

»Du bist zu streng mit dir selbst, Kleines«, murmelte er, während er meine Schulter streichelte. »Ich glaube wirklich nicht, dass es deine Schuld ist, und ich werde dir auch gleich erklären, warum, doch zuerst möchte ich, dass du dich umziehst und dir die Tränen aus dem Gesicht wäschst, okay?«

»Aber Dad steckt doch in Schwierigkeiten, Will! Wir müssen ihm helfen … Hat Vince nicht …«

»Psst, Hailie, ich kümmere mich drum. Das verspreche ich dir, okay? Zieh dich erst mal um und entspann dich. Ich bringe die Sache in Ordnung. Abgemacht?«

Ich war untröstlich und schloss die Augen, aber tatsächlich vertraute ich darauf, dass Will wusste, was zu tun war, also nickte ich.

»Gut. Und jetzt ein paar Mal tief durchatmen«, wies er mich an, ließ mich los und sah mich erwartungsvoll an.

Ich sog langsam durch die Nase Luft ein und ließ sie dann durch den Mund entweichen.

»Genau so.«

Erstaunlicherweise halfen mir diese langsamen Atemzüge, mich ein wenig zu sammeln. Ich fühlte mich zwar immer noch fürchterlich, aber zumindest schaffte ich es aufzustehen.

Ich war mir bewusst, dass meine anderen Brüder wie die Heilige Dreifaltigkeit immer noch im Türrahmen standen, aber ich schaute absichtlich nicht zu ihnen herüber.

»Ich warte draußen«, sagte Will. Ich nickte und ging langsam zum Kleiderschrank, hielt aber inne, als er mich noch mal rief: »Hailie?«

Ich drehte mich mit einem dumpfen Gesichtsausdruck zu ihm um und schniefte.

»Schließ dich nicht ein.«

Erst wunderte ich mich über seine Bitte, aber als Will das Zimmer verlassen hatte und ich alleine zurückblieb, verstand ich auf einmal, was er meinte. Mir lief ein kalter Schauer über den Rücken. Während ich mir das Kleid auszog, fragte ich mich, ob Vincent gerade unserem Dad half oder ob er mit Adrien zusammensaß und versuchte, in Ordnung zu bringen, was ich durch meine Unaufmerksamkeit angerichtet hatte. Ich betrachtete mich selbst im Garderobenspiegel und konnte den Anblick meines roten, verheulten Gesichts kaum ertragen. Vorher hatte ich wie eine wunderschöne Prinzessin ausgesehen, jetzt fühlte ich mich wie eine Häufchen Elend.

Bevor ich das Ballkleid auf den Bügel hängte, legte ich noch eine kleine Pause zum Heulen ein. Nur in Unterwäsche sackte ich auf den Boden und drückte den steifen Tüll an meine Brust. Ich hatte meine Nägel so fest reingebohrt, dass er fast Löcher bekam.

Heute habe ich schon so viel kaputt gemacht, da macht ein Kleid jetzt auch keinen Unterschied.

»Hailie?«, hörte ich Will irgendwann, als er an die Tür klopfte.

»Moment!«, rief ich mit erstickter Stimme und schluchzte erneut, während ich mich zwang, mich schneller zu bewegen. Ich zog mir ein weißes T-Shirt über den Kopf und schlüpfte in eine cremefarbene Jogginghose, dann rannte ich ins Bad, um mein geschwollenes Gesicht zu waschen und die verschmierten Make-up-Reste zu entfernen.

Als ich Will kurz darauf wieder gegenüberstand, fragte ich sofort, was mit Camden war. Das war alles, was mich interessierte.

2

Schadensbegrenzung

Wir ließen uns erneut auf der Bettkante nieder. Dylan, Shane und Tony, die offenbar schon eingeweiht waren, standen um uns herum. Ich wich ihren Blicken aus und rieb mir immer wieder über die brennenden Augen.

»Vince und Adrien sind gleich fertig. Er wird bald nachkommen, und dann reden wir über alles, okay?«

»Adrien ist also immer noch bei Vince? Und was ist mit Dad? Hast du etwas rausgefunden?«, fragte ich, und zwischen meinen Augenbrauen erschien eine senkrechte Falte. »Und was ist mit Adrien, wird er … wird er etwas tun?«

»Vincent verhandelt gerade mit ihm«, erklärte Will und strich mir eine Strähne hinters Ohr. »Ich weiß, dass die Sache dir einen gewaltigen Schrecken eingejagt hat, Kleines, aber mach dich nicht fertig deswegen. Vincent bringt alles wieder in Ordnung.«

»Er bringt das Chaos in Ordnung, das ich angerichtet habe?« Ich schnaubte bitter. »Und wie will er das machen?«

»Es ist unser Chaos.«

»Nein, nicht unser Chaos, es ist *mein* Chaos! Ich war so dumm … Ich hätte mich im Büro umsehen sollen. Ich hätte gar nicht ernst reingehen sollen, oder … ich hätte kehrtmachen sollen, als ich sah, dass Vince nicht da ist …«

»Das ist nicht …«, lenkte Will wieder ein, doch jemand fiel ihm ins Wort.

»Ja, das hättest du.«

Überrascht blickte ich auf, und mein Herz blieb nicht zum ersten Mal an diesem Abend beinahe stehen. Alle meine Brüder schienen erschüttert, bis auf derjenige, der die Worte gesprochen hatte.

Tony saß in meinem Sessel, in den ich mich so gern zum Lesen zurückzog. Er hatte sich immer noch nicht angezogen. Unter normalen Umständen hätte ich ihn, der nur in Boxershorts in meinem Lieblingsmöbel saß, aus dem Schlafzimmer verjagt. Aber meine ganze Aufmerksamkeit galt Tonys Worten und ihrer Bedeutung.

Gibt er mir die Schuld?

Ich suchte die Antwort in seinen unergründlichen Augen. Er hatte jedes Recht, mich zu beschuldigen. Ich hatte es nicht anders verdient.

»Ey, was ist bei dir kaputt?«, knurrte Shane seinen Zwillingsbruder an, der sich breitbeinig in meinem Sessel fläzte.

»Was ist mit euch los?«, schnaubte Tony. »Hört doch endlich auf, ihr den Kopf zu tätscheln, seht ihr denn nicht, dass es sie selbst schon nervt? Sie hat etwas Dummes und Unverantwortliches getan, so viel ist klar. Da gibt es nichts zu beschönigen.«

»Das ist doch Bullshit …«, schaltete sich Dylan verärgert ein, der mit verschränkten Armen an der Wand neben der offenen Tür lehnte.

»Was hättest du denn an ihrer Stelle getan? Ich wette, ich hätte auch die Nummer zurückgerufen, wäre bei Vince reinspaziert und hätte geplärrt, dass Dad in Schwierigkeiten ist.«

Seine Worte trugen nicht dazu bei, dass es mir besser ging. Im

Gegenteil, ich zuckte zusammen, warf Will einen panischen Blick zu und sagte in einem weinerlichen Ton: »Sitzen wir nicht länger hier rum! Wenn Vince noch mit Adrien beschäftigt ist, muss jemand Dad helfen!«

»Beruhige dich, Hailie …«

»Hör auf, mich beruhigen zu wollen!«

»Das war nicht Dad!«, warf Shane mit lauter Stimme ein. Verärgert starrte er Will an. »Warum sagst du es ihr nicht endlich!« Er wandte mir seinen Blick zu. »Es war nicht Dad, mit dem du gesprochen hast.«

»Ich habe gerade versucht, ihr …«

»Die ganze Zeit versuchst du, sie zu beschwichtigen. Meinst du nicht, sie beruhigt sich eher, wenn sie die Wahrheit erfährt?«

»Vielleicht wird's dann noch schlimmer!«, donnerte Will, der fast die Beherrschung verlor. »Wie wär's, wenn ihr es Hailie eins nach dem anderen erklärt, statt sie mit immer neuen Enthüllungen zu überfallen?«

Ich schaute von einem Bruder zum anderen und wünschte mir, dass alles nur ein schlechter Traum war, aus dem ich gleich erwachen würde.

»Was soll das heißen, ich hab nicht mit Dad gesprochen?«, fragte ich heiser. »Ich habe doch seine Stimme gehört.«

Will biss die Zähne zusammen und warf den Zwillingen einen verärgerten Blick zu, dann sah er mich an und seufzte.

»Du hast mit Onkel Monty gesprochen, Hailie.«

»W-was?«

»Die französische Nummer, von der aus jemand Vincent angerufen hat, gehört Onkel Monty. Er war derjenige, der um Hilfe gebeten hat.«

Ich schüttelte ungläubig den Kopf. Er erlaubte sich wohl einen Spaß mit mir.

»Warum hat Vince die Nummer dann nicht in seinem Smartphone gespeichert?«

»Monty wechselt seine Nummern wie Unterhosen, das ist normal bei ihm.«

»Das gibt's doch nicht …«, flüsterte ich kopfschüttelnd. »Ich würde doch Dad nicht mit meinem Onkel verwechseln, ich bitte euch!«

»Jeder hätte die beiden verwechseln können«, murmelte Shane grimmig. »Sie klingen doch beinahe identisch.«

»Aber es war Dad, ich weiß es …« Ich senkte den Blick und wusste nicht, was ich tun oder wie ich sie überzeugen konnte.

»Ich habe vorhin mit Monty gesprochen«, sagte Will. »Er hat mir bestätigt, dass er dich an der Strippe hatte.«

Ich schloss die Augen. Kaum vorstellbar, dass die Ereignisse sich als noch verrückter erweisen sollten, als ich es mir vorgestellt hatte. Das Schlimmste war, dass ich kurz Erleichterung verspürt hatte, dass unser Vater doch nicht in Gefahr schwebte, bis mir klar wurde, dass ich ihn ohne jeden Grund in Schwierigkeiten gebracht hatte.

»Was ist mit der unterdrückten Nummer?«, fragte ich, als mir wieder einfiel, dass Vince nicht nur von der französischen Nummer angerufen worden war, sondern auch von ›Anonym‹. Ungefähr zweimal. So, wie Dad es normalerweise zu tun pflegte.

»Ja, das war in der Tat er«, bestätigte Will nickend. »Monty ist ein Panikmacher, er hat alle Pferde scheu gemacht.«

Ich biss auf meiner Lippe herum, während ich versuchte, das alles zu verstehen.

»Das heißt, Dad geht es gut?«, fragte ich.

»Ja, alles okay.«

»Oder besser gesagt, alles okay, bis ich ihn an Adrien ausgeliefert habe«, korrigierte ich mich, und mein Kinn zitterte wieder.

»Hailie …«, seufzte Will und streckte die Hand nach mir aus, aber ich schüttelte nur den Kopf.

»Nein, Will.« Ich schniefte, atmete schwer und versuchte, mich zusammenzureißen, um nicht wieder in Tränen auszubrechen. »Also, wenn das so ist, was ist dann mit Monty passiert?«, fragte ich und rieb mir über die Augenlider.

Will wich meinem Blick aus. Er fuhr sich mit der Hand über die Stirn und leckte sich über die Unterlippe.

»Maya und Flynn sind verschwunden«, sagte Dylan.

»Wie bitte?« Ich keuchte, und mein Herz schlug wieder heftiger. »Was? Wohin?«

Diesmal warf Will Dylan einen missmutigen Blick zu, bevor er erklärte: »Das geht auf Charles' Konto. Aber den beiden geht's gut, reg dich nicht auf.«

»Charles hat also Maya und Flynn entführt? Seine eigene Tochter und seinen Enkel!?«, wiederholte ich ungläubig.

»Charles ist komplett ausgerastet«, schnaubte Shane.

»Maya wollte nach Paris fliegen. Ende des Sommers wollte sie mit Flynn dort hinziehen, und Monty sollte ein paar Tage später nachkommen. Als sie sich nach der Landung nicht bei ihm meldete, begann er, sich Sorgen zu machen«, erklärte er.

Ich schlug mir die Hand vor den Mund.

»Aber es geht ihr doch gut, oder?«

»Ich denke schon, aber wir warten ab, bis sie sich meldet und es bestätigt«, erklärte Will, und als er das Entsetzen in meinem Gesicht bemerkte, fuhr er fort: »Es wurde eine schwarze Limousine gesehen, die auf der Straße vor dem Wohnhaus neben Maya gehalten hat. Nach einem kurzen Gespräch mit der Person im Inneren sei sie freiwillig eingestiegen. Charles könnte sie erpresst haben. Wahrscheinlich hat er ihr Smartphone eingesackt. Aber kein Grund zur Sorge. Er wird sie beide gehen lassen, wenn Vincent und Adrien Druck auf ihn ausüben.«

»Das ergibt Sinn. Charles war heute Abend gar nicht auf dem Ball, oder?«, bemerkte Dylan.

»Ich weiß es nicht. Er hatte die Einladung bestätigt.«

»Statt auf den Ball zu gehen, ist er also nach Paris geflogen, um Maya zu entführen?« Ich schüttelte den Kopf, der vor lauter Informationen schier zu platzen drohte. »Bist du ganz sicher, dass er ihr nicht wehtun wird?«

»Charles ist etwas unberechenbar«, erklärte Shane, »aber es ist unwahrscheinlich, dass er seiner eigenen Tochter etwas antut.«

»Unwahrscheinlich!?«, wiederholte ich entgeistert.

»Hey, hey ... « Will griff nach meiner Hand und zwang mich, ihn anzusehen. »Charles liebt Maya. Sie ist sein einziges Kind. Er hat vielleicht eine seltsame Art, seine Liebe zu zeigen, aber keiner von uns schiebt Panik deswegen. Wir wissen, dass er weder für Maya noch für Flynn eine Bedrohung darstellt.«

Ich sah wohl nicht besonders überzeugt aus, denn er fügte leise hinzu: »Ich glaube, Charles hat Maya sehr vermisst, und deshalb hat er sich zu diesem verzweifelten Schritt entschlossen. Mit diesem Mann lässt sich nicht normal reden, er kennt nur Befehle. Aber ... « Will hob seine Hand. »Vincent macht keine Geschäfte mit Leuten, die bereit wären, ihr eigenes Blut zu vergießen. Bei uns hat die Sicherheit der Familie oberste Priorität.«

Das alles kam mir so hirnrissig vor, dass mir beinahe die Worte fehlten. Einerseits wollte ich Mitleid mit Charles haben, der seine Tochter offenbar sehr vermisste, andererseits hatte er sich das alles selbst eingebrockt.

»Du sagst, dass keiner von euch Panik schiebt. Aber das gilt wohl nicht für Monty«, bemerkte ich trocken.

»Na ja, seine Frau und sein Kind sind verschwunden, da ist es ja wohl verständlich, dass er sich Sorgen macht.«

Mir fiel wieder etwas ein, und ich runzelte die Stirn.

»Ich habe ihn am Telefon mit »Dad« angesprochen, und er hat meinen Fehler nicht korrigiert ...«

»Hailie, du hättest ihn auch Taylor Swift nennen können und er hätte nichts gecheckt, er war total panisch. Darum ist es nicht deine Schuld. Und auch nicht seine. Es ist einfach passiert«, seufzte Will. »Wie Shane schon sagte: Jedem von uns wäre es so ergangen.«

Tony räusperte sich leise.

»Nun, nicht jedem«, murrte er, und als er bemerkte, dass er damit wieder einmal alle Blicke auf sich zog, zuckte er mit den Schultern. »Ich meine, wir hätten wahrscheinlich gecheckt, dass es nicht Dad war, weil Dad nie in Panik gerät. Da ist er wie Vince: Egal, was passiert, er bleibt cool. Wenn er in den Hörer schreien würde, wüssten wir sofort, dass etwas nicht stimmt.«

»Da hast du recht«, gab Shane zu. »Monty liebt das Drama, wie wir alle wissen.«

»Genau. Das war ja auch der Grund, warum nach Dads Weggang Vince die Geschäfte übernommen hat und nicht Monty.«

»Das mag sein, aber vergesst nicht, dass Hailie Dad nicht so gut kennt wie wir alle«, warf Will ein.

Seine Worte trafen mich, und ich ließ den Kopf hängen.

»Schon klar«, murmelte Tony. »Ich sag' ja nicht, dass es ihre Schuld ist.«

»Aber so hat es sich angehört«, zischte Dylan.

»Dann mach dir die Ohren sauber, du Dumpfbacke!«

»Lern erst mal, dich auszudrücken, du Vollpfosten!«

»Sieh an, das Genie hat gesprochen!«

»Ach, leck mich doch!«

»Noch ein Wort und ...«, funkte Vincent in einem so eisigen Tonfall dazwischen, dass es im Raum um mindestens ein paar Grad kälter wurde.

Er stand auf der Türschwelle, er sah blass und aufgewühlt aus. Man konnte förmlich sehen, dass sein Gehirn auf Hochtouren arbeitete. Er warf Tony und Dylan einen wütenden Blick zu. »Wenn ihr euch noch mehr Beschimpfungen um die Ohren hauen wollt, könnt ihr das woanders machen.«

Er wich sogar zur Seite für den Fall, dass die beiden auf sein Angebot eingehen würden. Tony wandte den Blick ab, und Dylan starrte auf den Boden, aber keiner von ihnen rührte sich oder wagte, noch etwas dazu zu sagen. Vince' Aufmerksamkeit richtete sich jetzt auf mich und Will.

»Was ist mit Santana?«, fragte Will.

Ich konnte spüren, wie die Spannung im Raum stieg, und es schienen Stunden zu vergehen, bevor Vincent endlich antwortete.

»Unsere Beziehung ist derzeit nicht die beste«, sagte er. »Natürlich haben wir sein Vertrauen verloren, was sich auf unsere künftigen Geschäfte auswirken kann, aber die bisher geschlossenen Verträge sind immer noch gültig, und Adrien hat sich bereit erklärt, für heute in Frieden auseinanderzugehen.«

»Es klingt nicht so, als ob die Situation komplett unter Kontrolle wäre«, meldete sich Shane zu Wort.

»Ist sie auch nicht, höchstens vorübergehend«, antwortete Vince. »Wir können keine Wunder erwarten. Das Problem muss mit Bedacht gelöst werden. Adrien schäumt natürlich vor Wut, aber er hat genug Grips, um nichts zu überstürzen. Er hat mir zugehört und wird jetzt alles in Ruhe mit Egbert besprechen.«

»Wer ist das schon wieder?«, dachte ich laut.

»Sein Vater«, antwortete Will. »Er ist krank und nicht mehr in der Lage, die Geschäfte zu führen, also hat Adrien sie vor einiger Zeit übernommen. Aber sein Vater unterstützt ihn bei wichtigen Entscheidungen.«

»Und was, wenn diese Entscheidungen nicht zu unseren Gunsten ausfallen?«, fragte Shane.

»Ich glaube nicht, dass das geschehen wird. Ich habe offiziell bestätigt, was alle schon lange wissen. Unsere Familien werden sich in naher Zukunft verbinden.«

»Unsere Familien werden sich verbinden?«, platzte ich heraus und drückte meine Nägel in die Handinnenseiten.

Vince sah mich mit ernstem Gesichtsausdruck an.

»Wenn die Zeit reif ist, werde ich Grace einen Antrag machen.«

Allein die Vorstellung, dass diese Psychopathin bald zur Familie gehören würde, machte mich krank.

»Nein«, flüsterte ich. »Nein, Vince, es ist meine Schuld, ich bin diejenige, die …«

»Die was?«, fiel er mir ins Wort, und das verächtliche Schauben der Zwillinge erfüllte den Raum.

»Was schlägst du denn vor, Hailie? Willst du etwa Adrien heiraten?« Ich senkte den Blick, und er fuhr fort: »Das würde ich nie zulassen.« Er schwieg einen Moment lang und fügte hinzu: »Da gibt es nichts zu diskutieren. Meine Heirat mit seiner Schwester steht schon lange fest, und an diesen Plänen hat sich nichts geändert. Wir müssen es bloß noch besiegeln.«

Ich konnte nicht leugnen, dass ich erleichtert war, nicht heiraten zu müssen. Schon gar nicht Adrien Santana. Gleichzeitig hatte ich gehofft, dass Vincent selbst sich auch zu nichts gezwungen sah.

»Also, verstehe ich das richtig? Bald wird Grace Janderau unsere Schwägerin sein?«, fragte Shane mit einem nervösen Lachen.

Tony und Dylan warfen Vincent verstohlene Blicke zu, ohne ein Wort zu sagen, aber Will sah ihn mit zusammengepressten Lippen und gerunzelter Stirn eindringlich an. Das alles war kaum zu ertragen.

»Es tut mir so leid! Das ist alles meine Schuld«, heulte ich erneut laut auf und verbarg mein Gesicht in den Händen.

Meine Brüder protestierten, und Will zog mich wieder zu sich und küsste mich auf den Kopf. Ich verbarg mein Gesicht an seiner Brust und wurde von meinen Schuldgefühlen fast erdrückt.

»Das ist nicht wahr, Hailie«, meldete sich Vincent mit messerscharfem Ton zu Wort. »Und wir können es uns sparen, nach dem Schuldigen zu suchen. Dafür haben wir jetzt wirklich keine Zeit.«

»Aber ich war doch diejenige, die den Anruf angenommen hat und ohne nachzudenken in dein Arbeitszimmer gestürmt ist!«

»Mhm.« Vincent nickte steif. »Und ich habe es versäumt, nach dem Ball mein Smartphone von dir zurückzufordern. Und Montys Nummer hätte ich auch längst speichern können. Seit Kurzem halte ich mich auch nicht mehr an das Verbot, mich allein in den Personaltrakt zu begeben. Nicht nur das, ich habe auch noch Adrien in mein Büro eingeladen und ihn dort allein gelassen. Und damit nicht genug, bei unserer Abreise habe ich dir gegenüber erwähnt, dass Dad nach Frankreich wollte. Also ist es kein Wunder, dass du beim Anblick der Nummer so reagiert hast.«

»Monty hat sich auch nicht gerade mit Ruhm bekleckert«, fügte Shane hinzu. »Er kann von Glück sagen, dass du rangegangen bist.«

»Allerdings hätte es nicht geschadet, wenn er dich korrigiert hätte, als du ihn ›Dad‹ genannt hast«, brummte Dylan.

Ich löste die Wange von Wills Hemd.

»Aber er hatte schlechten Empfang. Und jedes Recht, nervös zu sein. Schließlich fürchtete er um Maya und sein Kind …«

»Die Sache ist die: Jeder von uns hatte vernünftige Gründe, so und nicht anders zu handeln. Deshalb werden wir weder Zeit noch Energie darauf verschwenden, uns gegenseitig die Schuld in die Schuhe zu schieben.«

Vince winkte ab, um zu signalisieren, dass er die Diskussion damit für beendet hielt.

»Hast du mit Dad gesprochen?«, fragte Shane und trommelte nervös gegen die Stuhllehne.

»Nur kurz.«

»Darf ich auch mit ihm reden?«, fragte ich hoffnungsvoll und mit zugeschnürter Kehle. Ich musste herausfinden, wie er nun zu mir stand.

Vince rieb sich nachdenklich übers Kinn.

»Lässt sich vielleicht einrichten, aber erst in ein paar Tagen. Rechne lieber mit einer Woche oder zwei.«

Ich nickte etwas enttäuscht, aber gleichzeitig wusste ich, dass ich nicht in der Position war, irgendwelche Forderungen zu stellen.

Für eine Weile herrschte Schweigen. Die Anspannung löste sich langsam auf: Tony streckte die Arme seitlich aus und atmete tief durch, und Shane zog seine Anzugjacke aus. Dylan warf einen flüchtigen Blick auf sein Smartphone, und Will strich mir mit einer liebevoll besorgten Geste die Haare zurück.

»Also gut«, seufzte Vincent und sah auf die Uhr. »Wir haben einen langen Tag und einen noch längeren Abend hinter uns. Es ist spät geworden, Zeit zum Ausruhen.«

Seine Worte wirkten wie eine magische Formel. Wir waren alle so erschöpft, dass wir sein Angebot mit Erleichterung annahmen. Die Zwillinge standen sofort auf, Dylan stieß sich von der Wand ab und alle drei drängten zur Tür. Vincent nickte Will zu und machte sich ebenfalls auf den Weg. Mein Lieblingsbruder war der Einzige, der noch länger blieb, um sicherzugehen, dass es mir gut ging.

Ich kann mich nicht mehr genau dran erinnern, aber ich glaube, dass er bei mir saß, bis ich eingeschlafen war. Denn ich hätte bestimmt kein Auge zugetan, wenn ich mit mir selbst allein gelassen worden wäre.

3

Die letzte Monet

In den letzten zwei Tagen meiner Ferien hatte ich mir vorgenommen, ein wenig zu entspannen und abzuschalten, doch die Ereignisse ließen mich nicht zur Ruhe kommen. Selbst Lesen, Gartenarbeit und Bookstagram konnten meine Stimmung nicht heben. Stattdessen drückte ich mich traurig im Haus herum.

Irgendwann erkundigte ich mich nach unserem Dad, aber niemand konnte mir sagen, wann ich mit ihm sprechen könnte. Auch meine Versuche, mehr über die Verbindungen zwischen unserer und Adriens Familie zu erfahren, wurden von allen abgeblockt. Will wiederholte ständig, dass alles in Ordnung sei und ich mir keine Sorgen machen solle. Die einzige positive Nachricht, die ich meinen Brüdern entlocken konnte, war, dass es Maya und Flynn gut ging. Um Einzelheiten zu erfahren, musste ich mich jedoch gedulden, bis ich meine Tante wiedersah, deren Bereitschaft, mich in solche Zusammenhänge einzuweihen, ungleich größer war als die meiner Brüder.

Auch die Aufmunterungsversuche der Jungs konnten mich nicht aufheitern. Das Einzige, was mir half, war, mich unter der Anleitung von Shane und Dylan am Boxsack im Fitnessraum auszupowern und mit Tony auf den Schießstand zu gehen.

Einmal stellte ich mir vor, die Zielscheibe wäre das wütende Gesicht von Adrien, der mich auffordert, in Vincents Büro vor ihm niederzuknien, und dann traf ich mehrmals hintereinander, genau in die Mitte der Zielscheibe. Das machte mir so viel Angst, dass ich die Waffe weglegen musste, den Ohrschutz abnahm und mit einem unguten Gefühl die Schießsession beendete.

Und wie zu erwarten war, kam der erste Schultag schneller, als mir lieb war. Trotz meiner anhaltend getrübten Stimmung stand ich auf und machte mich wie üblich zurecht. Nachdem ich in meine Uniform geschlüpft war, schaute ich länger in den Spiegel als sonst, denn ich hätte schwören können, dass mein Rock ein oder zwei Zentimeter kürzer geworden war. Entweder war er über den Sommer geschrumpft oder ich war gewachsen.

Auf der Treppe konnte ich bereits das Surren der Küchenmaschine hören. Will bereitete nach seinem Morgenlauf seinen Smoothie zu, und ich ließ mich auch zu einem Glas überreden. Ich versuchte, sein Lächeln zu erwidern, aber es gelang mir nur mäßig.

»Na, schon aufgeregt wegen des neuen Schuljahrs?«, fragte er.

Seine positive, endorphingetriebene Energie passte nicht zu meiner Schwermut. Ich zuckte mit den Schultern und dann noch einmal, als Eugenie mich fragte, ob ich heute lieber Porridge oder Toast hätte.

»Hailie«, ermahnte mich Will.

»Toast«, sagte ich schließlich und warf unserer Haushälterin ein entschuldigendes Lächeln zu, das aufrichtigste, zu dem ich mich überwinden konnte.

Will griff über den Tisch nach meiner Hand, die auf der Tischplatte ruhte, und drückte sie.

»Ich weiß, dass du immer noch traurig bist, aber ich möchte nicht, dass dir diese Stimmung die ersten Schultage versaut. Du sollst mit einer positiven Einstellung ins neue Jahr starten. Sieh dich um …« Will ließ den Blick theatralisch durch den Raum schweifen. »Die Jungs sind nicht da. Die Morgenstunden werden jetzt ruhig sein ohne die launischen Zwillinge. Ist das nicht toll?«

Ich konnte mir ein leises Auflachen nicht verkneifen.

»Das ist schon ein bisschen schön«, gab ich zu. Morgens vor der Schule waren Shane und Tony wirklich unausstehlich.

»Jetzt kannst du dir deine eigene Morgenroutine überlegen und musst dich nach niemandem mehr richten.« Will zögerte kurz, fuhr dann aber fort: »Vielleicht ist es auch an der Zeit, dass du das volle Potenzial deines Führerscheins auskostest.«

Die Überraschung war ihm gelungen, denn ich machte große Augen.

»Warte, ist das dein Ernst?«

Will nickte. Ich konnte ihm ansehen, dass er noch nicht ganz bereit war, mich alleine fahren zu lassen, aber sich ausnahmsweise überwinden würde. Er gab wirklich sein Bestes, um mich wieder aufzumuntern.

»Super, danke, Will«, sagte ich und freute mich einen Moment lang, bis ich mein Frühstück bekam und mich beim Kauen des Toasts die Freude gleich wieder verließ.

»Gern geschehen«, antwortete er. Er umklammerte mit den Fingern das nun leere Smoothieglas und sah mich über den Tisch hinweg an. »Du fühlst dich schon bereit dafür, oder?«

Ich nickte.

»Ganz sicher, Hailie?«

»Ja«, antwortete ich bestimmt und bedeckte meinen vollen Mund mit der Hand.

»Du wirst vorsichtig fahren?«, wollte er wissen.

»Ja.«

»Geht's dir gut genug? Wirst du dich konzentrieren können?«

»Ja und noch mal ja.«

»Wie schnell darfst du fahren?«

Ich schaute ihn ungläubig an, aber er hob nur die Augenbraue und wartete auf meine Antwort.

»Maximal siebzig Meilen pro Stunde. Und fünfunddreißig in geschlossenen Ortschaften.«

»Dein Porsche kann ziemlich schnell beschleunigen, deshalb ist es sehr wichtig, dass du den Tacho im Blick behältst.« Er sah mich streng an und hob warnend den Zeigefinger, dann runzelte er die Stirn und fügte nachdenklich hinzu: »Wer hatte eigentlich die Idee, dir ein so schnelles Auto zu kaufen ...?«

Ich lachte kurz auf.

Während ich mich für Schule fertig machte, freute ich mich, meine Schultasche nicht hinten im Auto verstauen zu müssen. Ich konnte sie einfach auf den Beifahrersitz legen, wo bisher immer jemand gesessen hatte, wenn ich fuhr.

Als ich mich schließlich hinters Lenkrad setzte und fast andächtig die glatte, weiche Lederpolsterung streichelte, beugte sich Will zu mir hinunter und sagte: »Vielleicht sollte ich dich doch fahren, was meinst du?«

Ich sah ihn ausdruckslos an, und er seufzte, als ob ihm die größte Ungerechtigkeit widerfahren wäre.

»Na gut, aber fahr vorsichtig. Pass auf dich auf. Sonny gibt mir Bescheid, wenn du am Ziel bist. Fahr nicht zu schnell. Aber auch nicht zu langsam. Aber besser langsam als ...«

»Okay, Will, ich hab's kapiert.«

Ich liebte es, den Motor meines goldenen Wundergefährts anzulassen. Dieses Auto klang wie ein heißer Typ, der mir versaute Dinge ins Ohr flüsterte. Nicht, dass mich ein heißer Typ, der mir versaute Dinge ins Ohr flüstert, anmachen würde …

Äh, was?

Ich hatte Will versprochen, mich zu konzentrieren, aber ich hatte mich noch kaum vom Fleck bewegt, und schon schossen mir wirre Gedankenfetzen durch den Kopf. Wenn ich meine eigene Mutter wäre, hätte ich mich nie im Leben fahren lassen.

Ich fuhr erst aus der Garage und dann durch das Tor und ließ Will hinter mir. Ich schaute nicht in den Rückspiegel, um mir den Anblick seines besorgten Gesichts zu ersparen. Sonnys großes schwarzes Auto folgte mir, was mir Sicherheit gab, mich aber gleichzeitig auch stresste. Zumindest, bis ich mich endlich in den Verkehr eingereiht hatte. Ich atmete auf, lockerte meine Schultern und Finger, griff schließlich nach meinem Handy und schloss es an die Autolautsprecher an.

Und als ich über die Schnellstraße glitt und regelmäßig auf den Tacho schaute, wie Will es mir beigebracht hatte, sang ich einige Hits sogar mit. Ich ertappte mich einige Male dabei, wie ich zum ersten Mal seit dem Ball vor mich hin lächelte, ohne dass belastende Erinnerungen meine Gedanken vergifteten.

Der erste Schultag sorgte für einigen Verkehr, was mich aber kaum störte. Schließlich fuhr ich nicht zum ersten Mal. Ich hatte die Fahrprüfung bestanden und hatte schon einige Male unter der Aufsicht meiner Brüder hinterm Steuer gesessen. Außerdem war ich mit dem Weg vertraut. Ich kannte die dichten Wälder, an denen ich vorbeifuhr, und wusste, wie es sich anfühlte, über den glatten Asphalt genau dieser Straße zu gleiten. Als der anfängliche Stress von mir abfiel, spürte ich plötzlich eine ungeheure Kraft in mir, ein Gefühl von Kontrolle, das ich vor langer Zeit verloren und erst jetzt wiedererlangt hatte. Oder hatte ich es nie gehabt und spürte es gerade zum ersten Mal?

Ich drehte die Lautstärke auf.

The price of your greed is your son and your daughter ... What you gon' do when there's blood in the water?

Ich sang vor mich hin, und als der Song lauter wurde, stimmte auch ich lauthals mit ein:

When there's blood in the water!

Ich war von mir selbst überrascht und lächelte sanft, denn diese Freiheit zu fühlen war das absolut Beste. Als ich mich in die Warteschlange zum Schulparkplatz einreihte, war ich beinahe traurig, dass ich mein Ziel schon erreicht hatte. Plötzlich kehrte die Realität mit voller Wucht zurück – und mit ihr die Erkenntnis, dass in der Highschool, die, wie jeder wusste, von den Monets regiert wurde, nur noch ein Monet übrig war.

Und das war ich.

Ich wusste absolut nicht, was mich dort erwartete. Ob die Leute, die früher Angst hatten, mich auch nur anzuschauen, weil sie Stress mit den Zwillingen fürchteten, sich nun an mir rächen würden? Und was war mit den Schleimern von früher: Würden sie mich jetzt links liegen lassen oder fertigmachen?

Doch offensichtlich hatte ich die Macht meines Namens unterschätzt. Genau wie die Macht des goldenen Porsche. Der bloße Anblick meiner Luxuskarosse flößte den Leuten Respekt ein. Die, die mich und mein Auto schon kannten, schenkten mir wenig Aufmerksamkeit; der Anblick der Monet-Schwester in ihrem Goldklumpen auf Rädern war ja nichts Neues für sie. Die interessanteren Reaktionen kamen von den neuen Schülern und ihren Eltern, die zum ersten Mal das Gelände der Highschool betraten.

Eine der Mütter, die auf dem Parkplatz in einen kleinen Stau hineingeraten war, starrte so lange mit offenem Mund auf meinen Wagen, dass mindestens fünf Leute sie anhupen mussten. Ein Vater in kariertem Hemd, mit grauen gewellten Haaren und einer eckigen Brille, zückte sogar sein Smartphone, um ein paar Fotos und vielleicht sogar Videos von mir zu machen. Ein Kind stupste seine Schwester oder Freundin an und zeigte mit dem Finger auf mich.

Ich parkte auf einem der für die Monets reservierten Parkplätze, die bisher noch niemand zu besetzen gewagt hatte. Ich stellte den Motor aus, zog eine Flasche Wasser aus meiner Tasche, nahm in Ruhe ein paar Schlucke und holte tief Luft. Meine Kehle war von dem Gekrächze während der Fahrt ganz trocken. Dann stieg ich aus, strich meinen Uniformrock glatt, warf mir die Tasche über die Schulter und schlug die Tür zu, bevor ich das Auto abschloss und die Schlüssel in meine Tasche fallen ließ. Ich warf meine Haare zurück, und als ich das vertraute Schulgebäude betrat, schaute ich starr nach vorne, durch alle Schaulustigen hindurch.

Ich hatte es geschafft. Ich war angekommen. Ich ganz alleine.

Als ich meine Sachen im Schließfach ablegte, bekam ich eine Nachricht von Will: »Herzlichen Glückwunsch«, schrieb er nur.

Ich musste mich gar nicht umdrehen oder umschauen, um zu wissen, dass Sonny mir folgte. Da ich nicht auf meine Umgebung achtete, war es ein Leichtes, sich hinter meinem Rücken anzuschleichen.

»Hailie.«

Ich schwamm in einem Meer aus Problemen und ein weiteres davon war gerade aus der Tiefe an die Oberfläche gesprudelt.

Es war an der Zeit, sich Mona zu stellen.

4

Versöhnung

Ich hatte sie nicht gleich erkannt. Sie hatte etwas mit ihren Haaren gemacht, sie aufgehellt und die Spitzen geschnitten. Mit vor dem Bauch verschränkten Händen stand sie vor mir, biss sich auf die Unterlippe, das Kinn leicht nach unten geneigt, und sah mich mit scheuem Blick an.

»Hey«, murmelte ich. Ich nahm die benötigten Schulbücher aus meinem Spind, schloss ab und drehte mich zu ihr um.

»Hey«, antwortete sie. Sie zögerte einen Moment und sprach erst weiter, nachdem sie meinem Blick ausgewichen war: »Kann es sein, dass du meine Nummer geblockt hast?«

Ich schaute in ihre großen, besorgten Augen und kam mir ziemlich blöd vor.

»Ich … Ich habe nur … Na ja, weißt du, irgendwie habe ich …« Ich versuchte erst, mich herauszureden, aber dann seufzte ich nur und nickte. »Ja, ich habe sie blockiert.«

Mona senkte den Kopf und hob ihn gleich wieder.

»Also … ist es wirklich vorbei? Sind wir keine Freundinnen mehr? Einfach so?«

Ich sah sie an, betrachtete ihre vorwurfsvoll gerunzelten Augenbrauen und ihr zitterndes Kinn, das Traurigkeit verriet, und wusste nicht, was ich antworten sollte.

»Bist du …«, begann ich, ohne zu wissen, was ich eigentlich sagen wollte. Ich schwieg eine Sekunde lang, beschloss dann aber, den Gedanken zu Ende zu führen: »Bist du nur mit mir befreundet, weil ich bin, wer ich bin?«

Mona blinzelte.

»Du meinst, weil du eine Monet bist?«

»Ja«, bestätigte ich ungeduldig und presste die Bücher an meine Brust. »Du kannst ruhig ehrlich sein.«

Es gefiel mir nicht, dass sie ihre Antwort so lange hinauszögerte. Sie biss sich auf die Unterlippe, und ich spürte einen unbestimmten Schmerz in mir und schüttelte ungläubig den Kopf. Ich hatte erwartet, dass es zwischen Mona und mir heute zu einer Aussprache kommen würde, aber ich hätte nicht gedacht, dass es ihr gelingen würde, mich noch mehr zu verletzen. Ich machte bereits einen Schritt um sie herum, aber sie packte mich am Arm.

»Warte, lass mich dir alles erklären!«

»Ich soll warten, bis du dir die passende Lüge zurechtgelegt hast?« Ich schnaubte. »Nein, danke.«

»Ich lege mir nichts zurecht!«, rief sie mir hinterher. »Wenn ich dich anlügen wollte, hätte ich mir doch längst etwas ausgedacht, das ich dir auftischen könnte! Tut mir leid, dass ich kein Roboter bin und meine Gedanken nicht sofort in Worte fassen kann!«

»Mona, ich verlange nicht, dass du ein mathematisches Problem für mich löst. Ich habe dir eine einfache Frage gestellt und erwarte eine ebenso einfache Antwort. Wie viel Zeit brauchst du, um zu beantworten, ob du eine falsche Freundin bist oder nicht?«

»Ich bin keine falsche Freundin«, knurrte sie beleidigt. »Aber ich dachte, wir könnten ein ehrliches Gespräch miteinander führen. Ich versuche, mich dir zu öffnen, und du flippst sofort aus!«

»Es tut mir eben weh!« Mir standen die Tränen in den Augen. Meine Nerven lagen in letzter Zeit total blank, und meine Brüder waren immer so nachsichtig, dass ich es nicht gewagt hätte, mich an ihnen abzureagieren. Mona hatte das Pech, ein leichtes Ziel zu sein.

»Allein schon, dass du dich mit mir abgegeben hast, nur um – ich weiß nicht mal genau, warum – an Tony ranzukommen? Um auf die Party meiner Brüder eingeladen zu werden?«

»Das ist nicht wahr!«

Aus dem Augenwinkel bemerkte ich ein Grüppchen von Leuten, die beim Vorbeigehen ihr fröhliches Geschwätz unterbrachen und mich und Mona mit dreister Neugier anglotzten. Ich atmete tief durch, um nicht komplett auszuticken.

»Okay«, sagte ich mit etwas ruhigerer Stimme. »Okay, lass uns reden.«

Ich wies mit dem Kopf Richtung Toiletten. Mona zuckte steif mit den Schultern und wir machten uns auf den Weg. Der Raum war zum Glück leer, sodass wir ungestört waren. Ich lehnte mich gegen die Waschbecken und Mona setzte sich auf den Heizkörper.

»Du sollst wissen, dass ich dir wegen dieser Party nicht mehr böse bin«, erklärte ich und sprach damit aus, was ich schon vor einiger Zeit begriffen hatte.

»Außerdem …« Ich schluckte. »Ich glaube, ich habe damals überreagiert. Mir wird immer noch schlecht, wenn ich daran denke, dass du und Tony damals … aber ich hätte vernünftiger reagieren können, ich hätte kein solches Drama machen sollen.«

Mona schaute auf den Boden, aber als ich mit meiner Erklärung fertig war, prustete sie leise vor Erheiterung. »Drama trifft's schon ganz gut«, sagte sie. »Aber ich verstehe dich, schließlich hatten wir darüber gesprochen, dass Tony vielleicht nicht ganz der Richtige für mich sein könnte. Du hattest jedes Recht, sauer zu sein.«

»Dass Tony nicht der richtige Typ für dich ist, ist eine grobe Untertreibung.«

»Ich weiß, aber er ist nicht so schlimm wie sein Ruf, wirklich nicht«, sagte sie ernst. »Er hat mir danach sogar geschrieben.«

»Was denn?«

Ich wäre fast von den Waschbecken gerutscht.

»Nichts Schlimmes«, beruhigte mich Mona. »Vor drei Wochen hat er mir geschrieben, dass das, was auf der Party passiert ist, nicht hätte passieren dürfen, dass er nicht an einer Beziehung interessiert sei und ich mir keine Hoffnungen machen soll. Und dass ich auf jeden Fall jemanden finde, der besser zu mir passt, weil ich ein cooles Mädchen bin. Schließlich wäre ich mit seiner Schwester befreundet.«

Ich riss meine Augen auf.

»Nicht dein Ernst!«, rief ich aus.

»Weißt du, was echt erbärmlich ist?« Mona seufzte. »Dass er mir eindeutig zu verstehen gibt, dass zwischen uns nie etwas laufen würde, und ich die Nachricht trotzdem hundertmal gelesen habe und wie eine Irre vor Glück hätte schreien können, weil Tony Monet mir überhaupt geschrieben hat.«

Ich sah sie mitfühlend an.

»Im Ernst, ich habe bestimmt zwanzig Screenshots davon gemacht.«

»Mona …«

»Nein.« Sie hob protestierend die Hand. »Ist schon okay. Ich hatte in den Ferien Zeit, mir über ein paar Dinge klar zu werden. Das einzige Problem, das noch ungelöst ist, ist unsere kaputte Freundschaft.«

»Wenn das so ist, dann beantworte bitte meine Frage von vorhin.«

»Na ja, ich bin mit dir befreundet, weil ich dich mag«, gestand sie. »Und ich mag dich wirklich, ganz ehrlich, Hailie. Ich habe eine Menge Spaß mit dir. Wir können super zusammen lachen und auch ernste Gespräche führen. Wir haben schon einiges durchgemacht, zum Beispiel in dem Nachtklub, oder was damals bei Audrey passiert ist, mit ihrem Bruder …«

»Erinnere mich bloß nicht daran«, stöhnte ich.

»Ich weiß, was für ein Drama«, kicherte sie und bedeckte vor Scham ihr Gesicht. »Aber die Sache ist die: Du bist eine gute Freundin. Ich fühle mich wohl mit dir. Früher habe ich echt viel über andere Leute gelästert, und mit dir passiert mir das nicht mehr, weil wir einfach interessantere Themen haben. Na ja, und dank dir lerne ich auch mehr für die Schule. Ich schwöre, mein Durchschnitt hat sich verbessert, seit wir uns kennen. Du hast diese besondere Energie, ich weiß auch nicht …«

»Deine Noten haben sich verbessert? Wegen mir?«

Mona rollte mit den Augen.

»Ich glaub's nicht. Ich offenbare dir meine tiefsten Gefühle, und du kommentierst nur meinen Notendurchschnitt?«

»Das stimmt nicht, ich habe alles gehört, was du gesagt hast«, protestierte ich und lächelte sie an. »Danke, dass du es mir gesagt hast. Ich verstehe bloß nicht, warum du vorhin gezögert hast …«

Mona blickte wieder auf den hell gefliesten Boden.

»Es ist so: Ganz am Anfang, als wir dich angesprochen haben … erinnerst du dich überhaupt noch daran?« Sie holte tief Luft. »Jedenfalls, als klar war, dass es eine Monet-Schwester an der Schule geben würde, meinte Audrey, dass wir dich unter unsere Fittiche nehmen sollten, dass wir versuchen könnten, uns mit dir anzufreunden, weil es nicht schaden würde, eine Monet auf unserer Seite zu haben.«

Nun senkte auch ich den Kopf.

»Ah, ja …«

»Das war aber nur am Anfang so, ich schwöre. Ich habe schnell gemerkt, wie cool du bist«, sagte sie schnell, leckte sich über die Lippen und fügte etwas leiser hinzu: »Aber die Wahrheit ist, wenn du nicht eine Monet wärst, hätten wir dich wahrscheinlich nicht angesprochen.«

Ich starrte auf den schmutzigen Fliesenboden und fragte mich, wie es mir mit all dem ging, was Mona mir gerade erzählt hatte. Zuerst dachte ich, Wut und Traurigkeit in mir aufsteigen zu fühlen, aber das lag wahrscheinlich daran, dass ich in meinem Leben schon genug Gründe hatte, wütend und traurig zu sein, und das hier erschien mir plötzlich äußerst banal. So banal, dass ich die Sache mit einem Achselzucken abtun konnte.

»Und warum bist du mit *mir* befreundet?«, fragte Mona.

Ich sah ihr in die Augen.

»Weil … du spontan und ein bisschen crazy bist. In deiner Anwesenheit werde ich lockerer. Du weißt über meine Probleme Bescheid und ich kann jederzeit auf dich zählen. Und ich mute dir schon einiges zu …« Ich lachte leise und auch Mona lächelte. »Du bist immer so ehrlich …«

»Das ist nicht immer gut«, stöhnte sie und bedeckte ihre Augen mit den Händen.

»Kann schon sein, aber es ist sehr liebenswert«, schloss ich.

»Danke, Hailie.« Mona lächelte noch breiter, wurde aber schnell wieder ernst. »Das mit Tony tut mir leid, es muss ein blödes Gefühl sein, wenn deine Freundin deinen Bruder anhimmelt …«

»Tut mir leid, dass ich nicht für dich da war. Es muss ein blödes Gefühl sein, wenn deine Freundin nicht einmal versucht, dich zu verstehen.«

Monas große Augen glitzerten vor Tränen, als sie mir um den Hals fiel. Nicht weniger gerührt schlang ich meine Arme fest um sie.

Die Versöhnung mit Mona war das Beste, was mir gerade hätten passieren können. Schon während der Ferien hatte ich aufgehört, ihr böse zu sein. Nachdem ich mit Tony Frieden geschlossen hatte, konnte ich keinen Groll mehr gegen sie hegen. Aber erst heute war mir bewusst geworden, wie sehr ich sie vermisst hatte.

Niemand in der Schule wusste von unserem Streit, also überraschte es auch niemanden, Mona und mich gemeinsam den Schulflur entlanggehen zu sehen. Mona erzählte von ihrem Urlaub mit ihrer Familie in Kanada. Danach hatte sie außerdem zwei Wochen mit ihren Eltern, ihrer Schwester und deren Verlobtem auf Hawaii verbracht.

Ich nutzte sofort mein wiedergewonnenes Freundschaftsprivileg und weihte sie soweit möglich in die Geschehnisse der letzten Tage ein. Natürlich musste ich die meisten Details für mich behalten, doch Mona gelang es, mich in wenigen Worten und ohne tiefer zu bohren aufzuheitern, sodass ich mich gleich besser fühlte.

Aber es gab noch jemanden, der mich aufmuntern konnte und mit dem ich unbedingt sprechen wollte. Er kam in der Pause von selbst auf mich zu. Ich ging gerade in Richtung Klassenraum, als Leo mir von der gegenüberliegenden Seite entgegenkam. Er lächelte mich schon von Weitem an, und als wir uns gegenüberstanden, breitete er seine Arme aus.

»Hey!«, rief ich und bekam sofort gute Laune.

Fast hätte ich mich wieder in düsteren Grübeleien verloren – immer, wenn ich alleine war, drifteten meine Gedanken ab und die Schuldgefühle wegen meines Vaters kamen wieder hoch, darum war es ein Segen, dass Leo aufgetaucht war und mich aus meinen Überlegungen riss.

»Unglaublich«, sagte er zur Begrüßung, nachdem wir uns umarmt hatten. »Ich kann dich umarmen ohne Angst, dass mir einer von deinen Brüdern ein Messer in den Rücken rammt!«

»Shane und Tony hatten doch gar keine Messer in der Schule dabei«, protestierte ich.

»Natürlich nicht. Schließlich sind sie beide so friedliche und sanfte Jungs.«

Wir brachen in Gelächter aus. Arm in Arm gingen wir zur Fensterbank, auf der wir immer gesessen hatten, wenn wir vor meinen Brüdern auf der Hut waren. Es war wie eine alte Tradition.

»Hast du mit Mona gesprochen?«, fragte er.

»Ja, wir haben uns versöhnt.«

»Das ist doch eine gute Nachricht. Warum siehst du dann so besorgt aus?«

Ich nickte. »Nein, es ist toll, wirklich«, sagte ich, lehnte mich gegen die Glasscheibe und seufzte. »Es ist nur … Ich habe vor ein paar Tagen etwas Dummes getan und ich kann nicht aufhören, daran zu denken.«

»Wir alle machen hin und wieder etwas Dummes.«

Ein wenig verlegen spielte ich am Saum meines karierten Rocks herum.

»Ja, aber ich habe durch meine Dummheit jemanden in Gefahr gebracht, der mir sehr wichtig ist.«

»Aber du hast es doch nicht mit Absicht getan?« Leo hob eine Augenbraue und senkte sein Kinn, um mir ins Gesicht zu blicken.

»Nein, natürlich nicht. Aber es spielt keine Rolle.«

Daraufhin umarmte er mich. Der Duft des Waschpulvers, nach dem er roch, war beruhigend vertraut und ich entspannte mich.

»Willst du mir erzählen, was passiert ist?«, flüsterte er.

Ich schüttelte den Kopf.

»Ich kann es nicht.«

»Wissen deine Brüder Bescheid?«

»Ja, sie bringen gerade in Ordnung, was ich vergeigt habe.«

»Machen sie dir Vorwürfe?«

»Nein.«

»Also sind sie auf deiner Seite.«

»Ja …«

Ich spürte, wie Leo mir einen Kuss auf den Kopf drückte, was ein angenehmes Kribbeln in meinem Bauch verursachte.

»Das ist gut«, flüsterte er. »Vergiss nicht, dass ich auch auf deiner Seite bin. Egal, was du getan hast, ich weiß, dass du ein guter Mensch bist und es nicht böse gemeint hast.«

Die Ruhe, die ich in Leos Nähe verspürte, war wohltuend. Er hatte etwas an sich, das meine brodelnden Monet-Emotionen beschwichtigte. Ich schätzte ihn für seine Entschlossenheit, seine Disziplin und seine Werte. Und die Tatsache, dass er eine gute Meinung von mir hatte, bestärkte mich in dem Glauben, dass er die Art von Mensch war, die ich in meinem Leben brauchte. Ein Mensch, mit dem ich über die Schule und meine beruflichen Pläne sprechen konnte, der mich unterstützte und bei dem ich mich später einmal über lästige Kunden auf der Arbeit beschweren konnte. Ein bodenständiger, verlässlicher Freund, in dessen Nähe ich mich sicher und geborgen fühlte.

Ich hob den Kopf, um ihm direkt in die Augen zu sehen, während ich sprach: »Ich bin froh, dass du für mich da bist, Leo.« Und dann fügte ich noch hinzu: »Du bist ein wunderbarer Freund.«

Plötzlich wirkte sein Lächeln erzwungen. Als er meinen fragenden Blick bemerkte, sagte er: »Hast du dich schon mal gefragt, ob ich vielleicht mehr als ein wunderbarer Freund sein könnte?«

»Du willst mit mir zusammen sein?«

Ich erstarrte bei den Worten, die meinen Mund so schnell und unbedacht verlassen hatten, aber Leo lächelte.

»Nur, wenn du auch mit mir zusammen sein willst.«

Es war das erste Mal, dass mir jemand so etwas sagte, mal abgesehen von Olivier Manon, aber das war im Kindergarten gewesen. Ich hatte mich geschämt und mich irgendwo im Spielzimmer versteckt. Doch diesmal wollte ich nicht weglaufen. Ich spürte ein Kribbeln im Bauch, als ob dort gerade eine Ladung Konfetti hochgeschossen worden wäre.

»Ja, das möchte ich«, sagte ich mit einem Räuspern. »Das heißt, wenn du willst.«

»Natürlich will ich, Hailie.«

Sein Blick fand meinen und war so intensiv, dass ich unmöglich wegsehen konnte. Meine Finger strichen über den Saum meines Uniformrocks, und aus irgendeinem Grund war ich plötzlich sehr nervös.

»Ich hatte noch nie einen festen Freund«, flüsterte ich. »Ich weiß nicht, ob ich gut in Beziehungen bin.«

»Das werden wir schon sehen.« Leo beugte sich zu mir und ich sah auf seine feuchten Lippen, die sich bewegten, während er mit leiser Stimme sprach: »Mit jemandem zusammen sein ist gar nicht so anders, als mit jemandem befreundet zu sein.«

»Wirklich?«

»Es sind nur Details …«

Sein Blick ruhte auf meinen Lippen.

»Details …«

»Mhm.«

Ich wollte schon eine weitere nichtssagende Antwort murmeln, als Leos Lippen meine berührten.

Ich kannte ihn, ich kannte seinen Charakter. Sein Ehrgeiz, sein Elan und seine Intelligenz zogen mich an. Ich mochte sein blondes, ein wenig zerzaustes Haar, seinen hellen Teint und seine bernsteinfarbenen Augen.

Er wies mich nicht zurück, er nervte mich nicht. Ihn zu küssen war nicht langweilig oder eklig oder lästig. Es war wunderschön. So schön, dass ich, als er sich von mir löste, einen Moment lang seine Lippen suchte, um sie wieder zu schmecken, und enttäuscht die Augen öffnete, als ich sie nicht fand.

»Die Pause ist vorbei, es hat geklingelt«, verkündete er und lachte darüber, wie sehr mich das verwirrte.

»Äh, was? Wirklich?«

»Hast du es nicht gehört?«

»Doch, doch«, log ich und strich mir peinlich berührt die Haare aus dem Gesicht.

Leo sah mich amüsiert an, und als er sich erhob, reichte er mir die Hand. Meine Beine waren weich wie Wackelpudding, also nahm ich seine Hilfe dankbar an. Er hielt immer noch meine Hand, als wir uns auf den Weg machten. Ich hatte nichts dagegen. Ich genoss es, mit ihm über den Schulflur zu gehen, ohne befürchten zu müssen, dass meine Brüder es bemerken und ihm die Augen auskratzen könnten.

»Die Leute starren uns an«, flüsterte ich ihm zu und versuchte, die verstohlenen Blicke der Schüler auf dem Gang zu ignorieren.

»Sie starren dich immer an«, antwortete er.

»Ja, aber heute übertreffen sie sich selbst.«

In Wahrheit schindeten Leo und ich einfach Eindruck: Wir trugen beide passende Hemden und Blazer, die frisch und sauber gebügelt waren, und wir sahen gut zusammen aus, wie mir später jemand bestätigte. Außerdem hatten wir beide den besten Notendurchschnitt der Schule, sodass es nicht lange dauerte, bis man uns als das perfekte Paar der Highschool bezeichnete.

Leo begleitete mich bis zu meinem Klassenraum, und als es Lunch gab, stellte er sich mit Mona und mir in die Schlange der Essensausgabe. Zum ersten Mal würden wir in der Cafeteria zusammensitzen können, ohne dass uns jemand störte.

Ohne die Kontrolle meiner Brüder konnte ich in der Schule endlich etwas Freiheit genießen.

5

Der Schatz

Die Erinnerung an meine Brüder war in den Mauern der Highschool immer noch lebendig. Ein paar Frischlinge hatten unseren Lieblingstisch besetzt. Mona, Leo und ich standen eine Weile in der Mitte der überfüllten Cafeteria und scannten den Raum nach freien Sitzplätzen ab, bis unser Blick auf den Tisch am großen, langen Fenster fiel, das einen schönen Blick auf den Sportplatz bot. Dass er in einer Cafeteria voller Schüler leer blieb, hatte einen einfachen Grund: Im Laufe der Jahre hatten alle verinnerlicht, dass er den Monets gehörte.

Ich blinzelte und schaute mich um, dann hob ich den Kopf und schritt selbstbewusst voran, denn ich wusste, dass Mona und Leo mir folgen würden. Ich schob den Stuhl zurück und setzte mich, während Leo wortlos den Platz neben mir einnahm. Mona hockte sich mir gegenüber. Dauernd fühlte sie offenbar den Drang, sich umzudrehen, irritiert von den vielen Blicken, denen wir ausgesetzt waren.

»Werden die uns jetzt auch noch beim Essen anglotzen?«, fragte sie flüsternd.

»Fehlt nur noch, dass sie Fotos von uns machen«, murmelte Leo.

Ich fuhr mit dem Finger langsam an der Tischkante entlang, wo der Name »Tony Monet« eingeritzt war.

Vielleicht klang es albern, aber mir wurde dabei richtig warm ums Herz.

Plötzlich ertönte irgendwo in der Nähe ein erstickter Schrei und ich sah auf.

Drei Mädchen saßen am Nachbartisch. Da ich sie noch nie gesehen hatte, nahm ich an, dass es sich um neue Kids handelte. Zwei von ihnen starrten die dritte, die ihnen gegenüber saß, mit einem fiesen Grinsen an. Mit Ekel im Gesicht blickte sie auf ihr Tablett, denn dort verschmolz gerade eine Portion Reis mit Hühnchen und Gemüse mit dem Inhalt einer umgekippten Packung Schokoshake.

»Ups«, sagte eines der grinsenden Mädchen, und in diesem Moment wusste ich, dass es kein Unfall gewesen war.

»Was soll das?«, klagte die Leidtragende. »Du hast mir mein Mittagessen versaut!«

»Es war ein Unfall.«

»Von wegen! Du hast es absichtlich getan!«

»Ist ja gut, heul nicht rum.«

»Ich hab aber Hunger«, jammerte das Mädchen.

»Kauf dir doch eine zweite Portion.«

Das Mädchen sah die beiden wütend an.

»Ich hab aber kein Geld!«

»Okay, du kannst etwas von mir haben«, bot eines der anderen an, kicherte dümmlich und begann, mit einer Gabel in ihrem Essen herumzustochern. »Ich kann dir ein paar Erbsen übrig lassen.«

»Ich hasse Erbsen!«, zischte das Mädchen, das kurz davor war, in Tränen auszubrechen.

Sie war sehr zierlich und hatte kindliche Züge, die von ihren roten

Zöpfen nur betont wurden. Vielleicht hatte ich deshalb das Bedürfnis, mich um sie zu kümmern? Vielleicht hasste ich aber auch nichts mehr als Leute, die andere mobbten.

»Das ist besser als nichts, oder?«, fragte eins der Mädchen boshaft. Sie nahm eine Erbse zwischen die Finger, die sie aus ihrem Essen geangelt hatte und warf sie nach der Rothaarigen. Sie prallte an ihrer Wange ab und landete auf dem Tisch.

Die Mädchen kreischten amüsiert und ich kochte vor Wut, als ich ohne nachzudenken von meinem Stuhl aufsprang. Während ich Monas und Leos Blicke auf mir spürte, rauschte ich zum Nachbartisch hinüber. Die boshaften Mitschülerinnen des weinenden Mädchens musterten mich mit misstrauischen Blicken. Ich weiß nicht, ob sie wussten, wer ich war, aber sie mussten bemerkt haben, dass ich älter war als sie.

»Hey, wie heißt du?«, fragte ich die Rothaarige, die mich mit angsterfülltem Blick anschaute.

»M-Margaret …«

»Freut mich, dich kennenzulernen, Margaret. Ich bin Hailie«, antwortete ich und deutete mit dem Kinn auf die feuchte Pampe auf ihrem Tablett. »Was ist mit deinem Essen passiert?«

Ich wusste sehr wohl, was damit passiert war, und ich glaube, sie wussten auch, dass ich es wusste. Die blöden Kühe schwiegen, und Margaret schniefte.

»Die Schokoladenmilch wurde verschüttet.«

»Oje!«, seufzte ich theatralisch. »Was für ein Pech aber auch.«

Ich griff in meine Tasche und zog einen von mehreren Geldscheinen heraus. Will hatte mir heute Morgen etwa viermal so viel Geld gegeben, wie ich für das Mittagessen brauchte. Ich drückte ihn dem verwirrten Mädchen in die Hand.

»Hol dir eine neue Portion«, sagte ich zu ihr.

»Nein, das geht nicht«, protestierte sie, als sie ihre Stimme wiedergefunden hatte. Ich rückte extra etwas von ihr ab, damit sie mir das Geld nicht zurückgeben konnte.

»Ich habe gesagt, dass du dir eine neue Portion holen sollst«, wiederholte ich mit Nachdruck, bemühte mich dabei jedoch um einen freundlichen Blick.

Margaret verstummte, schniefte schließlich noch einmal, wischte sich über die feuchten Wangen und nickte. Sie ging sich ein neues Tablett holen, und ich warf ihren nervigen Tischnachbarinnen einen finsteren Blick zu.

»Es war ein Unfall«, beeilte sich eine von ihnen zu sagen.

»Außerdem hat sie sich selbst zu uns gesetzt, wir wollten sie gar nicht bei uns haben«, fügte die andere hinzu.

»Aha.« Ich schnaubte und stützte die Hände auf die Tischplatte. Ich kniff meine Augen zusammen und versuchte, meine Stimme so kühl wie möglich klingen zu lassen: »Wenn ich noch einmal sehe, wie ihr jemandem auf eine so widerliche Art und Weise das Leben schwer macht, werde *ich* euch das Leben schwer machen.«

Ich schaute einen Moment lang herausfordernd in ihre blassen Gesichter, streitlustig wie noch nie. Ihre fiesen Grinsen hatten auf mich die gleiche Wirkung wie ein rotes Tuch auf einen Stier.

»Also ehrlich, wir haben nur …«

»Es tut uns leid, okay? Es ist nicht so, dass …«

Ich richtete mich auf und wandte mich ab, weil mich ihre Erklärungen nicht interessierten. Als ich wieder an meinen Platz zurückkehrte, verpasste Leo mir sofort einen Kuss auf die Wange, und Mona kicherte leise über die verblüfften Mienen der kleinen Bitches.

Die Mädchen sprachen für den Rest der Pause nicht mehr miteinander, und Margaret kam entzückt mit einer neuen Essensportion zurück und bedankte sich bei mir mehrmals für das Geld. Sie versprach, es mir zurückzugeben, aber ich winkte bloß ab.

Ich war sehr stolz auf mich. Wenn ich schon Respekt an dieser Schule genoss, dann konnte ich auch im positiven Sinne nutzen – und ich hatte gerade damit begonnen.

Die Leute, die das Geschehen mitbekommen hatten, starrten mich noch eindringlicher an als sonst, und Gerüchte über den Vorfall verbreiteten sich in Windeseile in der Highschool. Die beiden Freshmen hatten ihren Ruf ruiniert, noch bevor das Schuljahr richtig begonnen hatte.

Das i-Tüpfelchen des Tages war jedoch die Begegnung mit Adrien Santana auf dem Parkplatz der Highschool. Ich war gerade auf dem Weg zu meinem Porsche, allein, nur mit meinem Bodyguard an den Fersen, als ich neben meinem Auto verblüfft die Silhouette eines Mannes im Anzug bemerkte, in dem ich den Geschäftspartner meiner Brüder erkannte.

Ich drehte mich sofort um, bereit, mich hinter Sonnys breitem Rücken zu verstecken.

»Ihre Brüder wissen Bescheid, Miss Monet«, flüsterte er mir zu. »Aber Sie müssen nicht mit ihm reden, wenn Sie nicht möchten.«

Ich schloss die Finger um die Autoschlüssel und ärgerte mich über die Situation, in die ich da hineingeraten war. Einen Moment lang funkelte ich Adrien böse an.

»Gut, ich möchte nämlich nicht«, sagte ich so laut, dass Santana mich deutlich hören konnte.

Ich ging zum Auto und ärgerte mich darüber, dass er direkt vor der Fahrertür stand. Ich blieb stehen und wartete darauf, dass er mir Platz machte, aber er bewegte sich nicht.

»Hast du nicht gehört? Ich will nicht mit dir reden«, wiederholte ich unverblümt, während ich ihm in die dunklen Augen sah. Ich würde nie vergessen, wie er mich in Vincents Büro behandelt hatte.

»Mr. Santana«, meldete sich Sonny in lautem und festem Ton zu Wort, doch Adrien ließ seinen Blick nicht von mir ab.

»Ich komme in friedlicher Absicht, Hailie Monet. Bitte hör mir zu.«

»Ich hab dir lange genug zugehört.«

Er schloss die Augen und nickte. »Ja, deswegen bin ich hier.«

»Soll ich etwa vor dir auf die Knie fallen?«, zischte ich giftig und deutete auf das Stück Asphalt zwischen uns.

Bei der bloßen Erinnerung an seine Worte kochte ich wieder vor Wut und gleichzeitig durchfuhr mich ein Schauer, und ich warf einen schnellen Blick zur Seite, aus Angst, jemand könnte uns hören. Ich wusste, dass wir von einigen Leuten beobachtet wurden, vielleicht sogar belauscht.

Adrien verzog das Gesicht, hatte sich aber schnell wieder unter Kontrolle.

»Ich bin gekommen, um mich zu entschuldigen«, sagte er mit ruhiger Stimme. »Und zwar aus zwei Gründen.«

Mein Gesichtsausdruck verhärtete sich, während ich ihn misstrauisch beobachtete.

»Zunächst einmal entschuldige ich mich bei dir, weil ich muss. Du bist die Schwester von Vincent Monet, die ich nicht mit dem gebührenden Respekt behandelt habe. Mein Verhalten und meine Worte waren definitiv unangebracht. Mein Verhalten war niederträchtig und absolut unhöflich«, sagte er steif und neigte den Kopf, als würde er zu einer Gräfin sprechen.

Ich starrte ihn schweigend an und presste die Lippen zusammen.

Ich wusste nicht, was verdammt noch mal ich davon halten sollte, dass er sich auf dem Schulparkplatz so vor mir verbeugte.

O Gott, warum muss ich immer wieder in solche Situationen geraten?

Adrien hob wieder seinen Kopf und seine schwarzen Augen funkelten, als er mich ansah.

»Zweitens entschuldige ich mich bei dir, weil ich es will.« Jetzt legte er den Kopf schief und hörte nicht auf, mich anzustarren. »Ich mag dich, Hailie Monet. Du bist so anders als wir, und doch bist du hier genau richtig. Ich möchte nicht, dass du mich für ein Arschloch hältst. Ich habe mich in Vincents Büro über deine Familie geärgert, und um ehrlich zu sein, bin ich immer noch wütend, aber ich habe es an dir ausgelassen, und das hätte nicht passieren dürfen.«

Ich nickte und presste meine Lippen so fest zusammen, dass sie bestimmt weiß anliefen.

Adrien breitete seine Arme aus und fuhr fort: »Um es ganz klar zu sagen, dein Vorschlag war auch respektlos. Deswegen habe ich mich doppelt geärgert.«

Ich schnaubte verächtlich.

Er nickte beim Anblick meiner mürrisch zusammengezogenen Augenbrauen und hob erneut die Hand, diesmal, um mich zu beruhigen. »Ja, ich weiß, ich habe dir Angst gemacht, und deswegen sollte ich die Sache in Ordnung bringen und nicht noch Öl ins Feuer gießen. Es tut mir leid, Hailie Monet, dass ich dir einen Schrecken eingejagt habe.«

Ich stand da und schaute verdattert in Adriens dunkle Augen, die mich komplett hypnotisierten. Ich hätte nie mit einer Entschuldigung von ihm gerechnet oder überhaupt irgendeiner Art von Entgegenkommen, um den Konflikt zwischen uns zu bereinigen, und doch hatte mich das Leben wieder einmal überrascht. Ich ließ mich erweichen, wie immer, wenn ich merkte, dass sich jemand wirklich Mühe gab.

»Du solltest nie gedankenlos einen Schwur ablegen«, fuhr Adrien fort. »Besonders nicht, wenn du verzweifelt bist. Das kann nämlich ein böses Ende nehmen. Vor allem mit deinem Namen. Das ist es, was ich dir mitgeben wollte, darum ging es mir.«

»Das Problem ist nur, dass du gar nicht in der Position bist, mir Lebensratschläge zu geben. Mein Leben geht dich nichts an«, erwiderte ich steif.

»Stimmt, es geht mich nichts an.«

Ich nickte und war froh, dass wir das geklärt hatten. Endlich konnte ich ins Auto steigen und Adrien abhaken.

Es war eine angenehme Überraschung gewesen, dass er sich erklärt hatte, aber nun wollte ich endlich nach Hause.

»Eine Sache noch«, sagte er, als ich den Türgriff schon in der Hand hatte.

»Ja?«

Adrien griff in die Innentasche seiner Jacke und zog eine flache Schachtel heraus, die etwa so groß war wie seine Handfläche. Sie war sehr elegant, ganz matt, mit einer glänzenden schwarzen Schleife. Ich schluckte, als er sie mir überreichte. Schließlich hatte ich gelernt, vorsichtig mit Geschenken zu sein, wenn sie nicht von vertrauenswürdigen Personen kamen.

»Es ist nur eine Kleinigkeit, als Wiedergutmachung«, versicherte er mir.

Ich warf einen flüchtigen Blick zu Sonny. Er schien nicht alarmiert zu sein, also griff ich zögerlich nach der Schachtel. Nicht schon wieder ein Geschenk, das zu schön war, um wahr zu sein.

»Pass auf dich auf, Hailie Monet.«

Adrien wartete nicht, bis ich das Geschenk ausgepackt hatte. Er nickte mir nur noch einmal zu und drehte sich um, dann ging er gemächlich davon. Ich starrte ihm hinterher und umklammerte die Schachtel, deren mysteriöser Inhalt mich in Hochspannung versetzte. Ich hatte ein Geschenk von Adrien Santana erhalten – das konnte nichts Gutes bedeuten.

Ich legte meine Tasche zusammen mit der Schachtel auf den Beifahrersitz. Ich hatte Angst, sie auszupacken. Adrien hatte sich zwar bei mir entschuldigt, aber er war ein so zwielichtiger Charakter, dass ich ihm nicht ganz trauen konnte.

In dem Moment fiel mir auf, wie viele Leute immer noch zu mir herüber schauten. Die meisten mit ernsten Gesichtern, einige schauten interessiert, andere voll stiller Bewunderung. Vielen war Adrien Santana bestimmt ein Begriff, so, wie sie auch Vincent Monet kannten. Auch Adrien war ein »hohes Tier« und ihn umgab eine gewisse düstere Aura. Dass er sich die Mühe gemacht hatte, in der Highschool aufzutauchen, um mit mir zu sprechen, unterstrich meinen Status nur noch mehr.

Auf der Rückfahrt legte ich wieder Musik auf, aber diesmal sang ich nicht mit, denn meine Gedanken waren damit beschäftigt, die Ereignisse des Tages zu ordnen. Ich war zum ersten Mal alleine Auto gefahren, ich hatte mich mit Mona versöhnt und hatte jetzt meinen ersten richtigen Freund. In der Schule war ich nun die letzte Repräsentantin der Monets, ich hatte einem gemobbten Mädchen aus der Patsche geholfen und eine Entschuldigung von Adrien Santana entgegengenommen. Kurzum, mein erster Schultag war vollgepackt mit allem außer Lernen.

Als ich auf das Gelände der Monet-Residenz fuhr, gesellte sich zu all den Eindrücken ein Gefühl der Niederlage, das mich schon seit mehreren Tagen hartnäckig plagte und so schnell nicht weichen würde. Ich parkte den Porsche in der Garage, wo Will mich bereits erwartete, was mich noch mehr stresste. Aufmerksam folgte er meinen Bewegungen, als betete er im Geiste, dass ich den anderen Autos keine Kratzer verpassen würde. Ehrlich gesagt ging es mir genauso.

Als ich den Motor abgestellt hatte, strahlte mein Lieblingsbruder mich schließlich an. Er ließ mir gar keine Zeit zum Luftholen und umarmte mich, sobald ich ausgestiegen war.

»Gut gemacht, Kleines«, lobte er mich. »Ich bin stolz auf dich.«

»Danke, Will.«

»Wie war die Fahrt? War alles in Ordnung?«

»Es war perfekt«, antwortete ich. »Ab jetzt will ich immer alleine fahren.«

Will lächelte, wenn auch etwas gezwungen, weil seine überfürsorgliche Ader wieder mit ihm durchging. Ich ließ ihm Zeit, sich an den Gedanken zu gewöhnen, warf mir meine Tasche über die Schulter und hielt ihm das Geschenk hin.

»Schau, das habe ich von Adrien bekommen.«

Will beäugte die elegante Schachtel. »Ja, er hatte Vincent um Erlaubnis gebeten, dich nach dem Unterricht abzufangen, um sich für seinen Wutausbruch zu entschuldigen«, sagte er mit hörbarer Skepsis in der Stimme.

»Vince hätte mich vorwarnen können«, meinte ich.

»Er hat Adrien gesagt, sofort abzuhauen, solltest du nicht mit ihm reden wollen«, entgegnete Will stirnrunzelnd. »Ist denn alles gut gegangen? Ich hoffe, er hat sich benommen?«

Ich seufzte.

»Ja, es ist alles gut gegangen. Er hat sich tatsächlich bei mir entschuldigt und mir dieses Geschenk gegeben.« Ich schüttelte die Schachtel und blickte schüchtern zu meinem Bruder. »Machst du es mit mir zusammen auf?«

»Natürlich, Kleines.«

Der Duft von Koriander und Knoblauch wehte durch die Küche und versprach ein äußerst leckeres Abendessen, aber bevor es soweit war, setzte ich mich zu Will an den Tisch und betrachtete seine sauberen, gepflegten Hände und die gleichmäßig geschnittenen Nägel. Seine Finger lösten zuerst das Band, dann hob er langsam den Deckel an. Mit wenig begeisterter Miene präsentierte er mir den Inhalt.

Auf einem smaragdgrünen Samtkissen lag eine Halskette aus winzigen Perlen, in deren Mitte ein kleiner, flacher und äußerst fein gearbeiteter Anhänger aus goldgerahmtem Mondstein befestigt war.

Es war vermutlich die schönste Halskette, die ich je gesehen hatte. Beim Anblick des edlen Schmuckstücks lief mir jedoch ein Schauer über den Rücken. Ich weiß nicht, ob es daran lag, dass es mir so gut gefiel oder dass mir mit einem Mal bewusst wurde, von wem ich dieses Geschenk erhalten hatte.

Ich blickte zu Will, der mich mit einer Mischung aus Unruhe und Besorgnis ansah.

»Sind das … echte Perlen?«

»Davon gehe ich aus.«

»Sie sind wunderschön«, flüsterte ich und ging mit den Augen noch näher heran, um jedes winzige Detail bewundern zu können.

»Mhm.«

Irgendwann beschloss Will, dass es genug war, denn er zog unmerklich die Hand weg, in der die Schachtel lag, und als er schließlich den Deckel wieder draufsetzte, war es, als hätte er einen Bann gebrochen, der über mir lag.

»Es ist natürlich dein Geschenk, aber ich kann es für dich aufbewahren, wenn du möchtest«, bot er scheinbar gleichgültig an, aber es war klar, dass er mir die Kette so schnell wie möglich abnehmen wollte.

»Äh, ich finde schon selbst einen Ort dafür.«

Ich wollte nicht zugeben, wie gerne ich das Schmuckstück behalten wollte, obwohl ich mir nicht vorstellen konnte, dass ich jemals wagen würde, es zu tragen. Die Kette war wunderschön, aber die Tatsache, dass ich sie von Adrien Santana bekommen hatte, verlieh ihr einen Hauch von Gefahr und Bedrohung.

»Na gut«, stimmte Will seufzend zu, schnappte sich die Schachtel, stand auf und erklärte: »Ich würde sie gerne Vincent zeigen. Nur für alle Fälle. Ich gebe sie dir später zurück, in Ordnung?«

Ich nickte, weil ich einsah, dass es klug war, wenn unser ältester Bruder einen fachkundigen Blick darauf warf. Schließlich konnte sich das Geschenk auch als Abhörgerät entpuppen.

Doch Vince fand offenbar nichts Verdächtiges daran, denn Will gab sie mir am Abend zurück – und ohne den Anhänger auch nur einmal aus der Schachtel zu nehmen, ließ ich ihn in den tiefsten Tiefen meines Kleiderschranks verschwinden.

Wie einen Schatz.

6

Besitzergreifende Dobermänner

Ich habe einen festen Freund.«

Unter den aufmerksamen Blicken der Therapeutin versuchte ich, meine aktuelle Situation zu beschreiben.

Eigentlich habe ich hier nichts mehr verloren.

Meine Psychologin hatte mir geholfen, meine Essstörung in den Griff zu bekommen und zu verstehen, was Ryders Angriff in mir ausgelöst hatte, und ich wollte wirklich daran glauben, dass die Tage, an denen ich mich so furchtbar verloren gefühlt hatte, vorbei waren. Ich hatte nicht vorgehabt, noch einmal zurückzukommen. So dankbar ich Vince dafür auch war, dass er mich zu ihr geschickt hatte, so sehr hoffte ich, dass nun eine neue Phase meines Lebens beginnen würde, in der ich diese Art der Unterstützung nicht mehr benötigte.

Mein ältester Bruder war jedoch anderer Meinung. Es entging ihm nicht, dass die Geschichte mit unserem Dad immer noch wie ein Schatten auf meiner Seele lag. Die positive Energie, die ich aus so erfreulichen Ereignissen wie der Beziehung mit Leo, der Versöhnung mit Mona oder dem selbstständigen Fahren zog, reichte nicht aus, um den Trübsinn zu vertreiben, der mich immer wieder überkam.

Die Psychologin schenkte mir ein sanftes Lächeln.

»Na, sieh einer an! Das klingt schön.«

Ich nickte, zog dann aber sofort die Stirn in Falten und schaute sie misstrauisch an.

»Wie viel von dem, was ich Ihnen erzähle, werden Sie meinen Brüdern weitersagen?«

»Unsere Unterhaltungen sind streng vertraulich, Hailie. Das habe ich dir schon mal erklärt und daran hat sich nichts geändert.«

Ich suchte nach Anzeichen dafür, dass sie nicht ganz aufrichtig war, aber hinter ihren Brillengläsern bemerkte ich nur glatte, von Botox gestraffte Haut.

Es fiel mir wirklich schwer, dieser Frau komplett zu vertrauen. Nicht, weil sie mich jemals enttäuscht hätte, aber ich wusste von der Vereinbarung, die Vincent mit ihr getroffen hatte. Ich war mir sicher, dass er ein Vermögen in meine psychische Gesundheit investierte, denn ich hatte die Erlaubnis, ihr alles bis ins Detail zu erzählen – auch Dinge über meinen Vater. Ich konnte ihr die dunkelsten Geheimnisse meiner Familie anvertrauen (zumindest die, die mir selbst bekannt waren), und sie hörte mir ruhig zu und drohte nie, die zuständigen Stellen zu informieren.

Doch selbst mit diesem Wissen fühlte ich mich nicht ganz wohl. Es kostete mich zu viel Überwindung, ihr die Gründe für meine Schuldgefühle zu offenbaren. Sie hingegen bewahrte ein Pokerface, obwohl wir beide wussten, dass ich für sie eine ganz besondere Klientin war. Sie bekam bestimmt nicht täglich Geschichten von Menschen wie Camden Monet zu hören, der Teil der amerikanischen Elite gewesen war und dann seinen eigenen Tod vorgetäuscht hatte.

Ich war noch nicht bereit, mich der Therapeutin bezüglich Camden zu öffnen, also wich ich ihr geschickt aus, und weil ihr das natürlich nicht entging, lenkte sie das Gespräch auf Belanglosigkeiten.

»Ja«, antwortete ich. »Denn die Jungs wissen alle noch nichts von unserer Beziehung.«

»Warum hast du ihnen nichts davon erzählt?«

Ich legte den Kopf schief und gab ein schweres Seufzen von mir. »Sie … sie wären nicht glücklich darüber.«

Die Psychologin lächelte immer noch sanft und wartete geduldig darauf, dass ich meinen Gedanken weiterführen würde, und als das nicht geschah, setzte sie das Gespräch selbst fort.

»Wären sie *alle* unglücklich darüber?«, wollte sie wissen.

»Alle, ohne Ausnahme«, bestätigte ich.

»Möchtest du es ihnen denn sagen?«

»Ich weiß es nicht … Es wäre schon toll, seinen Freund nicht vor seiner Familie geheim halten zu müssen.«

»Warum glaubst du denn, ihn geheim halten zu müssen?«

Ich lächelte leicht herablassend und fuhr mit meinen vor Nervosität verschwitzten Händen über die abgenutzten Lederarmlehnen.

»Wissen Sie, was mit dem letzten Jungen passiert ist, der sich für mich interessierte?«, fragte ich, und ohne die Antwort abzuwarten fuhr ich fort: »Man hat ihm gedroht, er wurde die Treppe runter gestoßen und schließlich musste er die Highschool wechseln.«

Die Psychologin blinzelte.

»Ich gebe zu, dass es mit Leo anders ist als mit Jason damals«, sprach ich weiter, während mein Blick zur der Decke ging. »Allen war klar, dass Jason mich nur ausnutzen wollte. Die Jungs wollten ihn gezielt einschüchtern. Aber Leo respektiert mich, er ist gut zu mir.«

»Leo Hardy?«, fragte sie erstaunt. »Das ist Ryders Bruder, nicht wahr?«

»Leo und ich sprechen nicht über Ryder. Das ist eine Sache zwischen ihm und meinen Brüdern. Wir können diese Dinge gut trennen.«

»Hmmm.«

Wenn es etwas gab, das mich an dieser Frau wirklich nervte, dann waren das diese Brummlaute, die sie von sich gab, wann immer ich etwas sagte, das sie nicht ganz überzeugte.

»Ehrlich, wir reden niemals über Ryder. Leo will das auch gar nicht, er hasst ihn.«

»Hmmm.«

Ich holte tief Luft.

»Mit meinen Brüdern ist es folgendermaßen«, begann ich, mit ruhiger Stimme zu erklären. »Sie hätten mit jedem ein Problem, der mir zu nahe kommt. Selbst wenn ein Engel vom Himmel herunterkäme, würden sie etwas an ihm finden, das ihnen nicht passt.«

»Hast du dich schon mal gefragt, warum das so ist?«

»O ja, ich habe darüber sehr viel nachgedacht«, sagte ich. Ich hob die Hand und begann, an den Fingern aufzuzählen: »Sie sind besitzergreifend, überfürsorglich, übergriffig, kontrollsüchtig, sie dulden keinen Widerspruch, sind arrogant, dreist und egoistisch.«

Die Therapeutin hob eine Augenbraue und ich ließ die Hand wieder sinken, lächelte unschuldig und fügte hinzu: »Nicht, dass Sie glauben, ich hätte sie nicht von ganzem Herzen lieb, sie haben bloß ... ein paar kleine Macken.«

»Warum versuchst du nicht, es erst mal nur einem von ihnen zu sagen?«, schlug sie vor.

Ich überlegte. Welchem Bruder könnte ich am ehesten sagen, dass Leo offiziell mein Freund war? Bei wem war ich am sichersten aufgehoben?

Vielleicht versuchst du es anders, sagte ich zu mir selbst. *Du musst die Sache vom anderen Ende her denken: Welchem Bruder würde ich mich ganz bestimmt nicht anvertrauen?*

Dylan. Das stand definitiv fest. Dylan würde, noch bevor ich zu Ende gesprochen hätte, in die Garage rennen, zu Leo fahren, ihn mit bloßen Händen erwürgen und seine Leiche nicht einmal entsorgen, damit sie als Abschreckung für alle dienen konnte, die etwas von mir wollten.

Auch Vincent kam überhaupt nicht in Frage. Zu seinen miesesten Regeln gehörte ein absolutes Jungsverbot. Wenn er das mit Leo herausfand, bestand die Gefahr von Hausarrest und Homeschooling. Er würde mir das Auto wegnehmen und Sonny beauftragen, mir bis auf die Toilette zu folgen.

Auch Tony war nicht die beste Wahl. Ich wusste nicht genau, was er tun würde, aber wahrscheinlich würde er Leo bewusstlos prügeln oder mich zumindest so lange erpressen, bis ich ihm jedes Detail beichtete.

Will sah auf den ersten Blick wie eine gute Option aus, aber wie ich ihn kannte, würde er mich seine übermäßige Fürsorglichkeit spüren lassen und, Gott bewahre, mit mir wieder über die Sache mit den Bienchen und den Blümchen reden wollen.

Uff.

Und Shane? Ja … Warum eigentlich nicht Shane?

Ich beschloss, den Vorschlag meiner Therapeutin zu beherzigen, und schlich mich abends nach der Sitzung in die Küche, wo ich aus einer großen, tiefen Schublade eine Packung Chips herausfischte. Mein jüngster Bruder sorgte dafür, dass wir immer einen Vorrat an Junkfood im Haus hatten, und so wühlte ich mich durch alle möglichen Snacksorten und Geschmacksrichtungen, bis ich auf eine besonders ungesund ausschauende Sorte stieß, die genau Shanes Vorlieben entsprach.

Ich ging zurück nach oben, dann stellte ich mich an die Tür des älteren Zwillings und klopfte – einmal, zweimal, dreimal –, bevor ich endlich hereingebeten wurde. Ich grinste bei Shanes Anblick, der faul ausgestreckt auf seinem Bett lag. Ich hatte ihn wohl bei seinem Nickerchen gestört.

»Hey!«, rief ich überschwänglich. Ich war so sehr darauf bedacht, fröhlich zu klingen, dass meine Stimme schrecklich piepsig klang, also begann ich, zusätzlich mit der Chipstüte zu rascheln.

»Ich würde gerne mit dir reden.«

»Später, kleines Mädchen«, brummte er schläfrig und öffnete nicht einmal die Augen, zuckte aber bei den Geräuschen, mit denen ich in seine Ruheoase eingedrungen war, zusammen.

»Komm schon, Shane«, seufzte ich und ging zum Bett hinüber, wobei ich aus Versehen fast auf den Laptop trat, der auf dem Boden lag. Ich setzte mich kurzerhand auf die Matratze.

»Ich muss mir dir reden.«

»Nope, geh lernen.«

»Ich habe schon gelernt«, antwortete ich und schlug ihm mit der Faust auf den Rücken. »Ich muss dir was sagen, es ist wichtig.«

»Ich schlafe.«

»Und ich habe Chips für dich, Shane.«

Ich raschelte erneut mit der Packung, dieses Mal direkt an seinem Ohr. Er schlug sie mit der Hand weg wie eine Fliege und verzog wieder das Gesicht, also öffnete ich sie selbst und steckte mir eine Handvoll Chips in den Mund. Ich setzte mich direkt neben ihn und beugte mich über ihn, um ihm lautstark ins Ohr zu knuspern. Shane versuchte, mich wegzuschieben, aber ich ließ nicht locker, bis er schließlich seufzend die Augen öffnete.

»Hailie, ich knall dir gleich eine«, sagte er genervt und rieb sich über die Augen.

»Dann sag ich's Will.«

»Sag mal, wie alt bist du? Zehn?«

»Fast siebzehn, wieso?«

»Runter hier.«

Nachdem er sich endlich aufgerappelt hatte, schob er mich ohne Anstrengung zur Seite. Seine Haare waren zerzaust und er hatte einen schläfrigen Blick, der langsam aus seinem Gesicht wich, als er auf die Chipspackung in meiner Hand fiel. Er entriss sie mir und murmelte: »Gib her.«

»Ich muss dir etwas sagen, aber du darfst es niemandem erzählen«, sagte ich und setzte mich im Schneidersitz wieder auf das Bett.

Shane fixierte einen Chip und warf mir einen misstrauischen Blick zu, bevor er ihn verschlang.

»Und versprich mir, dass du nicht ausflippst«, fügte ich hinzu.

Er kniff die Augen zusammen.

»Was hast du wieder angestellt?«

Ich boxte ihm in den Bauch, aber nur leicht, um ihm nicht wehzutun, worauf ich mich fragte, wie er das hinbekam, sich solche Mengen an Junkfood reinzupfeifen und trotzdem in Form zu bleiben.

»Ich habe nichts angestellt«, protestierte ich, dann verzog ich das Gesicht und murmelte: »Aber ich brauche deine Hilfe.«

»Wieso ich? Warum gehst du nicht zu Will oder so?«

»Shane, ich hab niemanden umgebracht.«

Shane holte tief Luft.

»Okay. Also, was ist los?«

Ich kaute noch eine Weile auf meiner Unterlippe herum, bis ich schließlich mit der Sprache herausrückte: »Ich habe einen Freund.«

»WAS?!«, keuchte er und die Chips waren augenblicklich vergessen.

»Ich habe …«

»Ich hab gehört, was du gesagt hast«, knurrte er mich an und zog eine Grimasse, dann wiederholte er: »Was?!«

Ich hob die Hände und machte eine beschwichtigende Geste. »Es ist keine große Sache, es ist bloß …«

»WAS?!«

»Shane, krieg dich wieder ein«, ermahnte ich ihn.

»Ich soll mich einkriegen?!« Shane begann, energisch den Kopf zu schütteln, mit wütend zusammengepressten Zähnen. Er warf mir einen mörderischen Blick zu und rief: »Geht's noch? Warum hast du mir das erzählt?«

Als ich sein blasses Gesicht und die mürrisch verzogenen Augenbrauen sah, ging mir auf, dass es vielleicht doch nicht der beste Plan gewesen war. Dann verschränkte ich meine Arme vor der Brust.

»Ich weiß es auch nicht, vielleicht, weil ich dachte, dass deine Reaktion am wenigsten schlimm ausfällt.«

»Das hast du gedacht? Ich fass es nicht!«, knurrte er. »Was ist das für eine beeindruckend falsche Schlussfolgerung!«

»Warte, Shane, hör auf, denk doch kurz nach«, flehte ich ihn an. Sein irrationales Verhalten versetzte mich allmählich in Panik. Ich hatte mir das alles ganz anders vorgestellt.

»Was hab ich dir eigentlich getan?«, fuhr er mich vorwurfsvoll an und zeigte mit dem Finger auf sein zerknülltes Kissen. »Ich hab doch einfach nur geschlafen!«

»Mach dich mal locker, ich hab niemanden umgebracht«, wiederholte ich.

»Also, lieber würde ich dich tot sehen, als …«

»Als was? Als meine Beziehung mit Leo zu akzeptieren?«

Langsam wurde ich sauer.

»Ah, Leo«, brummte Shane mit seltsam tiefer Stimme. »Der schon wieder.«

»Wer denn sonst?« Ich warf meine Hände in die Luft.

»Habt ihr euch schon geküsst?«

»Was wäre denn so schlimm daran?«, maulte ich ihn ungläubig an.

Shane gab einen eigenartigen Laut von sich, wie das Fauchen eines wütenden Katers, bevor er vom Bett aufsprang. Er zog seine Oberlippe schief nach oben und hob den Zeigefinger.

»Einen Tag«, sagte er genervt. »Einen Tag bist du allein in der Schule, ohne Tony und mich, und was passiert!?«

»Shane, ich bin fast siebzehn! Meinst du nicht, du gehst etwas zu weit?«, heulte ich auf.

»Wie soll ich sonst reagieren? Hast du es noch jemandem erzählt?«

»Natürlich nicht.«

»Da hast du's. Jetzt lastet alles auf meinen Schultern.«

Shane lief wie von der Tarantel gestochen durch sein Zimmer und raufte sich die Haare, dabei rutschte er beinahe auf seinem Laptop aus.

»Ist das wirklich so schlimm für dich?«, fragte ich.

Er hielt inne und warf mir einen Blick zu.

»Ja, deine Grenzübertretungen sind eine Last für mich! Ich kann nicht für dich geradestehen, Hailie, nicht, wenn du mir mit solchen Dingen kommst!«

»Welche Grenzübertretungen? Und was meinst du mit solchen Dingen? Also ganz ehrlich, du übertreibst total, das ist …« Ich seufzte und stand von seinem Bett auf.

»Ich übertreibe?«, rief er und kam auf mich zu. »Wenn die anderen erfahren, dass ich es gewusst und ihnen nichts gesagt habe, werden sie mich in Stücke reißen. Glaubst du, du bist die Einzige, die hier Anschiss von Vince bekommt? Diesmal werd ich's von allen Seiten zu spüren bekommen …«

»Nein«, sagte ich entschieden. »So wird es nicht laufen. Ich habe nämlich einen Plan: Ich sage es jedem von euch einzeln. Das wird es euch vielleicht leichter machen, meine Beziehung zu akzeptieren.«

»Aha, das läuft ja richtig gut bis jetzt. Ich komme auf die Info ganz hervorragend klar, wie du siehst.«

»Ich wusste nicht, dass du so ein Drama draus machen würdest«, gab ich ehrlich zu, denn seine Reaktion war wirklich übertrieben.

»Du glaubst wirklich, dass *ich* ein Drama draus mache?«

Shane lachte ohne einen Anflug von Humor, dann wies er mit der Hand auf die offene Tür. »Vielleicht magst du ja als Nächstes bei Dylan vorbeischauen, hm?«

»NEIN!«, rief ich und rannte zur Tür, um mich mit dem Rücken dagegen zu stemmen, falls Shane zu Dylan gehen wollte. Er sah mich verärgert an.

»Sieht du? Du willst keine Dresche von ihm. Ob du's glaubst oder nicht, ich kann auch drauf verzichten. Er kann nämlich verdammt unangenehm sein.«

»Mein Gott, Shane«, seufzte ich und schlug mit dem Hinterkopf leicht gegen die Tür. »Wenn du dich hören könntest! Es ist dir in Wirklichkeit doch scheißegal, ob ich mit Leo zusammen bin oder nicht. Oder mit wem auch immer. Du regst dich aus Prinzip auf. Einfach nur, weil du weißt, dass die anderen sich aufregen werden.«

»Gar nicht wahr! Was mich aufregt, ist, dass irgendein dahergelaufener Typ sich an meine Schwester ranmacht!«

»Mach ihn nicht schlecht, er macht sich gar nicht an mich ran«, knurrte ich. »Ihr hattet ein Problem mit Jason, weil er zugegeben ein Arschloch war, aber Leo ist anständig. Außerdem war ich damals jünger, und mittlerweile bin ich wirklich alt genug, um mich mit Jungs …«

»LA-LA-LA-LA-LA-LA!«

Shane hielt sich die Ohren zu, kniff die Augen zusammen und ich starrte ihn an wie den letzten Blödmann. Ich hatte ihn wirklich lieb, Shane war der Beste, aber das hier war einfach lächerlich und ich fühlte mich, als wäre ich Teil einer peinlichen Zirkusnummer.

»Bist du fertig?«, fragte ich, als er nach ein paar Sekunden still wurde und die Augen wieder öffnete.

»Hängt ganz davon ab, ob du fertig bist.«

»Ja, ich bin fertig. Könntest du jetzt bitte vernünftig mit mir reden und mit dem Kinderkram aufhören?«, knurrte ich und schüttelte den Kopf.

»Okay, okay«, seufzte er. »Aber sag den anderen bloß nicht, dass du alt genug bist, um mit Jungs auszugehen, weil … das könnten die voll in den falschen Hals bekommen.«

»Was redest du da?«, fragte ich verärgert. »Ich dachte, das ganze Problem damals war, dass ich angeblich noch zu jung war? Und jetzt bin ich doch fast siebzehn!«

»Jaha …« Shane blickte vielsagend nach unten. »Und jetzt klingt es so, als wärst du im genau richtigen Alter, um … du weißt schon.«

Ich schlug mir mit der Hand gegen die Stirn.

»Nein«, jammerte ich niedergeschlagen.

»Na ja, doch.«

»Also erst bin ich zu jung für eine Beziehung und jetzt ... kann ich's euch auch nicht recht machen?«

»Kannst du nicht einfach ... ich weiß nicht«, er zögerte und kratzte sich am Hals. »Könntest du vielleicht aufhören, dich für Jungs zu interessieren?«

»Ich werde mir nicht völlig natürliche und für mein Alter typische Erfahrungen versagen, nur weil meine fünf besitzergreifenden Brüder sich aufführen wie bissige Dobermänner!«

»Hey, Dobermänner sind sehr intelligente Hunde!«

Ich warf ihm einen eisigen Blick zu.

»Weißt du was, mir reicht's langsam«, zischte ich und stieß mich mit dem Rücken von der Tür ab. »Ich bin zu dir gekommen, weil ich dachte, ich könnte dir mein Geheimnis anvertrauen, und du führst dich auf, als hätte ich deinen Goldfisch ermordet. Vielen Dank für deine Unterstützung, Bruder.«

Ich drehte mich um und griff nach der Türklinke, als Shane mir hinterherrief: »Warte.« Er packte mich am Arm. »Sorry, okay? Ich hab einfach Panik bekommen.«

»Versuch gar nicht erst, dein blödsinniges Verhalten zu rechtfertigen!«, warnte ich ihn. »Ich dachte, ich kann mich auf dich verlassen. Ich hab sogar gehofft, dass du mir einen Rat geben könntest, und du schreist mich einfach nur an.«

Die letzten Worte hatte ich mit so wehleidiger Stimme ausgesprochen, dass es Shane sichtlich zu Herzen ging und er Schuldgefühle bekam.

»Okay, kleines Mädchen«, seufzte er und schloss mich in seine

Arme, wobei er meinen Kopf an seine Brust drückte. »Beruhige dich.«

»Ich muss mich nicht beruhigen, du bist derjenige, der …«, begann ich streitlustig, aber Shane unterbrach mich.

»Pssst.«

Ich wollte schon meine Wange von seinem Hoodie lösen und ihn finster anschauen, aber seine große Hand, die sanft über meine Schläfe strich, machte das unmöglich.

»Willst du einen echten Ratschlag von mir?«, fragte er nach etwa einer Minute. Ich nickte. »Sag es Vincent.«

Diesmal löste ich mich sofort von ihm und sah ihn mit hochgezogenen Augenbrauen an.

»Das sagst du nur, weil du weißt, dass er mich dann zu Hause einsperrt!«, protestierte ich.

»Nein, das ist nicht wahr. Ich sage das, weil ich weiß, dass du aus irgendwelchen mir unbekannten, bescheuerten, merkwürdigen und für mich völlig unverständlichen Gründen …«

»Shane.«

»Also gut, der Punkt ist: Wenn du aus irgendwelchen Gründen wirklich mit diesem Leo-Macker rumhängen willst …«

»Shane, echt jetzt?«

»… brauchst du dafür Vincents Segen. Das heißt, wenn er einverstanden ist, wird kein anderer der Brüder sein Urteil infrage zu stellen. Nicht mal Dylan.«

»Aber wie soll ich denn jemals Vince überzeugen?«

»Du musst dich gut vorbereiten. Er wird dir nur eine Chance geben. Entweder es gelingt dir oder nicht. Aber egal, wie er sich entscheidet, du wirst seine Meinung nicht ändern können«, belehrte er mich und fügte mit kritischem Blick hinzu: »Und auf gar keinen

Fall darfst du ihn aus einem Nickerchen reißen, wie du es bei mir gemacht hast. Das würde ihn sehr verärgern.«

»Vince macht keine Nickerchen.«

»Natürlich macht er Nickerchen. Warum sonst steht eine Couch in seinem Büro?«

»Ich dachte, die wäre für den Empfang seiner zwielichtigen Gäste bestimmt.«

Shane lachte auf, und ich lachte ein bisschen mit. Er war nun entspannt genug, um sich wieder ins Bett zu legen, wo er sich gleich sein Kissen und die Chipstüte schnappte. Um mir weiteren Stress zu ersparen, beschloss ich, nichts mehr zu sagen und zu verschwinden, aber als ich auf der Türschwelle stand, rief Shane mir hinterher.

»Hailie. Eine Woche.«

Ich drehte mich zu ihm und runzelte die Augenbrauen.

»Ich werde dich eine Woche lang decken. Aber nicht einen Tag länger. Wenn du es innerhalb der nächsten sieben Tage Vincent nicht sagst, werde ich alles Dylan und Tony erzählen.«

7

Bad Boys

Höchst unzufrieden über das Ergebnis meiner Mission kehrte ich in mein Zimmer zurück. So hatte ich mir Shanes Reaktion nicht vorgestellt. Dabei hatte ich ihn für den entspanntesten meiner Brüder gehalten. Doch wenn schon er die Nachricht so schlecht aufnahm, wusste ich nicht, wie ich den anderen von Leo erzählen sollte.

In dieser Nacht bekam ich kein Auge zu. Als ich es nicht mehr ertrug, mich von einer auf die andere Seite zu wälzen, beschloss ich, aufzustehen und mir ein Glas Wasser aus der Küche zu holen.

Im Flur war es dunkel, aber ich knipste das Licht nicht an, um niemanden zu wecken. Außerdem kannte ich diesen Teil des Hauses so gut, dass ich mich selbst in der Dunkelheit zurechtfand. Das war nicht immer so gewesen. Ich erinnerte mich noch an die Zeiten, als ich Albträume hatte und mich ständig in der Villa verirrt hatte.

Ich blieb auf der Treppe stehen, als ich Stimmen aus der Küche vernahm. Ich bemerkte auch einen schwachen Lichtschein. Welche meiner Brüder waren zu so später Stunde noch auf? Ich hätte wetten können, dass es Dylan war, aber diese Wette hätte ich prompt verloren, denn schon bald stellte sich heraus, dass es Will und Vincent waren, die im Flüsterton miteinander sprachen.

»So darf es nicht enden.« Die Stimme, die sehr ernst und sogar ein wenig besorgt klang, war eindeutig die meines Lieblingsbruders.

»Alle Anzeichen deuten dennoch darauf hin«, erwiderte Vince kühl. »Da kann man nichts machen, es liegt nicht in unserer Hand.«

»Aber es ist so ungerecht ...«

»Ich muss dir wohl nicht erklären, dass es im Leben selten gerecht zugeht.«

»Wie kannst du nur so gleichgültig darüber reden!« Will erhob seine Stimme, und ich blieb am Fuße der Treppe stehen, die Hand auf das Geländer gestützt. Ich hatte Angst, mich zu bewegen und das Gespräch zu unterbrechen.

»Emotionen sind hier fehl am Platz und helfen uns nicht weiter.«

»Aber du redest gerade mit deinem Bruder, nicht mit deinen Geschäftspartnern, um Himmels willen«, knurrte Will. »Bist du denn gar nicht aufgebracht?«

»Reg dich wieder ab.«

»Würdest du es Hailie genauso sagen?«

Ich krallte meine Finger fester ums Geländer und mein Herz schlug schneller. Ich hatte nicht erwartet, meinen Namen zu hören, und es gefiel mir nicht, dass er in einer so unangenehm klingenden Unterhaltung gefallen war.

»Ich werde ihr nur das Nötigste erklären«, antwortete Vincent noch eisiger als vorhin.

»Und was ist mit den Jungs? Du weißt, dass sie ausflippen werden ...«

»Auch sie müssen irgendwann lernen, ihre Ausbrüche zu kontrollieren.«

»Also das ist ... Du hast doch ...«

»Es reicht jetzt, Will«, befahl Vincent, bevor er ein wenig leiser hinzufügte: »Das Gespräch ist beendet, es ist alles gesagt. Geh und schlaf dich aus. Wir haben eine anstrengende Woche vor uns.«

Für den Bruchteil einer Sekunde erstarrte ich, bevor ich mich zwang, meinen Körper in Bewegung zu setzen. Es fiel mir nicht leicht, mich zusammenzureißen, zumal ich von einer heißen Welle der Panik überflutet wurde. Ich wollte auf keinen Fall ertappt werden, nachdem ich dieses sehr privat wirkende Gespräch belauscht hatte.

In der Küche herrschte jetzt völlige Stille, was mich noch mehr stresste, da ich darauf achten musste, kein Geräusch zu machen. Als meine Brüder aus der Küche kamen, hatte ich mich bereits auf höher gelegene Treppenstufen zurückgezogen und begann, sie wieder hinabzusteigen, sodass es, als Vincent und Will mich bemerkten, aussah, als wäre ich gerade von oben gekommen. Um es noch überzeugender zu machen, rieb ich mir eifrig über die Augen.

»Hailie?«, fragte Will, woraufhin ich die Hand sinken ließ und blinzelte, als hätte ich gerade erst bemerkt, dass ich nicht allein war.

»Oh, Will?«, murmelte ich mit der schlaftrunkensten Stimme, die ich aufbringen konnte.

»Was machst du denn hier?«, fragte er. »Warum bist du wach?«

»Ich hatte Durst und wollte mir ein Glas Wasser holen …« Ich gähnte und vermied es, Vincent anzuschauen, der mich mit misstrauischem Blick musterte.

»Du solltest dir nachts immer eine Flasche Wasser in dein Zimmer stellen«, ermahnte mich Will, während ich mich an ihnen vorbeidrückte, um weiteren Blicken auszuweichen.

»Ja, ja, ich weiß«, murmelte ich, griff nach einem Glas und blinzelte, geblendet vom Küchenlicht.

Vincent verschwand ohne ein Wort, aber Will wartete immer noch auf der Türschwelle auf mich, die Hand auf dem Lichtschalter, während er zusah, wie ich mir etwas Wasser aus der Filteranlage einschenkte. Dann begleitete er mich nach oben und wünschte mir eine Gute Nacht, und ich verabschiedete mich mit einem geheuchelten Lächeln, geplagt von der Sorge, die nach dem belauschten Gespräch auf mir lastete.

Am liebsten hätte ich Will mit Fragen überfallen, aber er durfte nicht wissen, dass ich ihn gehört hatte. Ich wusste, dass meine Brüder viele Geheimnisse hatten, und es war mir recht, wenn sie diese gut hüteten, weil ich wirklich nicht alles darüber wissen wollte.

Diese Nacht sollte mich jedoch komplett um den Schlaf bringen.

Kein Wunder, dass ich am Morgen müde und unausgeschlafen aufwachte. Verärgert schlüpfte ich in meine Schuluniform und steckte mir die Haare hoch. Das Einzige, was meine Laune heben konnte, war die Aussicht, mir unten einen leckeren Kaffee machen zu können.

In der Schule wurde meine Stimmung durch Leo gehoben, der auf dem Monet-Parkplatz auf mich wartete. Er küsste mich direkt auf den Mund, sobald ich aus dem Auto gestiegen war. Wie immer spürte ich die Blicke der Leute ringsum. Es war erst der zweite Schultag, und alle schienen bereits zu wissen, dass Hailie Monet mit Leo Hardy zusammen war.

Es war schön, jemanden zu haben, der mich morgens in der Schule begrüßte, mir ein Lächeln und Zärtlichkeiten schenkte. Ich genoss Leos Gesellschaft so sehr, dass ich jede freie Sekunde mit ihm verbringen wollte. Bedauerlich, dass er ein Jahr über mir war, denn es wäre wunderbar gewesen, mit ihm zusammen im Klassenzimmer zu sitzen. Oder gemeinsam an einem Projekt zu arbeiten. Dann wären mir nicht nur die besten Noten sicher, sondern wir hätten auch eine Ausrede, um Zeit miteinander zu verbringen. Leider sah die Realität anders aus: In den Pausen musste ich nach ihm Ausschau halten oder darauf warten, dass er sich an meinen Tisch in der Cafeteria setzte, in der es übrigens immer voller wurde.

»Hailie!«, rief jemand, und als ich von meinem Essenstablett aufsah, erblickte ich Lavinia Linden.

Das Mädchen lächelte mich breit an. Wir standen uns nicht besonders nahe, aber sie gehörte zu den Menschen, für die ich eine gewisse Zuneigung empfand. Ich hatte noch gut in Erinnerung, wie sie mich früher vor ihren nervigen Freundinnen in Schutz nahm, wenn sie über mich herzogen. Ich grüßte sie und stand sogar auf, um sie zu umarmen.

»Du schuldest mir eine Erklärung«, sagte sie und stieß mich vertraulich in die Seite.

»Eine Erklärung?«

»Möchtest du mir vielleicht verraten, wer der gut aussehende Mann war, der sich gestern auf dem Schulparkplatz vor dir in den Staub geschmissen hat?«

Ich bedeckte mein Gesicht mit den Händen und Mona verschluckte sich beinahe an ihrem Saft. Außerdem dankte ich Gott, dass Leo noch nicht eingetroffen war.

»Gut aussehender Mann? Du meinst Leo?«, fragte meine beste Freundin und beugte sich aufgeregt vor, als würde sie sich mehr von Klatsch als von Essen ernähren, denn ihr Burger lag unangerührt auf ihrem Teller.

»Nein, nein, es war definitiv nicht Leo«, sagte Lavinia.

»Ach, irgendwer halt«, seufzte ich und wich den Blicken der beiden aus.

»Also, um ehrlich zu sein, weiß ich genau, wer es war, und ich weiß auch, dass er nicht irgendwer ist«, lachte Lavinia und setzte sich zu uns.

»Wovon redest du überhaupt?«, fragte Mona. »Um wen geht's?«

Lavinia stupste mich wieder an, meine Verlegenheit amüsierte sie sichtlich.

»Nun sag schon, Hailie, wer war's denn?«

Schließlich gab ich mich geschlagen, schaute zur Decke und antwortete: »Adrien Santana.«

Mona unterdrückte gerade so einen Schrei, und Lavinia setzte ein breites Grinsen auf und nickte.

»DER Adrien Santana?« Meine Freundin stellte ihren Saft ab und schlug sich beide Hände vor den Mund, dann sagte sie ein wenig beleidigt: »Warum hast du mir denn nichts davon erzählt?«

»Weil es sich noch nicht ergeben hat«, antwortete ich. »Außerdem war es keine große Sache.«

»Keine große Sache? Die Sache ist riesig!«, protestierte Lavinia. »Adrien Santana ist doch völlig unerreichbar.«

»Meine Schwester war total verknallt in ihn, als er noch auf diese Schule ging«, erklärte Mona. »Sie ist drüber hinweg, aber ich weiß noch ganz genau, wie sie ihn angeschmachtet hat.«

»Überrascht mich gar nicht«, sagte Lavinia.

»Aber er ist schon ein bisschen alt, oder?«

»Wen interessiert das schon?« Lavinia winkte ab und strich ihr blondes Haar zurück. »Er ist so hot, wenn's nach mir ginge, dürfte er sogar dreißig sein ...«

»Iiih!«

»Hailie hätte sicher auch nichts dagegen«, scherzte Lavinia, worauf ich nur die Augen verdrehte.

»Doch«, sagte ich entschieden. »Jetzt im Ernst, Mädels. Adrien ist gekommen, um sich bei mir zu entschuldigen, weil er sich mir gegenüber … scheiße verhalten hat. Er ist in Geschäfte mit Vincent verwickelt, darum musste er mir Respekt erweisen oder so. Mehr war es nicht.«

Lavinia hörte mir amüsiert zu.

»Soso, und das Geschenk, das er dir gemacht hat?«

»Welches Geschenk?«, fragte Mona interessiert.

»Er hat Hailie eine Schachtel überreicht.«

Ich gab einen langen Seufzer von mir.

»Leute …« Ich schüttelte den Kopf. »Es hatte wirklich nichts zu bedeuten.«

Die Art, wie Mona und Lavinia mich angrinsten, irritierte mich: »Hallo, ich habe einen Freund, habt ihr das vergessen?«

»Ach ja, genau!« Lavinia klatschte in die Hände. »Sag mal, ist Leo eigentlich eifersüchtig?«

»Er hat keinen Grund, eifersüchtig zu sein!«, wehrte ich ab.

»An seiner Stelle wäre ich das aber.«

»Nein, echt jetzt …« Ich sah zu Mona hinüber. »Sag doch auch mal was!«

»Leo und Hailie sind wie füreinander geschaffen. Leo hat keinen Grund, eifersüchtig zu sein.«

»Ach, ich rede doch nur so …«, sagte Lavinia. »Weißt du, Leo ist echt süß, aber Adrien entspricht einfach mehr meinem Typ.«

»Ich weiß, was du meinst.« Mona nickte. »Ich stehe auch mehr auf die … wie soll ich sagen …?«

»Bad Boys?«, schlug Lavinia vor.

»Ja, so ungefähr«, sagte Mona. »Nur dass man Adrien vielleicht nicht mehr als Boy bezeichnen kann …«

»Aber bad ist er ganz bestimmt noch …«

»O mein Gott!«, rief ich aus. »Jetzt hört endlich auf, bitte. Adrien ist ein fremder Mann für mich, eigentlich geht er mir nur auf die Nerven. Außerdem steh ich nicht auf Bad Boys, und ganz bestimmt will ich keine Beziehung mit so einem. Ich hab fünf davon zu Hause und, ganz ehrlich, das reicht mir.«

»Da hast du auch wieder recht«, stimmte Mona mir zu.

»Leo ist entspannt und hat sich unter Kontrolle, mit ihm fühle ich mich wohl und einfach … normal. Ich kann mich bei ihm fallen lassen. Ehrlich. Er lenkt mich von meinen bescheuerten Problemen ab, mit ihm scheint alles viel einfacher zu sein«, erklärte ich.

»Okay, ich verstehe«, sagte Lavinia schließlich nickend, um mich gleich darauf wieder schelmisch anzusehen: »Willst du uns vielleicht noch verraten, was Adrien dir für ein Geschenk gemacht hat?«

Ich wollte wieder laut aufstöhnen, wurde aber von Leo daran gehindert, der gerade hinter meinem Rücken aufgetaucht war und fragte: »Was für ein Geschenk?«

Ich hatte keine Lust, mich zu rechtfertigen, aber ich war es ihm leider schuldig. Also warf ich den Mädels einen warnenden Blick zu, damit sie es nicht wagten, in Gegenwart meines Freundes über Santana zu schwärmen, dann wandte ich mich Leo zu und setzte bewusst einen neutralen Gesichtsausdruck auf, um zu signalisieren, dass es keinen Grund zur Sorge gab.

Als ich ihm kurz darauf erklärte, dass Vincents Partner mir gestern nach der Schule einen Besuch abgestattet hatte, runzelte er nur die Stirn. Er war nicht gerade begeistert, aber er küsste mich auf den Mund und nahm mich in den Arm, was mir einen angenehmen Schauer über den Rücken jagte. Er ließ sich auch nicht von Lavinia provozieren, die kichernd bemerkte: »Du bist ja gar nicht wütend.«

Er zuckte nur mit den Schultern und antwortete, während er mir direkt in die Augen sah: »Wenn er Hailie beleidigt hat, hatte er allen Grund, sich bei ihr zu entschuldigen.«

Ich lächelte, küsste ihn wieder und genoss es, wie gut sich das anfühlte.

Ich habe einen Freund. Einen Freund, den ich auf den Mund küsse. Ein wunderschönes Gefühl.

Was ich außerdem an Leo schätzte, war seine unkomplizierte Art. Er war viel zu klug, um mir vorzuwerfen, dass ein anderer Mann mir Geschenke machte.

Ich wollte ihn öfter und länger sehen, denn ärgerlicherweise setzte die Schule unserer gemeinsamen Zeit Grenzen – also begann ich, mich zu fragen, wie es wohl wäre, auch mal an einem Wochenende mit Leo auszugehen, irgendwo zwischen seinen Arbeitszeiten. Und sei es nur ein kleiner Spaziergang. Noch konnten wir das schöne Wetter des frühen Septembers genießen.

Es hing allerdings davon ab, dass ich Vincent so schnell wie möglich erzählte, dass ich einen Freund hatte. Also begann ich, einen Plan auszuhecken, um noch vor dem Wochenende alles mit ihm zu regeln. Shane hatte mir ohnehin nicht mehr Zeit eingeräumt.

Leider galt eine Woche ohne Probleme bei den Monets offenbar als verlorene Woche, denn als ich im Beisein von Will, Dylan und den Zwillingen zu Abend aß, fiel am Tisch ein Satz, der meine Pläne durchkreuzte.

»Vince und ich müssen dieses Wochenende ein paar Sachen klären und werden nicht zu Hause sein.«

Ich warf einen neugierigen Blick zu Will hinüber, der neben mir saß. Aus dem Augenwinkel sah ich, dass meine anderen Brüder nicht groß reagiert hatten, weil sie mit ihrem Essen beschäftigt waren.

Kein Wunder, denn die Käsecremesuppe, die Eugenie uns heute serviert hatte, war himmlisch.

»Was sind eure Pläne für das Wochenende?«, fragte Will und sah die Jungs an.

»Wir haben doch eine Verbindungsparty, oder nicht?«, murmelte Tony.

»Eine Willkommensparty, noch vor Semesterbeginn«, stimmte Shane zu.

»Es ist die allerwichtigste Party überhaupt.«

»Das wird der Hammer!«

Will lenkte Blick auf Dylan.

»Martina kommt doch«, entgegnete er. »Weißt du noch, wie ich sie sitzen lassen musste, als wir in die Staaten zurückgekehrt sind? Ich habe mit ihr ausgemacht, dass sie diesmal herfliegt. Sie wird am Samstagmorgen in New York landen und ich werde sie abholen«, sagte er bestimmt.

Will ließ den Blick für einen Moment auf seinem Teller ruhen und dann sah er ein wenig verlegen auf und verkündete in einem Tonfall, der keinen Widerspruch duldete: »Jemand muss zu Hause bleiben.«

Alle Jungs zogen die Stirn in Falten.

»Sonst ...?«

»Ich werde zu Hause sein«, warf ich ein.

»Jemand muss bei dir bleiben«, korrigierte Will, ohne mich anzusehen.

»Wie bitte?« Ich zog eine Augenbraue hoch und gab ein höhnisches Prusten von mir. »Warum denn das?«

»Weil ich es sage, Hailie.«

Ich legte mein Besteck hin.

»Moment, ich verstehe nicht. Was soll das heißen?«

»Iss«, befahl Will.

»Wo ist das Problem? Warum kann ich nicht allein zu Hause bleiben?«, wollte ich wissen.

»Du solltest nicht ein ganzes Wochenende lang alleine sein, das ist nicht ...«

Will war offenbar selbst etwas verwirrt und ich runzelte die Stirn.

»Ich versteh's nicht.«

Will schaute zu Dylan und den Zwillingen, die schweigend unser Gespräch verfolgten.

»Einer von euch muss mit Hailie hierbleiben«, wiederholte er.

Ich schnaubte verärgert und ließ meine Hand auf die Tischplatte sinken. Es brachte das Geschirr zum Zittern, und das reichte aus, dass Will mir wieder einen bösen Blick zuwarf. Ich zischte ihn an: »Ich bin fast siebzehn und kann nicht mal ein Wochenende allein zu Hause verbringen? Meinst du das ernst, Will?«

»Das hat nichts mit deinem Alter zu tun.«

»Womit dann?«

Er fuhr sich mit den Fingern durch sein Haar und wirkte erschöpft.

»Vertraust du mir etwa nicht?«, fragte ich, ballte meine Hände zu Fäusten und spürte den bitteren Geschmack der Enttäuschung im Mund. Ich stand auf und schaute von oben auf meinen Lieblingsbruder herab. »Vertraust du mir nicht, Will?«, wiederholte ich laut und vorwurfsvoll.

»Nein, ich vertraue dir nicht.«

Er hatte die Worte prompt und ohne nachzudenken ausgesprochen, denn er verstummte sofort, als er meine Reaktion sah, den Schmerz, der sich in meinem Gesicht abzeichnete.

8

New York

»Warte …«

Doch ich hatte keine Lust zu warten. Ich trat einen Schritt zurück, als Will mich am Handgelenk packte, damit ich ihm nicht entkommen konnte. Er stand auf und nun war er es, der mich mal wieder überragte. Als es mir nicht gelang, meine Hand wegzuziehen, sah ich ihn anklagend und mit tränenüberfüllten Augen an.

»Natürlich vertraue ich dir, Kleines, so ist es nicht«, korrigierte er sich.

»Vor einer Sekunde hast du noch gesagt …«

»So habe ich es nicht gemeint.«

»Wie dann?«, fragte ich.

Will holte tief Luft.

»Vor ein paar Tagen hörte ich dich noch sagen, dass du am liebsten sterben würdest«, sagte er. Sein Blick war dabei so ernst, dass ich es kaum ertrug. Ich konnte nicht anders, als zu Boden zu schauen. »Solange ich nicht sicher sein kann, dass du nicht auf dumme Gedanken kommst, werde ich dich nicht allein zu Hause lassen.«

»Aber das habe ich doch … Ich meinte doch nicht wirklich, dass ich …«

»Schon gut«, sagte er, ließ mein Handgelenk los und legte fürsorglich seine Hand auf meinen Kopf. Er beugte sich zu mir, und seine blauen Augen, hinter denen sich ehrliche Fürsorge verbarg, suchten meinen Blick.

»Es ist einfach besser, wenn du vorerst nicht alleine bleibst.«

Ich schwieg.

»Isst du noch zu Ende?«, fragte er sanft und fügte, ohne meine Antwort abzuwarten, hinzu: »Bitte iss auf.«

Ich sank gehorsam auf meinen Stuhl und griff mit gesenktem Kopf nach meinem Löffel.

»Einer von euch muss zu Hause bleiben«, sagte Will noch mal in die Runde, und ich machte mir Vorwürfe, weil er mich offenbar für so labil hielt, dass ich einen Babysitter brauchte.

Tony, Shane und Dylan schwiegen so lange, dass es nur meinen Verdacht bestätigte – keiner der drei hatte Lust, sich um die kleine Schwester zu kümmern. Aber nachdem Will seine Argumente vorgebracht hatte, wagte auch niemand, offen zu protestieren.

»Ich bleibe.«

Dylan lehnte sich in seinem Stuhl zurück, ein Wasserglas in der Hand. Sein Gesichtsausdruck war gleichgültig, aber ich wusste, welche Gedanken ihm gerade durch den Kopf schossen. Er würde Martina erneut versetzen müssen.

Will nickte und setzte sich wieder hin, wobei er sich auf die Lehne meines Stuhls stützte, und ich ergriff, von Schuldgefühlen geplagt, das Wort: »Ich könnte aber auch mitkommen.«

Dylan lenkte seine Aufmerksamkeit von seinem Glas auf mich, und ich drehte den Kopf zu Will.

»Ich könnte mit Dylan nach New York fahren«, bot ich an und fügte flehend hinzu: »Bitte sag, dass ich darf!«

Er zögerte, bevor er die Entscheidung Vincent überließ, der schließlich tatsächlich sein Okay gab – allerdings unter der Bedingung, dass wir am Freitag nach dem Unterricht losfuhren und am Sonntag zu einer vernünftigen Zeit wiederkamen, damit ich am Montag wieder pünktlich in der Schule war. Dylan stimmte dem Vorschlag begeistert zu, denn so blieb ihm erspart, seiner Freundin ein weiteres Mal absagen zu müssen.

Das grellrote Auto, das vor der Schule hielt, um mich abzuholen, zog die Aufmerksamkeit aller Schüler auf sich. Ich hatte dafür gesorgt, dass Leo nicht in der Nähe war, damit Dylan nicht herausfand, dass wir zusammen waren.

Die Zeit, die Shane mir eingeräumt hatte, um Vincent von Leo zu erzählen, lief unbarmherzig ab. Langsam geriet ich in Panik, denn die Tage vergingen schnell.

Dylan trug eine Sonnenbrille, aus den Lautsprechern dröhnte ein Mix aus Neunziger-Jahre-Hits, und unter den Rücksitzen flogen ein paar Packungen mit süßen und salzigen Snacks und Wasserflaschen herum. Als ich mich auf dem Beifahrersitz niederließ, roch ich sofort den schweren Duft von Dylans Eau de Toilette und wusste gleich, dass es ein langes Wochenende werden würde.

»Schnall dich an, kleines Mädchen, und halt dich gut fest«, wies er mich an, dann drehte er die Musik noch lauter auf und ich musste mich am Armaturenbrett festhalten, als wir mit quietschenden Reifen das Schulgelände verließen.

»Musst du immer so eine Show abziehen?« Ich seufzte und rollte mit den Augen.

»Yep, immer.«

Auf dem Weg, der uns aus unserem Pennsylvania nach New York führte, gerieten wir zu dieser Tages- und Wochenzeit gelegentlich in einen Stau. Erst nahm ich mir vor, meine Hausaufgaben zu machen, aber es fiel mir schwer, im Gerüttel des fahrenden Autos sauber zu schreiben, also ließ ich es bleiben. Vom langen Schultag erschöpft nickte ich schließlich ein, während Dylan mit Martina telefonierte, die sich für ihren Flug fertig machte. Sie würde einen Nachtflug nach New York nehmen und gleich morgens in den USA landen.

Für eine Weile schlief ich ziemlich fest, doch ein heftiger Ruck riss mich aus meinem Schlummer und ich öffnete abrupt die Augen, während es mich in den Sitz drückte.

»Sorry«, murmelte Dylan.

Er hatte scharf gebremst, da sich vor uns mehrere Autos stauten. Gelassen lehnte er sich in seinem Sitz zurück und trommelte mit den Fingern auf das Lenkrad, wobei er ab und zu auf sein Smartphone sah.

»Hey, weißt du zufällig, wo Will und Vince sich rumtreiben und was sie gerade machen?«, fragte ich scheinbar achtlos und streckte mich bequem im Sitz aus.

Er zuckte mit den Schultern.

»Wahrscheinlich irgendwelche Geschäfte.«

»Ja, aber was für welche?«

Dylan schaute mich abschätzend an.

»Als wenn sie das verraten würden.«

»Du weißt es also auch nicht?«

»Nein.«

»Ich dachte, dass sie dir so was erzählen.«

»Nicht immer.«

Dylan hatte soeben meinen Verdacht bestätigt, dass er gar nicht so richtig Bescheid wusste über die Gespräche, die unsere ältesten Brüder in letzter Zeit miteinander führten. Das machte mich noch unruhiger.

So sehr ich auch versuchte, nicht an die Gesprächsfetzen zu denken, die ich mitbekommen hatte, so sehr belasteten sie mich. Plötzlich hatte ich das Bedürfnis nach Nähe. Ich sehnte mich nach einer noch so kleinen Bestätigung, dass alles in Ordnung war.

»Dylan, es tut mir leid, dass du mich mitschleppen musst«, murmelte ich.

»Ist ja nicht deine Schuld.«

»Ich hätte wirklich allein zu Hause bleiben können. Es nervt mich so, dass …«

»Ich behalte dich lieber im Auge, kleines Mädchen.«

Ich ließ mit einem Zischen Luft aus meinem Mund entweichen, woraufhin Dylan ein boshaftes Lachen von sich gab. Aber das war für mich ein gutes Zeichen, denn offenbar hatte er wirklich nichts dagegen, für dieses Wochenende mein Bodyguard zu sein. Neben Sonny natürlich, dessen Auto ich uns im Rückspiegel treu folgen sah.

Natürlich machten wir zuerst in Vincents Apartment Halt. Ich mochte seine Wohnung, aber die karge Einrichtung schrie förmlich nach jemandem, der sie ein bisschen gemütlicher machte. Ich unterbreitete Dylan den Vorschlag, mich darum zu kümmern, und er zuckte nur mit den Schultern; wenn mir so daran gelegen wäre, könne ich sie einrichten, wie ich wolle, Vince hätte sicher nichts dagegen.

Wir aßen die verbliebenen Snacks aus dem Auto auf und stopften uns damit so voll, dass ein Abendessen nicht mehr nötig war und wir gleich ins Bett gehen konnten. Ich hatte kaum die Augen zugemacht, als der laute Wecker meines Bruders mich schon wieder aus dem Schlaf riss.

Es war immer noch dunkel, als wir uns mit frischen Croissants aus der Bäckerei und Coffee-to-go auf den Weg zum Flughafen machten. Ich gähnte pausenlos, aber Dylan legte laute Musik auf, die uns sofort wach machte.

Martina fiel Dylan in die Arme wie in einem kitschigen Liebesfilm, aber bevor ich rührselig werden konnte, bemerkte ich, dass sie nicht allein gekommen war. Erstaunt blickte ich zu ihrem Cousin Alex, der mir ein wissendes Lächeln zuwarf. Ich hatte nicht damit gerechnet, ihn jemals wiederzusehen. Er sah gut aus – sein Teint, sein dunkles Haar und seine Bartstoppeln erinnerten mich an Spanien. An Freiheit und Unbeschwertheit.

Martina und Dylan hätten sich noch endlos weitergeküsst, wenn Alex sich nicht geräuspert hätte und Dylan auf ihn aufmerksam wurde.

»Was macht der denn hier?«

Martina zuckte mit den Schultern.

»Beim letzten Mal hast du mich versetzt, wenn ich das richtig in Erinnerung habe«, antwortete sie. »Diesmal hab ich für alle Fälle Alex mitgenommen.«

»Das war doch eine absolute Ausnahmesituation!«, wehrte sich Dylan sichtlich entrüstet. »Ich würde dich im Leben nie wieder enttäuschen.«

Ich hob eine Augenbraue, denn als Einzige in der Runde wusste ich, wie nah Dylan wieder dran gewesen war, sie erneut zu versetzen.

»Bei dir kann man sich nie sicher sein, Dylan. Darum habe ich Alex angeboten, mich zu begleiten. Ich habe außerdem eine Menge

Gepäck dabei, das hätte ich allein gar nicht tragen können. Er kann in meiner Wohnung schlafen, auf der Couch, das ist mit meinen Mitbewohnern schon abgesprochen.«

»Kostenlose Logis in New York, nur ein Trottel würde die Chance nicht nutzen«, fügte Alex grinsend hinzu, bevor er Dylan auf diese männliche und übertriebene Art umarmte.

»Wie ich sehe, hast du auch jemanden mitgebracht«, bemerkte Martina, und auf ihren Lippen zeichnete sich ein breites Lächeln ab. »Hi, Hailie. Schön, dich kennenzulernen. Das heißt, dich zu sehen. Mein Gott«, seufzte sie verärgert und richtete den Blick nach oben. »Ich muss mein Englisch wirklich verbessern, ich mache die dümmsten Fehler.«

»Alles easy, Preciosa, ich helfe dir mit deinem Englisch«, versprach Dylan, legte ihr mit einem schelmischen Grinsen den Arm um die Taille und flüsterte ihr etwas so Unanständiges ins Ohr, dass Martina rot anlief.

»Du bist ein Ferkel«, knurrte sie ihn an und stieß ihn kopfschüttelnd von sich, aber aus dem Augenwinkel bemerkte ich ihren amüsierten Blick. Die beiden konnten etwas Privatsphäre gut gebrauchen.

Alex muss das Gleiche gedacht haben, denn er lehnte sich an den Gepäckwagen und schlug vor, mit mir einen Kaffee trinken zu gehen – in der Zwischenzeit könnte mein Bruder Martina mit ihren Sachen helfen. Ich hörte mir den Vorschlag mit skeptischem Blick an.

»Ich werde Hailie nicht mit dir allein lassen«, protestierte Dylan sofort.

»Du kannst nach langer Trennung endlich mit deiner Freundin alleine sein und schlägst das Angebot aus?« Alex verdrehte seine Augen, fuhr sich mit der Hand durch sein dunkles Haar und ließ spöttisch seine weißen Zähne aufblitzen. »Hailie und ich werden uns einfach in ein Café setzen.«

Martina schaute aufgekratzt zu Dylan und wartete auf seine Entscheidung. Er sah Alex kurz misstrauisch an, dann brummte er: »Und was genau wollt ihr in diesem Café machen?«

Alex und Martina seufzten, genervt von Dylans penetrantem Nachfragen, und ich stand bloß mit vor der Brust verschränkten Armen da, völlig unbeeindruckt vom gewohnt besitzergreifenden Verhalten meines Bruders.

»Kaffee trinken, Kuchen essen …«, zählte Alex auf und fügte schulterzuckend hinzu: »Vielleicht stehle ich ihr auch den ein oder anderen Kuss, wir werden sehen.«

Ich schloss die Augen und hörte nur, wie Martina dem aufgebrachten Dylan zusäuselte: »Beruhig dich, Sweetie! Er macht doch nur Spaß. Lass dich nicht auf seine Provokationen ein, er wird ihr doch nichts tun. Und du hörst auch sofort auf, Alex!«

»Du bist mir vielleicht einer, Dylan«, sagte der Spanier kopfschüttelnd, woraufhin mein Bruder nur noch Schimpfworte für ihn übrig hatte.

Ich hätte nicht gedacht, dass Dylan Alex' Vorschlag jemals zustimmen würde, aber ich hatte Martinas Charme unterschätzt, dem mein Bruder offenbar komplett erlegen war.

Zuerst fuhren wir zu Vincents Wohnung. Dylan hatte Martina schon angekündigt, dass er sie während ihrer Besuche in New York hier unterbringen würde, da Vincent selbst sich nur selten blicken ließ. Alex blieb mit seinem Coffee-to-go-Becher am großen Fenster stehen, nickte anerkennend und blickte auf New Yorks weltberühmten Central Park hinunter.

Alex war für mich schwerer zu durchschauen, aber Martina war anzumerken, dass die Situation sie überforderte, egal wie selbstbewusst und tough sie im Alltag auch auftreten mochte.

Wie ich die Verschwendungssucht meiner Brüder kannte, konnte ich mir ausmalen, dass Dylan Martina gegenüber keine Kosten scheute, auch wenn er bislang nicht oft die Gelegenheit gehabt hatte, ihr seinen ganzen Reichtum vorzuführen. Die Frau wusste, dass er großzügig Getränke verteilte und mit gutem Essen nicht geizte, aber eine Luxuswohnung im Zentrum von New York war noch mal eine andere Nummer.

Martina hatte ein Zimmer in Brooklyn gemietet, in einer WG, die sie mit anderen Studierenden teilte. Ich wusste das, weil Dylan anfangs eifersüchtig auf einen ihrer Mitbewohner gewesen war, aber seine Freundin hatte, wie gesagt, großes Überzeugungstalent. Sie machte Dylan so lange schöne Augen, bis er schließlich einwilligte, dass ich mit Alex frühstücken gehen durfte.

Das Café, in dem wir landeten, war eines dieser extravaganten Lokale in Manhattan. Die Wände waren aus Glas und jede freie Ecke war mit Pflanzen vollgestopft, sodass der Raum wie ein Gewächshaus oder ein japanisches Teehaus wirkte. Im Inneren herrschte eine Ruhe, die man im Zentrum einer so riesigen Stadt nicht erwartet hätte – der perfekte Ort, um den Tag zu beginnen.

Alex wollte von Kaffee und Kuchen nichts mehr wissen, als er die üppige Speisekarte sah. Er bestellte sich einen Bagel mit Honigschinken, geschmolzenem Käse, Bechamelsauce und pochiertem Ei und dazu einen gemischten Salat. Ich konnte nicht widerstehen und entschied mich für den knusprigen French Toast mit karamellisierten Rum-Bananen. Alex versprach, Dylan nicht zu verraten, dass ich etwas gegessen hatte, das Alkohol enthielt, gleichzeitig konnte er nicht fassen, dass mein Bruder ernsthaft ein Problem damit haben könnte.

»Was für ein Trottel«, stellte er kopfschüttelnd fest.

Zum Essen tranken wir Wasser, und Alex bestellte sich noch einen weiteren Kaffee. Ich dachte, wir wären schon fertig, aber als die Kellnerin unser Geschirr abräumte, bestellte er sich, wie es seiner südländischen Natur entsprach, noch ein Bier und einen Moment später, während er mir einen verschmitzten Blick zuwarf, fügte er noch hinzu: »Einen Mimosa bitte noch. Ganz klassisch, mit Orangensaft.«

»Pretty Young Thing?«, fragte sie.

»So heißt das hier bei euch?«, lachte Alex. »Na, dann soll es so sein.«

Die Kellnerin ging davon und ich lehnte mich über den Tisch zu ihm vor: »Hast du das gerade für mich bestellt?«

»Siehst du hier noch ein anderes hübsches junges Ding?«

»Ist das was mit Alkohol?«

Alex zuckte mit den Schultern.

»Ach, nur was Gespritztes.«

»Es ist noch nicht einmal zwölf Uhr!«, rief ich empört.

»Trinkst du nur nach zwölf Alkohol? Ist das hier Gesetz oder wie?«, fragte er neugierig.

»Ich trinke überhaupt keinen Alkohol«, zischte ich. »Und ich werde das Zeug nicht anrühren. Wenn Dylan davon Wind bekommt …«

»Was er nicht weiß, macht ihn nicht heiß.«

Alex breitete seine Hände aus.

»Sonny wird es ihm sagen!« Ich senkte die Stimme zu einem fiebrigen Flüstern.

»Dein Bodyguard steht irgendwo am Eingang rum, weit weg von uns. Woher soll er wissen, was du trinkst? Er könnte es höchstens an deinem seltsamen Verhalten erkennen.« Nun senkte auch Alex die Stimme. »Und mach dich endlich locker, Hailie. Das Zeug sieht aus wie ganz normaler Orangensaft. Niemand wird merken, dass du einen Mimosa getrunken hast. Es ist ein ganz schwacher Drink, perfekt zum Frühstück.«

Ich biss mir auf die Lippe und vermied es, Sonny anzusehen, weil ich nicht noch auffälliger wirken wollte.

»Ich habe doch schon diese Rum-Bananen gegessen …«, sagte ich mit besorgter Stimme.

Alex' Augenbrauen schossen in die Höhe.

»Hör mal, du wirst doch nicht von French Toast besoffen!«

Ich sah mich um, um sicherzugehen, dass niemand unser Gespräch hören konnte, und kam mir langsam richtig albern vor. Alex saß hier entspannt und schien bester Laune zu sein, während ich wie immer verklemmt und angespannt war. *Aber wer wäre das nicht, wenn er solche Brüder hätte wie ich?*

»Wie ich sehe, befolgst du meinen Rat nicht«, schlussfolgerte er und sah mich amüsiert an. »Schon ein bisschen schade.«

In der Bar in Madrid, wo ich ihn kennengelernt hatte, hatte er gefragt, ob ich denn niemals Spaß hätte. Damals war es mir peinlich gewesen, wie kindlich ich noch war.

»Ich … ich hab deinen Rat wohl befolgt«, entgegnete ich und klang dabei wie ein trotziges Kind. Hätte nur noch gefehlt, dass ich ihm die Zunge ausstrecke.

»Ach ja?«

»Ja.« Ich hob mein Kinn. »In den Ferien hatte ich meinen Spaß.«

»Wow«, sagte er unbeeindruckt und legte den Kopf schief, und dann fragte er mit einem theatralischen Flüstern: »Lass mich raten: Du hast eine Schnapspraline gegessen?«

Fast hätte ich ihm unterm Tisch gegen das Schienbein getreten. Er schien das alles wahnsinnig komisch zu finden.

»Ich war auf einer Party«, informierte ich ihn. »In Saint Tropez. Dort habe ich Margaritas und Tequila getrunken und sogar eine Zigarre geraucht.«

»Ja, klar.«

»Es stimmt aber!«

Ich sah ihm direkt in die Augen, damit er begriff, dass ich die Wahrheit sagte.

»Interessant. Hätte dich zu gern so erlebt.«

Er legte den Kopf schief und seine Augen blitzten gefährlich auf. Plötzlich bereute ich es, ihm das erzählt zu haben, und senkte beschämt den Blick. In diesem Moment brachte die Kellnerin meinen Mimosa, und ohne lange nachzudenken griff ich nach dem Glas und nahm einen großen Schluck. Von außen sah das Getränk tatsächlich harmlos aus wie Orangensaft, aber es war unmöglich, nicht den leichten Hauch von Alkohol zu schmecken, und ich musste mich zusammenreißen, um nicht den Mund zu verziehen. Es konnte ja sein, dass Sonny mich aus der Ferne beobachtete.

»Und, wie schmeckt's?« fragte Alex.

»Wie Orangensaft mit Champagner halt.«

»Du musst nicht flüstern, dein Bodyguard kann uns nicht hören.«

»Wolltest du mit mir ins Café, um dich über mich lustig zu machen? War das dein Plan?«, fragte ich entrüstet.

»Nein. Ich wollte, dass Martina und Dylan in Ruhe rummachen können«, entgegnete er. »Sie wirkten beide sehr angespannt. Ich muss die nächsten Tage mit ihnen verbringen und habe nicht vor, die Launen meiner Cousine zu ertragen.«

Ich zog eine Grimasse.

»Und nebenbei konnte ich mein Abenteuer in New York mit einem kleinen Date mit einem hübschen Mädchen beginnen. Hätte nicht besser laufen können.« Er zwinkerte.

»Ein Date!?«, schnaubte ich. »Guter Witz.«

Ich beugte mich über die Tischplatte, damit er mich ganz deutlich verstand, und sagte leise, aber nachdrücklich: »Vergiss es. Das hier ist kein Date.«

Alex zuckte sichtlich amüsiert mit den Schultern.

»Wie du meinst.«

»Ich mein's ernst«, sagte ich wütend, denn was Alex da abzog, war echt nicht in Ordnung. Es war mir wirklich wichtig klarzustellen, dass das kein Date war, deshalb fügte ich hinzu: »Bist du eigentlich lebensmüde? Wenn ich's Dylan erzähle, war's das mit dir.«

»Du wirst es Dylan nicht erzählen, weil du genau weißt, dass es ihm gründlich die Stimmung versauen würde, womit wiederum das ganze Wochenende im Eimer wäre. Und die Leidtragende wärst du, weil er dich keinen Schritt mehr alleine machen ließe. Mir kann er nichts. Er mag vielleicht laut knurren, aber ich bin immer noch der Cousin seiner Freundin.«

»Du bist ganz schön dreist, weißt du das eigentlich?«

»Und ob ich das weiß«, sagte er nickend. »Wär ja langweilig sonst.«

»Das. Ist. Kein. Date.«

Alex, der mir in lässiger Pose gegenüber saß, beugte sich diesmal so weit vor, dass sein Gesicht plötzlich ganz nah an meinem war. Ich erstarrte, mein ganzer Körper war angespannt.

»Okay«, sagte er mit der größten Lockerheit. Und dann kam er mir noch näher und presste seine Lippen auf meine.

Ich zuckte so abrupt zurück, dass ich mir bestimmt eine Kopfverletzung geholt hätte, hätte ich nicht auf einem Sofa mit hohen, weichen Polstern gesessen. Mein Rücken schmerzte ein wenig, aber meine Aufmerksamkeit galt nicht dem Schmerz, sondern meinem Begleiter, dessen Mund sich zu einem spöttischen Lächeln verzogen hatte. Instinktiv griff ich nach dem erstbesten Gegenstand, den ich zu greifen bekam. Es war das Mimosa-Glas, dessen Inhalt ich ihm, ohne eine Sekunde nachzudenken, ins Gesicht schüttete.

Das Gefühl der Genugtuung, die ich in diesem Moment empfand, war größer als alle Wolkenkratzer von Manhattan.

Alex' Lippen, die eben noch so begierig auf einen Kuss gewesen waren, klafften nun auseinander vor Erstaunen, und er kniff die Augenlider zusammen. Sein Gesicht war ganz nass, und auch seine Kleidung war in Mitleidenschaft gezogen worden – auf seinem T-Shirt hatte sich ein großer, hässlicher Fleck ausgebreitet.

»Miss Monet, ist alles in Ordnung?« Sonny tauchte plötzlich neben unserem Tisch auf. Er schaute abwechselnd zu mir und Alex und wusste anscheinend nicht, was er tun sollte. Ich winkte ab.

»Es ist alles okay, Sonny, danke«, antwortete ich mit erhobenem Kinn und warf einen Blick auf meinen Begleiter, der mit geradem Rücken auf seinem Stuhl saß und sich mit den Händen über das Gesicht rieb. Mit einem süßen Lächeln fügte ich noch hinzu: »Alles unter Kontrolle.«

Sonny nickte. Er machte zwar einen schockierten Eindruck, blieb aber professionell und versuchte, es sich nicht anmerken zu lassen. Er wich zurück, aber aus dem Augenwinkel sah ich, dass er sich dieses Mal viel näher positionierte als vorher.

Immer noch gereizt sah ich wieder zu Alex und beobachtete, wie er eine Handvoll Servietten vom Tisch nahm und sich damit über die Augen wischte.

»Puh«, seufzte er, immer noch blinzelnd, und strich sich ein paar feuchte Strähnen aus der Stirn.

»Allerdings«, antwortete ich kühl.

»Da hat aber jemand viele Seifenopern geschaut«, witzelte er, während er sein beschmutztes T-Shirt abtupfte.

»Ich bin nicht diejenige, die jeglichen Realitätssinn verloren hat«, antwortete ich und zischte wütend: »Was zum Teufel hast du dir nur dabei gedacht?«

Alex zuckte mit den Schultern und nahm wieder eine lässige Pose ein.

»Okay, tut mir leid. Einen Versuch war's wert, oder?«

»Nein!«, fuhr ich ihn an. »Ich habe einen Freund!«

»Ach, Hailie ...« Alex senkte den Kopf und schüttelte ihn mit gefakter Enttäuschung.

»Ich will keine Küsse von dir«, stellte ich klar. »Merk dir das.«

Alex nickte brav und rieb sich über das Kinn. Ich schätze, er hatte kapiert, dass es keine gute Idee war, mir noch mehr auf die Nerven zu gehen. Eine gute Entscheidung, denn ich spielte schon mit dem Gedanken, ihn bei Dylan zu verpetzen.

Aber wie sollte ich jetzt Leo in die Augen sehen können? Wir waren erst seit ein paar Tagen ein Paar und schon hatte ich mich von einem anderen küssen lassen. Ich rieb mir über die Lippen, wie um alle Spuren davon zu verwischen, dann sagte ich kühl: »Versuch es nicht noch mal.«

Es war das erste Mal, dass jemand meine Intimsphäre so schamlos verletzt hatte, und während wir noch im Café saßen, warf ich Alex tödliche Blicke zu und konnte nicht glauben, dass er vor mir saß, als wäre nichts passiert. Das Einzige, das ihm etwas unangenehm zu sein schien, war der gelbe Fleck auf seinem T-Shirt, auf den er ständig herunterblickte, bis er sich schließlich erhob und auf der Toilette verschwand. In der Zwischenzeit bezahlte ich unser Frühstück und informierte die Bedienung über den verschütteten Drink.

»Erzählen Sie Dylan bitte nicht, was hier vorgefallen ist«, bat ich Sonny. Ich starrte zu den Toiletten und wartete auf Alex' Rückkehr.

»Ich werde ihm nichts sagen, Miss Monet.«

»Vincent auch nicht.«

»Wenn er nicht fragt, dann nicht, Miss Monet.«

Ich nickte. Jetzt konnte ich nur hoffen, dass Vince sich nicht darum scherte, ob mich in New York jemand angemacht hatte oder nicht.

Ich erbarmte mich und nahm Alex mit in Vincents Wohnung, wo ich ihm ein schlichtes schwarzes T-Shirt gab, von denen Dylan gleich drei Stück hatte. Er würde also nicht gleich merken, dass eins fehlte.

»Nicht mal ein Dankeschön?«, fragte ich.

Als Alex frisch angezogen aus dem Zimmer kam, hatte er wieder seine überhebliche Haltung angenommen. Ein schelmisches Lächeln lag auf seinen Lippen und seine Augen hörten nicht auf zu funkeln, als er sich dem großen Fenster näherte, an dem ich lehnte.

»Du hast mir das Shirt ruiniert«, antwortete er.

»Vielleicht hättest du mich nicht ohne meine Zustimmung küssen sollen?«

»Das Besondere an spontanen romantischen Küssen ist, dass man sie nicht erwartet.«

»Aber man sollte schon sicher sein, dass die Person, die man küsst, nichts dagegen hat.«

Alex zuckte mit den Schultern und blickte aus dem Fenster, das einen atemberaubenden Blick auf New Yorks berühmtesten Park bot.

»Nur so hab ich's rausfinden können«, erwiderte er. »Du hast mir ziemlich übertrieben, aber deutlich gezeigt, dass du nicht interessiert bist. Ist okay, ich kann mit Zurückweisung gut umgehen. Kein Thema.«

»Du hättest auch einfach fragen können, aber okay.«

»Wobei …«, sagte er plötzlich und ich schaute ihn misstrauisch an, da ich gar nicht wissen wollte, wie der Satz weiterging. »Ich glaube, dass du mir noch eine Chance geben wirst.«

»Nichts da!« Mein wütendes Zischen wurde vom Klingeln meines Smartphones unterbrochen.

Dylan war dran. Er war völlig aufgebracht, weil ich nicht im Café war, in dem er mich erwartet hatte. Sie hatten Martinas Sachen bereits in ihre Wohnung gebracht und nun suchten sie nach uns. Wir verabredeten, dass sie uns hier in der Wohnung treffen würden, und ich war erleichtert, nicht mehr viel Zeit allein mit Alex verbringen zu müssen.

Glücklicherweise blieb das für den Rest unseres Aufenthalts auch so, und weil Martinas Cousin nicht lebensmüde war, versuchte er nicht, mich in Gegenwart meines impulsiven Bruders an den Kuss zu erinnern.

Ich weiß noch, dass meine Mutter immer mit Abscheu von New York gesprochen hatte. Sie hasste das Gefühl, zwischen hohen Gebäuden von Menschenmassen erdrückt zu werden. Die Preise fand sie absurd hoch, die New Yorker arrogant und die Stadt allgemein überbewertet. Ich war ganz anderer Meinung, aber leider konnte ich mit ihr nicht mehr darüber sprechen.

Das absolute Highlight meiner Reise war der Besuch am Broadway. Dylan hatte irgendwo Tickets für Hamilton aufgetrieben. Mit Martina verstand ich mich auch ganz gut, und da ich im Alltag nur von Männern umgeben war, wusste ich jede weibliche Gesellschaft zu schätzen.

Dylan befolgte Vincents Anweisung, und am Sonntagnachmittag machten wir uns zusammen auf den Heimweg, um zu einer vernünftigen Zeit wieder zu Hause zu sein. Die Fahrt verlief angenehm, denn auch Dylan hatte ziemlich gute Laune nach den Tagen mit Martina. Er bedankte sich sogar noch bei mir, dass ich mitgekommen war. Ich mochte seine Sicht auf das Wochenende und nutzte die Gelegenheit, um mit ihm zu plaudern.

9

Was es bedeutet, Hailie Monet zu sein

Was es bedeutete, Hailie Monet zu sein?

Ein spontaner Wochenendtrip nach New York, zum Beispiel. Im luxuriösen Penthouse des großen Bruders übernachten, im Herzen von Manhattan. In Cafés und Restaurants reinspazieren, ohne vorab die Preise auf der Speisekarte gecheckt zu haben. Sich für ein paar Blocks ein Taxi herbeiwinken, weil es angefangen hat zu nieseln.

Ein verschwenderisches Leben, das mich früher abgeschreckt hätte. Was sollte ich mit einem bordeauxroten Wildlederhut für ein paar Hundert Dollar? Oder mit einem Lippenstift in Puderrosa für dreihundert? Ich schminkte mich nicht einmal. Ein Kaschmirpulli für knapp zweitausend Dollar ließ selbst Dylan zusammenzucken. Aber er sagte nichts. Niemand sagte etwas.

Hailie Monet zu sein bedeutete, dass man einerseits gar nicht und andererseits komplett eingeschränkt war. Dylan ließ mich das Wochenende über für keine Sekunde allein. Sobald ich aus seinem Blickfeld verschwand, rief er nach mir. Er legte mir seine Hand auf die Schulter, als wir uns einen Weg über den völlig überfüllten, von Werbetafeln erleuchteten Times Square bahnten. Er sagte Stopp, wenn die Ampel plötzlich auf Rot sprang. Als wäre ich drei Jahre alt und könnte jederzeit vor ein Auto laufen. Und ließ Dylan mich mal für zwei Minuten aus den Augen, bemerkte ich sofort, dass Sonny jede meiner Bewegungen genau im Blick hatte.

~

»Hey, mach die Augen auf.«

Erst hörte ich die Stimme, dann spürte ich auch die Hand, die an meiner Schulter rüttelte. Ich öffnete mühsam die Augen, sah in der Dunkelheit Wills Gesicht über mir und schloss sie gleich wieder.

»Tut mir leid, Kleines, aber du musst aufstehen.«

Seine leise Stimme war ungewöhnlich sanft und klang in meinem Kopf wie ein Wiegenlied, das mich zurück in den Schlaf lullte. Er ließ jedoch nicht locker und schlug meine Bettdecke zurück, sodass die kühle Luft mich frösteln ließ.

»Was ist denn?«, fragte ich schläfrig. »Wie viel Uhr ist es? Hab ich verschlafen?«

Wenn es wirklich so war, würde ich Will anflehen, dass er mir erlaubte, zu spät in die Schule zu kommen.

»Vier Uhr.«

»Vier! Dann kann ich ja noch lange schlafen!« Ich zog mir die Decke bis über den Kopf.

»Hailie, du gehst heute nicht in die Schule«, sagte er und schlug die Decke erneut zurück. »Bitte steh auf, wir wollen in einer halben Stunde losfahren.«

Langsam begriff ich, dass etwas Besonderes anstand, wenn Will mich morgens um vier weckte und eine Reise ankündigte. Ich blinzelte, um schneller wach zu werden.

»Losfahren ... wohin denn losfahren?«

»Steh auf und mach dich fertig. Und beeil dich, ja? Zieh dir was Warmes an. Es ist noch frisch draußen.«

»Will, wohin denn losfahren?«, fragte ich erneut, während ich mich aufsetzte.

»Komm nach unten, dann erkläre ich dir alles.«

Verwirrt sah ich meinem Bruder im schwarzen Kapuzensweatshirt hinterher, der das Zimmer verließ. Seine Bewegungen waren für diese frühe Stunde unnatürlich energisch – selbst für jemanden wie ihn.

»Will!«, rief ich. Er blieb sofort stehen und schaute über die Schulter. »Soll ich einen Koffer packen? Was ist los?«

Er schüttelte nur verneinend den Kopf und verschwand. Es war unglaublich, wie schnell alle Schläfrigkeit von mir abfiel.

Während ich mir die Zähne putzte, spürte ich, wie sich immer mehr die Angst in mein Herz schlich. Als ich die Zahnpasta ins Waschbecken spuckte, war mir richtig schlecht.

Ich schlüpfte in meine schwarze Jogginghose und ein Sweatshirt, von denen ich hoffte, dass sie mich warmhalten würden, und ging nach unten in die Garage, wo große Aufregung herrschte.

Zwischen Vince' glänzendem schwarzem Auto und Wills Jeep standen mehrere Personen. Unter anderem Vincent. Er stand da in gebügeltem Hemd, so frisch, als wäre er jeden Tag vor Anbruch des Morgengrauens wach und bereit, Befehle zu erteilen. Leise sprach er mit einem älteren Mann in einem grauen Anzug, der eine lederne Aktentasche dabei hatte und sich über auf der Motorhaube ausgebreitete Dokumente beugte. Er zeigte mit dem Finger auf Schriftstück, und Vince schüttelte energisch den Kopf.

In der Nähe stand ein weiterer Mann, der ebenfalls einen Anzug trug. Er strich sich übers Kinn und runzelte die Stirn. Ich blickt mich nach meinen anderen Brüdern um, entdeckte aber nur Sonny, der etwas weiter weg an der Wand stand. Als er mich bemerkte, nickte er mir zu.

Die Situation schüchterte mich ein und ich versuchte zu verstehen, was hier vor sich ging. Mit einer Hand umklammerte ich das andere Handgelenk und stand so verloren in der Gegend herum, bis ich spürte, dass mir jemand über den Rücken strich. Es war Will, der mich ganz sanft vorwärts schob.

»Fahren wir mit zwei Autos?«, fragte er, und Vince hob den Kopf und bestätigte es mit einem Nicken.

»Hailie fährt bei mir mit«, entschied er und warf mir einen flüchtigen Blick zu.

Ich wäre viel lieber bei Will geblieben, weil seine Anwesenheit mich immer beruhigte, doch er führte mich wie befohlen zum Beifahrersitz des Autos unseres ältesten Bruders.

»Will, was ist hier los?«, fragte ich leise. Die Angst, die diese unerwartete Situation in mir auslöste, mischte sich mit dem Frust darüber, dass ich wie immer nicht Bescheid wusste. Die Luft vibrierte beinahe vor Anspannung, was mich mit Beklommenheit erfüllte.

»Vince wird dir alles erklären, okay?«

Nein, das war überhaupt nicht okay. Vince und Erklärungen, das passte wie ein Fisch aufs Fahrrad. Außerdem verstärkte die Gesellschaft meines strengen Bruders mein Unbehagen jedes Mal noch.

Will stand immer noch bei mir, als ich bemerkte, dass Dylan und die Zwillinge aus der Dunkelheit der Villa in die Garage getreten waren. Auch sie sahen aus, als wären sie ohne Vorwarnung aus ihren Betten gezerrt worden; ihre Blicke sprangen vorwurfsvoll abwechselnd von Vincent zu Will.

Ich fing Dylans Blick auf und ich konnte neben dem Zorn in seinen dunklen Augen auch Schmerz lesen, und vermutlich hätte ich einen Anflug von Panik bekommen – wenn mich nicht in diesem Moment der leise Knall der Aktentasche auf der Motorhaube abgelenkt hätte, in der der Mann im grauen Anzug gerade seine Papiere verstaut hatte.

Vince murmelte etwas zu Tony, der ihn ignorierte, obwohl ich mir sicher war, dass er tun würde, was auch immer Vince von ihm verlangte. Für einen kurzen Moment kreuzte mein Blick den des Mannes im Anzug. Er lächelte mir freundlich zu und nickte. Ich konnte hören, wie Vince Anweisungen gab, wer mit wem und in welcher Reihenfolge fahren sollte. Als ich meinen eigenen Namen hörte, tauchte Sonny neben mir auf. Währenddessen betrat Eugenie die Garage. Ihre Haare waren zerzaust und sie kam mit einem Korb auf mich zu.

»Hier, Kaffee«, sagte sie fürsorglich und drückte mir eine Thermoskanne und in Silberfolie gewickeltes Gebäck in die Hand. »Ich habe die Bagels gestern Abend gebacken, sie sind noch ganz frisch. Und Wasser, du musst viel Wasser trinken, Liebes. Hier ist noch etwas Süßes, Zucker tut immer gut …«

Ich nahm weitere Lebensmittel entgegen, die sie aus ihrem Korb fischte, und war von alldem so verwirrt, dass ich gar nicht dazu kam, Danke zu sagen. Schließlich lächelte Eugenie mich gutmütig an, doch auch in ihren Augen lag ein Schrecken. Dann ging sie rüber zum Auto, in das meine anderen Brüder gestiegen waren. Sie verteilte die gleichen Lunchpakete an alle, und ich merkte, dass etwas nicht stimmte, als ich sah, wie gleichgültig die Jungs diese entgegennahmen. Normalerweise hätten sie sich wie ausgehungerte Tiere auf das Essen gestürzt.

Will klopfte ans Seitenfenster, um mir eine flauschige schwarze Decke zu reichen. Eine Erklärung wäre mir aber lieber gewesen.

Schließlich setzte sich Vince hinters Steuer, warf einen Blick auf das Armaturenbrett und die Umgebung, dann wandte er sich mir zu.

»Anschnallen«, sagte er knapp und startete den Motor erst, nachdem ich mir den Gurt wie befohlen über die Schulter gelegt hatte.

Angespannt sah ich zu, wie das Garagentor hochfuhr.

Der Himmel war immer noch dunkel, und ich krallte meine Finger in die dicke Decke auf meinem Schoß. Sie schenkte mir etwas Geborgenheit, ganz so, als schliefe eine flauschige Katze in meinem Schoß.

In der Einfahrt vor dem Haus standen zwei weitere große Autos. In einem saßen die Männer, mit denen Vincent vorhin gesprochen hatte, und in dem anderen Sonny.

Wills Jeep fuhr hinter uns her. Das Ganze sah für mich wie ein Großaufgebot aus, und auf einmal hielt ich es nicht mehr länger aus. Wir hatten das Gelände unseres Grundstücks noch nicht verlassen, als ich mich zu Vincent drehte.

»Was passiert hier?«

Er antwortete nicht sofort. Erst als wir auf der Hauptstraße waren, entspannte er sich ein wenig. Seine Hände lagen locker, aber sicher auf dem Lenkrad. Er hatte sogar die Ärmel seines dunklen Hemdes hochgekrempelt. Ich starrte ihn eindringlich an, geduldig darauf wartend, dass er sich erbarmte und mir endlich verriet, was hier vor sich ging.

»Vincent«, drängte ich. »Antworte mir.«

Er räusperte sich und sprach mit seiner ruhigen, klaren Stimme: »Wir treffen uns mit unserem Vater.«

Einen Moment lang spürte ich Erleichterung. Ich wollte aufatmen, aber irgendetwas fühlte sich immer noch nicht ganz richtig an.

»Fahren wir zum Flughafen?«

Vince schwieg und blickte vor sich auf den im Dunkel liegenden Asphalt. Auf den vom Wald gesäumten Straßen waren weit und breit keine Laternen zu sehen.

»Fahren wir zum Flughafen?«, wiederholte ich meine Frage und spürte ein unangenehmes Frösteln.

Die Dunkelheit, das geheimnisvolle Getue meines Bruders und die außergewöhnlichen Umstände verstärkten das Gefühl, dass etwas nicht stimmte.

»Nein, Hailie«, antwortete er schließlich steif und er starrte angestrengt nach vorne. Dann fügte er hinzu: »Wir besuchen ihn im Gefängnis.«

In meinen Ohren klingelte es, und mein Herz schien für einen Moment stehen zu bleiben. Ich bekam kaum noch Luft und keine Antwort wollte mir einfallen.

»Wir sind noch fünf Stunden entfernt, es ist ein langer Weg, aber es ist die beste Strafanstalt, in die er kommen konnte.«

Je länger Vince sprach, desto mehr füllten sich meine Augen mit Tränen.

»Es geht ihm gut, er ist gesund …«

»Aber er ist im Gefängnis!«, rief ich.

»Ja.«

»Dad ist im Gefängnis!«

»Ja.«

Ich stieß einen dumpfen Schrei aus und schlug mir die Hand vor den Mund.

»Was ist passiert? Wie …« Die Worte blieben mir in der Kehle stecken. »Warum?«, bekam ich gerade noch so heraus.

Vincent warf mir einen kurzen Blick zu.

Plötzlich wurde mir eiskalt.

»War es Adrien? Hat er gepetzt? Hat er Dad verraten?«, fragte ich, bereit, all meinen Schmerz in tiefsten Hass zu verwandeln, den Adrien Santana bald zu spüren bekäme.

Vince schüttelte jedoch den Kopf.

»Es war nicht Adrien.«

»Wer dann?«, fragte ich und meine Unterlippe zitterte, als ich hinzufügte: »Es ist meine Schuld, nicht wahr?«

Ohne die Antwort abzuwarten, begann ich, mir die Haare zu raufen. Ich spürte, wie ich am ganzen Körper zu zittern begann. Mir wurde so schlecht, dass mir für einen Moment schwarz vor Augen wurde und ich sie schließen musste.

»Nein, Hailie. Hörst du?« Vincents Stimme klang schärfer als zuvor. »Es ist nicht deine Schuld. Es ist nicht einmal Adriens Schuld. Verstanden?«

Mir stieg die Galle hoch, und ich schüttelte mich, diesmal vor Ekel. Es war ein unfassbar schlimmes Gefühl. Das durfte doch alles wirklich nicht wahr sein!

Ich merkte, dass sich Schweißtropfen auf meiner Stirn gebildet hatten. Vince war ein scharfer Beobachter und las an meinen Symptomen ab, was mit mir los war. Er setzte den Blinker, was ich kaum bemerkte, weil ich mich so sehr darauf konzentrierte, nicht auf die Polster seines teuren Autos zu kotzen.

Die gesamte Autokolonne hielt mitten auf der Straße an, die um diese Uhrzeit glücklicherweise noch komplett leer war. Sobald Vince die Tür entsperrt hatte, rannte ich nach draußen, direkt in den Wald.

Die kalte Luft strich mir über das Gesicht, während ich mich gegen einen schmalen, glatten Baumstamm stützte und mir mit der anderen Hand mein Haar aus dem Gesicht strich, bevor ich mich vorbeugte und übergab. Schluchzer, Würgen und ein unkontrolliertes Zittern schüttelten meinen Körper.

Als ich fertig war, ließ ich meine Haare wieder los, hielt mir die Hand vor den Mund und lehnte mich seitlich gegen den Baum.

Ach, hätte Will mich doch nicht mitten in der Nacht aus dem Bett gezerrt!

»Hailie.«

Es war Wills Stimme, die ich hinter mir vernahm. Er näherte sich mir langsam, wie einem scheuen Reh, die es in diesem Wald sicherlich gab. Ich schniefte und verbarg mein Gesicht. Es war mir peinlich, dass er mich so sah.

»Hey, komm schon, komm zu mir«, flüsterte er, und ich schauderte, als ich seine Hand auf meinem Rücken spürte.

Er zog mich dicht zu sich heran, und ich wehrte mich nicht, denn mir war kalt und absolut elend zumute.

»Tut mir leid«, murmelte ich, weil mir so peinlich war, auf diese Weise reagiert zu haben.

»Schon okay, Kleines«, sagte er sanft. »Gut, dass du dir Erleichterung verschafft hast. Es ist für uns alle ein Schock, und jeder reagiert eben anders.«

Meine Brüder kochten vor Wut, und ich konnte nur rumkotzen. Wie erbärmlich. Dabei hatten wir noch nicht mal die Ortschaft verlassen.

»Du zitterst ja. Ist dir kalt?«, fragte Will, und ohne meine Antwort abzuwarten, entledigte er sich seiner Sweatshirtjacke und legte sie mir sanft um. Sie war warm und roch nach ihm, was mich tröstete. Will hatte mir auch Wasser und Taschentücher mitgebracht, sodass ich mich etwas frisch machen konnte, bevor er mich zurück auf die Straße führte.

Tony stand gegen den Jeep gelehnt und rauchte eine Zigarette, aber als er mich sah, trat er sie widerwillig und ziemlich hastig aus. Wäre ich in besserer Verfassung gewesen, hätte ich ihm gesagt, was ich davon hielt. Seit unserem Gespräch in den Hollywood Hills vermied Tony es, in meiner Gegenwart zu rauchen. Ich war mir nicht sicher, ob er weniger rauchte, aber jedenfalls verheimlichte er es jetzt vor mir, was mich plötzlich amüsierte und mein Herz ein wenig erweichte. Leider reichte das nicht aus, um meine Stimmung zu heben.

Dylan diskutierte mit Vince herum, und beide schienen genervt zu sein, während Shane im Auto geblieben war und scheinbar teilnahmslos irgendein albernes Spiel auf seinem Smartphone zockte.

»Hailie, fahr doch bei uns mit«, sagte Dylan, während er auf mich zukam.

»Hailie fährt bei mir mit«, erwiderte Vince.

»Vince, ihr ist nicht gut«, meldete Will sich in ruhigem Ton zu Wort. »Vielleicht ist es keine schlechte Idee, wenn wir uns anders auf die Autos verteilen?«

»Ich hab gesagt, sie fährt bei mir mit.«

»Hailie, steig ein.« Dylan öffnete die Hintertür des Jeeps für mich.

»Komm zurück ins Auto«, befahl Vincent gebieterisch.

Unter dem Gewicht seines harten Blicks klammerte ich mich noch fester an Will.

»Vince, da du fährst, sollte sich vielleicht ein anderer der Aufgabe annehmen, Hailie in die Situation einzuweihen ...«, erklärte mein Lieblingsbruder.

»Mr. Monet, wir sollten hier nicht so lange stehen bleiben, wir müssen weiter«, rief einer der fremden Männer aus einem der anderen Autos.

»Für unsere Schwester bin in erster Linie *ich* verantwortlich«, zischte Vincent drohend und unbeeindruckt vom Drängen der anderen. »Und wenn ich sage, dass ich selbst mir ihr reden werde, und zwar in meinem Auto, dann wird genau das passieren.« Der eisige Blick, den er von Will zu mir wandern ließ, jagte mir einen Schauer über den Rücken.

»Steig ins Auto, Hailie.«

Ich schluckte und löste mich widerstrebend von Will, der mich nicht zurückhielt. Ich warf Dylan noch ein schwaches, gequältes Lächeln zu und ging, den Blick auf den Asphalt geheftet, zurück zu Vincents Auto.

Zwei Minuten später waren wir wieder unterwegs. Ich vermied es, meinen Bruder anzusehen, obwohl ich unbedingt mehr wissen wollte. Glücklicherweise ließ Vincent sich diesmal nicht lange bitten.

»Wenn dir noch mal schlecht wird, sag mir sofort Bescheid«, wies er mich an und klang dabei beinahe fürsorglich. Sodass ich sogar den Mut hatte, ihn anzusehen und bejahend zu nicken. Er ließ eine Flasche Wasser in meinen Schoß fallen. »Trink, damit du nicht dehydrierst.«

Wie befohlen trank ich die halbe Flasche in großen Schlucken aus. Dann atmete ich leise aus und drückte mich tiefer in den Sitz.

»Fühlst du dich besser?«

Ich nickte.

»Bereit für die Fortsetzung?«

»Ich bin bereit«, flüsterte ich mit heiserer Stimme und wickelte mich noch fester in meine Decke.

»Dad wurde von niemandem verraten.«

Vince räusperte sich, umklammerte fest das Lenkrad und starrte wieder mit wachsamem Blick auf die Straße vor ihm. »Er ist zur Polizei gegangen und hat sich gestellt.«

»Warum sollte er so etwas tun?«

»Nun, das wird er uns am besten selbst erzählen.«

»Mein Gott, es ist wirklich meine Schuld«, flüsterte ich, den Blick auf das Heck des Autos vor uns geheftet.

»Er hat sich gestellt, weil ich es vergeigt habe und weil Adrien davon erfahren hat, nicht wahr? Du musst nichts mehr sagen, ich weiß, dass es stimmt …«

»Hailie, hör auf, dich selbst fertig zu machen. Das hilft doch jetzt niemandem. Ich hab gesagt, es ist nicht deine Schuld, und das habe ich genau so gemeint.«

»Warum hat er dann ausgerechnet jetzt beschlossen, sich der Polizei zu stellen?«

»Offenbar hatte er schon länger darüber nachgedacht …«

»Und du hast nichts davon gewusst?«, fragte ich ungläubig. Vince wusste doch sonst immer alles.

»Nein.«

»Ich versteh's nicht«, murmelte ich. »Er war doch frei, er war an einem schönen Ort zu Hause, wir konnten uns treffen …«

»Vielleicht kann Dad dir helfen, es zu verstehen.«

»Warum wolltest du nicht, dass ich bei den Jungs mitfahre?«

»Weil sie es auch gerade erst erfahren haben«, antwortete er. »Da es auch für sie neu ist, hatten sie noch keine Zeit, die Information zu verdauen. Ich glaube nicht, dass sie jetzt ein guter Umgang für dich wären.«

Ich hob eine Augenbraue.

»Guter Umgang? Ich bin doch nicht fünf Jahre alt! Ich kann selbst entscheiden, ob ich mich aufregen will oder nicht.«

»Deine Brüder sind auch nicht fünf Jahre alt, und trotzdem treiben sie sich gegenseitig in den Wahnsinn.« Er verstummte und fügte nach einer Weile etwas leiser hinzu: »Ich beneide Will nicht darum, dass er mit ihnen im Auto sitzt.«

Ich schwieg einen Moment lang und spielte mit den Fingern an der Decke herum. Ich hatte kaum bemerkt, dass ein magischer Sonnenaufgang den Himmel zu erhellen begann. Eben noch hatte ich im dunklen Wald gestanden, nun lichtete sich alles allmählich. Ich hatte nicht damit gerechnet, den Tag in dermaßen gedrückter Stimmung begrüßen zu müssen. Mir war immer noch nach Weinen zumute, aber immerhin hatte ich nicht mehr das Gefühl, mich übergeben zu müssen.

»Du und Will wusstet also schon vor uns Bescheid?«, fragte ich trocken. »Wie lange habt ihr es schon gewusst?«

»Von seiner Entscheidung haben wir letzte Woche erfahren. Dad ist am Samstag ins Gefängnis gekommen, und wir haben alles in unserer Macht Stehende getan, damit er dort so gut wie möglich behandelt wird.«

»Das heißt, ihr seid am Wochenende ins Gefängnis gefahren? Ihr habt ihn getroffen?«

Vincent nickte.

»Wie ist sein Zustand?«

»Gut, das heißt, gut genug, du wirst es selbst sehen. Es bedeutet ihm sehr viel, dass du heute zu Besuch kommst. Er möchte mit dir sprechen.«

»Vince«, flüstere ich. »Ich will nicht, dass er im Gefängnis ist.«

Ich versuchte, mir Camden in einem hässlichen orangefarbenen Gefängnisoverall vorzustellen. Das Bild in meinem Kopf war so furchtbar und falsch, dass ich es gleich verdrängen wollte, doch mein

Unterbewusstsein flüsterte: *Sei nicht dumm, du wirst es doch gleich in echt erleben.*

»Keiner von uns will das.«

»Kannst du ... kannst du denn nichts dagegen tun?« Ich starrte ihn erwartungsvoll an. Er war doch allmächtig. In meinen Augen war Vincent beinahe ein Übermensch.

»Dad hat eine Entscheidung getroffen. Er ist ein erwachsener Mann und weiß, was er tut«, antwortete er. »Es hat keinen Sinn, darüber nachzugrübeln. Es ist, wie es ist.«

Ich starrte ihn ungläubig an. Während er das Auto lenkte wie ein Roboter, fragte ich mich, woher er diese Gleichgültigkeit nahm. War das eine erworbene Fähigkeit oder musste man damit geboren werden?

»Hailie, ich schlage vor, dass du noch ein Nickerchen machst. Vergiss auch nicht zu frühstücken. Ich habe Eugenie extra gebeten, uns was einzupacken, weil wir keine längeren Pausen eingeplant haben«, erklärte er.

Doch obwohl ich alles andere als ausgeschlafen war, würde ich garantiert kein Auge zu machen können. Nicht nach alldem, was ich gehört hatte. Ich hatte auch keinen Appetit, also saß ich einfach nur da, hing meinen Gedanken nach und schaute auf die Straße, wobei ich von Zeit zu Zeit Fragen stellte, die mir gerade in den Sinn kamen.

»Wie viele Jahre muss er denn absitzen?«

Vince zuckte mit den Schultern.

»Lebenslänglich, glaube ich.«

»Lebenslänglich kriegen Vergewaltiger und Mörder!«, rief ich aus.

»Das System bestraft diejenigen am härtesten, die die Dreistheit besitzen, es umgehen zu wollen. Dad hat seinen eigenen Tod vorgetäuscht, also muss er dafür büßen.«

»Und was ist mit Bewährung? Oder vorzeitiger Entlassung wegen guter Führung oder so was?«, fragte ich hoffnungsvoll. »Ist das eine Möglichkeit?«

»Ich weiß es nicht, Hailie«, seufzte Vince. »Alles, was wir jetzt tun können, ist, dafür zu sorgen, dass er gute Bedingungen hat. Und was vorzeitige Entlassung wegen guter Führung betrifft ...«, er presste sichtlich verärgert seine Zähne zusammen. »Dafür müsste er sich erst mal gut benehmen.«

»Wie meinst du das?«

»Kaum war er drin, hatte er schon eine Schlägerei angezettelt ...«

»O Gott!«, rief ich aus. »Ist ihm irgendwas passiert!? Wurde er angegriffen?«

»Er hat angefangen«, antwortete er säuerlich. »Und nein, ihm ist nichts passiert.«

»Warum?«

»Ich weiß es nicht.«

Als ob ich nicht schon beunruhigt genug gewesen wäre, schaffte es die Unkenntnis meines bislang allwissenden Bruders, dieses Gefühl noch zu verstärken. Er schien das zu spüren, denn er erklärte: »Ich bin wirklich kein Experte, Hailie, was Gefängnisse angeht und wie es da drin zugeht. Aber ich kann mir vorstellen, dass es sinnvoll ist, gleich am Anfang Zähne zu zeigen, um in der Hierarchie nicht ganz unten zu landen.«

»Meinst du, Dad will an der Spitze stehen?«

»Daran habe ich keinen Zweifel.«

10

Besuchszeiten

Es war eine der unangenehmsten Autofahrten, die ich je erlebt habe, obwohl Vincents Wagen so luxuriös war. Der Ledersitz war unglaublich bequem, und mit meinem ältesten Bruder am Steuer konnte ich mich irgendwann ein wenig entspannen. Schließlich wagte ich sogar, einen Schluck Kaffee zu trinken und mir eines der Sandwiches, die Eugenie zubereitet hatte, auszupacken. Vince griff auch nach einem Bagel.

Wir hielten auf halber Strecke an, um schnell auf die Toilette zu gehen und einen Kaffee zu trinken, aber bevor ich mit irgendjemandem ein sinnvolles Gespräch beginnen konnte, waren wir schon wieder in unsere Autos gestiegen. Bei den meisten meiner Fragen verwies Vince mich an unseren Vater. Er meinte, dass ich während unseres Gesprächs alle Antworten bekommen würde. Ich war also fest entschlossen, so viel wie möglich aus Camden herauszukriegen, und wartete ungeduldig, bis wir unser Ziel erreicht hatten. Doch als das Gefängnisgebäude in Sicht kam, war ich plötzlich wie gelähmt von einer Mischung aus Angst und Nervosität.

Nachdem wir alle aus den Autos ausgestiegen waren, fühlte ich mich beim Anblick der grauen Mauern, des Stacheldrahts, der Wachleute verloren. Intensiv spürte ich die schwere, gefährliche Aura des Gefängnisses. Nicht einmal die Sonne, die am blauen Himmel stand, konnte diese Szenerie verschönern.

»Geht es dir gut, kleines Mädchen?«, fragte Dylan, als ich mit meinen Brüdern zum Eingang ging.

Ich nickte nur knapp.

»Und bei dir so?«, wollte ich flüsternd wissen.

Dylan kniff mich leicht in die Seite, und ich zuckte zusammen und unterdrückte ein Quieken, worauf er grinste. Ich war ihm dankbar für diesen winzigen Moment der Ablenkung, denn gleich mussten wir durch die Gefängnistore gehen, einer nach dem anderen. Es war eine so seltsame, unwirkliche Situation. Ich hätte nie gedacht, dass ich mich einmal in einem Gefängnis wiederfinden und das Ziel misstrauischer Blicke der uniformierten Wärter werden würde. Keiner von ihnen wirkte besonders freundlich. Wir wurden kontrolliert und mit einem Besucherausweis ausgestattet.

Als wir darauf warteten, zu Dad vorgelassen zu werden, geriet Tony in ein kleines Geplänkel mit einem der Wachmänner. Vince wies ihn gerade noch rechtzeitig zurecht, bevor Dylan, der bereits den Mund öffnete, um seine Meinung zu sagen, sich in den Streit einmischen konnte – sonst hätte es böse enden können.

Wir sollten Camden einzeln besuchen, und die Anwälte, die mit uns gekommen waren, hatten Vorrang. Der Mann im grauen Anzug und der Aktentasche unter dem Arm wirkte hochprofessionell und hatte ein strenges Gesicht. Auf dem Areal des Gefängnisses bewegte er sich so souverän, als würde er jeden Tag hier vorbeikommen, um irgendwelchen Kram zu klären. Und vielleicht tat er das ja auch. Ich war froh, dass jemand, der so erfahren wirkte, für unseren Vater kämpfen würde.

Die Zeit im Wartezimmer zog sich unendlich in die Länge, und wir hatten alle keine Lust zu reden. Wir wurden von der spürbar negativen Energie regelrecht niedergedrückt. Außer uns warteten noch einige andere Personen auf ihre Treffen. Da war zum Beispiel eine ältere Frau, die ein Kopftuch trug, und ein Mann etwa in Vincents Alter, der gebückt auf den Boden starrte. Auch mehrere Frauen warteten hier, die meisten von ihnen ziemlich jung – vielleicht waren es Ehefrauen, die ihre Männer besuchten. Meine Aufmerksamkeit wurde jedoch auf ein kleines Mädchen gelenkt, das neben seiner Mutter auf einer Bank saß und eine Art Spiel mit den eigenen Händen spielte. Ich hatte Mitleid mit ihr.

Die Monets waren es nicht gewohnt, dass man sie warten ließ, dass sie Regeln befolgen mussten und Einschränkungen ausgesetzt wurden, und nun, da das Gefängnis sie ihnen auferlegt hatte, waren sie sichtlich irritiert. Ich, die ich mittlerweile ähnlich verwöhnt war wie meine Brüder, war ebenfalls frustriert. Ich ärgerte mich, dass wir keine Sonderbehandlung genossen – dass wir nicht alle zusammen unseren Vater besuchen konnten oder so.

»Wenn du dich unwohl fühlst, sag sofort Bescheid«, erinnerte mich Will, der seit dem Durchqueren der Gefängnismauern nicht mehr von meiner Seite gewichen war. »Wenn du deinen Besuch beenden willst, sag es auch. Dad wird das verstehen.«

Ich nickte, zunehmend überwältigt und erschlagen.

Nachdem die Anwälte von ihrem Gespräch mit Camden zurückgekehrt waren, war Vincent der Erste, der unseren Vater sehen durfte.

Nachdem er wieder da war, war ich die Nächste. Ich atmete tief durch, während ich mit einem Wachmann einen langen Korridor entlanglief. Dann ging ich durch eine weitere gesicherte Tür direkt in einen länglichen Raum, der von einer Glaswand unterteilt war.

Auf beiden Seiten des Raumes befanden sich separate Sitzplätze mit Tischen und Stühlen, die mit Telefonhörern ausgestattet waren. Es waren mehr Leute hier, als ich erwartet hätte. Alle Anwesenden waren darauf konzentriert, mit den Gefangenen zu sprechen, die ihnen gegenübersaßen. Es drangen Fetzen von intimen Gesprächen, die ich gar nicht hören wollte, an meine Ohren.

Als mir klar wurde, dass ich bei meinem Gespräch mit Dad genauso wenig Privatsphäre haben würde, war ich wieder einmal den Tränen nahe.

Der Wachmann blieb neben einem leeren Stuhl stehen. Ich wusste, dass dies der mir zugedachte Platz war, und noch bevor ich mich setzte, erkannte ich meinen Vater sofort. Er saß auf der anderen Seite der Glasscheibe und trug einen Häftlingsanzug. Dieser war nicht orange, sondern kastanienbraun, aber auf jeden Fall hässlich. Alle anwesenden Häftlinge im Raum trugen die gleichen.

Offenbar hatte niemand Camden befohlen, seinen Bart abzurasieren, und auch sein Haar war ein wenig länger geworden. Er hatte eine Wunde an seinem Wangenknochen. Sie sah frisch aus, also nahm ich an, dass sie das Ergebnis des Kampfes war, von dem Vince etwas angedeutet hatte. Sein Gesicht war gebräunt – wahrscheinlich hatte er sich sofort nach einem Urlaub dem FBI gestellt. Seine Hände lagen auf der Tischplatte, die Handgelenke waren von den üblichen Armbändern und der Uhr befreit, dafür mit silberfarbenen Handschellen gefesselt. Als er mich bemerkte, griff eine seiner Hände sofort nach dem Hörer und drückte ihn an sein Ohr. Er blickte mich durchdringend an und verfolgte jede meiner Bewegungen mit den Augen.

Ich wollte ihm in die Arme fallen, ihn umarmen, und mir tat das Herz weh bei dem Gedanken, ihn nicht durch das blöde Glas berühren zu können. Doch ich wollte nicht vor ihm weinen, und als ich mich steif auf meinen Stuhl fallen ließ, wandte ich meine ganze Energie auf, um die aufkommenden Tränen zurückzuhalten.

Camden trommelte ungeduldig mit den Fingern auf der Tischplatte, und ich verstand dies als Aufforderung an mich, nach meinem Hörer zu greifen. Zögernd drückte ich ihn gegen mein Ohr, als hätte ich Angst vor dem, was ich gleich hören würde.

»Schön, dich zu sehen, Prinzessin.«

Das Gesicht meines Vaters verschwamm vor meinen Augen; die Tränen kullerten nun ungehemmt. Ich blinzelte, um sie zu unterdrücken.

»Daddy …«, flüsterte ich und biss mir auf die Unterlippe, während ich den Kopf schüttelte. »Was hast du bloß getan?«

»Alles ist gut, meine liebe Hailie, du musst nicht weinen. Mir fehlt nichts, siehst du?«

Seine Stimme, die aus dem Hörer kam, war verschwommen, und doch saß er direkt vor mir.

»Das nennst du nichts?« Ich schaute mit einem bedeutungsvollen Blick durch den Raum.

Überall graue Wände. Hier gab es nicht einmal eine Zimmerpflanze. Ich wusste, dass es ein Gefängnis war, aber hatte niemand mal daran gedacht, solche qualvollen Besuche angenehmer zu gestalten, indem man wenigstens eine Topfpflanze irgendwo in eine Ecke stellte?

»Was ist mit dir passiert?«, fragte ich und deutete auf Camdens Wangenknochen.

»Es ist nur ein Kratzer.« Er winkte ab.

»Warum lächelst du ständig? Was macht dich so froh?«, fragte ich irritiert.

»Dein Anblick, meine Prinzessin.«

Ich presste meine Lippen zusammen und legte die Stirn in Falten.

»Wirklich?«, fragte ich verbittert und hob meine Hand, um sie flach auf das Glas in Höhe seines Gesichts zu legen. »Schau mal, ich kann dich nicht einmal berühren!«

»Heute nicht«, stimmte er mit einem Seufzer zu und wurde ernst. »Aber ich glaube, dass meine Anwälte sehr bald Besuche zu besseren Bedingungen möglich machen werden.«

»Also ohne diese Scheibe? Klingt ja super!«, antwortete ich sarkastisch. »Werden unsere Treffen ab jetzt immer so ablaufen? Werden wir uns jemals wieder draußen sehen? Werden wir zusammen in einem Restaurant essen? Werden wir uns umarmen können?«

Camden atmete schwer durch und senkte seinen Blick auf die Tischplatte.

»Du hast jedes Recht, wütend und enttäuscht zu sein …«

»Weißt du, ich verstehe einfach nicht, warum ihr mich alle anlügt«, unterbrach ich ihn. »Vince behauptet, ich sei nicht schuld, dass du im Gefängnis gelandet bist. Ich glaube allerdings, dass das nicht stimmt, denn ich sehe absolut keinen vernünftigen Grund, warum du aus deinem Versteck hättest kommen sollen. Wenn ich die Dinge so sehr vermasselt habe, dass du dich stellen musstest, dann will ich das wissen, okay? Also sag es mir einfach.«

»Vince sagt aber die Wahrheit«, antwortete unser Vater. »Hör zu, Prinzessin, niemand lügt dich an. Glaube mir, ich habe schon länger mit dem Gedanken gespielt, die Sache auf diese Art zu beenden.«

»Du wolltest also schon lange im Gefängnis landen?« Ich schnaubte höhnisch. »Ist dir klar, wie unglaubwürdig das klingt? Du hast auf paradiesischen Inseln gelebt, an den schönsten Orten der Welt! Ich weiß, es war keine ideale Situation, weil du dich verstecken musstest, aber du kannst mir nicht erzählen, dass das hier«, ich sah mich noch einmal im Raum um, »besser ist!«

Camden leckte sich über die Lippen.

»Weißt du, was für mich am wichtigsten ist? In dieser Welt?«, fragte er nach einem Moment der Stille.

Ich wich seinem intensiven Blick aus, da ich die Frage nicht beantworten wollte, aber mein Dad wusste, dass ich die Antwort kannte, also gab er sie mir selbst.

»Du, mein Mädchen. Du und die Jungs.«

Ich drückte den Hörer fest an mein Ohr.

»Warum hast du uns das also angetan?«

»Ich weiß, dass es dir so vorkommt, als hätte ich alles noch schlimmer gemacht, aber wenn du erst einmal den ersten Ärger überwunden hast, wirst du erkennen, dass es besser ist.«

»Ist ein Besuch beim Vater im Gefängnis etwa besser als ein gemeinsamer Urlaub?«, spöttelte ich.

»Muss ich dich etwa daran erinnern, Prinzessin, wie unser letzter Urlaub geendet hat?«

Darauf war ich einen Moment lang still.

»Aber du bist entkommen. Du hast es geschafft!«

»Die Menge an Stress, die ich meinen Kindern in dieser Situation zugemutet hatte, war unverschämt und unnötig groß.«

»Aber es ist nichts passiert …«, protestierte ich.

»Doch, es ist etwas passiert! Dass ich dich mitten in der Nacht wecken und mich verabschieden musste und dir dabei das Herz gebrochen habe. Dass ich plötzlich die ganze Verantwortung auf den Schultern meiner Teenagersöhne abladen musste, dass sie sich wegen mir mit Bundesbeamten auseinandersetzen mussten. Und dann natürlich das Tüpfelchen auf dem i – dein Verhör.«

»Aber das war gar nicht schlimm …«

»Und all das ist nur ein Bruchteil, verglichen damit, was Vincent seit Jahren als Oberhaupt der Familie und der Firma durchmachen muss«, fuhr Camden fort. »Ich habe das schon viel zu lange zugelassen. Ganz zu schweigen davon, dass ich euch alle in Gefahr gebracht habe, egal, wie es passiert ist. Der Aufenthalt auf Montys Jacht oder bei Blanche und Benny ... Das waren gute Zeiten. Zeiten, die mir wichtig waren, und ich bin froh, dass wir sie zusammen hatten. Aber nun ist der Moment gekommen, es zu beenden. Für mich ist etwas Neues angebrochen.«

»Die Gefängniszeit?«, grummelte ich grimmig. »Vince sagte, du würdest eine lebenslange Haftstrafe verbüßen.«

»Eine Zeit der Ruhe. Kein Verstecken mehr, kein Qualen für meine Kinder. Ich werde hier sein, wenn ihr Unterstützung braucht. Ihr werdet mich anrufen können. Ihr könnt mich besuchen kommen. Ihr werdet mich sehen können. Ihr werdet bald merken, dass unser Kontakt weniger eingeschränkt sein wird als in der Vergangenheit.«

»Aber wir werden nicht zusammen am Strand spazieren gehen, wir werden nicht zusammen auf einem Dach mit Blick auf den Ozean sitzen und reden, wir werden keinen Film sehen, wir werden nicht zu Abend essen, wir werden Weihnachten nicht gemeinsam verbringen, wir werden nichts zusammen machen, außer uns in einem hässlichen, engen Gefängnisraum gegenüber zu sitzen!«

Die letzten Worte schrie ich geradezu heraus. Schließlich warf ich den Hörer von mir weg, der mit einem Scheppern an der Scheibe abprallte und auf die Tischplatte fiel. Doch ich saß weiter da und starrte meinen Vater an, während mir heiße Tränen über die Wangen liefen.

»Bitte schreien Sie nicht«, ermahnte mich der Wachmann. Auch die anderen anwesenden Besucher starrten mich verdutzt an. Ich hatte Lust, auf jemanden loszugehen – denn die Reaktion der Anwesenden bestätigte meine Befürchtungen nur noch mehr.

So würden in Zukunft unsere Treffen ablaufen. Ich würde nicht einmal meine Stimme erheben können, ohne die Aufmerksamkeit der Leute um uns herum auf mich zu ziehen, dachte ich.

Camden wartete geduldig darauf, dass ich mich wieder fing und erneut nach dem Hörer griff.

»Hailie«, begann er leise, als er sicher war, dass ich ihn hören konnte. »Das alles sind wunderschöne Erinnerungen, und ich bin dankbar, dass ich sie habe. Sie sind es allemal wert, dass ich den ganzen Mist durchgestanden habe. Aber genug ist genug. Man muss wissen, wann man Stopp sagen muss.«

»Aber warum … Warum hast du mich nicht einmal gewarnt?«

Das Zittern meiner Lippen erschwerte mir das Sprechen, und ich konnte sehen, wie das Gesicht meines Vaters sich vor Anstrengung, mich zu verstehen, zusammenzog.

»Es ist besser, dass ich es auf diese Weise gemacht habe, glaube mir, Prinzessin.«

Ich rieb mir die Schläfen und fühlte mich plötzlich unendlich erschöpft.

»Diese Adrien-Sache hat deine Entscheidung allerdings auch beeinflusst, oder?«, fragte ich unglücklich.

»Das war nur ein weiteres Argument, das dafür sprach, dass ich mich stelle.« Camden zuckte mit den Schultern.

»Tut mir leid … ich wollte das nicht!«

»Hey, hey, Moment, schau mich an! Das ist es, was ich meine: Ich habe meinen eigenen Kindern einfach zu viel zugemutet. Mein Geheimnis zu hüten hat euch alle zu viel gekostet. Ich hasse es, dass ich dich so verängstigt habe.«

Ich seufzte leise.

»Und dann ist da noch die Sache mit Vincents Verlobung mit

Grace.« Camden schnaubte angewidert. »Ich will nicht, dass eines meiner Kinder aus Zwang an jemanden gebunden ist. Was Vincent Adrien versprochen hat, ist Blödsinn. Mein Sohn braucht eine warmherzige Frau an seiner Seite, die ihm aufrichtige Zuneigung entgegenbringt. Und selbst wenn er Grace, Gott bewahre, heiraten sollte, wird es seine freie Entscheidung sein.«

»Ich ... « Ich zog die Nase hoch. »Ich mag sie auch nicht.«

»Sie ist eine Psychopathin.« Camden verdrehte seine Augen. »Eine schön Frau, aber mit einem hässlichen Charakter. Halte dich von ihr fern, Prinzessin.«

Ich nickte nachdenklich.

»Gibt es sonst noch etwas, das dir auf der Seele liegt oder dich schmerzt, meine Kleine?«

»Es wäre einfacher zu fragen, was mich nicht schmerzt ... «

»Komm, lass es raus!«, ermutigte mein Vater mich.

»Ich habe Angst um dich, Dad.«

Seine Gesichtszüge wurden weich.

»Prinzessin ... «

»Ich habe über Gefängnisse gelesen«, sagte ich. »Die Leute verprügeln sich, nehmen Drogen und stechen sich mit Gabeln ab.«

Camden lachte, aber ich hatte meine Worte durchaus ernst gemeint.

»Was für Bücher liest du bloß?«, fragte er mit gespielter Bestürzung. »Kriminalromane spiegeln nicht immer die Realität wider. Aber wenn es dich beruhigen soll, dann werde ich dir antworten: Mach dir keine Sorgen, denn ich weiß, wie man kämpft und wie man sich verteidigt.« Er zwinkerte mir zu. »Ich kann mit allem, was hier passiert, umgehen.«

Ich betrachtete seine breiten Schultern und Hände, die trotz der

Handschellen an seinen Gelenken einen kräftigen Eindruck machten. Eigentlich musste ich zugeben, dass mein Vater wie jemand aussah, der sich ohne allzu große Mühe in einen Gefängnisschläger verwandeln konnte. Ich weiß nicht, ob das etwas Gutes war, aber in der jetzigen Situation war es definitiv nützlich.

»Zum Schluss, Hailie, möchte ich dich noch warnen«, verkündete mein Vater. »Im Zusammenhang mit meiner, nun … Auferstehung könnte es zu einem kleinen Skandal kommen. Vincent und die gesamte Organisation … ähm, alle werden sich bemühen, die Sache geheim zu halten, aber es könnte für eine Weile hitzig werden. Ich möchte, dass ihr das im Hinterkopf behaltet und aufeinander achtet, okay? Vince wird zusätzliche Sicherheitsvorkehrungen für euch treffen, das werden wir noch besprechen …«

»Moment, Moment … Was für ein Skandal?«, wollte ich wissen und blinzelte. »Welche Sicherheitsmaßnahmen?«

»Es kann sein, dass ein paar Gerüchte über mich die Runde machen. Und ich werde die Frage der Sicherheit mit Vincent noch besprechen. Wir haben später noch ein Treffen mit unseren Anwälten. Bitte mach dir keine Sorgen.«

»Ah, okay …«

»Wirklich, Prinzessin. Ich warne dich nur vorsorglich«, sagte er und hob seine Hand in einer beruhigenden Geste. »Du weißt ja gar nicht, wie sehr ich mich freue, dich zu sehen. Es ist eine große Erleichterung, dich zu treffen, ohne dich in Gefahr zu bringen.«

»Ich freue mich auch, dich zu sehen, Dad«, antwortete ich mit einer Stimme, die plötzlich heiser vor Rührung war. »Ich bedaure nur, dass es unter diesen Umständen ist …«

»Du brauchst nichts zu bedauern, meine Prinzessin«, versicherte er mir sofort. »Du wirst sehen: Alles wird sich fügen.«

11

Ein geborener Anführer

Wie ist es gelaufen? Alles gut?«

»Ja, war okay«, seufzte ich und kuschelte mich in Wills offene Arme.

Er hatte neben dem Besucherraum an der Wand gelehnt und auf meine Rückkehr gewartet. Nach und nach durften die anderen zu unserem Dad, und ich hockte in diesem Warteraum und hatte das Gefühl zu ersticken, bedrückt von der angespannten Atmosphäre.

Als Tony zurückkam, verkündete er glücklicherweise, dass er »nicht länger in diesem Scheißladen bleiben« würde und dass er auf dem Parkplatz warten wolle, und ich sagte sofort, dass ich mich ihm anschließen würde.

Niemand erhob Einwände, nur Tony rollte mit den Augen, und Vince holte sein Handy heraus, und ich war mir sicher, dass er Sonny informierte – denn als wir nach draußen kamen, wartete dort bereits mein Bodyguard auf mich.

Ich ignorierte ihn jedoch und atmete erst einmal tief die frische Luft ein. Vielleicht war es ein Produkt meiner Einbildung, aber ich hatte das Gefühl, dass das Gefängnis wie Gift auf meine Lunge wirkte, wie die Zigarette, die Tony sich gerade angezündet hatte.

Doch für den Moment beschloss ich, nicht auf ihm herumzuhacken. Wenn ich es könnte, wäre ich in einer solchen Situation wohl selbst versucht, eine zu rauchen.

»Was hat Dad zu dir gesagt?«, wollte ich wissen, als mir klar wurde, dass Tony von sich aus nicht anfangen würde zu sprechen.

Die blauen Augen meines Bruders wandten sich mir zu.

»Wahrscheinlich das Gleiche wie zu dir«, antwortete er abweisend.

»Hat er dich auch Prinzessin genannt?«

Tony wusste meinen kleinen Scherz offenbar zu schätzen, denn er hob die Augenbrauen und seine Mundwinkel zitterten.

»Dachtest du, er würde nur mit dir so reden?«, konterte er.

Ich lachte auf.

»Dann nenne ich dich ab jetzt so.«

»Pass ja auf! Wenn ich mir einen Spitznamen für dich ausdenke, wirst du wieder flennen, kleines Mädchen.«

»Mach das, und ich werde dich verpetzen.«

»Kleine Blage.«

»Ich sage es Will!«, drohte ich scherzhaft.

»Mach doch.«

Ich zuckte scheinbar gleichgültig mit den Schultern. »Später.«

Tony prustete und nahm einen tiefen Zug von seiner Kippe, und ich hockte mich auf die Mauer und betrachtete das zubetonierte Gefängnisgelände. Mein jüngster Bruder war nicht gerade eine Plaudertasche und so schwiegen wir die meiste Zeit, jeder von uns in seine eigenen Gedanken und die noch frischen Eindrücke von der Begegnung mit unserem Vater versunken. Bald hatte Tony seine Zigarette zu Ende geraucht, aber zu meiner Freude schleppte er mich nicht zurück ins Gebäude, sondern setzte sich neben mich.

Bald gesellte sich auch Shane zu uns. Er kam hinaus, ließ dann die Luft lange aus seinen Lungen ausströmen und fing sofort an zu fluchen.

»Was für ein Drecksloch, ich kann nicht mehr!«, schnaubte er angewidert.

»Verfickter Saftladen, ey«, stimmte Tony zu.

»Genau. Sie haben dort nicht einmal Pflanzen!«, sagte ich beipflichtend.

Die Jungs sahen mich mit hochgezogenen Augenbrauen an.

»Was jetzt? Wie soll ein Gefangener in einem so hässlichen, kalten und unangenehmen Bau rehabilitiert werden?«

Shane schüttelte den Kopf, und Tony grinste spöttisch und beugte sich zu mir vor.

»Dir ist schon klar, wie die Toiletten aussehen?«

»Ich weiß, dass sie sich mitten in den Zellen befinden, und keinen Sichtschutz haben.«

»Genau. Hier ist das Klo und hier …« Tony zeigte mit seinen Händen, wovon er sprach, um es besser zu verdeutlichen: »… hier, direkt neben dem Spülkasten, hängt eine Metallschüssel, aus der das Frischwasser herauskommt. Wenn du also durstig bist und dein Mitinsasse zufällig gerade …«

Ich stieß ihn so hart an, dass er sich abstützen musste, um nicht von der Mauer zu fallen. Shane brach in Gelächter aus.

»Ihr seid ekelhaft«, knurrte ich. »Alle beide!«

Oh, Mann, warum kann ich nicht wenigstens eine Schwester haben anstatt dieser Typen!

Die Zwillinge lachten daraufhin noch lauter, als es an einem Ort, an dem Menschen lebenslange Haftstrafen verbüßen, angemessen wäre. Doch obwohl ihre Witze wirklich ziemlich fies waren, hob sich auch meine Stimmung etwas. Ich konnte sehen, dass sie das brauchten – es war ihre Art, ihren Gefühlen Luft zu machen.

Wir brachen noch ein paar Mal in ähnliche Lachsalven aus, und irgendwann kam ein Wärter, um uns zu ermahnen, woraufhin Dylan auftauchte und verkündete, er sei, ich zitiere, »hangry«. Wir überlegten also, was wir essen wollten, und schafften es überraschend leicht, Vince die Erlaubnis zu entlocken, den Gefängnisbereich zu verlassen und ein Restaurant zum Mittagessen aufzusuchen.

Wir fuhren mit Wills Jeep. Dylan fuhr und die Zwillinge hätten sich fast um den Beifahrerplatz geprügelt. Tony verlor das Duell und landete auf dem Rücksitz neben mir. Ich weiß nicht, was die ganze Aufregung sollte, denn die Fahrt dauerte nur zehn Minuten. Wir landeten in einer Pizzeria in der angrenzenden Kleinstadt.

»Seht mal, von hier aus kann man einen der Gefängnistürme sehen«, bemerkte ich, während ich von Dylans breitem Kreuz neben mir auf einer lila gepolsterten Bank Platz gegen das Fenster gequetscht wurde.

»Wer weiß, vielleicht beobachten sie uns sogar jetzt«, flüsterte Dylan bedrohlich und beugte sich über mich.

Ich wusste, dass er sich über mich lustig machte, also hob ich die Augenbrauen. »Aha, und warum sollten sie uns beobachten?«

»Weil wir die Monets sind«, entgegnete er und grinste frech.

»Ich glaube, es interessiert die Leute im Gefängnis wenig, wer wir sind.«

»Ich glaube, es interessiert sie sehr wohl.«

Ich legte die Speisekarte auf die Tischplatte und warf meinen Brüdern einen leicht besorgten Blick zu.

»Glaubst du, dass ... dass Dad dort Probleme haben könnte, weil ... er nun mal Camden Monet ist?«

»Denke nicht«, antwortete Dylan.

»Probleme? Er wird eher Vorteile genießen«, fügte Shane hinzu und vertiefte sich in das Menü.

»Bei den Wächtern oder den Gefangenen?«

»Bei den einen wie den anderen«, erklärte er.

»Weil er das nötige Kleingeld hat«, sagte Tony und rieb Daumen und Zeigefinger aneinander. »Mit dem Geld wird Dad sich die Gunst aller erkaufen.«

»Er ist außerdem der geborene Anführer«, brummte der andere Zwilling.

»Und hat ein ausgewachsenes Ego.« Dylan legte seine Speisekarte auf den Tisch. »Also musst du dir keine Sorgen um ihn machen, kleines Mädchen. Er kommt schon zurecht.«

»Habt ihr wirklich keine Angst um ihm?« Ich war überrascht, in drei beinahe gleichgültige Gesichter zu gucken.

Shane seufzte, legte die Karte beiseite und beugte sich in unserer Sitznische vor, um nach jemandem zu rufen, der unsere Bestellungen aufnahm, und so war es Tony, der mir antwortete: »Nicht, dass es mir egal wäre, aber er hat sich selbst in diese Lage gebracht, oder?«

»Es ist ja nicht so, dass der arme Kerl gerade bei einem leckeren Drink in der Sonne saß und plötzlich von einer Spezialeinheit oder so umzingelt wurde«, nickte Shane grimmig.

Ich stützte meine Hände auf die Kante der Tischplatte und beugte mich zu den Zwillingen vor.

»Er hat sich wegen uns der Polizei gestellt! Er hat es für uns getan!«

Sie lächelten irritierend nachsichtig, als wäre ich ein naives Kind.

»Yep, für uns, na klar«, schnappte Tony.

»Was für ein Held«, fügte Shane ironisch hinzu.

»Haltet die Klappe«, knurrte Dylan sie an. »Redet nicht so über unseren Vater. Schon gar nicht in Hailies Gegenwart.«

Ich sah ihn fragend an. »Was meinen sie denn?«

Tony antwortete statt Dylan: »Dass unser Dad genauso abgefuckt ist wie alle anderen.« Sein Ton war unangenehm und bösartig, obwohl er offensichtlich gegen unseren Vater gerichtet war und nicht gegen mich.

»Alle anderen? Wer denn?«

Dylan beugte sich zu ihm und zischte wütend: »Tony, Klappe!«

»Ich nehme Pizza Peperoni«, meldete sich Shane gerade noch rechtzeitig zu Wort, denn es bedurfte nicht viel, um Tony zu provozieren. Glücklicherweise wurde seine Aufmerksamkeit von dem Kellner abgelenkt, der an unserem Tisch erschien. »Mit Salami, Schinken und doppelt Käse, bitte.«

»Für mich die Nummer zehn.«

»Ich möchte bitte eine Pizza Margherita«, sagte ich.

Der Kellner, ein unfreundlich wirkender älterer Mann mit einem dicken Bauch, vielleicht der Besitzer, nahm schweigend unsere Bestellungen auf.

»Du glaubst also ernsthaft den Shit, dass sich unser Vater für uns geopfert hat?«, sprach Tony Dylan an, sobald wir wieder allein waren.

»Vielleicht bin ich kein so fieser Arsch wie du«, konterte dieser.

»Darum geht es doch nicht«, warf Shane ein. »Er hat es womöglich zum Teil für uns getan … Aber er hat es auch ein bisschen für sich selbst getan. Meint ihr nicht?«

»Er hat mir gegenüber zugegeben, dass er Ruhe und Frieden braucht«, bestätigte ich.

Tony prustete und Shane schüttelte den Kopf.

»Das meine ich nicht. Ich meine, ein bisschen vielleicht … Ich will nicht behaupten, dass Dad lügt, echt nicht, aber …«

»Boah, ich kann nicht mehr!«, unterbrach ihn Dylan und wandte sich direkt an mich wandte: »Dad hat nicht gelogen. Er hat es in erster Linie für uns getan.« Dann sah er vorwurfsvoll zu unseren Brüdern. »Warum zum Teufel versucht ihr, ihn vor Hailie schlecht zu machen?«

»Niemand macht ihn hier schlecht«, protestierte Shane und hob in einer abwehrenden Geste die Hände hoch.

»Ihr stellt seine Absichten infrage, aber ihr liefert keine vernünftigen Gründe«, bemerkte ich verärgert. Es gefiel mir definitiv nicht, dass sie so über unseren Vater sprachen.

»Dann möchte ich dir Gründe liefern«, bot Tony an und lehnte sich in seinem Sitz zurück. »Weißt du, was die Väter deiner Freunde mögen? Sie gehen angeln, fahren Ski oder sammeln, keine Ahnung, Baseball-Karten. Und was mag unser Vater?«

Tony hielt inne, Dylan schaute missmutig zur Seite, und Shane beantwortete die Frage. Tonys Ton war locker, aber es entging mir nicht, wie er nervös das Etikett von der Flasche kratzte: »Macht.«

»Und er hat sich wegen seinem Wunsch nach Macht den Behörden ausgeliefert?«, fragte ich skeptisch.

»Du kennst ihn nicht so gut wie wir«, murmelte Shane, und Tony nickte. »Und deshalb idealisierst du ihn.«

»Und die Wahrheit ist, dass unser Vater Action braucht. In Freiheit hätte er vielleicht an tropischen Stränden faulenzen und Frauen aufreißen können, aber er musste sich dauernd ruhig und unauffällig verhalten.«

»Genau!«, lachte Tony, den Blick auf das halb volle Glas gerichtet, das er mit den Fingern einer Hand umklammert hatte. »Und er braucht Nervenkitzel wie kaum ein anderer.«

Ich warf einen Blick auf Dylan, der bis zu diesem Zeitpunkt geschwiegen hatte. Ich wartete darauf, dass er die Worte bestätigte, aber allein die Tatsache, dass er sie nicht leugnete, war sehr aufschlussreich. Außerdem erwiderte er meinen Blick lange Zeit nicht.

»Möchtest du das näher erläutern?«, fragte ich Tony kühl.

Er hörte auf, mit seinem Glas zu spielen und schaute mich unter seinen langen, dichten Wimpern an. »Dad braucht Adrenalin, er muss an erster Stelle stehen, er genießt es, Angst zu verbreiten«, zählte er auf.

»Und in seiner Umgebung braucht er so etwas wie eine Hierarchie«, erklärte Shane. »Nur, damit er ganz obenauf sein kann.«

»Das hat mit der Position zu tun, die er sich im Laufe der Jahre im Business aufgebaut hat«, meinte Tony.

»Genau, weißt du ...« Shane sah mich an, wahrscheinlich auf der Suche nach den richtigen Worten, die nicht zu viele Monet-Geheimnisse verraten würden: »Wenn man die meiste Zeit seines Lebens so etwas wie der Big Boss ist, ist es schwer, plötzlich aufzuhören, einer zu sein.«

»Was soll das überhaupt bedeuten, ›Big Boss‹? Was ist das für eine Position?«, fragte ich gereizt, denn ich wusste genau, dass es sich wieder um ein Geheimnis handelte, das sorgfältig vor mir verborgen bleiben sollte.

Diesmal ergriff Dylan das Wort: »Nein, Hailie, tut mir leid, aber das reicht jetzt. Du musst nur wissen, dass es um etwas Großes geht. Und als Dad dann diese Position aufgab, seinen Tod vortäuschte und Vince erlaubte, seinen Platz einzunehmen, hat er sich selbst etwas genommen, das er möglicherweise jetzt zurückhaben will.«

»Und du siehst das genauso?«, wollte ich wissen und starrte Dylan an.

Er nahm erst einen Schluck Cola, um Zeit zu gewinnen, holte tief Luft und erwiderte erst dann meinen Blick.

»Keiner ist perfekt«, sagte er schließlich. »Auch unser Vater ist es nicht.«

Ich dachte mir, dass die ganze Diskussion dämlich war, aber ich biss mir auf die Zunge. Ich blickte wieder auf den Gefängnisturm, der sich in der Ferne abzeichnete. Schließlich bekamen wir unsere Pizza serviert und aßen schweigend. Im ersten Moment, als ich das Essen roch, dachte ich noch, ich hätte schrecklichen Hunger, aber ich aß letztlich nur zwei Stücke und meine Brüder verspeisten den Rest.

Ich legte meine Hände auf den Bauch, atmete tief durch und beobachtete nachdenklich, wie Shane mit dem sich hartnäckig ziehenden Käse kämpfte.

»Hey«, sagte ich mit dumpfer Stimme, »Was wisst ihr über einen Skandal?«

»Was für ein Skandal?«, brummte Dylan.

»Dad warnte mich, dass in nächster Zeit wahrscheinlich irgendetwas herauskommen könnte, oder so.«

»Die Leute werden dumm labern, klar«, antwortete Tony abweisend. »Das ist aber nichts Neues.«

»Er sprach auch über Sicherheitsmaßnahmen.«

»Auch Sicherheitsmaßnahmen sind nichts Neues.«

Ich legte den Kopf schief und schloss meine Augen. Mein Magen war voll, und aufgrund des frühen Aufstehens und der vielen Eindrücke fühlte ich mich total erschöpft. Hätten wir uns nicht in einem Restaurant befunden, hätte ich den Kampf gegen die Schläfrigkeit, die mich allmählich überwältigte, aufgegeben.

Nachdem meine Brüder auch aufgegessen hatten, bestellten wir noch jeweils eine Pizza zum Mitnehmen für Will und Vincent und warteten im Fresskoma an unserem Tisch darauf. Ab und zu machte jemand einen Witz, aber wir waren nicht in der Stimmung, darüber zu lachen.

Ein Teil von mir hoffte immer noch, dass ich ihn das nächste Mal auf den Kanaren, in Frankreich oder vielleicht, wer weiß, in Guatemala sehen würde.

12

Vor verschlossenem Tor

Auf dem Parkplatz vor der Pizzeria trafen wir Will und Vince. Ich war ihnen dankbar, dass sie uns nicht befohlen hatten, sie am Gefängnis abzuholen, sondern sich selbst auf den Weg zu uns gemacht hatten. Dylan reichte Will einen Pizzakarton, den dieser auf der Motorhaube von Vince' Auto abstellte. Von den Anwälten war nichts zu sehen; abgesehen von den Familienmitgliedern war nur Sonny anwesend.

»Irgendwelche neuen Infos?«, fragte Dylan in einem immer noch leicht beleidigten Ton. Seine Wut war noch nicht verflogen.

»Nichts Besonderes«, erwiderte Vince knapp.

»Machst du Witze?«, schnaubte Tony. »Worüber habt ihr dann die ganze Zeit mit Dad und den Anwälten gesprochen?«

»Erzähl es uns!«, verlangte Shane irritiert.

»Wenn ein Problem auftaucht, das im Familienforum besprochen werden muss, werdet ihr davon erfahren«, versprach Vince.

»Was? Im *Familienforum*?« Shane beherrschte sich im letzten Moment, war aber kurz davor, gegen irgendetwas zu treten, während Tony sich eine weitere Zigarette anzündete und ungläubig den Kopf schüttelte.

Dylan ballte seine Hände zu Fäusten und ich verschränkte meine Arme vor der Brust.

»Aber wir haben ein Recht darauf, es zu erfahren«, protestierte ich.

Vincent sah mich an, als wollte er mir allein mit seinem Blick den Mund verbieten. Normalerweise war er ziemlich gut in solchen nonverbalen Drohungen – aber heute spürte ich, dass es nicht nur mir, sondern auch meinen Brüdern galt, was mir ein wenig Selbstsicherheit gab. Leider wusste Vincent genau, wie er mit mir reden musste.

»Unter anderem, liebe Hailie«, begann er kühl, »haben wir darüber gesprochen, wie wir es angehen, dich vor den Unannehmlichkeiten zu schützen, denen du wegen der aktuellen Ereignisse vor allem in der Schule ausgesetzt sein wirst.«

Ich spürte, wie mir ein kalter Schauer über den Rücken lief.

»Wir sind daher übereingekommen, dass es besser wäre, wenn du vorerst wieder zu Hause unterrichtet würdest. Wir werden die Einzelheiten noch besprechen, aber im Moment könnte es für dich die bessere Lösung sein.«

»Nein. Nicht schon wieder«, flüsterte ich, plötzlich überwältigt von unsäglicher Verzweiflung und Wut. »Bloß nicht wieder Homeschooling!«

Vince warf mir einen eisigen Blick zu. So sah er stets jeden Gesprächspartner an, der ihn unterbrach oder ihm widersprach. Es gefiel ihm nicht, dass ich nun beide Verstöße begangen hatte. Doch es war mir egal.

»Vince, ich möchte wirklich nicht wieder zu Hause unterrichtet werden«, stieß ich mit zusammengebissenen Zähnen hervor. »Ich habe gerade erst wieder angefangen, Freunde zu finden. Das war unsere Vereinbarung«, sagte ich selbstbewusst.

»Hailie, in Wirklichkeit hatten wir beide gar keine Vereinbarung«, erklärte Vince ungerührt. »Es gibt keine Absprachen, auf du dich berufen könntest. Was mit dir passiert, entscheide ich. Und in Anbetracht der aktuellen Ereignisse ist es besser, wenn du zu Hause bleibst.«

Plötzlich hatte ich ein Déjà-vu.

Hatte ich das nicht schon einmal erlebt?

Der Eindruck der letzten Zeit, dass ich genauso behandelt wurde wie die Jungs, war falsch gewesen. Ich wurde wieder heruntergestuft. Das Blut in meinen Adern kochte.

»Das kannst du mir nicht befehlen!« Ich ballte meine Hände zu Fäusten und machte einen Schritt auf ihn zu. »Ich bin nicht damit einverstanden!«

Vince hob ein wenig abfällig die Augenbrauen, und das half mir nicht gerade, mich zu beruhigen.

»Ich werde das nicht noch einmal durchmachen! Der große Skandal, der angeblich ausbrechen wird, ist mir scheißegal! Ich stehe morgen früh auf und gehe zur Schule, Ende der Geschichte!« Meine Zunge verhedderte sich, weil ich so aufgebracht war, und das machte mich noch wütender. Ich zitterte bei dem Gedanken, dass meine Welt wieder einmal auf den Bereich der Monet-Residenz schrumpfen würde.

»Schrei mich nicht an, Hailie«, ermahnte mich Vince.

Meine anderen Brüder beobachteten die Szene schweigend und mit fast greifbarer Spannung. Die Coolness, die stoische Ruhe und die Gefasstheit von Vincent lösten in mir die hässlichste Art von Wut aus, die wie eine rote Wolke den gesunden Menschenverstand vernebelte und mich zu unüberlegten Handlungen trieb.

»Dann hör auf, mich wie ein dummes Kleinkind zu behandeln!«, rief ich, und ein Paar, das zufällig an uns vorbeikam, schaute erschrocken in unsere Richtung.

Will bemerkte es auch, denn er schien plötzlich aus seiner Lethargie aufzuwachen und klatschte zweimal in die Hände.

»Okay, das reicht jetzt. Wir reden später darüber«, schlug er vor und wandte sich dabei an scheinbar alle, aber doch hauptsächlich an mich.

»Wann später?«, knurrte ich und zeigte mit dem Finger auf Vince, der mich die ganze Zeit mit dem gleichen Ausdruck absoluter Gleichgültigkeit ansah. »Wenn er wieder in seinem Büro verschwindet, zu dem ich plötzlich keinen Zugang mehr habe? Ich will jetzt reden.«

»Wir haben noch einen weiten Weg vor uns, also wäre es besser, wenn wir endlich fahren«, wendete Will ein. »Außerdem ist dies nicht der richtige Ort für ein solches Gespräch.«

»Kein Problem, dann reden wir eben im Auto«, beschloss ich und wandte mich zu Vincents schwarzem Wagen.

Doch Vince ergriff meinen Arm, um mich aufzuhalten.

»Diesmal fahre ich nur mit Will. Ich habe ein paar Dinge mit ihm zu besprechen. Du fährst mit dem Jeep, zusammen mit den anderen.«

Er maß mich mit einem Blick, als würde er mich herausfordern, einen Widerspruch zu wagen.

Die Herausforderung nahm ich an.

Ich biss meine Zähne zusammen, kämpfte gegen die Tränen der Wut an und stieß getrieben von dieser Wut Vincent von mir weg, wobei ich böse zischte: »Hau doch ab!«

Mein ältester Bruder schwankte leicht, wich aber nicht zurück. Dennoch muss ich ihn erschreckt haben, denn er sah mich einen

Moment lang emotionslos an, und erst dann begann sich sein Gesicht allmählich zu verhärten. Er spannte seinen Kiefer an und wurde sogar ein wenig blass, was ich aus irgendeinem Grund nicht als Warnzeichen, sondern als Einladung zu weiteren Angriffen verstand.

Glücklicherweise beobachtete außer meinen Brüdern, die offenbar vollkommen erstarrt waren, auch Sonny die Szene. Mein Bodyguard behielt von uns allen am ehesten die Nerven, und bevor ich mich auf Vincent stürzen konnte, spürte ich, wie sich sein Arm um meinen Oberkörper schlang. Sonny zog mich zur Seite, und ich versuchte, mich von ihm loszureißen – nicht nur, um auf Vince loszugehen, sondern auch, um die Kontrolle über meinen Körper wiederzuerlangen.

Schließlich merkte ich, dass je mehr ich mich wehrte, desto weniger war er bereit, mich loszulassen. Erst dann holte ich tief Luft und brachte meine plötzliche Wut unter Kontrolle. Mein Blick fiel auf Vincent – er beobachtete mich, ohne sich zu bewegen oder auch nur zu blinzeln. Mir wurde klar, dass er von meinem Ausraster unbeeindruckt war, und das schmerzte mich wahrscheinlich am meisten.

Mit hochgezogenen Augenbrauen richtete er seinen Blick von mir auf die anderen und murmelte: »Wer auch immer von euch fährt: keine unnötigen Stopps. Wir wollen direkt nach Hause.«

Dann drehte er sich um, um in seinen Wagen zu steigen. Will warf mir einen besorgten, aber gleichzeitig missbilligenden Blick zu, der mich noch mehr verärgerte. Gerade regte mich alles auf: Vincents Verhalten, das Schweigen meiner Geschwister und Sonnys Eingreifen.

Als meine ältesten Brüder bereits im Auto verschwunden waren, atmete ich einmal durch. Ich hatte gerade echt von allem genug.

»Geht es Ihnen wieder besser, Miss Monet?«, fragte Sonny. Er lockerte seine Umklammerung, nahm aber noch nicht seine Hände von mir.

Ich nickte steif und fixierte ihn dann mit meinem Blick.

»Ich dachte, Sie wären mein Leibwächter, nicht Vincents«, warf ich ihm trocken vor.

»Das ist richtig, Miss Monet«, er nickte freundlich. »Glauben Sie mir, wenn Sie Mr. Monet angreifen, würden Sie sich selbst mehr schaden als ihm.«

Ich schnaubte abfällig, da ich keine Lust hatte, mir so etwas anzuhören.

Shane, Dylan und Tony schienen darauf zu warten, dass ich zuerst ins Auto stieg. Niemand drängte mich, offenbar hatten wenigstens sie meinen Ausbruch ernst genommen. Zumindest so weit, dass ich es sogar schaffte, den Beifahrersitz zu beanspruchen. Normalerweise hätten mich die Jungs einen Aufstand geprobt, denn sie konnten es nicht ertragen, dass ihre kleine Schwester den besten Platz bekam. So aber stiegen sie wortlos ein und Dylan fuhr los.

Ein paar Minuten lang herrschte Stille, bis Dylan sie mit Musik überspielte. Ich neigte meinen Kopf zum Fenster und starrte mit unverhohlener Wut auf das glänzende Heck von Vincents Wagen, der vor uns fuhr.

Wir machten unterwegs nur einen Halt, aber ich ging direkt auf die Toilette und dann schnell zum Auto zurück, sodass ich Vince nicht begegnen musste. Auch er schaute mich nicht ein einziges Mal an.

Als wir schließlich zu Hause ankamen, verschwand er sofort in seinem Zimmer. Wenn er wollte, konnte er zum unnahbarsten Menschen der Welt werden. Aber gerade heute hatte ich sowieso keine Lust mehr, mit ihm zu reden.

Ich war müde und sauer. Einerseits kam ich mir wegen meines Verhaltens ein wenig albern vor, andererseits hatte ich immer noch das Gefühl, ungerecht behandelt worden zu sein. Mein ältester Bruder konnte mir wirklich unter die Haut gehen, und das Schlimmste an ihm war, dass es unmöglich war, sich gegen ihn zu wehren.

Am nächsten Morgen, als der Wecker klingelte, bereitete mir die Erinnerung daran, dass mein Vater im Gefängnis saß und Vince wieder so fies zu mir gewesen war, sofort schlechte Laune.

Also begann ich den Tag in einer extrem rebellischen Stimmung. Ich band hektisch meine Haare zu einem Pferdeschwanz hoch und knöpfte mein Uniformhemd zu. Normalerweise lächelte ich mein Spiegelbild gerne an, aber heute nicht.

Mit klopfendem Herzen, aber auch mit einer Entrüstung, die sich in meiner ganzen Haltung widerspiegelte, rannte ich die Treppe hinunter und traf Will und Dylan in der Küche. Sie waren gerade beide von ihrem morgendlichen Training gekommen und unterhielten sich über Sport, während sie an ihren Proteinshakes nippten. Ich ärgerte mich, weil die beiden sich unterhielten, als wäre nichts geschehen.

In Wirklichkeit konnte niemand Will allzu lange böse sein – nicht nur ich nicht, sondern auch der Rest unserer Geschwister.

»Morgen«, grüßte ich säuerlich. Ich machte mir mein Müsli und setzte mich an den Tisch, wobei ich bewusst ihren Blicken auswich.

»Guten Morgen, Hailie«, antwortete Will, etwas verwirrt. »Äh, geht es dir gut?«

Ich nickte. »Großartig«, antwortete ich. »Und dir?«

»Hailie, das wird nicht funktionieren«, sagte Dylan. Er machte sich ausnahmsweise nicht über mich lustig, sondern ich bemerkte sogar einen Hauch von Mitgefühl in seiner Stimme.

»Was wird nicht funktionieren?«

»Du weißt schon, das hier. Es ist reine Zeitverschwendung«, versuchte er, mich zu überzeugen.

Ich antwortete nicht, sondern kaute stur auf meinem Frühstück herum und starrte auf einen Punkt vor mir auf der Tischplatte.

Ich werde in die Schule gehen. Ich werde in die Schule gehen. Ich werde in die Schule gehen.

Ich wiederholte diesen Satz in meinem Kopf wie ein Mantra.

Dieses Mal werde ich mich durchsetzen.

Keiner sagte mehr etwas. Auch nicht, als ich nach meiner Tasche und den Schlüsseln für den Porsche griff. Ich verabschiedete mich, ohne auch nur auf eine Antwort meiner Brüder zu warten. Ich machte alles genauso, wie ich es jeden Tag tat: Ich stellte meine Tasche auf den Beifahrersitz und ließ den Motor an; ich drückte auf den Knopf, der das Garagentor vor mir öffnete, und manövrierte den Wagen konzentriert zwischen den Autos meiner Brüder hindurch; dann biss ich mir nervös auf die Unterlippe und fuhr weiter.

Ich werde es schaffen, ich werde mich durchsetzen, ich werde zur Schule fahren.

Meine Entschlossenheit ließ leider schnell nach, als am Horizont das Tor unseres Anwesens auftauchte. Normalerweise öffnete es sich automatisch. Doch dieses Mal rührte es sich nicht. Dabei hätte es sich schon längst öffnen müssen. Ich drückte noch einmal auf die Fernbedienung.

Vielleicht klemmt etwas.

Doch wem wollte ich etwas vormachen? Ich wusste, dass nichts kaputt war. Das blöde Tor bewegte sich nicht, weil Vince es so angeordnet hatte. Ich vergaß, wie viel Macht er hatte. Also blieb ich vor dem Eisenzaun stehen und kämpfte mit letzter Kraft, um nicht wie ein kleines Kind loszuheulen. Doch beim Anblick des fest verriegelten Tores empfand ich eine so große Ohnmacht, dass mir die Tränen wie aus einem Springbrunnen aus den Augen liefen.

Ich sah geradeso davon ab, das Gaspedal durchzudrücken und in das Tor hineinzurasen, doch nur, weil ich das Auto liebte und es nicht schrotten wollte.

Ich habe meine Hausaufgaben gemacht, bin morgens aufgestanden, habe mich zurechtgemacht, habe gefrühstückt, habe mich ans Steuer gesetzt, und dieses verdammte Tor durchkreuzt jetzt meine Pläne?

Ich umklammerte das Lenkrad so fest, dass es mich nicht gewundert hätte, wenn ich es zerbrochen hätte. Dann drückte ich mit aller Kraft auf die Hupe. Das durchdringende Geräusch hallte über das gesamte Grundstück …

Dann öffnete ich die Autotür auf und brüllte in Richtung Haus: »Macht das beschissene Tor auf!«

Wirkten meine Worte wie ein Zauberspruch?

Nein, natürlich nicht.

Hailie Monet zu sein bedeutet, die am meisten kontrollierte Person der Welt zu sein.

Ich sprang hinaus und lief auf das Tor zu. Ich klammerte meine Hände an die Gitterstäbe und rüttelte daran, als ob ich sie auseinanderdrücken wollte. Dann ließ ich den Kopf hängen. Ich starrte auf den Asphalt und meine glänzenden Mokassins. Und schließlich machte ich einen Schritt vom Tor weg und trat wütend dagegen. Mein Fuß fing sofort an zu schmerzen, doch das Tor rührte sich immer noch nicht.

Ich drehte mich um, ließ den Porsche mit laufendem Motor und weit geöffneter Fahrertür stehen und ging aufgebracht über den akkurat geschnittenen Rasen zur Haustür. Es war lange her, dass ich einen so überwältigenden Zorn verspürt hatte.

Ich riss an der Türklinke, betrat die Villa und schlug die Tür so laut zu, wie ich konnte. Ich ging an der Küche vorbei, ohne auch nur zu überprüfen, ob Will und Dylan noch da waren. In diesem Moment hätte ich jeden aus dem Weg geschoben, der sich mir in den Weg gestellt hätte. Selbst wenn es einer meiner viel größeren Brüder wäre. Ich spürte eine Kraft in mir, als wäre ich eine Zauberin, die ihre Macht aus einer außerirdischen Quelle bezieht.

Vor Vincents Büro stand sein Bodyguard. Er wirkte sichtlich gestresst, als er mich sah. Ich erkannte, wie sich sein Kehlkopf bewegte, als er schluckte. Mir war klar, dass er keine Angst vor einer Teenagerin hatte – er schloss einfach aus meiner Körperhaltung, dass er gleich würde reagieren müssen. Seine Bitten und Befehle, ich solle stehen bleiben und warten, bis mein Bruder kam, fruchteten nicht. Also packte er mich von hinten an den Schultern und hielt mich fest, als ich versuchte, mich ihm zu entziehen.

Zu seinem Pech hatte ich wirklich genug von allem. Ohne nachzudenken trat ich ihm gegen das Schienbein, so wie Dylan es mir beigebracht hatte. Der Mann ließ mich los, aber bevor ich den Türgriff erreichen konnte, packte er mich erneut, diesmal am Handgelenk. Er war stärker, aber das war Dylan auch, mit dem ich den größten Teil meines Trainings absolviert hatte. Ich drehte meine Hand so, dass ich es schaffte, den Leibwächter mit dem Ellbogen an der Kehle zu treffen. Doch er ahnte, welchen Trick ich anwenden würde, und schaffte es, meinen Schlag zu blocken, sodass ich nicht ganz den gewünschten Effekt erzielte. Er räusperte sich nur kurz, ließ mich aber nicht los – und ich schwang mein Bein erneut, um ihn zu treten, prallte aber ungeschickt gegen Vincents Bürotür, was ein lautes Krachen verursachte.

Das weckte die Aufmerksamkeit meines Bruders, denn die Tür

öffnete sich sofort. Als Vincent auf der Schwelle erschien, sah er seinen Bodyguard, der an seiner kleinen Schwester herumzerrte.

»Mr. Monet«, würgte der Leibwächter hervor und legte mich erneut lahm – vor allem weil ich beim Anblick von Vince aufhörte, so sehr zu zappeln.

»Lass sie los«, befahl Vince verärgert.

Der Mann zog seine Hände zurück, und ich rappelte mich auf. Als ich das Gleichgewicht wiedergefunden hatte, rieb ich mir den Ellbogen und sah meinen Bruder wutentbrannt an. Dieser kleine Zusammenstoß hatte mich ein wenig abgelenkt, aber die Wut hatte mich nicht verlassen. Ich atmete schnell und war bereit, weiter für mein Recht zu kämpfen.

Der Leibwächter machte einen Schritt zurück und errötete unter dem Gewicht von Vincents finsterem Blick.

»Du hast kein Recht«, begann mein Bruder mit einer bedrohlich emotionslosen Stimme, »meine Schwester auch nur mit einem Finger anzufassen, merke dir das für die Zukunft. Habe ich mich klar ausgedrückt?«

»Sie wollte hier reinrennen, als ob …«

»Habe ich mich klar ausgedrückt?«, wiederholte Vince scharf und klang dabei noch hochmütiger und herrischer.

»Natürlich, Mr. Monet«, antwortete der Securitytyp.

»Und du.« Vincent drehte sich zu mir um und musterte mich von Kopf bis Fuß. »Was machst du hier?«

Er macht Witze, oder?

Zuerst schaute ich ihn ungläubig an, aber als er mich weiterhin erwartungsvoll ansah, lächelte ich mit falscher Süße, bereit, sein Spiel mitzuspielen: »Das Tor ist kaputt.«

»Wie bitte?«

»Es geht nicht auf. Und ich kann nicht rausfahren, zur Schule.«

»Du gehst heute nicht zur Schule«, schnaubte er abfällig.

»Heute ist Dienstag, ich habe in der ersten Stunde Englisch. Und ich komme zu spät.«

»Ich werde dir bis Ende der Woche einen Lehrer für den Einzelunterricht besorgen«, entgegnete er mit kalter Stimme. »Bis dahin lernst du allein. Du kannst deine Uniform ausziehen.«

Er wandte sich ab und wollte wieder in den Tiefen seines Arbeitszimmers verschwinden, aber ich machte einen Schritt nach vorne.

»Nein!«, protestierte ich und stemmte meine Hände in die Hüften. »Öffne das Tor.«

Vincent ignorierte mich, aber bevor er die Tür hinter sich schließen konnte, stürmte ich an ihm vorbei und fand mich in seinem Büro wieder. Dieses Mal wollte ich mich nicht so abfertigen lassen. Ich war fest entschlossen, ihm das Leben dermaßen schwer zu machen, dass er mich am Ende selbst zu der verdammten Highschool fahren würde, nur um wieder seine Ruhe zu haben.

Er reagierte nicht auf mein Zetern, sondern schloss seelenruhig die Tür, als wäre ich gar nicht uneingeladen hereingekommen, und ging zu seinem Schreibtisch.

»Hailie, wir reden später. Ich bin gerade beschäftigt.«

»Ich habe später Unterricht, also reden wir jetzt«, erwiderte ich.

Vince lehnte sich in seinem Stuhl zurück und sah mich mit einem eisigen Blick an.

»Mit der Art und Weise, wie du gerade mit mir umgehst, wirst du nicht durchkommen. Ich rate dir, die Dinge nicht noch schlimmer zu machen.«

»Noch schlimmer zu machen?«, spottete ich. »Was willst du denn dagegen tun?«

Vince presste seine Lippen zusammen. Er war von meinem Verhalten kein bisschen beeindruckt. Ich ging noch näher an ihn heran und blieb direkt vor seinem Schreibtisch stehen.

»Was kannst du mir schon antun, Vincent?«, fragte ich erneut, diesmal ernster. »Schließlich nimmst du mir sowieso schon alles weg.«

»Hailie …« Er hob langsam sein Kinn, musterte mich mit seinen Augen und sagte dann mit ruhiger Stimme: »Verschwinde, aber sofort.«

»Verdammte Scheiße!«, schrie ich und ertrank beinahe in hoffnungsloser Frustration. Verzweifelt warf ich meine Hände in die Luft und stieß dabei gegen die Bücher, die auf seinem Schreibtisch lagen. Der niedrige Stapel verrutschte, und einer der schwereren Bände schlug gegen die in der Nähe stehende Kristallkaraffe. Sie war halb voll und ich konnte nichts mehr tun, als ich sie zu Boden fallen sah. Ein Klirren ertönte, das Gefäß zerbrach, und sein bernsteinfarbener Inhalt verteilte sich auf dem Parkettboden.

Ich keuchte auf und starrte auf die Überreste, dann ließ ich meine Arme sinken und schaute auf meine Handflächen hinunter, als suchte ich nach einem Beweis dafür, dass es gar nicht meine Schuld war. Schließlich richtete ich meinen Blick auf Vincent.

Sein Blick wanderte gerade von der zerbrochenen Karaffe zu mir. In seinen Augen sah ich glühenden Zorn.

Hailie Monet zu sein bedeutet, echt im Arsch zu sein.

13

Zerbrochenes Glas

Ich war wie erstarrt, überrascht von dem Lärm und dem Schaden, den ich verursacht hatte. Langsam richtete ich meinen Blick auf Vincent, um seine Reaktion auf die zerbrochene Karaffe und den verschütteten Alkohol zu lesen.

Mein Bruder stand leicht über seinen Schreibtisch gebeugt und stützte sich mit den Fingerspitzen auf die Tischplatte. Seine Augen waren geschlossen, und er sagte kein Wort. Stattdessen sah er aus, als würde er versuchen, sich an einen schönen Ort zu beamen, weg von seiner nervigen jüngeren Schwester.

»Das war nicht meine Absicht.«

Schließlich war ich nicht hier hereingeplatzt, um diese blöde Situation noch zu verschlimmern. Aber Unfälle passieren eben.

Die bedrohliche Stille in Vincents Büro verängstigte mich und dämpfte das Feuer meiner Wut, das mich noch vor einer Minute angetrieben hatte. Ich hatte jedoch nicht vor, mich jetzt zu ducken, denn das wäre mit einer Niederlage gleichzusetzen. Stattdessen wartete ich darauf, dass mein Bruder etwas sagen würde, aber er sah aus, als wäre er paralysiert. Seine Augenlider waren geschlossen, und wäre da nicht sein sich hebender Brustkorb, der die tiefen Atemzüge andeutete, die er machte, um sich zu beruhigen, hätte ich gedacht, er sei versteinert.

Meine Handflächen schwitzten immer mehr, denn die Tatsache, dass Vincent so lange nichts sagte oder mich nicht einmal mit seinem Blick würdigte, begann, mich ernsthaft zu beunruhigen.

Ich blickte zur Seite und war zunehmend verwirrt. Die Zeiger der Uhr mit ihrem dunklen Zifferblatt, das fast mit der Wand, an der sie hing, verschmolz, verkündeten mir, dass ich bald zu spät für die Schule sein würde. Ich erinnerten mich daran, warum ich hier war, und ich nahm meinen ganzen Mut zusammen und ergriff mit einem Räuspern wieder das Wort: »Es ist schon spät.«

Vince zuckte nicht mit der Wimper.

Ich verlagerte das Gewicht von einem Bein auf das andere. »Der Unterricht fängt gleich an.«

Ich hielt inne, als er endlich die Augen öffnete.

Ich hatte erwartet, unbändige Wut darin zu sehen, aber was ich sah, übertraf meine kühnsten Erwartungen.

In seinen blassblauen Augen, die normalerweise nichts verrieten, spiegelte sich dieses Mal ein Strudel aus Emotionen. Schmerz, Kummer, Angst, Traurigkeit, und eine unendlich große Müdigkeit lagen darin. Ich hatte noch nie einen so menschlichen Blick bei Vincent gesehen.

Und das erschreckte mich total.

»Ich bitte dich zu gehen.«

Ich starrte ihn fassungslos an, und dieses Mal hätte ich wohl sofort auf ihn gehört, wenn ich nicht zu sehr unter Schock gestanden hätte, als dass mein Gehirn seine Worte hätte verarbeiten können.

Vincent holte tief Luft und fügte hinzu: »Ich mache keine Witze, Hailie. Das ist kein guter Zeitpunkt für ein Gespräch. Ich verliere die Geduld … und die Kontrolle. Raus hier und zwar sofort.

Ich musste schlucken, da mich nicht nur sein emotionsgeladener Blick erschreckte, sondern auch die Bedeutung seiner Worte, die er in einem bedrohlichen Ton aussprach. Diesmal nahm ich sie ernst, und obwohl ich hergekommen war, auf den schlimmsten Streit meines Lebens eingestellt, erstickte ich sofort jegliche weitere Rebellion im Keim. Ich spürte, wie ich bleich wurde und kalte Füße bekam. Plötzlich wurde mir klar, dass ich wirklich von hier weg musste, und zwar so schnell wie möglich. Was auch immer Vincent gerade durchmachte, mein Geschrei war definitiv keine Hilfe.

Ich machte einen winzigen Schritt rückwärts, und es gab ein leises Knirschen, als die Sohle meines Mokassins auf eine der Scherben der zerbrochenen Karaffe trat. Unwillkürlich schaute ich noch einmal auf die Scherben. Mein Herz pochte in meiner Brust, meine Ohren summten und ich hob die Hand, ich wusste nicht, warum, als ob ich etwas greifen oder aufheben wollte. Dann warf ich einen flüchtigen Blick auf Vincent, der immer noch darauf wartete, dass ich seinen Befehl befolgte. Ich wollte mich gerade auf dem Absatz umdrehen und gehen, da trat ich erneut auf denselben Splitter und bückte mich, um ihn aufzuheben.

»Lass es«, seufzte mein Bruder sichtlich verärgert.

»Ich räume nur auf«, antwortete ich leise, hockte mich hin und fing an, das Glas wie in Trance aufzuheben.

»Hailie, lass es einfach.«

Diesmal zischte Vincent lauter, und ich versuchte, das Chaos noch schneller zu beseitigen. Irgendwann traten mir Tränen in die Augen und das ganze Bild wurde zu einem großen, verschwommenen Fleck.

»Ich möchte zumindest die größten Scherben aufsammeln …«

Ein Knall ertönte, als Vincents Hand auf der Schreibtischplatte aufschlug, und ich zuckte zusammen und presste meine Finger mit aller Kraft um die scharfe Glasscherbe.

Als ich durch meine Tränen hindurch etwas Rotes sah, verstand ich eine Sekunde lang nicht, woher es kam, aber dann spürte ich einen scharfen Schmerz auf der Innenseite meiner Hand und stieß einen erstickten Schrei aus. Ich ließ den Splitter fallen und ich wäre gefallen, hätte ich mich nicht mit meiner verletzten Hand auf dem glasübersäten Boden abgestützt. Daraufhin spürte ich einen weiteren Schnitt und stöhnte auf, als auch noch der Alkohol aus der Karaffe in die Wunde eindrang und einen brennenden Schmerz verursachte.

Vincent keuchte verärgert auf, stieß sich sofort vom Schreibtisch ab und kam zu mir. Bevor ich Zeit hatte zu begreifen, was geschah, packten seine Finger das Handgelenk meiner verletzten Hand und zwangen mich, sie nach oben zu drehen.

»Steh auf«, zischte er leise.

Sofort erhob ich mich vom Fußboden. Vincent hielt immer noch mit seinen Fingern mein Gelenk und achtete darauf, dass ich meine Hand oben hielt, damit das Blut nicht tropfte. Dann lenkte er mich zur Bürotür.

Einen Moment lang glaubte ich, er würde mich einfach rausschmeißen und die Tür hinter mir zuschlagen, aber das war eindeutig nicht sein Plan. Es gelang mir, weitere Tränen zu unterdrücken, aber ich hatte immer noch ziemliche Schmerzen und konzentrierte mich kaum darauf, wohin mein Bruder mich brachte. Ich bemerkte nur, dass wir in den verbotenen Korridor hineingegangen waren.

Vincent öffnete eine Tür und führte mich hinein. Ich blinzelte, als der langgestreckte, fensterlose Raum von dem außergewöhnlich grellen Licht der Deckenlampen erhellt wurde. Ich erkannte sofort, dass dies kein weiteres gemütliches Gästezimmer im Haus war. Die Wände waren grau, der geflieste Boden ebenfalls. In der Ecke stand ein großer Metalltisch auf Rädern und einer massiven Platte. An einer der längeren Wände standen Metallschränke mit vielen Schubladen. Der Raum erinnerte mich an einen OP-Vorbereitungsraum, in dem sich Chirurgen für einen Eingriff fertig machten. Ich war noch nie in einem solchen Raum gewesen, aber so hatte ich ihn mir in etwa vorgestellt – alles wirkte steril und kalt.

Mir kam der Gedanke, dass es unglaublich war, dass es in der Monet-Residenz, wo ich seit Langem zu Hause war, noch immer Räume gab, die mir unbekannt waren.

Wir blieben vor einem tiefen Waschbecken stehen, und Vincent forderte mich auf, meine blutende Hand darüber zu halten, während er selbst sich vorbeugte, um einen schwarzen Hocker auf Rollen zu mir zu ziehen.

»Setz dich.«

Nachdem ich seinen Befehl ohne Diskussion befolgt hatte, sah ich zu, wie er eine dunkelgrüne Schachtel aus dem Schrank zog, gefolgt von Verbandsmull und einer flachen Stahlschüssel. Beim Anblick dieser Utensilien wurde meine Beklommenheit noch größer. Als Vince sich mir wieder zuwandte, zog ich meine Hand aus seinen Fingern zurück.

»Was machst du da?«, flüsterte ich.

Er sah mich wortlos an, schließlich war die Antwort offensichtlich. Ich bemerkte, dass seine Augen wieder wie sonst aussahen: eisblau und kalt. Mir war selbst nicht klar, ob ich mir diese Tatsache eher Erleichterung oder noch mehr Angst bereitete.

»Du hast deine ganze Hand zerschnitten.«

»Es ist nichts, ich wasche das Blut ab und das war's, ich brauche das alles nicht«, beharrte ich und deutete mit dem Kinn auf die vorbereiteten Mullbinden und den Verbandskasten.

»Hailie, du hast Glas in der Haut. Hör auf, mich noch weiter zu ärgern, denn ich habe gerade wirklich keine Geduld mehr.«

Ich verstummte sofort und sah zu, wie Vince nach der chirurgischen Pinzette griff.

»Wozu ist das?«

Doch ich bekam keine Antwort. Vielleicht war er einfach zu wütend auf mich und beschloss, dass seine Handlungen keiner Erklärung bedurften. Zuerst ließ er das Wasser aus dem langen, biegsamen Wasserhahn laufen. Der starke Strahl wusch Spuren meines Blutes von der Oberfläche des Waschbeckens, bevor Vince den Druck und die Temperatur einstellte. Er zog sanft, aber bestimmt meine Hand unter den Strahl, sodass ich die Zähne zusammenbiss, um das kühle Wasser zu ertragen. Er trocknete meine nasse Haut mit einem Papiertuch ab, ohne die Schnitte zu berühren. Diese waren nun deutlicher sichtbar geworden, und einer von ihnen erstreckte sich quer über meine gesamte Handfläche.

Angespannt sah ich zu, wie Vince die Pinzette näher an die Wunde heranführte. Ich rechnete mit Schmerzen, aber ich war überrascht, als er mich so geschickt und sanft versorgte, dass ich kaum etwas spürte. Ich schaute in sein konzentriertes Gesicht.

Nachdem die letzte Glasscherbe mit einem leisen Klirren in der flachen Metallschale gelandet war, legte Vincent die Pinzette zur Seite und wusch meine Wunde erneut aus, trocknete sie dann wieder mit einem weiteren Papiertuch und forderte mich auf, fest darauf zu drücken.

Das war das erste Mal, dass er während der ganzen Prozedur überhaupt mit mir sprach. Er hatte mich nicht gewarnt, nicht einmal, als er die Wunde desinfizierte, die so schlimm brannte, dass ich zusammenzuckte, meine Stirn an seine Schulter drückte und stöhnte.

Wäre ich nicht immer noch wütend auf ihn gewesen, hätte ich mich vielleicht mies gefühlt. Ich wusste, dass Vince es nicht gut ertrug, wenn man ihm widersprach, und ich hatte ihm in den letzten vierundzwanzig Stunden einiges an Respektlosigkeit entgegengebracht. Allerdings fand ich, dass auch ich Respekt verdient hatte.

»Danke«, murmelte ich, als Vincent ein Stück Gaze auf die Wunde legte und dann meine Hand mit einer elastischen Binde umwickelte.

Er erwiderte nichts.

Ich saß immer noch auf dem Hocker und strich über meinen Verband. Ich spürte eine deutliche Erleichterung, als der Schmerz in ein sanftes Pulsieren überging. Nachdem ich meine bandagierte Hand von allen Seiten inspiziert hatte, richtete ich meinen Blick auf meinen Bruder. Er verstaute gerade das Verbandszeug und entsorgte die Abfälle in einer Tüte.

Meine Neugierde siegte über den Ärger und ich fragte ihn: »Was ist das für ein Ort?«

Doch er ignorierte mich weiterhin.

Ich hakte nicht nach, aber blieb stur auf dem Hocker sitzen. Ich hatte Vincent nicht überfallen, um jetzt einfach den Schwanz einzuziehen und abzuhauen.

»Der Verband muss abends gewechselt werden, bevor du ins Bett gehst«, sagte er. »Ich werde es selbst machen oder einer der Jungs, aber ich sage es dir, damit du daran denkst.«

Ich nickte nur und saß weiterhin ganz still, bis Vince, der offenbar nichts mehr zu tun hatte, sich hinüberbeugte und mich emotionslos wie immer ansah, bereit zu gehen.

»Wenn ich sage«, begann er leise, aber nachdrücklich, »bleib zu Hause und geh nicht zur Schule, dann bleibst du zu Hause und gehst nicht zur Schule. Wenn ich dir sage, du sollst mein Büro verlassen, dann verlässt du mein Büro. Wenn ich dir sage, du sollst etwas nicht anfassen, dann fasst du es nicht an. Was an meinen Worten ist für dich unverständlich?«

Ich senkte meinen Blick auf meine bandagierte Hand.

»Wenn du nicht auf mich hörst, wird es wieder böse enden.« Er zeigte auf den Verband.

»Ich habe die Karaffe nicht mit Absicht zerbrochen«, sagte ich mit zitternder Stimme. »Ich habe die Beherrschung verloren, weil ...«

»Nun, ich möchte nicht, dass du jemals Zeugin wirst, wie *ich* die Beherrschung verliere.«

Ich holte tief Luft und spürte eine wieder aufkommende Irritation.

»Das ist unwahrscheinlich, denn um mit dir in einem Raum zu sein, brauche ich eine besondere Einladung, deine Gnade und die Erlaubnis deines Leibwächters!«

»Heute hast du nichts von alledem bekommen, und doch sprechen wir miteinander.«

»Ich musste mir die Hand aufschlitzen, damit du mir fünf Minuten deiner kostbaren Zeit schenkst!«

»Und diese fünf Minuten sind um, also bitte ich dich zu gehen.« Mit einer Handbewegung deutete er auf die Tür. Mir war klar, dass ich ihn noch mehr verärgert hatte, aber seine Kühle tat mir mehr weh als die Schnittwunde an der Hand.

Ich senkte leicht den Kopf, erhob mich von meinem Hocker und ging zur Tür. Vince schloss sie hinter uns und ich konnte seine leisen Schritte hören, als er mir den Korridor hinunter folgte. Als wir an seinem Büro vorbeikamen, wurde ich langsamer. Der Wachmann stand in der Nähe und wich meinem Blick aus.

Wozu war er überhaupt da? Es gibt Räume in unserem Haus, von denen ich nichts weißt, und es treiben sich Leute herum, die ich nicht kenne. Und mein Erziehungsberechtigter versucht nicht einmal, so zu tun, als wäre unter diesem Dach Geheimhaltung nicht das oberste Gesetz.

Das Blut kochte wieder in meinen Adern und ich empfand erneut Groll gegen Vincent. Die Art und Weise, wie ich von ihm niedergemacht worden war, kränkte mich so sehr, dass ich ursprünglich vorgehabt hatte, einfach zu tun, was er wünschte, und in mein Zimmer zu gehen. Dann hätte ich mich in meiner eigenen Wut gesuhlt und mich mit meinen Gedanken im Kreis gedreht. Aber aus dem Augenwinkel sah ich in Vincents Büro die Karaffe auf dem Boden liegen, die ich zerbrochen hatte, und ich runzelte die Stirn und blieb abrupt stehen.

»Vince?«, sagte ich.

Ich wandte mich ihm zu und ließ meinen Blick über seine Erscheinung schweifen. Er trug ein frisches weißes Hemd (wie durch ein Wunder hatte er es geschafft, sich nicht mit meinem Blut zu beschmutzen) und eine dunkelgraue, schmal geschnittene Weste. Er sah so elegant aus wie immer. Aber in seinen Augen, die mich jetzt erneut aufforderten, so schnell wie möglich aus seinem Blickfeld zu verschwinden, schien wieder eine Spur der Emotionalität zu liegen, mit der er mich vorhin so aus dem Gleichgewicht gebracht hatte.

»Wie geht es dir?«, fragte ich.

Vince öffnete den Mund, bereit, wieder einen knappen Befehl auszusprechen, aber meine Frage brachte ihn aus dem Konzept, denn er blinzelte und antwortete mit einer leichten Verzögerung: »Gut.«

»Warum hast du dann um diese Zeit Whiskey getrunken? Es ist noch nicht mal acht Uhr morgens.«

Vincent blinzelte wieder, völlig unvorbereitet auf dieses Verhör durch seine jüngere Schwester.

»Die Karaffe steht seit gestern auf meinem Schreibtisch«, antwortete er, und sein Blick wurde hart, als er hinzufügte: »Oder besser gesagt: Sie stand.«

Ich konnte nicht sagen, ob er log. Aber das spielte keine Rolle, denn ich hatte bereits zugelassen, dass ein Keim der Sorge in meinen Kopf eindrang, der dort weiterwachsen würde. Vincent wurde ungeduldig und überholte mich, aber ich ging hinter ihm her. Ich testete ihn heute bis zum Äußersten, das war mir klar, und vermutlich übertrieb ich es mit meiner Beharrlichkeit – denn das war der Moment, in dem er kurz davor war, die Kontrolle zu verlieren. Ich konnte es in seinen Augen sehen, an seinem angespannten Kiefer und seiner sich schnell hebenden und senkenden Brust. Er hatte die Nase voll von mir, oder vielleicht hatte er auch nur die Nase voll davon, dass ich so ungehorsam war – aber ich konnte ihn, nachdem ich ihn so gesehen hatte, nicht einfach gehen lassen.

Und ich glaube, nur weil ich – nachdem ich direkt nach ihm in sein Büro gestürzt war – sofort meine Arme um ihn schlang, explodierte er nicht endgültig. Er stand ganz still, während ich ihn mit aller Kraft umarmte und meine Wange an seine Brust drückte, sodass ich sein Herz schlagen hören konnte.

Ich ließ ihn lange Zeit nicht los. Ich wollte ihm diese Umarmung schenken, weil meine Intuition mir sagte, dass er sie brauchte. Selbst wenn er mich gleich wegstoßen oder anknurren würde. Die Erkenntnis, dass auch Vincent sich schlecht fühlen und Unterstützung brauchen könnte, überwog alle Wut, die ich wegen ihm empfand.

Irgendwann legten sich seine Arme um mich, was ich völlig überrascht, aber auch dankbar hinnahm. Ich streckte mein Bein nach hinten, um die Tür mit dem Fuß zu schließen und uns von den neugierigen Blicken des Wachmanns abzuschirmen.

Als das Schloss einrastete, lockerte Vince seinen Griff unmerklich, aber er ließ mich nicht los. Ich hob meinen Kopf minimal an, um einen Blick auf sein Gesicht zu werfen. Seine Augen waren geschlossen.

Oh, Vince.

Wir standen so da, bis er seinen Moment der Schwäche überwand. Dann begann er, mich langsam aus seinen Armen zu entlassen, und das war ein klares Signal, also ließ auch ihn los. Dann ergriff ich fast sofort seine Hand.

»Rede mit mir, Vince«, ermutigte ich ihn leise, woraufhin er den Kopf schüttelte. Ich schloss meine Finger um seine und zog eine Grimasse, da meine Wunde schmerzte. »Es ist mir egal, ob du vierzehn Jahre älter bist als ich oder zwanzig oder sogar achtzig. Wir sind eine Familie. Also bitte, Vince, lass uns reden.«

Er schwieg, und sein Gesicht sah blass und gequält aus. Ich nutze die Gelegenheit, um ihn zum Sofa neben seinem Schreibtisch zu ziehen. Er setzte sich seufzend und ich hockte mich neben ihn auf die Kante, immer noch seine große Hand haltend, an der er seinen Siegelring trug.

»Hey«, flüsterte ich, als sich seine Augenlider sich wieder senkten. »Ich bin deine Schwester. Ich bin auf deiner Seite. Immer. Das verspreche ich dir. Du kannst mir alles sagen, was du willst.«

Er öffnete seine Augen und blickte zum Schreibtisch und dann auf die zerbrochene Karaffe. Dann presste er die Lippen aufeinander und seine Hand, auf der meine Finger ruhten, zuckte, als wollte er sie zurückziehen.

»Ich habe es dir schon gesagt«, erwiderte er schließlich mit leicht heiserer, tiefer Stimme. »Ich möchte, dass du gehst.«

Ich seufzte enttäuscht über seine Hartnäckigkeit und zog ernsthaft in Erwägung, einfach aufzustehen und zu gehen. Vincent war eine harte Nuss, wenn es um offene Gespräche ging, vor allem, wenn er derjenige war, der seine Maske ablegen sollte. Der einzige Grund, warum ich nicht auf ihn hörte, war, dass mir der Gedanke kam, dass Vince – obwohl er stets so stark wirkte – ebenfalls Unterstützung brauchte, wie jeder andere Mensch auch.

»Stoß mich bitte nicht weg. Ich möchte helfen.«

Ich beugte mich vor und küsste ihn auf die Wange und legte so viel Behutsamkeit und Zuneigung in diese Geste, wie ich nur konnte. Vince versteifte sich zunächst vor Überraschung und neigte dann langsam seinen Kopf zu mir, um mir endlich ins Gesicht zu sehen. Er hatte wieder diesen emotionsgeladenen Blick, als hätte ich ihm auf magische Weise geholfen, seine Deckung für einen Moment aufzugeben.

»Ich weiß deine guten Absichten zu schätzen, Hailie«, sagte er mit viel freundlicherer Stimme als zuvor, »aber du kannst mir nicht helfen.«

»Ich kann deine Probleme vielleicht nicht lösen, aber ich kann dich unterstützen«, beharrte ich. »Hast du mich gebeten zu gehen, weil du die Kontrolle verloren hast? Manchmal ist das nicht verkehrt, manchmal ist es gut, die Kontrolle zu verlieren. Du kannst nicht immer alle deine Gefühle unterdrücken.«

»Ich sollte meine Kontrolle nicht bei dir verlieren.«

»Warum?«

»Ich möchte dich nicht erschrecken.«

»Warum sollte ich Angst davor haben, dass mein Bruder kein gefühlloser Roboter ist, sondern einfach ein Mensch? Vince, glaub mir, das ist eine Erleichterung für mich!«

Er schüttelte den Kopf, als wollte er es nicht hören, und rieb sich mit der freien Hand die Augen.

»Ich möchte dir zumindest Stabilität geben, Hailie«, gestand er. »Du brauchst jemanden in deinem Leben, auf den du dich jederzeit und überall verlassen kannst.«

Ich begann, mitten in seiner Rede den Kopf zu schütteln.

»Ich weiß, dass ich mich immer auf dich verlassen kann. Das weiß ich und du musst mir nichts vorgaukeln. Und du brauchst deine Gefühle nicht zu verbergen. Unser Vater ist schließlich gerade ins Gefängnis gekommen!«

»Es tut mir leid, Hailie«, sagte er. »Du hättest es verdient, beide Elternteile in deinem Leben zu haben. Es tut mir leid, dass du keinen von beiden hast …«

Ich schaute zu Boden.

»Du hast es ebenfalls verdient«, murmelte ich und richtete meinen Blick wieder auf ihn. »Deshalb ist es so wichtig, dass wir immer füreinander da sind.«

»Du musst verstehen, dass ich dich nicht immer auf die herkömmliche Weise unterstützen kann. Du möchtest alles wissen und alle Erklärungen bekommen, aber ich bin oft nicht in der Lage, sie dir zu geben. Daher wird diese Haltung von dir oft als Böswilligkeit empfunden. Dabei will ich dich nur von manchen Dingen abschirmen.«

»Ich schätze, wir haben tatsächlich eine unterschiedliche Definition von Unterstützung«, flüsterte ich, fügte aber lauter hinzu:

»Okay, warum versuchen wir dann nicht Folgendes: Kannst du mir bitte erklären, warum ich nicht zur Schule gehen kann?«

Vincent hob seinen Blick.

»Ich habe im Moment eine Menge Dinge zu erledigen. Eines davon ist auch ein Treffen mit der Leitung deiner Schule, um die Situation unseres Vaters zu schildern. Das steht oben auf meiner Prioritätenliste, aber nicht an erster Stelle. Und bevor ich nicht unter anderem dieses Gespräch geführt habe, wirst du nicht in die Schule zurückkehren«, erklärte er, und dann wäre Vincent nicht er selbst, wenn er nicht hinzufügen würde: »Verstehst du das?«

Ich löste meine Hände von seiner.

»Und warum konntest du das nicht von Anfang an sagen?«

»Weil du lernen musst, die Entscheidungen, die ich treffe, nicht infrage zu stellen. Ich muss mich vor dir nicht rechtfertigen, und oft kann ich es auch gar nicht. Aber ich lasse mich immer von der Frage deiner Sicherheit leiten, und es würde meine Aufgabe enorm erleichtern, wenn du mir dabei vertrauen würdest.«

»Aber ich vertraue dir, Vince«, antwortete ich sofort. »Ich mag nur nicht, wie du mich behandelst.«

Er drehte seinen Kopf wieder und sah mich an.

»Mein Liebe, ich behandle niemanden mit mehr Nachsicht als dich.«

»Ernsthaft?« Ich schnaubte leise. »Du hast gerade versucht, mich aus deinem Büro zu schmeißen. Mehrmals.«

»Und trotzdem bist du noch hier.« Vince sah mich bedeutungsvoll an. »Die Situation ist für mich genauso schwierig wie für dich und den Rest der Jungs. Und jeder von uns muss seinen eigenen Weg finden, mit den aktuellen Ereignissen umzugehen.«

»Ich sage nicht … es ist nicht … ich weiß ja …«, stammelte ich.

»Natürlich ist es auch für euch schwer. Ich habe nur das Gefühl, dass du und ihr alle mich irgendwie anders behandelt.«

»Ja, das ist richtig. Ich habe bereits gesagt, dass du stets mit mehr Nachsicht behandelt wirst.«

»Ich meinte eher, dass ich weniger Freiheiten habe. Ich bin es, der immer Homeschooling droht und vor der das Tor des Anwesens versperrt wird.«

»Das Tor hat sich nicht geöffnet, weil vereinbart war, dass du heute nicht zur Schule gehst.«

Ich ballte meine Finger zu Fäusten und entspannte sie sofort wieder, als meine verletzte Handfläche schmerzte.

»Und wenn ich einkaufen gehen wollte? Dann würde es auch nicht aufgehen! Ich bin hier eingesperrt wie in einem Gefängnis, genau wie Dad.«

»Du könntest Eugenie um deine Einkäufe bitten oder sie online machen. Unser Vater hat dieses Privileg nicht.«

»Und was ist, wenn ich ins Auto steigen und allein fahren will?« Als ich sah, dass Vince verstummt war, nickte ich und fuhr fort: »Weißt du, die Sache ist die: Du schränkst mich ständig ein. Die Jungs können machen, was sie wollen, und wenn eine bestimmte Situation eintritt, wissen sie, dass es ernst ist. Und ich? Ich habe so viele Verbote, woher soll ich also wissen, welche besonders wichtig sind?«

»Du bist aber auch noch nicht erwachsen, in deinem Alter gibt es Regeln. Als dein Erziehungsberechtigter bin ich für dich verantwortlich, und deshalb schränke ich deine Freiheit ein, wenn ich es für richtig halte.«

»Oh, ich bin sicher, Shane, Dylan und Tony hatten in meinem Alter viel mehr Spielraum.«

»Ich war nie direkt für sie verantwortlich. Onkel Monty war es.«

»Meinetwegen«, sage ich. »Aber haben sie auf ihn gehört?«

»Ehrlich gesagt fast nie«, gab Vincent zu. »Sein ganzes Leben lang hatte er die Rolle eines lustigen Onkels gespielt. Er war auch nicht besonders scharf darauf, selbst Verantwortung zu übernehmen.«

»Das heißt, du hattest die Jungs sowieso an der Backe.«

»Das kann man so sagen.«

»Genau das habe ich gemeint. Es läuft auf das Gleiche hinaus.«

Vince seufzte.

»Die Jungs sind hier aufgewachsen, Hailie. Sie kennen diese Welt. Bei dir ist es anders.«

»Aber nur, weil du alles dafür tust, damit ich eure Welt nicht kennenlerne.«

»Wir drehen uns im Kreis, Hailie. Unterm Strich musst du mir einfach glauben, dass ich beurteilen kann, welches Wissen für dich ausreichend und auch sicher ist.«

Ich senkte den Kopf, erschöpft von dieser Diskussion, aber sofort kam mir eine neue Frage in den Sinn, und ich richtete mich wieder auf: »Wenn ich dein Bruder wäre und keine Schwester, würdest du mich dann anders behandeln?«

»Ich weiß es nicht, Hailie, ich denke selten darüber nach, was ich hypothetisch tun würde. Das ist Zeitverschwendung.«

»Dann mache bitte eine Ausnahme und denke darüber nach«, drängte ich. »Bitte, Vince.«

»Ich weiß es nicht«, wiederholte er. »Vielleicht. Wahrscheinlich. Und der Rest der Jungs würde dich als Bruder gewiss anders behandeln.«

Ich verzog das Gesicht.

»Es kann echt nicht sein, dass ich weniger Rechte habe, weil ich ein Mädchen bin!«

»Du hast genauso viele Rechte wie wir anderen auch«, seufzte Vincent und vergrub sein Gesicht für einen Moment in seinen Händen.

»Ihr diskriminiert mich, weil ich ein Mädchen bin und noch dazu die Jüngste von euch allen.«

»Niemand diskriminiert dich.«

»Aber so fühle ich mich! Ich bin die Einzige, die ständig einen Bodyguard an der Backe hat. Und ihr habt auch dauernd ein Problem damit, was ich anziehe, wie viel ich esse …«, zählte ich auf und zog die Ärmel meiner Uniform über meine Hände. »Du hättest Dylan in New York sehen sollen, er hat mich nicht eine Sekunde lang allein gelassen. Kannst du mir erklären, warum?«

Vincent sah mich an und schien darüber nachzudenken, was mich ziemlich überraschte, denn eigentlich war ich davon überzeugt, dass meine Brüder eine Bande von Sexisten waren, die nichts zu ihrer Verteidigung vorbringen würden.

»Vince?«

»Ich weiß nicht, warum, Hailie«, begann er, aber bevor ich einen Seufzer der Frustration ausstoßen konnte, fuhr er fort: »Aber wenn ich raten müsste, hätte ich einige Ideen, worauf unsere … nennen wir es … Überfürsorglichkeit dir gegenüber zurückzuführen ist.«

Überfürsorglichkeit. Eine schöne Formulierung.

»Okay …« Ich setzte mich bequem hin und war bereit, endlich alles zu erfahren.

Er schüttelte den Kopf.

»Dies ist ein unangenehmes Thema, und ich denke, wir sollten es jetzt nicht besprechen.«

»Vince, komm schon. Ich will es wissen«, protestierte ich, verzog den Mund und sah ihn erwartungsvoll an. »Bitte sag es mir. Vielleicht macht es mir das Leben leichter.«

Vince fuhr sich mit der Hand durchs Haar und blickte wieder auf die zerbrochene Karaffe.

»Ich bin bereit für die Wahrheit, wirklich«, versicherte ich ihm.

»Und ich bin nicht sicher, ob ich bereit bin, darüber zu sprechen.«

»Oh.« Ich senkte meinen Blick und runzelte die Stirn. Seine Geheimniskrämerei machte mich mittlerweile ein wenig unruhig.

Er holte tief Luft, und diesmal war er es, der seine Hand hob und sie auf meine Verbundene legte. Er tat es ganz sanft, um mir nicht wehzutun, obwohl ich mir fast sicher war, dass ich ohnehin nichts gespürt hätte. Denn als er mich im selben Moment auch ansah, versetzte mich sein intensiver Blick sofort in Habachtstellung. Plötzlich wurde mir klar, dass Vince mir etwas Wichtiges sagen wollte, und ich spürte, wie sich mein Körper anspannte, als ob er einen Schlag erwarten würde.

»Ich dachte, du wärst zu jung für diese Art von Geschichte, aber wenn du denkst, dass sie dir hilft, deine und unsere Position besser zu verstehen … Also erzähle ich sie dir. Die Geschichte ist hart und brutal, also bitte ich dich, mir zu sagen, wenn du dich unwohl fühlen solltest, und ich werde sofort aufhören.«

Vince lehnte sich zurück und schlug ein Bein übers andere. Offenbar überlegte er, wie er anfangen sollte. Ich wartete hochkonzentriert auf die ersten Worte und starrte ihn erwartungsvoll an.

»Weißt du etwas über den …« Er holte tief Luft. »Ich bin kein Fan dieser Bezeichnung, aber es sieht so aus, dass ich sie jetzt benutzen muss. Weißt du etwas über den Fluch der Monets?«

14

Der Fluch der Monets

»Was für ein Fluch?« Ich blinzelte, überrascht darüber, wie absurd das klang.

»Der Fluch der Monets. Ich glaube, so nennen ihn manche Leute.« Vince verdrehte seine Augen.

»Was? Auf uns liegt ein Familienfluch?«, fragte ich ungläubig. Ein Schauer lief mir über den Rücken.

»Das ist reiner Blödsinn, aber momentan interessiert mich nur, ob du davon gehört hast.«

»Nein, kein einziges Wort.«

»Okay, die Jungs können also doch ihre Zunge im Zaum halten«, murmelte er vor sich hin und nickte zufrieden. Dann drehte er sich wieder zu mir um. »Hinter diesem grotesken Begriff verbirgt sich eine Tragödie, liebe Hailie. Und nicht nur eine.«

Ich hörte ihm zu, zog skeptisch meine Augenbrauen zusammen und zupfte mit den Fingern an meiner Uniformkrawatte.

»Bist du dir sicher, dass du dir das anhören willst?«

Ich nickte energisch mit dem Kopf. Trotz meiner Angst war ich auch aufgeregt. Vor mir öffnete sich eine Tür zu einem weiteren Familiengeheimnis, und ich war begierig, die Schwelle zu überschreiten.

»Ich weiß nicht, wie weit dieser angebliche Fluch reicht. Ich habe das nie recherchiert, weil ich an so einen Unsinn nicht glaube und keine Zeit habe, mich damit zu beschäftigen. Was ich weiß, ist, dass schon unser Großvater seine Mutter nie kennengelernt hat. Und als er sich mit Blanche einließ, bekamen sie zwei Söhne, wie du weißt.«

»Dad und Onkel Monty.«

Vince nickte und fuhr fort: »Dann wurde sie aber ein drittes Mal schwanger. Das kleine Mädchen starb bei der Geburt.«

Meine Finger versteiften sich auf meiner Krawatte, mein Herz schlug schneller und mein Gesicht verzog sich vor Entsetzen.

»O Gott«, flüsterte ich.

»Mhm ... Für Blanche war das selbstverständlich eine sehr schmerzhafte Erfahrung. Und sie hatte auch kein einfaches Leben mit unserem Großvater, denn er war ein schwieriger Mann. Sie hat viel mit ihm durchgemacht. Jahre später verlor sie ihr Augenlicht. Alles in allem war das Leben nicht gerade freundlich zu ihr.«

Ich biss mir auf die Unterlippe.

»Wie hat sie eigentlich ... nun ja, ihr Augenlicht verloren?«

»Sie hatte einen Unfall«, antwortete er kurz. »Auf einem Motorrad.«

»Auf einem Motorrad!«, rief ich und hielt mir mit der Hand den Mund zu. »Und ihr lasst Tony mit so was fahren!«

Vince schaute mich überrascht an und lächelte dann fast. »Niemand in der Familie ist von seiner Liebe zum Motorradfahren begeistert, glaube mir. Sprich du mal mit ihm. Vielleicht kannst ja du ihn zur Vernunft bringen.«

»Ich werde auf jeden Fall mit ihm reden«, versprach ich.

»Deshalb darfst du nicht mit ihm mitfahren«, sagte Vince und klang für einen Moment sehr streng. Ich nickte gehorsam und hoffte, dass ihm niemand von unserer Tour in Los Angeles erzählte. Keiner von uns wollte sich an den schrecklichen Unfall zu erinnern, den ich dort mit Tony gehabt hatte. Er war nur ein weiterer Beweis dafür, dass das Motorrad aus unserer Garage verschwinden sollte.

»Aber die Tragödie, die uns am meisten getroffen hat, war natürlich die unserer Mutter.«

Ich schluckte schwer.

»Du weißt, was mit ihr passiert ist, nicht wahr?«

»Ich weiß, dass sie zu einem Termin gefahren ist und …« Ich zögerte.

»… nicht zurückgekehrt ist. Das ist richtig.« Vince nickte und schwieg für einen Moment, und ich überlegte, ob ich es vielleicht doch nicht alles hören wollte. Aber ich war zu neugierig, um jetzt aufzugeben, und so ergriff Vince wieder das Wort. »Es geht aber nicht nur um die Art und Weise, wie sie starb, sondern auch um alles, was davor passiert ist.«

»Was ist vorher passiert?«, flüsterte ich.

»Sie war sehr jung, als sie unseren Vater kennengelernt hat. Sie trafen sich zunächst heimlich, aber dann wurde sie schwanger, und das zwang die beiden, ihre Beziehung öffentlich zu machen.«

Ich stupste ihn leicht an und lächelte. »Das heißt, wir waren beide ziemliche Überraschungen.«

»Unser Vater hat sechs Kinder«, antwortete er und zog ebenfalls die Mundwinkel hoch, »die meisten waren Überraschungen.«

Ich kicherte.

»Leider sind einige Familien im Mittelalter stehen geblieben. Die Familie unserer Mutter ist ein perfektes Beispiel dafür. Sie haben Lindsay verstoßen und etwas von befleckter Ehre gefaselt.«

»Was? Sie war doch ihre Tochter«, rief ich entrüstet.

»Sie hatten sehr radikale Ansichten. Ihr Vater war ein Mann, der das Leben der Familie nach seinem konservativen Diktat ausrichtete. Ich kenne die Einzelheiten nicht, aber ich glaube, er bot unserer Mutter an, ihr zu helfen – nämlich sie aufs Land zu bringen, wo sie heimlich entbinden und das Kind weggeben konnte, um dann ihre Beziehung mit unserem Dad ein für alle Mal zu beenden. Natürlich waren weder sie noch Camden damit einverstanden.«

»Und dann hat sich ihr Vater von ihr losgesagt?«

Vince nickte.

»Natürlich kümmerte sich Dad um sie. Da unsere Mutter aus einer sehr religiösen Familie stammte, bestand sie selbst auf einer schnellen Heirat, vielleicht in der Hoffnung, wieder die Gunst der Familie zurückzuerlangen.«

»Wollte sie sich nach der schrecklichen Art, wie sie behandelt worden war, wirklich wieder zu ihnen zurück?«, fragte ich mich.

»Sie war jung und vermisste ihre Familie. Ihr ganzes Leben lang war sie brav und unterwürfig gewesen, und dann änderte sich alles um einhundertachtzig Grad. Plötzlich hatte sie nur noch unseren Vater als Stütze, der sie zweifellos liebte, der aber auch selbst noch jung war und nicht wusste, wie er sich am besten um sie kümmern sollte.« Vince dachte einen Moment lang nach. »Camden hat sich bemüht, das kann man ihm nicht vorwerfen, aber manchmal reichen selbst die aufrichtigsten Bemühungen nicht aus.«

Ich biss mir auf die Lippe und warf einen nachdenklichen Blick auf meinen Verband.

»Camden heiratete Lindsay, wie sie es wollte, aber ihre Familie änderte ihre Meinung nicht. Sie hatte nur Kontakt zu einer ihrer drei Schwestern, der jüngsten, mit der sie am engsten befreundet war. Sie mussten alle Treffen oder Telefongespräche heimlich arrangieren, was es sehr schwierig machte.«

»Was ist mit den anderen Schwestern? Haben sie sich einfach so von ihr abgewandt? Und ihre Mutter?« Ich wurde allmählich wütend.

»Ihre Mutter war eine Frau ohne Persönlichkeit, die dem Willen ihres tyrannischen Ehemannes völlig unterworfen war. Auch ihre Schwestern wurden ähnlich unterdrückt.«

»Einerseits klingt das schrecklich«, sagte ich langsam. »Aber andererseits … ist es nicht besser, dass eure Mom von ihnen weggekommen ist?«

»Ich glaube, sie hat das nicht so gesehen. Als ihre älteste Schwester ihr erstes Kind kriegte, unterstützte ihre Mutter sie und teilte ihre Erfahrungen mit der Betreuung eines Neugeborenen. Als Lindsay ihr Baby bekam, hatte sie niemanden, der ihr half. Allein das Wissen, dass ihre Mutter für ihre Schwester da war, aber nicht für sie, muss unglaublich schmerzhaft gewesen sein.«

Ich schüttelte entrüstet den Kopf. »Das klingt schrecklich«, flüsterte ich. »Woher weißt du das eigentlich alles?«

Vince holte tief Luft und legte den Kopf leicht schief.

»Von unserem Vater. Es kam ein Punkt, an dem auch ich eine Erklärung wollte. Ich gebe seine Worte nun an dich weiter.«

»Was hatte Dad dazu zu sagen? Wusste er, wie sie gelitten hat?«

»Es war kompliziert, wie er selbst zugab. Zuerst zogen sie in ihr neues Haus ein und Lindsay war glücklich. Dann kamen harten Zeiten, weil sie keine einzige ihr nahestehende Person hatte, die sie in das Haus einladen konnte, um zu zeigen, wie ihr neues Leben verlief.

Dann brachte sie ein Baby zur Welt und war glücklich, ihr Kind zu haben. Nach ein paar Monaten wurde sie wieder traurig, als sie feststellte, dass ihre Eltern sich überhaupt nicht für ihr neues Enkelkind interessierten. Unser Vater wollte das Beste für sie, aber er hatte auch genug Stress mit seinen Geschäften und konnte ihr nicht immer geben, was sie brauchte. Und er wusste auch oft nicht, was es war, das sie wirklich brauchte.«

»Und was brauchte sie?« Ich starrte konzentriert auf Vincents scheinbar emotionsloses Gesicht.

»Hilfe«, antwortete er. »Unterstützung durch einen Spezialisten.«

»War sie krank geworden?«

Er nickte.

»Ich erinnere mich nicht mehr an alles, Hailie, aber ich weiß, dass es einen Punkt gab, an dem die Dinge wieder einigermaßen gut liefen. Lindsay und Camden beschlossen, ein zweites Kind zu bekommen, und Will wurde geboren. Ein Moment der Freude, der allerdings schnell verging, und dann ging es ihr wieder schlechter. Für eine lange Zeit.« Vince presste seinen Kiefer zusammen und sein scharfer Blick war plötzlich wie nebelverhangen. »Das weckt in mir die Erinnerung an die Zeit, als ich sieben Jahre alt war: Meine Mutter setzte mich und Will zum Abendessen an den Tisch, ermunterte uns zum Essen und zeigte uns, dass es ihr selbst schmeckte, und ließ uns sogar vor dem Schlafengehen fernsehen. Heute weiß ich, dass sie sich während dieser Zeit in ihrem Badezimmer einschloss und jeden Bissen, den sie mit uns zu sich genommen hatte, wieder hervorwürgte.«

»Also hatte sie Bulimie?«, flüsterte ich und spürte, wie sich mein Magen zusammenzog.

Der Blick von Vince war immer noch abwesend.

»Ich weiß nicht genau, was sie hatte«, antwortete er. »Eine Essstörung auf jeden Fall. Im Laufe der Jahre wechselte sie zwischen krankhaftem Gewichtsverlust und hoher Gewichtszunahme. Es gab Zeiten, in denen ich sie kaum gesehen habe, weil sie sich stundenlang im Fitnessstudio gequält hat, und dann gab es eine Phase, in der sie sich bis zum Äußersten überfressen hat.« Vince schwieg einen Moment lang und blickte in die Ferne, als ob er überlegte, ob er noch mehr sagen sollte. Dann entschied sich er sich offenbar dafür, denn er fügte hinzu: »Ich habe sie einmal in der Waschküche angetroffen, wo sie sich mit dem Kuchen, den die Haushälterin gerade gebacken hatte, versteckte. Sie stopfte sich damit voll, und als sie mich sah, brach sie in Tränen aus.«

»Oh, Vince …«, murmelte ich nun selbst den Tränen nahe.

»Ihr fielen die Haare aus, aber niemand bemerkte es, weil sie zu einem teuren Friseursalon ging und sich eine Perücke machen ließ. Abends trank sie viel Wein und schrieb verstörende Gedichte. Und manchmal kehrte sie zum Ballett zurück, das sie früher getanzt hatte, und dann folterte sie ihren Körper mit seltsamen Diäten und hartem Training. Frustriert, weil sie nicht mehr so gut war wie früher.«

»Warum hat das niemand gesehen? Warum hat ihr niemand geholfen?« Ich atmete immer schneller und machte mir mehr und mehr Sorgen über das Schicksal der Mutter meiner Brüder.

»Gute Frage«, sagte Vince mit bitterer Stimme. »Wenn du sie kennengelernt hättest, wärst du nie auf die Idee gekommen, dass es ihr schlecht ging. Sie war fantastisch darin, sich zu verstellen.«

»Sogar vor unserem Vater? Er muss doch gemerkt haben, dass etwas nicht stimmte?«

»Vor ihm versteckte sie es am besten. Er war nicht oft zu Hause, und wenn er zurückkam, versuchte Lindsay mit aller Kraft, ihm zu beweisen, dass alles perfekt war. Sie prahlte damit, dass sie am Abend zuvor ein Gedicht geschrieben hatte, ohne zuzugeben, dass sie dabei eine Flasche Wein getrunken hatte. Sie erzählte von ihrem Training im Fitnessstudio, ohne zu erwähnen, dass es einen halben Tag gedauert hatte und mit einer Ohnmacht endete. Ihr Mann küsste sie stolz und lief dann zu mir und Will, um uns zu begrüßen.«

»Was ist mit der Haushälterin? Dem Hauspersonal?«

»Lindsay sagte ihnen, sie sollten sich aus ihren Angelegenheiten heraushalten. Eine Mitarbeiterin, die wirklich besorgt war, teilte jedoch Dad ihre Beobachtungen mit. Lindsay schaffte es irgendwie, sich herauszureden und die Sache unter den Teppich zu kehren, und dann kündigte sie der Frau.«

Ich verbarg mein Gesicht in meinen Händen.

»Ist es zu viel für dich, Hailie?«, fragte er besorgt.

Ich hob sofort meinen Kopf.

»Nein. Ich meine, das ist alles furchtbar, aber du musst nicht unterbrechen …« Ich zögerte. »Es sei denn, du willst?«

»Ich hatte siebzehn Jahre Zeit, mich an diese Geschichte zu gewöhnen, und deshalb mache ich mir momentan eher Sorgen um dich.«

»Mir geht es gut, ich will nur wissen, wie es weiterging … Hat irgendwann jemand etwas von den Problemen eurer Mutter bemerkt?«

Vince verschränkte die Hände in seinem Schoß und starrte sie an, wobei er seine Augenbrauen leicht anhob.

»Wann immer ich oder Will sie in einer sonderbaren Situation ertappten, kam sie einen Moment später zu uns, umarmte uns und erklärte es uns irgendwie, wobei sie sich mit irgendwelchen Argumenten herausredete, die selbst für uns Kinder schwer zu glauben waren. Wir wurden älter und älter, und irgendwann konnten wir nicht mehr die Augen davor verschließen. Eines Tages erzählte ich unserem Vater alles.«

»Und was hat er getan?«

»Er schickte sie zur Therapie. Dabei kam ans Licht, dass sie mit Depressionen zu kämpfen hatte.«

»Und das hatte die ganzen Jahre niemand erkannt?« Ich seufzte frustriert.

»Depression ist keine Krankheit, die man immer auf den ersten Blick erkennen kann. Sicherlich nicht in ihrem Fall. Im Gegenteil, sie kam als eine fröhliche Person rüber. Sie lächelte viel in Gesellschaft und sah immer gut und gepflegt aus.« Er kniff seine Augen zusammen. »Sie litt allein im Stillen.«

Ich spielte mit meinen Haarspitzen und konnte nur noch daran denken, wie gerne ich dieser Frau geholfen hätte.

»Man nannte sie ... Lissy-Doll.« Vince zuckte zusammen, als ob der Spitzname ihm Unbehagen bereitete.

Ich verzog mein Gesicht.

»Doll? Eine Puppe? Ernsthaft? Das klingt wie der Spitzname eines Perversen«, meinte ich und blinzelte dann, als mir klar wurde, dass ich den Ursprung des Namens nicht kannte und dass es vielleicht besser wäre, keine voreiligen Schlüsse zu ziehen. »Ich meine, das klingt irgendwie nicht gut ... Wer hat sich das ausgedacht?«

»Keine Ahnung, wer sie als Erster so genannt hatte, aber der Spitzname blieb.« Vince presste einen Moment lang die Lippen aufeinander. »Unsere Mutter war berühmt für ihr breites Lächeln, ihre schicken Kleider und die Schönheit einer Porzellanpuppe. Daher stammte auch der Name ›Doll‹, der anfangs gar nicht verächtlich klang. Erst später fingen zu viele Leute an, sie so zu nennen, und es hörte auf, süß zu sein, und wurde nur noch lästig. Unser Dad ärgerte sich jedes Mal, wenn sich jemand erlaubte, diesen Spitznamen in seiner Gegenwart zu verwenden, und während seine Mitarbeitenden dafür Verständnis hatten, gab es einige einfältige Leute, die keine Skrupel hatten, beleidigende Witze zu machen.«

»Das ist ekelhaft.«

»Ja.« Er nickte. »Aber kommen wir zurück zu ihrer Gesundheit. Als unser Vater von ihren Problemen erfuhr, begann er, sich mehr Zeit für sie und uns zu nehmen. Mutter gestand ihm, dass sie davon träumte, eine Tochter zu haben, und das motivierte sie dazu, die Therapie zu machen. Als sie sich soweit erholt hatte, dass sie wieder schwanger werden konnte, kam Dylan.« Ein Mundwinkel hob sich zu einem leichten Lächeln. »Vielleicht nicht das Mädchen, das sie sich gewünscht hatte, aber doch ein weiteres Kind, das sie liebte.«

»Man könnte also sagen, sie wurde gesund?«

Vince zögerte.

»Nicht wirklich. Nach der Geburt von Dylan hatte sie einige schlechtere Phasen, aber es half, dass sie noch unter ärztlicher Beobachtung stand. Allerdings wurde sie bald wieder schwanger, diesmal mit Zwillingen … Dieses Mal überstieg es ihre Kräfte.«

»Ist sie wieder krank geworden?«

Vince legte den Kopf schief und überlegte, wie er mir antworten sollte.

»Ich würde sagen, sie hatte sich nie ganz davon erholt.« Er sah mich aufmerksam an. »Weißt du, Hailie, psychische Krankheiten sind keine Grippe. Es reicht nicht aus, im Bett zu bleiben und sich gesund zu schlafen. Diese Krankheiten sind heimtückisch und unberechenbar. Manchmal erleidet man einen Rückfall, selbst wenn die Situation unter Kontrolle zu sein scheint. Lindsay wurde ziemlich schnell nach der Geburt von Dylan mit den Zwillingen schwanger, und ihr Körper kam damit nicht zurecht. Sie war fast die gesamten neun Monate bettlägerig. Nach der Geburt war sie nicht in der Lage, Dylan genügend Zeit zu widmen, von mir und Will ganz zu schweigen. Außerdem hatte sie stark zugenommen, und als Shane und Tony endlich auf der Welt waren, begann sie wieder mit intensivem Training, um in Form zu kommen.«

»Es ist also wieder schlimmer geworden«, kommentierte ich traurig.

»Nicht wirklich, denn dieses Mal ist sie es richtig angegangen. Sie hatte einen Personal Trainer und, ich glaube, auch einen Ernährungsberater. Ihre Konstitution war vielleicht nicht die beste, aber zumindest war sie einigermaßen stabil. Sie war stark und ... « Vince lächelte leicht. » ... sie kämpfte tapfer. Dad war ihr eine große Stütze. Er wurde als Mann immer reifer und entschlossener, die Familie an erste Stelle zu setzen.«

Ich lächelte, obwohl ich in meinem Herzen spürte, dass sich das Ende der Geschichte näherte, und ich wusste sehr wohl, dass es kein glückliches sein würde.

»Lindsay ging oft zur Kosmetikerin und zu Massagen. Nach den anstrengenden Schwangerschaften und dem harten Training tat ihr oft der Rücken weh. Es war eine Gelegenheit zur Erholung und Entspannung für sie. Eine Möglichkeit, um aus dem Haus zu kommen, wo sie trotz der Hilfe von Kindermädchen und Haushälterinnen immer etwas zu tun hatte.«

Es war mir nicht entgangen, dass Vincent irgendwie angespannter geworden war. Seine Schultern versteiften sich, sein Gesicht wurde blasser, und ich spürte, wie mein Körper begann, seine Reaktionen zu spiegeln, um sich auf den unangenehmen Teil der Geschichte vorzubereiten.

»Eines Tages fuhr sie zu einem Massagetermin und ... das war's.«

Ich senkte den Kopf und spürte, wie mich eine plötzliche Traurigkeit überkam. Ich wusste einfach, dass diese Frau ein so frühes Ende nicht verdient hatte.

»Hatte sie keinen ... Bodyguard oder so etwas?«, fragte ich schüchtern, da ich nicht wusste, wie viel ich mir erlauben konnte zu fragen, um keinen Fauxpas zu begehen.

Vince schaute zur Seite, aber ich konnte trotzdem etwas in seinem Auge aufblitzen sehen. Er hob die Hand und rieb sich die Augen, als ob er sehr müde wäre, aber ich ahnte, dass er sich wahrscheinlich gerade eine Träne weggewischte, und als ich das realisierte, brach ich fast selbst in Tränen aus.

»Es tut mir leid«, schluchzte ich und griff nach seiner freien Hand. »Ich wollte nicht so neugierig sein!«

Vince schaute mich überrascht an.

»Du bist nicht ...«, begann er, hielt aber inne und holte tief Luft, dann wurde sein Gesicht weicher. Er streckte die Hand aus, um mich zu umarmen, und drückte mich an sich. Mein Kopf landete auf seiner Schulter und ich lehnte mich nur zu gerne dagegen. Ich konnte an den Fingern einer Hand abzählen, wie oft ich so viel Zärtlichkeit von Vince erhalten hatte, und ich wollte mir diese Gelegenheit nicht entgehen lassen. Er streichelte meinen Arm mit sanften, beruhigenden Bewegungen.

»Ich glaube, du hast für heute genug gehabt«, sagte er leise.

Ich hob sofort meinen Kopf.

»Dies ist also nicht das Ende der Geschichte?«

»Nicht ganz.«

»Kannst du es mir erzählen?« Ich schaute erwartungsvoll in sein Gesicht.

»Bist du sicher, dass du sie wirklich hören willst?«, flüsterte er.

Ich nickte schnell.

»Aber nur, wenn du die Kraft dazu hast.«

Vince spannte sich wieder an, und zwischen seinen Augenbrauen erschien eine senkrechte Linie. Er legte eine Hand flach auf seinen Oberschenkel und starrte sie an, als würde sie ihm einen Weg zeigen, der Realität zu entkommen.

»Was hast du vorhin gefragt?«, sprach er leise und nachdenklich vor sich hin.

»Äh, ob das das Ende der Geschichte ist?«

»Nein, davor.«

»Du meinst, warum sie keinen Leibwächter hatte?« Ich schluckte meinen Speichel herunter.

»Das ist eine sehr gute Frage, Hailie.« Vince blickte erneut auf die zerbrochene Karaffe, und sogar seine Finger bewegten sich, als ob er sich vorstellte, ein Glas starken Alkohols zu halten. »Denn Lindsay hat meinetwegen keinen Leibwächter bekommen.«

»Was meinst du?« Ich runzelte die Stirn. »Wie alt warst du damals?«

Ich fing an zu zählen und versuchte, ihm zu beweisen, dass er als Kind absolut keine Schuld an der Situation haben konnte.

»Dreizehn. Und Will neun.«

»Dreizehn Jahre.« Ich legte den Kopf schief.

»An jenem Tag hatte Will die Idee, dass er einen Kinderfilm sehen wollte, der gerade in den Kinos lief. Doch ich wollte nicht mit. Also habe ich ihn überredet, Mom zu bitten, ihn zu begleiten. Obwohl ich wusste, dass es ihr nicht passen würde, da sie gerade zu einer Behandlung fahren wollte.« Ich konnte an seinem abwesenden Blick erkennen, dass sein Kopf gerade voll mit diesen Erinnerungen war.

»Sie erklärte Will, dass sie ein anderes Mal gehen würden, und er quengelte und quengelte. Ich saß auf der Treppe, hörte mir ihre Diskussion an und rief ihm schließlich zu, er solle es sein lassen, denn Mom schere sich einen Dreck um uns und wartete nur darauf, von zu Hause wegzulaufen.« Es war das erste Mal seit dem Beginn unseres Gesprächs heute, dass Vince' Stimme zittrig klang. »Sie konnte es nicht fassen. Sie sah mich mit zugekniffenem Mund an, zwang sich dann zu einem Lächeln, hockte sich neben Will und schlug vor, dass sie zusammen fahren. Sie sagte, sie würde zur Massage gehen, er wäre währenddessen im Kino, und dann würde sie ihn abholen und sie würden Eis essen gehen. Will kriegte sofort wieder gute Laune und sie stand auf, sah mich an und fragte, ob ich mitkommen wolle. Ich tat so, als ob es mich nicht interessierte, aber schließlich ging ich mit, denn die Aussicht, Zeit mit meiner Mutter zu verbringen, und das noch ohne die Kleinen, war für mich damals etwas ganz Wunderbares.«

»Sie hat also nicht viel Zeit mit dir verbracht?«, schlussfolgerte ich leise.

»Sie hatte fünf Kinder, und die Jüngsten klammerten sich immer an sie. Daher konnte sie es nicht schaffen, ihre Aufmerksamkeit gleichmäßig auf alle zu verteilen. Deshalb empfand ich ein Gefühl des Stolzes, dass ich mir und Will diesen Ausflug erkämpft hatte.« Ich spürte, wie sein Arm mich wieder streichelte. »Doch ich hatte nicht damit gerechnet, dass diese spontane Planänderung bedeutete, dass wir keinen Schutz haben würden. Lindsay hatte ihren Leibwächter angewiesen, bei Will und mir im Kino zu bleiben, anstatt mit ihr zum Massagetermin zu kommen. Doch das war genau der Tag, an dem sich seine Anwesenheit bei ihr als nützlich hätte erweisen sollen.«

Obwohl kaum möglich, kuschelte ich mich noch enger an Vince, um ihm zu zeigen, dass ich für ihn da war.

»Der Film hat mich überhaupt nicht interessiert. Ich saß da und zog Will auf, dass er sich für Märchen für kleine Kinder begeisterte.«

»Aber es war dir wichtig, Zeit mit deiner Mutter zu verbringen, später mit ihr Eis essen zu gehen …«

»Ich war dreizehn Jahre alt, Hailie. Das ist ein Alter, in dem ich hätte besser verstehen müssen«, erklärte er kühl.

»Dreizehn ist echt nicht so alt. Du warst doch ein Kind«, verteidigte ich ihn.

Vincent zuckte mit den Schultern.

»Es spielt keine Rolle mehr. Die Zeit kann nicht zurückgedreht werden«, würgte er ab. »Meine Mutter wurde tot auf der Massagebank in der Praxis des Wellnesstherapeuten gefunden.«

Wenn ich es vorher nicht geschafft hatte, Vincents Hemd mit Blut zu beflecken, so war es jetzt ganz sicher mit meinen Tränen getränkt.

»Jetzt, wo wir in der Geschichte so weit gekommen sind, erzähle ich dir die Einzelheiten. Möchtest du weiter zuhören, Hailie?«, fragte er und schaute mich mit gerunzelter Stirn an.

Mit feuchtem und rotem Gesicht sah ich wahrscheinlich nicht so aus, als ob ich in der Lage wäre, es mir weiter anzuhören, aber dennoch nickte ich eifrig mit dem Kopf, sodass Vince weitersprach.

»Unsere Mutter wurde ermordet … und zuvor vergewaltigt.« Seine Stimme klang blechern in meinen Ohren, furchterregend wie gekreuzte Schwertklingen. »Der Täter hinterließ eine Nachricht, eine hässliche, widerliche Botschaft, mit schwarzem Filzstift auf ihrem Rücken geschrieben. Ich werde dir nicht den gesamten Inhalt zitieren, aber ich glaube, du kannst es dir vorstellen. Die Nachricht enthielt das Wort ›Doll‹ …«

15

Grünes Licht

Das Mittagessen, das ich vor etwa einer Stunde gegessen hatte, kam mir nun beinahe hoch. Ich hatte keine Kontrolle über meine Tränen, die nun ungehindert meine Wangen hinabliefen. Ich klammerte mich an Vincent wie ein Affe, und ich wusste nicht mehr, ob ich ihn auf diese Weise trösten wollte oder ob ich einfach selbst Unterstützung suchte.

»Vince …«, presste ich hervor und zitterte. »Gott, es tut mir so leid.«

Er umarmte mich jetzt ganz fest, und als ich flüchtig hochschaute, bemerkte ich einen konzentrierten Ausdruck auf seinem Gesicht, als ob meine Reaktion ihn zwingen würde, stark zu bleiben. Ich begann zu verstehen, wie Vincents verdrehter Verstand funktionierte. Er übernahm jedes Mal die Verantwortung, wenn alle um ihn herum ins Straucheln kamen. Seine Selbstbeherrschung war eine echte Superkraft, und mir wurde klar, dass sie wertvoller war als Gedankenlesen oder Unsichtbarkeit.

Wir saßen lange Zeit schweigend da, und unsere Emotionen nach dieser grauenhaften Geschichte fielen langsam wie ein schwarzer Vorhang herunter. Schließlich sprach Vince, als wollte er seine

Geschichte abschließen: »Und das, meine liebe Hailie, nennt man den Fluch der Monets.«

Jetzt, da ich wusste, was sich hinter diesem Begriff verbarg, lief mir ein kalter Schauer über den Rücken.

Ich räusperte mich und schluckte meine Tränen hinunter.

»Und glaubst du, dass es sein könnte, dass dieser Fluch irgendwann auch mich erreichen wird?«

Vincent versteifte sich, als ob er von meinen Worten einen Stromschlag bekommen hätte. Dann packte er mein Kinn und hob es nach oben.

»Das ist völliger Unsinn«, knurrte er. »Dir wird nichts Schlimmes passieren. Ich habe dir die Geschichte der Frauen in unserer Familie erzählt, damit du bestimmte Verhaltensweisen deiner Brüder verstehst und nicht, damit du dir jetzt Gedanken wegen irgendeines Aberglaubens machst. Hast du das verstanden?«

Ich nickte energisch und wünschte, er würde aufhören, mein Kinn so fest zu halten. Schließlich ließ er mich los, aber er klang immer noch streng, als er sprach: »Ich weiß, dass es manchmal schwer für dich ist. Aber die Situation unserer Mutter und deine sind völlig unterschiedlich.«

Ich nickte immer noch, aber ich konnte nicht verhindern, dass ich trotz allem nicht überzeugt war.

»Es gibt auch etwas, was Lindsay nicht hatte und was du und ich und die Jungs haben«, fügte er hinzu. »Weißt du, was das ist?«

Ich schaute ihm direkt in die Augen. »Nein …« Ich zog die Nase hoch und wischte eine weitere Träne weg. »Liebe? Freundschaft?«

Vince grinste sein typisches Lächeln.

»Das ist ein sehr schöner Gedanke, Hailie, aber ich habe mich auf die Gene unseres Vaters bezogen«, antwortete er, und ich musste leise lachen.

»Ja, die sind unzerstörbar!«

Eine Zeitlang blieb ein kleines Lächeln auf unseren Lippen hängen, und ich war Vince dankbar dafür, denn es half mir, mit der Traurigkeit fertig zu werden, die mich nach der Entdeckung der Wahrheit über Lindsay Monets Vergangenheit bedrückte.

»Hey, Vince«, murmelte ich und starrte auf meinen Verband. »Eigentlich sollte dies ein Gespräch über dein Wohlergehen sein, nicht über meines.«

»Mein Wohlergehen hängt weitgehend von deinem ab, Hailie. Ich möchte, dass du glücklich bist.« Mit einer sanften Bewegung strich er mir eine Strähne hinters Ohr. »Ich mag es, wenn du lachst. Und ich mag es nicht, wenn du weinst.«

Genau in diesem Moment fing ich schon wieder an zu weinen. »Ach, Vince ...«, stöhnte ich.

»Und, was habe ich gerade gesagt?«, fragte er amüsiert und schüttelte den Kopf.

»Vince, schaffst du das alles allein?«

»Das werde ich«, versprach er, und mir gefiel die Zuversicht, die in seiner Stimme deutlich zu hören war. »Hör schon auf zu jammern. Es ist alles okay.«

»Na ja, aber Dad ...«

»Die Situation mit unserem Vater wird sich aufklären. Das braucht Zeit. Und Geduld.«

Ich ertappte Vincent dabei, wie er die zerbrochene Karaffe ansah, und fragte: »Du wirst aber nicht irgendwie ... alkoholsüchtig, oder?«

Er sah mich verwirrt an und blinzelte überrascht.

»Wie meinst du das?«

»Ich kann doch sehen, wie oft du dorthin schaust.« Ich deutete mit dem Kinn auf die Glasscherben.

»Ich werfe einen Blick hinüber, liebe Hailie, während ich langsam begreife, dass du die Karaffe unseres Großvaters zerstört hast, die viele Jahre lang mit bestem Whiskey gefüllt war.«

Ich riss meine Augen auf und hielt mir mit der Hand den Mund zu.

»O Gott, tut mir leid, Vince, ich hatte keine Ahnung, dass es ein Familienerbstück war ...«

»Es geht nicht um das Gefäß.« Er unterbrach mich und winkte nachlässig ab. »Ich bin nicht sentimental. Ich mache mir eher Sorgen um die Verschwendung von edlem Alkohol im Wert von Tausenden von Dollar.«

Ich stöhnte auf und wusste nicht einmal, was ich antworten sollte.

»Na ja, einfach nur Pech«, murmelte er vor sich hin, dann wandte er sich lauter an mich: »Ich zähle wirklich darauf, dass du weiterhin an deiner Impulskontrolle arbeitest.«

»Mhm, das werde ich«, antwortete ich schwach, und dann kam mir eine Idee in den Sinn, und ich wurde wieder munter: »Hey, warum gehen wir nicht zusammen zum Schießstand?«

Auf jeden Fall hatte ich Lust, die aufgestauten Emotionen abzureagieren.

»Auf keinen Fall«, antwortete Vincent sofort und zeigte mit seinem Finger auf meine Verletzung. »Jetzt musst du erst einmal deine Hand schonen und sie nicht überanstrengen, ist das klar?«

Ich hob meine Hand hoch und sah meinen Bruder mit einem entnervten Blick an. »Vince, es ist nur ein Schnitt.«

»Wie auch immer. Bis die Wunde verheilt ist, möchte ich dich nicht auf dem Schießstand oder beim Training sehen. Tut mir leid.«

Doch er klang nicht so, als würde es ihm leidtun.

Ich seufzte.

Dann löste sich Vincent aus meiner Umarmung (ich wollte ihn nicht loslassen, aber ich wusste, dass er für seine Verhältnisse heute außergewöhnlich liebevoll zu mir gewesen war) und verschränkte die Arme.

»Zusammenfassend«, begann er förmlich, »werde ich mich um meine Arbeit kümmern und du wirst dich darum kümmern, mir zu vertrauen und mich dabei nicht zu behindern.«

Ich hob eine Augenbraue.

»Ist das wirklich das, was wir gerade ausgemacht haben?«

»Ich bin froh, dass wir uns einig sind.« Vince nickte zustimmend, als ob er mich nicht gehört hätte. »Jetzt muss ich dich wirklich bitten zu gehen. Ich habe heute eine ganze Liste an Terminen. Außerdem fliege ich heute nach New York, also wende dich bitte an Will, wenn du etwas brauchst.«

»Oh, warum fährst du nach New York?«, fragte ich, und meine Augen leuchteten auf.

»Geschäftlich«, antwortete er knapp, als wäre es das eine Erklärung. »Gibt es noch etwas, das du mir sagen möchtest, oder können wir unser Gespräch jetzt beenden?«

»Ich habe einen Freund«, platzte ich heraus.

Ich tauschte verwirrte Blicke mit Vincent aus. Hatte ich das wirklich gerade gesagt? Das konnte nicht sein, schließlich war ich nicht lebensmüde.

»Wie bitte?«, fragte er und starrte mich schockiert an.

Ich schaute mich um, als ob eine andere Hailie neben mir stehen würde, die mich so gemein reingelegt hatte, aber außer uns war niemand in Vince' Büro.

»Was?«, fragte ich dümmlich zurück, rief mich aber schnell zur Ordnung, immerhin hatte ich mich selbst in diesen Schlamassel gebracht. Also holte ich tief Luft, hob den Blick und richtete meinen Rücken auf. »Ich habe einen Freund.«

Vince schloss die Augen und begann, seine Lider mit den Fingern zu massieren. »Ah ja, da war ja noch was …«, murmelte er.

»Du weißt davon?«

Vincent öffnete die Augen und warf mir einen müden Blick zu. »Ich wollte dieses Thema mit dir besprechen, aber in letzter Zeit gab es wichtigere Dinge«, sagte er.

»Sonny hat mich bei dir verpfiffen!«, rief ich empört.

»Er hat mir lediglich berichtet«, korrigierte mein Bruder mich. »Außerdem klang es nicht so, als würdest du diese Tatsache irgendwie verstecken wollen, oder irre ich mich?«

»Na ja … endlich bin ich ohne die Zwillinge in der Schule …«, murmelte ich.

»Glaubst du, Shanes und Tonys Highschool-Abschluss gibt euch grünes Licht, um auf den Schulfluren zu knutschen?«, fragte er schroff.

»Ähm … Nein …«

»Ich will nichts mehr davon hören, dass meine Schwester mit irgendwelchen Typen rummacht, schon gar nicht auf dem Schulgelände, verstanden?«

»Warte, bist du nur wütend darüber, dass ich in der Öffentlichkeit geknutscht habe, und nicht, weil ich einen Freund habe?«

Vince schnalzte mit der Zunge und zuckte leicht zusammen.

»Oh, doch, darüber bin ich auch wütend.« Er holte tief Luft und schaute dann auf seine Uhr. »Aber warum erzählst du mir das ausgerechnet jetzt?«

»Weil … ich es Shane schon gesagt habe. Und er hat mir geraten, es dir zu sagen.«

»Was, Shane hat dir dazu geraten?« Vince hob eine Augenbraue.

»Ehrlich gesagt hat er mich damit erpresst, dass er es dir erzählen würde, wenn ich es dir nicht zuerst sage.«

»Ah, ja.«

»Na ja, und er hat mir eine Woche Zeit gegeben«, erklärte ich. »Und die Woche ist heute um, also …«

»Du hast also bis zum letzten Moment gewartet?«

»Sieh mich nicht so an, Vince. Dieser Blick macht mir Angst.«

Ich glaube, ich amüsierte ihn, aber er wollte es sich nicht anmerken lassen.

»Du sagtest mal, ich dürfte keinen Freund haben, aber das ist schon lange her. Ich war jünger und überhaupt. Jetzt bin ich fast siebzehn und … bitte, ich möchte einfach … jemanden haben.«

»Jemanden?«

»Nun, nicht irgendjemanden. Leo«, seufzte ich und merkte, dass er genau wusste, von wem ich sprach. »Ich möchte mit Leo zusammen sein. Zumindest will ich es versuchen. Wir mögen uns sehr, und er ist immer für mich da. Ich fühle mich wohl in seiner Nähe. Bitte, Vince, er ist ein anständiger Mensch und …« Ich suchte nach Argumenten, die meinen Bruder überzeugen würden. »Er ist gut in der Schule. Sogar sehr gut. Er hilft mir oft. Er will Arzt werden. Ich finde, das ist beeindruckend. Findest du das nicht auch?«

Vincent stützte seine Stirn auf den Handballen.

Heute bereite ich ihm wahrscheinlich mehr Kopfschmerzen, als er sonst im ganzen Jahr erleidet.

»Hailie, ist dir klar, dass sein Bruder versucht hat, dich zu verletzen?«

»Tja, ich war zufällig dabei«, giftete ich.

»Hailie.«

»Sorry. Ich wollte sagen, dass … nun, ja. Ich weiß, es ist eine schwierige und komplizierte Situation, aber …«

»Sie ist weder schwierig noch kompliziert«, warf er ein, ohne seinen missbilligenden Blick von mir abzuwenden. »Es ist ganz einfach. Früher oder später werden wir seinen Bruder ausfindig machen, und dann wird niemand mehr Gnade mit ihm haben. Bist du dir sicher, dass dein Freund das versteht?«

Ich schluckte und richtete meinen Blick zu Boden.

»Aber … Leo hilft euch doch, oder? Er steht in Kontakt mit Will …«, murmelte ich.

»Ja, das tut er.« Er nickte steif. »Aber versteht er es?«

Ich erwiderte nichts. Shanes Reaktion, wenn auch übertrieben, war ziemlich vorhersehbar gewesen. Vincent hingegen legte den Finger auf erschreckend empfindliche Punkte, über die ich selbst bisher nicht allzu viel nachgedacht hatte.

Vince wartete nicht darauf, dass ich etwas sagte. Stattdessen fuhr er fort: »Ich bin immer noch der Meinung, dass du keinen Freund brauchst, schon gar nicht diesen einen bestimmten. Seine Verbindung zu deinem Angreifer ist gefährlich. Deshalb werde ich diese Beziehung nicht unterstützen.« Ich senkte meinen Kopf. »Aber ich werde dich auch nicht zwingen, sie zu beenden. Noch nicht. Wenn du dich dafür entscheidest, diese Erfahrung der jugendlichen Verliebtheit zu erleben, dann ist das eben so, Hailie. Ich werde dir nicht im Weg stehen. Doch ich möchte ganz ehrlich zu dir sein und sagen, dass ich hoffe, dass diese Beziehung nicht mehr als eine flüchtige Liebelei sein wird.«

Ich runzelte die Stirn und versuchte, seine Worte zu begreifen.

»Warte, du meinst, du erlaubst mir, Leo zu sehen?«

»Erklär mir bitte, was du mit ›sehen‹ meinst.« Vince zog die Augenbrauen hoch und lehnte sich gegen die Rückenlehne des Sofas. Er sah aus wie der Herrscher der Welt, neben dem ich zufällig die Ehre hatte zu sitzen.

»Nun, sehen, reden und sich ab und zu auf einen Kaffee treffen?« Ich biss mir auf die Unterlippe.

»Auf einen Kaffee?«

»Mhm.«

Mein Bruder beobachtete mich eine Weile und schien über etwas nachzudenken.

»Das kannst du tun, Hailie, meinetwegen«, erklärte er. »Doch wir machen es wie folgt: Wir vereinbaren einen Termin, an dem du deinen neuen Freund zu uns nach Hause zum Essen einlädst, und dann werde ich persönlich mit ihm darüber sprechen, was erlaubt ist und was nicht, und beurteilen, ob er für dich geeignet ist.«

Ich blinzelte.

»Ich soll Leo einladen? Hierher?«, fragte ich ungläubig. »Wirklich?«

»Vergewissere dich bitte zuvor, dass das gewählte Datum auch für die anderen Jungs passt.«

Ich erstarrte.

»Vince …«

»Und zwar nicht früher als in zwei Wochen, denn so lange gilt noch deine Ausgangssperre.«

»Habe ich etwa Hausarrest?«, rief ich aus.

Vince sah mich an, als sei ich vom Himmel gefallen.

»Ja. Du übergibst mir außerdem dein Telefon, deinen Laptop, deine Kreditkarte und deine Autoschlüssel.«

Meine Kinnlade fiel herunter und ich blinzelte.

»Die Karte? Die Schlüssel?«, wiederholte ich dümmlich.

Vince nickte.

»Ich bin froh, dass wir miteinander gesprochen haben, aber das befreit dich nicht von den Konsequenzen für deine Worte und Taten. Respektlosigkeit, Brüllen, vulgäre Sprache und vor allem Gewalt, insbesondere mir gegenüber, werden von mir nicht mehr toleriert«, kündigte er an. »Du hast gefragt, was ich dir noch wegnehmen kann? Wie du sehen kannst, gibt es da Einiges.« Er schaute auf seine Uhr. »Du hast eine halbe Stunde Zeit, um die Sachen einzusammeln und sie mir zu bringen.«

»Vince, nein«, stöhnte ich.

»Ende der Unterhaltung. Ich werde nicht mit dir diskutieren. Außerdem muss ich wirklich wieder an die Arbeit gehen.« Mit diesen Worten stand er auf und ging zu seinem Schreibtisch. Als er sich dahinter setzte, tippte er mit dem Zeigefinger auf seine Uhr und wiederholte: »Eine halbe Stunde.«

Ich wartete nicht darauf, dass er mich mit einem weiteren vernichtenden Blick bedachte, sondern verzog die Lippen zu einem säuerlichen Lächeln und verließ rasch den Raum, wobei ich die Tür leise hinter mir schloss.

Im Flur stand der Bodyguard, und ich konnte ihm nicht verübeln, dass er mich pikiert ansah – ich hatte mich vorhin ein wenig hinreißen lassen.

»Entschuldigen Sie bitte wegen vorhin«, sagte ich und hielt inne. »Ich hatte mich nicht unter Kontrolle.«

Der Mann neigte steif den Kopf zu mir.

»Sie brauchen sich nicht zu entschuldigen, Miss Monet.«

Er klang ein bisschen wie Sonny, nur viel künstlicher, und ich war mir ziemlich sicher, dass er einen Groll gegen mich hegte, den er nicht offen zu zeigen wagte.

Eine halbe Stunde, um meine Sachen zusammenzusuchen, klang nach ausreichend Zeit. Ich hatte mein Smartphone ja dabei, und den Rest der von Vince' gewünschten Sachen hatte ich in meiner Tasche im Auto gelassen. An dieser Stelle fingen jedoch die Probleme an, denn mir fiel ein, dass ich den Porsche am Tor abgestellt hatte. Und ich brauchte mehrere lange und kostbare Minuten, um dorthin zu gelangen. Überhaupt fiel es mir schwer, mich nach dem heftigen Gespräch im Büro meines ältesten Bruders auf etwas zu konzentrieren. Wahrscheinlich bemerkte ich deshalb erst, als ich schon fast am Tor war, dass mein Auto verschwunden war.

Ich blieb dort stehen, wo ich den Wagen zurückgelassen hatte, runzelte verwirrt die Stirn und schaute mich um, als erwartete ich, dass er sich hinter einem Baum versteckt hatte. Das war aber nicht der Fall. Dennoch geriet ich nicht in Panik, denn ich ging davon aus, dass jemand so freundlich gewesen war, ihn in die Garage zurückzufahren. Ich kam mir blöd vor, weil ich den Wagen einfach so hatte stehen lassen. Ich wollte schon umkehren, als ich mich, von einem Impuls getrieben, dem Tor näherte.

Es war riesig, so breit, dass drei Autos nebeneinander aufgereiht gleichzeitig hindurchfahren konnten. Ich war nicht gut im Schätzen, deshalb konnte ich dessen Höhe nicht genau sagen, aber wenn ich sie unbedingt beschreiben müsste, würde ich sagen, das Tor war so hoch wie zwei Dylans. Die senkrechten Eisenstäbe sahen aus wie Gefängnisgitter, und selbst eine so zierliche Person wie ich hätte nicht zwischen ihnen hindurchschlüpfen können.

Ich legte meine Finger leicht um die Metallstangen und rüttelte daran. Doch das Tor rührte sich nicht. Ich ging einen Schritt weiter und stellte meinen Fuß auf den Sockel, dann zog ich mich hoch. Dann hakte ich meinen anderen Fuß etwas höher ein, und das war wohl das Ende meines Aufstiegs, denn es gab keine Stelle mehr, an der mein Fuß Halt finden und ich mich hochziehen konnte. Ganz zu schweigen davon, dass der Zaun in scharfen Spitzen auslief, die ziemlich bedrohlich aussahen.

Ich wusste, dass ich nicht in der Lage war, dieses Hindernis zu überwinden, und selbst wenn ich es wie durch ein Wunder geschafft hätte, hätte ich nicht viel gewonnen. Ich würde wahrscheinlich mehrere Stunden brauchen, um zu Fuß zur Highschool zu gelangen. Vorausgesetzt natürlich, dass mich auf dieser Straße niemand anfahren würde. Oder dass ich nicht von einem meiner Brüder erwischt werden würde. Unterm Strich war ich ganz sicher nicht heiß auf einen solchen Spaziergang.

Als mein Smartphone klingelte, sprang ich zu Boden und zischte, als der Schnitt an meiner Hand vom Festhalten erneut schmerzte. Gereizt griff ich in die Innentasche meiner Uniform und stöhnte, als ich Dylans Namen auf dem Display sah.

»Was willst du?«, fragte ich.

»Du wirst damit keinen Erfolg haben.«

»Womit werde ich keinen Erfolg haben?«

»Du wirst das Tor nicht überwinden können.«

Ich drehte mich um und vermutete, dass er mich von der Villa aus beobachtete, aber die Auffahrt, die zum Monet-Anwesen führte, war so geschwungen, dass er mich vom Haus aus überhaupt nicht sehen konnte.

»Kalt, Hailie«, lachte Dylan, und ich schaute mich um. »Kalt, eiskalt …«

Mit zusammengekniffenen Augen suchte ich die Umgebung ab.

»Wärmer. Warm, warm … Ding, ding, ding«, rief er in den Hörer. »Uh, ganz heiß, verbrenn dich nicht, kleines Mädchen!«

Ich starrte überrascht auf die Kamera, die in einem Baum versteckt war, direkt über dem Zaun am Tor, und ich hätte schwören können, dass ich sie zum ersten Mal sah. Zwischen dem Baumstamm und einem Ast verborgen war sie perfekt vor Blicken geschützt.

»Hör auf, mich zu beobachten«, knurrte ich.

»Ich tue dir nur einen Gefallen. Ich warne dich, bevor du weiterkletterst, runterfällst und wieder heulst.«

»Lass mich in Ruhe!«

»Ich habe dein Auto in die Garage gebracht. Weißt du nicht, dass es wichtig ist, hinter sich aufzuräumen, kleine Hailie?«

»Das hättest du nicht tun müssen«, antwortete ich. »Wie du sehen kannst, wollte ich es gerade selbst holen.«

»Bis dahin wäre allerdings die Batterie deines armen Autos längst entladen.« Dylan schnalzte ein paar Mal überheblich. »Sehr nachlässig, kleine Hailie, hier ist jemand aber verwöhnt.«

»Der Porsche ist ein Hybrid, der Motor hat sich doch von selbst abgeschaltet!«, schnauzte ich zurück, wobei ich mich bemühte, ihn nicht anzuschreien.

»Das kleine Mädchen muss offenbar eine Strafe wegen Falschparkens bekommen«, fuhr er fort und ignorierte meine Worte.

»Lass das, echt.«

»Ah, es sei denn, du hast bereits eine Strafe bekommen?«, lachte Dylan.

Ich schloss meine Augenlider und atmete tief durch.

»Na? Die kleine Hailie darf nicht Auto fahren? Wenn du mich nett bittest, fahre ich dich auf unserem Grundstück herum.«

Ich zählte in meinem Kopf langsam bis fünf.

»Na, wie ist es, kleines Mädchen, möchtest du einen kleinen Ausflug machen?«

Ich wollte ihn anknurren, ihn anschreien, mit ihm streiten. Doch das hätte zu einem heftigen Streit geführt, denn Dylan war eindeutig in einer provokativen Stimmung. Aber ganz konnte ich mich nicht zurückhalten, also holte ich noch einmal tief Luft und konterte: »Ja, die kleine Hailie darf vierzehn Tage lang nicht Auto fahren. Danke, dass du mit meinem Auto Gassi gefahren bist, kleiner Junge.«

Mit einem Lächeln legte ich auf und fing an, mich mental auf zwei Wochen Hausarrest einzustellen.

16

Kartoffelpüree à la Minnesänger

»Er sieht wie ein Gespenst aus«, murmelte Leo und kniff mit offensichtlicher Sorge seine Augen zusammen.

»Er sieht wie ein Vollpfosten aus.«

Ich schnaubte und schüttelte ungläubig den Kopf, dann packte ich ihn am Handgelenk und drehte ihn um, damit er nicht zu dem Fenster schaute, hinter dem Dylan wie eine Säule ausharrte.

Er stand aufrecht da, mit verschränkten Armen, die Nase fast an die Scheibe gepresst, und starrte uns an, wie wir in der Einfahrt zum Monet-Anwesen standen. Wegen seiner verstörenden Präsenz wagte ich nicht einmal, Leo zur Begrüßung einen Kuss zu geben, dabei sehnte ich mich danach. Doch so sehr ich mich auch freute, endlich meinen Freund zu sehen, so sehr schlug mein Selbsterhaltungstrieb an. Ich hatte nicht vor, meine Brüder bereits zu Beginn dieses von ihnen nicht gerade freudig erwarteten Besuchs unnötig zu reizen.

»Ich bin so froh, dass du gekommen bist«, gestand ich aufrichtig und sah, wie Leo sich auf die Lippe biss und nervös zur Villa blickte. Ich wollte, dass er sich entspannte, bevor er ins Haus ging. Schließlich hatten wir das Schlimmste noch vor uns. »Ich hatte Angst, du würdest es dir in letzter Minute anders überlegen.«

Mein Freund lächelte angestrengt und kratzte sich im Nacken. »Nun, ich würde lügen, wenn ich behaupten würde, dass mir das nicht in den Sinn gekommen wäre.«

»Hör zu«, sagte ich ernst. »Mach dir keine Sorgen um Dylan. Mach dir um keinen von ihnen Sorgen. Sie werden fies sein, aber sie werden dir nichts tun. Und wenn du die Nase voll hast, kannst du immer noch eine Ausrede finden und einfach gehen. Ich würde es dir nicht übel nehmen.«

»Entspann dich. Ich bin hier. Und wenn das eine Möglichkeit ist, dass deine Brüder unsere Beziehung akzeptieren, dann werde ich dieses Abendessen überleben und sogar zum Nachtisch bleiben.«

»Hm, weißt du … du verstehst nicht.« Ich hob meinen Blick zum Himmel. Er war blau und täuschte einen warmen Tag vor, obwohl ich mittlerweile bereits zu frieren begann. Ich wickelte mich noch fester in die weite schwarze Jacke ein, die einem meiner Brüder gehörte. Sie war das erstbeste Kleidungsstück, das mir in die Hände gefallen war, als ich rauslief, um Leo zu begrüßen, der gerade in unserer Einfahrt parkte. Ich atmete tief ein und ließ die angenehm frische Luft in meine Lungen strömen, dann begann ich zu erklären, wobei ich meinen Freund eindringlich anschaute: »Vincent ist derjenige, der unsere Beziehung akzeptieren muss. Er ist der Einzige, der zählt. Mach dir keine Gedanken um die anderen, denn du könntest bei diesem Abendessen ein Heilmittel für Krebs erfinden, eine Rakete bauen oder den Nobelpreis bekommen und sie würden immer noch einen Grund finden, dich nicht zu mögen.«

»Okay, ich muss also Vincent überzeugen, ich verstehe.« Leo nickte und kaute auf seiner Unterlippe.

»Leo …« Ich ergriff seine Hände, um seine Aufmerksamkeit wieder auf mich zu lenken. »Danke, dass du das tust.«

»Du bist all das wert.«

Ich lächelte, gerührt von der Tatsache, dass mein Freund für mich bereit war, in die Höhle des Löwen zu gehen.

»Also, wollen wir reingehen?«, fragte ich und zwang mich zu einem ermutigenden Ton.

»Da ist noch eine andere Sache … Ich will nicht negativ klingen … Ich weiß, wir haben darüber geschrieben, und du wolltest nicht ins Detail gehen, aber … all diese Aufregung um deinen Vater … Ich meine, ich wollte wissen: Wie kommst du zurecht?«

Ich senkte meinen Blick. Die Wochen nach dem Besuch im Gefängnis waren schwierig gewesen. Jemand hatte sehr hart daran gearbeitet, diesen Skandal im Keim zu ersticken, sodass nirgendwo – nicht in den Zeitungen, nicht im Fernsehen und vor allem nicht im Internet – der Camden-Monet-Betrug erwähnt wurde. Auf diese Weise wurde sichergestellt, dass das Wissen um seine Auferstehung nur in den Köpfen seiner Familie weiterlebte, und wurde zu einem weiteren der vielen Geheimnisse, mit denen der Name Monet verbunden war.

In den ersten zwei Wochen war ich durch den Hausarrest und den fehlenden Zugang zu Fernsehen und Internet vom Leben abgeschnitten gewesen. Jetzt war die dritte Woche nach dem Gefängnisbesuch vergangen, und nachdem ich meine Privilegien wiedererlangt hatte, hatte ich viel mit Leo und Mona geschrieben. Doch ich konnte mit keinem von ihnen offen sprechen und ihnen von der aktuellen Situation meiner Familie erzählen. Das Thema meines Vaters war zu heikel, um es anzusprechen. Ich hätte mich vor meiner Freundin und meinem Freund zu sehr verstellen müssen, also zog ich es vor zu schweigen, anstatt mich auf weitere Lügen einzulassen.

»Es ist alles soweit okay«, antwortete ich. »Ich habe ihn gesehen und mit ihm gesprochen. Er war sehr nett zu mir.«

»Wenn ich dir irgendwie helfen kann …«

»Danke, aber nicht nötig. Ich stecke da zusammen mit den Jungs drin …« Ich deutete mit dem Kopf in Richtung Haus. »Wir unterstützen uns gegenseitig, und ich denke, dass wir es schaffen werden. Aber ich danke dir.«

Leo drückte meine Schulter, eine Geste des Mitgefühls und der Unterstützung.

»Glaubst du, wenn ich wieder zur Schule gehe, werden die Leute mit dem Finger auf mich zeigen?«, fragte ich im Flüsterton.

»Ich glaube, du bist für sie noch interessanter geworden. Aber keine Sorge … An der Highschool gehört die Krone immer noch dir, und das wird sich so schnell nicht ändern.«

Ich lächelte noch breiter, weil es mich tröstete, dass ich nicht ausgegrenzt wurde, trotz meiner Familie.

Bevor ich Leo endlich zur Tür schieben konnte, ging er noch kurz zu seinem in unserer Einfahrt geparkten Auto und nahm eine weiße Schachtel aus der Konditorei seiner Mutter aus dem Kofferraum.

»Ich habe uns Nachtisch mitgebracht.«

»Du bist ein Schatz«, lobte ich ihn, obwohl ich sehr wohl wusste, dass sogar eine so freundliche Geste von meinen unausstehlichen Brüdern skeptisch beäugt werden würde.

Schließlich führte ich Leo zum Haus und warf einen Blick zum Fenster, wo Dylan zuvor gestanden hatte. Doch er war verschwunden.

»In eurem Haus scheint es zu spuken«, scherzte mein Freund.

»Mit dem Haus ist alles in Ordnung«, erwiderte ich in ernstem Ton. »Es sind seine Bewohner, die spooky sind.«

Als Beweis dafür hatten wir kaum die Schwelle der Villa überschritten, als Shane von oben herunterkam. Das Timing war so perfekt, dass es kein Zufall gewesen sein konnte.

»Hallo«, grüßte Leo und streckte seine Hand aus, die Shane nur mit einem flüchtigen Blick bedachte.

Sofort ärgerte ich mich über diesen Mangel an Höflichkeit, doch ich ermahnte Shane nicht, weil ich nicht schon zu Beginn von Leos Besuch einen Streit anfangen wollte. Ich hatte mich mental darauf vorbereitet, dass die Jungs uns beide heute auf die Probe stellen würden.

»Ich habe etwas mitgebracht«, fuhr Leo unerschrocken fort. Er griff nach der Gebäckschachtel, die er zuvor beiseitegestellt hatte. »Etwas Süßes.«

Shane warf einen Blick auf die Schachtel, hob die Augenbrauen, schnaubte und zog ab Richtung Küche. Da ich wusste, dass es sinnlos war, ihn zur Räson zu rufen, streckte ich meine Hand aus, um den Kuchen selbst zu übernehmen.

In der Küche wuselte Eugenie. Sie war neben mir wahrscheinlich die einzige Person im Haus, die unseren Gast mit der gebührenden Herzlichkeit begrüßte. Sie lobte seine höfliche Geste, bewunderte den schönen Kuchen, den ich ihr in die Hand gedrückt hatte, und äußerte die Hoffnung, dass Leo das von ihr zubereitete Abendessen schmecken würde. Sie war wie immer sehr freundlich und nett.

»Ihr könnt euch hinsetzen, es ist eigentlich alles fertig«, verkündete Eugenie, als wir so in der Mitte der Küche herumstanden und ihr offensichtlich im Weg waren.

Widerstrebend ging ich mit Leo zum Tisch, an dem bereits die Zwillinge saßen. Sie saßen sich gegenüber, und an der Stirnseite war ein Platz für Vincent reserviert, also setzte ich mich mit Leo zu

Shane, weil ich es für klüger hielt, neben dem weniger gemeinen der Zwillinge Platz zu nehmen.

»Na-ah!«, protestierte dieser jedoch sofort. Er sah Leo an und deutete mit dem Finger auf den Stuhl neben Tony. »Setz du dich dorthin.«

»Nein, er setzt sich neben mich«, knurrte ich.

»Nein, du sitzt neben mir.« Shane beugte sich vor und ergriff mein Handgelenk, damit ich mich nicht von ihm wegbewegen konnte, dann schaute er bedeutungsvoll zu unserem Gast. »Und du da drüben.«

Tony, der bisher auf seinem Handy herumgewischt hatte, riss seinen Blick davon los und starrte meinen Freund unverschämt an. Dann lehnte er sich in seinem Stuhl zurück und legte seine Hand auf die Rückenlehne des Stuhles, den Leo gerade besetzen wollte. Er tätschelte sie ein wenig ungeduldig und grinste schelmisch: »Bitteschön!«

Leo warf mir einen Blick zu und ging langsam und gehorsam zu dem von den Zwillingen gewählten Platz. Er setzte sich vorsichtig hin, als ob er erwartete, dass der Stuhl unter seinem Gewicht zusammenbrechen könnte. Nichts dergleichen geschah, aber ich bin sicher, er hätte es zu schätzen gewusst, wenn Tony endlich seine Hand weggenommen und aufgehört hätte, ihn so feindselig anzustarren.

Also blieb ich neben Shane sitzen und beschloss, dass das vielleicht nicht die schlechteste Lösung war, denn so saß ich Leo wenigstens gegenüber, was bedeutete, dass er, wenn er meine Unterstützung brauchte, mir nur einen Blick zuwerfen musste. Zu diesem Schluss muss er ebenfalls gekommen sein, denn er lächelte mich in diesem Moment an.

Eine peinliche Stille entstand am Tisch. Oder zumindest taten die

Zwillinge ihr Bestes, um sie peinlich zu machen. Sie beschäftigten sich nicht wie üblich mit ihren Smartphones, scherzten nicht miteinander und schauten nicht einmal aus dem Fenster. Stattdessen starrten sie Leo an, als hätten sie sich abgesprochen – oder als hofften sie, dass er sich auf diese Weise in Luft auflöste. Er hingegen schaute sich im Raum um und versuchte, sich nichts anmerken zu lassen.

»Schön habt ihr es hier«, bemerkte er.

»Gewöhn dich nicht daran«, brummte Tony sofort.

»Denn du wirst nicht oft hier sein«, fügte Shane hinzu.

»Hey, kriegt euch ein, okay?«, knurrte ich sie genervt an. »Ihr müsst nicht unhöflich sein.«

»Wir haben uns gerade erst warmgelaufen, kleine Hailie«, erwiderte Shane und zerzauste meine Haare.

»Lass das!«

»Was hast du dich eigentlich so aufgetakelt?«

»Ich habe mich überhaupt nicht aufgetakelt.«

»Klar doch!«

»Wer hat sich aufgetakelt?«, fragte Dylan, der sich gerade zu uns gesellte.

»Hailie natürlich.«

»Oh, unsere kleine Hailie hat sich für ihren Minnesänger hübsch gemacht?«, stimmte Dylan sofort in den Spott ein.

»Ich habe mich nicht aufgetakelt«, knurrte ich sie alle an und spürte, wie das Blut in meinen Adern kochte. »Ich sehe immer gut aus.«

Ich konnte nicht glauben, dass dieser Satz aus meinem Mund gekommen war. Die Jungs sahen mich überrascht an, weil sie ein solches Selbstbewusstsein von ihrer sonst so bescheidenen kleinen Schwester nicht gewohnt waren.

Tony legte den Kopf schief und lachte laut, Shane gab mir einen Stups in die Seite und Dylan nickte anerkennend.

»Nicht schlecht, kleines Mädchen«, gab er zu und ließ sich auf einen Stuhl plumpsen.

»Das wollte ich gar nicht sagen«, flüsterte ich verlegen und auch entsetzt darüber, dass ich meinen Geschwistern offenbar immer ähnlicher wurde. Sie schienen jedoch kein Problem damit zu haben. Schließlich waren ihre eigenen Egos ungefähr so groß, dass es ein Wunder war, dass sie alle in diesem Haus Platz fanden.

»Hi, Leo«, rief Dylan, als hätte er meinen Freund gerade erst entdeckt, und warf seine schwere Pfote über seine Schultern. »Willkommen in unserer bescheidenen Behausung.«

»Ich sagte gerade, dass es hier sehr schön ist«, antwortete Leo höflich, knickte geradezu unter dem Gewicht des muskulösen Armes meines Bruders ein und schenkte ihm ein gezwungenes Lächeln.

»Klar ist es schön«, merkte Dylan an. »Das Haus ist auch größer, als es von außen aussieht. Wir haben wirklich sehr viele Zimmer. Jede Menge Schlafzimmer. Nicht, dass du jemals die Chance bekommst, in einem davon zu übernachten, das ist wohl klar.«

Leo hob die Augenbrauen und versuchte, unauffällig seine Schulter zu entlasten.

»Es sei denn ... Wir haben hier einen sehr gemütlichen Keller.« Dylan zwinkerte ihm zu und drückte seine Schulter noch fester.

»Haben wir hier wirklich einen Keller?«, warf ich erstaunt ein.

»Wir schauen da selten rein«, erwiderte mein Bruder fröhlich und wandte sich wieder Leo zu: »Wir nennen ihn liebevoll den ›Kerker‹. Ich kann ihn dir zeigen.«

Leo räusperte sich. »Äh, danke, nicht nötig.«

Glücklicherweise betrat in diesem Moment Will die Küche und

begrüßte Leo höflich. Leider musste ich bald feststellen, dass selbst mein nettester Bruder es meinem Freund nicht leichter machen würde. Er warf Leo einen strengen Blick zu, der jedoch sofort weicher wurde, als er sich zu mir wandte. Er setzte sich neben mich und flüsterte mir zu, dass ich sehr hübsch aussähe.

Dabei hatte ich mich wirklich nicht aufgebrezelt. Das wollte ich auch gar nicht, denn ich wusste, dass die Jungs sofort darauf herumreiten würden. Stattdessen trug ich ein schlichtes weinrotes Kleid mit einem hochgeschlossenen Ausschnitt und ellenbogenlangen Ärmeln. Oben lag es eng an, die Taille wurde durch einen schwarzen Gürtel betont, und der Saum fiel locker und schwang bei jeder meiner Bewegungen. Einfach ein lässiges, hübsches Kleid – bequem, cute, aber nicht übertrieben.

Meine Brüder hatten sich auch nicht gerade in Schale geworfen. Nur Leo hatte ein Hemd an, weil er offenbar von einem festlichen Abendessen ausgegangen war. Die Jungs hingegen gingen bemerkenswert zwanglos mit dem Anlass um, und ich weiß nicht, ob sie damit etwas demonstrieren wollten. Tony beispielsweise trug ein lockeres T-Shirt. Will hatte einen sandfarbenen Rollkragenpullover an. Und noch bevor Vincent auftauchte, wusste ich schon, dass er heute neben Leo der Einzige sein würde, der ein Hemd trug.

Unser elegant gekleideter ältester Bruder stieß kurz nach Will zu uns. Mit seinen blauen Augen scannte er den Raum und sein Blick blieb bei Leo hängen, der nickte und ihn höflich begrüßte.

»Hallo, Mr. Monet. Danke für die Einladung.«

Vince war jedoch nicht der Typ, der herzlich auflachte und etwas in die Richtung sagte wie: »Du musst mich doch nicht mit Mr. Monet anreden, nenn mich Vincent.«

Nein, Vince hatte kein Problem damit, seine Gesprächspartner einzuschüchtern und ihnen seine Autorität zu zeigen. Mit einem steifen Nicken nahm er Leos freundliche Worte entgegen und setzte sich an das Kopfende des Tisches, ohne auf die amüsierten Blicke der Heiligen Dreifaltigkeit zu achten.

»Wir hoffen, dass dir das Essen schmecken wird«, meldete sich Will zu Wort. »Eugenie hat eine ihrer Spezialitäten vorbereitet.«

»Bestimmt«, antwortete Leo schnell. Er hielt seine Hände unter dem Tisch und saß steif da. Ich glaube, das Schweigen, das im Raum herrschte, war ihm nicht geheuer, also fügte er hinzu: »Und was gibt es heute Abend?«

»Steaks.«

»Klingt gut.«

»Blutig«, fügte Shane hinzu und zwinkerte ihm zu. »So, wie wir es am liebsten mögen.«

Tony gackerte.

»Ich nicht«, murmelte ich, aber niemand schenkte mir Beachtung.

»Es wird auch Kartoffelpüree à la Minnesänger geben. Ein uraltes Rezept der Familie«, verkündete Dylan und konnte sich kaum ein Lachen verkneifen, woraufhin ich meine Augen verdrehte. Das war sein neuester Lieblingswitz, seit er erfahren hatte, dass Leo zum Abendessen zu uns kommen würde. Ihm fielen immer wieder neue Namen für Gerichte ein, die er meinem Freund servieren wollte: Püree à la Minnesänger, Roulade à la Minnesänger und sein absoluter Favorit, Minnesänger im eigenen Saft.

»In dem Salat sind Nüsse enthalten. Du bist doch nicht allergisch, oder?«, fragte Will, immer noch in einem trockenen Ton.

»Nein.«

»Na, zum Glück«, brummte Dylan. »Schließlich wollen wir nicht, dass du uns hier krepierst.«

Tony prustete.

Keiner rief sie zur Ordnung. Vince schenkte sich Rotwein ein und füllte auch Will ein Glas, gefolgt von Dylan, der vor Kurzem einundzwanzig geworden war und nun legal trinken durfte.

Zwar bot Vince den Zwillingen keinen Alkohol an, protestierte aber nicht, als sie selbst nach der Flasche griffen und sich jeweils ein Glas einschenkten. Ich versuchte nicht einmal, ein Glas für mich zu verlangen, obwohl mir etwas Alkohol bei diesem äußerst stressigen Abendessen zweifellos geholfen hätte, mich zu entspannen.

Ich schaute Leo an, wann immer ich konnte, um ihm positive Vibes zu senden, damit er den Abend irgendwie überstehen würde. Ich hatte den Eindruck, er spürte das.

»Tony, dir fehlt das Messer«, meinte Eugenie, als sie mit einer großen Steinplatte an unserem Tisch erschien, auf der dampfende Steaks lagen. Sie stellte diese in der Mitte ab und legte die Stirn in Falten. Sie hatte den Tisch selbst gedeckt, und solche Versäumnisse waren nicht ihre Art. »Verzeihung. Ich werde sofort eins holen.«

»Nicht nötig«, unterbrach Tony sie. Er lümmelte immer noch träge auf seinem Stuhl, aber als alle Aufmerksamkeit auf ihn gelenkt wurde, lächelte er und duckte sich plötzlich unter den Tisch.

Ich wusste nicht, wie er es gemacht und geplant hatte, aber als er sich aufrichtete, hatte er ein Messer in der Hand. Nicht normales Besteck, das wir alle zur Verfügung hatten. Das Messer, das Tony unter dem Tisch hervorgezaubert hatte, war viel größer. Außerdem schien es so scharf wie eine Rasierklinge zu sein, und ich sah mit Entsetzen, wie mein Bruder dieses Werkzeug direkt vor Leos starres Gesicht hielt.

Und ich wusste bereits, dass dieses Abendessen kein normales sein würde.

17

Blutige Steaks

»Nicht schlecht«, lobte Dylan. »Zeig mal.«

Tony legte das Messer in Dylans ausgestreckte Hand. Es war nur wenige Zentimeter von der Nase meines armen Freundes entfernt.

»Es schneidet durch Muskeln wie durch Butter«, behauptete Tony.

»Muskeln? Echt jetzt?« Ich schnaubte und schüttelte ungläubig den Kopf.

»Muskelfleisch, sagte ich«, erklärte Tony.

»Du hast Muskeln gesagt.«

Wir starrten uns gegenseitig an.

»Er hat Fleisch gesagt«, meldete sich Shane zu Wort.

»Sind Muskeln kein Fleisch?«, fragte Will.

»Doch, klar. Ich denke, die kann man auch essen«, sagte Leo nickend.

»Was meinst du damit?«, schnaubte Shane. »Man kann schließlich so ziemlich alles essen.«

»Ich habe jetzt schon keine Lust auf diese Steaks«, seufzte ich. Shane hatte das Steak auf seinem Teller gerade angeschnitten, und beim Anblick des roten Fleisches wurde mir fast schlecht.

»Ruhe jetzt!«, ordnete Vincent an, der endlich Interesse an dem zeigte, was am Tisch vor sich ging. Er sah uns alle an. Die Finger der Hand, an der er seinen Siegelring trug, umschlossen den Fuß seines Glases. »Eugenie wird auch gleich durchgebratene Steaks servieren. Du, Hailie, musst kein blutiges Steak essen, wenn du nicht möchtest.«

Ich blickte ihn erleichtert an, und Leo sah aus, als ob er auch lieber auf die andere Option gewartet hätte, aber Dylan legte ihm, ohne seine Zustimmung abzuwarten, ein blutiges Steak auf den Teller. Ich fühlte mich bei all dem fürchterlich unwohl.

»Warum lässt du ihn nicht selbst entscheiden, was er will?«, fuhr ich ihn an. »Was ist nur los mit dir?«

»Ich sorge dafür, dass unser Gast probiert, was ich ihm empfehle.«

»Vince, sag ihm, dass er das lassen soll«, stöhnte ich.

»Kein Problem, Hailie, ich probiere das Steak gerne«, wiegelte Leo ab.

»Siehst du, kleines Mädchen?« Dylan hob seine Augenbrauen.

»Vince«, wiederholte ich eindringlich und starrte meinen Bruder feindselig an, doch dann spürte ich Wills Hand auf meiner Schulter, der sich zu Wort meldete und versuchte, die Situation zu entspannen.

»Es ist alles in Ordnung. Leo hat gesagt, es sei kein Problem.«

Diesmal war er derjenige, der meinen bösen Blick abbekam. Bei diesem Abendessen war Will nicht mein Verbündeter. Langsam wurde mir klar, dass es hier keine Verbündeten gab. Denn an dem Abend hatten meine Brüder genauso wenig Mitleid mit mir, wie sie es mit Leo hatten. Natürlich zeigten sie es auf eine ganz andere, aber ebenso irritierende Weise. Sie behandelten mich wie ein Kind, um mich zu provozieren. Will reichte mir Schüsseln mit Essen an und forderte mich mit einer autoritären Stimme auf, mir selbst aufzutun. Die Jungs wiesen mich außerdem immer wieder darauf hin, dass das Essen heiß war oder dass ich mich nicht mit einem Messer schneiden sollte. Ich wollte am liebsten mein Glas nehmen und jeden von ihnen mit Wasser vollspritzen. Obwohl ich seit der Geschichte ihrer Mutter wusste, woher die Überfürsorglichkeit der Jungen kam, war mir klar, dass sie heute einfach nur boshaft waren.

Tony sah mit seinem großen Messer lächerlich aus, tat aber so, als sei es das praktischste Werkzeug, das er je in der Hand gehalten hatte. Leo versuchte, niemandem auf den Teller zu schauen, und ich konnte sehen, wie er zögerte, sein Steak anzuschneiden, weil er offensichtlich nicht überzeugt war, wie gut es wirklich gebraten war.

Und Dylan ... Tja. Es stellte sich heraus, dass Dylan vorhatte, Tony zu übertreffen.

Bevor er sein Essen begann, räusperte er plötzlich laut und zog damit die Aufmerksamkeit aller auf sich. Dann bückte er sich unter den Tisch, wie Tony es vorhin getan hatte, und als er sich wieder aufrichtete, hielt er ein wahrhaftiges Fleischerbeil in der Hand.

Kein Scherz, obwohl ich es gerne als Scherz abgetan hätte, denn dieses Abendessen sah für mich immer mehr wie ein riesiger Witz aus.

Als Dylan das Werkzeug anhob, blitzte die große, breite, furchterregende Klinge auf. Er sah aus wie ein Psychopath aus einem Low-Budget-Horrorfilm. Mir fiel die Kinnlade herunter.

Shane bemühte sich, ein Feixen zu unterdrücken, Tony legte sein Besteck ab, stützte die Ellbogen auf den Tisch und legte den Kopf in seine Hände, wobei er seinen Lachanfall und seine zitternden Schultern so gut wie möglich verbarg. Leo hingegen wurde blass und schluckte den Bissen, den er gerade genommen hatte, geräuschvoll hinunter. Er fühlte sich sichtlich unwohl in der Nähe meines fiesen Bruders, in dessen Händen gerade ein professionelles Instrument zum Knochenhacken aufgetaucht war.

Mir fiel echt nichts mehr ein, also sah ich Will erwartungsvoll an in der Hoffnung, dass er etwas sagen würde. Aber ich hatte selbst damit zu kämpfen, einen ernsten Gesichtsausdruck zu bewahren. Ich konnte es an seinen bebenden Mundwinkeln sehen. Vincent hingegen ignorierte alle, nahm langsam einen weiteren Schluck Wein und zelebrierte den Genussmoment übertrieben.

»Jetzt leg das Ding doch hin!«, rief ich Dylan mit schwacher Stimme zu und ärgerte mich noch mehr über die fehlende Unterstützung durch meine älteren Brüder.

»Wie meinst du das?«, fragte er unschuldig.

»Wozu brauchst du ein Hackbeil?«

»Na, zum Essen.«

»Will!«, stöhnte ich flehend.

»Sprich nicht mit vollem Mund, Kleines. Sonst verschluckst du dich noch.«

»Es stört dich, dass ich mit vollem Mund spreche, aber du hast kein Problem damit, dass Dylan mit einem Beil am Tisch herumfuchtelt?«, knurrte ich und legte mein Besteck hin.

»Es ist eine Frage der Bequemlichkeit«, erwiderte Dylan und zuckte mit den Schultern.

Ich schleuderte ihm aus meinen Augen Blitze entgegen, oder zumindest wollte ich, dass es so wirkte. Dylan machte sich ans Essen, und die Anspannung fiel etwas von Leos Schultern ab. Mein unmöglicher Bruder hingegen machte sich nicht lange die Mühe, das Hackbeil zu benutzen, denn es war natürlich total unhandlich, also fuchtelte er nur ein bisschen auf seinem Teller herum, zerkleinerte sein

Steak und legte dann gelangweilt das Werkzeug zur Seite – wobei er es jedoch genau im Auge behielt, als ob wir alle am Tisch nur darauf warteten, ihm sein Spielzeug wegzunehmen.

Manchmal hatte ich das Gefühl, dass meine älteren Brüder in Wirklichkeit viel jünger waren als ich.

Bevor ich mich wieder dem Essen zuwandte, hob ich den Saum der Tischdecke an und warf einen Blick unter den Tisch, um mich zu vergewissern, dass dort nicht noch mehr seltsame Gegenstände versteckt waren.

Für einen Moment wurde es still. Man hörte nur noch das Klirren von Besteck, vor allem das Klappern von Tonys unverhältnismäßig großem Messer auf dem Teller. Leo griff oft nach seinem Wasserglas, und ich schaute mich fast die ganze Zeit misstrauisch in den Gesichtern der Anwesenden um. Angespannt wartete ich auf weitere blöde Scherze. Alle Jungs waren mit dem Essen beschäftigt; doch es wirkte, als würden sie nur eine Pause machen und ihre Kräfte sammeln.

Vincent war der Erste, der satt war. Er griff nicht wie seine jüngeren Brüder nach einem Nachschlag, sondern legte sein Besteck zur Seite und wischte sich den Mund mit seiner schwarzen Baumwollserviette ab. Dann schenkte er sich erneut Wein ein, holte tief Luft und lehnte sich ein wenig in seinem Stuhl zurück. Einen Moment lang erwiderte er meinen Blick, aber ich konnte in seinen Augen nichts lesen. Dann schaute er zu Leo und sah ihn kritisch an. Gut, dass mein Freund das nicht bemerkte, denn er hob seinen Blick nicht von seinem Teller. Ich wette, er war froh über die kurze Atempause.

Leider dauerte es nicht lange, bis alle Mägen gefüllt waren und meine Brüder, einer nach dem anderen, mit zufriedenen Gesichtern ihre Stühle vom Tisch schoben. Ich selbst war nicht so sehr mit dem Essen beschäftigt, sondern eher damit, das Verhalten der anderen zu beobachten, und so beendete ich mein Abendessen als Letzte.

»Also, *Leo*«, begann Dylan mit einer übertrieben freundlichen Stimme. Schon bei ihrem Klang war mir klar, dass jetzt der zweite Teil der Show kommen würde. »Hat es dir geschmeckt?«

»Sehr sogar«, antwortete mein Freund und tauschte ein Lächeln mit Eugenie aus, die gerade seinen Teller abräumte, bevor er, zu ihr gewandt, hinzufügte: »Es war wirklich hervorragend!«

»Das ist schön, mein Lieber.« Sie winkte ab, aber es war zu sehen, wie sehr sie Leos Kompliment freute.

»Sag mal, Leo, hast du erkannt, woraus die Steaks waren?«, hakte Dylan weiter nach.

»Äh, woraus?«

Dylan nickte auffordernd.

»Aus Rindfleisch, oder?«, meinte Leo.

»Nein. Aus Hailies Ex-Freund.«

Ich hob entnervt meinen Blick zur Decke, während der Rest der Jungs in Lachen ausbrach. Sogar Vince.

Dylan nahm für einen Moment eine todernste Miene an, um dann sofort wieder loszuprusten.

»Nein, nein, das war nur ein Scherz.«

»Sehr lustig«, murmelte Leo.

»Ich scherze, weil Hailie bisher noch keinen festen Freund hatte«, fuhr Dylan fort. »Und weißt du, warum?«

Dieses Mal versuchte Leo nicht einmal zu antworten.

»Weil keiner gut genug für sie ist«, erklärte mein fieser Bruder.

»Dylan …«, begann ich, aber Shane brachte mich mit einer Geste zum Schweigen.

»Glaubst du, dass du gut genug bist?«

»Nun … ich …«, sagte Leo zögernd.

Ich wusste selbst nicht, welche Antwort meine Brüder zufriedenstellen würde, also warf ich Will und Vincent einen weiteren Blick zu in der Hoffnung, dass wenigstens einer von ihnen Dylans albernes Verhör unterbrechen würde. Doch sie hoben beide ihre Weingläser an die Lippen und folgten ungerührt dem Gespräch. In diesem Moment erinnerten sie mich sehr an ihre jüngeren Brüder. Ich seufzte schwer und war enttäuscht.

»Das ist eine einfache Frage«, warf Shane ein und zog eine Augenbraue hoch.

Tony hob sein Messer vom Teller, ließ es absichtlich über die Keramikoberfläche gleiten, um ein kreischendes Geräusch zu erzeugen, und warf einen scheinbar gleichgültigen Blick auf die Klinge, dann fuhr er mit seiner Zunge darüber und leckte die restliche Soße ab. Es sah ziemlich gruselig aus, zumal er das Messer mit seiner tätowierten Hand hielt.

»Ja«, murmelte Leo und ließ seinen Blick von Tony zu Dylan wandern. Dann fügte er mit mehr Selbstvertrauen hinzu: »Ich glaube, ich bin ein guter Freund für Hailie.«

»Das habe ich nicht gefragt«, meinte Dylan.

»Warum glaubst du das?«, warf Will ein.

Leo war sichtlich gestresst, weil er so verhört wurde.

Tony hatte sein Messer noch immer nicht gesenkt, Dylans Hackbeil lag in Reichweite seiner Hand und Will kniff skeptisch seine Augen zusammen. Vince hingegen sah aus wie ein Vampir, der seinen Wein ausgetrunken hatte und nur darauf wartete, sein leeres Glas mit dem Blut unseres Gastes zu füllen.

»Denn ich weiß …«, setzte Leo neu an und sah mich an, »ich

weiß, was für ein wertvoller Mensch sie ist. Und ich bin bereit, eine Menge zu tun, um Hailies Freundschaft zu verdienen.«

Ich senkte leicht den Kopf, verlegen wegen seiner charmanten Worte, die er leider in Anwesenheit der nervigsten Brüder unter der Sonne ausgesprochen hatte.

»Was genau bist du bereit zu tun?«, fuhr Will fort.

Ich wollte schreien.

Leo zögerte einen Moment, als wüsste er nicht, wie er seine Antwort formulieren sollte, um vor dieser Bande zu bestehen. Doch je länger er zögerte, desto schlechtere Werbung machte er für sich selbst, und dessen war er sich bewusst, sodass er schließlich wieder zu sprechen begann:

»Ich bin bereit, für sie da zu sein, so gut ich kann.«

»Und wie genau?«, bohrte Dylan nach.

Ich wünschte, ich hätte die Fähigkeit der Gedankenübertragung, um Leo zu warnen, Vincent nicht anzusehen. Ich wusste sehr wohl, wie er einen aus dem Konzept bringen konnte. Leider hatte mein Freund diesen Fehler bereits gemacht und bezahlte nun mit zusätzlichen Schweißtropfen auf seiner Stirn.

»Lasst ihn in Ruhe!« Ich zischte meine Geschwister laut an, dann wandte ich mich sanft an Leo: »Du musst dich ihnen gegenüber nicht rechtfertigen.«

Dylan sah ihn ebenfalls an. »Willst du dich selbst verteidigen oder dich hinter meiner kleinen Schwester verstecken?«

»Dylan!«

»Warte«, beruhigte mich Shane und legte seine Hand auf meine Schulter. »Er hat eine gute Frage gestellt.«

Ich schlug seine Hand wütend runter, aber bevor ich etwas sagen konnte, begann Leo wieder zu sprechen: »Ich weiß, dass … dass ich vielleicht in euren Augen nicht der beste Kandidat für Hailies festen Freund bin …«

»Ach nee, wie kommst du nur darauf?«, spöttelte Dylan.

»… aber ich gebe mir alle Mühe und arbeite hart und habe nicht vor nachzulassen. Ich jobbe, verdiene mein eigenes Geld, helfe im Familiengeschäft aus und finde immer noch Zeit zum Lernen, wobei ich sogar Stipendien gewinne. Ich habe vor, Medizin zu studieren. Ich werde mich an den besten Schulen des Landes bewerben, ich möchte Arzt werden, am liebsten Chirurg …«

Je länger Leo sprach, desto selbstsicherer wurde seine Stimme, doch Tonys Schnauben ließ ihn kurz zögern. Shane nutzte diese Gelegenheit, um ihn zu unterbrechen: »Warte mal. Willst du jetzt Hailies Arzt sein, oder was? Ich checke nicht, wovon du sprichst.«

»Genau«, hob Dylan an, zeigte mit dem Finger auf mich und rückte näher an Leo heran. »Wenn sie einen Arzt braucht, weißt du, was wir dann machen? Wir rufen in der besten Klinik an, zahlen einen Haufen Kohle und bekommen den besten Arzt. Ende der Geschichte.«

»Immer mit der Ruhe, Dylan«, meldete sich Will zu Wort.

»Aber er hat doch recht«, warf Shane ein und hob vorwurfsvoll die Hand. »Hallo? Wir haben ihn nicht nach seinen Karriereplänen gefragt.«

»Wenn er gesagt hätte, dass er nicht arbeitet, schlecht in der Schule ist oder nicht auf die Uni gehen will, dann hättet ihr ihn erst recht kritisiert!«, rief ich aus.

»Moment mal, Moment mal, wer kritisiert hier wen? Ich etwa?«, schnaubte Dylan.

»Keiner wird hier kritisiert«, erklärte Shane.

»Und überhaupt, wie sprichst du mit uns?«, fügte Dylan hinzu.

»Geh mir nicht auf den Nerv«, zischte ich durch meine zusammengebissenen Zähne.

»Wir versuchen nur herauszufinden, ob dein Minnesänger hierhergekommen ist, weil er dich anbaggern will, oder ob er, ich weiß nicht, auf der Suche nach einem Praktikumsplatz bei uns ist.«

»Leo spricht lediglich über seine Zukunftspläne.« Ich seufzte laut auf. »Ihr wolltet wissen, warum er ein guter Freund für mich ist. Also hat er gezeigt, dass er verlässlich und ehrgeizig ist und einen Plan für sein Leben hat. Was ist denn jetzt daran falsch, mein Gott!«

»Der Grund, warum ich das gesagt habe, ist, um klarzustellen, dass ich vorhabe, etwas im Leben zu erreichen«, meldete sich Leo wieder zu Wort. »Um klarzustellen, dass ich nicht mit Hailie zusammen bin, weil …«

»Weil?«, knurrte Dylan.

»Weil sie Geld oder einen bestimmten Namen hat.«

»Nope, Mann …« Shane verzog den Mund und breitete die Arme aus. »Danach hat dich niemand gefragt …«

»Es wurde gefragt, wie ich für Hailie da sein will. Meine Antwort ist, dass ich in Zukunft in einer entsprechenden Position und mit genügend Geld sein werde, um …«

Dylan lachte schadenfroh.

»Weißt du was, Minnesänger?«, sagte er und stupste Leo an. »Sie braucht dein Geld nicht. Sie hat mehr davon, als du in deinem ganzen Leben verdienen wirst.«

»Das reicht, Dylan«, unterbrach ihn Vincent, und nach einem Moment der Bestürzung wurde mir klar, dass sich unser ältester Bruder endlich an der Diskussion beteiligen wollte. Natürlich richteten alle sofort ihre Aufmerksamkeit auf ihn. Die Jungs lächelten schelmisch und freuten sich offenbar, dass Leo einen weiteren Grund haben würde, sich eingeschüchtert zu fühlen. Ich warf Vince einen besorgten Blick zu, weil ich befürchtete, dass er sich dem Spott der anderen anschließen würde. Ich schätze, Leo ging es ähnlich.

Vincent hatte immer noch seine Finger um sein Weinglas gelegt und lehnte sich gegen die Stuhllehne, was den Eindruck von sowohl entspannter Lässigkeit wie auch formeller Ernsthaftigkeit erweckte.

»Versteh mich nicht falsch, Leo. Der Weg, den du einschlagen möchtest, ist bewundernswert. Ich kann deinen Ehrgeiz verstehen.« Er verstummte kurz und legte den Kopf leicht schief. »Die Frage war jedoch, wie du dich jetzt um unsere Schwester kümmern willst, und nicht erst in zehn Jahren, wenn du vielleicht deine Ausbildung zum Chirurgen beendet hast.«

»Ich ...« Leo zögerte, und er tat mir leid, weil ich genau wusste, wie er sich fühlte. Ich will nicht behaupten, dass ich die Kunst, ein Gespräch mit Vincent zu führen, perfekt beherrschte, aber ich hatte mit der Zeit zumindest die Grundlagen dafür gelernt, und ich erinnerte mich trotzdem noch daran, wie meine ersten Diskussionen mit ihm abgelaufen waren.

»Was?«, drängte Dylan Leo. »Wenn du nicht antworten kannst, warum bist du dann überhaupt hergekommen?«

»Dylan!«, ermahnte ich ihn. »Du bist unfair.«

»Hailie ist wichtig für mich«, erwiderte Leo. »Deswegen bin ich hergekommen.«

»Du bist hier, weil du ihr Freund sein willst.« Dylan sagte das Wort mit sichtbarem Spott und Abscheu. »Und nicht nur ein Schulkamerad, richtig?«

»Nun ... Also, ja.«

»Wenn Hailie dir wirklich wichtig wäre, würde es dir nichts ausmachen, nur ihr Kumpel zu sein. Aber dir geht es um etwas anderes, nicht wahr?«

»Hast du für dieses Verhör eigentlich eine Polizeimarke?«, giftete ich, was vor allem die Zwillinge zum Lachen brachte.

»Halt die Klappe, kleines Mädchen«, erwiderte Dylan, ohne mich auch nur anzuschauen. Er starrte Leo mit einem beängstigend intensiven Blick an, der seinerseits den Kopf gerade hielt und mich verzweifelt ansah. »Sag es laut, Minnesänger: Was willst du von unserer Schwester?«

Ich sah, wie sich Leos Kiefer anspannte. Auch er hatte inzwischen genug von dieser Show.

»Vielleicht ist für dich der Unterschied zwischen einer Beziehung und einer Freundschaft diese eine Sache, aber glaub mir, Dylan, nicht jeder denkt so«, erwiderte Leo.

»Oho, du nennst mich beim Vornamen? Jetzt wird es gefährlich.«

»Wie lautet also deine Begründung?«, wollte Will wissen.

Er nervte mich heute ganz besonders.

»Das reicht jetzt!«, rief ich. »Was läuft hier? Wollt ihr Leo etwa unterstellen, dass er nur Sex mit mir haben will?«

Vielleicht hätte ich das nicht sagen sollen, denn alle Anwesenden am Tisch zuckten bei meinen Worten zusammen. Vincent schaute mich eiskalt an und der Rest der Jungs schien total entsetzt.

Ne, echt, ich habe genug von dieser Komödie!

Leo seufzte und fuhr sich mit der Hand durch die Haare.

»Wenn ich mit jemandem Sex haben wollte, würde ich mich sicher nicht für Hailie entscheiden, die fünf überempfindliche Brüder hat, ganz zu schweigen von einem Bodyguard.«

»Deine Zähne werden gleich überempfindlich, wenn ich sie mit meiner Faust einschlage«, knurrte Tony ihn an.

»Tja, wir können ja nicht wissen, was du dir da zurecht gelegt hast, in deinem hübschen blonden Köpfchen«, fügte Dylan hinzu. »Vielleicht dachtest du, du könntest an einer Dinnerparty bei den Monets teilnehmen und uns mit deinem schlauen Gequatsche vom Medizinstudium einlullen.«

»Selbst in meinen kühnsten Träumen war klar, dass dieses Abendessen nicht einfach werden würde«, entgegnete Leo.

»Nun ja, und zwar zu recht.« Dylans Hände verkrampften sich für einen Moment um den Griff des Hackbeils, und für den Bruchteil einer Sekunde dachte ich, er würde es tatsächlich benutzen und meinen Freund damit angreifen, aber er scherzte offenbar nur, wie immer. »Es tut mir leid, aber ich sehe nicht, wie das mit euch beiden funktionieren soll. Daher stimme ich mit Nein.«

»Du *stimmst* mit Nein?«, rief ich ironisch aus. »Wunderbar, Dylan, ich danke dir für deinen wertvollen Beitrag. Ich werfe sie in die Urne mit der Aufschrift ›Mir scheißegal‹!«

Shane und Tony prusteten daraufhin laut.

»Was für ein Blödsinn!«, rief ich verstimmt.

»Richtig, kleines Mädchen, dieses Abendessen ist Blödsinn, und das habe ich schon die ganze Zeit gesagt.«

»Das ist genau der Grund, warum ich eure Meinung nicht ernst nehme. Weil sie einen Dreck wert ist. Ihr werdet doch immer auf der Nein-Seite stehen.«

»Ich stimme auch mit Nein«, warf Shane gleichgültig ein.

»Das gilt auch für dich«, zischte ich.

»Ebenfalls Nein«, fügte Tony hinzu, starrte ausdruckslos auf die Tischplatte und hob träge die Hand.

»Aber ich frage euch doch gar nicht!«, brüllte ich und warf meine Hände in die Luft.

»Sei vorsichtig, Kleines«, flüsterte Will mir zu und legte mir eine Hand auf die Schulter, wohl, damit ich nicht versehentlich Geschirr umstieß.

Ich wollte ihn anschreien, weil ich mittlerweile wirklich dabei war, die Nerven zu verlieren. Zuvor hatte ich geglaubt, dass ich die Kontrolle behalten könnte, dass ich mich auf dieses Abendessen vorbereitet hatte. Leider hatte ich mich verkalkuliert.

Die Ankunft von Eugenie, die uns den Nachtisch auf schönen, dekorativen Tellern reichte, ließ mich für den Moment zusammenreißen. Also verstummte ich und richtete meinen Blick voller Verzweiflung auf Vincent, der sie gerade nach Kaffee fragte.

Mir war zwar klar, dass unsere Haushälterin einen Kuchen für uns gebacken hatte, doch stattdessen servierte sie uns die Torte, die Leo mitgebracht hatte. Die Torte sah wunderschön aus, und man konnte erkennen, dass es sich um ein edles Backwerk handelte, das mit großer Sorgfalt zubereitet worden war. Oben auf der Torte lagen Pfirsichstückchen, die fein säuberlich angeordnet und mit gehackten Pistazien bestreut waren.

Nachdem ich meine Portion bekam, betrachtete ich die farbenfrohe Spezialität mit einem entnervten Blick. Wäre dies ein normales Abendessen gewesen, hätte ich jetzt wahrscheinlich das Aussehen des Kuchens gelobt, wir hätten alle davon geschwärmt und uns schließlich auf die vollen Bäuche geklopft und in entspannter Stimmung zusammengesessen. Doch meine Brüder taten ihr Bestes, um Leo an diesem Abend fertig zu machen.

Ich griff nach meiner Gabel und wollte sie gerade wütend in das Tortenstück stechen, als Wills Hand mich aufhielt. Ich sah, dass er

Leo anblickte. Ich schaute mich um. Keiner der Jungs hatte von seinem Dessert gekostet, nicht einmal der Gierschlund Shane. Und Vincent hatte offenbar gar nicht vor, davon zu essen.

Nach einer Weile bemerkte es auch mein Freund und sah sich verwirrt um.

»Du zuerst«, blaffte Dylan ihn an.

Leo runzelte die Stirn, und dann wurde ihm klar, was los war.

»Glaubst du, ich habe den Kuchen irgendwie manipuliert?« Er zeigte mit der Gabel auf sein Stück.

»Woher sollen wir es denn wissen, Minnesänger?«

Ich war total peinlich berührt, als Leo sichtlich geschockt meinen Blick erwiderte, leise schnaubte und ungläubig den Kopf schüttelte. Ihm fehlten wohl die Worte, denn er hob nur seine Gabel und begann zu essen, wobei er alle um ihn herum ignorierte. Nach ein paar Sekunden riss ich Will mein Handgelenk aus den Fingern und machte mich selbst über die Torte her, wobei ich wütend auf das Stück einstach. Es dauerte nicht lange, bis auch meine Brüder anfingen zu essen.

»Ziemlich mittelmäßig, der Kuchen«, urteilte Dylan.

»Zu viele Pfirsiche«, fügte Tony hinzu.

»Und viel zu wenig für mich«, warf Shane ein.

»Ich finde ihn köstlich und die Menge der Pfirsiche ist perfekt«, knurrte ich.

»Danke, Hailie.« Leo zwinkerte mir zu, wurde aber sofort von Dylan angestupst.

»Glotz sie nicht so an!«

»Dylan, lass es!«, erhob ich sofort meine Stimme.

»Worum geht es dir eigentlich?«, wollte Leo wissen und rieb sich die Seite.

»Darum, dass ich dich nicht mag.«

Tony lachte leise vor sich hin.

»Wirst du endlich etwas unternehmen?«, fragte ich Will unmissverständlich und verbarg nicht mehr, dass ich wütend über seine Untätigkeit war.

»Was möchtest du denn, dass ich tue, Kleines?«

Ich war bereit, ihm jetzt und hier den Titel des Lieblingsbruders abzuerkennen, doch ich hielt mich nur deswegen zurück, weil ihn schließlich irgendjemand tragen musste und ich keine anderen Kandidaten am Horizont sah.

Ich schaute Vincent an in der Erwartung, dass er reagieren würde, aber anscheinend ging es ihm bei diesem Abendessen nur ums Essen. Er behandelte Leo nach wie vor von oben herab und rührte nicht einmal einen Finger, um die Jungs zu ermahnen. Er sah mich auch nicht an.

»Das mit meinen Brüdern tut mir leid, Leo«, sagte ich plötzlich laut und deutlich und blickte über den Tisch hinweg zu meinem Freund. »Ich würde gerne sagen, dass ich nicht weiß, was über sie gekommen ist, aber sie sind einfach so. Immer.«

»Du brauchst es nicht zu erklären, Hailie«, antwortete er. Man kann sich seine Geschwister nicht aussuchen.«

Wir lächelten uns über den Tisch hinweg an. Ich bewunderte Leos Mut, aber offensichtlich war ich damit leider allein. Die Jungs schienen von seinen Worten nicht beeindruckt. Stattdessen rückte Dylan unangenehm nah an Leo heran und dann ließ er wieder eine Bombe fallen: »Apropos Geschwister. Wie geht es deinem großen Bruder?«

18

Der Auserwählte deines Herzens

Ich hielt meinen Atem an.

Die Frage nach Ryder war echt ein Schlag unter die Gürtellinie.

Leo blinzelte und warf einen Blick auf Will, der, wie vorauszusehen war, nichts tat, um ihm die Antwort auf die Frage zu erleichtern.

»Ich …« Leo zögerte und wurde ein wenig blass. »Ich weiß nicht, wie es ihm geht.«

»Versteckt er sich so gut?« Dylan zuckte scheinbar gleichgültig mit den Schultern.

»Nicht schlecht für einen bankrotten Junkie mit niedrigem IQ«, murmelte Tony vor sich hin.

Shane lachte leise.

»Sieht fast so aus, als würde ihm jemand helfen«, sprach Dylan weiter und tat so, als würde er über ein komplexes Rätsel nachdenken.

Auf einmal stand Leo auf.

Er richtete sich einfach auf, und wir alle waren von der Plötzlichkeit überrascht. Mit zusammengebissenen Zähnen ließ er seinen Blick über uns alle schweifen und blieb schließlich auf mir liegen.

»Tut mir leid, Hailie, ich habe es versucht. Aber ich kann nicht. Ich kann einfach nicht«, sagte mein Freund und wandte sich dann an

Vincent: »Ich dachte, ich wäre zu diesem Essen eingeladen worden, um mit Ihnen zu reden. Um Sie irgendwie davon zu überzeugen, dass ich gut für Hailie bin. Inzwischen weiß ich aber, dass hinter dieser Einladung der Plan stand, mich zu entmutigen und mich zu vergraulen. Und ich gratuliere Ihnen – Letzteres ist Ihnen gelungen.«

Vince sah Leo an, aber er antwortete nicht. Nicht einmal ein Muskel in seinem Gesicht zuckte. Er betrachtete den Jungen wie eine langweilige Sendung im Fernsehen.

In der Zwischenzeit wandte sich mein Freund an die Heilige Dreifaltigkeit: »Ihr könnt mich auslachen, mit Messern und Hackbeilen herumfuchteln, easy – ich kann es ertragen. Aber sich über meinen Bruder lustig zu machen, ein Thema, das mich quält und schmerzt, ist echt unter aller Sau. Und ich dachte, selbst du, Dylan, würdest das verstehen.« Leos goldene Augen funkelten trotzig und wütend, aber sie wurden weicher, als sie meinen Blick trafen. »Ich weiß nicht, Hailie, wie es möglich ist, dass ein so wunderbarer, empathischer und guter Mensch wie du solche Geschwister haben kann.« Dann rückte er seinen Stuhl an den Tisch. »Vielen Dank für das Essen, es war wirklich köstlich.«

Damit verließ er den Raum.

Vincent hob seine Tasse mit schwarzem Kaffee an die Lippen, Dylan strich über den Griff des Hackbeils, Tony starrte auf seine Hände, und Shane begann, die letzten Krümel der Torte von seinem Teller aufzuklauben. Die Gesichter aller meiner Brüder waren gleichgültig oder bestenfalls geheimnisvoll, aber keiner von ihnen zeigte Verlegenheit oder gar Reue.

Will war der Einzige, der andeutete, er würde aufstehen, aber auch er sah nicht so aus, als wollte er Leo wirklich nachgehen und sich bei ihm entschuldigen. Also war ich es diesmal, die seinen Arm ergriff.

»Du bleibst besser hier«, sagte ich und versuchte, meine Stimme so eisig wie möglich klingen zu lassen. Erstaunlicherweise gehorchte er mir.

Ohne meine Brüder eines weiteren Blickes zu würdigen, verließ ich die Küche und ging in den Flur, wo Leo sich gerade schweigend die Jacke über die Schultern warf. Er starrte auf den Boden, doch als meine Schritte ertönten, sah er mich an und lächelte leicht. Es war kein fröhliches Lächeln wie zuvor, eher ein trauriges. Als er mir versicherte, dass er mir nicht böse sei, verspürte ich Erleichterung und schlang meine Arme um ihn.

»Entschuldigung …«, begann ich, aber er unterbrach mich sofort.

»Entschuldige dich nie für andere.«

Ich lachte humorlos. »Ich bin traurig, dass es so gekommen ist.«

»Ich auch, aber die Einladung zu diesem Abendessen war mir von Anfang an verdächtig. Ich wusste, dass es einen Haken geben musste.«

Ich schüttelte den Kopf und seufzte schwer. »Sie sind furchtbar, sie tun mir so schrecklich leid.«

»Vielleicht … Vielleicht hätte ich bleiben sollen. Irgendwie die Erwähnung von Ryder ignorieren … Ich weiß nicht«, flüsterte Leo, und während er mich mit einem Arm immer noch an sich drückte, rieb er sich mit dem anderen die Schläfe. »Ich hätte nicht so leicht aufgeben sollen … Und jetzt haben wir unsere Chance verloren, oder?«

»Du hättest gar nichts tun können«, widersprach ich entschieden, legte meine Hände auf seine Schultern und hob meinen Kopf, um ihm in die Augen zu sehen. »Hey, sie waren es, die komplett überreagiert haben. Sie hatten kein Recht, deinen Bruder zu erwähnen. Immerhin kennen sie die Situation. Sie haben definitiv die Grenze überschritten. Ich finde es sehr gut, dass du gegangen bist und ihnen nicht nachgegeben hast.«

Zum ersten Mal hatte ich den Mut, unter diesem Dach meinen Freund zu küssen. Dieser kleine Kuss tat mir gut, zumal Leo mich nicht von sich stieß, sodass ich wusste, dass zwischen uns alles in Ordnung war.

»Das soll wohl ein Witz sein.«

Es war Dylan, der uns aus der Küche gefolgt war. Wir sprangen sofort voneinander weg. Trotz der Verachtung, die ich für ihn empfand, wusste ich, dass es absolut nichts Gutes bringen konnte, ihn zu provozieren. Dylan war uns sicher nicht nachgegangen, um sich zu entschuldigen, aber er hatte wohl auch nicht die Absicht, meinen Freund etwas anzutun. Doch jetzt musste er seine Pläne geändert haben, denn er runzelte die Stirn und ging auf Leo los.

»Geh schon, Leo!«, rief ich und stellte mich Dylan sofort in den Weg.

Leo gehorchte und verließ das Haus, wobei er die wenigen zusätzlichen Sekunden nutzte, die ich ihm verschafft hatte, indem ich mich an Dylans Shirt festhielt. Als sich die Haustür hinter meinem Freund schloss, machte mein Bruder den Eindruck, sie aus der Wand reißen zu wollen, um den Jungen in die Finger zu bekommen, doch dann ertönte Wills scharfe Stimme: »Dylan, beruhige dich. Lass es gut sein.«

»Aber ich habe mich noch nicht von Leo verabschiedet.«

»Es reicht, habe ich gesagt«, knurrte Will in seinem strengen Ton. Er benutzte ihn nicht jeden Tag, deshalb machte er jetzt einen ziemlichen Eindruck.

»Er kommt, er geht, er fummelt an Hailie rum, was denkt der sich?«, rief Dylan.

»Was denkst du dir?« Ich stürzte mich auf ihn und deutete auf die Tür, hinter der unser Gast verschwunden war. »Wie konntest du nur! Du hast dich wie ein Riesenarschloch benommen!«

»Das Arschloch ist dein Minnesänger, der jetzt beleidigt ist, weil ich ein heikles Thema angesprochen habe.«

»Du hast echt nicht einen Funken Empathie in dir!«

»Wir reden weiter, wenn du einen Kandidaten findest, der keine beleidigte Leberwurst ist«, knurrte er. »In frühestens zehn Jahren; jetzt definitiv nicht.«

»Oh, super, Dylan, hast du vielleicht noch weitere Vorgaben für mich? Denn ich bin sehr interessiert, mehr darüber zu erfahren!«

»Beruhigt euch endlich, ihr beiden!«, rief Will und breitete seine Arme aus.

»Wenn du willst, mache ich dir gerne eine Liste.« Dylan grinste fies.

»Wunderbar, in doppelter Ausführung, bitte.« Ich erwiderte sein Lächeln.

»Ich werde sogar drei Ausfertigungen machen.«

»Klar, je mehr, desto besser. Ich werde sie neben dem Toilettenpapier aufbewahren.«

»Ich kann sie gerne einrahmen.«

»Hailie und Dylan!«, brüllte Will. »Ihr seid beide still und zwar sofort.«

Ich hatte ihn noch nie so laut schreien hören. Aber ich war weder erschüttert noch verängstigt, sondern einfach nur wütend. Und wenn Will meine Aufmerksamkeit wollte, dann würde ich sie ihm geben.

»Und du!«, knurrte ich ihn an. »Ich dachte, ich könnte mich auf dich verlassen. Ich glaubte, dass du auf meiner Seite stehen würdest. Du weißt gar nicht, wie enttäuscht ich bin.«

»Hailie …«

»Ich will dich nicht einmal mehr ansehen. Ich will keinen von euch sehen. Ihr seid abscheulich.«

Vince kam gerade aus der Küche, völlig ungerührt von dem, was geschehen war. Er tat so, als hätte Leo uns nie besucht und als hätten Dylan und ich nicht gerade das halbe Haus zusammengebrüllt.

»Du bist auch schrecklich«, griff ich ihn an. »Du hast Leo nicht eingeladen, um mit ihm zu reden. Du hast mit ihm kaum einen Satz gewechselt. Du hast ihn nur hergebeten, damit die Jungs ihn fertigmachen.«

»Erstens: Sprich nicht in diesem Ton mit mir«, warnte er mich. »Und zweitens: Wenn dein Freund nicht so leicht aus der Fassung zu bringen gewesen wäre, hätten wir vielleicht eine Chance gehabt, unser Gespräch fortzusetzen.«

»Bist du etwa überrascht, dass er gegangen ist? Ihr alle habt ihn wie Scheiße behandelt!«, brüllte ich.

Ich machte auf dem Absatz kehrt, um so schnell wie möglich die Treppe hochzulaufen und mich vor meinen beschissenen Brüdern zu verstecken. Ich hatte auch noch nie so laut mit einer Tür geknallt wie heute. Kurz dachte ich, sie würde aus dem Türrahmen fliegen. Wenn ich das in meiner alten Wohnung getan hätte, wäre meine Mutter hinter mir hergekommen und hätte mir einen Vortrag gehalten.

Ich saß ein paar Minuten lang da und erwartete, dass auch einer meiner Brüder kommen würde, um mich zusammenzufalten, aber niemand von ihnen machte sich die Mühe. Also atmete ich erleichtert auf.

Ich war beleidigt und wütend.

Im Allgemeinen war ich nicht gut darin, eingeschnappt wegen meiner Geschwister zu sein. Es waren einfach zu viele nervige Brüder, und letztlich hatte ich nur sie – also hatte ich mir schnell angewöhnt, ihnen vieles zu verzeihen. Außerdem konnten sie ja so charmant sein. Die Ausnahme war mein Streit mit Tony in den Ferien gewesen, aber am Ende war auch da alles gut ausgegangen.

Diesmal beschloss ich jedoch, meinen Groll so lange zu hegen, wie es nötig war. Meine Brüder hatten es echt übertrieben. Leo war zum Essen gekommen, obwohl er wusste, dass es kein leichter Abend für ihn sein würde, und sie hatten sich wie Tiere benommen. Ich wusste, dass ich es richtig eingeschätzt hatte: Vincent hatte ihm wirklich Angst einjagen wollen. Deshalb war es ihm wichtig gewesen, dass an diesem Abend alle Brüder anwesend waren. Er wusste, dass sie die ganze Arbeit machen würden und er sich kaum einmischen musste. Das machte mich noch wütender, denn seit meinem offenen Gespräch mit ihm hatte ich gedacht, dass er nicht so gemein war, wie er sich gerne selbst darstellte.

Ich durfte immer noch nicht zur Schule gehen. Ich wartete darauf, dass Vince mir endlich grünes Licht dafür gab, aber er schien das Homeschooling auf unbestimmte Zeit verlängern zu wollen. Seit dem Abendessen mit Leo war die Rückkehr zur Schule das einzige Thema, wegen dem ich mit ihm sprach, und ich beantwortete im Gegenzug seine Fragen nur knapp. Obwohl ich im Haus allmählich durchdrehte, versuchte ich, cool zu bleiben, biss die Zähne zusammen und schloss mich in meinem Zimmer ein.

Es war zufällig der Beginn einer Zeit, in der die Jungs abwechselnd auftauchten und wieder verschwanden. Ich freute mich auf eine Woche, in der zufälligerweise alle Mitglieder der Heiligen Dreifaltigkeit weg waren. Shane und Tony wurden vom Studentenleben vereinnahmt, und Dylan war in New York bei Martina. Er postete im Familienchat Fotos von teuren Hotels, denn es kam oft vor, dass Vince ebenfalls nach New York reiste und dann in seiner Wohnung übernachtete – sodass Dylan, der für sich und seine Freundin Privatsphäre wollte, Penthouse-Suiten mietete, die ein Vermögen kosteten.

Nicht ein einziges Mal reagierte ich auf ein von ihm geschicktes Bild.

Ich blieb mit Leo über Messages in Kontakt, aber wie viel konnte man sich schon schreiben? Ich hatte genug von den ständigen Schuldgefühlen wegen des Verhaltens meiner Brüder, während er sich selbst Gewissensbissen wegen dem hatte, was sein Bruder mir angetan hatte. Eine Mauer der Verlegenheit begann, sich zwischen uns aufzubauen, und das machte mir wirklich zu schaffen. Es war ein Teufelskreis, denn die Situation verstärkte meine Abneigung gegenüber meinen Brüdern, vor allem gegenüber den ältesten: Will und Vince. Von Dylan hatte ich dieses absurde Verhalten erwartet, und ich wusste, dass die Zwillinge ihm Beifall spenden würden. Aber es war Will, der sie hätte zurechtweisen sollen, es war Vince, der sie hätte bremsen sollen.

Ich war ständig angespannt, mürrisch und ein wenig traurig. Ich aß meine Mahlzeiten schweigend und sprach kein Wort mit meinen Brüdern. Zuerst duldeten Will und Vince meine stille Rebellion. Doch Will warf mir schon bald besorgte Blicke zu, und schnell interessierte sich auch Vincent für meine Niedergeschlagenheit. Im Hinterkopf hatte ich immer noch die Geschichte über ihre Mutter, und ich wollte nicht, dass es so aussah, als würde ich meine Brüder manipulieren – aber sie verstärkten meine Traurigkeit nur. Und ich glaube, sie bekamen irgendwann selbst Angst davor.

Vincent war zu stolz, um sich einfach bei mir zu entschuldigen, also schob er Will vor, der seinerseits gerne sein Gewissen erleichterte.

Eines Tages klopfte er an meine Zimmertür und kam auf meine Einladung hin herein. Ich las ein Buch und saß zusammengekauert in meinem Sessel an dem großen Balkonfenster, das einen Ausblick auf den Wald bot. Ich mochte die Aussicht, aber sie erinnerte mich gleichzeitig auch daran, wie begrenzt meine Freiheit war.

Will hielt eine große Schachtel in der Hand. Ich betrachtete sie mit einem desinteressierten Blick und kehrte dann stumm zu meiner Lektüre zurück. Will stellte die Schachtel vorsichtig auf meinen Schreibtisch, doch ich ignorierte ihn weiterhin demonstrativ und zwang mich, ihm nicht die Genugtuung zu geben, ihn anzusehen.

Unerwartet hockte er sich neben mich.

»Hailie, sieh mich bitte an«, flüsterte er.

Ich wusste, er sah mich so wohlwollend an, dass ich ihm sofort verziehen hätte, wenn ich den Fehler machte und seiner Bitte nachkam. Es machte mich traurig, dass ich meinem Lieblingsbruder böse sein musste.

»Ich weiß, dass du immer noch verstimmt bist wegen des Abendessens mit Leo.«

Der Roman rutschte von meinem Schoß und klappte ohne ein Lesezeichen zu. Ich seufzte verärgert, erwiderte aber nichts.

»Hailie, der Bruder dieses Jungen wollte dir wehtun. Es ist möglich, dass er es immer noch will. Und wir haben ihn immer noch nicht gefunden. Wir wissen nicht, was mit ihm ist. Du musst verstehen, dass wir nicht gerade vor Freude in die Luft springen, wenn wir herausfinden, dass gerade Leo derjenige ist, der der Auserwählte deines Herzens ist.«

»Der Auserwählte meines Herzens?«, schnaubte ich. Ich hatte mir vorgenommen, zu schweigen und ihn reden zu lassen, aber was konnte ich dafür, wenn er so einen Quatsch von sich gab. »Will, er ist ein Junge, der nett zu mir ist und dem ich nahe sein möchte. Ich möchte, dass er mehr als nur ein Kumpel für mich ist. Wenn er euch nicht passt, werde ich wohl eine alte Jungfer bleiben, denn ich wüsste nicht, wer ein besserer Kandidat für meinen festen Freund sein könnte.«

»Vielleicht jemand, den du treffen wirst, wenn du älter bist und der keinen Bruder hat, der versucht hat, dich zu entführen?« Will hob eine Augenbraue.

»Hör mir doch auf mit diesem Älterwerden! Ich bin fast siebzehn Jahre alt. Wie lange muss ich noch warten, bis ihr mir gnädigerweise das Recht auf ein Privatleben zugesteht?«

Will griff nach meiner Hand. Ich wollte nicht zulassen, dass er mich so selbstverständlich berührte, wenn ich wütend auf ihn war, aber es war immer noch Will, den ich sehr lieb hatte – also wich ich nicht zurück, sondern achtete nur darauf, das richtige Maß an Frustration in den Blick zu legen, den ich ihm zuwarf.

»Kleines, Leo scheint ein netter Junge zu sein, und es tut mir wirklich leid, dass er die Konsequenzen der Handlungen seines Bruders tragen muss.«

»Nenn mich nicht wieder klein«, knurrte ich. »Und Leo selbst hat nichts falsch gemacht, und ihr habt ihn alle wie Dreck behandelt.«

»Okay, ja«, gestand Will. »Hailie, es tut mir leid, dass wir dir wehgetan haben.«

Endlich fing er an, vernünftig zu reden.

»Weißt du, ich bin nicht die Einzige, die eine Entschuldigung verdient hat.«

»Es wird keine weiteren Entschuldigungen mehr geben«, erklärte er.

Ich senkte meinen Kopf.

»Hey«, sprach Will, wieder ein wenig leiser. »Niemand wollte dir Unbehagen bereiten. Wir machen uns nur Sorgen um dich, das ist alles.«

»Ihr zeigt eure Besorgnis auf eine wirklich sonderbare Art und Weise.«

Will verstärkte seinen Griff um meine Finger und lächelte leicht.

»Wir sind zugegeben nicht immer gut darin«, sagte er. »Aber einer Sache kannst du dir sicher sein: Du, dein Wohlergehen und deine Sicherheit liegen uns am Herzen. Manchmal glaube ich, du weißt gar nicht, wie viel du uns bedeutest.«

»Hör auf«, murmelte ich.

»Ich sage die reine Wahrheit.« Er lächelte. »Und ich habe etwas für dich.«

Er erhob sich langsam, und ich folgte ihm mit meinem Blick, als er nach der Schachtel griff, die er vorhin mitgebracht hatte. Er legte sie mir in den Schoß. Sie war ziemlich leicht, sodass ich fast sicher war, dass sich ein Kleid darin befand, und als ich sie öffnete, erblickte ich weinroten Stoff.

»Wir veranstalten einen kleinen Charity-Ball. Diesmal etwas bescheidener, weil es eine Sondersammlung ist. Es wäre uns wichtig, dass du mitmachst. Von der Familie werden nur ich und Vincent da sein. Es würde uns freuen, wenn du auch dabei wärst.« Will ging in die Hocke und strich mir eine Haarsträhne aus dem Gesicht, während ich mit den Händen über den Stoff des neuen Kleides strich.

»Entschuldigst du dich deshalb bei mir?«, fragte ich und starrte auf das Kleid. »Weil du willst, dass ich auf eurem Wohltätigkeitsball gut aussehe?«

»Nein. Hailie ...« Will seufzte und ergriff wieder meine Hand. »Ich habe mich entschuldigt, weil du es verdient hast. Und ich weiß, dass du nicht gerne Hausarrest hast. Also dachten Vincent und ich, ein kleiner Ball wie dieser wäre eine nette Abwechslung für dich. Liege ich da falsch?«

»Nein, tust du nicht«, murmelte ich. Ich fuhr mit den Fingern meiner freien Hand über den zweifellos teuren Stoff.

»Dann freue ich mich, Kleines.«

»Du hast doch gesagt, dass Dylan und die Zwillinge nicht dabei sein würden?«

»Sie haben bereits Pläne und die Veranstaltung wurde in letzter Minute organisiert, also ...«

»Super«, unterbrach ich ihn. »Wenn das so ist, wünsche ich mir, Leo mitzunehmen.«

Will presste seine Lippen aufeinander.

»Hailie ...«

»Ich möchte meinen Freund zu einer Veranstaltung mitnehmen, bei der einige meiner Familienmitglieder anwesend sind, und ich wünsche mir, dass er mit Respekt behandelt wird. Mit dem grundlegenden Respekt, der ihm auch neulich beim Abendessen zugestanden hätte.«

Will versuchte, mich davon zu überzeugen, dass Leos Anwesenheit auf dem Ball unangemessen wäre. Erst sagte er, es sei unmöglich, ihn einzuladen, dann, dass es unangemessen sei, und dann gingen ihm die Argumente aus. Ich schloss die Schachtel mit dem Kleid und stellte sie auf den Boden und hörte Will seufzen. Schließlich willigte er ein, die Angelegenheit mit Vincent zu besprechen.

Die Brüder schienen eine schrecklich lange und komplizierte Diskussion darüber geführt zu haben, aber schließlich ließ Vincent sich überzeugen. Leo selbst war nicht gerade begeistert von der Nachricht, dass er sich wieder mit den Monet-Brüdern auseinandersetzen musste. Ich tat mein Bestes, um ihm meinen Standpunkt zu erklären, und am Ende kamen wir überein, dass wir jede Gelegenheit nutzen mussten, um als Paar aufzutreten, wenn wir für unsere Beziehung kämpfen wollten. Und ich musste zugeben, dass er mich mit seiner Entschlossenheit beeindruckte.

Das Entschuldigungskleid von Will war zugegeben wunderschön. Es war einfach geschnitten, der Ausschnitt war rechteckig und nicht zu tief, die Verjüngung an der Taille betonte diese schön, und der locker fließende Tüll reichte bis zum Boden. Das Interessanteste an dem Kleid waren die weiten, bauschigen Ärmel. Sie verliehen dem ganzen Outfit einen ganz eigenen Zauber.

Dazu trug ich keinen Schmuck und stimmte Eugenies Vorschlag zu, nur eine Spange in meine Haare zu stecken. Anschließend schminkte ich mich und begutachtete zufrieden das Ergebnis – ich wurde immer geschickter darin, Make-up aufzutragen.

Mona wäre stolz auf mich gewesen, dachte ich. Ich hatte sogar ein Foto von mir gemacht, um es ihr später zu schicken.

Endlich fuhren wir los. Leo kam mit seinem Auto direkt zum Hotel. Dort war alles sehr glamourös, wie üblich, und als ich meinen Freund, der aus einer ganz anderen Welt kam, in seinem schwarzen Anzug an die Wand gelehnt stehen sah, kam ich mir auf einmal albern vor, weil ich mir die Sache nicht noch einmal überlegt und ihn unter Druck gesetzt hatte. Ich konnte nur hoffen, dass er sich nicht unwohl fühlte.

Da ich die Geduld von Will und Vincent nicht überstrapazieren wollte, erklärte ich mich bereit, meine Beziehung mit Leo in keiner Weise zur Schau zu stellen, sodass es eher so aussah, als hätte ich einen Schulfreund mitgebracht oder, welch ein Graus, einen anderen meiner Brüder. Als ich zum Eingang lief, wurde ich auf beiden Seiten von meinen Brüdern flankiert.

Der Saal war in Gold und Dunkelrot dekoriert, sodass ich mit meinem bordeauxfarbenen Outfit perfekt dazu passte. Lange Tische mit ausgefallenen Hors d'œuvres, uniformierte Kellner, die mit Tabletts voller Champagnergläser durch die Menge huschten, klassische Live-Musik, Frauen in prachtvollen Roben und Männer im Smoking – für mich war es inzwischen nichts Neues mehr. Leo hingegen schaute sich leicht benommen um und nahm jedes Detail in sich auf.

Die Leute sahen erst mich und dann Leo an und kniffen die Augen zusammen. Wahrscheinlich fragten sie sich, wer mein Begleiter war. Mir war das jedoch völlig egal, und ich schaffte es bald, dass auch Leo sich etwas entspannte.

Und dann fingen wir an, Spaß zu haben. Wir tanzten ein bisschen – ich legte meine Hand auf Leos Schulter und genoss das Gefühl seines Armes an meiner Taille. Er war nicht der selbstbewussteste Tänzer, aber das war auch kein Wunder; schließlich gab es in seiner Welt keine Wohltätigkeitsbälle, und er selbst hatte nie Tanzunterricht genommen. Er wurde ganz anders erzogen, daher hatte ich Verständnis für seine Stolperer, und Leo machte das fehlende Können durch seine süße Art wett. Wir lachten viel, und ich konnte sehen, dass die Leute uns lächelnd und amüsiert beobachteten.

Ich benahm mich wie gewünscht, ich war nur etwas ausgelassener als sonst.

Es lief alles sehr gut, bis ich irgendwo am anderen Ende des Ballsaals Vincent entdeckte, der gerade mit Grace den Raum verlassen wollte. Sie war mir an diesem Abend bereits aufgefallen und sah wie immer wahnsinnig schick aus in einem schwarzen Kleid, das ihre feminine Figur betonte. Das Kleid hatte einen herzförmigen Ausschnitt und schmiegte sich an ihren Körper bis hinunter bis zu ihren Beinen, wo es einen hohen Schlitz hatte.

»Sie verschwinden wahrscheinlich in eines der Hotelzimmer.«

Zuerst dachte ich, dass diese Worte von Leo stammten, und schaute mich erstaunt um. Aber es war nicht mein Freund, der sich eine solche Bemerkung erlaubt hatte, sondern Adrien. Natürlich.

Er war ganz in Schwarz gekleidet – er trug einen schwarzen Anzug, ein schwarzes Hemd und eine schwarze Krawatte – aber das Schwärzeste an ihm war immer noch seine dunkle Aura, die mir einen Schauer über den Rücken jagte. Ich hatte Adrien noch nie gemocht, aber nach den jüngsten Ereignissen, seinem schrecklichen Verhalten in Vincents Büro und seiner seltsamen Entschuldigung auf dem Parkplatz, war meine Abneigung gegen ihn noch größer geworden. Ich fühlte mich einfach jedes Mal unwohl, wenn er auftauchte. So unauffällig wie möglich rückte ich näher an Leo heran.

»Oh, ist das nicht der Junge vom Empfang?«, lachte Adrien und schaute meinen Freund überrascht an.

»Guten Abend«, murmelte Leo.

»Herzlichen Glückwunsch«, sagte Adrien zu ihm und nahm einen Schluck aus dem Glas, das er in der Hand hielt.

»Wozu gratulierst du ihm?«, fragte ich gereizt.

»Dazu, wie gut es ihm gelungen ist, sich in unsere Kreise einzufügen.«

»Er hat sich in nichts eingefügt«, meinte ich verstimmt, richtete mich auf und hob stolz meinen Kopf, um zu zeigen, dass ich über diesem versnobten Gerede stand.

Mein gereckter Hals erregte allerdings Adriens Aufmerksamkeit.

»Eine Perlenkette würde perfekt zu diesem schönen Kleid passen«, sagte er.

»Ah, ja.«

»Sag mal, Hailie Monet, hast du etwa Angst, mein Geschenk zu tragen?« Er lächelte leicht.

»Ich habe keine Angst«, knurrte ich. »Ich will es nur nicht tragen.«

»Weil es von mir ist?«

»Ja, genau.«

Adrien grinste noch breiter. »Aber dir ist schon bewusst, dass du ihm sogar noch mehr Wert verleihst, wenn du es versteckt hältst?«

Ich verzog mein Gesicht.

»Es hat gar keinen Wert für mich.«

»Wenn du sie wie jede andere Kette behandeln würdest, dann würde ich es glauben. Aber anscheinend ist sie etwas Besonderes für dich«, sagte er mit einem Hauch von Spott in der Stimme. »Nun, Hailie Monet, ich hätte nicht gedacht, dass du meine Geste so auffassen würdest. Es war ein einfaches Entschuldigungsgeschenk, keine große Sache.«

»Das habe ich gar nicht …« Ich hielt inne, verunsichert von seiner Argumentation. Mir war klar, dass er mich nur necken wollte, aber seine Worte irritierten mich ungemein. Ich holte tief Luft, um mich zu beruhigen, packte Leo am Arm und flüsterte ihm zu: »Lass uns von hier verschwinden.«

19

Keine große Sache

Das Kleid flatterte um meine Knöchel, während ich lange Schritte machte, um so schnell wie möglich von Adrien Santana wegzukommen. Unterwegs ließ ich Leos Arm los, denn ich wollte nicht, dass es aussah, als würde ich ihn hinter mir herschleifen. Ich blieb erst an einem hohen Tisch stehen, einem von vielen im Saal, und versteckte mich hinter einer imposanten goldenen Etagere mit üppigen grünen und violetten Weintrauben.

»Geht es dir gut?«, fragte Leo.

»Ja«, hauchte ich. »Dieser Typ geht mir einfach total auf die Nerven. Ich kann ihn echt nicht ab, er quatscht mich immer an und nervt.«

Ich achtete darauf, meinen Blick nicht durch die Menge schweifen zu lassen, damit es nicht aussah, als würde ich nach Adrien Ausschau halten. Ich konzentrierte mich stattdessen auf das mitfühlende Lächeln meines Freundes.

»Vielleicht mag er dich?«

Ich erschauderte.

»No way!«

Leo hob eine Augenbraue.

»Bist du dir sicher?«

»Ist das dein Ernst?«, stöhnte ich ungläubig. »Du brauchst dir keine Sorgen zu machen, ich bin nicht sein Typ, wie er mir mehrfach mitgeteilt hat. Für ihn bin ich nur ein kleines Mädchen. Er ärgert mich halt gern. Du weißt schon, so wie Dylan zum Beispiel. Nur dass Dylan auch ab und zu etwas Nettes für mich tut.«

»Ein weiterer Unterschied ist, dass Dylan dein Bruder ist und Adrien letztlich ein fremder Mann.«

»Ja, das auch«, nickte ich. Einen Moment lang sah ich, wie ein Lächeln über die Lippen von Leo wanderte, bis sich schließlich auch meine Mundwinkel hoben und ich meine Arme vor der Brust verschränkte. »Sag mal, bist du etwa eifersüchtig?«

»Ich checke im Moment nur die Situation ab. Aber sag mir Bescheid, wenn ich mir Sorgen machen muss, du weißt schon …« Leo wackelte mit den Augenbrauen. »… Dann gehe ich zu diesem Adrien und kläre die Sache!«

Ich brach in Gelächter aus und packte ihn am Revers seiner Jacke, woraufhin er ebenfalls auflachte.

»Das tust du besser nicht. Halte dich bitte von ihm fern«, sagte ich dann ernst.

»Ich scherze nur. Ich weiß, dass ich mir keine Sorgen machen muss«, sagte er und machte eine Bewegung, als ob er mich auf die Wange küssen wollte, aber dann fiel ihm ein, wo wir waren, und er hielt sich zurück. »Außerdem weiß ich, dass ich dir vertrauen kann, und wenn etwas passieren sollte, was ich wissen muss, würdest du es mir sagen.«

»Natürlich würde ich das«, sagte ich nickend und freute mich darüber, was für einen wunderbaren Freund ich hatte – doch das Lächeln gefror auf meinen Lippen und mein Magen krampfte sich unangenehm zusammen, als eine Erinnerung unerwartet hochkam.

In letzter Zeit war so viel los, dass ich die Situation in New York völlig vergessen hatte. An den Kuss von Alex hatte ich nicht einmal zurückgedacht. Und er war auch nicht meine Schuld, also hatte ich keine Gewissensbisse, aber trotz allem war es etwas, von dem Leo wahrscheinlich hätte erfahren müssen. Vor allem, nachdem er gerade von Vertrauen gesprochen hatte.

»Was machst du denn für ein Gesicht?«, fragte er immer noch in bester Laune.

»Mir ist gerade etwas eingefallen«, sagte ich verstimmt.

Er hob fragend eine Augenbraue, und ich sah mich um, um sicherzugehen, dass uns nicht zufällig jemand belauschte. Wir waren unter Menschen, und es herrschte ein allgemeines Gemurmel im Raum, also waren wir wohl sicher.

»Weißt du noch, als ich in New York war?«

»Mit Dylan?«

Ich nickte und er ebenfalls.

»Da ist etwas passiert, was ich dir noch nicht erzählt habe …« Ich konnte ihm nicht einmal in die Augen sehen.

»Was denn?«

»Dylans Freundin Martina hat einen Cousin, Alex. Und da gab es einen Moment, als ich mit ihm in einem Café war, weil wir auf Dylan warteten, der Martina beim Einzug geholfen hat. Wir … wir saßen also in einem Café, habe ich das schon gesagt? Dass wir in einem Café waren?«

Leo nickte wieder und schaute mich mit unschuldiger Erwartung an.

»Wir wollten eigentlich Kaffee bestellen, aber dann haben wir doch etwas zu essen bestellt …« Ich war schon dabei, ihm genau zu beschreiben, was ich bestellt hatte, und wollte noch den Mimosa erwähnen, als ich mich schließlich zusammenriss und durchatmete. »Er hat mich geküsst.«

Leo blinzelte und ich rückte näher an ihn heran, wobei ich seinen Ärmel packte.

»Ich schwöre, ich habe es nicht gewollt! Er ist einfach nur ein alberner Typ. Wir saßen halt so da, und er versuchte, mir einzureden, dass wir ein Date hätten.« Ich senkte meine Stimme. »Und ich habe es die ganze Zeit verneint, und plötzlich beugte er sich vor und küsste mich direkt auf den Mund, aber es hat wirklich nichts bedeutet. Ich habe mich sofort zurückgezogen. Sofort. Und dann habe ich ihm meinen Drink über den Kopf gekippt. Ich musste ihm danach eines von Dylans Shirts geben, er war total nass.«

»Warte, warte. Moment.« Leo zog seine Stirn in Falten und hatte offensichtlich Mühe, mit meiner Erzählung Schritt zu halten. Er hob seine Hand, dieselbe, deren Ärmel ich gerade hielt. »Willst du damit sagen, dass der Cousin von Dylans Freundin dich ohne deine Zustimmung geküsst hat?«

»Ganz genau! Ohne meine Zustimmung!«

»Und was hat Dylan dazu gesagt?«

Ich zögerte.

»Äh, nichts. Ich … ich habe es Dylan nicht erzählt.«

»Warum nicht?«, wunderte sich Leo.

»Weil Dylan nun mal Dylan ist.«

»Ich, dein Freund, darf dich nicht einmal ansehen, weil Dylan sofort mit einem Hackebeil kommt. Aber ein fremder Kerl darf dich gegen deinen Willen auf den Mund küssen und damit davonkommen?« Leo hob eine Augenbraue.

»Nein, nein, so ist es nicht. Ich habe es nicht Alex zuliebe vor Dylan verheimlicht. Ich habe es für mich getan, für meinen Seelenfrieden. Ich habe Alex auch gesagt, dass das absolut nicht in Ordnung war, und er hat mir versprochen, dass es nicht mehr vorkommen wird. Leo, es tut mir leid, dass ich es dir nicht früher gesagt habe, zu der Zeit ist sehr viel passiert und ich habe nicht daran gedacht und es hat wirklich nichts bedeutet …«

Leo legte den Kopf schief.

»Du brauchst dich nicht für ihn zu entschuldigen, du musst dich für nichts entschuldigen. Ernsthaft, Hailie, es ist okay.«

»Du bist also nicht wütend?«

»Nein. Es war nicht deine Schuld.« Leo seufzte. »So ist das wohl, wenn man ein Mädchen wie Hailie Monet datet.«

Das Blut schoss mir in die Wangen, und vorsichtig, um mein Make-up nicht zu verwischen, verbarg ich mein Gesicht in den Händen und senkte den Blick.

»Mir passieren einfach immer wieder die blödesten Sachen«, beschwerte ich mich.

»Es ist nichts passiert, Hailie. Da stehen wir doch drüber, oder?«

Leo hatte offenbar nicht mehr vor, seine Gefühle verstecken zu wollen, denn er umarmte mich und drückte mich an sich. Ich genoss diese Geste und lehnte meine Hand an seine Brust.

»Übrigens, ich muss dir auch etwas sagen.«

Ich blickte zu ihm auf.

»Ja?« Ich lachte nervös und spürte plötzlich eine seltsame Anspannung. »Was gibt es?«

»Es ist keine große Sache. Niemand hat mich geküsst, keine Sorge«, scherzte er, aber als er sah, wie ich ihn angespannt anstarrte, fuhr er seufzend fort: »Es ist wirklich nichts Schlimmes, aber es ist etwas, das in letzter Zeit in meinem Leben passiert ist, und als ein wichtiger Teil davon solltest du es auch wissen.«

Ich versuchte, ruhig abzuwarten, und ließ mich nicht einmal von seinem Kompliment ablenken. Mir gefiel nicht, was gerade mit meinem Körper geschah. Es ärgerte mich, dass ich so gestresst war. Leo hatte es doch auch geschafft, mir in Ruhe zuzuhören.

»Aufgrund … gewisser Umstände wohnt Winter vorübergehend bei mir.«

»Wie bitte?« Ich machte einen Schritt nach hinten, damit ich sein Gesicht besser sehen konnte.

»Es war eine ziemlich … einzigartige Situation.«

»Was ist denn passiert?«, wollte ich wissen, und merkte, dass meine Stimme irgendwie trocken klang, also fügte ich hinzu: »Seit wann?«

»Seit knapp einer Woche.«

»Eine Woche? Sie wohnt seit einer Woche bei dir?«, rief ich ungläubig.

»Bist du sauer?«

»Hat sie denn kein Zuhause?« Ich runzelte die Stirn, als ich versuchte, mich daran zu erinnern, wo Winter wohnte, es fiel mir aber nicht ein. Wir hatten sie einmal mit dem Taxi von der Party nach Hause gefahren.

Also hat sie ein Zuhause.

»Ja, hat sie«, nickte Leo. »Aber die Dinge bei ihnen sind ein bisschen … kompliziert.«

»Das heißt?«

»Du bist wütend.«

Ich spürte, wie meine Wangen erneut brannten, aber diesmal war der Grund kein süßes Kompliment. Ich schüttelte verärgert den

Kopf, als ich mir vorstellte, dass meine Gesichtsfarbe jetzt zu der des Kleides passte.

»Ich bin nicht wütend, ich frage nur.« Ich versuchte, freundlicher zu klingen, aber aus irgendeinem Grund fiel es mir sehr schwer.

»Bist du sicher? Du siehst nämlich aus, als wärst du wütend.«

»Ich möchte lediglich wissen, warum ein Mädchen mit meinem Freund zusammenlebt.«

»Immerhin hast du Winter kennengelernt und weißt, dass sie eine alte Freundin ist.«

»Ich habe Winter kennengelernt, ja. Und sie hat keinen besonders positiven Eindruck auf mich gemacht.«

»Sie …«

»Weißt du noch, dass sie meine Handtasche gestohlen hat?«

»Erinnerst du dich, als ich dir erzählte, dass sie zu Hause eine schwierige Situation hat?«

Ich ließ meine Arme entlang meines Oberkörpers fallen.

»Oh.«

»Mhm.« Leo nickte mit grimmiger Miene. »Es ist ihre Privatangelegenheit, deshalb möchte ich mich nicht weiter darüber auslassen, aber gleichzeitig möchte ich, dass du weißt, was los ist. Winters Vater ist Alkoholiker, früher hat er viel getrunken.«

»Ich erinnere mich, dass er sie im Taxi am Telefon angeschnauzt hat«, flüsterte ich und schlang meine Arme wieder um mich, ein bisschen fester als zuvor.

»Er hat sein Leben verpfuscht und es damit auch für Winter ruiniert.« In Leos Stimme schwang Verachtung mit. Tatsächlich hatte ich ihn noch nie so über jemanden sprechen hören. »In der Vergangenheit haben wir mehr als einmal eingegriffen, ich und meine Mom, wenn er sich so sehr besoffen hatte, dass Winter nicht mehr mit ihm zurechtkam. Mom hat sie dann immer zu uns geholt. Oder Winter kam von sich aus zu uns, um dem Gelage, das in ihrem Haus stattfand, zu entfliehen.«

Ich bedeckte meinen Mund mit der Hand. »Ich wusste nicht, dass es so schlimm ist«, flüsterte ich.

»In den letzten zwei Jahren hatte sie eigentlich Ruhe. Ihr Vater war endlich in eine Entzugsklinik gegangen. Dass er wieder auf die Beine gekommen ist, wäre zu viel gesagt, aber er hat aufgehört, sich regelmäßig fast zu Tode zu saufen, und sogar eine Arbeit gefunden, die er eine Zeitlang behalten konnte. Bis vor Kurzem. Er hat wieder angefangen zu trinken und kehrt allmählich zu seinem alten Lebensstil zurück. Winter begann neulich, uns wie in alten Zeiten zu besuchen, und zuerst tat sie so, als ob sie nur kurz vorbeikommen wollte, aber es wurde immer später und sie zog ihren Besuch offensichtlich in die Länge, und dann fanden meine Mutter und ich heraus, was passiert war.«

»Arme Winter …«

»Sie kann in diesem Haus nicht leben. Oft kann sie nicht schlafen. Sie haben nur ein Badezimmer, und ihr Dad pennt danach oft in der Dusche ein, und der Kühlschrank ist immer leer, denn auf der Einkaufsliste steht wieder einmal nur Wodka.«

Der Gedanke an ein Leben unter solchen Bedingungen ließ mich erschaudern. In solchen Momenten schätzte ich wie nie zuvor meine bescheidene, aber glückliche Kindheit mit meiner Mutter und Großmutter, die ihr ganzes Leben meinen Bedürfnissen untergeordnet hatten. Meine Oma stellte stets den Fernseher leiser, wenn es Zeit für mich war, ins Bett zu gehen, und Mom sorgte dafür, dass immer mein Lieblingsjoghurt im Kühlschrank war.

Und jetzt, mit meinen Brüdern, hatte ich es wirklich gut.

»Kann ich irgendwie helfen?«, fragte ich.

»Danke, Hailie, aber irgendwie haben wir uns mit der Situation arrangiert, zumindest im Moment.«

Ich sah ihn ungläubig an. »Ihr habt euch arrangiert? Wie denn? Was habt ihr getan? Abgesehen von Winter, die sich in eurem Haus versteckt?«

»Meine Mutter hat vorgeschlagen, dass sie einfach bei uns bleibt. Also, vorerst.«

Ich hob meine Augenbrauen. »Und was dann?«

»Weiter kann man leider nicht viel tun.«

»Machst du Witze?« Ich schnaubte. »Müsste das nicht irgendwo gemeldet werden? Immerhin ist Winter noch minderjährig! Ihr Vater muss wieder in die Klinik gehen, und ...«

»So einfach ist das nicht. Na ja, und es ist nicht unsere Angelegenheit, wir können uns nicht einfach so einmischen ...«

»Wollt ihr es unter den Teppich kehren? Ist es das, was du mir sagen willst?«

»Es ist eine heikle Situation.« Leo sah sich um und kratzte sich an der Schläfe. »Winter will es nicht aufbauschen.«

»Vielleicht fällt es ihr einfach schwer, selbst eine Entscheidung zu treffen, und sie braucht Unterstützung?«

»Hailie. Ich glaube, sie weiß besser als wir, was das Beste für sie ist.«

»Und *ich* glaube, dass sie echte Hilfe braucht. Bei euch zu wohnen ist doch keine dauerhafte Lösung, denn sie macht sich sicher immer noch Sorgen um ihren Vater, oder?«

»Sie mag besorgt sein, aber sie ist auch erschöpft und total enttäuscht von ihm. Letztlich will sie einfach nur die Schule beenden. In ein paar Monaten ist sie volljährig, also wird sie ab den Sommerferien arbeiten und sich selbst finanzieren können. Das ist ihr Plan, und ich respektiere das, und meine Mom und ich wollen Winter helfen, diesen Punkt der Unabhängigkeit zu erreichen. Das wenigstens können wir für sie tun.«

Ich starrte einen Moment lang auf den Boden und verarbeitete in Gedanken, was ich gehört hatte. Und dann begann ich, meinen Kopf zu schütteln. Ich sah meinen Freund an und deutete mit der Hand in Richtung der Mitte des Festsaals.

»Wir können viel mehr für sie tun. Schließlich sind wir auf dem Charity-Ball unserer Familienstiftung. Weißt du, was diese Stiftung macht? Menschen wie Winter helfen, unter anderem. Ich kann da bestimmt etwas arrangieren …«

»Hailie, hast du gehört, was ich gesagt habe? Winter möchte das nicht. Diese Art von Hilfe würde bedeuten, ihren Vater wieder in die Klinik zu schicken. Winter würde dann wieder in eine Pflegefamilie kommen, sie müsste die Schule wechseln, und sie schafft es schon jetzt kaum, in der Schule mitzukommen, und dann würde es noch schwieriger werden. Sie hat nur noch ein Jahr vor sich. Es würde vielleicht Sinn machen, wenn sie jünger wäre. Jetzt wäre ein Wechsel nur eine unnötige Komplikation. Lassen wir sie ihren eigenen Weg gehen, okay? Glaube mir, bei uns zu wohnen ist auch nicht nach ihrem Geschmack.«

»Oh, na ganz bestimmt …«, murmelte ich leise vor mich hin.

»Wie meinst du das?«

Ich hob mein Kinn. »Ich habe Mitleid mit Winter. Sie hat so etwas nicht verdient. Gleichzeitig glaube ich nicht, dass das Leben in deinem Haus für sie eine so große Unannehmlichkeit darstellt.«

»Hailie, bist du … bist du jetzt eifersüchtig?« Leo runzelte die Stirn.

»Na ja, ist es mir unangenehm, dass mein Freund mit einem Mädchen zusammenlebt, das, ehrlich gesagt, in ihn verknallt ist?« Ich gab vor, darüber nachzudenken.

»Du machst doch Witze!«

»Sie hat meine Handtasche gestohlen, um mich in Schwierigkeiten zu bringen. Sie hat versucht, dich davon zu überzeugen, dass ich übertrieben habe, als ich dir ein teures Geschenk zu deinem Geburtstag gekauft habe. Es tut mir leid, wenn ich ihr nicht traue. Es sind halt meine Erfahrungen mit ihr.«

»Okay, du traust ihr nicht, das verstehe ich. Aber ich dachte, vielleicht vertraust du ja mir.«

»Ich vertraue dir, Leo, aber ich bin auch ehrlich und gebe offen zu, dass es mir nicht gefällt, dass Winter mehr Zeit mit dir verbringt als ich. Ist das so schwer zu verstehen?«

»Hailie, ich sehe sie fast nie! Ich bin ständig in der Schule, bei der Arbeit oder beim Lernen. Und Winter geht doch auch zur Schule und hilft Mom in der Konditorei als Dankeschön. Es ist nicht so, dass wir die ganze Zeit zusammen abhängen …«

»Ah, nein? Kein gemeinsames Frühstück, kein gemeinsames Abendessen? Keine Kaffeepausen? Ihr lernt nie zusammen? Wo schläft sie überhaupt?«

»Bestimmt nicht in meinem Bett, um Himmels willen, Hailie! Ist es das, worum es dir geht?« Leo warf die Hände in die Luft und eine senkrechte Falte erschien zwischen seinen Augenbrauen.

Ich warf einen verlegenen (+1) Blick zur Seite. Ich hatte nicht vor, es zu leugnen.

»Hailie, ernsthaft? Du bist eifersüchtig auf eine Sandkastenfreundin von mir, die meine Hilfe braucht? Während du selbst mir soeben erzählt hast, dass ein fremder Typ dich kürzlich geküsst hat? Und ein anderer hat erwähnt, dass er dir eine Perlenkette geschenkt hat. Was soll ich denn davon halten?«

»Das waren einmalige Situationen!«, knurrte ich entrüstet. »Ich lebe mit keinem von ihnen zusammen. Alex hat mich geküsst, weil er sich ein bisschen Spaß erhofft hat. Jetzt ist er wieder in Spanien. Ich werde ihn nie wiedersehen. Adrien ist der Geschäftspartner meines Bruders, ein Mann, viel älter als ich! Er hat mir Perlen geschenkt, um sich bei mir zu entschuldigen, weil er mich beleidigt hat und seine Beziehung zu Vincent nicht kaputt machen wollte. Währenddessen ist Winter buchstäblich in dich verliebt, und jetzt hat sie dich auch noch zum Greifen nah. Siehst du wirklich keinen Unterschied?«

Leo hob seinen Blick zur Decke. Er regte sich selten auf, aber ich kannte ihn gut und konnte an kleinen Dingen wie seinen angespannten Schultern und häufigen Seufzern erkennen, dass er gereizt war.

»Ich sehe nur, dass ich einer alten Freundin helfe. Ganz einfach. Ich bin nicht eifersüchtig und ich möchte nicht, dass du eifersüchtig bist.«

»Vielleicht bist du nicht eifersüchtig, weil du weißt, dass es niemanden gibt, wegen dem du dich sorgen musst, wie ich dir gerade erklärt habe«, antwortete ich. Auf einmal bekam ich selbst eine Gänsehaut, als ich hörte, wie kühl meine Stimme klang.

»Möchtest du etwa, dass ich eifersüchtig bin?« Leo zog seine Augenbrauen noch mehr zusammen.

»Ich möchte gar nichts. Ist ja auch egal.«

»Aber es ist nicht egal, oder?« Er versuchte, mir ins Gesicht zu sehen, doch ich drehte mich weg. Ich zuckte mit den Schultern und nahm meine Hand weg, als er versuchte, sie zu greifen.

»Ernsthaft, Hailie?«

»Ich muss auf die Toilette.«

»Warte bitte …«

»Ich muss auf die Toilette gehen«, wiederholte ich und ging davon. Ich ließ Leo zurück, allein mit der Etagere voller Weintrauben. Ich fühlte mich auf diesem Ball für ihn verantwortlich, weil ich ihn hergeschleppt hatte, aber gerade war ich zu aufgebracht. Wie Nadeln steckten Wut, Eifersucht, Schuldgefühle und Abscheu in meiner Haut. Letzteren empfand ich gegenüber mir selbst, weil ich so mies auf Leos Geständnis reagiert hatte. Winter befand sich in einer furchtbaren Situation, und alles, woran ich denken konnte, war, dass sie meinem Freund zu nahe kam.

Was mich außerdem ärgerte, war, dass Leo die ganze Situation so herunterspielte. Und dann war da noch diese Diskrepanz zwischen unseren Reaktionen – er schien nicht einmal ein Viertel so eifersüchtig wegen mir zu sein wie ich wegen ihm. Vielleicht konnte er mich deshalb nicht verstehen.

Was ist, wenn ich ihm gar nicht so wichtig bin?

Dieser Gedanke tat mir weh.

Mein verstörtes Herz brauchte nicht lange, um Panik zu bekommen. Mir war zum Weinen zumute. Ich zwängte mich zwischen den Menschen hindurch, mit einem gequälten Lächeln, und ballte meine Hände zu Fäusten. Vom Klang der Geige begann mein Kopf zu schmerzen.

Ich war auf dem Weg zum Ausgang des Ballsaals, als ich Adrien entdeckte, der in der Nähe stand. Ich verdrehte die Augen. Ich war doch gerade erst von ihm weggekommen! Er begrüßte einen Mann, der ihm wohl einen Scherz erzählte, denn Adrien fletschte seine Zähne beim Lächeln. Sein Grinsen wurde noch breiter, als er mich wiedersah.

»Du kommst zurück wie ein Bumerang, Hailie Monet.«

»Verzeihung, ich möchte vorbei.« Ich starrte auf einen Punkt hinter seinem Rücken, ohne Blickkontakt mit ihm aufzunehmen.

»Da ist jemand offenbar sauer? Hast du etwa Streit mit deinem Freund?«

Schließlich sah ich ihn an. Eine vertraute Heiterkeit erhellte sein Gesicht, wie immer, wenn er sich mir zuwandte.

»Aha, ich habe es also erraten!« Er nickte und streckte mir seine Hand entgegen. »Wie wäre es mit einem kleinen Tanz, um dich aufzumuntern?«

Ich starrte auf diese Hand mit einem Siegelring, der so sehr dem von Vincent ähnelte, und mir lief ein Schauer über den Rücken. Normalerweise hätte ich sofort abgelehnt und wäre gegangen, aber ich dachte gerade über Leo und seine Eifersucht nach, oder besser gesagt, über seine fehlende Eifersucht, und etwas brachte mich dazu, auf seinen Vorschlag einzugehen.

Ich streckte meine Hand aus. Ich tat es langsam und unsicher, denn in meinem Kopf schwirrten warnende Gedanken – und dann zog Adrien seine Hand zurück. Ich hob fragend meine Augenbrauen und er schaute mir direkt in die Augen, jedoch nicht mehr so spöttisch.

»Das war nicht ernst gemeint, Hailie – ein Tanz mit dir wäre unangemessen.«

Ich spürte auf einmal den bitteren Geschmack in meinem Mund. Mein Blut kochte in meinen Adern, aber Adrien und seine nervigen Spielchen waren mir gerade völlig gleichgültig. Stattdessen sah ich mich nach Leo um, konnte ihn aber nicht entdecken. Ich war wütend auf ihn und auf mich selbst, weil ich mich so leicht in die Irre führen ließ und mich freiwillig vor dem Partner meines Bruders lächerlich gemacht hatte. Normalerweise hätte ich ja über sein Angebot zum

Tanzen gelacht, aber gerade war ich so sauer auf Leo, dass ich es getan hätte. Aber da ich Adrien nichts weiter zu sagen hatte, schob ich mich an ihm vorbei in Richtung der Doppeltüren, die in die Hotellobby führten.

Auf einmal stieß ich mit etwas zusammen, oder besser gesagt, mit jemandem – wie ich kurz darauf feststellte. Ich hob den Kopf und begegnete Grace' verärgertem Blick.

Meine Güte, die Natur hat wirklich nicht bei ihr gespart, denn sie war mindestens einen Kopf größer als ich. Sicher, sie trug High Heels, aber auch ich hatte heute hohe Absätze an. Ich spürte sofort die giftige Aura von Überlegenheit und Hochnäsigkeit, die von ihr ausging, völlig gegensätzlich zu ihrem zarten, blumigen Parfum mit einem Hauch von Zitrusfrüchten und Vanille.

An Grace' Frisur bewegte sich durch die Wucht unseres Zusammenstoßes nicht einmal ein Härchen. Stattdessen blickten ihre in Brauntönen geschminkten Augen sofort eiskalt, und ihre mit rotem Lippenstift angemalten Lippen verzogen sich angewidert.

»Pass auf, wo du langgehst, du Loserin!«

Ich blinzelte. Grace mochte mich nicht, das hatte ich schon lange akzeptiert. Ich dachte nur, wir könnten mit unserer Abneigung für einander auf erwachsene Art umgehen, anstatt uns wie zickige Schülerinnen mit lächerlichen Schimpfwörtern zu beleidigen.

»Du bist diejenige, die mich angerempelt hat«, erwiderte ich und hob mein Kinn, um ihr einen unbeeindruckten Blick zuzuwerfen.

In dem Moment bemerkte ich, dass irgendetwas mit ihr nicht stimmte. Auf den ersten Blick sah sie perfekt aus, aber mir entging nicht, dass sie nervös schien. Ihre schwarz lackierten Fingernägel gruben sich geradezu in ihre ebenfalls schwarze Clutch-Bag, so fest umklammerte sie sie in ihrer Hand. Ihre in dem tiefen Dekolleté exponierten Brüste hoben und senkten sich bei ihrer beschleunigten Atmung schneller als normal, ihr Kiefer war verkrampft und ihre Augen blitzten aufgebracht.

»Wenn ich dich anremple, fällst du gefälligst hin und kommst nie wieder hoch. Wie das Waisenkind, das du ja bist«, sagte sie mit leiser, aber klarer Stimme. Diese war so schön, dass Grace sie hätte benutzen können, um ein Lied zu singen, aber stattdessen beschloss sie, mich damit zu beleidigen. Sie musterte mich von oben bis unten und fügte hinzu: »Wir können doch alle sehen, dass du auf diesen Absätzen kaum das Gleichgewicht halten kannst.«

Anschließend schob sie mich mit ihrer Handtasche ein wenig zur Seite, damit ich ihr aus dem Weg ging, aber ich war inzwischen so sauer, dass ich mich gegen sie drückte und sie mit beiden Händen von mir schubste.

Grace wankte und wich zurück, konzentrierte sich einen Moment lang darauf, nicht zu stürzen, dann richtete sie einen wütenden Blick auf mich.

»Fass mich ja nicht an!«, zischte ich.

Sie hörte nicht auf mich und wollte mich erneut zur Seite zu schieben, aber ich war mittlerweile auf der Hut und meine Finger krallten sich an der Vorderseite ihres Kleides fest. In diesem Moment zog sie an einem der Puffärmel meines Kleides. Ich verlor das Gleichgewicht und beugte mich instinktiv vor, wobei ich mit meinen Fingernägeln über den rauen Stoff ihrer Abendkreation fuhr und ihn an mehreren Stellen aufriss. Grace murmelte etwas durch die Zähne, aber ich war zu sehr damit beschäftigt, mit ihr zu ringen, um ihre Worte zu verstehen – die mich ohnehin nicht interessierten. Alles, was mich interessierte, war, dass sie mir nicht das Kleid zerriss, damit ich keinen BH-Blitzer riskierte. Auf einmal zog Grace an meinen

Haaren. Ich schrie, weil es wehtat, aber ich zahlte es ihr sofort heim und zog an ihrer Frisur.

Ich überlegte gerade, ob dies ein guter Zeitpunkt war, den Kampf auf die nächste Stufe zu heben und einen der Tricks aus der Selbstverteidigung anzuwenden – doch aus dem Augenwinkel sah ich, dass Sonny bereits zwischen uns trat. Plötzlich rief jemand Grace' Namen, eine andere Person knurrte etwas, und plötzlich spürte ich, wie sich Hände auf meine Schultern legten und mich mit Leichtigkeit von meiner Gegnerin wegzogen. Auch sie hörte auf herumzuzappeln. Adrien hatte sie auf ähnliche Weise ruhig gestellt wie jemand mich.

Ich drehte meinen Kopf, um zu sehen, wer mich festhielt, und blickte in die kalten blauen Augen von Vince.

20

Süße kleine Schwester

Beim Anblick seines blassen, verärgerten Gesichts und seiner mir wohlbekannten eisigen Augen verließ mich der Kampfeswille schneller, aber mein Bruder vertraute mir nicht genug, um mich wieder loszulassen.

Immerhin zog sich Sonny zurück.

Als Grace bemerkte, dass Vincent sie anstarrte, kehrte sie in ihre allzu bekannte einstudierte Pose zurück – sie richtete sich auf, hob stolz den Kopf, und ihr Blick wurde gleichgültig und bitchy wie immer. Dass sie sich gerade noch mit mir geprügelt hatte, verriet vor allem ihr Haar, das ich ihr zerzaust hatte. Bei diesem Anblick grinste ich zufrieden.

Tja, sogar Grace ist nicht immer perfekt.

»Seid ihr fertig?«, fragte Vincent scharf.

»Was zum Teufel war das?« Adriens gute Laune hatte ihn offenbar verlassen. Er runzelte die Stirn und starrte seine Schwester böse an, wobei er ab und zu einen Blick auf mich und Vincent warf.

»Das ist eine gute Frage«, antwortete Grace und richtete ihre Frisur. »Wie du siehst, sind solche Bälle kein Ort für freche Kinder.«

Ich blinzelte.

»Wie bitte? Du hast mich zuerst geschubst!«

»Im Gegenteil, du warst es, die mich angerempelt hat. Du bist mit mir zusammengestoßen, weil du nicht aufgepasst hast«, zischte sie und zog ihre perfekt gezupften Augenbrauen hoch. »Dies ist eine Veranstaltung für Erwachsene, kein Schulflur. Wenn du dich nicht der Situation angemessen benehmen kannst, dann bleib zu Hause und schau Disney Channel.«

»Da du ja wie eine Kuh herumstapfst, musst du damit rechnen, dass dir gelegentlich jemand in die Quere kommt«, konterte ich.

»Das reicht, Hailie«, ermahnte mich Vincent leise, woraufhin ich verstummte. Sein Ton ließ keinen Raum für Diskussionen.

Grace' Abneigung gegen mich wurde offenbar immer größer. Sie öffnete bereits den Mund, um mir die nächste Beleidigung an den Kopf zu werfen, aber bevor ein Ton herauskam, warf Adrien ein: »Ich stimme dir zu, Schwester, dass man sich an einem solchen Ort anständig benehmen muss, und deshalb wundert es mich, dass du dich als erwachsene Frau, die du zweifellos bist, mit einer Teenagerin angelegt hast.«

Er schüttelte ungläubig den Kopf. Auch er war in der Lage, einen ähnlich intensiven Blick aufzusetzen wie Vincent. Er hielt sie nicht mehr an den Schultern fest, aber an ihrer beider Körpersprache merkte man, dass die Autorität auf seiner Seite war.

Grace presste ihre Lippen aufeinander und warf mir einen weiteren verächtlichen Blick zu. Mir war danach, ihr vor Langeweile ins Gesicht zu gähnen, denn ihr Repertoire an Mimik wiederholte sich öfter als die Werbespots im Fernsehen.

»Nun, Vincent, ich wage zu behaupten, dass es zu einem kleinen Missverständnis zwischen unseren Schwestern gekommen ist«, sagte Adrien und lächelte meinen Bruder freundlich an.

»Mhm, offensichtlich.«

»Grace?« Adrien schaute sie erwartungsvoll an. »Hast du Hailie etwas zu sagen?«

Als sie mich mit ihrem fiesen Blick musterte, kniff sie ihre Augenlider noch mehr zusammen und zischte mich giftig an: »Verpiss dich.«

Adrien lächelte noch breiter, fröhlich und künstlich wie ein Moderator im Frühstücksfernsehen.

»Grace meint damit, dass ihr die Situation sehr leid tut.«

»Verpiss dich doch selbst«, erwiderte ich.

»Hailie entschuldigt sich auch«, sagte Vincent ruhig, und nur ich wusste, wie fest sich seine Finger um meine Schultern schlossen.

Adrien faltete seine Hände. »Wunderbar. Dann wünsche ich euch noch einen schönen Abend.«

»Gleichfalls.«

Adrien wandte seinen Blick von Vincent zu mir, nickte einmal und ging davon, wobei er seine Schwester mit sich zog und ihr etwas ins Ohr murmelte. Sie folgte seinen Schritten, ohne einen von uns beide noch eines Blickes zu würdigen.

Am liebsten wäre ich geblieben, wo ich war, und hätte Adrien dabei zugesehen, wie er seine bitchy Schwester zusammenstauchte, aber ich hatte vergessen, dass ich selbst eine Schwester war, der eine ähnliche Bestrafung bevorstand. Vincent legte eine seiner Hände auf meine Schulter, und schob mich vor sich her, als er Richtung Lobby ging.

»Hey!«, rief Will und kam mit schnellen Schritten auf uns zu. Sein Blick wirkte alarmiert und er wandte sich an Vincent: »Was ist los? Was ist passiert?«

»Hailie, kannst du es uns bitte erklären?«, fragte Vince und ließ mich endlich los. Er verschränkte die Arme vor der Brust und sah mich abwartend an.

Ich stützte mich mit der Hand auf die steinerne Platte des Empfangstresens. Er war lang, und wir standen ganz am Ende, aber die Rezeptionistin konnte uns sicher hören, wenn sie ihre Ohren spitzte. Ich hatte keine Lust darauf, dass irgendjemand Zeuge werden könnte, wie ich meinen Anschiss von Vincent bekam, also zog ich den Moment so lange hinaus, wie ich konnte.

Ich sah mich in der Hotellobby um – sie war groß, hell und im Vergleich zum angrenzenden Ballsaal fast völlig leer. Nur gelegentlich schlichen sich Gäste hinaus, um eine Zigarette zu rauchen, sich abzukühlen oder die Toiletten aufzusuchen. Dann bemerkte ich Sonny, der pflichtbewusst in der Nähe stand. Natürlich konnte man die Musik und das Treiben im Saal hören, aber ich sprach trotzdem leise, als ich mich endlich dazu aufraffte zu antworten: »Grace hat angefangen.«

»Was hat Grace angefangen?«, wollte Will wissen und verschränkte ebenfalls die Arme vor der Brust. Ich wollte mich sofort umdrehen und zurück in die Halle gehen, wo ich mich unter die Menge mischen konnte und …

»Hailie. Antworte.« Vince verlor langsam die Geduld.

»Sie ist gemein, sie sagt fiese Dinge und sie hat mich als Erste geschubst!«

Vince atmete überraschenderweise tief durch und senkte kurz den Kopf, bevor er ihn schnell wieder hob und zur Decke starrte.

Will sah ihn mit zusammengezogenen Brauen an: »Hast du mit ihr gesprochen?«, fragte er Vince.

Vincent nickte, und ich kniff meine Augen zusammen.

»Oh, also ist es deine Schuld, dass sie so sauer auf mich ist?« Ich schnaubte. »Was ist los, hast du mit ihr Schluss gemacht, oder was?«

Der Blick, den Vincent mir gerade zuwarf, hätte Luft schneiden können.

»Vergisst du dich womöglich, Schwester?«

Ich war traurig und verärgert nach dem Streit mit Leo, gedemütigt durch die Situation mit Adrien, irritiert durch die Konfrontation mit Grace und vielleicht hatte ich deshalb bemerkenswert wenig Verständnis für das Drama im Liebesleben von Vincent und seiner arroganten Partnerin.

»Grace ist unausstehlich!! Ich soll mich von ihr wie Dreck behandeln lassen, den die feine Dame auf Schritt und Tritt verspotten und beleidigen kann?«

»Es ist sehr gut, dass du dich verteidigt hast«, sagte Will. »Es geht nur um die Art und Weise, wie du es machst.«

»Okay, das nächste Mal, wenn sie mich wieder schubst, werde ich ihr freundlich erklären, dass ich ihr kindisches Verhalten zutiefst missbillige.«

»Hailie!«

»Ihr hackt auf mir herum, als ob das alles meine Schuld wäre!«, protestierte ich. Sie hatten sich vor mir aufgebaut, zwei gottverdammte, erwachsene Männer, die mich mit strafenden Blicken bedachten.

»Niemand hackt auf dir herum, beruhige dich. Wir versuchen lediglich, mit dir zu reden, also warum schreist du so?« Will hob seine Hand in einer beschwichtigenden Geste, die allerdings das Gegenteil bewirkte.

»Ich schreie nicht, es ist nur … Ich bin immer diejenige, die Anschiss kriegt! Und wofür? Weil ich ihr gesagt habe, sie soll mich in

Ruhe lassen und sich verpissen? Ja, habe ich gesagt, na und? Wenn ich könnte, würde ich es wieder zu ihr sagen.«

Ich schaute mich sogar um, als ob ich Grace in der Lobby erwartete. Dabei erntete ich nur einen misstrauischen Blick der Empfangsdame, die aber schnell wieder wegschaute. Verärgert wischte ich mir die heiße Träne weg, die meine Wange herunterkullerte.

Bis jetzt hatten Vince und Will mich tadelnd und enttäuscht angesehen, aber jetzt konnte ich in ihren Augen so etwas wie Besorgnis erkennen.

»Warum nehmen wir uns nicht ein Zimmer, in dem du dich beruhigen kannst, hm?«, schlug Will sanft vor. Er warf einen Blick auf Vincent, der zustimmend nickte.

»Ich will nicht. Ich muss mich nicht beruhigen«, erwiderte ich und wischte mir eine weitere Träne weg.

Vince hörte nicht zu, sondern wandte sich an die Frau an der Rezeption und nickte ihr zu.

»Ich möchte ein Zimmer buchen.«

»Es muss aber der gesamte Zeitraum bezahlt werden«, meinte die Empfangsdame und wurde unter dem Blick meines ältesten Bruders rot.

»Ja, bitte«, antwortete Vince schon etwas ungeduldig.

»Ich will kein Zimmer«, sagte ich. »Hörst du mir zu? Ich werde in kein Hotelzimmer gehen.«

»Es ist besser so, Hailie. Du kannst dich beruhigen, wir können reden …«, versuchte Will, mich zu überzeugen.

»Das will ich nicht. Hörst du, was ich sage? Dass ich nicht will?«

Je ruhiger mein Lieblingsbruder mit mir sprach, desto mehr regte ich mich auf.

»Du musst dich beruhigen, komm schon, Hailie …«

Ich schlug mit der Faust auf die Steinplatte. Es machte zwar keinen Lärm, aber ich erregte die Aufmerksamkeit der Empfangsdame, auf die ich dann mit dem Finger der gleichen, nun leicht wunden Hand zeigte: »Hören Sie auf, da herumzuklicken. Wir wollen kein Zimmer.«

Die Frau schaute Vincent an und es war klar, dass sie nur auf ihn hören würde, nicht auf mich. Eine riesige Welle der Wut überflutete mich. Ich ballte meine Hände zu Fäusten und war selbst erschrocken über diesen überwältigenden Zorn. Dieser schmeckte anders als das, was ich normalerweise empfand, wenn ich wütend wurde. Diesmal war die Wut stärker und ich hatte das Gefühl, dass ich absolut keine Kontrolle darüber hatte.

»Ich werde nirgendwo hingehen«, knurrte ich.

Will streckte die Hand aus, um meinen Arm zu ergreifen. Er war sehr behutsam, also hatte ich kein Problem damit, mich loszureißen.

»Was, kann ich mich hier nicht beruhigen? Können wir nicht hier reden?«

»Nicht schreien!«

»Warum nicht?«, rief ich aus. »Weil es jemand sehen oder hören könnte? Bin ich euch etwa peinlich, wenn ich in der Öffentlichkeit schreie? Bin ich keine süße kleine Schwester, wenn ich rumbrülle? Bin ich dann keine Perle der Monets mehr?«

»Bring sie hier weg«, murmelte Vincent zu Will und nahm von der verwirrten Empfangsdame die Zimmerkarte entgegen.

Diesmal packte Will meinen Arm und mein Handgelenk und zog mich immer noch sanft, aber bestimmt in Richtung Flur. Je entschlossener Will war, desto mehr sträubte ich mich, und ich weiß nicht einmal, warum ich mich zu diesem Zeitpunkt so sehr dagegen wehrte. Einfach aus Prinzip, vermutete ich. Schließlich blieb Vincent an der Tür des Zimmers stehen, für das er die Karte bekommen hatte. Er öffnete sie und ließ uns durchgehen.

Das Hotel gehörte nicht zu den exklusivsten, aber der Standard war gehoben. Das Zimmer war weder von der Größe noch vom Luxus her beeindruckend – vielleicht hatte ich in meinem Leben schon zu viel Glamour gesehen – und ich war mir sicher, dass es irgendwo in den oberen Etagen viel größere Suiten geben musste.

Endlich aus Wills Umklammerung befreit stand ich mitten im Raum und war sofort wieder auf hundertachtzig.

»Lass mich hier raus«, zischte ich Vince zu.

»Du wirst dich erst einmal beruhigen.«

»Ich bin ruhig!«

»Was ist los, Hailie? Ist es wegen Grace?«, fragte Will verwirrt.

Ich warf meinen Kopf zurück und stöhnte.

»Lasst mich doch in Ruhe mit eurer Grace!«

»Was ist dann los?«

Will und Vince standen zusammen in der Nähe der Tür, so als würden sie sie bewachen, damit ich ihnen nicht entwischte. Es schien, als wäre die Mitte des Zimmers meine Bühne. Aber in diesem Hotelzimmer gefangen zu sein schmeckte überhaupt nicht nach Freiheit. Ich zuckte zusammen, als Will einen Schritt auf mich zu machte und Vincent hinter sich zurückließ.

»Ist es wegen Leo?«, wollte er wissen.

»Nein, nicht wegen Leo!«, rief ich und mir war zum Weinen zumute, als mir einfiel, dass ich ihn irgendwo im Ballsaal allein gelassen hatte.

»Wegen wem dann?«

Ich sah meine Brüder an.

»Wegen euch.«

Will neigte seinen Kopf zur Seite. »Hailie …«

»Deinetwegen und deinetwegen …« Ich zeigte abwechselnd auf die beiden. »Und wegen Dylan, Shane und Tony.«

»Aha …«

»Ich meine, dieses Abendessen?« Ich schnaubte laut. »Dieses Abendessen war doch ein Witz! Ich dachte, es wäre eine Gelegenheit, den Status quo zu ändern, aber es wurde wie immer ein Drama! Denn meine Brüder spielten Komödie, um einen an mir interessierten Jungen abzuschrecken.«

»Du weißt sehr wohl, dass …«

»Und wie soll ich mich nicht mit ihm streiten?«, fragte ich. »Wie können die Dinge zwischen uns gut sein, wenn alles um uns herum schlecht ist? Und ich bin eifersüchtig wegen ihm, denn wie könnte ich das nicht sein? Wenn jemand anderes jeden Tag mit ihm verbringen kann und ich ihn kaum sehen darf?«

Will machte einen weiteren Schritt nach vorne, und ich wich zurück.

»Nein, komm mir ja nicht näher!«, drohte ich. »Ich will nur wissen, warum es so ist, und warum … und warum mich hier auf dem Ball alle anstarren. Und Grace sagte, sie starren mich an, weil ich nicht in High Heels laufen kann.«

Will runzelte die Stirn und versuchte zu verstehen, wovon ich sprach, doch Vincent öffnete sofort den Mund, als Grace' Name fiel: »Hör nicht auf das, was sie sagt, niemals. Vor allem nicht heute. Sie ist ausgerastet, weil ich heute unsere Beziehung beendet habe. Deshalb hat sie wahrscheinlich emotionaler reagiert als sonst.«

»Hailie, warum setzt du dich nicht?«, fragte Will sanft.

»Komm mir nicht nahe! Ich will nicht, dass du herkommst und mich tröstest …«

»Kleines …«

»Nein!«, rief ich und ging noch einen Schritt zurück, bis ich einen Vorhang an meinem Rücken spürte, dass ich mich am Fenster befand. »Nein.«

Meine Brüder sahen sich an. Sie hatten offenbar keine Ahnung, was sie tun sollten. Aus irgendeinem Grund deprimierte mich das noch mehr. Eine Trauer strömte aus mir heraus, die ich nicht mehr unter Kontrolle hatte. Es war, als ob lang aufgestaute Gefühle, die ich unterdrückt hatte, plötzlich ein Ventil gefunden hätten. Unendliche Traurigkeit und Wut breiteten sich in meinem Körper aus und ließen mich frösteln. Meine Knie wurden weich, und meine Augenlider konnten nicht alle aufkommenden Tränen zurückhalten.

»Hailie …« Will versuchte es noch einmal und machte einen kleinen Schritt auf mich zu, blieb aber sofort stehen.

»Lasst mich endlich in Ruhe!«, jammerte ich. Ich wusste, dass ich mich seltsam benahm, aber ich konnte mich nicht beherrschen. »Und Dad? Dad ist im Gefängnis! Er ist im Gefängnis, und was soll jetzt werden? Er wird für immer dort bleiben …«

Vincent und Will tauschten wieder bedeutungsvolle Blicke aus. Ich glaube, sie begannen langsam zu verstehen, dass mein Ausbruch nicht durch ein bestimmtes Ereignis an diesem Abend verursacht wurde, sondern durch die Ansammlung zu vieler überwältigender Situationen. Die Sache mit unserem Vater war nicht der einzige Grund für meinen Zusammenbruch, aber sie war ein wesentlicher Punkt.

»Hailie, komm her.« Will sprach noch leiser als vorhin.

Er öffnete seine Arme für mich und sah mich mitfühlend an. Ein Teil von mir wollte sich wirklich in diesen Trost stürzen, den er mir bot. Der andere Teil jedoch erschauderte und warnte mich, ich solle Abstand halten.

Zum ersten Mal lehnte ich Will ab. Vielleicht lag es an dem Abendessen, bei dem er mich so sehr enttäuscht hatte. Oder vielleicht hatte ich ihn zu oft um Unterstützung gebeten, und jetzt wollte ich gar nichts mehr. Vielleicht wollte ich einfach nur in Ruhe gelassen werden.

Ich wich noch weiter zurück, sodass ich mich auf einmal in dem Spalt zwischen Bett und Wand befand. So saß ich in der Falle, und nur durch vehementes Kopfschütteln konnte ich mir Will vom Leib halten. Vincent blieb zurück und ging offenbar davon aus, dass sein jüngerer Bruder die Situation in den Griff bekommen würde.

»Hey, Kleines, ganz ruhig, ich will dich gar nicht bedrängen, siehst du? Ich stehe still. Du kommst zu mir, wenn du willst. Dann setzen wir uns hin und reden, okay?«

Ich schüttelte den Kopf und stieß ein lautes »Nein« aus.

»Ich verstehe, dass du traurig bist. Lass uns bitte darüber reden. Das ist der beste Weg, um unangenehme Gefühle loszuwerden, weißt du. Tu dir bitte selbst nicht weh, bitte …« Will hielt mir seine Hand hin. Ich schloss die Augen, um ihn nicht ansehen zu müssen.

Seine ruhige Stimme beruhigte meine Nerven nicht wie sonst, sondern bewirkte dieses Mal das Gegenteil. Mein Herz hämmerte so schnell, dass ich begann, mir ernsthaft Sorgen zu machen. Aber ich konnte es nicht kontrollieren – denn wenn ich die Angst zuließ, setzte sie sich sofort in mir fest. Mein Magen verkrampfte sich, also hielt ich eine Hand auf meinen Bauch gepresst und verfluchte das Kleid, das ihn jetzt einschnürte. Mit der anderen Hand suchte ich nach einer Wand, an die ich mich stützen konnte, um nicht umzufallen.

Will sagte wieder etwas, und ich konnte durch meine Tränen hindurchsehen, dass er auf mich zukam. So eingeklemmt, wie ich war, konnte ich nicht mehr vor ihm fliehen, also sank ich auf die Knie. Ich glaube, ich schrie, dass er weggehen soll. Ich musste geschrien haben, denn er bekam offensichtlich Angst und stand auf. Er hob sogar die Hände, um zu zeigen, dass er Abstand halten würde. Dann warf er Vincent einen panischen Blick zu.

Unser ältester Bruder runzelte die Stirn. Er verstand nicht, was hier vor sich ging. Nun, er war nicht der Einzige. Auch ich wusste nicht, woher die starken Gefühle kamen, die ich nicht länger unterdrücken konnte.

»Tu etwas!«, hörte ich Will zu Vince sagen. Er starrte mich an; er wollte einen Schritt nach vorne machen, aber ich zuckte sofort zusammen, also blieb er stehen. »Vince …«, wiederholte Will verzweifelt.

Vincent breitete seine Hände aus, hilflos wie wohl noch nie. Er warf seinem Bruder einen irritierten Blick zu und zischte: »Was soll ich denn tun?«

»Irgendwas! Sieh sie dir an, ihr geht es nicht gut!«

Das war wirklich nicht gut. Ich fing an zu hyperventilieren, irgendetwas schnürte meine Lungen ein und ließ nicht mehr los. Das Atmen wurde zur Qual. Ich kauerte jetzt am Nachttisch, eingekeilt zwischen Bett und Wand, und das Einzige, was ich wollte, war, dass niemand in meine Nähe kam. Meinetwegen sollte mir die Lunge platzen – Hauptsache, niemand fasste mich an. Deshalb schlug ich als Reaktion auf die nächsten Worte von Vince meine Hand blindlings so heftig auf den Couchtisch, dass die Nachttischlampe herunterfiel.

»Hol sie da raus«, befahl Vincent.

»Du kannst doch sehen, dass sie nicht will!«, rief Will.

»Muss ich es tun?«

»Da ist kein Platz, ich komme nicht an sie ran … Und hör auf zu drohen, das hilft nicht.«

»Untätig herumstehen hilft ihr auch nicht weiter, oder?«, knurrte Vince.

»Sie weint nicht mal mehr, es ist eine Art Panikattacke, sie muss beruhigt werden!«

»Dann fang endlich an, sie zu beruhigen.« Man konnte die Nervosität in Vincents Stimme hören. Mein Bruder war nicht an Situationen gewöhnt, die er nicht kontrollieren konnte. Normalerweise war er immer in der Lage, jemanden zu bestechen oder einzuschüchtern, aber dieses Mal funktionierte es nicht.

Will beugte sich zu mir vor: »Hailie, du musst anfangen, ruhig zu atmen. Atme mit mir zusammen, okay? Kleines, du wirst sonst noch ersticken!«

Ich schüttelte den Kopf, obwohl er recht hatte – ich bekam wirklich kaum noch Luft. Ich hatte noch nie so sehr die Kontrolle über meinen eigenen Körper verloren. Er fühlte sich an wie ein Käfig, in dem die kleine Hailie gefangen war. Sie wollte, dass ihr jemand half und sie in den Arm nahm, aber dieses Verlangen wurde von einer unbekannten Kraft unterdrückt, die nun von mir Besitz ergriff. Und diese war es, die meine Brüder nicht an mich heranlassen wollte.

Will und Vince sagten etwas, was ich nicht verstand – Will mit Panik in der Stimme und Vince mit Wut –, aber sie hatten Angst, sich mir zu nähern, weil ich bei jedem Versuch ihrerseits in noch mehr Tränen ausbrach, mit den Füßen stampfte und mich gegen die Wand drückte.

»Genug jetzt. Wir rufen einen Krankenwagen«, entschied Will, und Vincent konnte dem offensichtlich nur zustimmen, denn er beobachtete mich unter zusammengezogenen Augenbrauen, zog sein Smartphone aus der Tasche und hielt es sich sofort ans Ohr.

Will hockte sich unterdessen hin, hielt dabei dennoch einen angemessenen Abstand zwischen uns. Hatte ich früher gedacht, er sei besorgt, so erschien jetzt echter Schrecken in seinen Augen.

Mein langes Kleid raschelte, als ich meine Arme immer fester um mich legte, um die Kälte zu stoppen. Nass vor kaltem Schweiß und heißen Tränen drückte ich meine Wange an den weichen Stoff des Ärmels. Meine Brust brannte und es fiel mir nach wie vor schwer, Luft zu bekommen, doch ich musste atmen. Ich verbarg mein Gesicht hinter dem Vorhang aus meinen verwuschelten Haaren. Das Licht im Raum schien mir übertrieben hell zu sein, also presste ich meine Augenlider zusammen, damit es mich nicht blendete.

Ich ignorierte Wills Anweisungen, die er mit ruhiger, aber leicht zitternder Stimme von sich gab, und überhörte die leisen, klaren und präzisen Informationen, die Vince am Telefon übermittelte.

Mit der Zeit ging es mir besser. Zumindest ließen die Schmerzen in meiner Brust nach, auch wenn sie nicht ganz verschwanden. Meine Atemzüge waren immer noch flach, aber trotz des Drucks in meinem Hals hatte ich nicht mehr das Gefühl zu ersticken. Stattdessen bekam ich Schluckauf. Allmählich dämmerte mir, was gerade passiert war. Erschöpfung überkam mich plötzlich, wie zuvor das Gefühl von Hitze und Kälte. Ich schaute vorsichtig hinter meinen Haarsträhnen hervor, denn ich hatte nicht einmal die Kraft, sie beiseitezuschieben. Ich presste meine Hände auf meine schlotternden Beine und versuchte, das Zittern zu kontrollieren.

Nicht weit entfernt sah ich Wills ausgestreckte Beine; er saß in seinem schicken Anzug auf dem Boden und lehnte sich mit dem Rücken gegen das Bett. Seine Hände lagen auf seinen Oberschenkeln und seine Finger entspannten und ballten sich abwechselnd zu Fäusten. Dann richtete er sich leicht auf, als er sah, wie ich zu mir kam, aber bevor er etwas fragen konnte, wandte ich meinen Blick zu Vincent. Er stand immer noch, allerdings nun näher bei mir. Er lehnte mit verschränkten Armen an dem Fenster, vor das er den Vorhang gezogen hatte, und blickte sichtlich angespannt irgendwohin zur Seite.

Ich blinzelte.

Was ist gerade passiert?

Tränen liefen mir immer noch über das Gesicht, als ob alle Reste der schrecklichen Emotionen, die ich bis zu diesem Zeitpunkt nicht loswerden konnte, auf diese Weise aus mir herauskamen.

»Geht es dir besser, Hailie?«, fragte Will und bewegte sich auf mich zu, und ich zuckte zusammen, woraufhin er sitzen blieb und seufzte. »Ich werde dich nicht anfassen, okay? Schau, meine Hände sind genau hier. Ich möchte nur, dass du dich auf das Bett legst, okay? Versuch, vom Boden aufzustehen, Kleines.«

Ich fand, dass dies vielleicht keine so dumme Idee war. Mir tat alles weh vom zusammengekauerten Sitzen, und mir wurde langsam kalt. Und das Bett war direkt neben mir, also musste ich mich nur auf die Füße stellen und konnte mich einfach darauf fallen lassen.

Doch ich brauchte unendlich lange, um das zu tun. Mir war klar, wenn ich Wills ausgestreckte Hände ergriffen hätte, wäre es einfacher gewesen. Ich begann, die Unterstützung meines Lieblingsbruders zu vermissen, aber gleichzeitig weigerte ich mich noch immer hartnäckig, sie in Anspruch zu nehmen.

Erschöpft von dem Anfall sank ich schließlich auf die Matratze und rollte mich zusammen. Mit einer Hand umschlang ich erneut meine Knie. Dankbar schmiegte ich meinen Kopf an das weiche

Kissen, aber ich hatte immer noch Mühe, meinen zitternden Körper und meinen unruhigen Atem zu kontrollieren.

»Ich glaube, sie beruhigt sich ein wenig«, sagte Will zu Vince, beugte sich dann vor und drehte sich zu mir: »Ich kann deine Hand halten, wenn du willst.«

Doch ich schüttelte den Kopf und drückte ihn mit einem Stöhnen in das Kissen.

»Okay, ich verstehe, du willst nicht«, antwortete er schnell. »Vielleicht soll Vince dich halten?«

Ich schüttelte immer wieder den Kopf und würdigte meine Brüder nicht eines Blickes.

»Oder möchtest du, dass jemand zu dir kommt? Wenn ja, sag einfach, wer.« Er schwieg einen Moment, dann fügte er mit deutlicher Anspannung, aber auch Entschlossenheit hinzu: »Vielleicht Leo?«

Ich reagierte nicht.

»Soll ich Leo anrufen, Hailie? Wenn du willst, lasse ich ihn herkommen.«

»Nein«, flüsterte ich. Ich wollte nicht, dass er mich so sah.

»Sicher? Auch sonst niemand?«

Ich ließ die Fingerspitzen meiner freien Hand über die glatten, frischen Leinen gleiten, und in diesem Moment schienen Worte unkontrolliert meinen Mund zu verlassen, die mich selbst erstaunten: »Ich will Dylan.«

21

Der Tag danach

Ein Moment der Stille trat ein.

»Dylan?«, wiederholte Will, dann nickte er knapp. »Okay, okay, dann eben Dylan, klar.«

Er griff nach seinem Handy, hatte aber keine Zeit, den Bildschirm zu entsperren, weil Vince sich näherte und ihm das Gerät aus der Hand nahm.

»Was machst du da?«

In Wills Gesicht spiegelten sich gleichzeitig Verwirrung und Verzweiflung über die Situation. Dann zuckte er hilflos mit den Schultern.

Vincent kniff seine Augen zusammen.

»Denk doch logisch. Es ist später Abend, und Dylan ist in New York, um diese Zeit wahrscheinlich betrunken. Willst du ihn wirklich jetzt anrufen und ihn hierherschleppen?«

»Wenn er schon nicht herkommen kann, dann kann er vielleicht wenigstens mit ihr reden oder so …«

»Ich wiederhole: Denk logisch!«, knurrte Vince. »Du kennst ihn doch. Wenn er merkt, dass etwas los ist, setzt er sich ins Auto und fährt mit halsbrecherischer Geschwindigkeit her, auch wenn er kaum noch stehen kann. Und der Esel würde es schaffen, sich unterwegs umzubringen.«

Will senkte den Blick, während Vince mich anschaute, aber schließlich nichts mehr sagte, nur seine Lippen aufeinanderpresste und sich vom Bett entfernte.

In dem Moment klopfte jemand an der Tür.

Die Sanitäter waren von der Rezeptionistin hochgebracht worden. Ihr Gesicht blitzte vor meinen Augen auf, wie sie ihren Hals reckte und in den Raum blickte, um mich zu entdecken.

Vielleicht hatte sie Angst, dass mir einer der Brüder etwas angetan hatte – schließlich hatte sie gesehen, dass ich nicht nach oben gehen wollte, und dennoch hatte sie auf Vincent und nicht auf mich gehört.

Will war sehr aufgeregt – mit zitternder Stimme schilderte er den Sanitätern, die mich untersuchten, die Situation. Vincent lauerte in der Nähe und überwachte alles. Ich blieb ruhig liegen, aber als der junge Notarzt mir die Haare aus dem Gesicht strich, flüsterte ich ihm zu, er solle mich nicht ins Krankenhaus bringen.

Letztlich wurde bei mir eine Panikattacke diagnostiziert. Nichts, was einen Krankenhausaufenthalt erforderte. Ich bekam eine Beruhigungsspritze, die bald wirkte, und mein Puls begann, sich zu normalisieren. Der Druck in meiner Brust ließ nach, und das Atmen war keine Qual mehr. Eine Welle glückseliger Ruhe durchflutete mich. Ich konnte mich nicht einmal mehr daran erinnern, worüber ich mich nur wenige Augenblicke zuvor so sehr aufgeregt hatte. Es machte mir nichts aus, dass sich jetzt so viele Leute in dem kleinen Hotelzimmer tummelten. Ich war bereit einzuschlafen, hier und jetzt.

Aus den Augenwinkeln entdeckte ich Will. Er entfernte sich gerade, um die Sanitäter vorbei zu lassen, und hörte die ganze Zeit nicht auf, mich anzustarren.

Warum habe ich nicht zugelassen, dass er mich berührt?

Ich lag erschöpft auf dem Bett, meine Augenlider fielen beinahe zu. Ich war bereit für den Schlaf. Doch dann merkte ich, dass Will wieder zu mir kam und sich in sicherem Abstand auf die Bettkante setzte.

»Wie wäre es mit einem Umzug in eine größere Suite?«

Ich stöhnte und schüttelte den Kopf.

»Wir hätten mehr Platz, bequemere Betten …«

»Nein«, seufzte ich, und die Vorahnung eines weiteren Dramas hallte gefährlich in meiner Stimme wider.

»Okay, alles gut«, sagte Will hastig, um mich zu beschwichtigen. »Wir bleiben hier, in Ordnung.«

Ich verstummte, zufrieden damit, dass ich endlich meine Ruhe hatte, und schloss schließlich die Augen.

Als ich aufwachte, fühlte ich mich erstaunlich erholt.

Die Strahlen der Herbstsonne brachen zwischen den Vorhängen hindurch. Einige von ihnen fielen auf die Bettdecke, in die ich gehüllt war. Ich blinzelte schläfrig und schaute mich im Zimmer um. Es kam mir noch kleiner vor als gestern. Wie sollten wir hier reinpassen – ich, Will, Vince und meine Panik?

Apropos Will – ich bemerkte, dass er auf einer kleinen Couch lag, die am Fußende des Bettes stand. Mit dem angewinkelten Arm stützte er seinen Kopf und mit der anderen Hand tippte er auf dem Laptop herum, den er sich auf den Bauch gestellt hatte. Er hatte sich seines Anzugs entledigt und trug ein enges T-Shirt und eine schwarze Trainingshose. Ich beobachtete ihn mit verschlafenen

Augen, bis er merkte, dass ich wach war. Der Blick, den er mir zuwarf, war angespannt, als hätte er Angst vor dem Zustand, in dem er mich vorfinden würde.

»Hey, wie geht's?«, fragte er leise.

Er erhob sich langsam und stellte das Laptop auf dem Tisch ab. Er blieb in gebührendem Abstand stehen, als gäbe es eine unsichtbare Barriere zwischen uns, die er nicht zu überschreiten wagte. Ich konnte es ihm nicht verübeln, so wie ich mich am Abend zuvor aufgeführt hatte.

Ich zuckte mit den Schultern. Zu sagen, ich sei erleichtert, wäre eine Lüge. Ich fühlte mich irgendwie … normal. Vielleicht ein wenig matschig, aber sonst nichts. Irgendwo in meinem Kopf hatte ich einen Damm errichtet, um den reißenden Strom unangenehmer Gedanken aufzuhalten, der nach wie vor meinen Geist zu überfluten drohte. Ich beschloss, ihn vorerst nicht einzureißen.

»Tut dir etwas weh?«

Ich verneinte mit einer fast unsichtbaren Bewegung meines Kopfes.

»Bist du sicher …?«

»Mein Kopf tut ein bisschen weh«, murmelte ich.

»Der Kopf, alles klar. Ich meine, es ist nicht gut, aber ich habe Schmerzmittel für dich … Soll ich das Fenster öffnen?«

Ich erwiderte nichts.

»Um etwas frische Luft und Sonnenschein hereinzulassen? Was meinst du?«

»Wie du willst«, seufzte ich und schmiegte meine Wange wieder in das weiche Kissen.

Will ging zum Fenster und zog langsam, als wolle er mich nicht durch allzu abrupte Bewegungen verunsichern, die Vorhänge zur

Seite. Sofort verwandelte sich der Raum von düster zu fröhlich – die Sonne schien heute tatsächlich wunderbar.

Ich kniff meine Augen zusammen, und Will schaute sofort besorgt.

»Geht es dir gut? Tut dir etwas weh?«

»Wie viel Schlaf habe ich bekommen?«

»Du bist gegen neun Uhr abends eingeschlafen und es ist vierzehn Uhr ...« Er schaute auf seine Armbanduhr: »... achtundzwanzig.«

»Halb drei nachmittags?«, fragte ich ungläubig.

»Es ist alles in Ordnung«, sagte er sofort. »Du hast offenbar viel Schlaf gebraucht. Außerdem hat man dir etwas zur Beruhigung gegeben. Mach dir keine Sorgen, und wenn du noch ein Nickerchen machen willst, nur zu.«

»Ich weiß es nicht.«

»Kein Problem, Kleines, du musst nicht.«

»Wann gehen wir nach Hause?«

»Wann immer du willst«, antwortete er sofort und so bereitwillig, als wäre er nur dazu da, meine Fragen positiv zu beantworten. »Wir können jetzt zurückfahren, wir können später zurückfahren, in einer Stunde, in zwei Stunden, am Abend, oder sogar noch eine Nacht hier bleiben. Was auch immer du brauchst«, wiederholte er eifrig.

Ich starrte aus dem Fenster in den sonnigen Himmel und fragte mich, was ich eigentlich wollte. Wieder Hinlegen und Grübeln klang nicht nach etwas, womit ich den Rest des Tages verbringen wollte, und mich zu zwingen aufzustehen, erschien mir wiederum wahnsinnig anstrengend ...

Aber irgendwann würden wir aus dem Hotel auschecken müssen. Vielleicht wäre es besser, dies früher zu tun – dann könnte ich wenigstens zu Hause entspannen. Diese Vorstellung war verlockend, also bewegte ich meine verkrampften Glieder. Dann zog ich meine Schulterblätter zusammen und merkte, wie etwas in meinem Rücken knackste.

»Wenn du Hilfe brauchst, sag Bescheid. Ich bin für dich da.«

Ich stehe doch nur vom Bett auf, Will, dachte ich, sagte aber nichts und ignorierte seinen aufmerksamen Blick. Er tat so, als zweifelte er daran, dass ich mich aus eigener Kraft aufrichten könnte.

»Oder möchtest du lieber liegen bleiben?«

Ich runzelte die Augenbrauen.

Okay, was ist mit ihm los?

»Ich will nach Hause«, antwortete ich und zupfte an meinem Kleid, das sich im Schlaf ein wenig verheddert hatte.

»Hier sind deine Anziehsachen zum Wechseln. Ich hätte es lieber gesehen, wenn du in etwas Bequemerem als einem Abendkleid geschlafen hättest, aber ich wollte dich nicht aufwecken …«

»Mir egal.«

Ich schüttelte den Kopf, als ich mich setzte, und senkte ihn für einen Moment, eine Hand an der Schläfe.

»Was ist los?«

»Nichts.« Ich holte tief Luft und sah mich angespannt um. »Vielleicht nehme ich doch eine Schmerztablette.«

»Ja, natürlich.« Will zögerte und kratzte sich im Nacken. »Äh, es wäre auch gut, wenn du etwas essen würdest …«

»Ich habe keinen Hunger.«

»Aber dann wirkt die Tablette besser, und du hast seit einem Tag nichts gegessen …«

Ich presste missmutig meine Lippen aufeinander. Ich wollte mich jetzt nicht damit befassen, aber Will teilte meine Meinung zu diesem

Thema offenbar nicht. Er griff über den Tisch hinweg nach der Menükarte des Hotelrestaurants und reichte sie mir.

»Warum suchst du dir nicht etwas aus, hm?«

»Ich möchte nicht.«

»Wenigstens etwas Kleines?«

»Nicht jetzt.«

Als er mich das nächste Mal anschaute, sahen seine Augen anders aus. Es lagen Müdigkeit, Resignation und eine Art Verzweiflung darin.

»Bitte, Hailie, iss was. Irgendetwas. Bitte suche dir etwas aus.«

Wir sahen uns erneut in die Augen. Er überraschte mich mit seiner Hartnäckigkeit, und ich nahm ihm schließlich die Speisekarte ab und ließ meinen Blick widerwillig über die Gerichte schweifen. Wie ich erwartet hatte, gefiel mir nichts wirklich davon, also sagte ich das Einzige, was immer ging: »Meinetwegen Pommes.«

Will strahlte.

»Gut, ich werde dir sofort welche bestellen. Sonst noch etwas?«

»Nur die Pommes.«

»Und zu trinken?«

Ich seufzte und stand auf, wobei ich mich einen Moment lang nur darauf konzentrierte, mein Gleichgewicht zu halten.

»Soll ich dir helfen?«

Will war zwar echt ein Schatz, aber er nervte mich gerade unglaublich, also ging ich nicht darauf ein.

»Willst du auf die Toilette?«

Was macht man denn sonst so im Badezimmer?

Auf dem Weg ins Bad nahm ich mir meine Wechselkleidung, um mich umzuziehen. Ich wünschte mir nichts mehr, als endlich aus diesem Ballkleid zu schlüpfen.

»Ich will noch duschen, bevor wir gehen«, verkündete ich.

»Natürlich, Kleines. Alles, was du brauchst, solltest du im Badezimmer finden.« Ich nickte und war schon im Begriff, die Tür hinter mir zu schließen, als Will noch mal fragte: »Möchtest du eine Cola oder vielleicht einen Tee? Einen Saft? Einen Smoothie?«

»Wasser«, murmelte ich, woraufhin ich die Tür zuschlug und mich allein in dem kleinen Badezimmer wiederfand.

Inzwischen spürte ich, wie schlimm verkrampft meine Muskeln waren. Meine Gelenke knackten, als ich versuchte, mich von dem Kleid zu befreien. Beinahe hätte ich es mir vom Leib gerissen, doch ich tat es nicht, weil es mir um das schöne Kleid leidtat. Auch wenn ich es so sehr zerknautscht hatte, dass ich bezweifelte, ob ich es jemals wieder tragen würde.

Erst jetzt fiel mir auf, dass ich barfuß auf den kalten Fliesen stand, also hatte mir jemand die Schuhe ausgezogen, während ich geschlafen hatte. Ich fuhr mit den Fingern durch meine Haare und spürte einige verknotete Stellen. Sofort war mir klar, dass ich sie ohne Conditioner nicht herausbekommen würde. Alles, was von meinem Make-up übrig war, waren die blauen Schatten unter meinen Augen, die von der Mascara stammten. Ich rieb sie mit den Fingerspitzen weg, noch bevor ich unter die Dusche stieg.

Als ich in der Kabine stand, fragte ich mich, ob ich Leo in diesem Zustand noch gefallen würde, und dann erstarrte ich, als wäre gerade eiskaltes Wasser über mir ausgegossen worden.

Leo!

Ich wusch mich schnell, massierte mir achtlos Shampoo ins Haar und spülte es aus. Auf dem Weg aus der Kabine wäre ich fast ausgerutscht.

Mit in ein Handtuch gewickelten Haaren und in frischen Klamotten, die von einem meiner Brüder stammten, schlich ich aus dem Bad. Währenddessen hatte Will das Bett gemacht und war gerade dabei, das Zimmer zu lüften.

»Wo ist Leo?«, fragte ich sofort.

Er blinzelte, überrascht von meiner plötzlichen Lebendigkeit.

»Zu Hause.«

»Wo zu Hause? Bei sich zu Hause?«, fragte ich besorgt. »Weiß er, was passiert ist? Hat es ihm jemand gesagt?«

Oder glaubt er, ich hätte ihn auf einem Ball versetzt, zu dem ich ihn selbst eingeladen habe?

»Entspann dich, Kleines, es ist alles in Ordnung. Leo weiß Bescheid. Ich habe mit ihm gesprochen«, erklärte Will und reichte mir die Hand. »Er weiß, dass es dir nicht so gut geht und du Ruhe brauchst. Ich habe es ihm persönlich gesagt. Danach ist er nach Hause gefahren.«

Ich schloss meine Augen.

Ich bin eine furchtbare Freundin.

»Bist du wenigstens nett zu ihm gewesen?«

»Ja.«

Ich wollte ihm so gerne glauben, konnte aber nur skeptisch eine Augenbraue hochziehen.

»Ich schwöre!«, sagte Will.

»Was hat er gesagt?«

»Er bat, dass du dich meldest, wenn du dich besser fühlst.«

»Wo ist mein Telefon?«

Will war nicht sonderlich erfreut darüber, dass ich als Erstes nach meinem Zusammenbruch einem Jungen, den er nicht besonders mochte, eine Nachricht schreiben wollte, aber er sagte nichts, sondern reichte mir gehorsam sein Handy. Ich tippte ein paar Worte an

Leo und vergaß dabei für einen Moment unseren kleinen Streit vom Vorabend. Das Einzige, was mich nervte, war der Gedanke, dass es Wochenende war und Leo vielleicht in dem Moment zu Hause saß und vermutlich in Winters Gesellschaft Kaffee trank.

Was ist, wenn er ihr gerade von dem Ball erzählt und sie den Glamour, den er beschreibt, mit einem fiesen Grinsen kritisiert?

Bald wurden meine Pommes, Wasser und ein einfacher Salat, den Will scheinbar zu meiner Bestellung hinzugefügt hatte, gebracht. Er war überglücklich, als ich an dem Gemüse knabberte. Er war nicht der Einzige, der sich freute – mein Magen machte einen Salto, sobald ich mir die ersten salzigen Pommes in den Mund schob. Ich war wirklich hungrig. Dieses kleine verspätete Mittagessen sättigte mich jedoch, und als ich Will davon überzeugt hatte, dass meine Haare bestimmt mittlerweile trocken genug waren, stimmte er schließlich zu, das Hotel zu verlassen.

Auf dem Heimweg tauschte ich Nachrichten mit Leo aus, der anscheinend nicht wütend war, aber irgendetwas an unserem Gespräch war sonderbar. Es wirkte künstlich und man spürte, dass etwas Ungeklärtes zwischen uns stand. Ich fragte mich, ob er sie laut vorlas und mit Winter analysierte, was ich schrieb.

Nein, das würde er nicht tun.

»Hast du immer noch Kopfschmerzen?«, fragte Will. Er lenkte das Auto, schaute mich aber immer wieder an.

»Nein, die Tablette hat schnell gewirkt«, antwortete ich und versuchte, mich zu entspannen. Ich wusste, dass jede Grimasse, die ich schnitt, bei ihm Sorgen verursachte.

»Wenn du etwas brauchst, sag es mir sofort, okay?«

»Mhm.«

»Ist dir kalt? Ich habe die Klimaanlage angestellt, aber ich kann sie ausschalten ...«

»Will«, sagte ich schließlich entschlossen. »Hör auf.«

Er verstummte, und ich bekam schon wieder Gewissensbisse. Vorsichtig sah ich meinen Bruder an. Er sah nicht mehr so hilflos und verloren aus. Vor allem, wenn er hinter dem Steuer seines schicken Autos saß. Vielleicht verbarg er es aber auch nur gut? Seine Augen wurden durch eine dunkle Brille vor der Sonne geschützt und ich konnte sie nicht genau sehen. Ein Teil von mir genoss die Art, wie er sich jetzt um mich kümmerte.

»Ich würde dich sehr bitten, dich heute nicht zu überanstrengen. Ruh dich jetzt etwas aus, okay?«, meldete er sich erst wieder zu Wort, als er in unserer Garage parkte.

Ich fragte mich, was er unter Überanstrengung verstand – in der Monet-Residenz war es wirklich schwierig, sich zu überanstrengen; zumindest für mich. Dennoch nickte ich und schloss vorsichtig die Autotür hinter mir. Es schmerzte mich ein wenig, dass ich nicht offen mit Will sprechen konnte. Ich wollte nicht, dass er sich von mir zurückgewiesen fühlte. Zunächst musste ich jedoch ein paar Dinge klären.

Ich schaute schüchtern ins Wohnzimmer und war froh, dass es leer war. Aus irgendeinem Grund hatte ich keine Lust, mich allein in meinem Schlafzimmer zu verkriechen. Ja, ich war voller Widersprüche – ich suchte die Einsamkeit in dem am meisten frequentierten Raum des Hauses.

Will kam hinter mir herein, vergewisserte sich, dass ich es bequem hatte, und fragte sogar, ob die Decke, in die ich mich eingewickelt hatte, flauschig genug war. Sein Verhalten wurde allmählich albern, und als er endlich ging und mir versprach, für mich telefonisch erreichbar zu sein, folgte ich ihm meinerseits mit einem besorgten Blick. Es war schön, dass er mich so verwöhnte, aber er benahm sich nicht ohne Grund so. Während ich mit meinem iPad in der Hand nachdenklich nach einem Film in meiner Sammlung suchte, wurde mir klar, was es war: Er war nicht so sehr besorgt, sondern viel mehr verängstigt.

Ich wickelte mich noch fester in meine Decke, denn mir war kalt geworden. Um all diesen Gedanken zu entkommen, klickte ich eine romantische Komödie an. Ich hatte vor, meine Probleme für eine Weile zu vergessen und ein wenig der realen Welt zu entfliehen.

Ab und zu warf ich einen Blick in den Gang und hätte mich am liebsten unter der Decke versteckt, als mir klar wurde, dass ich unbewusst darauf gewartet hatte, dass einer der Jungs auftauchte. Egal, wer. Es war lange her, dass sich einer von ihnen hier blicken ließ, und doch hätte irgendwer in der Villa sein müssen. Der Film gefiel mir nicht, meine Laune war mies, Will war irgendwohin verschwunden. Wahrscheinlich hatte er genug von meinem Getue. Und dann stellte ich mir vor, dass Leo heute vielleicht schon seinen dritten Kaffee mit Winter trank. Außerdem hatte Vincent nicht ein einziges Mal nach mir gesehen, und …

Plötzlich hörte ich ein Rascheln hinter dem Sofa.

22

Überraschungsei

Bevor ich mich umdrehen konnte, wurde ich von einem Gegenstand getroffen. Oder besser gesagt, von mehreren Gegenständen. Genau genommen stürzte eine ganze Lawine auf mich herab. Etwas fiel raschelnd auf meinen Kopf, und ich presste meine Lider zusammen, um meine Augen zu schützen, und verbarg mein Gesicht sogar in der Beuge meines Ellenbogens. Ich schrie auf, und der Angriff hörte für einen Moment auf, aber bald hörte ich ein weiteres Rascheln, und ein weiterer Schauer regnete auf mich herunter.

»Hey, was soll das?«, rief ich und neigte schützend den Kopf nach unten.

Noch mehr Rascheln und noch mehr Zeug. Was auch immer es war, ich hörte die Dinger auch in großen Mengen auf den Boden fallen.

»Was ist hier los?«, rief ich aus und hob den Kopf, als es wieder eine Pause in der Attacke gab.

Hinter dem Sofa stand Shane, und in seinen Händen hielt er einen großen Beutel, den er gerade anhob, um seinen bunten Inhalt weiter über meinem Kopf auszukippen.

»Hör auf damit!«, quiekte ich. Endlich konnte ich sehen, was er über mir ausschüttete, und stellte erstaunt fest, dass ich in einem Haufen Süßigkeiten lag.

Ein erneutes Rascheln ertönte, und ich rollte mich wieder zusammen, wodurch viele Päckchen von meiner Decke rutschten und auf den Boden fielen. Es machte allerdings keinen Unterschied – die Bonbons waren sowieso überall.

Noch mehr Rascheln wurde von Tony verursacht, der im Wohnzimmer auftauchte und einen Müllsack hinter sich herschleppte, der mindestens doppelt so groß war wie der von Shane und mit weiteren Leckereien gefüllt war. Shane stürzte sich auf ihn, und bevor ich wusste, wie mir geschah, hatten die Zwillinge ihn mit vereinten Kräften hochgehoben und über meinem Kopf ausgeleert.

»Was macht ihr da!«, quietschte ich und tauchte unter die Decke. »Was zur Hölle!«

»Wir haben noch zwei weitere«, verkündete Tony.

»Also sei brav, sonst gibt es noch mehr«, fügte Shane hinzu.

Zuerst drohte er mir mit dem Finger, aber als er sich umsah, erhellte sich sein Gesicht. Schokolade, Geleebohnen, Chips, Bonbons, Lutscher, Waffeln, Riegel, Marshmallows, Kaugummi, Kekse und vieles mehr bedeckten nun das gesamte Sofa, mich eingeschlossen, und einen großen Teil des Bodens. So viele Süßigkeiten hatte ich nicht einmal in den Geschäften gesehen. Einige Sorten kannte und mochte ich, mehr oder weniger, andere sah ich zum ersten Mal in meinem Leben. Das gemütliche, aber elegante Wohnzimmer der Monets war noch nie ein solches Chaos gewesen.

»Wozu macht ihr das?«, fragte ich und richtete mich auf. Bei jeder Bewegung, die ich machte, raschelten die Verpackungen der Süßigkeiten. Der Stiel eines Lollis stach in meinen Rücken.

»Es gab nichts Süßes mehr in diesem Haus.« Shane zuckte mit den Schultern und ließ sich direkt neben mir auf den Boden fallen. Er schnappte sich eine Tüte Mini-M&Ms und fing an, sie auszupacken. Tony ließ sich in der Nähe ebenfalls auf den Boden rutschen und griff sich eine Packung saurer Jelly Beans. Mit unverhohlenem Genuss stopfte er sich die Hälfte des Inhalts auf einmal in den Mund.

»Aber ich verstehe nicht …«, stammelte ich.

Tony drehte sich zu mir um, wobei unklar war, ob er sein Gesicht wegen der sauren Süßigkeiten oder meinen Fragen verzog.

»Hör auf zu reden, und benutze lieber deinen frechen Mund, um Schokolade zu essen«, riet Shane, und eine silberumhüllte Praline landete auf meiner Brust.

Ich erkannte schnell, dass Schokolade wirklich die Stimmung heben konnte. Auf einmal glaubte ich, dass der Berg von Süßigkeiten im Wohnzimmer der Schlüssel zur Lösung all meiner Probleme sei.

»Sweet Lord …«, seufzte ich genüsslich.

Der Film lief auf dem Display weiter, und auf einmal fand ich ihn gar nicht mehr so schlecht. Es war eine Teenager-Romance mit einem Bad Boy in der Hauptrolle. Shane und Tony, die ja selbst so Typen waren, lachten über die absurden Ideen der Drehbuchautoren.

»Wo habt ihr eigentlich all diese Sachen her?«, fragte ich und wühlte durch die Packungen von Schokoriegeln, weil ich nach einer Weile wählerisch geworden war.

»Wir haben zwei Shops leer gekauft«, antwortete Shane.

»Ihr seid echt crazy!«

»Die Kassiererinnen haben uns tatsächlich angesehen, als wären wir crazy.«

»Weil ihr es seid!«

»Wir haben ihnen erklärt, dass wir damit die Stimmung unserer kleinen Schwester verbessern wollten.«

Shanes Ton klang spöttisch, aber ich wusste, dass er die Wahrheit sagte, und das ging mir so nah, dass mir die Tränen in den Augen stiegen. Ich wischte die leeren Packungen von meinem Schoß und beugte mich zu ihm vor. Er lehnte mit dem Rücken gegen das Sofa, also legte ich meine Arme um seinen Hals und gab ihm einen Kuss auf die Schläfe. Er hielt still und schien damit beschäftigt zu sein, die bunten Kaubonbons auszupacken, obwohl ich gut sehen konnte, dass er lächelte.

»Danke«, flüsterte ich ihm zu, und dann rückte ich zu Tony. Er lümmelte auch am Sofa, aber es fiel mir schwerer, ihn zu erreichen, zumal er sein Gesicht abgewandt hatte, um meiner liebevollen Geste zu entgehen. Also streckte ich mich noch weiter, bis ich es schaffte, einen kleinen Kuss auf seiner Wange zu platzieren.

»Ihr seid die Besten!«, lobte ich sie und kehrte auf meinen Platz zurück, dann erinnerte ich mich an das Abendessen mit Leo und fügte nach einem Moment hinzu: »Also, manchmal.«

»Nee, immer, kleines Mädchen«, antwortete Shane. Er drehte sich um, um mir zuzuzwinkern, und entdeckte dabei etwas in dem Stapel Süßigkeiten, das er aufhob und mir reichte.

»Was ist das?«

»Ein Überraschungsei.«

Meine Augen leuchteten.

»Ist da eine Überraschung drin?«, fragte ich.

»Ja, ne, warum auch?«, murmelte Tony.

Das Ei passte in meine Handfläche, und als ich es schüttelte, klackerte etwas darin.

»Das ist illegal«, sagte Shane.

»Wie?«

»Wir haben sie in einem Süßwarenladen mit Zeug aus aller Welt gekauft. Diese hier sind aus Europa. Die Kassiererin hat uns ein paar davon unter dem Ladentisch hervorgeholt. Sie sind in unserem Land illegal.«

»No way«, meinte ich.

»Doch, im Ernst! Das liegt daran, dass sich diese kleine Überraschung darin befindet. Kinder könnten sie versehentlich verschlucken und daran ersticken.«

»Also verstoße ich jetzt gegen das Gesetz?«, fragte ich und hob das Schokoei hoch.

»Ja, kleines Mädchen, du verstößt gegen das Gesetz. Wir müssen dich bei Vince verpfeifen.« Shane klopfte mir aufs Bein.

Im Gegenzug schlug ich ihm kräftig auf den Hinterkopf, woraufhin Tony in Gelächter ausbrach.

Die Schokolade aus dem Überraschungsei schmeckte so gut, dass ich den Jungs befahl, jedes Ei, das sie in dem ganzen Chaos fanden, sofort mir zu übergeben. Ich hatte auch unglaublich viel Spaß beim Zusammensetzen der kleinen Spielzeuge, die darin versteckt waren, und die Jungs und ich amüsierten uns sehr.

Einmal schaute Vince im Vorbeigehen im Wohnzimmer vorbei und Will ein paar Mal, aber bevor ich reagieren konnte, waren sie wieder weg. Ich bemerkte, dass Will zufrieden lächelte, weil die Zwillinge und ich Spaß hatten.

Später an diesem Tag kam Dylan zu uns. Er stürmte ins Wohnzimmer wie ein Tornado. Er stresste mich ein wenig mit seinem angespannten Gesichtsausdruck und seinem zusammengepressten Kiefer. Er ließ seinen Blick über uns drei und das Meer an Süßigkeiten schweifen, in dem wir uns geradezu suhlten.

»Was macht ihr denn hier?«, knurrte er, und sein Blick blieb auf mir haften.

Ich war lieber still, weil es mir endlich gelungen war, mich soweit zu entspannen, dass ich meine Panikattacke vergessen hatte, und Dylan hatte offensichtlich gerade erst davon erfahren und war noch dabei, die Information zu verdauen.

»Wonach sieht es für dich aus?«, murmelte Shane, während er auf irgendetwas herumkaute.

»Du.« Dylans Blick bohrte sich in meinen. »Was war denn los?«

»Ach, nichts«, murmelte ich.

»Echt nicht? Warum habe ich dann gerade herausgefunden, dass … Fuck!« Er unterbrach sich.

Er warf Shane einen finsteren Blick zu und fluchte noch mal, diesmal in seine Richtung.

»Mach dich locker«, riet ihm Shane und warf ihm eine Praline an den Kopf.

»Ich mach dich gleich locker!« Und dann fluchte er wieder. Diesmal hätte er eine ganze Tafel weißer Schokolade ins Gesicht bekommen, wenn er sie nicht mit einer geschickten Handbewegung abgewehrt hätte.

»Hör auf jetzt, du Flachzange!«, brummte Tony.

Ich war den Zwillingen dankbar, dass sie mich ritterlich vor Dylans Wut gerettet hatten, ich konnte jedoch nicht tatenlos zusehen, als unser gemeiner Bruder beschloss, es ihnen heimzuzahlen, die erstbeste Süßigkeit in die Hand nahm und sie auf Tonys Gesicht richtete.

»Nein, nicht das Überraschungsei!«, rief ich aus.

Dylan sah mich verwirrt an und richtete dann seinen Blick auf das, was er in der Hand hielt.

»Was ist das?«

»Ein Überraschungsei«, antwortete ich, und Dylan zog die Stirn in Falten.

»Und da ist was drin?«

»Na, eine Überraschung eben.«

Er umklammerte das Ei mit den Fingern, dann zerdrückte er es zusammen mit dem Papier, holte er die Schokolade heraus, steckte sie sich in den Mund und kaute, wobei sich langsam Erkenntnis auf seinem Gesicht abzeichnete.

»Und was soll das sein?«, fragte er mit vollem Mund. Skeptisch betrachtete er die Teile des kleinen Spielzeugs, die in seiner Handfläche lagen.

»Man muss es zusammensetzen, und dann wird es ein Spielzeug.«

»Was für ein Schwachsinn.«

»Das ist kein Schwachsinn, komm her, ich zeige es dir.«

Gehorsam schob sich Dylan neben mich auf die Couch. Ich nahm ihm die Kleinteile ab und begann, das Spielzeug zusammenzubauen, wobei ich ihm alles erklärte. Er hatte keine Geduld für solche Dinge, beobachtete aber aufmerksam, was ich tat, und griff in der Zwischenzeit nach einer Packung Chips.

Als ich fertig war, machte er sich natürlich über das Spielzeug lustig, aber das war mir egal. Am Ende erzählte er uns sogar von seinem Wochenende und berichtete, dass er eine Reise nach Chicago mit Martina plante, falls jemand Interesse hätte mitzukommen.

Ich speicherte diese Information für später ab, denn ich wusste, dass ich es mir gut überlegen sollte, mit ihm nach Chicago zu fahren.

Schließlich handelte es sich um eine Reise mit Dylan, und er hatte eine Menge nerviger Regeln.

»Hey«, flüsterte er leise und stupste mich an, während die Zwillinge damit beschäftigt waren, ein Spiel für die Konsole auszuwählen. »Geht es dir gut?«

Ich zuckte mit den Schultern. »Geht schon.«

»Nach dem, was Will gesagt hat, war es ziemlich schlimm.«

»Ich war aufgeregt und ein bisschen überwältigt von allem«, gab ich leise zu.

»Worüber hast du dich sich so aufgeregt?«

Ich rollte verärgert mit den Augen. »Verschiedene Dinge.«

»Zum Beispiel?«

Ich sah ihn ungläubig an.

»Tja, zum Beispiel die Tatsache, dass du während eines Familienessens, zu dem ich meinen Freund eingeladen habe, mit einem Hackbeil vor seiner Nase herumgefuchtelt hast? Zählt das als Beispiel?«

Jetzt verdrehte Dylan die Augen.

»Ich habe ihm doch nichts angetan, kleines Mädchen.«

»Das war echt das Letzte! Du hast dich total unfreundlich und kindisch benommen.«

»Ja, es war kindisch«, gab er zu. »Na und? Ist was mit ihm passiert? Ich muss ihn nicht anhimmeln wie du oder ihm auf die Schulter klopfen wie sein bester Kumpel. Ich habe ihm nur gezeigt, dass er auf der Hut sein muss, und das war's. Ich sehe da kein Problem.«

Ich drehte mich zur Seite, um sein gleichgültiges Gesicht besser sehen zu können.

»Ich wollte, dass er sich bei uns wohlfühlt.«

»Und ich wollte sehen, wie er sich verhält, wenn er sich unwohl fühlt.«

Meine Augenbrauen wanderten hoch.

»Dylan, Leo ist kein Studienobjekt für dich!«

»Schau, ich bin dein Bruder, oder?« Er breitete seine Hände aus. »Wenn du einen Typen mitbringst, dann kann es passieren, dass ich ein Hackbeil zücke und mich ein bisschen über ihn lustig mache. Na und? Er hätte sich wehren können. Stattdessen hat er klein beigegeben.«

»Er war verletzt, weil du seinen Bruder erwähnt hast.«

»Weil sein Bruder ein Arschloch ist!« Dylan hob seine Hände noch höher. »Ich habe kein Mitleid mit irgendwelchem Abschaum, der versucht hat, meine Schwester zu töten!«

»Du ...« Ich biss frustriert meine Zähne zusammen und schubste ihn. »Ach, zieh Leine, das ist mein Platz. Setz dich auf den Sessel oder so.«

Doch er zuckte nicht einmal, stattdessen fing er sogar an zu lachen. Er tat so, als spürte er es nicht einmal, als ich meine Nägel in seinen Arm rammte. Aus einem der Päckchen fischte ich eine Gummischlange heraus, mit der ich Dylan ins Gesicht schlug. Er zappelte einen Moment lang, bis er sie mir aus der Hand riss und laut schmatzend verschlang. Ich erstarrte für einen Augenblick fassungslos und kreischte dann, als er seine Finger, die noch immer von den Chips fettig waren, an meiner Kleidung abwischte.

»Iii, lass das!«, jammerte ich. »Außerdem ist es dein Shirt.«

»Wie bitte?« Dylan nahm seine Hände von mir und betrachtete das Teil. »Warum nimmst du dir, ohne zu fragen, meine Klamotten?«

»Ey, haltet die Klappe«, knurrte Tony. Er und Shane saßen bereits bequem mit ihren Controllern in der Hand, und wir störten augenscheinlich die Atmosphäre des geheimnisvollen Intros ihres Spiels.

Bis zum Abend saßen wir in unserem Meer aus Süßigkeiten und ließen uns von der unglaublich spannenden Handlung des Spiels der Zwillinge mitreißen. Wir knabberten süße Schokolade zusammen mit salzigen Snacks. Mein Körper hasste mich für diese Dosis Junkfood – mein Magen tat weh, ich spürte, dass schon morgen neue Pickel in meinem Gesicht auftauchen würden, und ich konnte mich vor lauter Überfressenheit kaum bewegen. Zur Buße putzte ich mir vor dem Schlafengehen gefühlt zehn Minuten lang die Zähne und versprach mir, die nächsten vier Wochen nur noch Obst zum Nachtisch zu essen.

Bevor ich mich jedoch ins Bett legte, hatte ich noch etwas zu erledigen. Ich schlich auf Zehenspitzen zum Schlafzimmer meines Lieblingsbruders. Doch Will war nicht da, also ging ich zurück in mein Zimmer und schrieb ihm eine Nachricht. Keine drei Minuten später klopfte es an meiner Tür.

»Geht es dir gut?«, fragte er und warf mir einen besorgten Blick zu. Ich konnte gar nicht zählen, wie oft er mir diese Frage heute schon gestellt hat.

Ich nickte nur, dann wies ich ihm auf den Platz neben mir auf dem Bett, wo ich mit angezogenen Beinen saß.

»Hast du einen Moment Zeit?«, fragte ich.

Will schloss die Tür hinter sich, kam zu mir herüber und hockte sich neben mich.

»Hast du dich ein wenig ausgeruht?«, fragte er.

»Mhm ...«, murmelte ich und lächelte. »Ich hatte einen lustigen Nachmittag mit Shane und Tony. Und sogar mit Dylan.«

Will erwiderte mein Lächeln.

»Sie waren besorgt, als sie hörten, dass es dir nicht gut geht.«

»Ich weiß nicht, was mit mir los war ...« Ich senkte meinen Kopf.

»Hey, jedem platzt mal der Kragen. In der letzten Zeit war einfach viel zu viel los. Das Wichtigste ist, dass es dir besser geht.«

»Ich habe geschrien und mich wie ein verzogenes Balg benommen«, seufzte ich. »Es ist mir peinlich.«

Sofort begann er, den Kopf zu schütteln.

»Nein, Hailie, absolut nicht. Es ist nichts Peinliches dabei. Hey, wirklich …« Er beugte sich vor, um mich zu umarmen, aber bevor er mich berühren konnte, zog er seine Arme zurück und biss sich auf die Unterlippe.

Ich drehte ungläubig den Kopf zu ihm.

Er hat Angst davor, mich zu umarmen! Mein Lieblingsbruder.

Sofort schlang ich meine Arme um ihn, und dann spürte ich Wärme in meinem Herzen, als wäre es genau das, was ich brauchte, ohne dass ich mir dessen bewusst gewesen war. Das war es, was ich seit dem Aufwachen so sehr vermisst hatte.

Jetzt erwiderte Will meine Umarmung und legte sogar seine Hand auf meinen Kopf, um mich noch fester zu halten. Wie lange war es her, dass ich ihn umarmt hatte! Er muss es auch vermisst haben, wenn man bedachte, mit welcher Kraft er mich an sich drückte.

»Ich war wütend auf dich«, verkündete ich im Flüsterton.

»Ich weiß.«

»Weißt du, warum?«

»Wegen des Abendessens?«

»Weißt du, dass du mein Lieblingsbruder bist?«

Er lachte total süß. »Ich weiß.«

»Deshalb hat es wehgetan, als du dich wie die anderen verhalten hast«, sagte ich und lehnte mich ein wenig zurück, um ihm ins Gesicht zu sehen. »Denn von dir, Will, hatte ich mehr erwartet.«

Er umarmte mich noch fester.

»Es tut mir wirklich leid, dass ich dich enttäuscht habe. Ich habe viel darüber nachgedacht und ich würde mich jetzt anders verhalten.« Er schwieg einen Moment, dann fügte er hinzu: »Warst du deshalb gestern so wütend? Meinetwegen?«

»Nicht nur ... Alles kam irgendwie zusammen ... Warum hat sich Vince zum Beispiel auf Grace' Seite gestellt?«

»Vince hat sich auf Grace' Seite gestellt?« Will zog die Stirn in Falten.

»Ja, gestern. Sie hat mich fertiggemacht, und er hat nichts gesagt, sondern mich auch noch gezwungen, mich zu erklären.«

»Kleines, Vince hat sich gestern ganz sicher nicht auf die Seite von Grace gestellt«, antwortete Will entschieden. »Ihr seid lediglich in einer ähnlichen Position: Sie ist Adriens Schwester, du bist Vincents Schwester. Ihr seid beide unantastbar, und niemand hat das Recht, in euren persönlichen Raum ohne ausdrückliche Erlaubnis einzudringen. Ihr habt jedoch beide diese Grenzen überschritten, und um einen sinnlosen Konflikt zu vermeiden, haben Vince und Adrien die Sache so beendet. Sonst hätten wir alle ein Problem gehabt.«

»Diese beschissenen Regeln«, kommentierte ich.

»Wir haben ja nur wenige davon. Also lohnt es sich, zumindest die zu befolgen, die es gibt.«

Ich erwiderte nichts darauf.

»Möchtest du über Dad sprechen?«, fragte er sanft.

»Warum über Dad?«

»Du hast gestern über ihn gesprochen.«

»Ich glaube nicht, dass es viel zu bereden gibt.« Ich zuckte mit den Schultern.

»Wir werden ihn bald wieder besuchen.«

»Toller Besuch, durch eine Glasscheibe!«

Will holte tief Luft und drückte mich an seine Brust wie den größten Schatz der Welt.

»Vielleicht wird es diesmal schon ohne Glasscheibe möglich sein.«

Wir wurden wieder still. Ich beglückwünschte mich zu meiner Entscheidung, mich mit meinem Lieblingsbruder zu versöhnen. Ich brauchte ihn so sehr, vor allem, nachdem ich ihn vor Kurzem von mir weggestoßen hatte.

»Hör zu«, begann Will nach einem Moment, »wenn du willst … warum lädst du Leo nicht noch mal ein? Ich werde mein Bestes tun, um mich dieses Mal zu benehmen, ich verspreche es.«

Ich lächelte.

»Danke für das Angebot, Will, aber ich werde ihn auf keinen Fall noch einmal so etwas durchmachen lassen. Es reicht schon, dass ich ihn gestern sinnlos zu diesem Ball geschleppt habe.«

»Ich möchte, dass du weißt, dass ich dich unterstützen werde, wenn du mit ihm zusammen sein willst.«

»Danke, das ist schön zu hören.« Ich lächelte noch breiter. »Ich habe vor, ihn morgen zu besuchen.«

Will hob eine Augenbraue.

»Morgen?«

»Mhm. Morgen stehe ich früh auf, mache mich fertig, steige in mein Auto und fahre zu Leo.«

»Kleines …«

»Genau das werde ich tun, Will, und du wirst, falls nötig, den anderen und Vincent sagen, dass du damit einverstanden bist.«

»Hailie …«

»Wenn du also Lust auf einen Donut haben solltest, sag mir Bescheid, denn ich werde morgen in der Bäckerei der Hardys sein.«

23

Sonnenschein und Leo

Ein warmer Tag im Oktober in Pennsylvania war für mich eine angenehme Überraschung, obwohl ich wusste, dass solche Wetteranomalien auf die globale Erwärmung hinwiesen und generell ein Beweis dafür waren, dass es unserem Planeten nicht gut ging.

Im Auto schaltete ich sogar die Klimaanlage ein, schützte meine Augen mit einer schicken Sonnenbrille und grinste, als ich den goldenen Lack meines Porsche im hellen Sonnenschein aufleuchten sah. Ich spielte meine Urlaubs-Playlist auf Spotify ab und glitt die gerade Straße entlang, wobei ich freudig vor mich hin summte. Meine Laune machte heute definitiv den Anfall von vor zwei Tagen wieder wett.

Ich musste die Bäckerei Hardy in mein Navi eingeben, da ich mich nicht mehr genau an den Weg dorthin erinnern konnte. Es war also das erste Mal, dass ich mein Auto auf einer mir unbekannten Strecke fuhr. Doch es lief großartig.

Will hatte meinem Alleingang ohne Begeisterung zugestimmt, aber seit der Ballnacht hatte sich unsere Beziehung verändert. Will hatte Angst bekommen oder auch Zweifel und erkannt, dass etwas gewaltig schiefgelaufen war. Anders konnte ich mir nicht begründen, warum er jetzt bereit war, alles zu tun, nur um mich glücklich zu machen. Doch inmitten eines Haufens von Brüdern, die mir gegenüber gnadenlos nörgelnd, ungerecht und bestimmend sein konnten, konnte der neue Will, der nun noch stabiler hinter mir stand, das alles ausbalancieren – und das gefiel mir.

Ich lehnte mich bequem im Fahrersitz zurück und blickte zufrieden auf die Straße. Von Zeit zu Zeit strich ich mit den Fingerspitzen über das lederbezogene Lenkrad, um dem Porsche meine Zuneigung zu zeigen. Als ich in die Stadt fuhr, musste ich mich stärker konzentrieren. Die gerade Straße endete, es gab Schilder, mehr Verkehr, Ampeln, Fahrspuren und Fußgänger, die auf mein Auto starrten.

Ich parkte ein wenig von der Konditorei entfernt. Mit meinem Wagen und dessen niedrigen Fahrgestell konnte ich schließlich nicht einfach irgendwo parken.

Bevor ich ausstieg, warf ich noch einen Blick in den Rückspiegel. Ich schob die Sonnenbrille hoch und überprüfte, dass meine Wimperntusche nicht verschmiert war. Ich trug eine frische Schicht Lipgloss auf, richtete meine Haare und besprühte mich mit Parfum. Dann schnappte ich mir meine Tasche und stieg aus dem Auto aus. Aus den Augenwinkeln entdeckte ich Sonny, der mich gerade mit hastigem Schritt einholte.

Ich schickte Will eine Nachricht, dass ich gut angekommen war, wie er es gewünscht hatte, und streckte dann mein Gesicht in die Sonne – ohne die vorbeigehenden Leute zu beachten, die mich interessiert anstarrten. Es war schon komisch, wie schnell man sich daran gewöhnen konnte, Aufmerksamkeit zu erregen.

Bevor ich die Bäckerei betrat, warf ich noch einen flüchtigen Blick in das Schaufenster eines Waschsalons, an dem ich gerade vorbeilief.

Ich strich mit der Hand über die Vorderseite meines schmalen Highwaist-Rocks. Er reichte mir bis zur Mitte meiner Waden und hatte kurze Seitenschlitze. Der Rock war marineblau mit winzigen weißen Blumen, und dazu trug ich ein cropped T-Shirt mit weiten Ärmeln, über das ich mir eine helle Denim-Jacke geworfen hatte. An den Füßen trug ich weiße Sneaker, die sich gut zum Fahren eigneten, an meinem Handgelenk glitzerte die goldene Uhr meines Vaters, und über meine Schulter hatte ich eine kleine weiße Handtasche umgehängt.

Mein Herz klopfte schneller, als mir lieb war, aber ich hatte keine Zeit, mich zu beruhigen, denn gerade betrat ich die Konditorei der Mutter meines Freundes. Ich richtete meine Haare, nahm meine Sonnenbrille ab und sah mich um.

Die Bäckerei hatte sich seit meinem letzten Besuch nicht verändert. Offenbar hatten die Kunden die meisten Regale bereits leergekauft für heute, und es gab nur noch wenige Reste. Was sich jedoch geändert hatte, war das Personal: Hinter dem Tresen saß Winter, über ihr Handy gebeugt. Sie hob den Kopf, als die Tür aufging, und unsere Blicke trafen sich.

Natürlich muss ich als Erstes Winter treffen! Sie wohnt also wirklich hier.

»Hailie?«

Sofort stand sie auf, legte das Telefon weg und rückte ihre leicht verdrehte Schürze zurecht. Dann strich sie sich zwei Haarsträhnen aus dem Gesicht, die sich aus ihrem kurzen Pferdeschwanz gelöst hatten.

»Hey«, grüßte ich, lächelte freundlich und zeigte mit der Hand, in der ich meine Brille hielt, auf das Hinterzimmer. »Ich bin gekommen, um Leo zu besuchen.«

»Oh, ja klar.« Winter nickte, und am liebsten hätte ich darüber gelacht, wie riesig ihre Augen wurden. »Er duscht gerade, weil er vorhin beim Training war. Er wollte gleich auf einen Kaffee zu uns runterkommen.«

»Super, dann warte ich.«

Ich ging zu dem einzigen Tisch hinüber und schob einen Stuhl zurück, setzte mich und versuchte, dabei möglichst gelassen zu wirken. Das letzte Mal hatte ich hier mit Mona und Leo gesessen, als wir darauf gewartet hatten, dass der fiese Ginger und seine Bande hereinkamen, um das Schutzgeld von Mrs. Hardy einzutreiben.

Winter stand hinter dem Tresen und sah sich nervös um. Meine Anwesenheit war ihr sichtlich unangenehm, und aus irgendeinem Grund empfand ich ein wenig Genugtuung darüber.

»Ich kann dir gerne einen Kaffee machen«, bot sie nach einem Moment des Schweigens an. Dann begann sie, wieder mit ihren Haaren zu spielen.

»Einen Cappuccino, bitte.«

»Ein Stück Torte dazu?«

»Nein, danke.«

»Ich empfehle den Pistazienkuchen.«

»Nur den Kaffee, danke.«

Ich hatte am Tag zuvor so viele Süßigkeiten verschlungen, dass ich heute keine Lust auf einen Nachtisch hatte. Ich beschloss sogar, meinen Kaffee ohne Zucker zu trinken. Als Winter mir den Cappuccino brachte, griff ich sofort nach meinem Portemonnaie.

»Du musst doch nicht … Ich meine, du musst hier doch nicht bezahlen, oder?« Sie kratzte sich im Nacken und wurde leicht rot, woraufhin ich die Augenbrauen hochzog.

»Ich ziehe es aber vor zu zahlen.«

»Leo würde wahrscheinlich nicht wollen, dass …«

»Er ist nicht hier.«

Winter gehorchte mir unsicher und tippte den korrekten Betrag in das Lesegerät ein, den ich mit einer Bewegung meiner glänzenden schwarzen Karte beglich, und sie kehrte zurück auf ihren Posten.

Von Zeit zu Zeit warf ich einen Blick auf das Mädchen, das hinter dem Tresen stand. Ich wollte mit ihr reden, um sie besser zu verstehen und die Tatsache zu akzeptieren, dass sie mit meinem Freund unter einem Dach lebte. Dazu gab es aber leider keine Gelegenheit, denn es kamen ständig neue Kunden herein. Also nippte ich an meinem Cappuccino und scrollte gedankenlos durch die Apps auf meinem Telefon.

Als Leos Mutter für einen Moment hereinschaute, fühlte ich mich sofort verlegen. Die Art und Weise, wie sie ihre Lippen zusammenpresste und sich bei meinem Anblick versteifte, gab mir das Gefühl, nicht willkommen zu sein, aber ich konnte ihr keinen Vorwurf machen. Überhaupt konnte ich ihr nicht böse sein – sie begrüßte mich freundlich, bot mir einen Keks an und bestätigte, dass Leo gleich herunterkommen würde. Es entging mir nicht, dass sie Winters Schulter drückte, als sie wieder ging, als ob sie ihr ihre Unterstützung oder Loyalität zeigen wollte. Es machte mir zu schaffen, dass die Mutter meines Freundes mich offenbar nicht leiden konnte, dafür aber seine alte Freundin bevorzugte, auf die ich eifersüchtig war.

»Er sollte bald runterkommen«, sagte Winter irgendwann, nachdem sie alle Cupcakes in der Vitrine nach Farben geordnet hatte und die Stille sie scheinbar wieder verlegen machte. Ich bemerkte, dass sie sich Puderzucker auf die Schläfe geschmiert hatte.

Ich nickte und schaute auf meine Uhr. Leo brauchte unter der Dusche offenbar länger. Beinahe hätte ich mich darüber aufgeregt, dass er mich so lange warten ließ, doch ich erinnerte mich rechtzeitig daran, dass er gar nicht wusste, dass ich da war.

Winter sah aus, als wolle sie etwas sagen, runzelte aber die Stirn und griff stattdessen zum dritten Mal nach dem Lappen und machte sich daran, die leeren Regale abzuwischen.

Ich biss mir auf die Innenseite der Wange und beobachtete sie.

Okay, komm schon, Hailie, versuch's wenigstens.

»Also …«, sagte ich und räusperte mich. »Du arbeitest hier?«

Ich hätte mir am liebsten auf die Stirn gehauen. *Nein, Hailie, sie war zum Skifahren hier.*

Winter richtete sich auf und knetete das Tuch in ihren Händen, als sie antwortete: »Äh, das ist zu viel gesagt. Ich helfe nur ein bisschen aus. Ich helfe Gina, weil … du weißt schon … also, ich weiß nicht, ob du es weißt …«

»Was denn?«

»Dass ich vorübergehend hier wohne.«

»Ah, das.« Ich nickte knapp, wobei ich die Höhen der Schauspielkunst erklomm. »Leo erwähnte es.«

»Ich wurde durch eine familiäre Angelegenheit dazu gezwungen, es würde lange dauern, es zu erklären. Also versuche ich, mich für ihre Hilfe zu revanchieren.«

Mit einer steifen Bewegung hob ich die Tasse an meine Lippen und nahm einen Schluck Cappuccino.

»Das ist sehr nett von dir.«

Das klang überheblich. Klang es überheblich?

»Es macht dir doch nichts aus, oder?«, wollte sie wissen.

»Hm? Warum sollte es?«

»Na ja, weißt du, ich wohne bei Leo, und du und Leo seid zusammen …«

Ich hob meine Augenbrauen.

»Willst du damit sagen, dass ich auf dich eifersüchtig sein sollte?«

»Nein, nein, auf keinen Fall!«

»Das hoffe ich doch.« Ich schaute sie an, als wäre ich überrascht, dass sie das Thema angesprochen hatte, obwohl ich ihr tief in meinem Inneren sehr dankbar dafür war. Ich brauchte solche Zusicherungen. Winter hörte jedoch nicht auf. Sie seufzte leise und warf das Tuch zur Seite.

»Es gibt wirklich nichts, worüber du dir Sorgen machen müsstest«, sagte sie verbittert. »Denn wie könnte ich mit dir konkurrieren?«

Ich erstarrte. Ich hielt mit meinen Fingern die Tasse umklammert, hob sie aber nicht wieder zum Mund.

»Du bist hübscher als ich, du bist eine super gute Schülerin, du hast krass viel Kohle ...« Sie schüttelte den Kopf. »Wie könnte ich mit einer Hailie Monet konkurrieren?«

Ich schluckte, und meine Gesichtsmuskeln spannten sich an. »Glaubst du etwa, dass Leo mit mir zusammen ist, weil ich ›krass viel Kohle‹ habe?«

»Das habe ich nicht gemeint ...«

»Das ist auch besser so.« Ich nahm einen weiteren Schluck Kaffee. Die Tasse klapperte leise, als ich sie auf der Untertasse abstellte. »Denn es wäre schlimm, wenn seine enge Freundin eine so schlechte Meinung von ihm hätte.«

»Ich habe keine schlechte Meinung von ihm. Leo ist doch super!« Winter war plötzlich verlegen und wurde ein wenig rot.

Warum erfüllte mich das mit unendlicher Befriedigung? Ich wollte so was nicht fühlen, es erschien mir falsch und gemein. »Ich meinte eher, dass ich Pech habe, weil du dich von all den Jungs, die du hättest haben können, für ihn entschieden hast ...«, meinte sie nervös. »Und, na ja ... von uns beiden bist du diejenige, die in der Lotterie des Lebens gewonnen hat.«

Ich zog meine Augenbrauen zusammen.

»Winter ...« Ich überlegte, wie ich meine Gedanken richtig in Worte fasste: »Ich kenne deine Situation nicht wirklich, das stimmt, aber du kennst meine auch nicht ganz.«

»Meine Situation ist einfach: Ich habe nicht viele Perspektiven.« Sie zuckte mit den Schultern, als hätte sie ihr Leben schon vor langer Zeit verspielt und sich inzwischen damit abgefunden.

»Ich schätze, du hast mehr davon, als du glaubst.«

»Ich werde nie so viele Möglichkeiten haben wie jemand, der Monet heißt.«

Ich runzelte die Stirn und wusste nicht, ob ich mit ihr sympathisieren oder mich über ihre Meinung über mich ärgern sollte. Ich war ein wenig irritiert von diesem Selbstmitleid, aber andererseits wagte ich nicht, sie darauf hinzuweisen. Schließlich strich ich mir eine Haarsträhne hinters Ohr.

»Dir ist schon klar, dass es im Leben nicht nur um Geld geht?«

Winter schaute mich an, als würde ich sie langsam ein wenig nerven.

»Sagte ein Mädchen mit einer Limitless-Kreditkarte.«

»Sagte ein Mädchen, das den Tod ihrer Mutter erlebt hat. Und ihrer Großmutter. Und viele andere Traumata, die ich hier nicht erwähnen möchte.« Ich atmete tief durch. »Die Sache ist, dass das Leben von niemandem so schön ist, wie es für Außenstehende erscheinen mag.«

Ich setzte die Kaffeetasse wieder an meine Lippen.

»Wenn ich jetzt nach Hause gehen würde, weißt du, was ich dort vorfinden würde?«, fragte Winter grimmig. »Einen betrunkenen Vater, der auf dem Sofa im Wohnzimmer pennt und eine leere Wodkaflasche neben sich liegen hat. Du kannst mir nicht erzählen, dass in deiner Villa ein schlimmerer Anblick auf dich wartet.«

Ich sah sie einen Moment lang an, dann senkte ich den Blick. »Nein, tut es nicht«, gab ich leise zu.

»Selbst deine bescheuerten Brüder sind besser als er.«

Schweigend schaute ich in die Tasse, die inzwischen leer war. Dann stellte ich sie wieder ab, runzelte die Stirn und richtete meinen Blick wieder auf das Mädchen.

»Winter?« Sie sah mich an und ich legte allen nötigen Ernst in meinen Blick. »Sprich nicht so über meine Brüder.«

Sie erstarrte für einen Moment lang überrascht. Ihre Ohren röteten sich noch mehr. Ohne ein Wort wandte sie sich schließlich von mir ab und schien damit beschäftigt zu sein, das gleiche Regal zu schrubben, das sie vor gerade mal einer Minute abgewischt hatte.

Ja, natürlich. Natürlich waren die Jungs ein bisschen kaputt. Aber ich hatte einfach das Gefühl, dass niemand außer mir das Recht hatte, so über sie zu sprechen.

Und das Beste, was diese unangenehme Stille zwischen uns durchbrechen konnte, war das Erscheinen von Leo.

»Hailie!«, rief er, und ein breites Lächeln erschien auf seinem Gesicht, das schnell über seine Überraschung hinwegtäuschte. Er schlüpfte an Winter vorbei und kam auf mich zu. Tatsächlich muss er gerade geduscht haben: Sein Haar war feucht, und als ich ihn umarmte, liefen sogar ein paar Tropfen daran herunter. Er küsste mich auf die Lippen und betrachtete dann vorsichtig mein Gesicht. »Ist alles in Ordnung mit dir?«

»Es ist alles okay. Ich wollte nur herkommen und reden.«

»Worüber denn?« Die senkrechte Falte zwischen seinen Augenbrauen vertiefte sich.

»Nichts Schlimmes«, versicherte ich ihm und legte meine Hand auf seine Brust. »Es ist nur so, dass ... Nun, ich würde gerne unter vier Augen darüber sprechen.«

»Ja, klar. Willst du nach oben gehen? Oder möchtest du lieber spazieren gehen?«

»Gerne einen Spaziergang.«

»Hättest du gerne etwas? Einen Kaffee to go, zum Beispiel?«

»Ich habe gerade einen Cappuccino getrunken«, erwiderte ich und wies auf die Tasse.

»Wie wäre es dann mit einem Frozen Matcha? Den kann ich richtig gut.« Er legte den Kopf schief, ich zögerte, und das genügte ihm, um mir die Entscheidung abzunehmen: »Komm schon, lass mich meine Freundin bedienen.«

Er drückte meine Hand, und ich musste lächeln und schaute ihm hinterher. Er ging hinter den Tresen und wies Winter amüsiert darauf hin, dass sie Puderzucker im Gesicht hatte. Daraufhin wischte sie ihn schnell ab und wurde noch röter.

Es ist so offensichtlich, dass sie in ihn verknallt ist!

Ich war froh, als ich mit meinem Getränk in der Hand aus der Konditorei verschwinden konnte. Im Hinausgehen warf ich Winter einen steifen Abschiedsgruß zu, setzte mir die Sonnenbrille auf die Nase, steckte mir den Papierstrohhalm in den Mund und fühlte nur noch Glückseligkeit. Die Sonne, das kalte Getränk und Leo, der neben mir stand und seine Finger mit meinen verschränkte.

»Du siehst wunderschön aus«, flüsterte er mir ins Ohr, und ich senkte meinen Blick auf den Bürgersteig und lächelte verstohlen.

Ein unbeschwerter Spaziergang durch die Stadt bei schönem Wetter war neu für mich. Und die Tatsache, dass ich ihn in Begleitung meines Freundes unternahm, überstieg meine kühnsten Vorstellungen. Ich führte kein Tagebuch, aber ich hatte Lust, damit anzufangen, nur um diesen Moment darin festzuhalten.

Leo erzählte mir ein wenig über die Gegend. Ein paar Meter hinter uns folgte Sonny, aber ich versuchte, nicht an ihn zu denken. Ich stellte mir einfach vor, ohne ihn hier zu sein. Ich genoss die warme Sonne und krempelte die Ärmel meiner Jacke hoch, um sie auf meinen Armen zu spüren. Und meine Finger wurden von dem kalten grünen Tee mit Kokosmilch und Ahornsirup angenehm gekühlt, von dem ich wusste, dass er mit Liebe gemacht worden war.

Wir setzten uns in den Park. Auf der Wiese tummelten sich Kinder und Erwachsene, die das schöne Wetter für alle möglichen Aktivitäten nutzten. Leo und ich sahen ihnen eine Weile zu und nippten an unseren Getränken, bis ich schließlich das Wort ergriff und bereit war, ernste Themen anzusprechen: »Das mit dem Ball tut mir leid. Es ist echt blöd gelaufen.«

»Das Wichtigste ist, dass es dir jetzt besser geht.« Leo legte den Arm um mich und drückte mich fest an sich.

»Darum geht es nicht. Nach dem verpatzten Abendessen bei mir zu Hause hätte ich dir eine Pause gönnen sollen, statt dich mit Gewalt zu einem weiteren Treffen mit meiner Familie zu schleppen.«

»Ich verstehe es. Du möchtest, dass deine Brüder mich akzeptieren. Es ist klar, dass du alles versuchst.«

»Ja, ich tue, was ich kann. Doch nichts funktioniert, Leo. Sie werden dich wahrscheinlich niemals wirklich akzeptieren«, seufzte ich traurig und ließ meinen Blick über die lachenden Kinder schweifen, die sich gegenseitig einen Fußball zuspielten.

»Wir sollten ihnen mehr Zeit lassen. Sie sind die berühmten Monet-Brüder, wie soll es denn mit ihnen einfach sein?«

In Leos Stimme lag hauptsächlich Belustigung, aber sie hatte auch einen bitteren Nachhall.

»Vielleicht sollte ich mich auch nicht so sehr über Winter aufregen.«

»Das solltest du tatsächlich nicht«, sagte er und drückte mich noch fester an sich. Ich lehnte meinen Kopf an seine Schulter.

»Es ärgert mich aber, dass sie bei euch wohnt.«

»Ich weiß.«

»Und ich bin nach wie vor der Meinung, dass ihr durch die Unterstützung Dritter geholfen werden sollte. Die Stiftung meiner Familie, zum Beispiel.«

»Ich weiß«, seufzte Leo. »Ich werde ihr erklären, dass es eine Option ist. Vielleicht wird sie zustimmen.«

»Sie wird nicht zustimmen.«

»Dann werde ich das respektieren.«

»Und dann wird sie noch monatelang bei euch wohnen?« Ich hatte keine Lust, wieder einen verächtlichen Ton anzuschlagen. Leos Nähe und die angenehme Stimmung waren so schön.

»Sie ist wie eine Schwester für mich. Im Ernst, Hailie. Ich mag sie, sie ist eine gute Freundin, aber ich fühle mich nicht zu ihr hingezogen.« Er hat mich angeschaut. »Es ist nicht das, was ich für dich empfinde.«

Ich senkte den Blick auf meine Sneaker.

»Ich kann sehen, dass du lächelst«, flüsterte Leo mir zu und stupste mich schelmisch an.

»Ich lächle überhaupt nicht.«

»Doch, ich kann es sehen.«

»Ich bin immer noch sauer.«

Auf einmal spürte ich seine Lippen auf meiner Wange. Er gab mir einen angenehm kitzligen Kuss darauf.

»Du bist aber meine Freundin.«

Diesmal verbarg ich mein Lächeln nicht. Dann schaute ich wieder nach vorne. Einige Frauen mit Kinderwagen waren unterwegs. Ein Junge lief mit Kopfhörern in den Ohren vorbei. Sonny stand in der Nähe.

»Wie hast du es geschafft, nur mit deinem Bodyguard zu mir zu kommen?«, rätselte Leo.

»Ich habe Will auf meine Seite gezogen. Eine lange Geschichte.«

»Ich bin beeindruckt.«

»Vielleicht wäre es eine Chance für mich, öfter vorbeizuschauen. Also, wenn du das möchtest …«

»Komm vorbei, wann immer du kannst. Irgendwann werden wir so ein typisches Pärchen sein. Oder zumindest ein bisschen. Wir werden uns Filme ansehen und chinesisches Essen bestellen.«

»Bitte, ja, genau so will ich es«, lachte ich auf und schmiegte mich noch fester an ihn, und er legte sein Kinn auf meinen Kopf.

»Wir haben etwas Normalität verdient.«

»Ja, wir hatten schon genug Drama«, meinte ich scherzhaft.

»Das treibt einem die Tränen in die Augen«, feixte er.

Wir saßen noch eine Weile im Park und liefen dann weiter. Leo schlug vor, zu ihm nach Hause zu gehen und etwas zu essen, aber ich wollte Winter nicht sehen. Ich konnte gut mit ihm allein sein, und ich zog es vor, mich nicht in Gefahr zu begeben, eifersüchtig zu werden. Ich hatte mich in ihrer Nähe nicht genug unter Kontrolle und könnte etwas tun, wofür ich mich später schämen würde.

Leo beharrte nicht darauf und schlug vor, dass wir uns ein Stück

Pizza in einer nahe gelegenen Bar holen sollten. Dann liefen wir noch ein wenig herum und unterhielten uns, bis es zu tröpfeln begann und der Nieselregen schließlich zu einem großen Wolkenbruch wurde, der alle überraschte. Wir versteckten uns unter dem Dach des Supermarkts und lachten über unsere nassen Kleider und Haare. Sonny, der in einem bis auf die Haut durchnässten Anzug direkt neben mir stand, war alles andere als amüsiert.

Obwohl wir heute einen schönen Tag hatten, war es bereits Herbst, und der Regen war nicht so angenehm warm, wie er manchmal im Sommer war. Ich begann, ein wenig zu frieren, und Leo schlug vor, dass wir uns in Max' Keller verkriechen sollten, der gerade näher lag als sein Haus. Zähneknirschend stimmte ich zu und lehnte gleichzeitig den Vorschlag meines Bodyguards ab, ein Taxi zu nehmen und nach Hause zu fahren.

In der Zwischenzeit rief mich Vincent an. Ich nahm sofort ab, damit ihm nicht zufällig eine Ausrede einfiel, um mir weiteren Hausarrest zu verpassen, wie er es jetzt sicher zu gerne tun würde. Um ihm keinen Anlass dazu zu geben, versuchte ich, die netteste Schwester der Welt zu sein, und unterdrückte sogar ein genervtes Seufzen, als er mich aufforderte, Sonny das Telefon zu geben. Glücklicherweise war sein Kontrollanruf schnell erledigt.

Als wir ankamen, schaute sich Sonny in dem schmuddeligen Treppenhaus genauso misstrauisch um wie beim ersten Mal, als er mit mir hier gewesen war. Auch bestand er darauf, zuerst reinzugehen, und bevor er mich hineinließ, kontrollierte er den Raum, schaute sogar ins Badezimmer und musterte alles mit seinem geübten Blick. Eine Hand hielt er in der Brusttasche seines Jacketts, als ob er bereit wäre, seine Pistole herauszuziehen und jede Person zu erschießen, die zufällig in seinen Weg geriet.

Letztlich war er jedoch zufrieden und ließ er uns eintreten und es uns bequem machen. Jetzt, wo ich nur noch mit Leo hier war und Sonny sich an die Tür verzogen hatte, kam mir der Keller noch größer vor als beim letzten Mal. Er war auch aufgeräumter – er war nicht mit Partykram vollgestopft, obwohl die gleichen Möbel darin standen.

»Warum wollte Winter nicht hier wohnen?«, fragte ich mit einem Hauch von Spott, als Leo mir ein Handtuch aus einer der Kommoden holte.

»Hailie, hier gibt es nicht einmal eine Dusche.«

»Ich habe nur gefragt.«

»Ich hätte nicht gedacht, dass du ein so eifersüchtiges Biest sein kannst«, scherzte er und schüttelte den Kopf.

»Ich bin nicht eifersüchtig«, brummte ich und fing an, meine verknoteten Haare zu kämmen.

Leo setzte sich auf den Paletten-Sitz neben mich und gab mir eine Flasche Wasser. Dann küsste er mich plötzlich, diesmal länger als zuvor. Und dann noch einmal. Ich krallte meine Finger um den Hals der Flasche, als wir uns aneinander schmiegten.

Ich hätte geglaubt, dass wir uns leise küssten, aber auf einmal kam ein besonders hörbares Schmatzen aus unseren Mündern. Ich zuckte zusammen und zog mich, so schnell ich konnte, von Leo zurück. Er warf mir einen fragenden Blick zu, verstand aber sofort, was ich meinte, als er sah, wie ich peinlich berührt hinten in den Raum schaute, wo Sonny stand.

Kennt ihr das Gefühl, wenn ihr euren Freund küssen wollt, aber Angst habt, dass euer Bodyguard es hört und euren nervigen Brüdern meldet? Nun, willkommen in meiner Welt.

»Sonny?«

»Ja, Miss Monet?« Mein Leibwächter schaute um die Ecke, um mich besser sehen zu können.

»Wie wäre es, wenn Sie, ich weiß nicht, oben warten?«

»Wo genau, Miss Monet?«

»Im Treppenhaus. Also hinter der Tür, meine ich. Sie haben doch den Keller überprüft, niemand ist hier, und es wird auch niemand anders durch diese eine Tür reinkommen. Könnten Sie bitte draußen bleiben? Wissen Sie … ich würde mich über ein bisschen Privatsphäre freuen.«

»Ich fürchte, das geht nicht, Miss Monet«, erwiderte Sonny und runzelte die Stirn. Er sah aus, als ob er mir wirklich entgegenkommen wollte, aber er rang mit seinen Verpflichtungen.

»Okay.«

Ich seufzte.

Wenigstens habe ich es versucht.

Wir küssten uns nicht wieder. Ich fühlte mich zu unbehaglich. Das hier war etwas anderes als ein schneller Kuss auf dem Schulflur. Richtiges Knutschen brauchte einen passenden Rahmen. Der Keller von Leos Freund war zwar ganz nett – er war ziemlich gemütlich und wenn das farbige Licht an war, geradezu atmosphärisch – aber Sonny, der uns gefühlt in den Nacken atmete, verdarb alles.

Das war jedoch nicht das letzte Mal, dass wir hierher kamen, sodass das romantische Potenzial des Ortes nicht vergeudet wurde. Seitdem ich den ersten Schritt getan hatte und allein zu Leo gefahren war, versuchte ich, mich nicht wieder in der Villa einsperren zu lassen, und machte solche Ausflüge regelmäßig.

Leo und ich machten Max' Keller zu unserem Treffpunkt. Dylan meckerte jedes Mal an mir herum, wenn er mich gehen sah, und zu allem Überfluss nervte er mich auch jedes Mal, wenn ich zurückkam. Vince rief mich immer rein zufällig an, um zu fragen, wo ich war, die Zwillinge hänselten die kleine Hailie, die rebellierte, und Will biss die Zähne zusammen, wenn er zur Seite sprang, weil er selbst mit meiner neu errungenen Freiheit zu kämpfen hatte, aber unsere Beziehung nicht kaputt machen wollte.

Bald gab es einen weiteren großen Durchbruch, und ich durfte endlich wieder zur Schule gehen.

24

Chicago

Die Tatsache, dass ich plötzlich wochenlang aus der Schule verschwand und dann noch unerwarteter wieder auftauchte, trug nur zu meiner Berühmtheit an der Highschool bei. Die Leute reckten die Hälse, als mein goldener Porsche nach einer so langen Pause wieder auf dem Schulparkplatz auftauchte. Mona behauptete, dass der Parkplatz der Monets jeden Tag leer stand, weil sich niemand traute, ihn zu belegen.

Auf den Fluren gingen mir die Mitschülerinnen aus dem Weg und ich hörte keine einzige unangenehme Bemerkung. Die Leute hatten wahrscheinlich Angst vor mir. Selbst die Lehrer starrten mich interessiert an. Der Monet-Tisch in der Cafeteria war nach wie vor von der Gruppe, mit der ich gleich am Anfang zusammengestoßen war, belegt. Dazu gehörte zum Beispiel Lavinia, mit der sich Mona mittlerweile ein bisschen angefreundet hatte. Ich konnte es ihr nicht verübeln, schließlich brauchte sie Gesellschaft, während ich weg war.

Jetzt, da ich wieder zurück war, traute ich mich, ganz offen mit Leo durch die Schule zu laufen, wobei Sonny natürlich wie immer an unseren Fersen hing.

Ich hatte mich längst mit dem Unterrichtsstoff vertraut gemacht, weil wir alles im Homeschooling behandelt hatten. Es war also ein bisschen langweilig.

Am Freitag nach der ersten Schulwoche entspannte ich mich gerade zu Hause mit einem Buch. Leo arbeitete, und zu dieser späten Stunde hätten meine Brüder mir eh nicht erlaubt, zu ihm zu fahren. Gewisse Regeln unter diesem Dach waren für mich nach wie vor unverrückbar.

Auf einmal klopfte jemand so leise an meine Tür, dass ich davon ausging, dass Vincent war. Ich hatte ihn nicht sehr oft gesehen, vor allem seit meinem Zusammenbruch auf dem Ball. Er vergewisserte sich regelmäßig, dass es mir gut ging, aber ich hatte den Eindruck, dass er selten zu Hause war. Deshalb war ich überrascht, dass er mich jetzt plötzlich in meinem Zimmer besuchte, und ich befürchtete schon, dass er gekommen war, um mir zu sagen, dass er die Freiheiten, die ich mir gerade erst erkämpft hatte, wieder zurücknahm. Ich hatte mir sogar schon zurechtgelegt, was ich ihm sagen würde, aber als ich meinen Besucher hereinbat, war es nicht mein ältester Bruder, sondern jemand anderes, der die Schwelle meines Zimmers überschritt.

Ich konnte mich nicht erinnern, dass Sonny jemals zu mir gekommen wäre. Er hielt sich von dem einzigen Raum fern, in dem ich meine Privatsphäre genießen konnte.

»Guten Abend, Miss Monet.«

»Sonny, hallo«, grüßte ich. Ich stellte meinen Tee vorsichtig auf dem Tisch ab und legte ein Lesezeichen zwischen die Seiten des Buches, das ich gerade las. »Stimmt etwas nicht?«

Er stand aufrecht in der Mitte meines Zimmers, die Arme verschränkt, also in seiner typischen Haltung.

»Ich muss Sie nach Ihren Plänen für das Wochenende fragen, Miss Monet.«

»Meine Pläne? Für morgen?«

Er nickte steif. »Ich sollte wissen, was Sie vorhaben, damit ich mich entsprechend vorbereiten kann.«

»Sie wollen wissen, ob ich mit Dylan nach Chicago fliege?«

Er nickte erneut.

Eigentlich hätte ich diese Entscheidung schon früher treffen sollen, aber ich zögerte immer noch. Ich holte tief Luft. »Um ehrlich zu sein, hatte ich vor, morgen nach dem Aufstehen zu schauen, in welcher Stimmung er ist. Wenn er mir auf den Geist geht, bleibe ich. Und wenn er nett ist, komme ich mit.« Ich dachte kurz nach. »Müssen Sie das heute wirklich wissen?«

»Gut, in diesem Fall gehe ich davon aus, dass wir fliegen werden. Das ist alles, was ich wissen muss. Danke, Miss Monet.«

»Sonny, warten Sie. Ich kann jetzt entscheiden, kein Problem. Ich wusste nur nicht, dass ich es soll. Normalerweise muss ich das nicht.«

»Es ist nichts passiert. Normalerweise ist es Mr. Monet, der diese Entscheidungen trifft.«

»Das ist richtig«, nickte ich säuerlich. »Dann werde ich wohl also nach Chicago fliegen.«

Sonny nickte wieder, noch steifer als zuvor. »In Ordnung, Miss Monet.«

»Ich werde mit Dylan schon zurechtkommen, egal in welcher Stimmung er sein wird. Wenigstens kann ich eine neue Stadt sehen …«, dachte ich laut nach. »Ich war noch nie in Chicago. Waren Sie schon mal da?«

Und dann fiel es mir siedend heiß ein, noch bevor Sonnys Gesicht sich anspannte. Aber es war zu spät, denn die Worte waren mir bereits herausgerutscht.

»Ihre Tochter wohnt doch dort! O mein Gott, Sonny, es tut mir leid. Ich hab's vergessen!«

Sonny entspannte sich ein wenig und lächelte sogar leicht. »Es ist alles in Ordnung, Miss Monet.«

»Wenn Sie sich damit nicht wohlfühlen, muss ich nicht hinfahren«, erklärte ich.

Die Augen meines Leibwächters weiteten sich.

»Ganz und gar nicht, Miss Monet. Meine privaten Angelegenheiten werden Ihre Pläne nicht beeinträchtigen.«

»Ich möchte nicht, dass Sie sich unwohl fühlen.«

»Das werde ich nicht, aber danke für Ihre Sorge, Miss Monet.«

»Sonny? Es irritiert mich, wenn Sie mich immer ›Miss Monet‹ nennen.«

»Es tut mir leid, das zu hören … Miss Monet. Aber ich fürchte, ich kann Sie nicht anders nennen.«

Ich verdrehte meine Augen.

Haben wir das nicht schon einmal durchgemacht?

»Sonny?«

»Ja?«

»Wenn Sie Ihre Tochter bei dieser Gelegenheit besuchen wollen, möchte ich Sie wissen lassen, dass wir dies ohne Probleme arrangieren können.«

Seine normalerweise aufrechte Haltung schien ein wenig zusammenzusacken.

»Miss Monet, das … wäre unangemessen.«

»Wen interessiert das schon? Wenn Sie keine Möglichkeit haben,

Ihre Tochter öfter zu sehen, warum nutzen Sie dann nicht die Gelegenheit, wenn wir ohnehin in Chicago sind? Es macht mir nichts aus. Solange Sie es möchten, versteht sich.«

»Es ist unprofessionell …«

»Jetzt kommen Sie schon, Sonny, im Ernst. Es ist mir völlig egal, was professionell ist.« Ich beugte mich in meinem Sessel vor, aufgeregt wegen der Aussicht.

»Mr. Monet würde …«

Ich unterbrach ihn erneut und winkte ab. »Sorgen Sie sich nicht um Vincent. Ich übernehme ihn, falls etwas passiert.«

Trotz der Ernsthaftigkeit des Gesprächs gelang es mir, dass Sonny die Mundwinkel leicht anhob.

»Ich meine es ernst, wenn ich sage: Ich will Sie zu nichts zwingen, aber wenn Sie Ihre Tochter sehen möchten, verspreche ich Ihnen, dass ich Ihnen bei der Organisation eines Treffens helfen werde.«

»Das ist eine sehr nette Geste, Miss Monet. Ich weiß nur nicht …« Sonny seufzte.

Ich habe ihn noch nie so unentschlossen gesehen.

»Was wissen Sie nicht?«

»Nichts, Miss Monet. Es ist unpassend, aber danke für das Angebot. Das ist sehr freundlich.«

»Was wissen Sie nicht?«, wiederholte ich und neigte meinen Kopf zur Seite.

Sonny presste für einen Moment die Lippen zusammen und rückte die Manschetten seines Hemdes zurecht, als wüsste er nicht, was er mit sich anfangen sollte.

»Ich bin mir nicht sicher, Miss Monet, ob sie mich treffen möchte.«

»Wer? Die Mutter Ihrer Tochter würde Sie nicht treffen wollen? Oder Ihnen nicht erlauben, die Kleine zu sehen? Sie hat doch kein Recht, Ihnen das zu verbieten …«

»Sie wird sicher nicht erfreut sein, von mir zu hören, aber ich meinte meine Tochter. Meine …« Sonny räusperte sich. »… Tochter wird mich nicht sehen wollen.«

»Aber ist sie nicht erst drei?« Ich hob eine Augenbraue.

»Fast vier.«

»Sonny, ich denke, in diesem Alter wird sie keine großen Einwände haben.«

»Nein?« Er sah mich mit aufrichtiger Hoffnung in seinen Augen an, und auf einmal tat er mir leid. Sonny zeigte selten Gefühle und es war nicht schön zu sehen, wie schlecht es ihm gerade ging.

Ich stand langsam auf, legte mein Buch auf den Tisch und ging auf ihn zu. Ich sah ihn jeden Tag, er war fast immer überall dabei, und trotzdem kannte ich ihn so wenig.

»Also, ich glaube, wenn es das ist, was Sie wollen, wäre es umso besser, wenn Sie so früh wie möglich in ihr Leben treten.«

»Ich bin mir nicht sicher, Miss Monet, ob …« Sonny verstummte und kratzte sich im Nacken.

»Später wird es für Sie schwieriger sein, den Kontakt herzustellen.«

Er starrte mich an, und in seinen Augen schimmerten Sorge, Unsicherheit und etwas Angst. Ich konnte die Anzahl der Gespräche, die ich mit Sonny über sein Privatleben geführt hatte, an einer Hand abzählen, aber ich wusste, dass er ein guter Mensch war und es verdiente, glücklich zu sein. Er tat jeden Tag so viel für mich, und ich wollte mich endlich bei ihm revanchieren – zumal sich jetzt die perfekte Gelegenheit bot.

»Tun Sie es, Sonny, treffen Sie Ihre Tochter. Ich werde Sie dabei unterstützen«, versprach ich und trat näher an ihn heran.

Was hätte ich darum gegeben, wenn es vor einem Dutzend Jahren jemanden gegeben hätte, der meinem Vater das Gleiche gesagt hätte …

»Miss Monet … Ich weiß nicht, wie …«, erwiderte Sonny. »Ich werde doch bei der Arbeit sein, ich kann mir keine Fehlzeiten erlauben.«

»Ich werde mit Ihnen mitkommen. Natürlich komme ich mit! Sonny, Kinder lieben mich. Und ich liebe sie auch. Ich werde Ihnen helfen. Nur ein kleines Treffen, für den Anfang eben. Was halten Sie davon?«

Der Mann holte tief Luft.

»Ich fürchte, Dylan …«, begann er, aber ich unterbrach ihn.

»Ich kümmere mich um Dylan.«

Sonny schaute mich einen Moment lang an, als ob er in seinem Kopf nach weiteren Ausreden suchte. Gleichzeitig konnte ich sehen, dass er diese einmalige Gelegenheit unbedingt nutzen wollte. Ich freute mich sehr, dass er sich wieder mit seiner Tochter treffen wollte, und ich wollte ihn dabei unbedingt unterstützen.

»Rufen Sie Leas Mutter an … Sie heißt doch Lea, richtig? Dann rufen Sie ihre Mutter an und vereinbaren ein Treffen. Egal für wann. Wir werden es schon hinkriegen.«

Er öffnete den Mund, aber ich unterbrach ihn lächelnd: »Das ist ein Dienstauftrag, da dürfen Sie mir nicht widersprechen.«

Diesmal lächelte er, widersprach mir jedoch nicht, dass ich nicht befugt sei, ihm Dienstanweisungen zu geben. Stattdessen nickte er nur, wünschte mir eine Gute Nacht und verschwand aus meinem Zimmer.

Dylan hingegen platzte in der Morgendämmerung ohne anzuklopfen herein. Er öffnete die Tür weit und rief laut: »Hailie, aufstehen!« Dann riss er mir sogar die Bettdecke weg und schüttelte seinen Kopf, sodass er mich mit Wasser bespritzte, das von seinen nach dem Duschen nassen Haarspitzen tropfte. In diesem Moment hätte ich es mir fast anders überlegt. In Anbetracht meiner Mission griff ich jedoch – immer noch total verpennt –nach bequemer Kleidung.

Bald war ich für die mehrstündige Autofahrt nach New York bereit. Dort sollten wir Martina treffen, mit der wir dann unser Flugzeug besteigen würden; wie Dylan mir erklärte, während er meinen Koffer in den Kofferraum warf. Nach einem schnellen Frühstück, das wir mit Kaffee hinunterspülten, griff Dylan noch eine Handvoll Süßigkeiten und steckte sie in seine Tasche. Wir hatten noch eine Menge vom Einkaufsrausch der Zwillinge übrig.

Dylan war ein wenig mürrisch, aber er schien sich auch zu freuen, dass ich ihn begleitete, was sehr schön war. Manchmal genoss ich es, mit ihm zu fahren – er machte es sich auf diesen Reisen oft gemütlich, und auch ich fühlte mich bei ihm wohl und sicher. Tatsächlich konnte ich ihm nicht vorwerfen, dass er sich nicht um mich kümmerte. Er hatte sogar eine Decke und ein Kissen für mich dabei.

Sonny fuhr wie immer hinter uns her, und auf dem Weg machte ich Dylan mit dem Plan vertraut. Ich versuchte, behutsam vorzugehen, weil ich nicht sicher war, wie er reagieren würde. Er könnte sich aufregen, die Professionalität meines Bodyguards infrage stellen, wütend sein, weil ich Sonny solche Versprechungen gemacht hatte, ohne sie vorher mit einem der Brüder zu besprechen, und so weiter. Aber Dylan überraschte mich und erwies sich als sehr verständnisvoll.

»Aber eins verstehe ich nicht. Hat er seine Tochter noch gar nicht besucht?«, wollte er wissen.

»Er arbeitet doch immer.«

»Na, ich weiß nicht, kleines Mädchen ...« Dylan schüttelte den Kopf mit den Händen auf dem Lenkrad. »Für mich klingt das nach einer Ausrede. Ich bin sicher, Vince hätte ihm jederzeit frei gegeben, wenn er gewusst hätte, dass Sonny zu seiner Tochter fahren wollte. Ich sage nicht, dass er ein toller Arbeitgeber ist, aber er ist auch nicht so ein Arsch, jedenfalls nicht Sonny gegenüber. Wir kennen ihn ja ziemlich gut.«

»Sonny behauptet, er habe eine Art außergewöhnlich bindenden Vertrag mit Vince.«

»Jeder Vertrag mit Vince ist außergewöhnlich bindend, aber das heißt nicht, dass er nicht verhandelbar ist. Ich habe den Eindruck, dass Sonny ein wenig Bullshit erzählt. Hat er Vince überhaupt jemals dafür um Urlaub gebeten?«

»Ich weiß es nicht, wahrscheinlich nicht ...«

»Nun, da hast du es.«

»Glaubst du, dass er seine Tochter nicht wirklich sehen will?«, fragte ich und zog meine Schuhe aus, um es mir auf dem Beifahrersitz bequemer zu machen.

»Nein, das nicht. Wenn er diesem Treffen zugestimmt hat, wird es schon so sein. Er konnte sich nur nicht dazu durchringen, es zu tun. Wenn ich raten müsste, würde ich sagen, dass er irgendwie Angst hat. Und wer hätte in dieser Situation keinen Schiss?« Dylan schüttelte wieder den Kopf. »Ich kann mir nicht vorstellen, ein Kind zu haben und es nicht zu sehen und ihm einfach, ich weiß nicht, nur Geld zu schicken.«

Ich verstummte und schaute zum Fenster, aber es dauerte nicht lange, bis Dylan merkte, was für einen Fauxpas er gerade begangen hatte.

»Tut mir leid, Kleines. Ich hatte vergessen, dass es bei dir auch so gewesen ist. Aber wie auch immer: Das ist meine Meinung zu diesem Thema. Unser Dad hat es auch volle Kanne vergeigt, weil du ohne uns aufwachsen musstest. Er weiß es selbst und gibt es auch zu.«

»Danke, Dylan. Hättest du wirklich gerne gehabt, dass ich bei euch aufwachse?« Ich biss mir auf die Lippe und stupste mit meiner Faust gegen seine Schulter.

»Und wie! Ich hätte dich zu meiner kleinen Privatdienerin ausbilden können. Du würdest meine Füße massieren, mir auf Befehl Snacks bringen und ich würde an dir neue Kampfkünste testen. Aber jetzt …« Er warf mir einen Blick voll gespielten Mitleids zu. »… ist es schwer, dir noch Tricks beizubringen. Du bist zu wild geworden.«

Ich kniff meine Augenlider zusammen. »Ich hätte jedes Mal gebrüllt, wenn du mich auch nur angesehen hättest. Ich hätte mich dauernd bei Dad über dich beschwert und gelogen, dass du mich schlägst, und er hätte mir geglaubt, nicht dir. Und hätte dich gezwungen, dich bei mir zu entschuldigen.«

»Das heißt, so wie es jetzt ist?«

»Halt die Klappe!«

»Sei du lieber still, kleines Mädchen«, sagte Dylan grinsend.

In einer derart angenehmen Atmosphäre verlief also unsere Reise nach New York. Sie verging wie im Flug, und ich nickte sogar zwischenzeitlich kurz ein, trotz der lauten Musik, die mein Bruder spielte – und bald standen wir vor dem unscheinbaren Gebäude in Brooklyn, in dem Martina ein WG-Zimmer gemietet hatte. Es war ein klassisches Brownstone mit einer schwarzen Feuertreppe, die über die gesamte Höhe verlief. Sie sah aus, als würde sie zusammenbrechen, wenn man sie nur ansah.

Wir waren gut in der Zeit, und so war Dylan einverstanden, nach

Manhattan zu fahren und den Disney-Laden zu besuchen. Der Ausflug kostete uns zwar etwas Zeit und Nerven, aber bald waren wir im Herzen von Downtown, umgeben von Menschenmassen, leuchtenden Billboards und gelben Taxis, die hin und her rasten.

»Wenn ich zehn Jahre alt wäre, würde ich hier vor Glück ausrasten«, kommentierte Martina und bestaunte den berühmten Laden bereits von der Schwelle aus. »Schau dir die Prinzessinnen dort drüben an! Ich habe Jasmine geliebt.«

»Ich habe Rapunzel geliebt«, antwortete ich und nahm das Paket mit der blonden Puppe in die Hand. »Ich merke gerade, dass ich viel mit ihr gemeinsam habe.«

Dylan hob eine Augenbraue und lachte dann plötzlich auf, weil er weiter hinten etwas entdeckt hatte.

»Hey, warum kaufen wir Vince nicht eine Yoda-Figur?«

Wir schlenderten eine Weile durch den Shop und sahen uns Spielzeug und Kuscheltiere an, um herauszufinden, was zu welchem unserer Brüder am besten passen würde. Dabei erfuhr ich, dass Will eine Schwäche für *Toy Story* hat und Shane und Tony früher eine Vorliebe für Dinosaurier.

Wir hatten jedoch nicht mehr viel Zeit, und es dauerte nicht lange, bis ich Sonny zu mir rief.

»Und, Sonny?«

»Ja, Miss Monet?«, fragte er höflich.

»Haben Sie schon etwas für Lea ausgewählt?«

Sonny blinzelte, dann warf er einen flüchtigen Blick auf Dylan und Martina, die ihn ebenfalls erwartungsvoll anstarrten.

»Ich … hier?«

»Deshalb sind wir doch hergekommen, Sonny«, erklärte ich ihm.

»Daran habe ich nicht gedacht, Miss Monet.«

Ich bemerkte, dass er wieder zu meinem Bruder blickte, dieses Mal nervöser. Es war Dylan ebenfalls nicht entgangen.

»Easy, Kumpel«, beruhigte er ihn. »Hailie hat erzählt, dass du dein Kind treffen möchtest. Das finde ich gut. Aber weißt du, es wäre nicht richtig, mit leeren Händen zu kommen.« Er zwinkerte Sonny zu.

Sonny kratzte sich an der Schläfe und sah sich um.

»Ich weiß nicht, was das passende Geschenk wäre …«

»Nun, eine Puppe vielleicht?«, schlug Martina vor. »Welche der Prinzessinnen mag Lea am liebsten?«

»Entschuldigung, was meinen Sie?« Sonny zog die Stirn in Falten.

»Er kann es doch nicht wissen«, flüsterte ich, dann fügte ich lauter hinzu: »Okay, wie wäre es mit … Schaut mal, das Teeservice aus *Die Schöne und das Biest*! Oh, wie süß ist das denn …«

Mein Bruder rollte mit den Augen.

»Sonny, was denkst du?«, fragte ihn Martina, und da sie neben ihm stand, drückte sie ihm sogar spontan den Arm, woraufhin sich mein Bodyguard verkrampfte.

»Vielleicht …«, murmelte er, und seine Finger glitten unwillkürlich über Schlüsselanhänger, die gleich links neben ihm hingen.

»Nein, no way! Bitte, bitte, bitte kaufen Sie Ihrer vierjährigen Tochter keinen Schlüsselanhänger!«, seufzte ich kopfschüttelnd, und er nahm seine Hand weg.

»Du hast seit ihrer Geburt nichts mehr von ihr gehört, stimmt's?« vergewisserte sich Dylan. »Dann muss es etwas Besonderes sein. Ich würde das kaufen.«

Und er zeigte auf ein Disney-Schloss, das Hunderte von Dollar kostete und im ausgeklappten Zustand sicher größer war als jedes vierjährige Mädchen.

»Nee, das ist voll übertrieben«, protestierte Martina. »Wir wissen nicht einmal, ob sie mit solchen Dingen spielt.«

»Wenn sie noch nicht mit so was spielt, kann sie ja damit anfangen«, meinte Dylan.

»Vielleicht haben sie auch nicht den Platz zu Hause, um so etwas unterzubringen«, überlegte Martina.

»Wie wäre es mit einem Puzzle? Oder mit etwas Lehrreichem? Ein Bausatz für kleine Forscher?«, schlug ich vor.

»Langweilig«, gähnte Dylan.

»Vielleicht ein Malkasten?«, schlug Martina vor.

Unsere Diskussion nahm an Fahrt auf, und so standen wir mitten in dem von Touristen überfüllten Laden und riefen uns gegenseitig Dinge zu, bis Sonny uns endlich unterbrach und auf die Mickey Mouse zeigte, die er in der Hand hielt.

Das Kuscheltier schien angemessen und nicht übertrieben – das war Martinas und meine unmittelbare Einschätzung. Dylan bestand lediglich darauf, es durch eine größere Version der Maus zu ersetzen, bezahlte das Geschenk und trug es den ganzen Weg über den Times Square zum Auto, damit Sonny die Hände frei hatte – denn schließlich war mein Bodyguard immer noch bei der Arbeit.

Der Flug mit dem Privatflugzeug der Monets dauerte etwas über zwei Stunden, in denen ich mich auf mein Buch und Dylan sich auf Martinas Mund konzentrierten. Ich bedauerte, dass in der verqueren Vorstellungswelt meines Bruders das öffentliche Knutschen mit seiner Freundin kein Problem darstellte, während ich meinem Freund in seiner Anwesenheit nicht einmal einen kleinen Kuss geben durfte.

Sonny wollte sich gleich am selben Tag mit seiner Tochter treffen. Er hatte sich einen Tag und eine Uhrzeit ausgesucht, die ihm am besten passten, denn diese Reise sollte eher entspannend als stressig sein – sodass Dylan, Martina und ich keine konkreten Pläne mit einem festen Zeitplan hatten. Sonnys Ex-Partnerin war jedoch nicht besonders erfreut über den plötzlichen Anruf des Vaters ihres Kindes, sodass der Besuch schließlich für den nächsten Tag, also Sonntag, vereinbart wurde.

Chicago war auf jeden Fall eine tolle Stadt für einen Wochenendausflug. Ich war froh, dass ich mich entschieden hatte mitzukommen. Zuerst gönnten wir uns eine Deep-Dish-Pizza: ein sehr dicker Hefeteig mit Mozzarella, großzügig mit Gemüse, Pilzen und gekochtem Schinken belegt und dann mit Tomatensoße übergossen – also das genaue Gegenteil von traditioneller Pizza. Super lecker und unglaublich sättigend.

Zwischendurch hatten es Dylan und Martina geschafft, einen kleinen Streit anzuzetteln. Sie schlug mir vor, ein Bier trinken zu gehen, und als mein Bruder heftig protestierte, ließ sie sich auf eine Diskussion mit ihm ein und stellte sich auf meine Seite. Schließlich lehnte ich den Alkohol ab, weil es sich nicht lohnte, sich den schönen Ausflug mit solchen Streitigkeiten zu verderben.

Später gingen wir zu dem berühmten Skydeck, einer Plattform aus Glasscheiben im 103. Stock eines Wolkenkratzers, von wo aus man einen spektakulären Blick über die ganze Stadt hatte. Dort veranstaltete ich ein ganzes Fotoshooting für Dylan und Martina.

Außerdem gingen wir in den Millennium Park, wo wir noch mehr Fotos unter der berühmten »Bean« machten, einer riesigen Skulptur, die angeblich von einem Quecksilbertropfen inspiriert wurde.

Anschließend ließen wir den Tag mit einem Drink in unserer Hotelbar ausklingen. Martina bestellte sich einen Negroni, Dylan etwas mit Whiskey und ich einen alkoholfreien Sex on the Beach. Da ich keinen Alkohol trinken durfte, wollte ich wenigstens meinen Bruder mit dem Namen des Cocktails ärgern. Und es klappte, was ziemlich lustig war.

Am Sonntag war es Zeit für das große Treffen, und Dylan passte noch mehr als sonst auf mich auf, da er ahnte, dass Sonny ein wenig abgelenkt war, obwohl er natürlich immer noch über meine Sicherheit wachte. Die Mutter von Sonnys Kind hatte einen für sie günstigen Treffpunkt am Ufer des Lake Michigan ausgesucht. Wir nahmen ein Taxi und versuchten auf dem Weg dorthin, meinen Beschützer mit einem freundlichen Small Talk aufzulockern. Sonny saß vorne neben dem Fahrer, und ich konnte an seinen angespannten Schultern sehen, wie gestresst er war.

Das vergilbte Gras und die inzwischen fast blattlosen Bäume sowie der wolkenverhangene Himmel über dem ergrauten See bildeten eine eher düstere Kulisse. Zwei Gestalten standen an dem befestigten Ufer – eine Frau in einer hellen Jeans und einem lila Hoodie und ein kleines Mädchen in warmen weißen Strumpfhosen und einem rosa Rock, in dem sie wie eine Fee aussah.

Die Frau war die Erste, die bemerkte, dass unser gesamtes Gefolge auf sie zuging. Als sie Sonny erkannte, verfinsterte sich ihr Gesicht sofort. Sie wirkte sehr jung, aber durch ihr gefärbtes schwarzes Haar, das sie zu einem Messy Bun hochgesteckt hatte, und ihr Make-up konnte ich ihr tatsächliches Alter nicht genau bestimmen.

Noch bevor wir uns näherten, ergriff sie die Hand des kleinen

Mädchens, ging vor ihr in die Hocke und rückte ihre Wollmütze mit dem aufgestickten Schmetterling so zurecht, dass sie ihre Ohren schützte.

Sonny blieb wie immer hinter mir zurück, obwohl es heute wohl kaum seinem Arbeitsauftrag geschuldet war. Er hatte schon zuvor nicht den Mut gehabt, nach Chicago zu fahren, um seiner Ex-Freundin zu begegnen, geschweige denn seiner Tochter. Ganz vorne lief Dylan, der die riesige Micky Maus trug. An seinem Arm hing Martina, die das Kind schon von Weitem angrinste.

Als wir schließlich neben Sonnys Familie anhielten, griff ich nach seiner Hand und drückte sie fest. Ich hatte mir bisher solch vertrauliche Gesten nie erlaubt, aber in diesem Moment erschien es mir richtig.

»Viel Glück«, flüsterte ich, aber der nervöse Sonny schien so verdattert, dass er nicht einmal nickte. Dann machte er einen Schritt nach vorne. Einen und dann noch einen. Dylan und Martina rückten zur Seite, um ihm Platz zu machen.

Das Mädchen legte beim Anblick so vieler neuer Leute neugierig den Kopf schief, aber Sonny schaute im Moment nicht sie an. Er starrte ihre Mutter an und nahm erst nach einer Weile die schwarze Sonnenbrille ab, von der er sich sonst praktisch nie trennte.

»Danke, dass du diesem Treffen zugestimmt hast, Cali«, meldete er sich mit einem Räuspern zu Wort.

Die Frau blinzelte schnell. »Als ob ich eine Wahl hätte«, schnaubte sie mit heiserer Stimme. Außerdem drückte sie die Hand der kleinen Lea sichtlich fester.

»Du hättest es mir schwerer machen können.« Sonny zuckte mit den Schultern.

»Ja, klar«, sagte sie, und diesmal ließ sie ihren Blick auch über unsere Gesichter wandern. Bei Dylan hielt sie einen Moment inne. »Wir alle wissen, was passieren würde, wenn ich es einfach versucht hätte, nicht wahr?«

»Es würde nichts passieren, Cali«, seufzte Sonny mit einem Hauch von Frustration. »Deshalb bin ich dankbar, dass du gekommen bist, … dass ihr beide gekommen seid.«

Er sah das Mädchen immer noch nicht an.

»Musstest du die ganze Bande mitbringen?«, fragte Cali.

»Ich bin bei der Arbeit.«

Cali sah mich nun direkt an. Ich konnte die Verachtung in ihren Augen sehen.

»Ach ja. Wie konnte ich es vergessen. Deine Arbeit.«

Ich hatte nicht damit gerechnet, gleich zu Beginn so feindselig angestarrt zu werden, aber ich musste leider feststellen, dass ich mich langsam daran gewöhnt hatte. Es war nicht das erste Mal, dass mich jemand nicht mochte, obwohl er mich gar nicht kannte.

Das Wasser des Sees plätscherte leise an das Betonufer, ein starker Wind kam auf, und eine düstere Atmosphäre machte sich breit uns und trug zur angespannten Stimmung dieses Treffens bei.

»Möchtest du sie nicht wenigstens begrüßen?«, drängte Cali.

Sonny trat einen Schritt vor, hielt dann den Atem an und blickte auf das kleine Mädchen hinunter, das ihn schon seit einiger Zeit beobachtete. Ihre Wangen und ihre Nase waren von der Kälte gerötet, und sie rieb sich ab und zu die Augenlider, als wäre sie müde und bräuchte ein Nickerchen.

Dylan räusperte sich, um die Aufmerksamkeit meines Bodyguards zu erregen, und drückte ihm dann das Kuscheltier in die Hand, bei dessen Anblick die Augen des kleinen Mädchens aufleuchteten. Cali sah mit zusammengepressten Lippen zu, wie der Vater ihres Kindes versuchte, die Gunst der Kleinen zu gewinnen, aber sie protestierte nicht. Als Sonny sich hinunterbeugte und Lea das Plüschtier hinhielt, hob das kleine Mädchen den Blick zu ihrer Mutter und bat um Erlaubnis, das Geschenk anzunehmen. Cali nickte, dann ließ Lea ihre Hand los und griff nach der Mickey Mouse.

»Schau, wie groß sie ist!«, rief sie mit einer kindlichen Stimme.

Dylan schnaubte. »Ich habe es doch gesagt«, murmelte er.

»Mhm, ganz schön groß! So ein Kuscheltier hast du noch nicht, oder?«, erwiderte Cali und zwang sich zu einem angemessen aufgeregten Tonfall. »Was sagt man da?«

»Danke«, flüsterte Lea und blickte Sonny schüchtern an.

»Gerne«, antwortete er steif und kratzte sich im Nacken. »Es ist nur, du weißt schon, ein Plüschtier.«

Ich hätte mir beinahe auf die Stirn gehauen, Cali verdrehte ihre Augen, Martina hob eine Augenbraue und Lea legte den Kopf schief und runzelte die Brauen. Es herrschte eine peinliche Stille, die niemand zu brechen bereit war.

Lea umarmte ihr neues Spielzeug, das ihr in der Größe fast ebenbürtig war, und schwieg ebenso wie Cali, der es wahrscheinlich gar nicht darauf ankam, die Stimmung aufzuhellen. Da beschloss ich, dass Sonny in diesem Moment etwas Unterstützung gebrauchen konnte. Ich ging zu Lea hinüber, hockte mich neben sie und lächelte breit: »Wow, die Maus ist wirklich riesig! Schau, fast so groß wie du! Magst du Mickey Mouse?«

Lea zeigte ihre Zähnchen in einem Lächeln und nickte.

»Und welche Disney-Prinzessin magst du am liebsten?«

»Cinderella?«, erwiderte sie unsicher.

»Cinderella!«, rief Martina aus und gesellte sich sofort zu uns. »Hailie, wie konnten wir nur Cinderella vergessen! Weißt du was,

Lea, dass ich auch mal einen Schuh auf einem Ball verloren habe? Dylan hat ihn für mich gefunden.«

»Ich mag auch Arielle.«

»Lea liebt es zu schwimmen und möchte später einmal eine Meerjungfrau werden«, warf Cali ein und streichelte den Kopf ihrer Tochter.

»Oho, haben Sie es gehört, Sonny?«, rief ich laut. »Machen Sie sich Notizen!«

Sonny sah so aus, als ob er einen Moment lang überlegte, ob er sich von jemandem ein Blatt Papier und einen Stift leihen sollte, riss sich dann aber schnell wieder zusammen und schaffte es schließlich, mithilfe von Martina und mir, ein Gespräch mit seinem Kind zu beginnen.

Unser Treffen dauerte jedoch nicht lange – Cali beendete es nach weniger als vierzig Minuten und entschuldigte sich; sie stammelte etwas über Besorgungen, Leas Tagesroutine, das schlechte Wetter und was auch immer. Gegen einen weiteren Besuch Sonnys hatte sie allerdings nichts einzuwenden. Sie war ihm gegenüber zwar immer noch misstrauisch, aber es war klar, dass ihr das Wohl ihrer Tochter am Herzen lag – und dazu gehörte für sie auch die Anwesenheit des Vaters in ihrem Leben.

Es war eine ganz andere Einstellung, als meine eigene Mutter gehabt hatte.

Lea fand uns alle offenbar sehr nett, so sehr, dass sie jeden zum Abschied umarmen wollte. Der Ausdruck der Erleichterung auf Sonnys Gesicht, als das Mädchen die Hände nach ihm ausstreckte, war unvergesslich. Er umarmte sie zwar nur steif und kurz, aber immerhin. Dann winkte er Cali zum Abschied unbeholfen zu, und wir gingen wieder zurück.

Dylan klopfte ihm auf die Schulter. »Gut gemacht, Kumpel«, sagte er und zwinkerte er ihm zu. »Dein Kind ist cool.«

»Sie ist unglaublich süß, Sonny«, sagte ich mit einem Lächeln. »Glückwunsch.«

Er zog stumm die Mundwinkel nach oben, wahrscheinlich immer noch fassungslos darüber, was gerade geschehen war.

Erst später, als wir ins Stadtzentrum zurückgekehrt waren und ein geeignetes Lokal zum Mittagessen suchten, kam er von der Seite auf mich zu und flüsterte: »Vielen Dank, Miss Monet.«

Er nickte mir förmlich zu, und ich fühlte mich, als hätte ich eine wahnsinnig gute Tat vollbracht. Ich war unfassbar glücklich, dass es mir gelungen war, meinem Leibwächter zu helfen, eine Beziehung zu seiner Tochter zu beginnen. Ich war echt happy, zumal ich mir, seit er mir von Lea erzählt hatte, irgendwo tief in meinem Herzen Sorgen gemacht hatte, dass die beiden keinen Kontakt hatten. Es war gut zu wissen, dass Sonny doch nicht frei von Gefühlen für sein eigenes Kind war und Lea ihm wichtig war.

25

Sternenhimmel

(Warnung: Dieses Kapitel enthält
die Beschreibung einer Sexszene)

Das Tempo meines Lebens war so rasend schnell, dass ich die Momente liebte, in denen ich entschleunigen und mich mit Leo in Max' Keller zurückziehen konnte. Wir saßen auf dem Paletten-Sitz, er deckte uns mit einer Decke zu und spielte einen Film auf seinem Tablet ab. Wir tranken Cola oder Wasser. Manchmal aßen wir Chips, ein anderes Mal Weintrauben. Seit wir uns im Keller trafen, sorgte Leo dafür, dass es uns an nichts fehlte. Allerdings tranken wir nie Alkohol, obwohl ich wusste, dass es im Keller Bier gab.

Leo sorgte außerdem für die richtige Atmosphäre – er wusste, dass ich so was mochte, also machte er bunte Lichter an und brachte Duftkerzen mit.

An einem Tag im November überraschte er mich noch mehr, denn er hatte irgendwo einen Sternenprojektor aufgetrieben. Als er ihn einschaltete, befanden wir uns in einer anderen Welt. Rosa und lila Lichter, die das Universum imitierten, verteilten sich im Raum. Ich schaute mich fasziniert um, und Leo lächelte mich an, erfreut darüber, dass er es geschafft hatte, mich glücklich zu machen.

Hier konnten wir uns zurückziehen und rumknutschen, ohne dass wir uns Gedanken um Sonny machen mussten. Mein Leibwächter, dankbar für meine Hilfe beim Treffen mit seiner Tochter, drückte nun ein Auge zu und erklärte sich bereit, uns von hinter der Tür aus zu bewachen.

Umgeben von dem künstlich erzeugten Sternenhimmel genossen wir die Nähe und kosteten unsere Freiheit aus. Ich weiß nicht, was an diesem Tag so besonders war, aber wir ließen uns komplett gehen und fingen an rumzumachen, wie wir es noch nie zuvor getan hatten – unter diesen Sternen, ohne meinen Aufpasser. Ohne Winter. Deshalb kam ich lieber hierher als zu Leo nach Hause: Winter war nicht hier.

Und Leo zeigte mir, dass ich das Wichtigste für ihn war. Seine sanften Küsse waren süßer als die Schokolade aus dem Überraschungsei und ich genoss sie unglaublich. Ich legte eine Hand auf seine Schulter und schob die Finger der anderen Hand in sein Haar. Er legte seinen Arm um meine Taille und beugte sich über mich. Dann wanderte eine meiner Hände in seinen Nacken, und er löste seine Lippen von meinen und drückte mir einen zärtlichen Kuss auf den Hals.

In diesem Moment war ich verloren.

Ich stöhnte und ich hoffte, dass keine Geräusche von hier aus an Sonnys Ohren drangen. Und dann stöhnte ich sofort wieder auf, als Leo meinen Hals erneut küsste, an dieser einen empfindlichen Stelle auf der rechten Seite. Ich drückte meine Fingernägel in seinen Nacken und neigte meinen Kopf zurück, um meinen Hals noch mehr für ihn zu entblößen.

Es war eine ganz andere Art von Vergnügen, eine, die ich vorher nicht gekannt hatte.

Leo wollte schon zu meinem Mund zurückkehren, aber ich protestierte und drückte ihn zurück zu meiner neuen Lieblingsstelle. Er lachte leise, küsste mich aber gehorsam wieder dort, mit einer so großen Hingabe, dass ich erneut seufzte. Voller Genuss öffnete ich die Augen und blickte in den künstlichen Sternenhimmel, der uns umgab. Ich streichelte Leos Nacken, um ihn weiter zu ermutigen.

»Magst du das, wenn ich deinen Hals küsse?« Er lachte, und ich konnte kaum Luft kriegen, um ihm zu antworten.

»Das ist aufregender, als mit dem Porsche zu fahren …«

Er prustete und küsste mich noch einmal. Dann wiederholte er es auf der anderen Seite meines Halses, aber ich packte ihn sanft an den Haaren und führte ihn dorthin, wo es sich so wunderbar anfühlte.

»Diese Stelle rechts mag ich am liebsten …«

Leo widersprach nicht, sondern küsste mich gehorsam weiter, und ich gab mich dem Moment hin. Es war das Erotischste, was ich in meinem ganzen Leben getan hatte. Kurz hatte ich das Gefühl, dass ich mich irgendwie schämen sollte, aber es fühlte sich so gut an, dass ich es nicht konnte.

»Hailie«, murmelte Leo und legte seine Finger um mein Kinn, damit ich ihn anschaute.

»Hm?«

»Wenn du noch weiter gehen willst …«

»Ich möchte nirgendwo hingehen.«

»Nein, ich meine, wenn du mehr willst?«

Als ich begriff, was er meinte, wurde ich rot, weil ich so begriffsstutzig war, aber ich erwiderte seinen Blick mit der gleichen Neugier.

»Wenn nicht, ist das in Ordnung für mich. Wir können beim Küssen bleiben. Nicht, dass das nicht schön wäre …«, ruderte er zurück.

Ich schaute auf sein Gesicht, in dem sich das rosa Licht der Sterne spiegelte. Dann legte ich meine Finger an seine Wange und fragte mich, ob ich das wirklich wollte.

Natürlich wollte ich das. Ich wusste nur nicht, ob ich in diesem Moment zu aufgeregt war, um klar zu denken, oder ob ich wirklich spürte, dass es an der Zeit war – aber ich wollte mit Leo zusammen sein. Ich vertraute ihm, er löste wunderbare Gefühle in mir aus und ich wollte es endlich irgendwie besiegeln.

Und dann schaute ich zur Treppe und zur Tür.

»Sonny ist da …«

»Ich weiß.« Leo machte ein säuerliches Gesicht. »Wir können natürlich warten.«

»… aber er wird immer da sein«, beendete ich den Satz bedeutungsvoll.

Leo starrte mich lange Zeit an, bis er schließlich fragte: »Bist du dir sicher?«

Ich nickte knapp.

»Na gut.« Er sah sich in dem mit Sternen gefüllten Raum um.

»Du weißt … was zu tun ist?«, kicherte ich nervös.

»Mehr oder weniger.« Leo erhob sich in eine sitzende Position, sodass er nicht mehr auf mir lag, und fuhr sich durch die Haare.

Ich blickte ihn schüchtern unter halb geschlossenen Lidern an und setzte mich ebenfalls auf.

»Es ist also für uns beide das erste Mal?«

»Ist das schlecht?«

»Eigentlich ist das gut …«

Mir gefiel, dass es für beide Seiten etwas Neues war.

Ich versuchte, mich an all das Wissen über Sex zu erinnern, das ich bisher angesammelt hatte. Abgesehen von der Highschool, wo uns alles sehr praktisch und unromantisch erklärt wurde, und dem Internet, wo es vor Bullshit nur so wimmelte, hatte ich nicht viel Ahnung von solchen Dingen.

Oh, und ich hätte es beinahe vergessen: Wills Vortrag über Blümchen und Bienchen.

»Ich muss zuerst auf die Toilette«, flüsterte ich.

Ich schloss mich in dem engen Raum ein und versuchte, das Summen in meinen Ohren und mein klopfendes Herz unter Kontrolle zu bringen. Dann betrachtete ich mich im Spiegel.

Hätte ich gewusst, was heute passieren würde, hätte ich mich besser vorbereitet. Ich weiß nicht, passende Unterwäsche angezogen.

Als ich wieder zu Leo zurückkam, lächelte ich, denn er hatte zwischendurch Musik angemacht und zündete gerade Kerzen an. Sie glitzerten und trugen zur Schönheit der Sternenkulisse bei, als er sie überall verteilte.

»Du magst so etwas, habe ich recht?«, riet er und gab mir einen weiteren Kuss auf die Wange, als er an mir vorbeiging, um die Streichhölzer zurück in die Schublade zu legen.

Ich sah mich staunend um. »Ich liebe es!«

»Das dachte ich mir schon. Denn ich kenne dich inzwischen ziemlich gut.« Leo nahm sanft meine Hand und führte mich zu unserem provisorischen Sofa, wo wir es uns wieder gemütlich machten.

Ich warf einen flüchtigen Blick auf die Tür. Wenn Sonny jetzt hereinkäme, wäre ihm sofort klar, was wir hier taten. Dann überprüfte ich mein Telefon, um sicherzugehen, dass keiner meiner Brüder eine Nachricht geschrieben oder mich angerufen hatte. Schließlich schaltete ich es auf Vibration, damit uns niemand störte.

Ich setzte mich auf die Matratze und war plötzlich noch verlegener als zuvor.

»Geht es dir gut?«, fragte Leo zum x-ten Mal und legte wieder seinen Arm um mich. Ich mochte es, wie er sich an meiner Taille anfühlte.

Ich nickte.

»Macht es dir etwas aus, wenn wir uns noch ein bisschen küssen?«

»Nein, gar nicht«, antwortete ich und reckte ihm automatisch meinen Hals entgegen.

Er lachte und kümmerte sich gehorsam darum, und dann hinterließ er eine Spur von Küssen von meinem Kinn bis zu meinem Dekolleté.

Und da begann ich mich zu fragen, ob ich ihn auch irgendwo küssen sollte?

Vielleicht auch auf den Hals? Oder aufs Ohr?

Ich entschied mich für das Ohr. Leo zuckte zusammen, als ich mit den Zähnen an seinem Ohrläppchen knabberte. Ich weiß nicht, warum ich ihn gebissen habe, aber es hat mir großen Spaß gemacht.

Er blieb nicht untätig, und bald spürte ich auch seine Zähne – zuerst an meiner Unterlippe und dann an meinem Hals.

»Stopp!«, rief ich auf einmal.

Mein Freund riss sich von mir los, als hätte er sich verbrannt.

»Ist etwas passiert? Habe ich etwas falsch gemacht?«, wollte er wissen.

»Mach mir ja keinen Knutschfleck!«

»Bitte was?«

»Wenn du mir einen Knutschfleck hinterlässt, wird ihn bestimmt jemand entdecken«, erklärte ich, und als er fragend eine Augenbraue hochzog, wedelte ich mit der Hand. »Beiß mir einfach nicht in den Hals, okay?«

Leo nickte, um meine Anweisungen zu bestätigen, und küsste mich weiter.

Doch ich unterbrach ihn schnell wieder.

»Warte kurz … Hast du Kondome dabei?«, flüsterte ich aufgeregt und war plötzlich total gestresst.

»Sei dir versichert, dass ich sie dabei habe.«

Er griff in die Tasche der Hose, die er noch anhatte, und dann begann er sofort damit, sie auszuziehen, nachdem er sich zuvor auch schon sein T-Shirt vom Leib gerissen hatte.

Mein Körper zitterte vor Angst und auch vor Aufregung. Und vor Unsicherheit und Glück.

Leo gefiel mir total mit seinem muskulösen Bauch und seiner glatten Haut – und ich beschloss, dass es nun für mich an der Zeit war, mich meiner Klamotten zu entledigen. Zuerst streifte ich meine Kniestrümpfe ab, die ich ordentlich an die Armlehne des Sessels neben mir hängte. Dann griff ich unter meinen Rock und fing an, meine Strumpfhose abzustreifen. Ich erzitterte, als ich die kühle Luft auf der nackten, empfindlichen Haut meiner Oberschenkel spürte.

Ich sah Leo an und tat mein Bestes, um nicht wie ein Kind zu wirken, das ein Biologiebuch an einer aufregenden Stelle aufschlägt, als er inzwischen nackt vor mir hockte.

Mein Freund lächelte mich an, dann beugte er sich vor und legte seine Hand auf mein nacktes Knie.

»Brauchst du Hilfe?«

Bei diesen Worten bewegte er seine Hand weiter hoch. Ich erzitterte erneut, als ich seine Finger auf meiner Haut spürte. Seine Hände erkundeten definitiv neues Terrain, aber anstatt davor zurückzuschrecken, wollte ich mehr davon. Die Schmetterlinge in meinem Bauch flippten geradezu aus und ich spürte, wie mein Gesicht brannte.

OMG! Was machen wir hier nur?

»Kann ich mich alleine ausziehen?«, flüsterte ich.

»Ja, selbstverständlich.«

Ich war sehr froh über dieses Sternenlicht, denn abgesehen von der schönen Atmosphäre verschaffte es uns auch eine gewisse Diskretion. Bei vollem Licht hätte ich mich sicherlich geniert, mich komplett auszuziehen.

»Warte, warte!«, sagte ich plötzlich wieder.

Leo sah mich mit großen Augen an.«

»Ja?«

»Hast du das Verfallsdatum überprüft?«

»Von den Kondomen?«

»Ja.«

»Nein, aber sie sind neu …«

»Schau bitte nach.«

Leo widersprach nicht und bückte sich, um das zerrissene Tütchen aufzuheben. Er blinzelte einen Moment, um im schwachen Licht das Kleingedruckte zu lesen, bevor er die Packung schließlich zur Seite warf.

»Sie sind in Ordnung«, bestätigte er und begann dann, ein Kondom überzurollen, während ich nicht wusste, wo ich hinschauen sollte.

Ich zuckte zusammen, als ich Leo zischen hörte: »Verdammt!«

»Was ist los?«, fragte ich sofort erschrocken.

»Es ist gerissen!«

»Was ist gerissen?«

Er antwortete nicht, aber ich verstand.

»Wie?«

»Beim Drüberziehen …«

Ich blinzelte kurz, brach in Gelächter aus und bedeckte dann mein Gesicht mit den Händen.

Was für eine absurde Situation.

»Oh. Was machen wir jetzt?«

Leo wusste offenbar selbst nicht, ob er lachen oder weinen sollte. Aber unser Sinn für Humor half uns über diese peinliche Situation weg, und so haben wir schließlich so gelacht, dass wir uns einen Moment Zeit nehmen mussten, um uns zu beruhigen. Es war ein bisschen so, als ob wir diesen Moment gebraucht hätten, um die peinliche Situation zu entschärfen.

»Und was jetzt?«, fragte ich wieder.

»Ich werde einfach ein neues nehmen.«

Ich atmete erleichtert aus.

In der Zwischenzeit faltete ich meine Bluse zusammen, legte sie auf den Sessel und legte dann meinen Uniformrock ebenso sorgfältig dort ab. Dann setzten wir uns wieder auf das Sofa.

Leos Finger strichen mir zuerst die Haare aus dem Gesicht, wanderten an meiner Seite und meiner Taille hinunter, streichelten meine Hüfte, bis sie auf meinem Oberschenkel lagen. Dort hielten sie für einen Moment inne, und in dieser Zeit beugte er sich wieder über mich und zwang meinen Körper zurück in eine liegende Position. So schwebte er über mir, und dieses Mal spürte ich das Kribbeln, das von der Berührung unserer Körper ausging. Sein Oberkörper, der meinen berührte, war alles, woran ich denken konnte.

Zuerst fiel es mir schwer, mich zu entspannen, als seine Finger dorthin wanderten, wo mich noch nie jemand berührt hatte, doch Leo erwies sich als der perfekte Liebhaber. Alle seine Bewegungen waren langsam und behutsam, als ob er mir Zeit geben wollte, mich an alles zu gewöhnen. Er gab mir das sichere Gefühl, dass, egal was wir vorhatten, nichts Schlimmes passieren konnte. Dass das, was wir taten, alles nicht schlecht und verboten war, sondern ganz natürlich und wunderschön. In diesem Moment bewies er mir, dass Sex ein Ausdruck von Liebe, Zärtlichkeit und Respekt war. Als ich unter seinem Körper auf der Matratze lag, hatte ich es warm und behaglich, und dank seiner sanften Umarmung fühlte ich mich geliebt und sicher.

Es war seine aufmerksame Art, die mir alle Ängste nahm. Ich hörte auf, mich zu fragen, was passieren würde, wenn Sonny jetzt hier reinkäme. Ich machte mir keine Sorgen mehr, dass meine Brüder alles herausfinden würden. Ich legte einfach den Kopf zurück und mein anfängliches Zögern verwandelte sich nach und nach in Euphorie.

Leo lächelte wieder, aber mein Genuss war nur von kurzer Dauer – denn er wurde fast sofort von Schmerz überlagert, als er endlich in mich eindrang. Ich rammte meine Nägel in seine Schultern; teils, um mir Linderung zu verschaffen, und teils, um ihm mitzuteilen, wie es mir ging.

»Soll ich aufhören?«, fragte er.

»Nein.

»Bist du sicher?«

Ich zischte vor Unbehagen, hielt aber durch.

»Ich versuche, sanft zu sein …«

»Ich weiß …«, zischte ich durch zusammengebissene Zähne. »Du kannst nichts dafür.«

»Wir können aufhören.«

»Nein. Ich will mehr.«

Ich ließ mich von meinen Sinnen leiten. Sie wussten, was zu tun war, obwohl ich noch nie zuvor einem Jungen so nahe gewesen war. Leo und ich hörten einfach beide auf das, was unsere Körper uns sagten.

Und es war wunderschön.

»Ich kann dich wieder hier küssen, wenn du willst«, bot er an, während wir danach kuschelten. Er fuhr mit seinen Fingern über die rechte Seite meines Halses, bis ich vor Genuss meine Augenlider schloss.

»Mhm, jaaa, küss mich«, stimmte ich zu, woraufhin er lachte und sich über mich beugte.

Um ehrlich zu sein, bereiteten mir diese Küsse nicht weniger Freude als der Sex selbst. Doch leider wurden sie durch das Vibrieren meines Handys unterbrochen.

Im ersten Moment erstarrte ich. Im zweiten tastete ich krampfhaft nach meinem Smartphone und ein Schauer durchlief mich – nur dieses Mal kein Schauer der Lust.

»Was ist los?«, wollte Leo wissen.

»Vincent ruft an«, flüsterte ich verzweifelt.

»Dann gehst du besser ran, oder?«

»Ich habe nichts an!«

»Ruft er über Video an?«

»Nein! Machst du Witze? Das hätte ja noch gefehlt.« Ich erzitterte wieder.

»Wo liegt also das Problem?« Leo runzelte die Stirn, weil er nicht verstand.

»Ich fühle mich irgendwie schuldig.«

»Warum denn das?«

»Ich habe seine Regeln gebrochen. Er wird es bestimmt erfahren!«, erklärte ich ihm und starrte mit klopfendem Herzen auf den Namen meines Bruders auf dem Bildschirm.

»Hailie, du musst rangehen, sonst wird er misstrauisch. Und dann ruft er Sonny, und der kommt gleich hier rein!« Selbst in Leos Stimme schwang jetzt ein Hauch von Panik mit.

Ich wusste, dass er recht hatte. Schnell begann ich, eine Decke um mich zu wickeln, um mich zu bedecken. Es war mir egal, wie bizarr meine Überlegungen auch erscheinen mochten. Vince hatte übernatürliche Kräfte und ich war mir sicher, dass er sogar die Marke des Shampoos, mit dem ich mir heute Morgen die Haare gewaschen hatte, aus meiner Stimmlage heraushören konnte.

»Höre ich mich verdächtig an?«, fragte ich und versuchte, meine Atmung unter Kontrolle zu bringen.

»Hailie, wir haben keine Zeit, geh ran!«

Also ging ich ran. Ich weiß nicht, was Vince dachte und ob er erkannte, dass ich gestresst war. Leo meinte später, ich hätte das Gespräch ganz normal geführt. Es war wieder einer von Vincents Kontrollanrufen. In letzter Zeit, da ich öfter allein unterwegs war, gab es deutlich mehr davon. Die Regel lautete, dass ich sie jedes Mal beantwortete und immer bereit war, mich zu melden – was ich heute auch getan habe, sodass Vince mir nichts vorwerfen konnte.

Als ich mein Telefon weglegte, atmete ich erleichtert auf, aber weiter mit Leo zu kuscheln kam jetzt absolut nicht mehr in Frage. Die Stimme meines ältesten Bruders hatte die ganze Atmosphäre wirkungsvoll abgekühlt. Vince hatte mir außerdem befohlen, nach Hause zu kommen.

»Was hier zwischen uns passiert ist, Hailie, war magisch«, gestand mir Leo zum Abschied, nachdem ich, bereits angezogen, das Bad verlassen hatte.

Ich warf mich in seine Arme, gerührt von diesen Worten.

»Leo?«, murmelte ich.

»Hm?«

»Danke, dass du mich damals auf der Party aufgehalten hast, als ich mich nur in Unterwäsche auf dich gestürzt habe.«

Ein Moment der Stille trat ein.

»Gern geschehen«, flüsterte er und küsste mich auf den Kopf.

Ich schloss die Augen und wünschte, dieser Augenblick würde ewig dauern.

26

Gleich und gleicher

»Hey, hey!«

Meine fröhliche Stimme hallte von den Wänden der scheinbar leeren Monet-Residenz wider. Ich machte ein paar Schritte hinein und sah mich um.

Fast nahm ich an, dass die Jungs ein Nickerchen machten, aber der Teufel schlief ja nie.

Ich kicherte über meinen eigenen Scherz und stellte meine Tasche auf einer der untersten Treppenstufen ab. Ich ließ die Porsche-Schlüssel hineinfallen und tapste in Richtung Küche. Ich glaubte, von dort ein leises Klappern zu hören. Und ich hatte recht, jemand war da.

Tony hatte sich gerade ein Getränk aus dem Kühlschrank genommen und griff nach dem Öffner. In seiner typischen, mürrischen Stimmung ließ er sich nicht einmal herab, auf meine Begrüßung zu reagieren.

Völlig unerschrocken ging ich von hinten an ihn heran, schlang meine Arme um ihn und drückte meine Wange an seinen Rücken. Erst dann reagierte er.

»Was machst du denn da?«

»Ich umarme dich. Ich bin es, deine Lieblingsschwester.«

»Du bist nicht meine Lieblingsschwester.«

»Ich bin doch deine einzige Schwester.«

»Na und?«

Ich erkannte an seinem Ton, dass er mich nur foppen wollte.

Der Ton wurde aber schnell anders, als ich ihn nicht sofort losließ und er mich beim Gehen mitschleifen musste.

»Was ist los mit dir, lass mich!«

»Tonyyy …«

»Hailie?«, fragte Vincent, als er plötzlich in die Küche trat.

Mit ihm strömte eine Aura von Dunkelheit herein, die sofort meine Freude und Fröhlichkeit nur minimal dämpfte.

»Vince!«, rief ich aus.

Ich ließ den einen Bruder los und ging mit offenen Armen auf den anderen zu. Er hob eine Augenbraue, als ich mich an ihn klammerte, und ich glaube, er warf sogar einen fragenden Blick Richtung Tony, der sofort giftete: »Ich glaube, sie hat getrunken.«

Ich spürte sofort Vincents Finger an meinem Kinn.

»Ist das wahr?«, fragte er streng und kniff seine hellen Augen zusammen.

»Tony erzählt Mist!« Ich riss mein Gesicht weg und schaute finster drein. »Ich habe nichts getrunken, Mann, ich habe einfach einen guten Tag. Warum seid ihr denn so grumpy?«

Vincent antwortete nicht, aber er umarmte mich gnädigerweise ebenfalls. Nur für einen kurzen Moment, aber immerhin.

»Siehst du, was mit ihr passiert, wenn du sie allein losziehen lässt?«, stichelte Tony.

»Wie, was mit mir passiert? Ich bin einfach nur fröhlich. Nicht wie du, du alter Griesgram.«

Ich bekam keine Antwort, weil Tony die Küche verließ. Stattdessen hörte ich von Vince: »Hailie, eigentlich würde ich gerne über deine Unternehmungen sprechen.«

Ich warf ihm einen misstrauischen Blick zu, doch ich versuchte, keine voreiligen Schlüsse zu ziehen.

»Und zwar?«

»Ich möchte, dass du aktuell spätestens um sechzehn Uhr zu Hause bist.«

»Das ist ein Scherz, oder?« Ich hob meine Augenbrauen.

»Deutet irgendetwas in meinem Benehmen darauf hin, dass ich scherze?«

Ich maß ihn mit einem Blick. Er war ernst, hielt sich aufrecht, trug ein weißes Hemd und runzelte die Stirn. Typisch Vincent. Ich wollte schon etwas Unhöfliches erwidern, aber ich biss mir rechtzeitig auf die Zunge. Bei meinem ältesten Bruder musste man vorsichtig sein. *Ich könnte zu viel verlieren, wenn ich mich jetzt auf einen Streit einlasse.*

»Es gefällt mir nicht, dass du im Dunkeln Auto fährst. Und da die Sonne nun immer früher untergeht, muss ich leider auch deine Sperrstunde verschieben. Es tut mir leid.«

Tut es ihm jemals wirklich leid, wenn er diese Worte sagt?

»Vince, das bedeutet, dass ich nur am Wochenende rausgehen kann! Unter der Woche ist es schon dunkel, wenn ich von der Schule nach Hause komme.«

»Treffende Schlussfolgerung, liebe Hailie.«

Ich hatte echt Lust, ihm eine zu verpassen!

Stattdessen seufzte ich laut und dramatisch, aber in Wahrheit gab es wenig, was mir heute meine Stimmung verderben konnte. Die Schmetterlinge, die bei meinem ersten Mal mit Leo wild umhergeflattert waren, hatten sich zwar ein wenig beruhigt, aber sie flogen immer noch fröhlich in meinem Bauch herum.

Ich fühlte mich seltsam, allerdings im positiven Sinne. Außerdem hatte ich keine Schmerzen mehr und alle Verlegenheit von zuvor wich Stolz, Aufgeregtheit und Leichtigkeit. Ich hatte es geschafft, mein erstes Mal hinter mich zu bringen, und es ging mir wunderbar damit.

»In Ordnung, Vince«, erwiderte ich höflich.

Er antwortete nicht. Er war wohl davon ausgegangen, dass er sich so oder so durchsetzen würde.

»Was ist los, kleines Mädchen?«, fragte Dylan verwundert, als ich mich zu ihm und Tony ins Wohnzimmer gesellte, um eine Weile zuzusehen, wie sie PlayStation spielten.

Es war nur gut, dass sie auf den Bildschirm starrten und nicht auf mich, denn so bemerkten sie mein seliges Lächeln nicht.

»Ich bin gar nicht mehr so klein …«, sagte ich leise und erlaubte mir, das Geheimnis in meiner Stimme durchscheinen zu lassen. Dann nahm ich einen Schluck von der Cola, lehnte mich in meinem Lieblingssessel zurück und zog die Beine unter mich.

Dylan schnaubte und beugte sich mit dem Controller in der Hand noch weiter vor. Es hätte nicht viel gefehlt, und er wäre in den Bildschirm gekrochen.

»Für uns wirst du immer klein sein.«

Ich musste mir auf die Unterlippe beißen, um mein Lächeln nicht noch breiter werden zu lassen.

Ich schrieb regelmäßig mit Leo und besuchte ihn an den Wochenenden. Natürlich kam ich stets pünktlich zurück, und Vincent fragte immer, was ich tagsüber gegessen hatte und wann ich nach Hause gekommen war. Er drohte damit, dass er stichprobenartig die Uhrzeit auf den Kameras überprüfen würde, wann genau das Tor zum Grundstück für mich geöffnet wurde. Und wenn einer der anderen Jungs mich beim Zuspätkommen erwischt hätte, hätten sie mich sicher bei ihm verpfiffen. Vince hatte wirklich eine heftige Macke, was seine Regeln betraf, aber ich ertrug sie tapfer. Schließlich hatte ich einen Vorgeschmack auf das Leben in einem echten Gefängnis bekommen.

Bei meinen Treffen mit Leo ging es nicht unbedingt darum, weitere Grenzen auszutesten. Er drängte mich zu nichts, und um mir Genuss zu bereiten, küsste er mich oft, wie ich es mochte. Er hatte bereits gelernt, dass ich die rechte Seite meines Halses bevorzugte.

Wir schauten auch viele Serien, und Leo brachte oft Leckereien aus der Konditorei zu unseren Dates mit. Ich lachte dann immer und sagte, dass ich von alledem zunehmen würde – woraufhin er protestierte und mir zuflüsterte, dass ich für ihn immer wunderschön sei.

Die erste Hälfte des Novembers verging sehr schnell, denn ich ging wieder regelmäßig zur Schule, und an den Wochenenden sah ich meinen Freund und manchmal auch Mona. Einmal traf ich mich sogar mit ihr und Lavinia. Obwohl es keine langen Ausflüge waren, erschien mir der Monat dadurch ungewöhnlich voll. Und das war er auch, wenn man ihn mit den Wochen vergleicht, in denen ich den ganzen Tag zu Hause gehockt hatte und meine einzige Unterhaltung Homeschooling gewesen war.

Leider sehnte ich mich, nachdem ich ein wenig vom Leben gekostet hatte, nach immer mehr Freiheit, und die Wochenenden mit Leo schienen nie länger als einen Wimpernschlag zu dauern.

An einem Samstag war ich lange mit ihm im Partykeller. Wir lagen eingekuschelt auf der Matratze, zugedeckt mit einer Decke, die Kissen hinter den Rücken geschoben, und schauten eine Fernsehserie, die uns total in ihren Bann zog, während der tragbare Heizkörper neben uns brummte und Wärme abgab. Da es im Keller keine Fenster gab, war es für uns schwieriger, die Uhrzeit im Auge zu behalten, und ich schnappte nach Luft, als ich sah, dass es bereits viertel nach drei war.

Viertel nach drei!

Sofort sprang ich von unserer Liege auf, und Leo rappelte sich ebenfalls auf, sobald er merkte, dass ich kurz davor war, zu spät nach Hause zu kommen. Wir rannten zu meinem Porsche, aber ich wusste bereits, dass die Chancen, dass ich vor der Ausgangssperre in der Villa ankomme, sehr gering waren.

Nachdem ich den Motor angeworfen hatte, hoffte ich immer noch, es rechtzeitig zu schaffen, und ich klammerte mich mit aller Kraft an diesen Gedanken. Verkrampft hielt ich das Lenkrad fest, konzentriert wie nie zuvor auf die Straße, die ich doch so gut kannte.

Ich war so verzweifelt, dass ich versuchte, die Strecke irgendwie mit der Kraft meiner Gedanken zu verkürzen. Immer wieder warf ich einen Blick auf die Uhr.

Ich werde es rechtzeitig schaffen!

Es war mittlerweile dunkel, und die zahlreichen kahlen Bäume sahen vor dem düsteren Hintergrund beinahe gespenstisch aus. Außerdem war es draußen ziemlich kalt, obwohl die Wetterbedingungen meine Fahrt nicht behinderten – es gab keinen Regen oder Schnee, keinen starken Wind. Es war einfach nur kalt. Ich drehte die Heizung auf und schaute wieder auf die Uhr.

Ich werde es rechtzeitig schaffen.

Plötzlich erschrak ich beim Anblick der bunten Blitze, die sich irgendwo in meinen Fenstern und Rückspiegeln spiegelten und in der grauen Herbstlandschaft der Wälder von Pennsylvania stark hervortraten. Ich schaute ungläubig in den Rückspiegel und erkannte rote und blaue Lichter.

Schnell wurde mir klar, dass der blinkende Wagen, der mir auf den Fersen war, ein Polizeiauto war. Ich schaute mich um, auf der Suche nach etwas, was die Polizei auf den Plan gerufen haben könnte. Es war jedoch keine andere Person und kein anderes Auto auf der Straße außer Sonnys schwarzem Geländewagen, der irgendwo hinter mir her fuhr.

Ich fuhr also eine Weile weiter und weigerte mich hartnäckig, mir einzugestehen, dass die Polizei auf mich aufmerksam geworden war. Das ergab einfach keinen Sinn. Als die Beamten jedoch die Sirene aufjaulen ließen, schrak ich sofort zusammen und betätigte den Blinker, um ohne weitere Verzögerung anzuhalten.

Ich saß angespannt da und sah in den Spiegel, als die Cops hinter mir anhielten. Ein stämmiger Mann in Uniform stieg aus. Mein Magen krampfte sich so sehr zusammen, dass ich befürchtete, mich auf die schönen Lederbezüge zu übergeben. Ich konnte nicht glauben, was gerade geschah.

Ich bin gerade von der Polizei angehalten worden!

Sonnys Auto überholte mich und quetschte sich in den freien Platz vor meinem Porsche, sodass nun alle drei Fahrzeuge in einer Reihe standen. Der Polizist verlangsamte seinen Gang, noch bevor er mich erreichte, und beäugte Sonny, der gerade ausstieg, misstrauisch.

Der Cop rief ihm etwas zu, woraufhin Sonny die Hände hob, und ich öffnete das Fenster einen Spalt, um zu hören, was sie sagten: »Ich bin der Bodyguard, Officer. Ich muss in ihrer Nähe sein«, erklärte er, und während er weiter die Hände oben hielt, deutete er mit seinem Kopf auf mein Auto.

»Ein Bodyguard, aha.« Der Polizist kniff die Augen zusammen und ich konnte am Klang seiner Stimme erkennen, dass er zunehmend neugierig (oder aber voreingenommen) war. »Nun, ich muss mit dem Fahrer dieses Autos sprechen. Wenn Sie schon hier sein müssen, dann gehen Sie mir wenigstens aus dem Weg und erschweren mir meine Arbeit nicht.«

»Natürlich, Officer.«

Ich biss mir auf die Lippe und versuchte, aus Sonnys teilnahmslosem Gesichtsausdruck zu erkennen, was los war und ob ich in Schwierigkeiten steckte, während es mir gleichzeitig peinlich war, Blickkontakt mit ihm aufzunehmen. Er selbst sah recht entspannt aus, aber er war ja auch nicht derjenige, der bei Vince fürs Zuspätkommen und Probleme mit dem Gesetz gerügt werden würde. Ich zuckte zusammen, als ich ein Geräusch auf dem Autodach hörte. Es war der Polizist, der neben meinem Auto stand und mit den Fingern aufs Dach klopfte.

»Bitte lassen Sie die Scheibe ganz herunter. Ich muss sehen, mit wem ich spreche.«

Ich gehorchte seinem Befehl und die kühle Luft von draußen strömte in den Porsche. Ängstlich betrachtete ich den Mann. Er war schon etwas älter, was man daran erkennen konnte, dass sein dunkles Haar und sogar sein dicker Schnurrbart bereits grau wurden. Sein Gesichtsausdruck war sehr ernst. Er gehörte definitiv nicht zu den gemütlichen Polizisten, die zwinkerten und Witze machten, wenn sie jemanden anhielten. Er zog die Stirn in Falten, als sein strenger Blick auf mich fiel.

»Da schau her, ein Teenager«, sagte er und schüttelte missbilligend den Kopf. »Ein weiteres verantwortungsloses Kind am Steuer. Genau das, was wir alle brauchen.«

»Äh, guten Abend …«, stammelte ich.

»Guten Abend.« Er hielt seine Hand auf. »Führerschein und Zulassung.«

Ich erstarrte für einen Moment und blinzelte, und der Polizist sah mich an, als stimmte irgendwas nicht mit mir. Mit zitternden Händen fischte ich schließlich meinen Führerschein aus der Handtasche und begann dann, mich hilflos nach weiteren Dokumenten umzuschauen. Panisch griff ich in das Handschuhfach, weil ich einfach nicht wusste, wo ich sonst noch suchen sollte. Nervös kramte ich durch das Chaos darin. Die Hälfte von dem ganzen Zeug mussten die Zwillinge und Dylan angeschleppt haben, ich wusste nicht einmal, wann.

Der Cop beobachtete meine Verwirrung mit einem skeptischen Blick, aber als ich ihm schließlich die geforderten Dokumente überreichte, nahm er sie entgegen und begann, sie durchzusehen.

»Haben Sie es eilig, irgendwo hinzukommen?«

»Nein, ich …« Ich schloss meine Augen, da ich endlich verstand, warum ich angehalten worden war. »Bin ich etwa zu schnell gefahren?«

Er wandte seinen Blick von den Dokumenten zu mir.

»Ist Ihnen denn die Höchstgeschwindigkeit, mit der Sie fahren dürfen, nicht bekannt? Kennen Sie die Straßenverkehrsordnung nicht?«, fragte er, dann wedelte er leicht mit meinem Führerschein: »Sind Sie sicher, dass das Ihrer ist, Miss …?«

Er blinzelte und richtete seinen Blick angestrengt wieder auf das Dokument. Er starrte es einen Moment lang an, und als sich unsere Blicke wieder trafen, schaute er nun ganz anders.

»… Monet?«

Ich räusperte mich und zupfte nervös an meinem Ohrring.

»Ja, es ist mein Führerschein, ich … Entschuldigung. Ich wusste nicht, dass ich zu schnell gefahren bin. Normalerweise halte ich mich an die vorgeschriebene Geschwindigkeit. Wirklich.«

Der Polizist tastete meinen Führerschein noch einmal mit den Augen ab und rieb sich das Kinn.

»Bekomme ich einen Strafzettel, Officer?«, fragte ich nervös und biss mir vor Sorge auf die Unterlippe, als der Mann in seine Uniformtasche griff.

»Ich würde Ihnen gerne ein Knöllchen verpassen, Miss Monet. Leider …«, er zückte sein Handy und lächelte säuerlich »… gibt es Gleiche und Gleichere. Leute, die offenbar über dem Gesetz stehen.«

Ich neigte den Kopf, um seinem unangenehmen Blick auszuweichen, während er das Telefon an sein Ohr hielt.

»Sheriff, die Sache ist die: Ich bin gerade auf Streife und habe eine junge Frau erwischt, das mit einem goldenen Porsche durch die Wälder gerast ist …«

Ich bin überhaupt nicht gerast!

»Äh, ja, nein, die Sache ist die … Sie heißt Monet. Ja, Hailie Monet.« Er las meine Daten laut vor, und ich rollte mich innerlich zusammen, dann warf ich einen Blick zu Sonny hinüber. Er stand reglos in der Nähe und hatte die Hände auf dem Rücken verschränkt. Seine Augen wurden von seiner Sonnenbrille verdeckt, obwohl das Tageslicht fast verschwunden war. Dann schaute ich auf meine Armbanduhr. Es war schon fast sechzehn Uhr.

Ich werde es nicht mehr schaffen …

»Äh … nun, wenn das so ist, dann … bitte verbinden Sie«, sagte der Polizist mit plötzlich heiserer Stimme. Er räusperte sich ein paar Mal, während er mit dem Handy am Ohr auf etwas wartete. Und als ich seine nächsten Worte hörte, wurde ich blass. Als ich den Kopf hob, stellte ich fest, dass auch sein Gesicht blutleer geworden war. »Guten Abend, Mr. Monet.«

Ich lehnte mich in meinem Sitz zurück, schlug mit dem Hinterkopf gegen die Kopfstütze und ließ die Luft aus meinen Lungen hinausströmen. Sofort spürte ich Frustration und auch ein wenig Angst aufkommen. Ich konnte mein eigenes Pech nicht fassen. Verzweifelt hörte ich zu, als der Polizist meinem Bruder die Einzelheiten meines Vergehens erzählte.

Aus seinen Worten ging allerdings klar hervor, dass ich gar nicht so schnell gefahren war: Ich hatte die zulässige Höchstgeschwindigkeit kaum überschritten, hieß es.

»Natürlich, Mr. Monet. Ich habe verstanden. Ich wünsche Ihnen einen schönen Abend.« Er legte auf, und dann spürte ich seinen Blick auf mir, als er sich steif an mich wandte: »Und Ihnen, Miss Monet, wünsche ich eine sichere Heimfahrt.«

Er reichte mir meine Papiere zurück, nickte knapp und ging davon, und ich blickte ihm verdattert hinterher. Es dauerte nicht lange, bis mein Telefon vibrierte, und ich musste nicht auf das Display schauen, um zu wissen, wer dran war. Ich seufzte, zog eine Grimasse und hielt mir das Telefon ans Ohr.

»Ja, Vince?«

»Wie weit bist du von zu Hause entfernt?«, fragte er sich mit seiner tiefen, scharfen Stimme.

»Weniger als zehn Minuten …«

»Du fährst jetzt direkt zurück nach Hause und behältst dabei den Tacho im Auge. Du fährst langsam, hast du mich verstanden? Du bist ohnehin schon verspätet. Sobald du da bist, kommst du direkt zu mir ins Arbeitszimmer.«

»Okay«, antwortete ich leise.

Vincent legte auf, und ich schluckte und strich mir die Haare hinter die Ohren. Ich war wie betäubt, hatte genug vom Autofahren und für einen Moment hatte ich Angst, das Lenkrad wieder anzufassen. Doch der Polizist fuhr einfach davon, ohne mich auch nur eines Blickes zu würdigen, und Sonny stieg auch schon in sein Auto.

Es war höchste Zeit, den Motor zu starten.

Schließlich wartete Vincent zu Hause auf mich.

27

Happy Birthday

Zu Hause angekommen, stieg ich, den Anweisungen meines Bruders folgend, die Treppe hinauf, den Autoschlüssel, der mir so wichtig war, weil er meine Freiheit bedeutete, in der verschwitzten Hand. Vincents Leibwächter verkrampfte sich jedes Mal bei meinem Anblick, seit ich mich mit ihm angelegt hatte, aber heute ging er mir ohne ein Wort aus dem Weg. Sicherlich war er darüber informiert worden, dass ich kommen würde.

Vincent saß hinter seinem Schreibtisch und starrte auf seinen Computer. Der helle Bildschirm beleuchtete sein blasses Gesicht und spiegelte sich in seiner blauen Iris, und zwischen seinen dunklen Augenbrauen stand eine tiefe senkrechte Falte. Obwohl er konzentriert zu sein schien, richtete er sich bei meinem Anblick sofort in seinem Chefsessel auf und blinzelte. Für eine Sekunde schloss er die Augen, als wäre er erleichtert, dass ich es nach Hause geschafft hatte und nicht unterwegs verunglückt war.

»Es ist zehn Minuten nach vier«, fing er barsch an. »Das bedeutet eine Woche Hausarrest.«

»Vince!«, rief ich gereizt aus.

»Außerdem bist du von der Polizei angehalten worden, weil du zu schnell gefahren bist«, fuhr er fort. »Das heißt: vier Wochen ohne Auto.«

Ich riss meine Augen auf.

»Lass deine Schlüssel hier«, wies er mich an und deutete auf die Schreibtischplatte.

»Vince, einen ganzen Monat?«, stöhnte ich auf.

Er warf mir einen kalten Blick zu.

»Wären dir zwei lieber?«

»Lass es mich erklären«, bat ich. Ich trat näher an seinen Schreibtisch heran und griff nach der Kante.

»Hat der Polizeibeamte dich etwa ungerechtfertigt angehalten?«

»Nein, aber …«

»Ich nehme an, du hattest es eilig, nach Hause zu kommen, weil du dich mit Leo verquatscht hast und nicht zu spät kommen wolltest, habe ich recht?«

Ich holte tief Luft.

»Ich bin ein bisschen zu spät los, das stimmt, aber ich habe gar nicht gemerkt, dass ich zu schnell gefahren war. Das war keine Absicht, ich schwöre.«

»Du sagst also, dass du unkonzentriert gefahren bist?« Ich senkte meinen Blick, und Vince tippte mit dem Finger auf die Tischplatte. »Schlüssel.«

Ich drückte meine Finger fest um den Bund.

»Und wie soll ich zur Schule kommen?«

»Jemand wird dich fahren.«

»Jeden Tag? Hin und her?«

»Ich denke, deine Brüder sind dieser Aufgabe gewachsen.«

Einen Moment lang starrte ich ihn an, aber als ich merkte, dass er davon völlig unbeeindruckt war, seufzte ich und versuchte eine andere Strategie. Ich verzog traurig meinen Mund und fuhr mit dem Finger meiner freien Hand über die Tischplatte: »In zwei Wochen habe ich Geburtstag und ich wollte Leo besuchen …«

»Hoffen wir also, dass du einen deiner Brüder überreden kannst, dich dorthin zu bringen.«

Ich ließ die Luft aus meinen Lungen entweichen und warf die Schlüssel auf den Schreibtisch, achtete aber darauf, dass meine Geste nicht zu heftig war.

»Warum bist du so?«, sagte ich verstimmt und kräuselte meine Unterlippe noch mehr.

Vince beugte sich zu mir vor und zog ernst seine Augenbrauen zusammen. »Weil du, meine Liebe, von der Polizei angehalten wurdest.«

»Es ist nicht fair, dass ich keinen Strafzettel bekommen habe wie jeder normale Mensch. Ich hätte das Geld bezahlt und du hättest nicht einmal etwas davon gewusst«, beschwerte ich mich, worauf er seinen Blick zur Decke hob.

»Hailie, ich werde immer über jede Geldstrafe informiert werden, die du jemals erhalten solltest.«

»Aber wie, warum? Wie kommt es, dass der Polizeichef dich über alles informiert?«

Vince antwortete nicht, sondern sah mich nur einen Moment lang an und verbarg seine leichte Belustigung.

»Was hast du heute zu Mittag gegessen?«, fragte er, und ich presste meine Lippen zusammen, weil mir dieser unerwartete Themenwechsel missfiel.

»Leo und ich haben eine Pizza bestellt.«

Er nickte, als er diese Information zur Kenntnis nahm. Da war sie wieder, seine Kontrollsucht.

»Kann ich jetzt gehen?«, fragte ich entnervt, denn ich wusste, dass ich auf meine vorherige Frage sowieso keine Antwort bekommen würde.

Er nickte wieder, und ich drehte mich um, doch in dem Moment, als meine Hand den Türknauf berührte, hörte ich seine Stimme erneut: »Hailie.«

»Ja?« Ich drehte mich um.

»Wenn du noch einmal von der Polizei angehalten wirst, nehme ich dir das Auto endgültig weg und gebe es dir erst an deinem achtzehnten Geburtstag zurück«, sagte er noch kälter als sonst.

Ich schluckte trocken.

»Ich wünsche dir einen schönen Abend, Vince«, flüsterte ich und ging.

Ich hatte mich sehr an das Auto gewöhnt – es zu fahren, war nicht nur bequem, sondern bedeutete auch Bewegungsfreiheit. Allein der Gedanke, die Jungs einen Monat lang um eine Mitfahrgelegenheit bitten zu müssen, machte mich total fertig.

Meine Brüder erfüllten ihre Pflicht, mich zur Schule zu fahren mit Widerwillen. Jeder von ihnen benahm sich, als würde er mir einen wahnsinnigen Gefallen tun; na ja, jeder außer Will, der sich meistens dazu erbarmte. Keiner von ihnen war jedoch glücklich darüber, dass ich von der Polizei angehalten worden war, und sie wiesen mich bei jeder sich bietenden Gelegenheit darauf hin.

Am meisten ärgerten mich die Fahrten mit Dylan. Das lag vor allem daran, dass Dylan bei jeder Gelegenheit versuchte, mich auf den Rücksitz zu verbannen. Er behauptete, dass kleine Kinder nicht vorne mitfahren dürften. Einmal war ich sogar fast versucht, auf ihn zu hören, doch nur, um ihm dann von hinten einen Schlag auf seinen Hohlkopf zu verpassen. Doch ich ließ es bleiben, um meine Lage nicht noch schlimmer zu machen.

∽

Als der Tag meines Geburtstags kam, vermisste ich Leo bereits sehr. Zwar sah ich ihn regelmäßig in der Schule, aber mir fehlten unsere intimen Begegnungen. Ich träumte davon, mich an ihn zu kuscheln, mich wieder mit einer gemütlichen Decke zuzudecken, die Wärme zu spüren, die von seinem Körper ausging, und einen weiteren schönen Nachmittag mit ihm zu verbringen. Ich fragte mich, ob wir an diesem Tag vielleicht Sex haben würden, aber wir würden nicht viel Zeit haben. Für den Abend hatten meine Brüder nämlich ein Abendessen in unserem Lieblingsrestaurant geplant.

Bevor ich losging, rannte ich zu einem der Gästezimmer, in dessen Badezimmer ein großer Vorrat an Kondomen vorhanden war, wie ich mich erinnerte. Ich warf ein paar in meine Tasche.

Hier sind sie doch nur vergeudet, und Leo und ich können sie gut gebrauchen.

Ich hatte mir mit dem Lockenstab die Haare gemacht und einen Teil meiner Strähnen mit einer beigen Schleife zurückgesteckt. Dazu kombinierte ich einen engen Rollkragenpullover in der gleichen Farbe mit einem langen braunen Kleid mit Karomuster. Es reichte bis zu meinen Knöcheln, wurde unten breiter und betonte schön meine Taille, sodass es wirklich cute aussah. An den Füßen trug ich braune Stiefel mit niedrigen Absätzen.

Eingehüllt in einen warmen Mantel saß ich auf dem Beifahrersitz und diskutierte mit Will darüber, warum ich keine Mütze tragen wollte. Kopfschüttelnd verabschiedete er sich von mir, als ich ausstieg, und forderte mich auf, brav zu sein, woraufhin ich nur schelmisch grinste.

Sonny drängte sich wie üblich als Erster in den Keller, um die Lage zu checken, und ich ging nach ihm hinein und war sprachlos angesichts dessen, was ich dort vorfand.

Neben wunderschönen Dekorationen wie pastellfarbenen Heliumballons, verschiedenen Kerzen und frischen zartrosa Blumen begrüßte mich unten neben Leo auch Mona. Ich strahlte bei ihrem Anblick und umarmte sie, als hätte ich sie seit Jahren nicht mehr gesehen – dabei hatten wir doch erst gestern zusammen zu Mittag gegessen.

Bei einer Torte, die Leos Mutter für mich gebacken hatte, sangen sie »Happy Birthday« für mich. Dann bekam ich Geschenke, und wir spielten Spiele und tauschten uns über den Schulklatsch aus. Außerdem aßen wir leckere Snacks – und als es für mich an der Zeit war zu gehen, bereute ich es nicht, obwohl ich mit meinen Freunden viel Spaß hatte. Denn die Aussicht, mit meinen Brüdern zusammen auszugehen, freute mich ebenfalls. Shane und Tony wollten mich an der Konditorei abholen, also machten wir uns alle vor der vereinbarten Zeit auf den Weg dorthin, um die Zwillinge nicht durch eine etwaige Verspätung zu verärgern. Das war auch gut so, denn während wir die Straße entlangliefen, alberten wir die ganze Zeit herum und brachen in Gelächter aus, sodass wir ziemlich bummelten.

Sonny ging neben uns, aber ich glaube, er war ein bisschen gereizt von unserer Langsamkeit. Da ich den Samstagabend und den ganzen Sonntag mit meinen Brüdern verbringen würde, freute er sich über die Möglichkeit, nach Chicago zu fliegen, um Zeit mit seiner Tochter zu verbringen. Er sollte erst am Montagmorgen zur

Arbeit zurückkehren. Ich freute mich, dass er Kontakt mit Lea hatte, also versuchte ich, mich zu benehmen, und beschleunigte meinen Schritt.

Dieser letzte Novembertag war nicht sehr freundlich, und ein starker Wind wehte und zerrte an meinem Haar. Mona verabschiedete sich überschwänglich von mir und fuhr mit ihrem Auto nach Hause, und Leo und ich blieben vor der Konditorei stehen und warteten auf die Jungs. Plötzlich fing es an zu regnen, und wir gingen hinein. Ich drückte die Blumen, die Leo mir geschenkt hatte, an meine Brust, und er trug meine beiden Geschenktüten.

In dem Moment, als wir die Konditorei betraten, kam Winter aus dem Hinterzimmer. Ihre Augen wurden groß und ihr Gesicht war blass; sie sah wirklich nicht gut aus.

»Hey, Winter«, begrüßte Leo sie, und ich glaube, er versuchte, seine Verlegenheit zu überspielen.

Ich verstand ihn, denn wir waren total nass, lachten, machten den Boden mit unseren Schuhen schmutzig und raschelten mit meinen Geschenken, während Winter einen einsamen Nachmittag hinter dem Tresen verbrachte.

»Hey!« Winter zwang sich zu einem schiefen Lächeln und hob die Hand. Dann sah sie mich an: »Äh, alles Gute zum Geburtstag«, sagte sie schwach.

»Danke«, antwortete ich mit einer viel kräftigeren Stimme. Es war mir ehrlich gesagt unangenehm zu sehen, wie schlecht es ihr ging, während ich selbst so viel Spaß hatte.

»Geht ihr nach oben?«, wollte sie wissen.

»Willst du mit reinkommen?«, fragte mich Leo und strich sich eine feuchte blonde Haarsträhne aus dem Gesicht.

»Nein, meine Brüder werden bald hier sein.«

»Willst du dich nicht abtrocknen? Bei dem Wetter ist es leicht, sich zu erkälten«, sagte Winter leise.

Ich schaute sie verwundert an. Auch Leo war von ihrer Sorge um meine Gesundheit überrascht, aber keiner von uns sagte etwas dazu.

»Shane und Tony kommen gleich ... Oh, da sind sie ja. Wenn man vom Teufel spricht. Oder besser gesagt, von Teufeln!«, lachte ich künstlich, und Winter tat es mir nach.

Mit gerunzelten Augenbrauen nahm ich den Kuss entgegen, den Leo mir zum Abschied auf die Wange gab – gefolgt von den Geschenktüten, die er mir reichte.

»Genieß das Abendessen mit deinen Brüdern.«

»Danke. Und danke für heute.« Ich ließ beim Weggehen meine Zähne in einem Lächeln aufblitzen und murmelte Winter einen Abschiedsgruß zu.

Den Kopf vor dem Regen schützend stolperte ich auf einen grellbunten Sportwagen zu, der direkt vor dem Eingang der Konditorei gehalten hatte. Ich kletterte so schnell wie möglich auf den Rücksitz, um nicht noch nasser zu werden, dann winkte ich Sonny zu, der sich auf ein Zeichen der Jungs hin von uns verabschiedete und bereits zu seinem Auto lief. Ich warf meine Handtasche, die Geschenktüten und die Blumen auf den mittleren Sitz und zog an meinem Sicherheitsgurt, um mich anzuschnallen.

»Ey, mach bloß nichts dreckig«, ermahnte mich Shane, der den Hals reckte, um zu sehen, ob ich die Fußmatten des Autos mit meinen matschigen Schuhen verschmutzt hatte.

Ich entwirrte den verknoteten Schal und schob mein nasses Haar zurück, dann verdrehte ich die Augen.

»Es ist nichts dreckig geworden, fahr lieber los.«

»Da hinten auf dem Sitz sind meine Sachen, leg ja nicht deine nassen Taschen und Klamotten drauf, hörst du?« Shane griff blindlings nach hinten.

»Ja, schon klar! Ist gut jetzt.«

Ich schob seine Hand weg und verfing mich dabei mit den Fingern in der Schleife einer der Geschenktüten, die sich ihrerseits im Riemen meiner Handtasche verfangen hatte und die nun vom Sitz fiel.

Verärgert bückte ich mich, um meine Tasche aufzuheben und Shane dabei zurechtzuweisen, doch als mein Blick flüchtig über sein Gesicht glitt, runzelte ich die Stirn.

Er starrte auf den Fußraum, wo die Taschen hingefallen war. Seine Kinnlade fiel herunter, während ich in Gedanken den Inhalt meiner Handtasche analysierte und mich fragte, was herausgefallen sein könnte und ihn so verwirrte. Und als es mir einfiel, blieb mein Herz beinahe stehen.

Tony merkte bei der plötzlichen Stille auf und hob langsam den Blick von seinem Telefon. Dann schaute er zu seinem Zwilling und folgte dessen Blick nach unten. Als er begriff, was er dort sah, veränderte sich sein Gesichtsausdruck schlagartig.

Ich spürte einen Kloß in meinem Hals.

Shane sah mich wütend an.

Ich begann panisch, mir einen Plan zurechtzulegen, wie ich mich erklären sollte, aber ich konnte nicht so schnell denken. Am Ende schaffte ich es nur, mit dünner Stimme zu sprechen: »Das …«

Die Tür schlug zu.

Ich hielt vor Schreck den Atem an.

Tony war verschwunden.

Er wartete nicht auf meine Erklärung; sie war ihm offenbar egal. Seine plötzliche Wut machte mir Angst. Da ich mich daran erinnerte, dass solche Ausbrüche bei ihm praktisch immer in Schlägereien endeten, geriet ich in Panik.

Ich schüttelte flehend den Kopf und sah Shane an. Stumm bettelte ich ihn an, die Situation zu retten. Ich war sicher, dass er mich verstand, aber er kam meiner Bitte nicht nach – ganz im Gegenteil. Er sprang von seinem Sitz auf und rannte seinem Zwilling hinterher. Seine angespannten Arme und das Feuer in seinen dunklen Augen sagten eines aus: Er plante keineswegs, Tony aufzuhalten.

Ich saß noch einen Sekundenbruchteil länger so da, mit rasendem Herzen, um zu verarbeiten, was gerade geschehen war – und dann rannte ich selbst hinaus in den Regen und in die Konditorei hinein. Ich sah gerade, wie Shane im Hinterzimmer verschwand, nachdem er zuvor an Winter vorbeigelaufen war, die immer noch weiß wie ein Gespenst war.

»Hailie«, murmelte sie schwach. Sie stand hinter dem Tresen, genauso, wie ich sie hier zurückgelassen hatte.

»Lass mich durch!«, rief ich.

»Warte!«

Sie packte mich am Ellenbogen, als ich an ihr vorbeirannte, aber ich riss mich sofort los und warf ihr nur einen ungläubigen Blick über die Schulter zu. Ich lief ins Treppenhaus und schaffte es mit ein paar Sprüngen die Treppe hinauf, während die Geräusche des Kampfes aus dem Wohnzimmer der Hardys bereits an meine Ohren drangen.

»Tony!«, schrie ich, als ich bemerkte, wie mein Bruder Leo an die Kehle ging.

Leo muss Sekunden zuvor noch mit vor der Brust verschränkten Armen neben Gina gestanden haben, die auf einem Stuhl am Tisch saß. Der Ausdruck der Sorge verschwand gerade aus seinem Gesicht und wich dem Entsetzen, als Tonys tätowierte Hand seinen Hals packte.

»Hey!«, brüllte Leos Mutter ihn an.

Sie sprang auf und schob ihren Stuhl heftig zurück. Irgendwie sah sie nicht gut aus. Tränen glitzerten in ihren Augen, aber sie verflüchtigten sich, als sie sich auf meinen Bruder stürzte, um ihren Sohn zu verteidigen. »Lass ihn los, was soll das?«, schrie sie.

Ginas Fingernägel krallten sich in Tonys Hemd.

»Was soll das, lassen Sie ihn los!«, rief nun Shane, und er wiederum packte Gina an den Schultern, um sie mit Nachdruck von den beiden kämpfenden Jungs wegzuziehen.

Ich sprang auf Shane zu, um sein Handgelenk zu umklammern und ihn von Gina wegzuziehen. In diesem Moment mussten wir alle wie raufende Kinder ausgesehen haben, und es war eine wahre Komödie, bis jemand hinter mir plötzlich das Wort ergriff: »Oh, wir haben Gäste. Warum setzt ihr euch nicht und macht es euch bequem?«

28

Keine falsche Bewegung

Ich hatte keine Zeit zu reagieren, als sich ein Arm um meine Brust legte, und dann erstarrte ich vor Schreck, als ich direkt unter meinem Ohr den Lauf einer Waffe spürte.

Nach einem Moment der Bestürzung zerstreuten sich alle wie Schauspieler auf einer Bühne und schauten entsetzt auf mich und Ryder, der mich bedrohte.

Es herrschte angespanntes Schweigen.

Meinen Brüdern fielen bei diesem plötzlichen, unerwarteten Anblick beinahe die Augen aus den Köpfen. Ich wagte nicht, mich zu bewegen, und ließ meinen Blick über die versammelten Menschen schweifen, wobei ich meinen Kopf in einem seltsamen Winkel neigen musste. Ich wollte von dem tödlichen Stück Metall wegkommen, das sich in meine Haut bohrte. Allein bei dem Gedanken, dass ich mit einem einzigen Druck auf den Abzug tot sein könnte, wurden meine Knie weich.

Ich konnte meinen Atem hören, spürte das Pochen meines Herzens, das Pulsieren in meinen Ohren, das Rauschen des Blutes, das durch meine Adern floss. Ich war mir schmerzhaft jeder Sekunde bewusst, die verstrich.

Gina hielt sich den Mund mit der Hand zu, Leo klappte die Kinnlade herunter, und es machte mir Angst – aber am schwersten fiel es mir, die Zwillinge anzuschauen. Shane und Tony sahen in diesem Moment nicht wie die selbstbewussten Jungs aus, als die sie sich jeden Tag darzustellen wussten. Mir war, als würde ich gerade von zwei Kindern angeschaut, deren Gesichter große Angst ausdrückten. Shane blinzelte heftig und Tony schien innerlich zu beten, dass es nur ein Traum war.

»Haben die Monets nichts zu sagen? Wirklich nicht?«, spottete Ryder.

Seine Lippen waren direkt neben meinem Ohr, nahe der Waffe. Ich spürte seinen warmen Atem, und der unangenehme Geruch von seinem Schweiß drang in meine Nase. Ich wimmerte leise und presste für einen Moment die Augenlider zusammen, als seine laute Stimme unangenehm in meinen Trommelfellen vibrierte.

»Von dir will ich nix hören«, zischte er mir zu und drückte den Arm fester um meinen Brustkorb. Obwohl es ein wenig wehtat, versuchte ich, keinen Laut von mir zu geben.

Als meine Brüder das sahen, wurden ihre Gesichtszüge schärfer. Sie konzentrierten sich und ihre blauen Augen blickten ernst. Ich sah, wie sich Tonys Kiefer anspannte und Shanes Augen sich verengten.

»Ryder ... lass sie gehen.«

Es war Leo, der das Wort ergriff. Seine Stimme zitterte. Er machte einen Schritt nach vorne, und Ryder zerrte noch einmal an mir und drückte den metallenen Lauf der Waffe noch fester gegen meine Haut.

»Du bist auch still«, knurrte er. »Du bist so ein Opfer, echt.«

»Was habe ich dir denn getan?«, wollte Leo wissen.

»Hältst du mich für einen Idioten? Glaubst du, ich wüsste nicht, dass du mich an die Monets verkaufen würdest, ohne mit der Wimper zu zucken?«

Ich hielt den Atem an, als Ryder nervös wurde und herumzuhampeln begann, denn ich hatte das Gefühl, dass er bei der ganzen Aufregung gleich abdrücken würde, wenn auch nur unabsichtlich. Für meinen Geschmack fuchtelte er zu viel mit der Waffe herum.

»Ryder …«, flüsterte Mrs. Hardy, und Tränen stiegen wieder in ihre Augen. »Ryder, lass sie in Ruhe.«

»Und du«, wandte sich Leos Bruder an seine Mutter, als hätte er es nicht gehört, »du würdest ihm auch noch applaudieren. Was habe ich doch für eine wunderbare Familie.« Mit diesen Worten senkte Ryder seinen Kopf leicht und wandte sich an mich. »Obwohl ich weiß, dass deine auch nicht besser ist, oder?«

»Ich würde nie zulassen, dass dir jemand wehtut«, protestierte Gina. Sie wischte sich mit der Handfläche die Tränen von den Wangen. »Schließlich bist du mein Sohn.«

»Was kümmert dich dann diese Kleine?«

Ich erschauderte, als er mir die Pistole noch fester in den Nacken drückte.

»Sie ist mir egal, ich sorge mich doch nur um dich! Lass sie los, lass die Monets sie mitnehmen, ich will, dass sie uns endlich in Ruhe lassen. Gib ihnen Hailie, dann gehen sie weg!«, rief Gina.

»Du hast echt keine Ahnung. Sie werden uns nicht in Ruhe lassen, weil ich ihre kleine Schwester damals ach so schlimm zugerichtet habe. Ich habe recht, oder, Jungs?«

Tony stand still und kalt wie ein Eisberg, während er sprach: »Was willst du?«

»Geld?«, vermutete Shane und zwang sich zu einem entspannten

Tonfall. »Ein Anruf, Kumpel, und ich besorge dir ein Vermögen, ich schwör's.«

Angespannt und ein wenig hoffnungsvoll wartete ich auf Ryders Antwort. Langsam lockerte er seinen Griff, aber er drückte mir immer noch die Waffe an den Hals.

Eine falsche Bewegung und ich bin erledigt.

Ich versuchte krampfhaft, mir irgendeinen Trick auszudenken, mit dem ich ihn niederringen konnte, irgendeinen Move, mit dem ich ihm die Waffe aus der Hand schlagen könnte – doch das hier war kein Film, sondern die Realität, und jeder Versuch, in seinen Armen auch nur zu zucken, könnte zu einer Tragödie führen. Zumal ich immer noch hören konnte, wie Ryder ständig die Nase hochzog. Wahrscheinlich hatte er sich zuvor eine Line genehmigt.

»Vielleicht wären ein paar Scheine tatsächlich nicht schlecht«, räumte er ein und lachte dann. »Nein, nein, eigentlich wäre es richtig cool, oder?«

Shane warf ihm ein gezwungenes Lächeln zu, während er mit langsamen Bewegungen nach seinem Smartphone griff, das in seiner Hosentasche steckte.

»Alles klar. Ich werde mich darum kümmern.«

»Ey, warte«, meinte Ryder. »Warte mit dem Anruf. Schließlich wollen wir nicht, dass hier gleich die Kavallerie auftaucht.«

»Oh, komm schon, ich bin doch nicht blöd«, sagte Shane kumpelhaft, der sein Handy schon halb aus der Tasche gezogen hatte und auf Ryders Zustimmung wartete.

Leos Bruder mochte offenbar das Gefühl der Kontrolle. Ich hoffte, dass er mich schon allein aus diesem Grund nicht töten würde, obwohl ich immer noch befürchtete, dass er aus Versehen abdrücken könnte.

»Ich muss irgendwie von hier wegkommen und zwar schnell«, dachte er laut.

»Easy, du nimmst unser Auto«, schlug Shane vor. »Es ist vollgetankt und sehr schnell.«

Tony war immer noch still.

»Willst du mich verarschen? Ich weiß, dass ihr definitiv GPS und anderes Zeug habt, um eure Karren zu orten und so …«

Ich zog eine Augenbraue hoch, aber zum Glück hat er es nicht bemerkt.

»Häh, warum sollten wir Wanzen in unserem eigenen Wagen haben?«, scherzte Shane.

Ryder war eine Weile still.

»Okay, aber was ist mit dem Geld? Ich will Cash.«

»Es würde eine Weile dauern, jemand müsste es herbringen«, erklärte mein Bruder.

»Von der Bank?«

»Oder von zu Hause. Du weißt schon, weil ich gerade kein Bargeld bei mir habe.« Shane kramte in seinen Taschen herum und holte einen zerknitterten Hundertdollarschein heraus. »Nur das hier. Ich lege ihn hier auf den Tisch und lasse ihn einfach liegen, ja?«

Ich spürte, wie Ryder hinter mir nickte.

»Ein Anfang«, sagte er.

»Tony.« Shane stupste seinen Zwilling an. »Hast du vielleicht auch was beizusteuern? Für Ryder als Anzahlung? Du weißt schon, um ihn wissen zu lassen, dass wir es ernst meinen.«

Tony sah ruhig und bedrohlich aus. Er schien weniger geneigt zu sein zu handeln, aber er griff gehorsam in seine Taschen. Erst in die vordere, dann in die hintere, um schließlich zwei zerknautschte Bündel Geldscheine herauszuziehen. Er runzelte selbst bei ihrem Anblick die Stirn, als hätte er das Geld vergessen und nicht damit gerechnet, es zu finden.

»Oh, sieh mal, hier sind sogar zusammen fast zweitausend.« Shane nahm seinem Bruder das Geld ab, zählte es kurz und warf es auf den Tisch, direkt neben den zerfledderten Hundert-Dollar-Schein.

Ryder reckte den Hals vor, als könne er nicht glauben, dass er auf einmal mehr als zweitausend Dollar ergattert hatte.

»Okay, cool, cool.« Er nickte zufrieden, machte aber schnell klar: »Aber ich will mehr, okay?«

»Ja, klar doch.« Shane nickte mit dem Kopf. »Also, wie viel willst du denn?«

Die Hand, mit der Ryder die Pistole hielt, zuckte, als wolle er sich damit am Kopf kratzen.

»Na, mindestens eine Million, klar?«

Während Shane nickte und dieses absurde Gespräch führte, bemerkte ich, wie Tony mich mit zunehmender Intensität anstarrte. Sobald er meine Aufmerksamkeit erlangt hatte, sorgte er dafür, dass ich den Blick nicht von ihm abwandte. Er schaute nach unten, aber so, dass er nur seine Augäpfel bewegte. Sein Kopf und sein Hals rührten sich überhaupt nicht.

Ich verstand dies intuitiv als ein Zeichen und senkte meinen Blick. Ich hatte mich nicht geirrt. Tonys Hand bewegte sich leicht. Bis zu diesem Zeitpunkt hatte sein Arm einfach an seinem Oberkörper herabgehangen, aber jetzt spannte er ihn an. Seine Hand zuckte kaum, als er minimal seinen Zeigefinger bewegte. Ich sah ihn an, erschrocken darüber, dass er versuchte, mir etwas mitzuteilen – dabei hatte ich keine Ahnung, was genau.

»Eure kleine Bitch von Schwester hat mir in letzter Zeit ganz schön Probleme gemacht, also will ich mehr«, knurrte Ryder jetzt plötzlich lauter.

»Okay, okay, meinetwegen auch fünf«, entgegnete Shane scheinbar beruhigend, obwohl sein Ton eher kalt war. Ich glaubte, er verlor langsam die Geduld.

Ich konzentrierte mich wieder auf Tonys Hand. Jetzt legte er seine Finger zusammen, richtete seine Hand auf und machte langsam eine Bewegung, als ob er versuchte, etwas Unsichtbares in den Boden zu drücken. Er bewegte sie einen Millimeter nach unten und dann immer weiter runter …

Ich hielt den Atem an, ging ganz langsam in die Knie und ließ mich millimeterweise nach unten sinken, als ob seine Hand mich beschwören würde. Ich wusste nicht, ob ich Tonys Zeichen richtig deutete, aber ich war mir auf einmal sicher, als seine Hand erstarrte.

Ich hörte sofort auf, mich zu bewegen.

Tonys Mundwinkel hoben sich leicht.

Ich wusste nicht, ob ich ihn richtig verstand, aber ich glaubte, er hatte mir gerade stumm zugestimmt.

»Es sollte alles, du weißt schon, hübsch verpackt sein, in einem Koffer, klar?«, sagte Ryder.

»Das Geld kommt in einem Koffer«, versprach Shane.

Gina und Leo waren still. Seine Mutter starrte Ryder in Angst und Verzweiflung an, und mein Freund schaute Shane voller Schmerz, aber auch ein wenig Hoffnung an. Keiner beachtete Tony oder mich.

»Aber im Ernst, es hört nicht bei der Kohle auf, damit das klar ist!«, verkündete Ryder. Ich konnte spüren, wie seine Hand erzitterte. Er zog wieder seine Nase hoch. Ich wusste, dass er sich gerade am liebsten mit einer Dosis des weißen Pulvers entspannen würde. »Wir müssen überlegen, wie ich hier rauskomme. Nur aus logistischen Gründen, versteht sich.«

Shane lächelte, schnippte mit den Fingern und nickte.

»Klar, rein logistisch. Smarter Plan.«

»Jo, ich weiß, wie so was läuft«, lachte Ryder und glaubte wahrscheinlich, dass Shane ihm gerade ein aufrichtiges Kompliment gemacht hatte.

Ich blickte ungeduldig auf Tonys Hand und verkrampfte mich, als er seinen Zeigefinger leicht hob und mir damit bedeutete, ich solle warten.

Also wartete ich.

Shane arbeitete gerade einen Fluchtplan für Ryder aus. Leos Bruder kam mir ehrlich gesagt noch dümmer vor, als ich ihn in Erinnerung hatte. Schließlich warf Shane eine Idee ein, die Ryder so toll fand, dass er lachte, den Kopf zurückwarf und die Waffe leicht von meinem Hals nahm.

Tonys Hand bewegte sich schnell nach unten.

In der Hoffnung, dass ich alles richtig verstanden hatte, nahm ich meine ganze Kraft zusammen und warf mich auf die Knie.

Im selben Moment packte Tony mit seiner tätowierten Hand den Hals einer Weinflasche, die nicht weit von ihm entfernt stand, und stürzte sich damit auf Ryder. Es gab ein Geräusch von zerbrechendem Glas, als die Flasche auf seinem Kopf zerschellte. Ich hielt mir die Augen zu, als ich spürte, wie mehrere Scherben auf mich herabfielen. Ich kauerte auf dem Boden und rührte mich nicht.

Ryder schrie nicht, obwohl er offenbar hart getroffen worden war. Als ich mich traute nachzuschauen, sah ich, dass er auf dem Boden lag und gerade sein Bewusstsein wiedererlangte.

In der Zwischenzeit waren die Zwillinge nicht untätig und übernahmen die Kontrolle über die Situation. Tony saß auf Ryder, hielt die Reste der Flasche in seiner nun blutigen Hand und hielt sie dem Typen an den Hals. Shane hingegen hob die Pistole auf, die Ryder fallen gelassen hatte.

Ein Stöhnen entwich Ryders Lippen, aber Tony brachte ihn schnell zum Schweigen, indem er ihm leise drohte, ihm die Kehle durchzuschneiden.

Shane warf einen kurzen Blick auf die Waffe, dann auf seinen Bruder, um sich zu vergewissern, dass er alles im Griff hatte, dann sah er zu Leo und Gina, die kein Wort herausbrachten, und schließlich zu mir. Er beugte sich hinunter und legte seine freie Hand auf meinen Hinterkopf, streichelte meine Haare und entfernte die Glassplitter daraus.

»Hey, alles in Ordnung?«

Immer noch verblüfft nickte ich steif.

Shane beugte sich noch weiter vor und küsste mich auf die Stirn. »Meine kleine Schwester«, murmelte er und sah mich besorgt an, richtete sich aber sofort wieder auf und holte sein Telefon heraus. Während Tony Ryder in Schach hielt, wartete Shane, bis der Anruf zustande kam. »Vince? Wir brauchen dich.«

Als ich leise Vince' Stimme am anderen Ende der Leitung hörte, atmete ich das erste Mal tief durch. Ich wusste, dass Vincent die Situation sofort in den Griff bekommen würde, wenn er hier eintraf. Mein ältester Bruder war unersetzlich, obwohl ich zugeben musste, dass die Zwillinge sich auch ganz gut geschlagen hatten.

Ryder hatte Angst, auch nur ein Wort herauszubringen, und so lag er einfach da, den Hals in einem seltsamen Winkel verdreht. Tony saß immer noch auf ihm, um sicherzustellen, dass die Arme und

Beine des Typen fixiert waren. Shane hingegen übernahm die Aufgabe, den Überblick zu behalten.

Leo, der sich mittlerweile von seinem Schock erholt hatte, rannte auf mich zu. Gina wollte ihn aufhalten, doch sie interessierte sich vor allem für ihren anderen Sohn, denn die Vorstellung, dass mein Bruder jeden Moment seinem Leben ein Ende setzen könnte, machte ihr ohne Frage Angst. Als Leo mich erreichte, flüsterte er mir beruhigende Worte zu. Dann endlich reagierte seine Mutter.

»Kannst du aufstehen?«, fragte sie mich mit heiserer Stimme. »Willst du dich hinsetzen?«

Ich saß auf dem Boden, und alles tat mir weh: meine Knie, mit denen ich auf den Holzboden geknallt war, die Stelle an meinem Hals, wo Ryder seine Pistole reingerammt hatte, mein Kopf vor Anspannung und mein Magen vor Aufregung. Dabei blickte ich immer wieder zu Tony. Ich hatte Angst, dass Ryder, den er die ganze Zeit festhielt, sich irgendwie losreißen und ihn angreifen würde.

Ehe ich es mich versah, half man mir auf, und ich ließ mich zu einem Stuhl führen, auf dem ich vorsichtig Platz nahm.

»Ihr setzt euch besser auch hin«, befahl Shane Gina und Leo.

Er hatte einen bedrohlichen Gesichtsausdruck, die Pistole in der Hand, und sein Tonfall war entschlossen. Ich kannte diese Seite von ihm gar nicht, doch jetzt merkte ich ihm seine Monet-Herkunft an. Ich wusste insgeheim, dass jeder meiner Brüder furchteinflößend sein konnte, aber zu Shane, der mir Süßigkeiten brachte, wenn ich schlechte Laune hatte, passte es am wenigsten.

»Setzt euch an den Tisch und rührt euch nicht. Hände auf die Tischplatte.«

Gina und Leo widersprachen nicht, und ich fand keine Kraft, etwas zu ihrer Verteidigung zu sagen. Ich erlaubte Shane, nach seinem

Instinkt zu handeln. Sie gehorchten ihm und setzten sich nebeneinander, die Gesichter dem Raum zugewandt, die Hände auf den Tisch gelegt, sodass sie sichtbar waren.

In diesem Moment begann Ryder, zappelig zu werden. Er warf sich hin und her und kämpfte gegen Tony an, der versuchte, ihn festzuhalten. Shane sah sich im Raum um.

»Habt ihr ein Seil?«, fragte er.

Gina blinzelte.

»Seil, Strick, Handschellen, irgendetwas?«, drängte Shane.

»N-nein ... «

In unserer Villa wäre es wahrscheinlich kein Problem, solche Gegenstände innerhalb von ein oder zwei Minuten zu organisieren, dachte ich.

Shane rollte mit den Augen, gab jedoch nicht auf. Konzentriert ließ er seinen Blick noch einmal durch den Raum schweifen, bis er am Fenster hängen blieb. Er griff nach dem dekorativen Vorhang, der sich von der Decke bis zum Boden erstreckte. Der Stoff wirkte recht dünn, und schien Shane dazu geeignet, ihn zu einem Seil zusammenzudrehen. Er riss den Vorhang mit einer Bewegung von der Gardinenstange, die dabei komplett herunterkrachte.

Mrs. Hardy beobachtete das Geschehen mit relativer Ruhe, aber es konnte nicht leicht für sie sein. Nicht nur, dass das Leben eines ihrer Söhne auf dem Spiel stand, dabei wurde auch noch ihre Wohnung verwüstet.

Shane reichte Tony den Vorhang, der er sogleich um Ryder herumwickelte. Tony band seine Arme und seinen Oberkörper zusammen, und mit dem Rest Stoff ging Shane zu seinen Beinen und formte einen seltsamen, aber offenbar starken Knoten um Ryders Knöchel.

»He, du!«, rief Shane plötzlich und erhob sich. Er muss etwas an der Treppe gesehen haben, denn er schaute nun dorthin und richtete seine Waffe in die Richtung: »Raus da, sofort!«

Nach einigen Sekunden der Stille knarrte der Boden, als Winter auf der Türschwelle erschien. Sie atmete schwer, ihre Stirn glänzte vor Schweiß und sie sah aus, als müsste sie sich gleich übergeben.

»Was machst du hier?«, knurrte Shane sie an.

Winter bewegte ihre Lippen, war aber zu verängstigt, um einen Laut von sich zu geben.

»Sie ist eine Freundin der Familie, sie hilft in der Konditorei aus«, erklärte Gina für sie.

Shane deutete mir der Waffe auf den Tisch.

»Setz dich und leg die Hände auf die Tischplatte.«

Winter huschte gehorsam hinüber, ohne zu wagen, mich anzusehen. Ich glaube, sie war erleichtert, als sie sich direkt neben Gina und Leo wiederfand. Der Stuhl wackelte, und als sie sich setzte und Ryder erblickte, der gefesselt in der Ecke lag, formte ihr Mund ein erstauntes O.

Shane stand einen Moment lang in der Mitte des Raumes, sah sich um und vergewisserte sich, dass alles soweit geregelt war – und dann kam er wieder auf mich zu, diesmal um gründlicher zu checken, dass es mir gut ging. Er berührte meinen Nacken und schenkte mir ein schwaches Lächeln, aber ich erwiderte es nicht. Er bemerkte, dass ich immer wieder ängstlich in Tonys und Ryders Richtung schaute.

»Hey, Tony«, sagte er und legte den Kopf schief. »Alles unter Kontrolle?«

»Yep, easy«, antwortete sein Zwilling erstaunlich relaxed. Er saß immer noch auf seinem Opfer und warf die Flasche von einer Hand in die andere. Er hielt sie neben Ryders Mund, sobald dieser den Nerv hatte, ihn aufzumachen. Es funktionierte, denn er versuchte es nicht noch mal.

Shane zwinkerte mir zu.

Ein gedämpftes Flüstern erreichte meine Ohren. Winter sagte etwas zu Gina, die es sofort lauter wiederholte: »Winter braucht Wasser.«

»Sie wird noch eine Weile durchhalten müssen«, antwortete Shane in scharfem Ton.

»Sie ist schwach.«

»Es muss warten.«

»Es ist doch nur ein Glas Wasser, Shane«, warf Leo verärgert ein. »Schließlich hat keiner von uns vor, Ryder zu retten, du hast nichts zu befürchten.«

»Sei still …«, begann Shane, aber ich unterbrach ihn mit heiserer Stimme: »Ich möchte auch was trinken.«

Mein Bruder verstummte und sah Gina mit einem intensiven Blick an. »Okay, dann holt etwas.«

Während Shane auf der Türschwelle des Wohnzimmers stand, konnte er die Küche beobachten, aus der Gina zwei Flaschen Wasser brachte. Sie reichte eine mir und die andere Winter, und wir nippten beide erleichtert daran.

Shane stand die meiste Zeit neben mir, aber gelegentlich ging er zum Fenster hinüber, um vorsichtig hinauszuschauen, oder zur Treppe, um auf Geräusche von unten zu lauschen.

Die Zwillinge hatten gute Arbeit geleistet, indem sie die Situation entschärft hatten, aber ich konnte ihnen ansehen, dass sie nicht wussten, was sie als Nächstes tun sollten. Hier waren die Erwachsenen gefragt, Entscheidungsträger wie Vincent, Will oder sogar

Dylan – und als die drei schließlich kamen und wir ihre Schritte auf der Treppe hörten, waren wir alle drei erleichtert.

Ginas Gesicht verhärtete sich, Winter sah ernsthaft aus, als würde sie gleich in Ohnmacht fallen, Leo senkte seinen Blick, und wahrscheinlich waren nur ich und die Zwillinge froh, Vincent zu sehen, der als Erster das Wohnzimmer betrat.

Vincent, wie er nun einmal war, erschien in einem langen schwarzen Mantel und schwarzen Lederhandschuhen und wirkte elegant und unbeugsam. Mit kühlem Blick analysierte er die Lage. Will, der nach ihm eintrat, war eine ähnliche Version, doch sein Mantel und seine Handschuhe waren dunkelbraun. Auch er sah sich wachsam um.

Als Letzter kam Dylan zu uns. Er hob sich vom Stil her von seinen älteren Brüdern ab. Er hatte sich eine dicke schwarze Jacke über seine breiten, muskulösen Schultern geworfen. Er erwies sich auch als weniger zurückhaltend, denn als er mich sah, kam er sofort auf mich zu.

Bei seinem Anblick war mir plötzlich zum Weinen zumute, und das war total seltsam. Ich hatte weder während noch nach Ryders Angriff eine einzige Träne vergossen, und jetzt, bei Dylans Anblick, wollte ich am liebsten heulen und mich in seine Arme werfen. Es war mir ein wenig peinlich, aber gleichzeitig war ich froh, als er mich an sich drückte.

»Hailie ist nichts passiert, aber Ryder hat sie mit einer Waffe bedroht«, erklärte Shane.

Will gab mir einen flüchtigen Kuss auf den Kopf, als er an mir vorbeiging, und machte dann einen Schritt über die auf dem Boden liegende Gardinenstange zum Fenster und ließ die Jalousien herunter, um uns vor neugierigen Blicken zu schützen. Vince schaltete unterdessen das Licht ein und hob eine Augenbraue beim Anblick von Ryder, der mit Vorhängen gefesselt in der Ecke lag.

»Steh auf«, wies er Tony an und reichte ihm die Hand. Gehorsam richtete Tony sich mit der Hilfe von Vince auf. Vince zeigte auf seine Wunden. »Lass die Flasche liegen und kümmere dich sofort darum.«

»Ich bin okay.« Tony zuckte mit den Schultern.

»Ich habe gesagt, du sollst dich um deine Wunden kümmern.«

Tony verdrehte die Augen, sagte aber nichts mehr, sondern ging ins Bad, von wo aus wir das Klirren von Glas hörten – vermutlich, als er die Reste der Flasche entsorgte – und dann das Rauschen von Wasser aus dem Hahn, als er seine Wunden säuberte.

»Dylan, kümmere dich um ihn«, meinte Vince kühl und deutete mit dem Kinn auf den erbärmlich aussehenden Ryder, der nun völlig regungslos auf dem Boden lag.

Dylan ließ mich los, drückte aber noch einmal aufmunternd meine Schulter.

»In was habt ihr ihn da eingewickelt?«, schnaubte er amüsiert und stieß ihn mit seinem Stiefel in die Seite.

»Wir mussten improvisieren«, brummte Shane und zuckte mit den Schultern.

»Ihr habt gute Arbeit geleistet«, lobte Will.

»Okay, komm her, du Arsch!«, murmelte Dylan, während er sich bückte, um Ryder gegen die Wand zu stützen. Er lehnte ihn mit dem Rücken dagegen, sodass er nun saß, allerdings immer noch bewegungsunfähig.

»Ey, ich kann kaum atmen«, seufzte Ryder mit müder Stimme und verzog bei Dylans nicht ganz so sanften Bewegungen das Gesicht.

»Ich kann dir jederzeit ein Loch in den Hals machen, wenn dir was nicht passt, dann kannst du bestimmt besser atmen«, erklärte mein Bruder.

Es hörte sich nicht an, als ob er Witze machen würde.

Währenddessen griff Vincent nach einem freien Stuhl und stellte ihn neben mich, sodass wir, als er sich setzte, Schulter an Schulter saßen. Eben noch fühlte ich mich schrecklich, aber das änderte sich, sobald er mir nahe war. Er strahlte Zuversicht und Kraft aus.

Erst jetzt, als ich Ryder endlich besser sehen konnte, bemerkte ich eine Veränderung in seinem Aussehen. Er war bereits sehr schlank gewesen, als ich ihn das letzte Mal gesehen hatte, aber jetzt wirkte er krankhaft dünn. Sein Teint war blass und ungesund, sein Gesicht ausgemergelt. Betroffen bemerkte ich eine schmale Schnittwunde, die über seine Wange verlief, und versuchte, mir einzureden, dass das nicht meine Schuld war. Seine Kleidung war zerknittert und hing an ihm herunter; er sah nicht aus wie jemand, der vom Leben verwöhnt wurde.

»Nun ja«, eröffnete Vincent förmlich. »Fangen wir also ganz von vorne an. Wer kann mir erklären, was hier passiert ist?«

∽ 29 ∽

Monets im Wohnzimmer

Ryder seufzte schwer, wollte losreden und versuchte, seine Position zu ändern – jedoch ohne Erfolg. Vincent warf ihm einen verächtlichen Blick zu.

»Diese Frage war an meine Geschwister gerichtet. Du bist anschließend dran.«

Seine Worte verhießen Ryder nichts Gutes. Ich erzitterte und stöhnte, als ich merkte, dass er nun mich anblickte.

»Äh … also, na ja … ich bin Shane hinterhergerannt«, murmelte ich.

Vincent wandte seinen Blick zu Shane, der sich am Kopf kratzte. »Und ich hinter Tony.«

Unser Bruder wurde immer ungeduldiger, während er Shane und Tony abwechselnd ansah. Letzterer war gerade aus dem Badezimmer gekommen und hielt seine Hand, die mit einem Handtuch verbunden war.

»Ich …«, begann Tony und warf mir einen flüchtigen Blick zu, dem ich sofort auswich. Wir drei wussten, wie das alles angefangen hatte. Tony räusperte sich und runzelte ein wenig die Stirn. »Ich bin hier reingerannt.«

»Er ist hier hereingerast und hat sich auf meinen Sohn gestürzt«, warf Gina ein, runzelte verärgert die Augenbrauen und deutete auf Leo.

»Und warum das?«, wollte Vincent wissen.

»Äh, weil ...«, stotterte Tony.

Mein Gott, Vince würde es aus ihm herauszuquetschen!

Ich biss mir auf die Unterlippe.

»Tony«, drängte Will ihn ungeduldig. Er verschränkte die Arme vor der Brust und lehnte sich an die Wand, wachsam und ebenso begierig auf eine Erklärung wie unser ältester Bruder.

»Weil ...«

Was für eine Scheiße.

Ich schloss meine Augenlider.

Warum konnten meine privaten Angelegenheiten nie privat bleiben?

»Geht es um die Situation, dass Winter bei mir wohnt?«, fragte Leo.

Ich sah ihn an.

Er wusste nicht, dass die Jungs die Kondome in meiner Handtasche gesehen hatten. Das konnte er auch nicht wissen, denn schließlich hatte ich ihm ja nicht einmal gesagt, dass ich welche dabei hatte. Aber er war nicht dumm und vermutete, dass es sich bei dem, was die Zwillinge zu ihrer heftigen Reaktion veranlasst hatte, um etwas Größeres gehandelt haben musste.

»Wir haben einen tollen Tag verbracht, und am Ende haben wir uns gestritten«, erklärte Leo und ignorierte Winters große Augen, die erst ihn und dann mich ansahen.

»Du hast ihr ihren eigenen Geburtstag versaut, Minnesänger«, knurrte Shane ihn an, wobei er diese Version der Geschichte zu akzeptieren schien.

»Was?«, fragte der ahnungslose Dylan. »Was zum Teufel soll das denn heißen?«

»Nichts, es ist nicht mehr wichtig …« Ich seufzte und versuchte, mich nicht zu sehr aufzuregen.

»Du streitest mit ihr an ihrem Geburtstag? Du Lappen!«

»Dylan, lass es«, bat ich.

»Gut, und was ist dann passiert?«, fuhr Vincent fort. Es fiel mir schwer, in seinem Gesicht abzulesen, ob er uns glaubte. Aber was auch immer er dachte, er erkannte offensichtlich, dass es ernstere Probleme gab, die darauf warteten, geklärt zu werden.

Dylan verstummte widerwillig, und mir schauderte bei dem Gedanken, was passieren würde, wenn er den wahren Grund für die Wut der Zwillinge erfuhr.

»Tony stürzte sich auf Leo, Mrs. Hardy warf sich auf Tony, Shane auf Mrs. Hardy und ich mich auf Shane, und dann erschien Ryder …«

»Und wo kommst du plötzlich her?«, wollte Dylan wissen. Er stand wie ein Wächter neben Ryder und wartete auf eine Antwort.

»Na ja, ich wollte halt meine Familie besuchen, okay?«

Gina legte ihre Stirn in Falten, und wieder blitzten Tränen in ihren Augen auf. Sie richtete sich in ihrem Stuhl auf, als wollte sie aufstehen und zu ihrem Sohn gehen, aber die Blicke von Will und Shane hielten sie davon ab. Stattdessen legte Leo beruhigend seine Hand auf ihre.

»Du hast also einfach so mal bei deiner Familie vorbeigeschaut?«, meldete sich Will zu Wort. »Es ist etwas passiert, nicht wahr?«

Ryder schwieg, aber Dylan stieß ihn mit dem Fuß an. »Antworte!«

»Autsch, Scheiße«, zischte Ryder. »Ich weiß nicht, irgendetwas ist doch immer …«

Tony runzelte die Stirn. »Was meinst du mit ›irgendwas‹?«

»Wo hast du dich seit deinem Versuch, Hailie zu entführen, versteckt?«, fragte Will und warf Ryder einen Blick zu, der für seine Verhältnisse wirklich Furcht einflößend war.

»Ich weiß es nicht.«

Er stöhnte auf, als Dylan ihn erneut trat.

»Ich weiß es wirklich nicht!«, rief er mit gepresster Stimme. »Als ich damals angeschossen wurde, von dieser kleinen Bi… Äh, nachdem ich also von eurer Schwester angeschossen wurde, hat mir irgendein, ich weiß nicht, so ein älterer Typ geholfen. Ich wusste, dass ich nicht nach Hause zurückkehren konnte, weil ihr dann sofort Stress machen würdet. Also hab ich einem Typen am Bahnhof seine Brieftasche gezockt, bin in einem Motel abgestiegen und hab mir das Bein verarztet.«

»Du hast dir selbst die Schusswunde verarztet?«, fragte Leo erstaunt.

»Glaubst du, nur weil du Arzt werden willst, bist du etwas Besonderes? Tja, es stellt sich heraus, dass es überhaupt kein großes Ding ist, sich selbst eine Kugel zu entfernen.«

»Und die Wunde hat sich nicht entzündet?« Sein Bruder konnte es nicht glauben.

»So, mir reicht's«, unterbrach Shane die Hardy-Brüder. »Sein Bein ist mir scheißegal. Er soll endlich erzählen, was er all die Monate gemacht hat.«

»Genau, du hast doch nicht die ganze Zeit in dem Motel gehockt«, fügte Dylan hinzu.

»Nee, das nicht«, gab Ryder zu. »Ich wurde von einer Lady gefunden.«

»Was?«, zischte Tony.

»Von wem?«, wollte Dylan wissen.

Wir schauten ihn alle ungläubig an, weil wir nicht verstanden, wovon Ryder da redete, und vermuteten, dass er langsam ins Delirium fiel. Ich konnte sehen, wie er schwitzte, und er zitterte ein wenig.

Vince blinzelte kurz.

»Da war also eine Frau?«, fragte er kühl.

»Wer war das?«, wollte Will wissen.

»Ich weiß nicht, auf jeden Fall irgendeine Tussi, habe sie noch nie vorher gesehen.«

Dylan schnaubte verärgert. »Hör zu, fang an, wie ein normaler Mensch zu reden und uns keine Rätsel zu stellen, sonst vergesse ich mich.«

»Ey, easy, schon gut, ja? Ich weiß nicht, was es für eine Frau war, da waren lauter Typen. Sie boten mir an, mit ihnen zu kooperieren, weil sie etwas über mich wüssten, also, dass die Monets nach mir suchten, dass ich Mist gebaut habe. Sie sagten, dass sie mir helfen würden, wenn ich mich rächen wollte. Und dass ich sowieso keine andere Wahl hätte, denn ohne ihre Hilfe hättet ihr mich bald gefunden und ich würde auf einem Friedhof Dreck fressen. Also dachte ich, na ja, was soll's?«

Gina und Leo sahen Ryder schockiert an, Winter saß zusammengekauert und verängstigt da, als wüsste sie nicht, warum sie hier war, und ich blickte abwechselnd zu Ryder und in die konzentrierten Gesichter meiner Brüder.

»Sie verbanden mir die Augen und brachten mich in eine Villa oder so, ich weiß nicht genau. Ich musste im Keller bleiben. Aber alles in allem war es cool, gute Bedingungen, bequemes Bett, leckeres Essen, geht echt schlechter.« Ryder sah seine Mutter an. »Besser als bei dir.«

»Und jemand wollte dich, einen Schmarotzer, einfach so in seinem Haus behalten?«, wunderte sich Dylan.

»Wir hatten halt ein großes Ding geplant. Okay, eigentlich hatte ich das nicht, aber diese Frau wollte über mich an sie rankommen.« Er deutete mit dem Kinn auf mich.

»Was? Wer ist diese Frau?«, knurrte Will.

»Wie gesagt, ich weiß es nicht, ich habe sie nie gesehen. Ich habe nur mit ein paar von ihren Handlangern gesprochen. Und da habe ich zufällig herausgefunden, dass ihr Chef eine Lady ist.«

Plötzlich erhob sich Vincent von seinem Platz. Er stand nun aufrecht und starrte Ryder bedrohlich an, mit einer tiefen Zornesfalte zwischen den Augen. Er sah aus wie ein Todesengel, besonders in diesem langen schwarzen Mantel.

»Du erzählst uns jetzt alles, woran du dich erinnerst«, sagte er kühl. »Über den Ort, wie du deine Tage dort verbracht hast, die Leute, mit denen du gesprochen hast, jede Einzelheit, ist das klar? Und wehe, du lässt auch nur ein kleines Detail aus!«

Ryder legte seinen Kopf zurück und seufzte, während sich auf seinem Gesicht immer mehr Schweiß zeigte. Sogar sein Haar war feucht geworden.

»Klar doch, Boss«, antwortete er steif und warf meinem Bruder ein säuerliches Lächeln zu: »Ich brauche nur … etwas Zucker, klar?«

Vince hob die Augenbrauen.

»Er redet von Drogen«, flüsterte ich.

Selten habe ich in den Augen meines ältesten Bruders so viel Verachtung gesehen.

»Wenn diese Frau vorhatte, dich in ihren Plan einzubinden, warum bist du dann hier?«, fragte Will und legte seine Stirn in Falten.

»Hey, was, wenn das der Plan ist?«, rief Shane aus. »Uns alle hier zusammenzubringen und …«

Ryders trockenes Lachen ertönte. »Nein, das ist nicht Teil des Plans, aber das ist eine gute Idee. Sie ist hinterlistig. Eine Frau halt.«

»Fick dich«, knurrte Tony und fasste sich an den Kopf. Seine verletzte Hand war noch immer in das Handtuch gewickelt.

»Beantworte einfach meine Frage«, warf Will erneut ein, die Hände zu Fäusten geballt. »Warum hat sie dich gehen lassen?«

»Weil sie beschlossen hat …« Ryder zog wieder die Nase hoch. »… dass ich ihr am Ende doch nicht von Nutzen sein würde.«

»Ja, das kann ich mir schon denken. Aber warum hat sie dich *gehen lassen*?« Will betonte die letzten Worte.

»Er meint: Warum hat sie dich nicht umgebracht, wenn sie dich nicht mehr brauchte?«, übersetzte Leo mit schwacher Stimme.

Ryder schnaubte. Der Schweiß begann, geradezu von ihm zu tropfen. Er durchnässte seine Kleidung und den Vorhang, in den er immer noch gehüllt war.

»Weil, vielleicht, keine Ahnung, ermordet halt nicht jeder gleich Menschen, wenn ihm etwas an ihnen nicht passt.«

»Wenn diese Person vorhat, sich an uns zu rächen, bezweifle ich, dass ihr der Mord an einem namenlosen Junkie viel ausmachen würde«, sagte Will.

»Bei euch bin ich mir nicht ganz sicher«, korrigierte ihn Ryder und biss die Zähne zusammen. »Aber *ihr* würde es etwas ausmachen.« Mit seinen dunklen, nun geradezu irre blickenden Augen starrte er mich direkt an.

Am liebsten hätte ich mich in Luft aufgelöst, denn ich hatte nicht nur Angst wegen Ryders Erzählung, sondern vor allem vor der Reaktion meiner Brüder. Vince kochte vor Wut und Ungeduld.

»Kann ich jetzt, wo wir mit der Befragung fertig sind, auf das Treffen mit einem guten alten Freund rechnen?«, fragte Ryder sarkastisch.

Vincent drehte sich zu ihm um.

»Die Befragung fängt erst jetzt an. Will, ruf … du weißt schon wen an.«

Will nickte sofort und griff in seine Manteltasche, auf der Suche nach seinem Smartphone.

»Ihr drei fahrt sofort nach Hause«, befahl unser ältester Bruder und schaute mich und die Zwillinge an.

»Aber …«, widersprach Shane, wurde aber ignoriert.

»Einen Moment«, warf ich ein.

Wieder einmal sah ich mich einem Bombardement aus Blicken ausgesetzt.

»Ich will wissen …« Um mir Mut zu machen, erhob ich mich langsam von meinem Stuhl. »Ich will wissen, wann Ryder genau hierher gekommen ist. Und wer wusste, dass er hier war.« Dabei sah ich Leo, Winter und Gina bewusst nicht an.

»Gute Frage«, nickte Shane.

»Antwortet ihr«, drängte Dylan die drei, die um den Tisch saßen.

»Ich habe meinen Bruder erst gesehen, als er Hailie angegriffen hat«, sagte Leo sofort, dabei spürte ich seinen intensiven Blick auf mir. »Ich schwöre, als wir vorhin in die Konditorei kamen, wusste ich nicht, dass er oben war. Winter hat mir gesagt, dass ich noch hoch zu meiner Mutter soll.«

»Er ist etwa eine halbe Stunde vorher gekommen«, schaltete Gina sich ein. Man konnte hören, dass sie sich sehr bemühte, sachlich zu klingen. »Wir unterhielten uns, dann ging Ryder ins Bad, Leo kam nach oben, und ich erzählte ihm, was los war …«

»Ich war pissen«, warf Ryder ein. »Und als ich aus dem Klo kam, Überraschung, standen die verfickte Monet im Wohnzimmer.«

»Und was war unser Deal?«, fragte Will unwirsch und sah Gina feindselig an.

»Er hat mich überrascht«, murmelte sie und ließ den Blick auf ihre Hände sinken.

»Sie haben ihn also reingelassen und mit ihm geredet? Und wie lange? Eine halbe Stunde, sagten Sie?«

Gina nickte stumm.

»Ich … ich war es, die ihn reingelassen hat«, flüsterte Winter mit stockender Stimme, bevor Mrs. Hardy sie aufhalten konnte.

Wills strenger Blick richtete sich auf das Mädchen. In diesem Moment konnte ich sie noch weniger leiden.

»Haben Sie ihr denn nicht gesagt, wie sie sich verhalten soll, wenn Ryder bei Ihnen auftaucht?«

Leos Mutter öffnete den Mund, doch Winter unterbrach sie: »Doch, sie hat es mir gesagt. Ich … Ich weiß nicht, warum ich nichts unternommen habe.«

»Du wolltest, dass ich nach oben gehe!«, rief ich und erinnerte mich an die Situation. »Du hast vorgeschlagen, dass ich reinkomme und mich abtrockne. Und um dann was zu tun? Ryder in die Arme zu laufen?!«

»Ich …« Winter verstummte.

»Oh, Mann, Bro, zwei Bitches, die sich um dich streiten, nicht schlecht, nicht schlecht«, lobte Ryder Leo, der seinerseits Winter fragend ansah.

»Tony, Shane, Hailie, es ist Zeit für euch zu gehen«, entschied Vince.

»Ich will eine Erklärung!«, verlangte ich.

»Und ich will Koks!«, rief Ryder.

»Fresse, du Wichser! Woher sollen wir jetzt Stoff herkriegen?«, knurrte ihn Dylan an.

»Aus meiner Tasche, klar?«, stammelte Ryder und zerrte an den Vorhängen.

»Niemand hier hat Bock, in deiner scheiß Tasche rumzuwühlen.«

Ryder warf seinen Kopf so heftig zurück, dass er hart gegen die Wand knallte. Ich zuckte zusammen, als er ihn erneut dagegen schleuderte.

»GIB MIR MEINEN STOFF!«, brüllte er.

Gina bedeckte ihren Mund mit den Händen und sprang auf. Leo erhob sich ebenfalls. Winter sah aus, als wolle sie sich unter dem Tisch verstecken, und selbst meine normalerweise gegen Drama immunen Brüder verzogen beim Anblick von Ryder, der nun wie ein menschliches Wrack aussah, ihre Gesichter.

»Ihr geht jetzt sofort!«, wies Vincent mich und die Zwillinge so scharf an, dass niemand mehr zu widersprechen wagte.

Shane verschränkte seine Finger mit meinen und zog mich zur Treppe, und Tony folgte uns schnell, um mir die Sicht auf Ryder zu versperren, der immer wieder seinen Schädel gegen die Wand schlug, sodass darauf bereits die ersten Blutspuren zu sehen waren.

Es rauschte in meinen Ohren, doch Ryders Rufe hörte ich laut und deutlich: »Hailie! Sie wird dich kriegen!«

Ich wollte mich umdrehen, aber Tony drängte mich weiterzugehen. Ryder brüllte weiter, aber ich weiß nicht, was, denn ich verließ mit den Zwillingen das Haus. Draußen war es schon dunkel und es regnete immer noch in Strömen.

Ich war froh darüber, denn im selben Moment fielen endlich meine ersten Tränen, und die Regentropfen halfen mir, sie zu verbergen.

30

Konsequenzen

Zurück im Auto bückte ich mich nicht einmal, um die verstreuten Kondome aufzuheben, die der Auslöser für alles gewesen waren. Tony tat es für mich, indem er sich aus seinem Sitz nach vorne lehnte. Er hielt sie in der Hand und zögerte zunächst, als wollte er sie zurück in meine Handtasche werfen, überlegte es sich dann aber anders und steckte sie in seine Hosentasche.

Letztlich war es mir egal, denn die wunderbaren Erinnerungen an die intimen Momente mit meinem Freund wurden in diesem Augenblick ohnehin aus meinem Kopf verdrängt und durch die plötzliche Rückkehr seines psychotischen Bruders getrübt.

Die Monet-Residenz sah am Abend immer sehr elegant aus. In vielen Räumen des Erdgeschosses glommen die Lichter. Das Haus lag ruhig und friedlich da, so als ob alle Bewohner einen von vielen gemütlichen Abenden genießen würden.

Aber ich konnte mich nicht täuschen lassen. Nicht nach einem weiteren traumatischen Erlebnis. Es fiel mir sehr schwer, die Ereignisse von eben zu verarbeiten. Ryder Hardy war zurück. Ich hatte den Mann vergessen wollen, und bis jetzt war es mir sogar ziemlich gut gelungen, seine Existenz zu verdrängen – und nun war er plötzlich aufgetaucht. An meinem Geburtstag. Gerade noch rechtzeitig, um ihn mir zu verderben.

Über Leo wollte ich nicht einmal nachdenken. Der Gedanke daran, wie dieser Nachmittag unsere Beziehung beeinflussen würde, brach mir das Herz.

»Warte.« Shane griff nach meinem Handgelenk, als wir aus dem Wagen stiegen und ich gerade das Haus betreten wollte. »Vielleicht sollten wir uns unterhalten.«

»Über?«

»Na ja, ich meine ...« Er ließ mich los, als er merkte, dass ich ihm folgte. »... es ist ja nicht so, als hätten wir einen Mangel an Themen.«

Am liebsten hätte ich Nein gesagt und mich entschuldigt, weil es mir nicht gut ging, aber ich wollte jetzt auf keinen Fall allein sein.

Doch zuerst ging ich auf mein Zimmer und zog mich um. Ich ließ meine feuchten Klamotten im Bad, rubbelte mich mit einem Handtuch ab, zog meine Lieblingshose an, kämmte und band meine Haare zu einem Pferdeschwanz zusammen. Meine Handtasche stellte ich auf ein Regal, ohne mir die Mühe zu machen, sie zu leeren. Wahrscheinlich waren noch ein paar Kondome drin – es war mir völlig gleichgültig.

Auf leisen Sohlen rannte ich die Treppe hinunter. Ich stieß mit Eugenie zusammen, die sofort die angespannte Atmosphäre spürte, die wir mit ins Haus gebracht hatten. Als die Jungs und ich ihre Frage nach unserem Wohlbefinden mit einer Handbewegung abtaten, bat ich sie, mir eine Tasse Kräutertee zu machen.

Erst als ich die in der Hand hatte, ließ ich mich auf meinem Sessel im Wohnzimmer nieder und brach das Schweigen.

»Lasst uns also reden.«

Die Zwillinge saßen auf dem Sofa und sahen neugierig aus, obwohl es ihnen offensichtlich auch ein wenig peinlich war.

Shane zerzauste sein bereits zerzaustes Haar.

»Äh … wie … wie … äh …«

»Wie fühle ich mich?«, riet ich.

Er nickte.

»Na ja, mittelprächtig, ihr wisst schon.«

Er räusperte sich.

»Tut mir leid, Hailie, aber niemand hat erwartet, dass dieser Typ gerade jetzt dort auftaucht, als wir …«

»Ich nehme keine Entschuldigung von euch an«, murmelte ich, und meine Finger umklammerten die Tasse so fest, dass ich sie mir beinahe verbrannte.

»Hey«, meldete sich Tony zu Wort. »Woher sollten wir wissen, dass …«

»Keine Ahnung«, unterbrach ich meine Bruder scharf.

Ich klemmte meine Füße unter meine Oberschenkel, nahm einen Schluck Tee und starrte die Wand an, Hauptsache, ich musste meine Brüder nicht ansehen.

»Als ich da reingerannt bin, konnte ich ja nicht ahnen, dass dieses Arschloch wie aus dem Nichts auftauchen würde, oder?« Tony warf seine Hände in die Luft und schnaubte verächtlich.

»Aber du verstehst doch, dass nichts passiert wäre, wenn du nicht reingerannt wärst?«, zischte ich ihn an.

»Nun, er ist aber hineingerannt, weil er einen Grund hatte, falls du dich erinnerst«, begann Shane.

»Du«, unterbrach ich ihn. »Du musst gerade reden. Tony hatte einen Grund, ja? Hatte er wirklich einen Grund?«

»Etwa nicht?«

»Wozu zum Teufel waren die Gummis?« Tony fuchtelte unwirsch mit den Händen.

»Gummis?«, fragte ich und hob eine Augenbraue. »Du meinst die Kondome?«

Tony verzog sein Gesicht und Shane schrie mit fast lächerlicher Empörung auf: »Du hattest sie in deiner Handtasche!«

»Es mag für dich ein Schock sein, aber in einer Handtasche trägt man nun mal Dinge!«, giftete ich zurück.

»Ja, so Frauensachen: Lipgloss, Creme oder was weiß ich, eine Serviette …«

»Was, welche Serviette?«

»Ich meine Taschentücher, ist ja auch egal, es geht darum, dass du keine Kondome mit dir rumzutragen hast!«

»Wie wär's, wenn ich in meiner eigenen Handtasche tragen dürfte, was ich will, hm? Was hältst du davon, Shane?«

»Nun, äh …«

»Das war eine rhetorische Frage!« Ich knurrte und beugte mich vor, um die Tasse auf dem Tisch abzustellen, denn ich wurde so zittrig vor Wut, dass ich sicher war, mich gleich mit dem heißen Inhalt zu verbrennen.

Die Zwillinge sahen sich an. Ihre typische Gedankenübertragung nervte mich gerade wie selten. Es kam mir so vor, als würden sie im Geiste über mich urteilen.

»Okay, zunächst einmal …« Shane versuchte es erneut. Er setzte sich breitbeinig hin, die Ellbogen auf die Oberschenkel gestützt und die Hände vor sich verschränkt. Seine Augenbrauen zogen sich zusammen, als hätte er es mit einem schwierigen Rätsel zu tun. »Woher hast du sie?«

Ich zuckte mit den Schultern.

»Von euch.«

»Wie, von uns?«

»Na, von hier. Von zu Hause.«

»Hast du etwa in unseren Zimmern rumgeschnüffelt?« Tony warf mir einen mordlüsternen Blick zu.

»Das brauchte ich nicht. Da ich mit fünf älteren Brüdern zusammen wohne, liegen hier im Haus überall Kondome herum. Ich bin sicher, wenn ich auch nur unter der Couch, auf der du sitzt, nachgesehen hätte, hätte ich zwei gefunden.«

»Stimmt nicht, da ist nichts«, entgegnete Shane sofort, aber er sah einen Moment lang so aus, als wollte er sich hinhocken und unter die Möbel schauen, um sicherzugehen. »Sag mir jetzt genau, woher du sie hast.«

Ich legte meinen Kopf schief. »Aus einem der Gästezimmer.«

»Welchem?«

»Was macht es für einen Unterschied?«, seufzte ich. »Sie sind schließlich überall verteilt.«

»Dylan«, brummten sie gleichzeitig.

Ich hob die Hände und sagte: »So, bitte sehr, ihr habt eure Info. Und jetzt reicht es! Ich denke, wir haben wichtigere Themen. Zum Beispiel, was ist mit Ryder?«

»Was mich betrifft, so ist dieser Typ momentan kein interessantes Gesprächsthema«, antwortete Shane. »Ich würde lieber herausfinden, was mit meiner kleinen Schwester los ist.«

»Nichts ist mit mir los.«

»Wozu brauchtest du Kondome?«

»Shane …«

»Na los, rede endlich!«, drängte Tony.

Ich zögerte aus reiner Vorsicht, holte aber schließlich Luft und antwortete höflich, wenn auch mit Nachdruck: »Ich brauche Kondome, um geschützt Sex zu haben.«

Sie zuckten beide zusammen.

»Hailie ...«, zischte Shane. »Du ... Du hast ...«

»Du bist zu jung dafür!«, knurrte Tony.

»Ich bin siebzehn Jahre alt!«, rief ich aus. »Ihr seid kaum älter als ich!«

Er schüttelte den Kopf. »Das ist zu jung.«

Ich breitete meine Arme aus. »Es steht euch nicht zu zu beurteilen, wann ich bereit dafür bin. Ich habe getan, was ich tun wollte, und das geht euch nichts an. Ende, aus!«

»Ihr habt also schon ...«

»Ja, Shane, das haben wir schon. Ich hatte Sex. Deswegen bist du doch vorhin in die Bäckerei gerannt, um Leo zu verprügeln, oder nicht?«

Diesmal zogen sie beide eine angewiderte Grimasse, und ich wandte verärgert meinen Kopf ab. Am liebsten hätte ich vor Wut geschrien.

Warum müssen meine Brüder immer solche Nervensägen sein? Warum müssen meine Privatangelegenheiten immer ans Licht gezerrt werden? Und das von Jungs, die nicht viel älter sind als ich? Warum können sie mich nicht in Ruhe lassen?

»Hey«, zischte mir Shane zu.

»Was?«, knurrte ich.

»Nun, sag mir, ob wenigstens ...« Er kratzte sich im Nacken. »Ob alles ...«

»Was ...?«, fragte ich genervt.

»Ob alles okay ist? Ich meine, geht es dir gut? Im Sinne von ...«

Ich blinzelte. »Ähm, ja?«

»Bist du dir sicher?«

»Was meinst du?«

»Er hat dich doch zu nichts gezwungen, oder? Dein Minnesänger?« Shanes Stimme war jetzt viel sanfter als noch vor einem Moment.

»Nein«, antwortete ich schnell.

»Ist er gut zu dir gewesen?«

»Ja!«

»Hat er dich respektiert?«, fragte Tony zögernd.

Ich schloss meinen Mund und versuchte, die Hitze in meinen Wangen zu kontrollieren. Ich wollte nicht rot werden.

»Definitiv, ja.«

»Bist du dir sicher?«, hakte Shane erneut nach.

»Ja«, flüsterte ich.

»Warum hat er sich dann nicht selbst um die Gummis gekümmert, sondern es dir aufgehalst?«, wollte Tony wissen und kniff seine Augen zusammen.

»Ja, genau!«, warf Shane ein.

Ich richtete mich in meinem Sessel auf.

»Er hat mir nichts aufgehalst, er hatte auch welche dabei. Ich wollte sie nehmen, also habe ich sie genommen.« Ich hob mein Kinn. »Weil ich nämlich verantwortungsbewusst bin.«

Tony schnaubte.

»Tja, herzlichen Glückwunsch, ich hätte deinen Freund fast umgebracht, weil du so viel Verantwortungsgefühl hast.«

»Dazu kannst du nur dich selbst beglückwünschen.«

Ich maß ihn mit einem müden Blick. Verbale Auseinandersetzungen mit Tony waren anstrengend wie kaum etwas anderes.

»Hailie, solltest du nicht … Ich weiß nicht …«, sinnierte Shane und rieb sich die Stirn.

»Was denn schon wieder?«, zischte ich. Ich hatte echt keine Geduld mehr mit den beiden.

»Zu einem Arzt gehen oder so, meine ich.«

»Ein Arzt?« Tony zog die Augenbrauen zusammen.

»Na ja, du weißt schon, speziell für diese Sachen …«

»Großer Gott«, flüsterte ich leise vor mich hin, und dann sagte ich es laut: »Du meinst einen Frauenarzt?«

Mit meinen jüngsten Brüdern über intime Themen zu sprechen, war mir albtraumhaft unangenehm, aber ich riss mich zusammen, als ich begriff, wie unangenehm es auch für sie war. Tony beispielsweise sah aus wie damals, als ich ihn gebeten hatte, mit mir Damenbinden zu kaufen.

»Shane und Tony«, begann ich ernsthaft. »Es wäre super, wenn ihr mir freundlicherweise erlauben würdet, mich um meine eigenen Angelegenheiten zu kümmern.«

»Hey, wir dürfen uns doch Sorgen machen, oder?«, fragte Shane entrüstet.

Ich holte tief Luft.

»Ich verstehe das, aber … O mein Gott, dieses Gespräch ist ein Albtraum!« Ich ließ meine Füße auf den Boden sinken, schob meine Haare zurück und beugte mich zu den Zwillingen vor. »Hört mal, ich weiß eure Sorge zu schätzen, wirklich, aber es geht für mich einfach nicht, dass ihr euch dauernd dermaßen in mein Leben einmischt.«

»Wir mischen uns doch nicht ein!«, protestierte Shane.

»Reden wir doch mal über eure sexuellen Aktivitäten, ja?«, wandte ich mich Tony zu. »Erzähl doch mal, mit wem du zuletzt im Bett gelandet bist?«

Als Antwort von ihm erhielt ich nur einen bösen Blick.

»Okay, okay.« Shane streckte seine Hand in einer Geste des Friedens aus. »Alles klar. Ich verstehe, dass es dir unangenehm ist.«

»Unangenehm ist eine Untertreibung«, zischte ich mit zusammengebissenen Zähnen.

»Das ist auch für uns kein Zuckerschlecken«, brummte Tony.

»Hör mal, warum erzählst du es nicht einfach Will, hm?«, schlug Shane schnell vor, als er sah, dass ich bereits den Mund öffnete, um weiter zu argumentieren. »Er wird wissen, was zu tun ist und wohin du gehen musst …«

»Wenn du es Will nicht sagst, werden wir es Vince sagen«, meldete sich Tony zu Wort.

Shane stieß ihn sofort an: »Hör auf, sie zu erpressen.«

»Mit Freundlichkeit erreichst du bei ihr doch gar nichts«, zischte Tony zurück.

Ich nahm ein Kissen und drückte es mir ins Gesicht und schrie lange und laut hinein.

»In einem Punkt sind wir uns sicher einig«, sagte Shane. »In Anwesenheit von Dylan halten wir die Klappe.«

»Das brauchst du mir nicht zu sagen, Bro«, murmelte Tony.

»Hailie?«

»Nun, ich werde mich wohl kaum bei ihm über mich selbst beschweren.« Ich rollte mit den Augen.

»Was weiß ich? Dein Selbsterhaltungstrieb scheint aktuell zu versagen«, kommentierte Shane.

»Allerdings«, stimmte Tony leise zu. »In Wirklichkeit hatte sie nie einen gehabt.«

»Oder ihr Selbsterhaltungstrieb ist ihr zusammen mit den Gummis aus der Handtasche gefallen.«

Diesmal schleuderte ich das Kissen auf die Zwillinge. Sie bewiesen ihre guten Reflexe und wichen in entgegengesetzte Richtungen aus, sodass das Kissen zwischen ihnen hindurchflog und hinter dem Sofa landete.

Shane richtete sich auf und zeigte mit dem Finger auf mich. »Du gehst zu Will und erzählst ihm alles.«

»Erzählst du ihm auch alles? Berichtest du ihm von deinen intimen Erlebnissen?«

»Er wird wissen, was zu tun ist«, beendete Shane und ignorierte meine Frage. »Du wirst es ihm also sagen, klar?«

Sollte ich meinen Standpunkt klar machen und mit ihnen streiten? Ja. Habe ich Lust darauf? Auf keinen Fall.

»Okay.«

»Denn wenn du es ihm nicht sagst, werden wir den größten Aufriss veranstalten, den die Welt je gesehen hat«, fügte er schließlich hinzu.

»Okay, Shane.«

»Braves Mädchen«, lobte er mich, und es sah aus, als wäre er ebenfalls erleichtert.

Ich werde es Will sagen, ja. Irgendwann.

»Hast du Schmerzen?«

Bei dieser Frage von Shane sah ich ihn überrascht an und überlegte, was er wohl meinte. Ich hatte Angst, dass er sich wieder auf das vorherige Thema bezog, aber diesmal meinte er meinen Hals, an den Ryder vor nicht allzu langer Zeit seine Waffe gedrückt hatte. Dort hatte sich bestimmt schon ein blauer Fleck gebildet, also betastete ich die besagte Stelle.

»Es tut nicht weh«, sagte ich und ließ meine Hand schnell wieder sinken.

»Vielleicht muss dein Hals medizinisch versorgt werden?«

»Da ist nichts, wirklich.«

»Oder mit Salbe eingeschmiert werden?«

»Es ist wirklich okay.«

»Vielleicht solltest du deinen Tee austrinken oder so«, warf Tony ein.

Fast jedes Mal, wenn er sprach, klang er so, als wäre er angepisst, aber ich hörte auf ihn und griff nach meiner Tasse. Genüsslich drückte ich meine Lippen gegen den warmen Rand.

»Möchtest du vielleicht einen Film schauen?«, fragte Shane.

»Was wird mit Ryder geschehen?«, antwortete ich mit einer Gegenfrage.

Shane zögerte, und Tony holte tief Luft und streckte sich noch mehr auf dem Sofa aus, wobei er seine Beine auf dem Couchtisch abstützte.

»Er wird wahrscheinlich sterben«, sagte er emotionslos.

»Verdammt!«, stieß ich hervor und verschluckte mich beinahe an meinem Tee – woraufhin Shane ihm auf den Arm schlug und knurrte: »Was ist denn mit dir los?«

»Was? Das ist doch kein Geheimnis, oder? Selbst wenn Vince ihn nicht killt, werden ihn andere kriegen. Oder er geht an den Drogen kaputt.«

»Vince? Wirklich?«, flüsterte ich schockiert und schluckte schwer. »Das geht doch nicht … das darf er nicht …«

»Ryder hat dich schon zweimal bedroht«, gab Shane zu bedenken. »Er ist gefährlich!«

»Weil er drogensüchtig ist! Warum schickt man ihn nicht in eine Entzugsklinik?«

»Er war mehr als einmal im Entzug, und er hat es nirgendwo

durchgehalten. Außerdem hast du es doch vorhin mitbekommen. Er sah nicht so aus, als wäre er an einer Änderung seines Lebensstils interessiert.«

»Aber …«

»Was?«, fragte Shane leise.

»Er ist der Bruder meines Freundes«, murmelte ich und senkte meinen Blick.

»Hey.« Shane hob einen warnenden Finger. »Du wusstest, dass so was passieren könnte. Wir haben es dir gesagt. Es muss dir doch klar gewesen sein, dass wir nach Ryder suchen und ihn bestrafen würden.«

Ich schaute zur Seite und hielt mit aller Kraft die Tränen zurück. Die Zwillinge bemerkten es sofort. Shane ließ seine Hand sinken und Tony, der immer noch wie ein fauler Prinz auf der Chaiselongue lag, überkreuzte seine Arme vor der Brust.

»Easy, mach dir keine Sorgen, es wird schon nichts passieren«, sagte er. »Vince braucht Ryder, also wird er ihm nichts antun.«

Seine Worte beruhigten mich überhaupt nicht.

»Vince braucht ihn, um mehr über diese Frau herauszufinden?«, fragte ich mit heiserer Stimme.

»Mach dir auch darüber keine Sorgen«, antwortete Shane schnell. »Mach dir keine Sorgen darüber, was dieser Junkie sagt, er ist komplett durch und labert Scheiße.«

»Ja?« Ich hob fragend meine Augenbrauen. »Ihr werdet mich also nicht wieder im Haus einsperren? Und da ihr Ryders Worten keinen Glauben schenkt, darf ich also wieder wie früher rausgehen?«

Tony schaute an die Decke und Shane rieb sich die Schläfe. »Na ja, wir können nicht vorhersagen, wie sich Vince entscheiden wird …«

Ich schnaubte verächtlich.

»Hailie, es geht hier um …«

»Es geht um meine Sicherheit, ja, ich weiß.« Ich seufzte und hob meine Hand. »Das höre ich die ganze Zeit. Und ich meine, ich will mich nicht dagegen wehren. Wenn es tatsächlich noch irgendwo da draußen jemanden gibt, der mich bedroht … Dann bin ich auf jeden Fall bereit, zu Hause zu bleiben. Ich will mich definitiv keinen Gefahren aussetzen, es ist nur … Ich verstehe nicht, warum das immer wieder passiert, was ich … Was habe ich getan …« Ich zog die Nase hoch und kümmerte mich nicht mehr um die Tränen, die mir über die Wangen liefen. »Denn warum wünschen mir so viele Leute etwas Schlechtes?«

Shane beugte sich mit einem mitfühlenden Gesichtsausdruck vor, streckte seine Hand aus und sagte leise: »Hey, komm schon, komm her.«

Ich presste meine Lippen aufeinander und schüttelte den Kopf.

»Jetzt komm!«, forderte Tony mich auf und tätschelte mit seiner tätowierten Hand den freien Platz auf dem Sofa zwischen den beiden.

Ich stand nach einem kurzen Zögern auf, ließ mich auf die freie Stelle fallen, und irgendwie passierte es, dass mein Kopf gerade auf Tonys Schulter fiel, als Shane seine Finger mit meinen verschränkte.

Sie machten irgendeinen Actionfilm an, und ich starrte auf den Bildschirm und blieb an die beiden gekuschelt, bis Eugenie uns das Abendessen brachte. Schon vorher war mir klar geworden, dass aus unserem Geburtstagsessen im Restaurant nichts werden würde. Das machte mich ein wenig traurig, aber ich war froh, dass wenigstens die Zwillinge hier waren. Nachdem der Film vorbei war, machte Shane einen anderen an, und bei diesem schlief ich schließlich ein. Meine Augenlider schlossen sich von selbst – bis sie sich plötzlich öffneten, als ich etwas auf meinem Kopf spürte.

Ich lehnte immer noch gegen Tony, der gerade ebenfalls geschlafen hatte, da er jetzt den Hals verrenkte und mit ebenso verschlafenen Augen nach oben schaute.

Hinter dem Sofa stand Will. Offensichtlich war er gerade zurückgekommen, denn er trug noch seinen braunen Mantel. Er strich mir über die Haare, und seine warmen blauen Augen erwiderten meinen Blick.

»Wie geht es dir, Hailie?«

Ich sagte nichts, aber das war auch nicht nötig. Will lehnte sich leicht vor und stützte sich mit der anderen Hand an der Rückenlehne des Sofas ab.

»Es tut mir leid, dass wir nicht dazu gekommen sind, deinen Geburtstag richtig zu feiern.«

Ich zuckte nur mit den Schultern.

»Ich verspreche, dass wir das wiedergutmachen werden, okay?«

Ich nickte, und er küsste meinen Scheitel und schaute in die Gesichter der Zwillinge: »Geht es euch auch gut?«

»Yep.«

»Alles cool.«

»Vince wird mit euch reden wollen«, fuhr Will fort. »Aber erst morgen früh. Jetzt ist es schon zu spät. Geht ins Bett, Kiddos.«

»Du bist selbst ein Kind«, murmelte Shane, wobei er wirklich wie ein nörgelndes Kind klang; doch er stand gehorsam und vorsichtig auf, um mich nicht vom Sofa zu stoßen.

An diesem Abend waren wir alle müde, sodass niemand mit Will stritt. Vor dem Schlafengehen versprach auch Dylan noch, dass wir auf jeden Fall die Feier zu meinem siebzehnten Geburtstag nachholen würden, was mein Herz erwärmte.

Am nächsten Tag jedoch saß ich im Monet-Jet. Ich war nicht überrascht gewesen, als Vince beim Frühstück verkündet hatte, dass er entschieden hatte, mich für einen kleinen Urlaub nach Europa zu schicken. Ich wusste, dass diese nette Bezeichnung nur ein Euphemismus für den Begriff »Hausarrest« war.

Ich hatte gehofft, nach Frankreich fliegen zu dürfen, um mit Tante Maya, Onkel Monty und dem kleinen Flynn ein paar schöne Tage oder gar Wochen in Paris zu verbringen – aber stattdessen wurde beschlossen, dass ich auf den Kanarischen Inseln bei Blanche bleiben sollte.

Ich wurde ein wenig traurig bei dem Gedanken, wie schön es wäre, meinen Vater dort zu treffen. Es schmerzte mich, dass dies einmal eine Möglichkeit gewesen war, aber jetzt bestenfalls ein Traum bleiben musste.

Der Flug dauerte lange, aber diesmal war ich nicht ungeduldig – ich hatte nicht viel, worauf ich mich freuen konnte. Ich las und schlief, und gelegentlich schaute ich nach Will, der die meiste Zeit an seinem Laptop hing.

Abgesehen von Sonny natürlich, war er dazu abkommandiert, mit mir zu reisen. Will erinnerte mich zwar oft sehr an Vincent, aber er war viel eher bereit, seinen Computer wegzulegen, um mit mir zu reden und mich zu umarmen. Er war auch verständnisvoller, wenn es ums Essen ging; er kommandierte mich nicht so herum wie mein ältester Bruder.

Mitten in der Nacht landeten wir. Die nächtliche Taxi-Fahrt zum Haus von Grandma Blanche über eine leere Straße auf einer verschlafenen Insel erinnerte mich an einen Abend, als ich einmal von einem Ausflug mit den Zwillingen zurückgekehrt war. Damals hatte ich einen Krug Sangria getrunken und war zum ersten Mal in meinem Leben betrunken gewesen, sodass sie ziemlich panisch gewesen waren. Und bei Grandma waren wir von unserem Dad begrüßt worden, der sofort wütend geworden war. Vor allem auf die Jungs.

Ich musste bei der Erinnerung lächeln, aber nur kurz – denn jetzt war die Situation eine andere. Ich war traurig, weil ich von zu Hause weg musste und weil die Jungs nicht sofort zu uns stoßen konnten, obwohl sie angekündigt hatten, dass sie nachkommen würden. Vincent hatte alle Hände voll mit der Ryder-Sache zu tun, und Shane, Tony und Dylan konnten nicht einfach so ihren Collegekursen fernbleiben.

Als ich fragte, ob ich wegen meiner ungeplanten Ferien in der Schule durchfallen könnte, bekam ich die Antwort, ich würde Fernunterricht bei einem Privatlehrer haben, und außerdem sei ich zu schlau, um es nicht zu schaffen.

Ja, das waren die Worte von Will.

Ich versuchte also, die Reise auf die Kanaren als eine Art Therapie zu betrachten. Blanche war zwar alles andere als eine Psychologin, und obwohl sie nicht die herzlichste Person war, die ich kannte, konnte ich ihren starken Charakter nicht verleugnen. Ich bewunderte ihre selbstbewusste Art, vor allem, wenn ich mich an die Geschichte mit dem Fluch der Monets erinnerte.

Blanche war jedoch dafür bekannt, ihre eigenen Wege zu gehen, und so verbrachte ich die meiste Zeit mit Will. Ich versuchte, dankbar dafür zu sein, dass er seine beruflichen Pflichten vernachlässigte und hier bei mir war.

Ansonsten war er ein Schatz wie immer. Er ging mit mir über die Insel spazieren, nahm mich auf meinen Wunsch hin in die Buchhandlung mit, damit ich mich mit Büchern eindecken konnte, und begleitete mich in verschiedene Restaurants, um neue Gerichte auszuprobieren.

Manchmal stimmte er sogar zu, Sonny nicht mitzunehmen. Ich war wirklich froh, dass er meinem Bodyguard ab und zu frei gab, denn ich hatte schon genug Gewissensbisse, dass sein nächster geplanter Besuch bei seiner Tochter meinetwegen verschoben werden musste.

Der Dezember auf den Kanarischen Inseln war ziemlich mild. Es war nicht heiß, aber auch nicht kalt, was eine angenehme Abwechslung zu der in Pennsylvania vorherrschenden Kälte war. Es gab auch Tage, an denen man sogar einen Vorgeschmack auf den nächsten Sommer bekommen konnte.

So war es auch an einem der Montage, und es wäre eine Sünde gewesen, ihn zu vergeuden und auf den Strand zu verzichten. Ich nahm meinen Roman mit, und Will schleppte Picknickutensilien, allen voran einen großen Strohkorb mit Leckereien. Sonny blieb an diesem Tag zu Hause. Er nutzte seine freie Zeit, um per Video mit Lea zu sprechen.

Das glitzernde Wasser, der blaue Himmel, der breite Sandstrand und das Rauschen der Wellen erinnerten mich daran, wie sehr ich diesen Ort liebte. Will erzählte mir viel über die Insel. Er erzählte davon, wie die Jungs hier Boot gefahren, sich auf Jetskis ausgetobt und einmal sogar zusammen mit Vince tauchen gegangen waren, als sie noch jünger gewesen waren. Ich hörte fasziniert der Geschichte zu, wie mein ältester Bruder ausnahmsweise einer nicht beruflichen Tätigkeit nachgegangen war.

An diesem Tag hatten wir unser Essen in dem Picknickkorb dabei. Darin befanden sich drei große Wasserflaschen und eine bis zum Rand gefüllte Flasche mit selbstgemachtem Gazpacho direkt aus dem Kühlschrank. Außerdem hatte uns Blanche köstlichen Hummus mitgegeben und Gemüse zum Dippen. Will hatte auch ein Baguette und *Herreño*-Käse dabei, der mit seiner geräucherten, bräunlichen Rinde sehr gut roch und ebenso gut schmeckte, vor allem in Begleitung von Feigen. Als Hauptgericht gab es eine von Benny zubereitete *Tortilla de patata*, zu der wir Salat mit Kirschtomaten aßen. Zum Nachtisch gab es Früchte: Feigen, Orangen und eine Ananas, die Will zuvor in Dreiecke geschnitten hatte.

Nach diesem Festmahl legte ich mich auf eine große Decke direkt neben meinem Bruder, der gerade die Augen schloss. Der Tag war perfekt – ein außergewöhnlich warmer Dezembertag, eine leichte Brise, ein voller Bauch, keine Menschenseele in der Nähe und gleichmäßiges Wellenrauschen, das mich in den Schlaf wiegte.

Es war einfach wunderbar, bis Ryder, die Waffe und sein blödes Gerede in meinem Kopf auftauchten. Mein Gehirn erlaubte sich einen sehr unlustigen Witz, als sich die tatsächlichen Ereignisse mit den Kreationen meiner Fantasie vermischten. Ryder zielte nicht auf mich. Er hielt zwar eine Waffe in seiner zitternden Hand, aber er bedrohte Tony damit. Alles, was er tat, war, mich böse anzulächeln, irgendetwas von Zucker zu brabbeln, und als ich schließlich aus meiner Erstarrung ausbrach und ihn anschrie, ertönte ein Schuss, Blut spritzte, und ich sprang von der Decke auf.

Als ich aus dem Albtraum aufwachte, war ich sofort auf den Beinen. Ich wäre fast hingefallen, weil ich so schnell aufgesprungen war und mir kurz schwindelig wurde. Mein Herz klopfte wie verrückt, und ich presste meine Hand auf meine Brust. Ich atmete tief durch und grub die Zehen in den Sand, um mich zu erden. Dann blickte ich zu Will hinunter, der immer noch schlief. Er lag auf dem Rücken, sein Kopf ruhte auf seinen verschränkten Armen, und seine Brust in seinem weißen Poloshirt hob und senkte sich ruhig.

Ich schaute ihn einen langen Moment an und versuchte, mich zu beruhigen. Ich fuhr mir mit den Händen über das Gesicht und dann durch in die Haare. Ich spürte die Hitze auf meiner Haut. Es war so heiß, dass ich beschloss, zum Meer zu gehen, um mich abzukühlen.

Ich erschauderte, als ich meine Füße in das wohltuend kalte Wasser tauchte. Lange stand ich nur da und beobachtete ein kleines Schiff am Horizont, vielleicht eine Jacht. Das Wasser war so schön und so ruhig. Ich sehnte mich danach, diese Ruhe in meinem gequälten Inneren zu spüren.

Ich machte ein paar Schritte nach vorne, und das Wasser reichte mir schnell bis zu den Knien und ließ meine Waden prickeln. Als ich mich an die Kälte gewöhnt hatte, wagte ich mich weiter vor, erleichtert über die Abkühlung meines erhitzten Körpers. Irgendwann wurde den Saum meines Kleides durchnässt, aber es war mir egal, schließlich würde es ja trocknen.

Ich jappste erschrocken, als der Untergrund auf einmal steil abfiel und das Wasser mir plötzlich bis zum Bauch stand. Von der Kälte erneut überrascht zog ich den Bauch ein, aber dann hatte ich mich an das neue Gefühl wieder gewöhnt und atmete erleichtert durch.

Ich ließ meine Fingerspitzen durch das Wasser gleiten und bewegte mich weiter vorwärts. Ich hielt erst inne, als etwas gegen meinen Fuß stieß. Mittlerweile stand das Wasser so hoch, dass mein BH nass wurde. Das beunruhigte mich nicht, ich war mehr daran interessiert zu erfahren, gegen was ich unter der Wasseroberfläche gestoßen war. Ohne groß nachzudenken, beugte ich mich leicht vor und tauchte mein ganzes Gesicht unter, ohne die Augen zu schließen.

Wegen des sandigen Bodens war das Meer hier nicht ganz klar, aber ich konnte trotzdem etwas erkennen. Ich blinzelte und sah mich um, bewegte meine Füße und genoss das Rauschen des Wassers in meinen Ohren.

Ich lächelte beim Anblick von ein paar kleinen schwarzen Fischen, die sich am Grund tummelten. Fasziniert beobachtete ich die karge Unterwasserwelt aus hellem Sand und diesen winzigen Lebewesen im sich durchs Wasser brechenden Sonnenlicht. Abgeschirmt von der Außenwelt, wie sie waren, beneidete ich die Tiere um ihre Ruhe.

Dann bemerkte ich aus den Augenwinkeln einen großen Schwall von Luftblasen.

Bevor ich darüber nachdenken konnte, woher sie kamen, spürte ich, wie ich an den Schultern gepackt und nach oben gerissen wurde. Erschrocken öffnete ich den Mund und schluckte Wasser, und als ich einen Sekundenbruchteil später die Wasseroberfläche durchbrach, hustete ich, bis die Luft meine Lungen wieder erreichte.

∽ 31 ∽

Ein Strick um den Hals

Was machst du da?«, rief Will mit scharfer und zugleich angsterfüllter Stimme. Er hielt mich fest und schüttelte mich. »Was sollte das?«

Ich hatte das Gefühl, als hätte er mich gerade geohrfeigt, so plötzlich und brutal hatte er mich in die Realität zurückgeholt. Stattdessen strafte er mich mit einem Blick aus Augen, die dunkler aussahen als das Blau des Ozeans.

Meine Augen begannen, heftig zu brennen, und ich brauchte eine Weile, um zu begreifen, dass das salzige Meerwasser daran schuld war. Ich blinzelte heftig.

»Ich habe nach dir gerufen!«, sagte Will vorwurfsvoll. »Und du? Was hast du da gemacht? Was sollte das?«

Ich schwieg mit gesenktem Blick und hustete immer noch ein wenig. Irgendwie stand ich unter Schock. Will verstand, dass er in diesem Moment wahrscheinlich keine zufriedenstellende Antwort von mir bekommen würde, also ergriff er meine Hand und zog er mich zum Strand.

Erst da wurde mir bewusst, wie weit ich mich von der Küste entfernt hatte. Der sanfte Abstieg hatte sich als tückisch erwiesen. Ich wollte mich erklären, aber Will war zu aufgebracht, um mir zuzuhören. Es war klar, dass er zuerst wieder ans Ufer kommen wollte. Er stampfte stur weiter, und seine Jeansshorts waren mittlerweile komplett durchnässt.

Er ist mit seinen Klamotten hinter mir hergerannt. Das ist nicht gut.

Ich mochte es nicht, wenn Will wütend auf mich wurde. Im Vergleich zu meinen anderen Brüdern verlor er selten die Geduld mit mir, und wenn er es tat, wusste ich, dass ich es übertrieben hatte.

Er ließ mich erst los, als wir bei unserer Decke waren. Er schüttelte sie aus, faltete sie in der Mitte, sodass die Decke nun eine dreieckige Form hatte, und wickelte mich darin ein. Ich schlug ihm zaghaft vor, dass er sich vielleicht wenigstens damit abtrocknen könnte, schließlich war er selbst auch nass geworden, aber er schüttelte den Kopf, ohne mich auch nur anzuschauen. Dann nahm er den Picknickkorb in die eine Hand, legte die andere an meinen Rücken und lenkte mich zur Holztreppe, die zu Blanches Haus hinaufführte. Wir erklommen sie in unbehaglichem Schweigen.

»War das Wasser angenehm?«, fragte Benny, als wir durch den Garten gingen. Er arbeitete irgendetwas an der Dachrinne und richtete sich kurz auf, um uns ein freundliches Lächeln zu schenken, das beim Anblick unserer nassen Kleidung gefror.

»War okay«, antwortete ich und zwang mich zu einem freundlichen Tonfall.

»Zu kalt«, knurrte Will gleichzeitig.

Seine Anspannung hatte sich bis zum Abendessen nicht gelegt. Man konnte sie bei Tisch deutlich spüren, und nicht einmal Blanche hatte den Mut, sie zu kommentieren. Ich selbst aß stumm, weil ich nicht noch einmal Stress mit Will bekommen wollte. Ich sah, wie er immer wieder einen Blick auf meinen Teller warf, und er verließ den Tisch erst, nachdem ich aufgegessen hatte.

Mein Bruder ging auf die Veranda hinaus, wo ich mich nach einem Moment des Ringens mit meinen eigenen Gedanken zu ihm gesellte. Er saß in einem Rattansessel, lehnte sich gegen die Kissen und aß einen Pfirsich zum Nachtisch. Es wurde langsam dunkel, und er starrte in die Ferne. Die Dielen der Veranda knarrten unter meinen Schritten, als ich näher kam, aber Will sah mich nicht einmal an.

»Will?«, murmelte ich und knetete nervös meine Hände. »Es tut mir so leid. Sei bitte nicht böse auf mich.«

Er sah mich an und ließ die Frucht sinken. Seine blauen Iriden glitzerten, als er mich einen Moment lang anstarrte, bis er den Kopf schüttelte.

»Was sollte das, Hailie?«

Ich schluckte den Kloß in meiner Kehle hinunter und wurde von einer Welle der Scham überflutet. »Ich wollte mich nur entspannen, mich ein wenig abkühlen …«

»Wir hatten nicht vor, schwimmen zu gehen. Wir hatten keine Badesachen mitgenommen. Es ist Dezember, das Wasser ist kalt. Und du weißt, dass du nicht ins Meer gehen darfst, ohne dass jemand Bescheid weiß.«

»Ich habe es ohne nachzudenken getan, es tut mir wirklich leid.«

»Ich meine nicht, dass du dich entschuldigen sollst«, sagte er streng. »Ist dir klar, dass du hättest ertrinken können? Von einer Welle mitgerissen werden? Das ist der Atlantik, damit ist nicht zu spaßen! Du kannst so etwas nicht tun und dich dann damit herausreden, dass du dich nur abkühlen wolltest. Sei vernünftig.«

Ich senkte meinen Kopf.

»Was hast du dir dabei gedacht, einfach so ins Wasser zu gehen?«

»Eben nichts. Also … Es war spontan … Ich hatte einen Traum«, seufzte ich.

»Was für einen Traum?«

»Einen bösen …«

»Worüber denn?«

Ich schaute ihn vorsichtig an. »Da war Ryder …«, flüsterte ich.

Wills Gesichtszüge wurden weicher. »Hat er dich verletzt?«

Ich schüttelte den Kopf. »Nicht mich.«

»Jemanden anderen?«

Ich holte tief Luft und nickte. »Tony.«

Will legte den Kopf leicht schief, ohne mich anzuschauen. Er legte den angeknabberten Pfirsich zur Seite und wischte sich die Hände an dem Geschirrtuch ab, das an der Lehne des Stuhls neben ihm hing. Dann richtete er sich auf und streckte mir die Hand entgegen, um mich zu sich winken. Wieder erinnerte er mich an Vincent, der ebenfalls eine Vorliebe für solche fordernden Gesten hatte.

Ich gehorchte und rückte näher an meinen Bruder heran, und dann wies er mich an, mich auf den Stuhl neben ihm zu quetschen. Sofort klammerte ich mich an seine Seite.

»Hast du oft solche Träume?«

»Manchmal.«

»Wie oft?«

»Ich weiß es nicht«, seufzte ich erneut. »Manchmal halt. Aber das ist nichts weiter, das sind nur Albträume. Nur war dieser irgendwie besonders schlimm. Ich glaube, ich habe vor dem Mittagsschlaf einfach zu viel gegessen, das wird der Grund sein.«

»Und deshalb bist du mit voller Montur ins Wasser gegangen?«, fragte er und hob eine Augenbraue.

»Ich werde das nicht wieder tun, versprochen. Mach dir keine Sorgen, bitte.«

Will drückte mich fester an sich, und ein grimmiger Gesichtsausdruck erschien auf seinen Lippen.

»Begreifst du, Hailie, wie sehr du mich erschreckt hast? Kannst du dir vorstellen, wie viel Angst ich jedes Mal um dich habe, wenn ich merke, dass du dein Zimmer länger nicht mehr verlassen hast? Oder wenn du sehr lange duschst? Oder zu spät zum Frühstück runterkommst? Weißt du, wie viele Szenarien sich dann in meinem Kopf abspielen? Und ich versichere dir, Kleines, jedes ist noch schrecklicher als das andere.«

»Es ist …«, begann ich zögernd, während mein Blick auf den Holzboden gerichtet war, »… es ist anstrengend.«

»Natürlich ist es anstrengend …«

»… für mich«, stieg ich in seinen Satz ein und hob meinen Kopf. »Ich kann nicht in Ruhe duschen, weil du an die Tür klopfst und fragst, wie es mir geht. Oder kontrollierst, wie viel ich esse. Oder sonst jeden meiner Schritte überwachst. Das ist anstrengend.«

»Ich werde mich nicht dafür entschuldigen, dass ich mich um meine kleine Schwester sorge«, sagte er, und dieses Mal versteifte sich sein Arm.

»Und du denkst nicht einmal einen Moment lang daran, dass du dir vielleicht zu viele Sorgen machst?«

»Du hast eine Essstörung gehabt!«

»Es ist doch lange her, jetzt esse ich doch«, erklärte ich verärgert.

»Du sagtest, dass du sterben willst!«

»Als ich dachte, ich hätte das Leben unseres Vaters zerstört! Ich war total verzweifelt … Und in einem derartigen Zustand sagt man solche Sachen halt. Meistens haben sie nichts zu bedeuten …«

»Und was jetzt? Soll ich einfach immer annehmen, dass sie nichts bedeutet haben?«

»So habe ich das nicht gemeint!«, knurrte ich frustriert und stand auf, um Distanz zwischen uns zu bringen.

»Was, wenn es doch mal was zu bedeuten hat?«, rief er und beugte sich vor. »Woher soll ich das wissen? Bist du wirklich überrascht, dass ich übervorsichtig bin? Du hattest vorhin einen Albtraum über Tony, der dich erschreckt hat – hast du mal daran gedacht, dass ich ähnliche Träume habe?«

Tränen stiegen mir in die Augen.

»Ich kann durchaus zwischen Traum und Wirklichkeit unterscheiden!«

»Ach ja? Denn vorhin hast du ausgesehen, als wärst du untergegangen.«

»Ich bin nicht untergegangen«, krächzte ich, und die ersten Tränen liefen nun ungebremst meine Wangen hinab.

»Warum bist du dann nicht aufgetaucht?«, brüllte Will. »Ich konnte sehen, dass dir die Luft ausging, ich habe die Luftblasen gesehen. Also warum bist du nicht aufgetaucht?«

»WEIL ICH ERSTICKE!«, rief ich aus. »Und zwar nicht im Wasser!«

Ich weiß nicht, wer von uns beiden aufgebrachter war. Unsere Gesichter waren rot, die Pupillen durch das Adrenalin geweitet; genau wie die von Ryder, als er auf Drogen war.

Will erhob sich von seinem Stuhl und stellte sich vor mich, sodass ich nach oben schauen musste, um ihm ins Gesicht zu blicken.

»Du erstickst?«, wiederholte er mit dumpfer Stimme.

Ich hob meine zitternde Hand und legte sie auf mein Brustbein und schob sie dann nach oben zu meiner Kehle.

»Es ist, als ob ich einen Strick um den Hals hätte.«

Will sah mich ernst an.

»Und das Schlimmste daran ist«, fuhr ich fort und würgte, so sehr weinte ich nun, »dass … dass ihr es wart, die ihn mir umgelegt habt.«

Dann drehte ich mich um und stürzte zurück ins Haus, wobei ich beinahe den klappernden Perlenvorhang abriss, der im Durchgang hing. Ich spürte Panik aufkommen. Ich hielt mich am Geländer der Treppe fest und wusste nicht, wohin ich gehen und was ich tun sollte.

Soll ich in mein Zimmer flüchten? In die Küche? Was soll ich nur tun? Warum habe ich mich auf einen solchen Streit mit ihm eingelassen? Schließlich wollte ich das nicht. Schon gar nicht mit Will …

»Hailie?«

Langsam hob ich den Kopf und drehte mich in Richtung des dunklen Wohnzimmers, aus der die Stimme kam. Blanche kam auf mich zu. Trotz ihrer Sehbehinderung gelang es ihr, sich lautlos zu bewegen. Sie stützte sich mit einer Hand am Türrahmen ab und schaute sich mit blinzelnden Augen im Flur um, wo ich stand. Ihr Gesicht war blass, und ihr langes graues Haar trug sie heute offen. Ihr Rock reichte ihr bis zu den Knöcheln, und darüber trug sie ein lockeres Hemd.

Ich schwieg eine Weile und hoffte unbewusst, dass Blanche mich nicht aufspüren würde.

»Ich kann dich hören, Mädchen«, sagte sie, verärgert darüber, dass ich sie ignorierte.

»Ich habe nur … frische Luft geschnappt«, sagte ich verstimmt, wobei ich gegen den Kloß in meinem Hals ankämpfte und im Stillen dankbar war, dass sie meine feuchten Wangen und glasigen Augen nicht sehen konnte.

»Du musst tief eingeatmet haben, wenn du jetzt so keuchst.«

Ich blinzelte und verstummte, weil mir keine Antwort einfiel.

»Wenn dir langweilig ist, komm mit mir in die Küche, ich habe noch zu tun«, brummte sie.

»Ich …«

»Du wirst deiner Großmutter doch sicher gerne helfen, oder nicht?«

Ich seufzte leise. »Natürlich helfe ich dir.«

Blanche ging an mir vorbei in die Küche, und ich folgte ihr. Ich fragte mich, was Will jetzt wohl tat. Er war nicht ins Haus gekommen.

Ich wischte mir das tränennasse Gesicht ab und konzentrierte mich auf die Aufgabe, die meine Grandma für mich vorbereitet hatte.

»Setz dich hier hin. Und nimm diese Schüssel. Benny schleppt ständig jede Menge Nüsse an. Nüsse und Mandeln. Man muss sie bald verarbeiten, weil sie sonst verfaulen. Nimm den, aber tu dir nicht weh, sonst kriege ich einen Anschiss«, instruierte sie mich und drückte mir einen Nussknacker in die Hand. »Morgen will ich Pesto machen und vielleicht einen Nusskuchen backen.«

»Das klingt köstlich«, kommentierte ich und holte tief Luft. Mit steifen Fingern begann ich, mit dem Nussknacker zu ringen.

»Mhm«, brummte sie und holte zwei Gläser aus dem Schrank. »Willst du ein Glas Wein?«

»Wein?«, wiederholte ich schockiert. »Danke, aber nein.«

»Selbst gemachter Wein.«

»Will wird wütend sein.«

»Ist er das nicht ohnehin schon?«

Ich schaute auf die Flasche, an deren Korken sie gerade herumspielte.

»Hast du uns gehört?«

»Ein paar Worte vielleicht.« Sie zuckte mit den Schultern, entkorkte die Flasche und schaute irgendwo über meine Schulter. »Also wie jetzt?«

»Ich nehme eine Cola.«

Blanche sagte nichts zu meiner Entscheidung. Sie bediente sich zuerst selbst, dann kramte sie im Kühlschrank eine Dose Orangenlimonade hervor und reichte sie mir, wahrscheinlich konnte sie es nicht genau erkennen. Ich beschloss, sie nicht darüber aufzuklären.

»Tut mir leid, wir hätten nicht so schreien sollen«, sagte ich.

»Ah, ich bin schon daran gewöhnt, dass meine Enkelkinder ungezogene Gören sind.«

Eine Zeitlang schwiegen wir, und nur das Geräusch des Nussknackers, der die harten Schalen aufbrach, war zu hören.

»Ich fühlte mich damals auch, als würde ich ersticken …«, sagte Blanche plötzlich wie aus dem Nichts mit rauer Stimme.

Ich hob meinen Blick zu ihr. Sie stützte sich mit einer Hand auf den Tisch, die Finger der anderen hielten den Henkel ihres Glases.

»Wie meinst du das?«

»Ich hatte auch einen Strick um den Hals, vielleicht sogar mehr als einen.« Ihre faltige Hand fuhr zu ihrem Hemdkragen, den sie nun richtete.

Ich schluckte.

»Und ich kann sehen, dass sich in dieser Familie seit meiner Jugend nicht viel geändert hat.«

»Hattest du auch eine Schar überfürsorglicher Brüder?«, scherzte ich steif, und sie schnaubte.

»Ich hatte einen kontrollierenden Ehemann.« Ich hob meine Augenbrauen, und Blanche fuhr fort: »Ja, ein Typ wie kaum ein anderer.«

»Aber du hast ihn geliebt?«

»Ha.« Blanche nahm einen Schluck Wein. »Das ist schwer zu sagen. Kann sein. Ich weiß es bis heute nicht. Ich war ihm gegenüber sicher nicht gleichgültig, schließlich ist er der Vater meiner Kinder, oder?«

Ich nickte.

»Aber es gab Momente, in denen ich nach Luft schnappte und meine Lungen sich verkrampften. Es waren schlimme Augenblicke. Ich hatte eine Fehlgeburt, ich weiß nicht, ob dir jemand davon erzählt hat.« Blanche biss sich auf die Unterlippe. »Ich sollte eine Tochter bekommen, und noch heute denke ich manchmal darüber nach, was aus ihr geworden wäre, wenn sie geboren worden wäre. Hätte sie sich auch so gefühlt? Und dann höre ich dich, und ich kenne die Antwort.«

Ihre Erzählung machte mich sehr traurig.

»Deine Tochter wäre stärker gewesen als ich.«

Blanche winkte mit der Hand ab.

»Du bist stark genug. Doch das Problem ist, dass Stärke hier nicht alles ist. Als eine Monet muss man auch clever sein.« Sie hob eine Augenbraue und wandte sich mir zu. »Bist du clever?«

»Ähm … vielleicht?«

»Gibt es etwas, das dir eine Atempause verschafft?«

Ich schaute sie unbeholfen an und knackte weitere Nüsse auf. »Was meinst du?«

»Ich hatte meine Motorräder.« Ein verträumtes Lächeln zeichnete sich auf Blanches Lippen ab. »Jedes Mal, wenn ich nicht mehr konnte, machte ich eine Spritztour. Das hat immer geholfen. Und die Frage ist, ob du auch so etwas hast?«

Ich überlegte. »Schwer zu sagen …«

»Hast du absolut nichts, was dich aufmuntert, was dich durchatmen lässt?«

Ich überlegte noch eine Weile, weil ich ihr eine sinnvolle Antwort geben wollte.

»Also, nach Treffen mit Leo fühle ich mich immer gut.«

Blanche schaute sofort finster drein.

»Ist er dein Freund oder dein Geliebter?«, wollte sie wissen und lehnte sich in eine etwas andere Richtung als die, in der ich saß. »Denk an meine Worte: Mache dein Glück und dein Wohlbefinden nie von einem anderen Menschen abhängig. Schon gar nicht von einem Mann. Typen kommen und gehen, und wenn sie abhauen, nehmen sie dir alles weg. Und das macht dich kaputt. Du wirst nur überleben, wenn du nicht zulässt, dass ein anderer Mensch über dich und dein Leben bestimmt. Und wenn du nebenbei andere Vergnügungen hast.«

Ich senkte meinen Blick.

»Also, hast du sonst noch etwas?«, erkundigte sie sich.

»Ich mag …« Ich zuckte mit den Schultern. »Also, ich lerne gerne.«

»Ah, schon besser.« Blanche nickte zustimmend. »Ist das etwas, das dir in deinen schlimmsten Momenten hilft?«

»Auf jeden Fall. Ich kann gar nicht zählen, wie viele Bücher ich wegen des ganzen Hausarrests schon gelesen habe. Ich rezensiere auch Bücher online.«

»Okay, dann wäre das ein Ansatz. Und jetzt was anderes.« Sie hob den Becher. »Weißt du, warum ich diesen Wein trinke?«

»Weil er dir schmeckt?«

»Er ist widerlich!«, lachte sie auf.

»Die Jungs haben gesagt, dass sie deinen Wein mögen.«

Blanche kicherte.

»Nun, weil sie Angst haben, etwas anderes zu sagen.«

Ich lächelte.

»Warum trinkst du ihn dann?«

Blanches Finger krampften sich fester um das Glas.

»Weil er, verdammt noch mal, meiner ist.«

Ich lächelte noch breiter.

»Er gehört mir, und ich werde ihn trinken, bis ich tot umfalle. Ich habe einen ganzen Keller mit teuren, ausgefallenen Weinen aus allen Regionen der Welt, und meistens wähle ich diese Plörre. Weil sie von mir stammt.«

Ich lachte leise, und Blanche nickte erneut.

»Ja, ja, Hailie. Genau darum geht's: Du musst etwas haben, das dir gehört. Etwas, das du auf deine eigene Weise tun kannst. Worüber du deine eigenen Entscheidungen treffen kannst. Unsere Familie ist mächtig, sie kontrolliert so ziemlich alles – da ist es gut, wenn man als Einzelner etwas Eigenes hat. Wenn auch nur einen kleinen Spielraum für eigene Entscheidungen. Ich selbst habe zu spät angefangen, dafür zu kämpfen.«

»Vince würde das nicht mögen«, schmunzelte ich.

»Wenn er ein Problem mit meinen Ratschlägen hat, schick ihn zu mir, ich werde schon mit ihm reden.«

»Das werde ich mir merken.«

Zum ersten Mal begriff ich, dass ich mehr mit meiner Großmutter gemeinsam habe, als ich bisher angenommen hatte.

Nachdem Blanche ihren Wein ausgetrunken hatte, redeten wir

über leichtere Themen. Zum Beispiel verriet sie mir die Geheimnisse des Gleichgewichts zwischen der Feuchtigkeit und der Knusprigkeit der Nüsse im Teig, während sie hoch und heilig schwor, sie würde das Backen hassen.

Irgendwann wurde ihre Sprache verschwommen, und sie gab zu, dass ihr der Wein ein wenig zu Kopf gestiegen war. Sie verabschiedete sich ins Bett, und ich folgte ihr mit meinem Blick.

Auf mein Gesicht war das Lächeln zurückgekehrt, und ich war froh und voller Zuversicht.

32

Die Verlobung

Noch eine Zeitlang knackte ich die Nüsse; irgendwie tat ich es bereits automatisch und schaute starr nach unten.

»Hailie.«

Will stand auf der Schwelle zur Küche und sah mich mit dunkel umschatteten Augen an. »Es ist schon nach Mitternacht, warum bist du noch wach?«

Ich zuckte zusammen und wurde durch seine Worte aus meiner Trance gerissen. Ich warf einen Blick auf die Uhr an der Wand, denn es fiel mir schwer zu glauben, dass ich schon so lange hier saß.

»Oh, ich wusste nicht, dass es schon so spät ist«, antwortete ich. »Ich habe Blanche mit den Nüssen geholfen. Warum bist du wach?«

Will holte tief Luft. »Ich hätte sowieso nicht einschlafen können …« Er kam näher und hob mein Kinn an, um mir in die Augen zu sehen. Ich legte den Nussknacker zur Seite. Erst jetzt merkte ich, wie steif meine Hände von der Arbeit geworden waren. »… weil ich totale Schuldgefühle habe. Kleines, es tut mir sehr leid, entschuldige bitte.«

Ich öffnete meinen Mund zu einer Antwort, doch er fuhr fort: »Ich hätte dich nicht so angehen dürfen. Das hattest du nicht verdient. Du bist noch so jung und so gut und zerbrechlich … Ich hätte Geduld mit dir haben sollen. Es tut mir leid, dass mir die Nerven durchgegangen sind. Ich würde viel dafür geben, mich wie Vince beherrschen zu können.«

Ich drehte den Kopf weg, und mir stiegen wieder Tränen in die Augen.

»Will, du bist der geduldigste Mensch, den ich kenne. Ich bin in meinen Klamotten ins Wasser gegangen, ich war verwirrt, es ist verständlich, dass du Angst hattest …«

Er schloss die Augen und schüttelte den Kopf.

»Das ist keine Entschuldigung. Ich hätte mit dir reden, dich verstehen und dir helfen sollen, statt dich anzuschreien. Du verdienst es, besser behandelt zu werden. Ich verspreche, dass ich an mir arbeiten werde. Ich will nicht, dass du das Gefühl hast zu ersticken. Und ich will nicht, dass du denkst, du hättest keinen Rückhalt in mir.«

»Ich weiß, dass ich deine Unterstützung habe«, flüsterte ich.

Er strich mir eine Haarsträhne hinters Ohr.

»Hailie, ich mache mir immer solche Sorgen um dich. Es ist in der letzten Zeit so viel los … Ich möchte nicht, dass du mit der nächsten Therapiestunde warten musst, bis wir wieder in den Staaten sind. Ich denke, wir werden so bald wie möglich ein Online-Treffen mit deiner Therapeutin vereinbaren, was meinst du?«

»Vielleicht wäre es nicht schlecht«, gab ich zu.

»Ich bin froh, dass du das sagst. Ich werde mit Vince reden. Und lass es mich wissen, Kleines, wenn du etwas brauchst. Was auch immer du mir erzählst, ich verspreche, dass ich dich nicht verurteilen werde, und ich werde versuchen, dir zu helfen. Okay?«

Ich nickte, lächelte und umarmte ihn, denn hier stand die beste Version meines Lieblingsbruders vor mir.

»Ich hab dich sehr lieb, meine Kleine.«

Ich schloss meine Augen und drückte mein Gesicht an seine Brust.

»Ich dich auch, Will«, antwortete ich und fügte hinzu, als ich spürte, wie er mich fester an sich drückte: »Du bist mein Lieblingsbruder.«

»Immer noch?«, lachte er leise. »Ich fürchtete schon, ich hätte diesen ehrenvollen Titel verloren.«

»Du wirst ihn nie verlieren.«

Ich schätzte Wills erwachsene Art, denn wenn Tony und ich uns stritten, sprach er über einen Monat lang nicht mit mir. Will hingegen entschuldigte sich bei mir und gestand, dass er mich lieb hatte. Ich liebte ihn auch, ich fühlte es in mir.

∽

Ich hatte alle Monet-Brüder lieb, und deshalb war ich traurig, als Will mir eine Woche später die Nachricht überbrachte.

Fest in eine Decke eingewickelt saß ich in Blanches Sessel auf der Veranda und schrieb eine Buchbesprechung für meine Online-Accounts. Es war ein ruhiger, frischer Tag. Irgendwo in der Nähe war Sonny, der auf mich aufpasste, und Benny trieb sich wie immer im Garten herum. Irgendwann kam auch Will aus dem Haus, der Perlenvorhang klapperte, und die Bodenbretter quietschten.

Seit dem Vorfall im Meer war eine Woche vergangen, und in dieser Zeit waren wir nicht noch einmal an den Strand gegangen. Ich schob es auf das Wetter, das sich in letzter Zeit verschlechtert hatte, aber ich vermutete auch, dass ich ein ungeschriebenes Verbot hatte, in der Nähe des Ozeans zu sein. Ich wusste, dass Will jeden Tag zum Laufen dort hinging, meistens morgens, wenn ich bei meiner

Therapiesitzung war. Vince muss dafür bezahlt haben, dass diese so flexibel und häufig waren, denn ich sprach alle zwei Tage mit meiner Psychologin.

Zuerst sagte Will nichts, also dachte ich, er wäre nur nach draußen gekommen, um seinen Kaffee zu trinken. Er kam offenbar frisch aus der Dusche, denn sein Haar unter der Kapuze des dicken grauen Sweatshirts war noch feucht. Er stand zuerst eine Weile am Geländer und beobachtete Benny im Garten, bevor er sich umdrehte und mich musterte.

»Du solltest dich wärmer anziehen«, bemerkte er und nahm einen Schluck von seinem Kaffee.

»Ich habe eine Decke«, murmelte ich und zog sie mir bis zum Hals.

Ich sah, wie er sich über die Lippen leckte und sich übers Kinn rieb, als ob er sich auf etwas vorbereitete. Kurz darauf hörte ich auch schon die meist unheilbringenden Worte: »Hailie, wir müssen reden.«

Ich hob den Kopf, und als ich sein ernstes Gesicht sah, schlug mein Herz schneller. »Ist etwas passiert?«

»Nichts Ernstes«, beruhigte er mich sofort. »Aber unsere Pläne haben sich geändert.«

»Welche Pläne?«

Will kratzte sich mit der freien Hand im Nacken, offenbar auf der Suche nach den richtigen Worten.

»Die Jungs sollten ja Weihnachten hier verbringen …«

Ich hob eine Augenbraue. War es nicht ein Déjà-vu von vor einem Jahr?

»Werden sie nicht kommen?«

»Eine … ähm … Familienfeier ist dazwischengekommen.«

»Was für eine Feier?«

»Verlobung.«

»Oh«, rutschte mir heraus, und ich blinzelte. »Wessen?«

»Vincent will sich verloben.«

Ich riss meine Augen auf.

»Vincent? Aber mit wem?«

Will sah mich vorsichtig an.

»Grace.«

Das Buch, über das ich gerade eine Rezension schrieb, fiel mit einem Klappern zu Boden.

»Was?«, keuchte ich. »Haben sie sich nicht gerade getrennt?«

»Nun, offenbar sind sie wieder zusammengekommen.«

Ich begann, den Kopf zu schütteln.

»Nein. Nein, Will, nein. Nicht Grace!«

Er atmete tief durch und lehnte sich mit dem Rücken gegen die Brüstung.

»Vince und Grace führen schon seit Langem eine Beziehung, und jeder ging davon aus, dass diese eines Tages durch eine Heirat besiegelt werden würde.«

»Sie haben sich getrennt! Ich erinnere mich doch, Vincent hat es selbst gesagt!«

Will schwieg und gab mir die Möglichkeit, mich an die neuen Informationen zu gewöhnen, doch mir ging es miserabel damit – Sorge und Verzweiflung machten sich in mir breit.

»Hast du mit ihm gesprochen?«, fragte ich.

»Er hat beschlossen, dass es der richtige Zeitpunkt wäre, eine Familie zu gründen und …«

»Jetzt? Während ich hier bin? Und diese Sache mit Ryder …? Warum so plötzlich?« Ich hob meine Hand und ließ sie sofort hilflos wieder sinken. »Und warum unbedingt Grace?«

»Er ist eindeutig der Meinung, dass dies die beste Entscheidung ist.«

»Das ist die schlimmste Entscheidung! Warum kommt das denn so plötzlich?«

»Ich glaube nicht, dass es wirklich plötzlich kommt. Du kennst Vincent, er ist ein Geheimniskrämer. Das heißt aber nicht, dass er nicht über seine Zukunft nachdenkt. Und darüber, mit wem er sie verbringen wird.«

»Und von allen Frauen auf der Welt hat er sich ausgerechnet Grace Janderau ausgesucht?« Ich hatte nicht einmal vor, den Abscheu in meiner Stimme zu verbergen, als ich ihren Namen aussprach.

»Nun, sie kennen sich schon lange und haben ähnliche Vorlieben und Erwartungen an die Ehe.«

»Diese Frau ist ein Roboter! Ist Vince eigentlich jemals mit einer normalen Frau ausgegangen, deren Lebensziel nicht darin besteht, andere Menschen fertigzumachen?«

Will fuhr sich durchs Haar, schaute zur Seite und murmelte leise vor sich hin: »Er hatte erst neulich eine kurze Beziehung.«

»Wirklich?« Ich blinzelte überrascht. »Er hat gar nichts gesagt.«

»Nein, natürlich nicht. Es ging auch nicht lange. Vince versuchte es, wollte alldem eine Chance geben, traf sich nicht mehr mit Grace. Er fuhr oft nach New York, wie du vielleicht bemerkt hast. Er mochte diese Frau wirklich. Das hat er mir gegenüber selbst zugegeben, und du weißt genau, wie sehr er seine Worte abwägt.«

»Was ist passiert?«, wollte ich wissen.

Will seufzte.

»Vince lebt unter enormem Druck, Hailie«, sagte er leise. »Er ist auch kein einfacher Mann. Er weiß, dass eine Frau es nicht leicht mit ihm haben wird. Außerdem war sie jemand, der mit unserer Welt und unserem Lebensstil nicht vertraut war. Ich glaube, Vince hatte Angst, sie da mit hineinzuziehen … Kleines, er kann sehen, wie du dich quälst. Wir können es alle sehen. Und doch bist du unsere Schwester, eine von uns. Dein Leben und die aktuellen Ereignisse machten ihm die Situation, in die er seine neue Partnerin bringen würde, noch bewusster. Vince hatte Angst, eine andere Frau dem auszusetzen, was du durchgemacht hast. Nun, und was unsere …«

»Eure Mutter durchgemacht hat«, beendete ich seinen Satz mit einer vor Emotionen brüchigen Stimme.

»Unsere Mutter, ja. Woher weißt du das?«

»Vince hat mir von ihr erzählt.«

Will sah mich erstaunt an.

»Er hat dir von ihr erzählt? Das ist … gut. Er redet nicht oft über sie.«

»Er sagte mir, sie sei krank gewesen.«

Will nickte, und kurz sah ich die Traurigkeit in seinen Augen.

»Genau so war es. Und ich fürchte, diese Erfahrungen haben ihn tatsächlich davon abgehalten, nach Liebe zu suchen. Grace hingegen ist eine sichere Kandidatin für eine Ehefrau.«

»Sie ist furchtbar! Er verdient doch Liebe. Und die wird er von Grace nicht bekommen. Sie hat nicht einen Funken Menschlichkeit im Leib. Will, ich will sie nicht in unserer Familie haben«, stöhnte ich.

»So schlimm ist das auch wieder nicht. Wir haben doch keine Ahnung, wie sie miteinander umgehen, wenn sie allein sind. Vielleicht gibt es etwas Besonderes zwischen ihnen, das wir von außen nicht sehen können.«

Ich hob meine Augenbrauen und sagte voller Abscheu: »Ich hasse sie!«

»Hailie, wir sind nicht diejenigen, die sie mögen müssen …«

»Ich wette, Vince mag sie auch nicht besonders«, konterte ich.

Er seufzte. »Versuche bitte, es zu akzeptieren.«

»Das werde ich ganz bestimmt nicht tun«, erwiderte ich verstimmt.

Wir waren eine Weile still. Meine Stimmung hatte sich ins Bodenlose verschlechtert. Will versuchte angestrengt, Worte zu finden, um mich aus meiner Niedergeschlagenheit zu reißen.

»Der Grund, warum ich jetzt überhaupt darüber spreche …«, fuhr er nach einer Weile fort, »ist die Verlobungsfeier. Sie wird kurz vor Weihnachten stattfinden. Natürlich wäre es angemessen, dass die ganze Familie kommt, aber in Anbetracht der aktuellen Ereignisse wäre es das Beste für dich, wenn du ihr fernbleibst. Wie sieht es aus, Hailie, möchtest du dabei sein?«

Ich stöhnte.

»Du fragst mich ernsthaft, ob ich bei der Verlobungsfeier von Vincent und der Tussi dabei sein möchte?«

»Vince würde sich sehr freuen, wenn du dabei wärst, aber er macht sich Sorgen um deine Sicherheit.«

»Fliegst du denn hin?«, fragte ich.

»Selbstverständlich.«

»Und der Rest der Jungs? Werden sie auch da sein?«

Will nickte.

»Es wird eine ziemlich formelle Feier sein, mit vielen Gästen, hauptsächlich Geschäftsleuten. Vince ist das Familienoberhaupt, also muss er, der Tradition entsprechend, ein Verlobungsfest für all die anderen wichtigen Leute ausrichten, auf dem er seine zukünftige Frau vorstellen wird. So ist die Tradition«, erklärte er.

»Dann werde ich auch dabei sein«, entschied ich, wenn auch widerwillig.

Er nickte; ich glaube, er hatte diese Antwort erwartet.

»Sonny wird dich die ganze Zeit über begleiten, okay?«

»Wie immer.« Ich zuckte mit den Schultern.

»Hailie?«

»Hm?«

»Sieh mich an.«

Ich blickte auf, und aus irgendeinem Grund traten mir Tränen in die Augen. Ich war in der letzten Zeit extrem überempfindlich. Die ganze Heulerei war ein weiteres Zeichen für den miserablen Zustand meiner Psyche. »Was?«

»Sei bitte nicht traurig. Es wird sich schon alles fügen. Wenn du Lust hast, können wir uns heute Abend an den Laptop setzen und ein schickes Kleid für dich bestellen, möchtest du? Wir könnten auch versuchen, etwas maßschneidern zu lassen, aber wir haben nicht viel Zeit dafür. Was hältst du davon?«

»In Ordnung«, stimmte ich widerwillig zu.

Und tatsächlich hatten wir an jenem Abend gemeinsam ein Kleid ausgesucht – sodass ich weniger als eine Woche später in meinem Zimmer des bezaubernden Anwesens in Pennsylvania, in dem die Verlobungsfeier stattfand, die Robe anprobierte. Ich drehte mich vor dem Spiegel hin und her und bedauerte, dass ein so schönes Kleid für einen Anlass verschwendet wurde, der etwas mit Grace zu tun hatte.

Will hatte mich ermutigt, ein wirklich schickes Kleid zu kaufen, denn schließlich war die Veranstaltung auch etwas Besonderes, und ich würde als Vincents Schwester noch mehr als sonst im Rampenlicht stehen.

Daher sah ich heute aus wie eine Prinzessin. Das Einzige, was noch fehlte, war die Krone auf meinem Kopf. Will hatte mir sogar vorgeschlagen, ein Diadem zu tragen, aber ich lehnte ab. Es wäre ein bisschen too much geworden.

Das Kleid war in verschiedenen Schattierungen von Puderrosa und Flieder gehalten. Das Oberteil hatte schmale Träger und betonte meine Brüste. Außerdem war am Rand des Ausschnitts und in der Mitte des Brustbeins ein dezentes Muster aus Silberfäden aufgestickt. Meine Taille umschlang ein dünner silberner Gürtel, und der Rock war ein Traum aus weichem Tüll. Es waren so viele Lagen, dass sie dem Kleid eine wahrhaft königliche Größe verliehen.

Meine Schuhe waren silbern und hatten niedrige Absätze, aber, ehrlich gesagt, bei einem Kleid wie diesem interessierte sich niemand für sie.

Ich lockte meine Haare, schminkte mich sorgfältig, trug mein Lieblingsparfum auf und ging zur Suite der Zwillinge. Ich wollte ein wenig Zeit mit den Jungs verbringen, meine Stimmung verbessern und nicht an die fiese Hexe denken, die heute die Verlobte meines ältesten Bruders werden würde.

Als Erstes traf ich auf Shane, der bereits in einem schwarzen Anzug steckte und gerade seine Fliege zurechtrückte.

»Oh, wer ist dieser hübsche Kerl?«, fragte ich ihn mit einem zuckersüßen Grinsen.

Er hob einen Mundwinkel und warf mir einen Blick im Spiegel zu, dann zuckte er mit den Schultern und antwortete: »Ich natürlich.«

Ich lachte auf.

»Also ich finde ihn hässlich«, warf Tony ein. Er kam gerade aus dem Schlafzimmer, schubste Shane zur Seite und stellte sich vor den Spiegel.

»Wir sehen komplett gleich aus, du Lappen.«

Tony warf einen Blick auf sein Spiegelbild und kämmte sich die Haare. Normalerweise vermittelte er den Eindruck, dass ihn sein eigenes Erscheinungsbild wenig interessierte, aber ich konnte erkennen, das ihm gefiel, was er sah.

Nun, manchmal ist es gut, selbstbewusst zu sein.

Apropos Selbstvertrauen.

»Und wo bleiben meine Komplimente?«, fragte ich und trat zurück, um mein Outfit zu präsentieren.

Shane lächelte breit.

»Dir ist doch klar, dass du wunderschön aussiehst, kleine Prinzessin.«

»Du nimmst zu viel Platz ein mit diesem Kleid, es ist unmöglich, neben dir zu stehen«, maulte Tony hingegen.

»Wenn es dir nicht gefällt, brauchst du ja nicht neben mir zu stehen«, schnauzte ich zurück.

»Mir egal, neben wem ich stehe. Solange ich nicht in der Nähe von Vince lande.«

»Yep«, stimmte Shane zu. »Ich weiß nicht, Hailie, ob du ihn heute schon gesehen hast, aber er ist mega gereizt.«

»Ich hatte noch nicht das Vergnügen, zum Glück«, erwiderte ich. »Aber ich mache ihm keinen Vorwurf. Ich wäre auch gereizt, wenn ich Grace einen Antrag machen müsste.«

»Was, wenn er von jetzt an immer so ist?«, flüsterte Shane dramatisch.

»Noch schlimmer als sonst?« Tony runzelte die Stirn. »Keine Ahnung, dann sollten wir vielleicht endgültig ausziehen.«

»Nein, auf keinen Fall, ihr dürft mich nicht verlassen!«, schrie ich entsetzt auf.

»Wer will dich verlassen?«, fragte Dylan, der plötzlich hinter mir auftauchte.

Er war genauso wie die Zwillinge gekleidet, und obwohl er etwas größer und stämmiger war als sie, könnten die Jungs jetzt sogar behaupten, sie wären Drillinge, und ich glaubte, sie würden viele Leute täuschen.

»Sie reden davon auszuziehen«, beschwerte ich mich.

»Haha, das will ich sehen, wie diese bequemen Arschlöcher zu Hause ausziehen. Komm schon, hör auf, jedes Wort zu glauben, das sie sagen, kleines Mädchen«, neckte Dylan mich.

Erschrocken schlug ich mir die Hand vor den Mund – vorsichtig, um meinen perlmuttfarbenen Lippenstift nicht zu verschmieren.

»O Gott, wird Grace etwa bei uns einziehen?«, fragte ich panisch.

»Weiß der Teufel«, sagte Dylan und zuckte die Achseln.

So standen wir da und besprachen die aktuelle Situation. Ich hatte bereits gestern einen lustigen Abend mit der Heiligen Dreifaltigkeit verbracht, nachdem Will und ich von den Kanarischen Inseln zurückgekehrt waren, und wir hatten die zukünftige Verlobte unseres Bruders gnadenlos mies gemacht. Niemand von uns mochte sie sonderlich, aber ich war es wohl, der der Titel ihrer Erzfeindin zustand.

Heute war ich schon wieder dabei, mich über Grace aufzuregen, und drehte gerade auf, als plötzlich Vincent auftauchte und wir schlagartig verstummten.

Unser ältester Bruder präsentierte sich so, wie wir es alle von ihm erwartet hatten: tadellos, in einem perfekt geschneiderten Anzug, das Haar ordentlich zurückgekämmt – und mit einem scharfen, selbstbewussten Blick, der uns herauszufordern schien, auch nur ein Wort der Kritik an seinem Vorhaben zu äußern. Er wirkte angespannt, aber keineswegs auf die charmante Art eines Jungen, der nervös ist, bevor er einem Mädchen einen Heiratsantrag macht. Nein, Vince sah aus, als würde er jeden mit seinem Blick töten, der versuchte, ihn ungefragt anzusprechen.

Während des Fluges hierher hatte ich gehofft, mit meinem ältesten Bruder vor der Verlobungsfeier reden zu können und ihn mit der Kraft meines Charmes davon zu überzeugen, es sich noch einmal zu überlegen, aber er war zu beschäftigt gewesen. Oder hatte er mich sogar absichtlich gemieden? Vince erkundigte sich lediglich nach meinem Wohlbefinden, wobei er den Schwerpunkt auf meine mentale Gesundheit legte, und als ich versuchte, etwas über Ryder oder diese dämliche Idee, sich mit Grace zu verloben, herauszufinden, wies er mich brüsk ab. Vincent halt.

Noch bevor die ersten Gäste eintrafen, schlenderte ich durch das Herrenhaus und bewunderte die Innenausstattung. Die Einrichtung war schlicht, aber sehr elegant. Meine Absätze klackerten auf den Steinböden, während Sonnys weiche Mokassins, die mir überall hin folgten, kein Geräusch hinterließen. Oft blieb ich stehen, um die Gemälde an den Wänden zu bewundern, und manchmal gab ich sogar laute Kommentare ab, die meinen Bodyguard amüsierten, wie man an dem verstohlenen Grinsen in seinem sonst so ernsten Gesicht erkennen konnte. Zusätzlich zu Sonnys Gesellschaft hatte ich zu meiner Sicherheit, wie bisher auf Bällen üblich, ein Strumpfband am Oberschenkel, in dem ich mein Handy verstecken konnte.

Ich durfte mir jedoch nicht das gesamte Anwesen anschauen, da ein großer Teil davon nicht zugänglich war. Nur zwei Flügel waren uns zur Verfügung gestellt – der mit dem Ballsaal und dem Wintergarten, durch den man in den Garten hinausgehen konnte, sowie die Räume für die wichtigsten Gäste, nämlich die Familie Monet, die Familie der zukünftigen Braut und einige andere VIPs.

Eine Suite war für Maya und Onkel Monty reserviert worden, aber ein paar Tage vor der Veranstaltung waren rote Flecke auf Flynns Haut erschienen, und nun musste sich Tante Maya nicht nur um ihren kranken Sohn, sondern auch um ihren Mann kümmern. Ja, Onkel Monty hatte als Kind keine Windpocken durchgemacht und rechnete nun angeblich mit seinem baldigen Ableben. Ihr Spruch brachte mich zum Lachen, machte mich aber auch traurig, weil ich Tante Maya sehr vermisste und sie unbedingt wiedersehen wollte.

Shane und Tony kündigten an, dass sie die Hälfte der Party in einem der Salons verbringen würden, der offenbar zu einer Raucherlounge umgestaltet worden war. Ich hatte nicht vor, ihnen dorthin zu folgen, denn ich wusste, dass die Chancen gering waren, dass ich hineingelassen würde, und sei es auch nur wegen meines Alters. Außerdem wollte ich nicht, dass mein Kleid und meine Haare nach Rauch stanken.

Irgendwann ließ mich Dylan einen Moment allein, als er nach draußen ging, um in Ruhe einen Anruf von Martina entgegenzunehmen.

Und als ich nun alleine war, folgten mehr oder weniger drei Gespräche hintereinander. Die ersten beiden verdrängte mein Gehirn später und zwar wegen des dritten. Es war dasjenige, das bei mir einen Adrenalinschub auslöste und währenddessen das Chaos ausbrach und alles veränderte.

Zunächst schlenderte ich zwischen den Gästen umher und begeisterte sie mit meinem Kleid. Mit einem Lächeln nahm ich Komplimente entgegen und ging überall da lang, wo ich nicht damit rechnen musste, Grace zu begegnen. Als ich sie in der Halle entdeckte, gefährlich nahe, machte ich eine Kehrtwende, noch bevor mein Gehirn

Zeit hatte, mich zu verraten und anzuerkennen, wie toll sie in ihrem silbernen Kleid aussah, das aus lauter schimmernden Fransen bestand, die bei jeder Bewegung verführerisch hin und her schwangen.

Ich rannte vor ihr weg in die Eingangshalle, um sie nicht begrüßen zu müssen. Ich wusste, dass ich sie hier nicht antreffen würde, denn sie war zu stolz, um ankommende Besucher direkt an der Türschwelle zu begrüßen. Sie zog es vor, dass sich die Leute selbst auf den Weg zu ihr machten.

Die Halle war düster, aber die ankommenden Menschen brachten gute Laune mit, erfreut über die Aussicht, an einer so opulenten Feier teilzunehmen. Mit ihnen strömte auch die frische Luft durch die große Eingangstür herein. Zurzeit herrschte in Pennsylvania ein wunderbarer Winter, mit Schnee überall. Das war eine Umgewöhnung für mich nach den warmen Tagen auf den Kanarischen Inseln.

Diese Temperaturschwankungen können einem echt zu schaffen machen.

Und wo wir gerade von dramatischen Umständen sprachen …

Das erste Gespräch fand genau hier in der Halle statt.

Unweit der zur Garderobe umfunktionierten Kammer, in der alle teuren Mäntel der Gäste von eigens dafür eingestelltem Personal aufbewahrt wurden, sprach mich eine Frau an.

Erst beim zweiten Hinsehen erkannte ich in ihr Ruby, Vincents rechte Hand aus der Monet-Stiftung, und ich wäre bei ihrem Anblick fast in Jubel ausgebrochen. Ich hatte ihre positive Energie und ihr bodenständiges Wesen immer sehr geschätzt. Nun stand sie vor mir, und alles, woran ich mich hinterher von unserem gesamten Gespräch erinnerte, war ihr sackartiges grünes Kleid mit braunem Blumenmuster. Ich war froh, dass Vince beschlossen hatte, sie einzuladen, und sei es auch nur aus reiner Höflichkeit.

Nachdem ich ein paar nette Worte mit Ruby gewechselt hatte, stellte ich ihr, wahrscheinlich aus einem Impuls heraus, eine bestimmte Frage. Und es fiel mir auf, wie sich ihr Gesichtsausdruck von herzlich zu konzentriert und professionell veränderte. Ich wusste anschließend nur noch, dass wir über etwas Wichtiges gesprochen hatten.

Ruby klopfte mir aufmunternd auf die Schulter und ging davon. Ich weiß noch genau, dass ich mich fragte, ob ich das Richtige getan hatte.

Meine Sorge hielt jedoch nicht lange an, denn wenige Minuten später kam es zu einem zweiten Gespräch, als ich von einer anderen Frau, diesmal einer fremden, angesprochen wurde. Von diesem Moment an erinnerte ich mich an meine Vorsicht und wie ich mich nach Sonny umsah, denn nach Ryders Drohung war ich fremden Frauen gegenüber momentan sehr vorsichtig.

Die schlanke Fremde trug einen braunen Jumpsuit mit einem engen Oberteil und weitem Bein. Außerdem hatte sie einen goldenen Reif um den Hals und eine Uhr im ähnlichen Vintage-Stil, aber ansonsten war ihr Outfit eher schlicht. Ihr milchkaffeefarbenes Haar war zu einem Dutt hochgesteckt, ihr Make-up zart, mit braunen Nuancen auf den Augenlidern. Auch ihr strahlendes Hollywood-Lächeln fiel mir auf.

Ich erinnerte mich später, dass sie nach Grace fragte und den Eindruck machte, als ob sie sich unwohl fühlte. Ich wusste auch noch, dass sie sich für mich interessierte, als ich ihr sagte, ich sei Hailie Monet. Ich hätte nicht überrascht sein sollen, dass sie meinen Namen kannte. Die ganze Party war nur für die Geschäftswelt, in der meine Brüder tätig waren, veranstaltet worden, also war es offensichtlich, dass jeder wusste, wer ich war.

Das Gespräch mit der Frau verlief angenehm und entspannt, wir waren irgendwie auf einer Wellenlänge. Ich glaube, ich mochte sie spontan, und ich glaube, ich beschwerte mich bei ihr über etwas …

Doch warum kann ich mich nicht erinnern, an was?

Ich konnte mich aufgrund der dann folgenden Ereignisse nicht mehr daran erinnern, die Adrenalin durch meinen Körper pumpten. So verwischte in meiner Erinnerung alles, was davor geschehen war, und nur an das dritte Gespräch hatte ich klare, lebendige Erinnerungen.

Ich stand vor den großen Fenstern, unter denen sich ein langer Tisch befand, auf dem frisch zubereitete Drinks, Punsch und eine Vielzahl von alkoholfreien Getränken zur Auswahl standen. Ich entschied mich für einen Johannisbeersaft und griff gerade danach, während Adrien Santana, der neben mir stand, sich gerade eine Glas mit Whiskey schnappte.

Er lächelte sein bekanntes verspieltes Lächeln.

»Tja, Hailie Monet, jetzt sind wir eine Familie.«

»Es ist nur schade, dass sie deine Schwester beinhaltet«, antwortete ich säuerlich. Ich hörte nicht auf, meine Abneigung gegen Grace zu demonstrieren.

»Ts-ts. Es ist unhöflich, in einem solchen Ton über sie zu sprechen, vor allem in meiner Gegenwart«, sagte er zu mir, aber er sah nicht verärgert aus.

»Ich werden nicht heucheln, dass ich sie mag.«

»Wenn das so ist, beneide ich dich nicht. Ist es nicht so, dass sie demnächst offiziell deine Stiefmutter wird?« Er hob spöttisch grinsend sein Whiskeyglas an die Lippen.

»Igitt, nie im Leben!«, erwiderte ich und verzog das Gesicht.

»Und ich dein Onkel?« Adrien tat so, als würde er darüber nachdenken.

Ich stellte den Saft auf der Tischplatte ab, weil mir kurzzeitig schlecht wurde und ich fürchtete, mich übergeben zu müssen.

»Vince ist mein Bruder, nicht mein Vater, was ist denn bei dir kaputt?«, rief ich aus.

Adrien hob lachend die Hände in die Luft. »Nur ein Scherz.«

»Sehr lustig.« Ich schüttelte angewidert den Kopf. Dann griff ich nach der Glaskaraffe mit dem Saft, um mir noch einen Schluck einzuschenken, und warf Adrien einen letzten irritierten Blick zu, der mich immer noch amüsiert ansah. Mir war klar gewesen, dass ich ihm auf dieser Party nicht aus dem Weg würde gehen können.

Wie war ich hier überhaupt neben ihm gelandet? Ich sollte überhaupt nicht mit ihm reden.

Ich hegte immer noch zu viel Groll, um mit ihm wie mit einem guten Kumpel herumzualbern, außerdem wusste ich, dass er Vincents Geschäftspartner war. War es nicht unangemessen, dass er so mit dessen kleiner Schwester umging?

Als ich bemerkte, wie sein Blick von meinem Gesicht nach unten wanderte und dort hängen blieb, erstarrte ich.

Glotzt er etwa auf meine Brüste?

Ich hob die Augenbrauen und wartete darauf, dass er mir wieder ins Gesicht sah und sich schämte. Ich wollte ihm etwas an den Kopf knallen und weglaufen, aber er schaute unverwandt dorthin, und seine Belustigung über den Onkel-Scherz begann, langsam von seinem Gesicht zu weichen.

Ich kniff meine Augenlider zusammen, als ich sah, wie er überrascht seine Brauen hochzog. Damals kam es mir vor, als hätte es Minuten gedauert, aber in Wirklichkeit war alles sehr schnell gegangen.

Ich folgte seinem Blick, um zu verstehen, worauf er so seltsam reagierte. Kurz überlegte ich, ob ich mich mit irgendetwas bekleckert hatte.

Mein Kleid war jedoch in Ordnung. Ich starrte auf mein Dekolleté und verstand zunächst nicht, warum Adriens Gesicht jetzt Entsetzen ausdrückte, bis ich es schließlich sah.

Panisch sog ich die Luft ein.

Ein winziger roter Laserpunkt verlor sich in dem Muster auf meinem Kleid. Instinktiv wollte ich ihn abschütteln, aber er wanderte schnell nach oben und leuchtete auf der nackten Haut meines Dekolletés.

Verwirrt schaute ich zu Adrien, und er erwiderte panisch meinen Blick. Ich stand wie erstarrt da, weil ich nicht begriff, was geschah. Die Zeit blieb stehen, während ich mit meinen Augen den Wald und die mit weißem Schnee bedeckte Erde vor dem Fenster absuchte.

Und dann spürte ich für einen Moment einen Schmerz in meiner Schulter und einen unangenehmen, scharfen Ruck, dem ein lauter Schrei von Adrien vorausging: »Runter!«

Und das Chaos begann.

33

Sonny

Ich stürzte zu Boden.

Die Karaffe mit Johannisbeersaft, die mir aus den Händen gefallen war, zerschellte in tausend Teile, und sein dunkelroter Inhalt ergoss sich über das Parkett und mein Kleid.

Auf den ersten Blick schien Adriens schwarzer Anzug nicht in gleicher Weise gelitten zu haben, obwohl der Mann direkt neben mir gestanden hatte – gemeinsam robbten wir über den Boden und suchten Schutz hinter dem Tisch, so weit weg von den Fenstern wie möglich.

Adrien hatte mich am Arm festgehalten und mich heruntergerissen. Jetzt zog er schnell seine Hände weg, als hätte er einen Stromschlag bekommen. An der Stelle blieb ein roter Fleck zurück, der schmerzte, und ich hätte ihn mit meinen Händen gerieben, wenn ich sie nicht instinktiv um meinen Kopf gelegt und mein Kinn an meine Brust gedrückt hätte. Es war, als könnte mich das vor dem Tod durch einen Schuss in die Schläfe oder die Stirn bewahren.

In dieser Position versuchte ich, in den Raum zu spähen, mit klopfendem Herzen, voller Angst davor, was ich sehen würde. Einen kurzen Moment lang passierte nichts. In der ersten Sekunde warfen Adrien und ich uns auf den Boden, in der zweiten sahen uns die Gäste, die uns am nächsten standen, überrascht an. In der dritten schauten sie verwirrt und hoben die Köpfe, um zu den Fenstern zu blicken. Erst in der vierten Sekunde ertönten die nächsten Schüsse.

Das war nicht der laute Knall, den ich vom Schießstand gewohnt war. Diese Schüsse waren leise und heimtückisch. Mit einem Zischen schlugen sie in die Scheiben ein, die mit dem Geräusch von berstendem Glas zersplitterten. Es ließ meine Ohren klingeln.

Die Menschen erkannten, dass es gefährlich geworden war – sie fingen an zu schreien, fielen zu Boden, rannten los.

Es war schwer zu unterscheiden, welche Schreie von Schmerzen und welche vom bloßen Schrecken herrührten. Der Boden des Saals war nun bedeckt mit den bunten Kleidern der Frauen und den dunklen Anzügen der Männer. Die Menschen versuchten, sich zu verstecken, und rollten sich zusammen, sodass alle aussahen, als wären sie verletzt.

Die Serie von Schüssen schien stundenlang zu dauern, obwohl es in Wirklichkeit sehr schnell ging. Schließlich waren alle Anwesenden erstarrt und beteten nur noch, dass es zu Ende sein möge – auch ich. Und als das Ende endlich kam und langsam Stille einkehrte, begannen sich die Menschen zu bewegen. Zunächst vorsichtig, aber es dauerte nicht lange, bis Panik ausbrach, die von immer lauter werdenden Schreien, Rufen und Drängeln begleitet wurde.

Zitternd reckte ich den Hals und suchte mit meinen Blicken nach bekannten Gesichtern. Schließlich war meine ganze Familie auf der verdammten Party, und jetzt konnte ich keinen von ihnen sehen. Ich geriet immer mehr in Panik, Tränen traten mir in die Augen, verzerrten meine Sicht, und es fiel mir immer schwerer, etwas zu sehen.

Ich muss sie finden! Ich muss wissen, dass niemand verletzt wurde …

»Miss Monet!«, rief Sonny, der plötzlich auftauchte und sich direkt vor mich hockte.

Er hielt mich an der Schulter fest und tastet mich mit seinem Blick ab, um sich zu vergewissern, dass es mir gut ging, und einen Moment lang war ich erleichtert, dass ihm nichts passiert war. Dann lugte ich hinter seinen breiten Schultern hervor, um nach meinen Brüdern Ausschau zu halten.

»Wo sind sie?«, rief ich mit heiserer Stimme und ließ meinen panischen Blick durch das Chaos im Raum schweifen. Intuitiv wollte ich aufstehen und mich in die Menge stürzen, aber Sonny hielt mich davon ab und meinte, dass es noch nicht sicher sei und dass es besser sei hierzubleiben.

Auch Adrien stand nicht auf. Mit konzentriertem und für die Umstände erstaunlich nüchternem Blick suchte er den Raum ab. Immerhin hatte auch er Angehörige hier. Jemand war soeben an seine Seite getreten. Der Mann war in einen schwarzen Anzug gekleidet, hatte eine Waffe in der Hand und einen Knopf im Ohr. Er sah nicht so aus, als würde er Adrien bedrohen, wahrscheinlich war er sein privater Leibwächter. Er beugte sich zu ihm vor und gab ihm irgendwelche Informationen durch. Adrien hörte ihm zu, während er den Raum mit seinen dunklen Augen beobachtete.

»Psst …«

Ich wandte meinen Kopf in die andere Richtung.

In der Nähe hockte ein junger Kellner, der mir zuvor aufgefallen war, als er Tabletts mit Drinks herumtrug. Jetzt winkte er mir zu und versuchte, meine Aufmerksamkeit zu erregen.

»Verstecken Sie sich unter dem Tisch«, riet er mir und schob das Tischtuch zurück, das bis zum Boden reichte.

Ungläubig blickte ich auf den Platz unter dem langen Büfetttisch, der sich fast über die gesamte Raumbreite erstreckte.

Ich bewegte mich nicht, aber trotzdem streckte Sonny seinen Arm auf Höhe meiner Brust aus und schützte mich wie eine Barriere. Mein stets misstrauischer Bodyguard zog die Augenbrauen zusammen und blickte böse.

»Auf diese Weise können Sie leicht zur Tür gelangen«, erklärte der Kellner. Mir fiel auf, dass er ein wenig lispelte. Er zeigte auf die offene Tür, die einen Seiteneingang war. Sie befand sich tatsächlich ganz am Ende des Tisches, sodass ich mich nicht durch die Menge hindurchquetschen müsste.

Als ich immer noch nicht reagierte, nickte er mir energisch zu und tauchte unter den Stoff. Ich schaute mich in der Runde nach bekannten Gesichtern um, schielte aber auch zum Ende des Tisches und wartete darauf, dass der Kellner dort auftauchte.

Er erhob sich, drückte sich an die Wand und schaute mich direkt an. Dann ruckte er mit dem Kopf deutlich in Richtung des Ganges. Einige Leute liefen in diese Richtung, aber die meisten versuchten, durch die Haupttür hinauszukommen.

»Hailie!« Plötzlich hörte ich jemanden rufen, was in dem ganzen Lärm fast unterging, aber ich erkannte die Stimme und drehte mich um.

Dylan, der gerade in den Saal gekommen war, bahnte sich seinen Weg durch die Menge, die zum Ausgang strömte. Sein Gesicht war angespannt, seine Augen weit aufgerissen, und in ihnen lag eine Entschlossenheit, wie ich sie noch nie bei Dylan gesehen hatte. Er drängte sich durch die Menschen, ohne sich darum zu scheren, gegen wen er mit seinem großen breiten Körper stieß. Man merkte ihm an, dass er eine Mission hatte. Leider konnte er mich in dem Gewusel nicht sehen. Im Laufen nahm er sich den Bruchteil einer Sekunde Zeit, um jedes Gesicht zu betrachten, an dem er vorbeikam.

»Dylan, ich bin hier!«, rief ich und winkte ihm sogar mit beiden Händen zu, aber er sah mich immer noch nicht. Er konnte mich auch nicht hören, denn meine dünne Stimme wurde von dem allgegenwärtigen Chaos übertönt.

Ich wollte schon aufstehen, aber Sonny hielt mich wieder zurück. Er holte sein Handy heraus und tippte etwas darauf, vielleicht, um jemandem mitzuteilen, wo wir waren? Ich weiß es nicht, aber Dylan sah sowieso nicht aus, als würde er in diesem Moment eine Nachricht lesen. Er reckte den Hals und verschwand ab und zu in der Menge, verdeckt von den herumrennenden Menschen.

Ich stöhnte frustriert, winkte wie irre und rief nach ihm, als ich plötzlich den Kellner neben Dylan auftauchen sah. Er erklärte Dylan hektisch etwas und deutete auf die Hintertür, die er mir vorhin auch gezeigt hatte.

Ich runzelte die Stirn.

Dylan zeigte ebenfalls darauf, nur um sicherzugehen, und der Kellner nickte schnell und zeigte mit einer Handbewegung erst den Gang und dann die Richtung nach links. Dylan stürzte dorthin.

Dann drehte sich der Kellner um und fand meinen Blick. Das Letzte, was ich von ihm sah, war ein finsteres Lächeln, und dann wurde er von der panischen Menge verschlungen.

Ich erstarrte.

Und dann, von einem Impuls geleitet, hob ich das Tischtuch an und schlüpfte unter den Tisch. Ich registrierte nur, wie Adrien mich ansah und überrascht seine Augen aufriss, und ich hörte Sonny nach mir rufen. Ich ignorierte die beiden. Ich spürte, wie mein Leibwächter am Saum meines Kleides zerrte, aber er konnte mich nicht aufhalten. Er wiederholte: »Miss Monet, Miss Monet!«, und wahrscheinlich fluchte er sogar.

Gebückt kroch ich eilig durch den langen Tunnel zwischen dem zu beiden Seiten herabfallenden Tischtuch, das mich von dem Inferno abschirmte, das sich in der Halle abspielte. Ich hörte jemanden schreien, dass die Blutung gestoppt werden müsse. Sofort wurde mir schlecht.

Ich schrammte mir meine Knie und Schienbeine sowie meine Ellbogen und Hände aus, sodass ich erleichtert aufatmete, als ich endlich unter dem Büfett hervorkommen konnte. Ich stieß mit dem Kopf gegen die Tischkante, aber ich ignorierte den stechenden Schmerz, der eine Beule ankündigte, und konzentrierte mich nur noch darauf, Dylan zu finden.

Ich zwängte mich mit aller Kraft zwischen den Leuten hindurch. Ich schob eine Frau zur Seite, die kleiner war als ich, und trat einem Mann auf den Schuh.

Nachdem ich durch die Hintertür hinausgekommen war, die für so viele Menschen tatsächlich zu schmal gewesen wäre, konnte ich kurz ein wenig durchatmen. Im Korridor war das Gedränge zwar immer noch groß, aber es hatte sich doch etwas gelichtet, und rechts konnte ich in der Ferne die Haupttür des Gebäudes weit offen sehen. Durch diese konnte ich den hellen Himmel erkennen und einen Hauch frischer Luft spüren.

Leider hatte dieser verfluchte Typ Dylan nach links gedeutet, und wahrscheinlich war mein Bruder dorthin gelaufen. Ich rannte los. Niemand verirrte sich in diesen Teil des Korridors. Alle suchten nach einem Ausgang, niemand drängte sich in den dunklen Flügel des Hauses. Vorher standen hier goldene Pfosten, die mit einer roten Kordel verbunden waren und anzeigten, dass der Durchgang verboten war. Jemand musste sie umgeworfen haben, denn jetzt lagen sie umgestürzt da.

Ich rannte los. Meine Absätze klapperten auf dem Boden und mein Atem klang unnatürlich laut in dem leeren Flur. An einigen Stellen hingen Porträts würdevoller Damen und Herren, die mich ansahen, als würde ich ihre Ruhe stören.

»Dylan!«, rief ich und zitterte in der unangenehmen Stille. Ich im Hintergrund wurde das Echo des Dramas, das sich im Hauptteil des Gebäudes abspielte, immer leiser. »Dylan! Dylan!«

Der dunkle Korridor zog sich immer weiter und bog nach rechts, dann nach links, bis ich schließlich in der Ferne ein helles Licht sah. Voller Hoffnung, dass ich dort meinen Bruder treffen würde, rannte ich weiter. Bestimmt stand er schon zusammen mit den Zwillingen da und würde mich anschreien, weil ich mich von Sonny entfernt hatte.

»Miss Monet!«

Ich drehte mich um, ohne langsamer zu werden.

Oh, offenbar bin ich ihn gar nicht losgeworden.

Ich war erleichtert, dass er mir gefolgt war. Doch anstatt ihm zu antworten, rief ich weiter nach Dylan. Je näher ich dem Lichtstreifen am Ende des Flurs kam, desto schlimmer wurde mein Bauchgefühl.

Was, wenn er gar nicht hierher gelaufen ist? Was, wenn es eine Falle ist?

Das war möglich, denn warum hatte mich der Kellner zum Schluss so fies angeschaut?

Nun wurde ich langsamer, und mein ganzen Körper war in Alarmbereitschaft, als ich den offenen Raum am Ende des Ganges betrat. Ich fühlte mich wie die Heldin eines Buches, die durch ein Tor in eine andere Welt schritt.

Der Raum war überraschend gemütlich, obwohl die wenigen schönen Möbelstücke, die hier standen (wie ein großes Sofa auf gebogenen Beinen, ein runder Tisch aus dunklem Holz und eine Glasvitrine, die ideal für die Präsentation des herrlichen Geschirrs war), mit durchsichtigen Folien abgedeckt waren, um sie vor Staub zu schützen.

Meine Schritte wurden durch den dicken, gemusterten Teppich gedämpft. Ich blieb einen Moment in der Mitte des Zimmers stehen und sah mich verwirrt um.

Die großen Fenster waren mit schweren Vorhängen bedeckt, die das grelle Sonnenlicht abhielten, aber die Tür zum Garten stand weit offen, und die Windböen vom draußen spielten mit den Gardinen. Nachdem ich mich vergewissert hatte, dass Dylan nicht in dem kleinen Raum war, näherte ich mich der Tür nach draußen. Mein Herz klopfte immer heftiger.

Der Hof bestand aus einem mit Schnee bedeckten Platz, und war an einer Seite von Bäumen gesäumt. Ich begann wieder zu zittern, denn mir wurde sofort kalt. Außerdem ängstigte mich die hier herrschende durchdringende Stille. Irgendwie passte sie nicht hierher, zumal ich wusste, dass vor dem Herrenhaus Menschen in Angst um ihr Leben liefen.

Warum ist es hier so still?

Und wo ist Dylan?

Vor allem auf die zweite Frage suchte ich intensiv nach einer Antwort. Dann bemerkte ich Fußabdrücke im Schnee. Es waren Spuren von großen Männerschuhen. Sie könnten von Dylan stammen, aber es waren viele, also lief entweder mein Bruder hin und her, oder es waren vor Kurzem mehrere Leute von diesem Raum in Richtung Wald gegangen.

Was hätte ich tun sollen? Zurückgehen? Stehen bleiben? Ich glaubte, dass Dylan dort lang gegangen war. Ich war sogar fest davon überzeugt. Er war nicht lange vor mir in den Korridor gestürzt und hatte wohl kaum Zeit gehabt umzukehren. Sicherlich war er direkt in den Wald gelaufen. Ich war überzeugt, dass er an der Schwelle nicht einmal innegehalten hatte wie ich, um kurz zu überlegen, sondern – getrieben von seiner Sorge – einfach weitergerannt war.

»Miss Monet!«

Es war Sonnys Stimme, die wieder ertönte. Ich wusste, wenn er mich erst einholte, würde er mich davon abhalten, Dylan weiter zu verfolgen. Für ihn war es in erster Linie wichtig, mich in Sicherheit zu bringen.

Bei diesem Gedanken geriet ich in Panik und stürzte durch die Tür vor mir. Ich folgte dem in den Schnee getretenen Pfad, was mich jedoch nicht davor bewahrte, dass meine Schuhe, die für solche Bedingungen ungeeignet waren, sofort durchnässt wurden. Der untere Teil meines Kleides flatterte an meinen Knöcheln, aber ich war zu aufgewühlt, um es zu raffen.

Bevor ich den dichten Wald betrat, hielt ich noch einen Moment lang inne und zögerte, als ich aus den Augenwinkeln eine reglose schwarze Gestalt, die sich deutlich von der weißen Landschaft abhob, sah.

Ein Mensch.

Er lag reglos da. Seine Haut war ganz blau, und ich weiß nicht, ob es am Frost lag oder daran, dass er tot war. Ich wurde fast ohnmächtig, als ich mir den Gedanken erlaubte, dass es Dylan sein könnte. Dann bemerkte ich, dass der Mann eine Militärjacke trug und ein Funkgerät im Ohr hatte. Er sah aus wie ein Wachmann, ein Leibwächter oder aber ein Angreifer; ich konnte es nur schwer beurteilen. Da ich mir nicht sicher war, auf wessen Seite er stand, als er noch gelebt hatte, ging ich weiter. Denn trotz des Entsetzens, das der Anblick der Leiche in mir auslöste, hatte ich es immer eiliger, meinen Bruder zu finden.

In meinem fliederfarbenen Kleid muss ich zwischen den Bäumen wie eine Waldfee ausgesehen haben. Sonnys Rufe wurden lauter. Er war bereits ebenfalls nach draußen gekommen und würde mich jeden Moment einholen. Ich war umso entschlossener, vorwärts zu drängen. Immer wieder verfing sich mein Kleid in den abstehenden Zweigen, und ich zog gnadenlos daran und zerfetzte den Stoff.

Beharrlich verfolgte ich die Fußspuren weiter. Einerseits hatte ich Angst zu entdecken, wem sie gehören könnten, andererseits war ich froh, eine Orientierung zu haben. Sonst hätte ich mich sicher verlaufen. Alles um mich herum sah gleich aus, jeder kahle Baum, jeder gefrorene Busch. Es war, als hätte mich jemand in ein Computerspiel hineingesetzt.

Ein weiterer Vorteil des Schnees war, dass ich sofort das Handy entdeckte, das auf meinem Weg lag. Ganz schwarz, fiel es schon von Weitem auf. Ich blinzelte und sah mich misstrauisch um, bevor ich mich bückte, um es aufzuheben.

»Miss Monet!«

Ich nahm das Smartphone in die Hand und schaute auf den Sperrbildschirm, und es fiel mir fast aus den kalten Fingern.

Vom Hintergrundbild dieses verfluchten Telefons lächelte mich Martina an.

Dylan küsste sie auf die Wange, während sie lustig die Nase rümpfte und die Zähne fletschte. Ihre dunklen Augen leuchteten vor Glück, ihre Finger lagen um den Henkel eines Bierkrugs, der vor ihnen auf dem Tisch stand.

Ich presste das Handy an meine Brust und unterdrückte das Bedürfnis, mich zu übergeben. Mein Herz raste, und mein Kinn zitterte.

»Ms. Monet«, sagte Sonny, diesmal aus nächster Nähe. Er blieb nicht weit hinter mir stehen, etwas außer Atem, aber deutlich weniger als ich.

Das Display des Telefons wurde schwarz, und ich senkte meinen Blick, um es erneut zu entsperren.

Und dann sah ich ihn wieder.

Ein kleiner roter Punkt, der sich zwischen den Puderrosa- und Lila-Tönen und dem silbernen Faden am Dekolleté meines Kleids bewegte.

Sofort drehte ich mich um. Ich blinzelte und versuchte, den Scharfschützen auszumachen, aber zwischen den Bäumen in der verschneiten Landschaft sah ich niemanden. Da schien keine lebende Seele zu sein.

Ich begann, am ganzen Körper zu zittern, wie ich noch nie zuvor gezittert hatte. Ich ließ Dylans Handy fallen und schüttelte meine ganzen Körper, als wäre ich von einem Schwarm Spinnen angefallen worden. Als ob ich den roten Punkt auf diese Weise loswerden könnte.

Einen naiven Moment lang glaubte ich sogar, dass es funktionierte, denn auf einmal war er verschwunden. Ich schob den Tüll hin und her, um mich zu vergewissern, dass ich recht hatte.

»Runter!«

Auf den Boden, ja, richtig.

Erst Sonnys Schrei erinnerte mich daran, was zu tun war, wenn man ins Visier eines Scharfschützen geraten war – und zum zweiten Mal an dem Tag warf ich mich hin. Ich machte mich auf dem nassen, eisigen, schneebedeckten Mulch breit wie ein Pfannkuchen.

Fluchend vor Unbehagen schirmte ich meinen Kopf ab, und einen Moment lang hatte ich schreckliche Angst vor dem, was gleich passieren würde.

Schließlich haben wir gegen einen Sniper keine Chance. Er wird uns wie die Fliegen umnieten.

Oder will er mich gar nicht töten? Er hat im Haus auf mich gezielt, er hat auch hier im Wald auf mich gezielt, und jedes Mal schien er perfekt platziert, um mich zu töten. Aber er hat es nicht getan …

Das Zischen, das die Stille durchbrach, war dasselbe, das zuvor in der Halle ertönt war. Ich spannte alle Muskeln an, drückte mein Gesicht in den Schnee, wobei ich meine Wange gegen einen scharfen Stein presste. Ich hatte noch nie so lange die Luft angehalten.

Ich war so angespannt, dass jeder meiner Muskeln vibrierte. Ich fragte mich, ob ich eine Kugel abbekommen hatte oder ob ich im nächsten Augenblick eine Kugel abbekommen würde. Schließlich bewegte ich mich, als nach dem leisen, potenziell tödlichen Schuss ein paar lange Sekunden vergingen und der Schmerz ausblieb.

Ich entspannte mich ein wenig, und dann drang ein Rascheln an meine Ohren. Ich erschauderte und hob langsam den Kopf. Ich sah niemanden vor mir, nur die Äste der Bäume. Meine Nase und mein Kinn begannen, vom Schnee taub zu werden.

Es raschelte noch mal, dieses Mal etwas lauter.

Das muss Sonny sein.

Immer noch vorsichtig stützte ich mich auf meine Ellbogen und drehte den Kopf, um hinter mich zu blicken.

Sonny humpelte in meine Richtung und bewegte sich nicht leise und flink, wachsam wie eine Katze, wie ich es von ihm gewohnt war. Stattdessen krümmte er sich unbeholfen, den Kopf gesenkt, die Hand an seinen Hals gepresst.

Ich zuckte zusammen, als ich sah, dass Blut an seinem Handgelenk herunterlief.

»Sonny!«

Er antwortete nicht, und als er den Kopf hob, war sein ganzes Gesicht vor Schmerz verzogen. Er blieb an einem Baum stehen und rutschte am Stamm hinunter. Die Kraft, mit der er versuchte, sich selbst in eine sitzende Lage zu bringen, verließ ihn so schnell, dass er gleich wieder zu Boden rutschte.

»Sonny, nein!«

Den Scharfschützen vergessend stützte ich mich auf die Hände und kroch, so schnell ich konnte, zu meinem Bodyguard. Er war nur ein paar Meter entfernt, aber je näher ich ihm kam, desto ferner schien er. Er wurde immer blasser, und als ich mich direkt neben ihn hockte, war sein Gesicht weiß wie Schnee. Nur der Schnee um ihn herum war rot gefärbt vom Blut, das wie unentwegt aus seiner Halswunde quoll.

Ich schlug meine Hand vor den Mund.

»Was ist passiert?«, heulte ich, geblendet von Tränen.

Ich richtete diese Frage nicht an Sonny, der ohnehin kaum sprechen konnte, sondern an das Universum, das beschlossen hatte, mich heute durch die Hölle zu schicken.

»Sonny, Sonny …«, weinte ich.

Mein Leibwächter lag auf dem Rücken, sein Körper zitterte, von Schauern erschüttert. Sein Gesicht war schweißnass, und auch sein blondes Haar war feucht. Seine Lippen wurden allmählich blau, und seine Augen starrten in den Himmel, als ob er sich danach sehnte, dort Trost zu finden. Seine Hand drückte er immer noch fest auf die Wunde an seinem Hals, die nach wie vor stark blutete.

Ich begann, verzweifelt nach etwas zu suchen, das die Blutung stoppen könnte, doch ich konnte nichts finden. Ich schluchzte, und die Tränen strömten fast so heftig aus meinen Augen wie das Blut aus Sonnys Wunde.

»Hilfe, bitte, Hilfe!«

In einem Anfall von Verzweiflung griff ich nach dem unteren Teil meines Kleides. Obwohl der Stoff zum Abbinden einer Wunde ungefähr so geeignet war wie meine hohen Schuhe für dieses Wetter, drückte ich ihn an Sonnys Hals.

Mein Leibwächter wurde erneut von einem Schmerzensschauer geschüttelt, und sein Blick richtete sich auf mich. Er blinzelte und kam kurz zur Besinnung.

»Hailie …«

»Sonny, halten Sie bitte durch, bitte«, bettelte ich.

Ich wollte aufspringen, zum Haus rennen, um Hilfe zu holen, um jemanden zu holen, der ihn rettete. Ich hatte schon vergessen, dass derjenige, der auf uns geschossen hatte, noch dort irgendwo lauern musste.

Doch Sonny erinnerte sich daran, und er hob mühsam die Hand, so schwerfällig, als ob sie so viel wiegen würde wie Dylans Hanteln, und zerrte am Saum seiner Jacke. Sein schwarzer Anzug schien tadellos zu sein, kein Blut war auf dem dunklen Stoff zu sehen, ganz wie beim Johannisbeersaft auf Adriens Kleidung vorhin.

Sonny bewegte sich, seine Finger tasteten nun nach den Knöpfen seines Hemdes und versuchten, es aufzumachen. Darunter kam eine massive kugelsichere Weste zum Vorschein, die er mir wohl jetzt geben wollte, aber in diesem Zustand war es ihm unmöglich, sie auszuziehen. Er atmete angestrengt und kämpfte eine Weile damit, gab aber schließlich auf.

Nach einem Moment kam ihm eine andere Idee. Mit der Hand, mit der er gerade sein Hemd zerrissen hatte, griff er nun an seine

Seite, hinter den Hosenbund. Von dort zog er ein kleines Messer heraus. Das Ende der Klinge war leicht nach oben gebogen, und der Griff war schwarz und hatte geriffelte Einkerbungen, in die meine Finger passten, als ich es ergriff – ohne wirklich zu verstehen, was er mir da überhaupt in die Hand gab.

Ich hielt das Messer in meinen Fingern, aber beachtete es nicht weiter. Stattdessen schaute ich ihm ins Gesicht und presste den Stoff meines Kleides weiter an seinen Hals. Mittlerweile war der Stoff nicht mehr fliederfarben. Er war jetzt dunkelrot.

»Hailie, da ist noch …«, röchelte er. Er versuchte, die Pistole zu finden, die er vorhin in der Hand gehabt hatte. Wahrscheinlich hatte er sie während des Sniperangriffs abgefeuert. »Hailie, finde …«

Die Finger meiner einen Hand waren mit seinem noch warmen Blut beschmutzt. Mit der anderen umklammerte ich den Griff des Messers. Ich hatte keine Hand mehr frei, also hockte ich über ihm und weinte und brüllte, weil ich nicht wusste, was ich tun sollte.

Ich verzweifelte und war nicht imstande, mich zu bewegen.

Sonny, was soll ich tun, was soll ich tun!, fragte ich ihn in Gedanken, während ich vor lauter Schluchzen nicht einmal eine Silbe herausbekam.

»Versteck …«, stammelte er und stieß mit dem Handrücken gegen mein Handgelenk.

Ich betrachtete das Messer, konnte es aber durch die Tränen kaum erkennen.

»Verschwinde …«, röchelte er, aber seine Stimme stockte, und ich erschrak, als ich bemerkte, dass Blut aus seinem Mund kam.

Sofort drückte ich den Stoff meines Kleides fester auf seine Wunde.

»HILFE!«, brüllte ich erneut.

Ich blickte mich um. Im Wald war niemand. Es war eine stille Hölle.

»HILFE! HILFE! HILFE!«

»Lea …«

Ich richtete meinen tränenverschleierten Blick wieder auf Sonny. Seine Augen starrten in den Himmel, seine Lippen zitterten. Mir war, als würde das heiße, rasende Blut meine Adern zu platzen bringen.

»Lea«, wiederholte er leise, als wäre es nur ein Echo seiner eigenen Stimme.

»Ich verspreche … es wird ihr gut gehen … ich werde dafür sorgen … Sonny, ich werde dafür sorgen … ich schwöre!«

Ich wollte glauben, dass Sonny mich verstand, denn am Ende richtete er seinen Blick auf mich, und seine Mundwinkel zuckten leicht.

Ich weiß nicht, wann seine Herz aufhörte zu schlagen. Sonnys Blick blieb an einem Punkt einfach stehen, und seine Augen bewegten sich nicht mehr. Blut strömte aus seinem Mund und vermischte sich mit dem Blut an seinem Hals. Es befleckte seine Kleidung, den Schnee und mein Kleid.

Zuerst sank seine Hand herab, und erst nach einem Moment folgten meine rot verschmutzten Finger und legten sich auf seine Brust. Ich rüttelte an ihm, um ihn aufzuwecken, aber sein Körper war schwer und unbeweglich.

Sonny war tot.

Dann verließen mich meine Kräfte – so wie Sonny sein Leben verlassen hatte. Wie eine Stoffpuppe sackte ich auf ihm zusammen. Ich legte meine Stirn auf eine Hand und legte die andere Hand mit dem Messer an meine Wange. Ich schluchzte über seinem leblosen Körper, übergoss ihn mit Tränen der Verzweiflung.

34

Im Keller

(Warnung: Dieses Kapitel enthält Beschreibungen von sexueller Gewalt)

Meine Sinne ließen mich beinahe im Stich. Alles, was passiert war, war wie ein Albtraum. Deshalb erreichte das Geräusch von knirschendem Schnee meine Ohren viel zu spät.

Ich hob mein feuchtes Gesicht von Sonnys Hemd, und wie durch einen Nebel wurde mir wieder klar, warum mein Bodyguard so tragisch und schmerzhaft gestorben war. Er war von einem Scharfschützen getötet worden. Von jemandem, der irgendwo in diesem Wald auf der Lauer lag. Von jemandem, auf mich gezielt hat, auf Vincents Verlobungsfeier. Ich musste mich zusammenreißen, um mich an all diese Dinge zu erinnern, als ob seit diesen Ereignissen eine lange Zeit vergangen wäre – obwohl es in Wirklichkeit nur wenige Minuten waren.

Ich erstarrte.

Dann erinnerte ich mich daran, warum ich mich überhaupt entschlossen hatte, diesen Wald zu betreten.

Dylan.

Ich weiß nicht, ob ich jemals eine ähnliche Angst verspürt hatte. Dieses Gefühl würde ich meinem ärgsten Feind nicht wünschen.

Ich drehte mich um, als der Schnee wieder knirschte. Das Geräusch kam von hinter mir.

Ein riesiger Schatten kam auf mich zu.

Ich atmete tief ein und setzte mich auf. Mein Blick fiel auf das Messer von Sonny, das ich immer noch in der Hand hielt. Ich schob es unauffällig in den Ausschnitt meines Kleides. Ich spürte ein Brennen, als die spitze Klinge über meine Haut schabte.

Sofort schaute ich wieder über meine Schulter und stellte fest, dass jemand schnell auf mich zukam. Ich wurde panisch und versuchte aufzustehen. Meine Arme zitterten jedoch, und meine Beine waren wie Wackelpudding, also drehte ich mich einfach um, warf einen letzten, erschütterten Blick auf Sonnys Leiche und begann, auf allen vieren wegzukrabbeln. Dabei ratschte ich mit meinem Kleid über den Boden und zerstörte es damit vollkommen.

Der Mann, der auf mich zukam, war noch größer als Dylan. Er hatte eine Kapuze über den Kopf gezogen, aber ich konnte ein Stück seines kantigen Kiefers, seines schmalen Mundes und – was am schlimmsten war – seiner Augen sehen, deren stechender Blick auf mich gerichtet war.

Er sah Sonny nicht einmal an, als er an ihm vorbeiging. Ich versuchte verzweifelt, mich aufzurappeln und von ihm wegzukommen.

»Lassen Sie mich in Ruhe!«, rief ich mit zitternder Stimme. »Wagen Sie es ja nicht …«

Ich schrie auf, als er, taub für meine Proteste, so nahe kam, dass er sich über mich beugte und seine Arme nach mir ausstreckte. Er war so schnell, dass ich keine Zeit hatte, zu reagieren.

»STOPP …«, begann ich, als ich seine großen, harten Finger auf meiner Haut spürte, aber ich verstummte schnell, als der Mann seine Hand an meine Lippen presste.

»Halt die Klappe«, knurrte er.

Der Mann warf mich über seine Schulter, als wäre ich Sack Kartoffeln, und begann zu laufen. Er verdrehte seinen Arm, um meinen Mund zu erreichen, ihn zuzuhalten und mich so vom Schreien abzuhalten.

Es war beängstigend, so brutal von einem riesigen, fremden Kerl ins Ungewisse verschleppt zu werden, aber noch schlimmer war es, Sonnys Leiche zu verlassen. Ich hob meinen Kopf und schaute zurück. Der Anblick meines Leibwächters, der hinter mir in den Wald geeilt war, bereit, mein Leben zu retten, und dabei sein eigenes verlor, zerriss mir das Herz.

Meine Tränen befeuchteten die Hand des Mannes, die er mir an die Lippen drückte, und ich konnte nur noch mit meinen Beinen strampeln. Ich konnte sehen, dass wir uns auf dem im Schnee ausgetrampelten Pfad bewegten, den ich vorhin zurückgelegt hatte, bevor Sonny mich eingeholt und der Heckenschütze aufgetaucht war.

Aber vielleicht ist dieser Mann auf meiner Seite. Vielleicht rettete er mich. Vielleicht bringt er mich zu Vince, der wütend auf mich sein wird, weil ich seine Befehle nicht befolgt habe.

Ja, richtig, dann hätte der Scharfschütze, der Sonny getötet hat, auch ihn erschossen.

Aus irgendeinem Grund hat mich jedoch niemand getötet.

Zumindest noch nicht.

Schließlich erreichten wir unser Ziel. Mein Entführer hob mich von seiner Schulter und nahm endlich seine Hand von meinen Lippen, sodass ich normal durch den Mund atmen konnte. Stattdessen riss er mir die Arme hinter den Rücken, und ich taumelte und versuchte, das Gleichgewicht zu halten.

»Ich habe sie.«

Als der Schwindel in meinem Kopf endlich aufhörte, stellte ich fest, dass wir uns immer noch im Wald befanden. Doch auf einmal waren Leute um uns herum. Es waren lauter Männer, die sich hier wohl eine Art Stützpunkt eingerichtet hatten. Ich sah zwei geparkte Autos sah – eines davon war ein Van.

Ich erkannte niemanden und beobachtete, wie sie schnell und effizient vorgingen. Jeder hier hatte offenbar eine Aufgabe zu erfüllen, und es sah leider so aus, als ob ich das Ziel ihrer Mission war.

Einer der Typen war bereits in eines der Autos gestiegen und machte sich zur Abfahrt bereit, ein anderer klatschte zufrieden in die Hände, als sei er froh, dass alles nach Plan verlief.

»Nein, verdammt, nein …«

Beim Klang dieser Stimme musste ich schlucken. Normalerweise war sie stark, selbstbewusst und laut, wenn auch oft irritierend.

Dylan saß auf dem verschneiten Boden und lehnte mit dem Rücken gegen den Van. Als er mich bemerkte, veränderte sich sein Gesichtsausdruck sofort von wütend zu panisch. Seine dunklen Augen starrten mich mit einer Verzweiflung an, wie ich sie noch nie bei ihm gesehen hatte.

»Dylan«, flüsterte ich mit einer leisen Erleichterung, die jedoch nur einen winzigen Moment anhielt.

Er sprang auf, als wollte er auf mich zulaufen, wurde aber sofort aufgehalten. Ich bemerkte erst in diesem Moment, dass er von zwei Männern bewacht wurde. Einer hielt eine Waffe auf seinen Kopf gerichtet, was erklärte, warum Dylan bis jetzt so still gesessen hatte. Der Lauf war gegen seine Wange gedrückt. Als mein Bruder sich dennoch wütend wehrte, trat ihm der zweite Wachmann in den Bauch und knurrte ihm etwas zu.

Dylan war extrem muskulös, aber ein solch wuchtiger Tritt hätte jeden außer Gefecht gesetzt, und er keuchte auf, wand sich und rollte sich ein wenig zusammen.

»Hey!«, schrie ich und zappelte herum. Glücklicherweise beschloss niemand, mich zu treten, aber es lag wohl nur daran, dass es für meinen Entführer ein Leichtes war, meine Bewegungen mit nur einem Arm zu kontrollieren.

Ich versuchte zu kämpfen, mir fielen sogar Tricks aus dem Selbstverteidigungsunterricht ein, aber ich machte im Moment auch den größten Fehler, der mich in jedem Zweikampf von vornherein disqualifiziert hätte.

Ich war nicht richtig konzentriert.

Der Tod von Sonny, der so unbegreiflich und doch so real war, vernebelte meinen Verstand. Der Anblick von Dylan in Gefahr half mir kein bisschen, klar zu denken. Die Angst brachte mich fast um und ließ keinen Raum für eine Strategie.

Dylan kämpfte weiter. Er war jedoch im Moment kein würdiger Gegner für mehrere Männer, da er sich immer noch vor Schmerzen krümmte und keine Waffe bei sich hatte, aber er gab trotzdem nicht auf. Ich sah entsetzt zu, wie der Typ, der ihn getreten hatte, sich nun über ihn beugte.

Dann hielt mir plötzlich jemand ein weißes Tuch unter die Nase. Ich wandte instinktiv den Kopf ab, aber es gab keine Möglichkeit, dem feuchten Stoff zu entkommen, der mir gegen Mund und Nase gedrückt wurde. Ich hielt den Atem an, um nicht das Zeug einzuatmen, womit es getränkt war. Doch ich verlor diesen Kampf schnell. Die Geräusche wurden immer gedämpfter, das Bild vor meinen Augen verschwamm, und meine Augenlider begannen, schwer zu werden, was eine unerwünschte, aber unvermeidliche Ohnmacht ankündigte.

Etwas dröhnte ohrenbetäubend.

Es waren sich wiederholende Geräusche, begleitet von einem leisen Keuchen.

Sie hörten nicht auf und hielten mich davon ab, wieder einzuschlafen. Also blinzelte ich, um die Quelle des lästigen Krachs ausfindig zu machen und sie möglichst zu beseitigen. Ich hoffte auf ein schnelles Zurückgleiten in den Dämmerschlaf. Das Zimmer, in dem ich aufwachte, war ins Halbdunkel getaucht. Das war das Erste, was mich stutzen ließ. War ich etwa bei meiner abendlichen Lektüre eingeschlafen und hatte vergessen, die Lampe auszuschalten?

Eine Lampe leuchtete tatsächlich, allerdings wunderte ich mich, denn der schmutzigweiße Lampenschirm aus Pergament war mir fremd. Weiter bemerkte ich die schmuddelige Ziegelwand, wie man sie unter dem abblätternden Putz von alten Häusern findet. Darüber hinaus war sie an vielen Stellen durch widerliche Inschriften und hässliche Zeichnungen verunstaltet.

War ich im Traum in einem Spukhaus gelandet? Wenn ja, wollte ich so schnell wie möglich aufwachen.

Zunehmend verunsichert hob ich den Kopf und zog eine Grimasse, weil ein starker stechender Schmerz durch meinen Kopf fuhr.

Ich lag auf einer fleckigen Doppelmatratze. Kein Wunder, dass mir der ganze Körper wehtat – sie war hart und unbequem und lag auf dem nackten Boden. Daneben sah ich ein dünnes Laken, mit dem ich mich gerne zugedeckt hätte, da ich vor Kälte zitterte. Doch als ich danach greifen wollte, bemerkte ich, dass jemand meine Handgelenke gefesselt und das Seil an einem Metallrohr befestigt hatte, das über meinem Kopf verlief. Mein Herz schlug schneller, und ich riss an dem Seil.

Das ohrenbetäubende Geräusch, das mich geweckt hatte, war nun verstummt.

»Hey, Hailie. Psst …«, hörte ich plötzlich Dylan flüstern.

Ich drehte den Kopf und wurde von einer Welle der Erleichterung durchflutet, als ich meinen Bruder neben mir entdeckte. Er stand mit angewinkelten Beinen direkt an der Wand, parallel zu mir, und kämpfte dort mit etwas. Ein kurzer Blick und ich wusste, was los war. Dylans Hände waren ebenfalls gefesselt und an einen Heizkörper gebunden. Das Ding war zwar uralt, aber offenbar immer noch stabil, denn die Rohre rührten sich keinen Zentimeter, obwohl der kräftigste meiner Brüder daran zerrte.

»Geht es dir gut?«, fragte er leise und beobachtete mich besorgt. Er hatte einen großen Bluterguss unter dem Auge – jemand musste ihn geschlagen haben, während ich geschlafen hatte. Sein Anzug, der vorher schick und sauber gewesen war, war jetzt verdreckt und zerknittert.

Ich zitterte, als mir allmählich alles wieder einfiel, was im Wald geschehen war, und erschauderte erneut, weil mir so kalt war. Der Heizkörper, an den Dylan gefesselt worden war, erfüllte eindeutig nicht seinen Zweck.

Der Heizkörper, an den Dylan gefesselt ist!

Dylan ist gefesselt!

Erneut sah ich mich im Raum um, diesmal panischer, aber auch etwas genauer. Wir befanden uns in einem Keller – es gab hier nicht einmal das kleinste Oberlicht. Die Decke war von zahlreichen Flecken und Rissen übersäht. In der Mitte des Raumes befand sich ein hässlicher, schäbiger Teppich, und außer ihm, der Lampe und der Matratze, auf der ich immer noch lag, gab es hier nichts.

»Wo sind wir … Dylan … was ist das hier?«, stammelte ich. Das

Blut in meinen Ohren rauschte, und mein Herz schlug mir bis zum Hals.

»Ist alles in Ordnung mit dir?«, wollte er wissen und rieb sich die geröteten Handgelenke, nachdem er für einen Moment aufgehört hatte, an der Heizung zu rütteln.

»Nein, nichts ist in Ordnung! Was ist hier los?«, rief ich völlig verängstigt, und heiße Tränen strömten mir jetzt über die kalten Wangen.

»Psst!«, zischte er und warf einen nervösen Blick auf die Tür. Sie war höchstwahrscheinlich aus Stahl, sah solide aus und verstärkte die klaustrophobische Atmosphäre des Kellerraums.

Ich presste meine Lippen aufeinander und erkannte, dass ich uns bösen Ärger eingehandelt hatte.

»Ich weiß nicht, was los ist«, antwortete Dylan mit gedämpfter Stimme, nachdem er einige Augenblicke gelauscht hatte, ob jemand kam. »Irgendeine kranke Scheiße ist passiert, ich weiß es nicht. Aber ich arbeite daran, das Problem zu lösen.« Er bewegte seinen Kopf, um sich die Haare von der schweißnassen Stirn zu streichen, und zog erneut mit den gefesselten Händen an dem Heizkörper.

»Jemand hat uns gekidnappt! Jemand hat uns entführt, Dylan!«, wimmerte ich diesmal leiser.

»Ich arbeite daran«, wiederholte er und zerrte weiter an der Heizung. Ich konnte nicht mitansehen, wie das Seil bei jedem Zug immer tiefer in seine verletzte Haut einschnitt. »Überprüfe mal, ob dein Strick nicht zufällig locker sitzt.«

Ich zog gehorsam an meinen Fesseln, aber sie rührten sich nicht. Ich war an ein einzelnes Rohr gefesselt, nicht an ein ganzes Gewirr wie er, aber ich hatte auch ungleich weniger Kraft, sodass ich die Chance, mich zu befreien, als ziemlich gering einschätzte.

»Das wird nicht funktionieren, wir müssen uns etwas anderes einfallen lassen«, stöhnte ich und richtete mich auf.

»Gib mir eine Minute. Ich bin kurz davor, diese Stricke abzubekommen«, murmelte Dylan leise vor sich hin und fluchte dann, als die Dinger so stark an seinen Handgelenken rieben, dass seine Beine nachgaben und er sich für einen Moment hinhocken musste.

Ich sah ihn an, und mein Kinn zitterte.

»Dylan?«

Er senkte den Kopf und drückte seine Stirn einen Moment lang gegen seinen Arm.

»Ja?«

»Sonny ist tot.«

Er schaute über seine Schulter zu mir, und sein Gesicht verzog sich, doch diesmal nicht vor körperlichem Schmerz. In seinen dunklen Augen blitzten Tränen auf, aber anders als bei mir flossen sie nicht.

»Wie?«, fragte er mit heiserer Stimme.

Ich holte tief Luft und jaulte auf: »Er wurde im Wald erschossen.«

»Scheiße«, murmelte er.

»Dylan, er ist wegen mir gestorben«, fügte ich mit einem Kloß im Hals hinzu. »Ich bin in diesen Wald gerannt, und er …«

»Sei still«, knurrte er mich an, plötzlich wütend, wie es nur Dylan sein konnte. »Nichts hier ist deinetwegen passiert. Es ist wegen denen da.« Er deutete mit dem Kinn auf die Stahltür. Ich sah, wie er vor Wut kochte, und wenn er nicht an den Heizkörper gefesselt gewesen wäre, wäre er wohl die Wände hochgegangen. Klugerweise verschwendete er jedoch keine Energie auf Selbstmitleid, denn er stand auf, zog wieder an den Seilen und sagte entschlossen: »Und deshalb verschwinden wir hier.«

Ich versuchte, mir etwas Kreativeres einfallen zu lassen, als mühsam mit dem dicken Seil zu ringen, aber mir fehlten die Ideen dafür. Dann erinnerte ich mich an mein Handy, das unter meinem Kleid an dem Strumpfband hätte versteckt sein sollen. Ich schöpfte Hoffnung und begann, energisch zu kämpfen, indem ich versuchte, meine Oberschenkel aneinander zu reiben, um zu prüfen, ob es noch da war – und dann wurde mir übel, als ich merkte, dass da nichts war.

Jemand hat mein Telefon mitgenommen.

Jemand hat unter mein Kleid gegriffen!

Und dann erstarrte ich, als ich mich an etwas anderes erinnerte.

Das Messer!

Sonnys Messer!

Mein Kopf war dermaßen wirr, dass ich völlig vergessen hatte, dass Sonny mich ja mit einer Waffe ausgestattet hatte, bevor er gestorben war.

In der Befürchtung, dass ich feststellen würde, dass man mir auch das weggenommen hatte, versuchte ich, mich so hochzuziehen, dass mein Ellbogen gegen meine Brust gedrückt wurde, und bedauerte, dass ich nicht gelenkiger war.

Ich hätte mehr Yoga machen sollen, und sei es nur für den Fall, dass ich entführt und an ein Rohr gefesselt werden würde.

Ich spürte das harte Metall der Klinge an meiner Haut und ließ erleichtert die Luft aus meiner Lunge entweichen. Das Messer war noch da! Ich musste nur herausfinden, wie ich rankommen konnte. Ich öffnete meinen Mund und zog mein Kinn nach unten, in der Hoffnung, dass ich es mit den Zähnen erwischen könnte, aber ohne Erfolg.

Leider waren nur ein paar Sekunden später Schritte vor der Tür zu hören. Ich reckte den Kopf, und Dylan hörte auf, an dem Strick zu zerren, und hockte sich auf den Boden.

Die Stahltür quietschte unangenehm und öffnete sich. Ein Mann, in dem ich meinen Entführer erkannte, blickte in den Raum. Er war es, der mich von Sonny weggezerrt hatte. Er trug seine Kapuze nicht mehr über dem Kopf, und sein hässliches, derbes Ganovengesicht war sichtbar.

Der Typ beachtete Dylan nicht einmal. Als er sah, dass ich wach war, kam er auf mich zu. Der Raum war ohnehin klein, und als sich dieser riesige Kerl hineinzwängte, wurde es hier eng.

Dylan richtete sich auf.

»Hey … Denk nicht einmal dran … RÜHR SIE JA NICHT AN!«

Der Mann packte mich wie zuvor am Arm und ignorierte, dass ich mich an die Wand drückte und versuchte, so weit wie möglich von ihm wegzubleiben. Dann holte er ein Messer aus seiner Tasche, wahrscheinlich nicht weniger scharf als das von Sonny. Bevor ich mir vorstellen konnte, dass er mir damit die Kehle aufschlitzen würde, durchtrennte er mit ein paar geschickten Bewegungen die Seile, die mich fesselten.

Was will er von mir?

»Lass mich los!«, kreischte ich, aber er hörte natürlich nicht auf mich.

»Bleib still, oder ich stopfe dir das Maul«, knurrte er mich in kehligem, heiserem Ton, den ich ebenfalls aus dem Wald kannte.

»Lass sie los, du Dreckskerl!«, brüllte Dylan und riss an seinen Fesseln herum, aber der Mann lächelte nur, als amüsierte er sich über Dylans erfolglosen Versuche, ihm zu drohen.

Ich wurde in Richtung Ausgang gestoßen und hatte gerade noch

Zeit, einen letzten Blick mit Dylan zu wechseln, als der Riese die Stahltür hinter uns zuschlug und mich von meinem Bruder trennte. Ich befürchtete, dass er sich mittlerweile die Handgelenke aufgerissen hatte.

»Was wollen Sie von mir?«, fragte ich, als der Mann mich die Treppe hinaufschob. Der gedämpfte Klang von Dylans Schreien begleitete uns.

Ich hatte recht gehabt, dass wir in einem Keller eingesperrt waren. Die Treppe, die wir gerade hinaufstiegen, war hölzern und schlicht, aber die Steinwände vermittelten die Atmosphäre eines Verlieses wie aus einem Horrorfilm.

Der Mann beantwortete meine Frage nicht und zeigte auch keinerlei Geduld, denn als ich kurz anhielt, stieß er mich gegen meinen Rücken und drängte mich, schneller zu gehen. So kamen wir trotz meiner schmerzenden Glieder, der unbequemen Schuhe, der von der Kälte gefühllosen Füße und des sich an den Knöcheln verheddernden Kleides zügig voran und traten bald aus dem Kellerbereich des Hauses heraus.

In diesem Moment erlebte ich einen Schock, denn nach den erbärmlichen Verhältnissen, die mich beim Aufwachen erwartet hatten, hätte ich nicht geglaubt, unter demselben Dach solchen Luxus vorzufinden. Doch der Korridor, den wir gerade betreten hatten, wirkte außergewöhnlich elegant.

Er war mit einem weichen roten Teppich ausgelegt, der unsere Schritte dämpfte.

Die Wände waren mit hellbraunen Tapeten bedeckt, in die ein Rosettenmuster eingearbeitet war. Wir liefen durch ein langes Labyrinth und kamen an unendlich vielen weißen Türen vorbei. Sie waren alle verschlossen und bewahrten erfolgreich die Geheimnisse des Hauses. Und es musste eine Menge Geheimnisse geben, wenn der Besitzer, wer auch immer er war, die Gewohnheit hatte, entführte Menschen in seinem Keller zu halten.

Ich überlegte gerade, ob ich noch einmal einen meiner Selbstverteidigungstricks anwenden oder dem Schläger vielleicht eine Frage stellen sollte, als wir endlich eine Tür erreichten, die nur angelehnt war.

Die Helligkeit des Raumes, in den ich unsanft gestoßen wurde, blendete mich einen Augenblick. Dann erkannte ich in dem weitläufigen Zimmer ein großes, ordentlich gemachtes Bett mit einem roten Baldachin. Weiter hinten befand sich ein Podest, auf das drei niedrige Stufen führten. Darauf thronte eine Sitzecke mit zwei beigen Sofas. Die üppigen, schweren Vorhänge verliehen der Einrichtung einen eleganten Touch, vor allem jetzt, da sie zugezogen waren, weil es wahrscheinlich bereits Abend oder Nacht war.

»Sie ist aufgewacht«, verkündete der Riese, als wir auf der Türschwelle stehen blieben.

In diesem Moment bemerkte ich, dass eine Frau auf einem der Sofas saß. Ihre blonden Haare waren zu einem Chignon gedreht, den ich kurz bewundern konnte, bevor sie sich uns zuwandte. Sie war eine elegante Person, aber ich erschrak über den kalten Blick, den ihre hellen Augen mir zuwarfen.

Über ihren Schultern trug sie ein golden schimmerndes Tuch, und ihr Kleid war ebenso geblümt wie ihre Teetasse, die sie mit den Fingern an einem winzigen Henkel hielt. Ein Klirren ertönte, als die Frau sie sanft auf einem silbernen Tablett abstellte.

Als sie von dem Podest herunterstieg, konnte ich das leise Klappern ihrer Absätze hören. Welcher normale Mensch lief auf High Heels in seinem eigenen Haus herum? Andererseits, vielleicht war das bei wohlhabenden Frauen so? Und sie war definitiv wohlhabend, denn wie könnte sie es sich sonst leisten, sich so großzügig mit Goldschmuck zu behängen? Die Armreife an ihren Handgelenken waren dicker als meine Finger.

»Hmm«, murmelte sie, legte den Kopf leicht schief, hob ihren Kopf hoch und verzog die rot geschminkten Lippen.

Ich wollte meinen Mund öffnen, um eine Frage zu stellen, in der Hoffnung, dass sie sich als gesprächiger erweisen würde als ihr brutaler Handlanger, doch sie beugte sich vor und legte plötzlich ihre Finger um meinen Kiefer, und ich keuchte auf, überrascht von dem festen, unangenehmen Griff.

Sie betrachtete mein Gesicht mit äußerster Konzentration, als würde sie ein Gemälde studieren. Ihre großen Ringe drückten gegen meinen Kiefer.

»Perle …«, sagte sie plötzlich, mit einer süßen, geradezu mädchenhaften Stimme.

»Wer sind …«, begann ich, als sie mich losließ, unterbrach mich aber, als sie mir eine Ohrfeige gab.

»Psst.«

Ich verzog mein Gesicht vor Schmerz und hatte das dringende Bedürfnis, über meine Wange zu reiben. Ich konnte meine Hände aber immer noch nicht bewegen. Die Frau trat zurück und schlug sich ihr goldenes Tuch noch fester um die Schultern. Sie nickte, als ob sie ihren eigenen Gedanken zustimmen würde, und warf mir einen letzten prüfenden Blick zu, dann schaute sie zu dem Mann, der hinter mir stand.

»Sie gehört dir, Moe.«

Bevor ich es mich versah, hatte Moe mich auf das Bett geworfen. Erschrocken schrie ich auf und begann instinktiv, mich zu wehren.

Ich versuchte, den Typen wegzuschieben, vor allem, als er sich zu mir aufs Bett legte. Mit der Erkenntnis, was er vorhatte, kam die Panik.

Mein Verstand konnte gar nicht begreifen, was gerade passierte. Als ich versuchte, mich aus den Händen meines Angreifers zu befreien, sah ich aus dem Augenwinkel, wie die Frau zu dem Sofa zurückging, als wäre nie etwas geschehen. Die leisen Geräusche des Kampfes zwischen mir und dem großen Kerl wurden von dem Klappern ihrer Absätze begleitet. Wir kämpften leise, denn ein weiterer Schrei blieb mir in der Kehle stecken. Ich wollte um mein Leben brüllen, aber ich konnte es nicht. Ich spürte, wie der Mann an meinem Kleid zerrte, und dachte, ich müsste mich jeden Moment übergeben. Dieser Moe-Typ wühlte sich gekonnt durch den dicken Tüll. Ich erhaschte einen flüchtigen Blick auf sein Gesicht und zuckte angewidert zusammen. Er schwebte über mir, rang mit mir und runzelte die Augenbrauen, konzentriert auf sein Ziel.

Ich begann, noch stärker um mich zu treten; ich wollte ihn unbedingt aufhalten. Ich versuchte hochzukommen, aber er stieß mich zurück auf die Matratze. Ich bekam eines der Kissen zu greifen und schleuderte es direkt auf ihn.

Und dann erstarrte ich für einen Moment, als seine große, widerliche Hand meinen nackten Oberschenkel berührte. Ich keuchte angewidert auf. Ich wollte dort nicht angefasst werden. Nicht von ihm.

Doch diese Berührung war wie ein Ansporn, der mich meine Kraft wiederfinden ließ. Sofort nutzte ich diesen Impuls aus und brüllte, bis mir die Kehle brannte. Ich schrie nicht lange, denn der Mann riss mit einem kräftigen Ruck ein großes Stück Stoff von meinem Kleid und zwang es mir auf barbarische Weise in den Mund, wobei er mich fast erstickte. Der Brechreflex half mir, den Fremdkörper aus dem Mund zu bekommen, aber ich verschwendete viel zu viel Energie darauf.

Ich spuckte zur Seite und versuchte blinzelnd, gegen die Tränen anzukämpfen, die mir in die Augen traten, und dann spürte ich, dass ich dabei war zu verlieren.

Ich nahm meinen letzten Mut zusammen, schlang meine Hände um den Kopf des Mannes und spuckte ihm ins Gesicht. Dann riskierte ich es und spreizte meine Beine, aber keineswegs als eine Geste der Einladung. Das machte es mir einfach leichter, mit meinen Absätzen nach ihm zu treten. Sie waren zwar nicht sehr spitz, aber dennoch wirkungsvoll, denn als ich einen von ihnen gegen sein Bein schmetterte, stöhnte er vor Schmerz auf und lockerte einen Moment seinen Griff um meine Hände.

Dieser Moment war, was ich brauchte, um das Messer aus den Tiefen meines Dekolletés zu ziehen und es blindlings, aber auch kaltblütig in seine Richtung zu schwingen.

Ein seltsames Geräusch kam aus der Kehle des Mannes. Es war ein Zischen gemischt mit einem Brüllen, das wirklich erschreckend, aber zugleich befriedigend war. Auf seiner Stirn erschien ein langer horizontaler Schnitt, den ich ihm mit Sonnys spitzer Klinge zugefügt hatte.

Blitzschnell strömte Blut daraus hervor und drang ihm sofort in die Augen und lief über den Rest seines hässlichen Gesichts.

Damit hatte ich ihn wütend gemacht. Ich schwöre, dass ich sogar ein wenig Schaum um seinen Mund herum sah. Moe hob seine Hand und fuhr sich damit über die Stirn, doch immer neues Blut floss aus der Wunde. Er sah aus wie der Bösewicht aus einem Horrorfilm, für den das einzig akzeptable Ende eine Niederlage und der Tod wäre.

Ich nahm mir diesen Gedanken zu Herzen und war mehr als bereit, in diesem Fall die Vollstreckerin zu spielen.

Er erhob sich und wollte mir das Messer entreißen, also nutzte ich die Gelegenheit und hob meine Waffe erneut. Moe gelang es, sich zurückzuziehen, und so erwischte ich ihn nicht unter dem Schlüsselbein, wie ich es ursprünglich vorgehabt hatte. Meine Hand rutschte ab, und stattdessen stieß ich die Klinge in seine Bauchgegend.

Ich erinnerte mich an Tonys Worte beim Abendessen mit Leo, als er gesagt hatte, sein Messer schneide durch Muskeln wie durch Butter.

Sonnys Messer war ebenfalls sehr scharf. Ich hatte das Gefühl, als hätte ich es gerade in ein Stück Hühnerbrust aus dem Supermarkt gesteckt.

Doch es war kein Tier. In Wirklichkeit hatte ich gerade einen Menschen schwer verletzt.

35

Lindsay Brockenshire

Moe richtete sich auf und schwankte. Dann versuchte er, irgendwo Halt zu finden, sackte aber trotzdem zu Boden und landete auf dem Bauch, aus dem das Messer ragte. Ich schob mich nach hinten, an das Kopfteil des Bettes und sah zu, wie er kämpfte.

Doch nur für einen Moment. Schnell richtete ich meinen Blick auf die Frau, die ich komplett vergessen hatte. Einen Moment lang war ich überzeugt, dass sie den Raum verlassen hatte. Aber nein, sie war noch da. Es war mir unbegreiflich, dass sie bereit war zuzusehen, wie ein Mann einem Mädchen etwas Derartiges antat. Sie musste sehr krank im Kopf sein.

In Anbetracht der Umstände war die Genugtuung, die ich beim Anblick ihres vor Erstaunen geöffneten Mundes empfand, leider nur gering. Sie riss ihre Augen auf, und ihre Hand mit der geblümten Tasse erstarrte in der Luft.

Sie sah aus, als stünde sie unter Schock, sodass ich die Tatsache nutzte, da Moe ebenfalls außer Gefecht gesetzt war, um mich kurz zu sammeln. Ich hatte den Mann nicht umgebracht, also wagte ich es nicht, mich ihm zu nähern und Sonnys Messer an mich zu nehmen. Ohne weitere Zeit zu verlieren, rappelte ich mich auf und rannte zur

Tür. Wie ein Pfeil, der von einem Bogen abgeschossen wurde, flog ich auf den Korridor hinaus.

Meine Wangen waren noch immer nass vor Tränen und Schweiß, sodass meine Haut juckte und meine Augen brannten. Ich biss mir auf die Unterlippe, so heftig, dass Blut austrat; meine Brust hob und senkte sich in krampfhaften Atemzügen.

Ich taumelte gegen die Wände und bemerkte, dass einer meiner Füße nackt war. Moe musste mir den Schuh vom Fuß gerissen haben, und ich hatte es nicht einmal gespürt. Ich blieb kurz stehen und zog den anderen mit schnellen, panischen Bewegungen aus, dann rannte ich mit ihm in der Hand weiter, in der Hoffnung, ihn als Waffe benutzen zu können, falls ich auf weitere Angreifer treffen würde.

Ich weinte. Während ich rannte, schluchzte ich wie ein kleines Kind und verstand nicht, womit ich das alles verdient hatte.

Der arme Sonny …

Meine Knie zitterten. Ich wäre umgekippt, hätte mir den Knöchel verstaucht, und es wäre mir auch egal gewesen – wenn ich mich nicht daran erinnert hätte, dass sich in diesem Gebäude eine Person befand, die ich retten musste, auch wenn ich mir dabei alle Gliedmaßen brechen sollte.

Ich wusste nicht mehr, welche Tür in den Keller führte, also öffnete ich hastig jede, an der ich vorbeikam. Dabei achtete ich gar nicht darauf, wohin sie führten. Alles, was mich interessierte, war die mit der Treppe, die direkt dahinter nach unten führte. Ich vermutete, dass eine zur Bibliothek führte, denn aus den Augenwinkeln sah ich Bücherregale. Hinter einer anderen Tür, musste sich eine Garage verborgen haben, denn ich erkannte ein paar Autoreifen. Die meisten Türen waren jedoch abgeschlossen.

Und als ich schließlich eine öffnete und einen Fuß auf ihre Schwelle setzte, wäre ich fast gestürzt.

Ich erstarrte für eine Sekunde und atmete dann erleichtert auf. Ich rannte zwei Stufen auf einmal hinunter. Das Holz, aus denen an einigen Stellen Splitter herausragten, ratschten über meine nackten Fußsohlen. Ich hätte hundert von den Splittern abbekommen können, es war mir egal. Ich stieß gegen die Stahltür und öffnete sie weit, nachdem ich zuvor den großen Riegel, der sie blockierte, aufgezogen hatte.

»Dylan!« Ich schrie, bevor ich ihn bemerkte, weil ich kurz Angst hatte, er wäre nicht hier. Ich bekam fast einen Herzinfarkt, weil ich ihn zuerst nicht gesehen habe.

Aber er war da.

Er hockte immer noch neben dem Heizkörper und hatte den Mund gegen das Seil gepresst. Neben ihm befand sich eine beeindruckend große Speichelpfütze, in die er gerade gespuckt hatte, bevor er mich bemerkte.

»Hailie!«

Erleichterung und Fassungslosigkeit schwangen gleichzeitig in seiner Stimme mit.

»Dylan!«, stöhnte ich, und Tränen liefen mir ungehemmt über das Gesicht. Ich wollte mich so gerne an ihn drücken und mich endlich sicher fühlen – und zu wissen, dass er mir diese Sicherheit im Moment nicht geben konnte, war schrecklich.

Ihm muss es genauso gegangen sein, denn in seinen dunklen Augen lag ein tiefer Schmerz.

»Du bist weggelaufen?«

Ich nickte und biss mir auf die Lippe. Oh, er wusste ja gar nicht, was ich durchgemacht hatte. Ich brauchte so dringend Trost, aber es war keine Zeit dafür.

»Großartig, kleines Mädchen!« Dylan nickte, und auf seinem Gesicht machte sich neue Hoffnung breit. »Nur noch eine Sekunde, okay? Hältst du es hier noch eine Sekunde aus?«

Ich nickte, und er fing wieder an, in das Seil zu beißen. Offenbar hatte er in meiner Abwesenheit seine Taktik geändert. Er spuckte Fetzen des Seils aus. Es war eine mühsame Arbeit, aber wahrscheinlich gar nicht so ineffektiv.

Ich schaute mich um, überlegte, wie ich ihm helfen konnte, und verfluchte im Geiste die Tatsache, dass ich kein Messer mehr hatte.

Stattdessen betrachtete ich den Schuh, den ich immer noch in einer Hand hielt, und dessen spitzen Absatz. Ich ließ ich mich neben Dylan auf die Knie fallen und begann, mit dem Absatz in das Seil zu hacken. Beim Anblick seiner bereits blutenden Handgelenke überkam mich ein Schauer.

Er biss zu, und während er ausspuckte, stach ich wiederum zu. Schließlich stellte ich fest, dass der verdammte Schuh nicht half, also warf ich ihn zur Seite und setzte selbst meine Zähne ein. Wir zerrten abwechselnd an Dylans Seil wie zwei Nagetiere. Es wurde zwar immer dünner, aber es dauerte zu lange, und irgendwann ertönte das Klacken der Stahltür hinter uns.

Ich erstarrte und spürte, wie mir ein Schauer über den Rücken lief.

Dylan hob seinen Blick, während seine Lippen noch immer auf das Seil gepresst waren, und ich drehte langsam meinen Kopf und zitterte erneut.

In der Tür zum Keller stand die Frau.

Ihr Chignon war immer noch perfekt, ihre Augen waren aufgerissen und ihre Nasenlöcher geweitet, als sie vor Wut keuchend auf uns zukam. Sie war immer noch in ihr goldenes Tuch gehüllt und hielt in einer Hand Sonnys Messer.

Die Klinge war blutig. Sie ballte ihre Finger so fest um den Griff, dass ihre Knöchel weiß wurden.

Dylan runzelte die Stirn, dann betrachtete er das Gesicht der Frau eingehend, und sie sah ihn mit derselben Konzentration an.

»Du ...«, zischte mein Bruder schließlich, aber er brach ab, als wäre er sich nicht sicher, ob er sie wirklich erkannte.

Sie schaute ihn ebenfalls prüfend an. Schließlich neigte sie ihren Kopf leicht und verzog missmutig das Gesicht.

»Du bist ihm so ähnlich«, sagte sie zu Dylan. »Und irgendwie auch ihr ...«

Dylan blinzelte, und ich sah erst ihn, dann sie an. Ich war verwirrt. Woher kannten die beiden sich? Ich zog die Augenbrauen zusammen, als die Frau unerwartet meinen Blick erwiderte.

»Und auch du siehst aus wie er.«

»Äh, vielleicht, weil sie meine Schwester ist?«, murmelte Dylan und starrte sie fies an.

»Halbschwester!«, zischte sie sofort.

»Wen kümmert es? Sie ist meine Schwester.«

Die Frau brach in schallendes Gelächter aus. »Es kümmert nicht viele, das ist wohl wahr.« Sie nickte. »Die ganze Welt hat es geschafft zu vergessen.«

Dylan starrte sie ungläubig an, aber auch mit einem Hauch von Angst, so schien es mir.

»Was vergessen?«, fragte ich leise, weil ich das Gefühl hatte, dass ich die Einzige war, die hier etwas nicht verstand. Mein Bruder schüttelte fast unmerklich den Kopf und zeigte mir damit, dass ich besser schweigen sollte.

»Gute Frage, *Perle*«, lobte mich die Frau jedoch. »Nur ein bisschen falsch formuliert.« Sie wickelte ihren Schal fester um sich, das

Messer immer noch in einer Hand haltend. »Es muss heißen: *wen* vergessen.«

Ich schaute Dylan an.

Er hatte den Blick fest auf die Frau gerichtet und spitzte die Lippen.

»Frag!«, knurrte sie mich an.

Ich erschauderte.

»*Wen* vergessen?«, murmelte ich gehorsam.

»Sie«, antwortete sie. »Lindsay Brockenshire.«

Ich holte tief Luft.

»Ihr Name war Lindsay Monet«, knurrte Dylan.

»Der Name Monet war ihr Fluch!«, rief die Fremde aus.

Als sie merkte, dass weder ich noch Dylan vorhatten, mit ihr zu diskutieren, fuhr sie fort: »Diese Verbindung hat ihr Leben ruiniert. Ihr richtiger Name ist Brockenshire.«

»Bullshit. Sie hat unseren Vater geheiratet und ihr Name war Monet«, argumentierte Dylan. »Und niemand hat sie vergessen. Wovon redest du überhaupt?«

Die Frau verzog das Gesicht, doch bald darauf wurde ihr Blick wieder hochmütig.

»Deine Wortwahl widert mich an, Junge, aber ich weiß, dass du keine Mutter gehabt hast, die dir gute Manieren hätte beibringen können. Und da dein einziges Vorbild für den größten Teil deiner Kindheit dein Mistkerl von Vater war, tja, da haben wir nun das Ergebnis.«

»Rede nicht so über meinen …«

»Dylan«, flüsterte ich warnend. Er ließ sich zu leicht hinreißen, aber es war ihm wohl bewusst, denn er hörte auf mich und verstummte. Ich schluckte trocken und richtete meinen Blick wieder auf die Frau. »Äh, entschuldigen Sie vielmals. Ich verstehe nur nicht ganz, was hier los ist.«

Ich bemühte mich, höflich zu sein und sie nicht zu verärgern.

»Deine Bastard-Schwester hat offenbar bessere Manieren als du. Was für eine Schande.« Die Frau schüttelte den Kopf. »Ich bin mir sicher, dass Lissy vom Himmel her zu uns schaut und leidet.«

»Yep, ich bin sicher, sie leidet, weil ich fluche – und nicht, weil ihre Schwester eine durchgeknallte Psychopathin ist«, erwiderte Dylan.

»Ich, eine durchgeknallte Psychopathin?«, rief sie und schwang das Messer. »Ich bin die Einzige, die Lissys Andenken in Ehren hält! Sieh nur dich an, deine Geschwister, deinen furchtbaren Vater!«

»Was haben meine Geschwister und mein Vater dir denn angetan?«, wollte Dylan wissen.

»Camden Monet ist ein Dreckskerl!«, schrie sie und sah mich wütend an. »In welchem Monat wurdest du geboren?«

Ich musste wieder schlucken.

»Im ... November«, flüsterte ich dann.

»Also bist du im März gezeugt worden.« Sie nickte schnell, denn sie hatte es offensichtlich sowieso längst ausgerechnet. Dann wandte sie sich an Dylan: »Und in welchem Monat ist deine Mutter gestorben?«

»Was hat das ...«

»In welchem Monat!« Sie deutete mit dem Messer auf ihn.

»Im Januar.«

Die Frau lächelte bitter.

»Nicht einmal drei Monate«, sagte sie und schüttelte den Kopf. Sie wickelte sich wieder fester in den Schal, der ihr von den Schultern gerutscht war. »Keine drei Monate waren seit dem Tod seiner

Frau vergangen, und Camden hatte bereits irgendein Flittchen geschwängert.«

Wieder schwiegen Dylan und ich, und die Frau lachte humorlos auf.

»Keiner kann mir weismachen, dass dieser Mistkerl sie geliebt hat. Dieses Mädchen hier …« Sie richtete das Messer auf mich. »… ist der Beweis, dass er Lissy nie wirklich geliebt hat. Und ich bin leider nicht die Einzige, der das klar ist«, seufzte sie und schloss ihre Augen. »Jeder weiß es. Seit die Welt von eurer Schwester erfahren hat, das heißt, seit ihr sie so bereitwillig unter eurem Dach aufgenommen habt, hat Lissys Demütigung ihren Höhepunkt erreicht.«

»Welche Demütigung denn?«, rief Dylan aus.

»Ihr habt sie bei euch aufgenommen und sie wie ein Familienmitglied behandelt! Ein fremdes Mädchen, das Ergebnis einer Affäre eures Schweins von einem Vater!«, schrie sie und wedelte mit dem Messer in meine Richtung.

Die Haarsträhnen, die sich links und rechts aus ihrem Haarknoten gelöst hatten, schwangen an den Seiten ihres Gesichts hin und her, als sie diese dramatischen Gesten vollführte. »Wie kannst du dich nicht schämen, das Andenken deiner Mutter auf diese Weise zu entweihen? Sie hat ihr Leben an der Seite dieses grausamen Mannes vergeudet, vor allem wegen euch Jungs, und so zahlt ihr Monets es ihr zurück!«

»Sie ist tot!«, brüllte Dylan und bewegte das Seil, als wolle er seine Hände in die Luft werfen. »Auch wenn du sauer auf unseren Vater bist – wobei es dich übrigens verdammt noch mal nichts angeht, wie er seine Trauer über den Tod unserer Mutter verarbeitet hat – was zum Teufel hat Hailie dir angetan?«

»Eure feine Hailie ist ein Symbol der Erniedrigung von Lindsay«, kreischte sie. »Schon ihre bloße Existenz ruft Abscheu hervor, aber ihr habt es endgültig übertrieben, als ihr sie einfach so bei euch aufgenommen habt.« Sie zog angewidert die Stirn in Falten. »Wie konntet ihr nur? Lindsay wurde von ihren eigenen Kindern verraten. Die ganze Welt hat von Camdens Untreue erfahren, hat mitbekommen, wie schnell er sich nach dem Tod meiner Schwester getröstet hat.« Die Frau atmete zitternd ein. »Was für eine Schande für unsere arme Lissy.«

Mit Entsetzen im Gesicht betrachtete ich die Frau, die über uns aufragte. Ich konnte es kaum ertragen, dass ich offenbar eine größere Rolle in dem ganzen Durcheinander spielte, als ich anfangs angenommen hatte.

»Und jeder hat die kleine Perle der Monets nur zu gerne akzeptiert, nicht wahr?« Ihre Stimme war von zuckersüßem Gift getränkt. »Dieses niedliche, bezaubernde Mädchen, in einem wunderschönen Kleid. Sagt dir das nicht etwas? Erinnert dich das nicht an jemanden? Lissy-Doll wurde schnell vergessen zugunsten der neuen Perle der Monets. Ist es nicht so?« Sie griff an ihre Brust und presste ihre Finger um den goldenen Schal. »Ihr habt nicht nur ihr Andenken beschmutzt, sondern es komplett begraben. Offenbar ist es euch sehr leicht gefallen, Lissy zu ersetzen.«

»Warte, warte …« Dylan schaute auf den Boden und dachte scheinbar angestrengt nach. »Du sagst also, wir hätten unsere Mutter durch unsere Schwester ersetzt? Das kannst du doch nicht ernst meinen? Bist du krank?«

»Ich werde euch helfen, Lissy tatsächlich durch eure kleine Perle zu ersetzen. Und da ihr es offensichtlich so sehr wollt, habe ich mir versprochen, es euch leichter zu machen«, sagte sie, wobei ihre blauen Augen abwechselnd aufblitzten und dann wieder dunkel wurden.

Jedes Mal, wenn ich diese Fremde über mich reden hörte, durchfuhr mich ein Schauer.

»Was meinst du?« Dylan schüttelte den Kopf. »Vielleicht bin ich strunzdumm, aber ich verstehe es nicht. Unsere Mutter ist tot, und um sie zu rächen, willst du einer Teenagerin wehtun, die nichts mit ihr zu tun hat? Einem Mädchen, das nichts getan hat und selbst durch die Hölle gegangen ist? Ist es das? Bist du noch bei Trost?«

Ich wollte ihn schubsen, damit er aufhörte, sie zu provozieren. Mag sein, dass diese Frau alle Beleidigungen der Welt verdiente, aber sie zu beschimpfen, schien in unserer momentanen Situation kein sinnvoller Ausweg zu sein. Außerdem war es offensichtlich, dass sie anfing, die Geduld zu verlieren. Sie kräuselte die Lippen.

»Absolut unverschämt!«, kommentierte sie. »Wenn Lissy ihren Sohn so mit mir hätte reden hören … Ich kann die Saat des Teufels durch dich sprechen hören. Wir alle wissen, woher du das hast! Meine arme Schwester …« Die Frau seufzte noch einmal dramatisch, hob aber dann ruckartig den Kopf und kniff die Augen zusammen. »Ich wollte euch alle töten, das gebe ich zu, und vielleicht hätte ich das auch tun sollen. Um all jene vom Erdboden zu tilgen, die Lissys Liebe bekommen haben und sie auf so ungeheuerliche Weise missachten.«

Dylan blinzelte, weil er offenbar nicht glaube konnte, was er hörte. Ich startete einen neuen Versuch, sie zur Vernunft zu bringen, in der Hoffnung, sie nicht weiter anzustacheln. Offensichtlich sprach sie jetzt bereitwilliger mit uns.

»Aber aus irgendeinem Grund haben Sie es aber nicht getan«, sagte ich leise und lenkte so ihren Blick auf mich. »Sie haben offenbar Ihre Meinung geändert.«

Sie hob ihr Kinn an und schaute mich durch dünne Schlitze ihrer zusammengekniffenen Augen an.

»Es ist keine leichte Aufgabe, vor allem, wenn es um Vincent geht. Beinahe unmöglich, denn er ist zu gut geschützt.«

»Aber ... ich ... « Dylans Gehirn schien zu überhitzen. »Ich verstehe es nicht. Du wolltest dir auch Vince holen? Wozu, verdammte Scheiße?«

Die Frau ärgerte sich sichtlich darüber, uns alles erklären zu müssen. Gleichzeitig sprach so viel Bitterkeit aus ihr, als ob sie das, was sie seit vielen Jahren bedrückt haben musste, endlich loswerden wollte: »Er war doch derjenige, der beschlossen hatte, dieses Mädchen unter seine Fittiche zu nehmen. Oder? Dabei hätte ich geglaubt, dass er klüger wäre. Schließlich kann er sich von euch allen am besten an Lissy erinnern. Und wegen Vince hat sie an jenem Tag doch ihren Leibwächter weggeschickt.« Sie erzitterte auf einmal. »O Gott, man könnte sagen, sie hat ihr Leben für ihn geopfert ... Und dieser undankbare Kerl? Er hat das Andenken seiner Mutter mit Füßen getreten.«

»Aber Sie haben es sich anders überlegt, irgendetwas hat Sie dazu gebracht. Was war es?«, wiederholte ich und versuchte verzweifelt, sie zu beruhigen – obwohl ich kaum sprechen konnte, da meine Kehle wie zugeschnürt war.

Sie sah mich mit Verachtung an.

»Schwangerschaft, Mädchen«, knurrte sie. Ich schaute automatisch auf ihren Bauch, der zugegeben eine beträchtliche Größe haben konnte, bei dem weiten Kleid, aber die Frau schnaubte nur: »Doch jetzt habe ich mein Baby bekommen und in der Zwischenzeit etwas Wichtiges verstanden.«

Sie richtete sich hochmütig auf. »Ich glaube, dass Lissy sich letzten Endes nicht an ihren Söhnen rächen wollen würde.« Sie hob ihr Kinn, stolz auf ihre Schlussfolgerungen. »Aber irgendjemand muss für all das büßen. Ich habe zwar immer wieder an eure Perle gedacht, aber ich habe mich endgültig entschieden, als sich herausstellte, dass Camden Monet doch noch am Leben ist.«

Lindsays Schwester hielt einen Moment inne und starrte ins Leere, das Messer immer noch fest umklammert.

»Was war das für eine Erleichterung gewesen, als er angeblich gestorben war. Ich konnte wieder an Gerechtigkeit und Frieden glauben.« Die Frau formte ihre Lippen zu einem O. »Und plötzlich war er wieder da. Das Monster war aus dem Jenseits zurückgekehrt! Da musste ich mich erst recht an ihm rächen. An euch Jungs kam ich nicht heran, also habe ich beschlossen, eure Perle zu holen – diese schlechte Kopie von Lissy, um die ihr alle so viel Aufhebens macht. Das ist die perfekte Lösung, du musst es selbst zugeben, Dylan. Denn nicht nur wird Lissy gerächt werden, sondern auch Camden wird endlich leiden. Zwei Fliegen mit einer Klappe, wie man so schön sagt.«

Ihr Gesicht hatte nun einen entrückten Ausdruck angenommen. Ich hatte den Eindruck, dass sie wie in Trance war.

»Ihr schirmt sie so gut ab, dass es nicht leicht war, zu ihr durchzudringen, aber ich habe es schließlich geschafft.« Sie schnaubte voller Genugtuung. »Wir hatten jeden der letzten Bälle im Visier, aber ironischerweise war sie bei der Verlobung ihres eigenen Bruders am leichtesten zu fangen. Sogar mit dem Nebeneffekt, dass wir dich auch bekommen haben, Dylan. Wenn du ihr nicht hinterhergerannt wärst, hättest du es uns allen leichter gemacht.«

Mein Bruder starrte sie an und konnte es offenbar nicht fassen. Ich glaube, es war das erste Mal, dass ihm die Argumente ausgingen.

»Wollten …«, begann ich und stützte mich mit geschundenen Händen gegen den kühlen Betonboden. »Wollten Sie wirklich, dass ein fremder Mann mir wehtut, weil Ihre Schwester gestorben ist? Dass er mich …«

Aus dem Augenwinkel blickte ich zu Dylan, der zuckte, als hätte er einen Stromschlag bekommen.

»Was?«, keuchte er und hätte beinahe ausgespuckt.

Er begann, wieder an den Seilen zu zerren. Ich hatte ihn noch nie so machtlos gesehen.

»Sprich nicht noch einmal von ihr, Kind, du hast kein Recht dazu«, zischte die Frau.

»Und dann«, fuhr ich in einem aufgebrachten Flüsterton fort: »Sollte mich dieser Mann ermorden? So wie Lindsay ermordet wurde?«

Am Ende zitterte meine Stimme.

»Bist du total verrückt geworden?«, brüllte Dylan seine Tante an und ruckte so heftig mit den Armen, dass ich einen Moment lang dachte, er hätte sich losreißen können. Doch leider hielten die Seile.

»Seid still, alle beide!«, schrie sie jetzt. Sie wurde noch röter im Gesicht, und ihre Stirn glänzte vor Schweiß. »Ihr Ignoranten lebt alle in eurer Blase und seid blind für die Gefühle anderer! Ich bin angewidert von eurer gottverdammten Familie!«

»Du gehörst nicht dazu. Unsere Mutter gehörte dazu, du nicht …«, knurrte Dylan.

»Lindsay war MEINE Familie!«, kreischte sie, und zum ersten Mal schimmerten Tränen in ihren Augen. »Sie war alles für mich! Und ihr habt sie mir weggenommen! Ihr habt sie mir weggenommen, und sie hat alles für euch aufgegeben. Und jetzt könnt ihr sie nicht einmal mehr würdigen? Sie wertschätzen? Stattdessen schleimt ihr euch bei einem Mädchen ein, das euch vollkommen fremd ist. Lindsay hätte Camden niemals heiraten oder mit ihm Kinder kriegen dürfen, sie hätte nie aus unserem Elternhaus ausziehen dürfen, niemals …«

»Sie hätte ihr Leben nicht leben dürfen, meinst du das?«, warf Dylan ein. »Ist es das, was du sagen willst?«

»Sie hat mich allein gelassen! Sie war die einzige Person, auf die ich in dieser verfluchten Familie zählen konnte. Von all meinen Schwestern war sie die Einzige, die mich verstand und sich für mich einsetzte, wenn unser Vater uns verprügelte. Rate mal, wer mich verteidigt hat, als sie ausgezogen ist?«

Obwohl ihr Schal wieder verrutscht war, korrigierte sie ihn dieses Mal nicht. Sie hielt das Messer nun nach unten gerichtet, beide Hände fest zu Fäusten geballt.

»Wir waren unzertrennlich, und plötzlich war sie verschwunden. Camden Monet hat ihr nur Probleme aufgehalst, mitsamt euch Jungs, und ihren Glanz so schnell verblassen lassen … Wegen ihm und wegen euch habe ich meine Schwester verloren, und ihr alle hattet sie niemals verdient!«

Nun liefen ihr Tränen in Strömen über die Wangen, ihre Augen waren rot und geschwollen und ihr Lippenstift verschmiert. Ein Vulkan der Gefühle, der jahrelang geschlummert hatte, nun aber ausgebrochen war und ihren Verstand mit heißer Lava aus Verzweiflung und Trauer überflutet hatte.

Es fiel mir schwer, es mitanzusehen. Noch nie in meinem Leben hatte ich mit eigenen Augen so viel Schmerz oder so viel Hoffnungslosigkeit bei einer Person gesehen. Kurz zuckte ich zurück, weil mich der Anblick erschreckte. Ich hatte das Bedürfnis, sie zu trösten, ihr Mut zu machen. Ich war nicht in der Lage, ein derartiges Leid mitanzusehen und etwas anderes als Mitleid zu empfinden – trotz der Situation, in sie mich und Dylan gebracht hatte.

Ich öffnete schon meinen Mund, um zu ihr zu sprechen, sie zu beruhigen, um sie bei ihrem Namen anzusprechen, aber in dem Moment fiel mir ein, dass ich ihn nicht kannte.

Dylan schien von ihrem Verhalten genauso verwirrt zu sein wie ich. In seinem Fall dauerte der Schock jedoch kürzer an, und er hatte wahrscheinlich nicht so viel Mitgefühl mit ihr. Plötzlich schien er sich zusammenzureißen, beugte sich über seine Handgelenke und zerrte mit neuem Elan an den Seilen.

Ich schaute unsicher umher, weil ich nicht wusste, ob ich auf meine Instinkte hören sollte, die mir rieten aufzustehen.

Meine Tante war inzwischen vollkommen zusammengebrochen und zu Boden gesackt. Sie war in Tränen aufgelöst, schluchzte, als hätte ihr jemand zum ersten Mal in ihrem Leben die Erlaubnis dazu gegeben – und sie würde sie nie wieder eine bekommen, wenn sie diese Chance nicht nutzte.

Ich erhob mich auf zittrigen Beinen. Ich fühlte mich sehr schwach. Mir war kalt, ganz zu schweigen von der ganzen Anstrengung, die mein Körper an diesem Tag zu bewältigen gehabt hatte. Und die Wunden meiner Psyche? Sie schnitten sich in meine Seele, doch sie verursachten mir vorerst nur auf physischer Ebene Kopfschmerzen und waren ein Vorgeschmack auf das, das mich erst später ereilen würde.

Falls dieses Später eintritt.

Ich machte einen Schritt auf die Frau zu. Einen sehr langsamen Schritt. Und dann einen zweiten. Sie sah mich aus tränenverhangenen Augen an und verzog ihr Gesicht auf hässliche Weise. Die Tränen hatten ihr Make-up verwischt, ihre Haare waren zerzaust, und sie hatte sich von einer eleganten Dame zu einem Häufchen Elend mit teurem Schmuck verwandelt.

»Es tut mir sehr leid, dass Sie Ihre geliebte Schwester verloren haben«, sagte ich laut genug, damit sie mich hören konnte. Ich versuchte, Mitgefühl und Sanftheit in meine Worte einfließen zu lassen.

»Hailie«, zischte mir Dylan warnend zu. »Halt!«

»Es tut mir leid, dass Sie keinen Frieden gefunden haben«, fügte ich hinzu und biss mir unsicher auf die Unterlippe, während ich ganz langsam meine Hand nach ihr ausstreckte. Einerseits wollte ich sie umarmen, sie aber andererseits nicht mit allzu viel Nähe verschrecken. Doch ich spürte, dass sie Zuneigung und Empathie brauchte.

Mein Herz erzitterte, als ich meine Arme um ihre gedrungene Gestalt schlang, die unter dem teuren Stoff ihres geblümten Kleides verborgen war, und nun weinte sie noch mehr. Sie reichte mir kaum bis zum Kinn, so viel kleiner war sie. Irgendwann legte sie ihre Stirn auf meine Schulter und benetzte meine Haut sofort mit ihren Tränen.

»Ihr versteht nicht ...«, sagte sie kaum verständlich und verschluckte sich fast an ihren Worten, »... wie weh es tut.«

Ich atmete kurz durch, konnte ihre Qualen so gut nachempfinden, doch dann meldete sich Dylan unerwartet wieder zu Wort.

»Ich kenne diese Art von Schmerz«, sagte er mit völlig veränderter, ernster Stimme. »Ich spüre ihn immer wieder bei dem Gedanken, dass ich sie verlieren könnte.« Ich drehte meinen Kopf leicht und sah, wie er die Frau ansah und mit dem Kinn auf mich deutete. »Sie ist für mich, für uns, so wichtig, wie Mom es für dich war.« Dylan schluckte, und die Frau schluchzte nun leiser, als ob sie versuchte, ihm zuzuhören. »Deshalb bitte ich, Lissys Sohn, dich, Hailie zu vergeben. Sie hat keine Schuld an dieser Tragödie. Sie hat es nicht verdient, dafür zu bezahlen.«

Die Frau umarmte mich fest, immer fester, wie eine gute Freundin in einem schwierigen Moment. Ich erlaubte ihr, ihre Verzweiflung an mir auszulassen, und ließ meine eigenen Gefühle in den Hintergrund treten. Sie brauchte so dringend Hilfe …

Schließlich hob sie den Kopf. Der Kummer stand ihr in das runde Gesicht geschrieben, und ihre Augen glommen vor Schmerz. Ich war wie gebannt, als sie ihre Lippen direkt an mein Ohr brachte. Ich lehnte mich leicht vor.

»Es tut mir leid«, flüsterte sie.

Und dann spürte ich einen brennenden Schmerz und kurz darauf etwas Nasses und Warmes unter meinem Brustkorb.

Ich runzelte die Augenbrauen und fragte mich, was das für eine Flüssigkeit war, und erst als die Frau sich von mir entfernte und zurücktrat, wurde mir klar, was passiert war.

Sie hatte das Messer nicht mehr in der Hand.

Ich blickte nach unten.

Sie hielt es nicht mehr in der Hand, weil sie es mir gerade in den Bauch gerammt hatte.

36

Ein weiterer Grund, um einzuschlafen

Ich stieß einen langen Atemzug aus, der eine Ewigkeit zu dauern schien. Die Frau lehnte sich mit dem Rücken gegen die Wand, ihr Brustkorb hob und senkte sich schnell, und ihre Augen starrten mich voller Angst an.

Da merkte ich, dass ich für einen Moment offenbar taub geworden war, denn als mein Gehör unerwartet zurückkam, merkte ich, wie laut Dylan schrie. Unbeholfen griff ich mit meiner Hand nach unten, um das Messer herauszuziehen. Ich hielt es mit schwachen Fingern fest.

»Nein, nicht rausziehen!«, brüllte mein Bruder mich an. »Lass es drin, sonst verblutest du!«

Ich nahm meine Hand weg, rappelte mich auf und merkte, dass meine Beine mir nicht mehr gehorchten. Sie waren nicht mehr in der Lage, mein Körpergewicht zu tragen.

Die Frau sah mich an, und man konnte an ihrem Gesichtsausdruck erkennen, dass sie nicht wirklich begriff, was sie da gerade getan hatte. In ihrer Verzweiflung und Betäubung stürzte sie so plötzlich aus dem Keller, wie sie hereingekommen war.

»Bleib hier! Du musst Hailie helfen!«, rief Dylan, der mit den Seilen kämpfte und mich vollkommen entsetzt ansah.

Ich ging in die Hocke und stieß einen zitternden Atemzug aus, der noch flacher war als der vorherige. Aus irgendeinem Grund war es mir unmöglich geworden, tief einzuatmen. Ich fuhr mit den Händen verwirrt über meinen Bauch und suchte nach einer Möglichkeit, mir selbst zu helfen. Doch ich konnte es nicht.

Dylan zerrte wie verrückt in die Seile, spuckte und riss sich die Handgelenke auf, dass sie noch mehr bluteten. Er achtete nicht darauf.

»Dylan«, würgte ich hervor. Ich stützte mich auf meine Oberschenkel und schob mich in seine Richtung, doch es kostete mich enorm viel Kraft.

Er geriet vor Ohnmacht in rasenden Zorn, und ich konnte sehen, wie ihm wütende Tränen über die Wangen liefen.

»Dylan, ich muss es rausziehen«, flüsterte ich.

Er spuckte in die Pfütze und sah mich mit verzweifelt aufgerissenen Augen an. Sein dunkler Blick war mit so starken Emotionen aufgeladen, dass ich in Tränen ausbrach.

»Nein, du wirst sterben!«

»Ich … ich … verblute …«, krächzte ich, denn am Anfang hatte ich den Schmerz kaum gespürt, doch jetzt wurde er immer stärker.

»Nimm das Messer bloß nicht heraus, ich bin doch schon dabei, mich zu befreien …« Dylan zerrte wieder an dem Seil, und ich glaubte, dass er bereit war, sich den Arm auszureißen, nur um sich zu befreien. Ich hatte ihn noch nie so gesehen. Er war wie von Sinnen.

Die Vorstellung, dass ich hier vor seinen Augen starb, während er darum kämpfte, sich zu befreien, war für mich so unglaublich tragisch, dass es mehr wehtat als der Messerstich. Wenn ich wenigstens sicher sein könnte, dass er frei kam.

Was, wenn er das nicht kann und jemand kommt, der auch ihn tötet? Was ist, wenn ich sterbe, bevor er es schafft, das Seil durchzubeißen, und dann er seine Kraft verliert, und dann ist ihm alles egal? Jetzt wird er wenigstens versuchen, uns so schnell wie möglich zu retten. Und ich will, dass er vor allem sich selbst rettet.

Meine wirren Gedanken rasten.

Er sah nicht, wie ich meine Hände wieder um den Griff legte. Er begriff erst, was ich getan hatte, als ich ihm die Klinge, die von meinem Blut rot gefärbt war, unter die Nase schob.

»Nein!«, brach ein panischer Schrei aus ihm heraus. Sein Gesicht schwebte über seinen gefesselten Handgelenken, während er mich entsetzt ansah.

Ich hatte es kaum gespürt. Als ich das Messer herauszog, fühlte sich mein Körper nur noch ein wenig kälter an. Doch der Schmerz ließ leider nicht nach.

Keuchend vor Anstrengung zog ich mich noch näher an Dylans Hand heran und stach mit dem letzten Rest meiner schwindenden Kraft auf seine Fesseln ein. Mit jedem Heben meiner Hand und jedem Moment der Konzentration wurde mir dunkler vor Augen.

Das Seil löste sich jetzt schnell, da es mit einem so scharfen Messer behandelt worden war, und in Sekunden waren Dylans Handgelenke befreit. Mein Bruder schüttelte das Seil ab, und es war noch nicht mal zu Boden gefallen, als er schon nach mir griff. Endlich konnte ich mich hinlegen, obwohl mir diese Position keine Erleichterung brachte.

Dylan drückte seine Hand auf meine Wunde, was eine weitere Welle des Schmerzes durch meinen Körper jagte.

»Warte, Hailie, warte, halte durch …« Er geriet endgültig in Panik und weinte.

Dylan weinte wirklich, schrie verzweifelt vor Angst.

Dann sah er sich um und bemerkte das goldene Tuch, das die Frau hier verloren hatte. Er riss es an sich und verband meine Wunde damit, dann legte er sofort seine Arme um mich. Ich stöhnte vor Schmerzen, als ich spürte, wie er mich hochhob.

Ich starrte an die Decke, nahm aber nur sehr wenig wahr. Gelegentlich konnte ich nur Dylans angsterfülltes Gesicht erkennen, als er mich anblickte, aber die meiste Zeit hielt er seinen Kopf geradeaus, als er nach einer Möglichkeit suchte, um aus dem Gebäude zu entkommen.

Von Zeit zu Zeit presste ich vor Schmerz meine Augenlider zusammen. Ich spürte jeden Schritt, den Dylan machte, während er rannte. Und obwohl ich sicher war, dass er versuchte, die heftigeren Bewegungen abzufedern, konnte ich es kaum ertragen.

Es wurde erst ein wenig besser, nachdem er die Treppe überwunden hatte und mit mir durch den Korridor lief. Dylan zwang eine meiner Hände, Druck auf die Bauchwunde auszuüben, aber ich weiß nicht, ob ich das gut machte. Es war alles zu anstrengend für mich.

»Ey!«, schrie er mich an, als mir die Augen zufielen. Er riss an mir, und ich verzog mein Gesicht vor Schmerzen, blinzelte aber. »Ausgang, wo ist der Ausgang …?!«

Dylan schrie noch irgendwas, aber ich konnte es nicht wirklich verstehen. Und dann, gerade als mein Kopf wieder träge nach unten sackte, sah ich in einem Türspalt, an denen wir vorbeikamen, Autoreifen – und das löste in meinem Kopf einen Alarm aus.

Da ist doch eine Garage, oder?

Ich griff danach und kam im letzten Moment mit den Fingern auf den Türknauf, aber Dylan rannte so schnell, dass meine Hand leider wieder davon abrutschte.

Ich stöhnte, weil ich nicht die Kraft hatte, lauter zu protestieren.

Doch Dylan hielt inne.

»Was ist los? Was machst du denn da?« Ich schloss meine Augen, meine Hand hing herunter. Dann spürte ich, wie mein Bruder sich umdrehte.

Er hatte die Hände zwar nicht frei, aber der unfassbar kräftige Tritt, den er der Tür verpasste, reichte aus, um sie aus den Angeln zu heben.

»Gut.« Er atmete erleichtert durch, als er die Autos sah, die sich in dem Raum verbargen. »Gut gemacht, o ja, gut gemacht, kleines Mädchen!«

Ich wandte meinen Blick gerade noch rechtzeitig ab, um zu sehen, dass die ausgehängte Tür schief gegen eines der Autos lehnte. Und dann erschauderte ich, als ich einen schnauzbärtigen Mann in einer schwarzen Hose und einer roten Uniformjacke bemerkte, der daneben stand.

»He!«, rief er und riss seine Augen auf. »Was macht ihr hier?«

Dylan wandte sich ihm zu.

»Hilfe, bitte!«, rief er flehentlich. Ich hatte ihn noch nie in einem solchen Ton sprechen hören. »Meine Schwester. Sie stirbt. Wir brauchen Hilfe! Bitte!«

Der Mann blinzelte, dann sah er sich in der Garage um.

»Was … Wie seid ihr hier …«

»Bitte, verdammt noch mal, helfen Sie uns!«, rief Dylan. »Sie muss ins Krankenhaus!«

Mein Kopf taumelte wieder zurück, aber ich versuchte, mich zu konzentrieren und den Mann, so gut es mir eben möglich war, durch meine halb geschlossenen Augenlider anzusehen.

Er muss uns helfen.

Er erwiderte meinen Blick und wurde plötzlich ganz blass, als er erkannte, wie schlecht es mir ging. Offensichtlich war es für ihn nicht üblich, derart dramatische Szenen zu erleben. Er zögerte einen Moment, schaute sich noch einmal um, doch dann traf er seine Entscheidung und wies Dylan auf eines der Autos, das am nächsten am Ausgang stand: »Steigt ein.«

Dylan hatte keine andere Wahl, als ihm zu vertrauen, und er bewegte sich auf einen Sportwagen zu, um sich mit mir im Arm hineinzusetzen. Dabei achtete er darauf, meine Beine zuerst hineinzuschieben. Ich versuchte, so gut es ging, mit ihm zu kooperieren, aber alles bereitete mir zu große Schmerzen, und ich konnte nur noch wimmern.

»Wir haben es gleich, Kleines …«

»Es tut so weh«, stöhnte ich.

»Ich weiß, ich weiß, halte noch etwas durch.«

Dylan hockte sich auf den Fahrersitz und schob ihn sofort zurück, damit er mehr Platz hatte und meinen Kopf bequem auf seinem Schoß ablegen konnte, während meine Beine auf dem Beifahrersitz lagen.

Inzwischen hatte der Mann die Autoschlüssel für uns besorgt und betätigte einen der Schalter, und das Garagentor begann sich zu öffnen.

Draußen wurden wir von einer unfreundlichen Dunkelheit begrüßt. Es war Nacht. Ein weiterer Grund für mich einzuschlafen.

Das Auto erwachte und heulte auf. Dylan rief dem Mann etwas zu, und dieser erklärte ihm daraufhin hitzig etwas. Ich schnappte die Worte »nächstes Krankenhaus«. Armer Dylan, er wusste ja nicht einmal, wo wir waren.

Ich verzog mein Gesicht, als er mir kräftig auf die Wange klopfte.

Es tat weh, aber ich kam wieder einigermaßen zu Bewusstsein. Ich sah, wie mein Bruder von diesem freundlichen Mann ein Smartphone entgegennahm, und ich fragte mich, ob er ein Angestellter in dem Haus war.

Ich fing fast an zu weinen, als mein Bruder Maps aufrief und dem Navi per Sprachbefehl sagte, es solle das nächste Krankenhaus ansteuern.

»Das Tor am Ende wird offen sein«, versprach der Mann.

Ich sah zum letzten Mal sein strenges, doch freundliches Gesicht und hörte, wie er flüsterte: »Viel Glück.«

»Es ist alles gut, Hailie, hörst du mich?«, fragte Dylan, als die Tür zuschlug und er mit quietschenden Reifen losfuhr. Er kniff seine Augen zusammen und konzentrierte sich auf das Fahren in der Dunkelheit.

»Mhm …«

»Wir fahren ins Krankenhaus. Ich werde dich hinbringen, okay? Du musst nur durchhalten, bitte …«

Ich fühlte mich alles andere als wohl, aber ich war froh, auf seinem Schoß zu liegen und bei ihm sein zu können. Ab und zu warf er mir einen prüfenden Blick zu, um sicherzugehen, dass ich meine Augen nicht wieder schloss. Und wenn ich das tat, kniff er mir in die Wange, als wäre es ein Scherz – aber es war kein Scherz, sonst wäre er nicht so in Panik.

Meine Wunde tat weh, und mir war, als würde an dieser Stelle ein Loch klaffen. Ich konnte dieses Gefühl der Unvollständigkeit nicht vergessen, das mich nicht weniger bedrückte als der körperliche Schmerz. Ich lag starr da, hatte Angst, mich zu bewegen. Das Atmen fiel mir immer schwerer.

»Sei offen, sei offen«, flüsterte Dylan und starrte intensiv durch die Windschutzscheibe. Seine Hände verkrampften sich auf dem Lenkrad.

»Das Tor?«, stammelte ich.

Er schwieg eine Weile und kniff die Augen zusammen, bis sich schließlich eine Welle der Erleichterung auf seinem Gesicht ausbreitete.

»Yesss!«, rief er freudig aus. »Es ist offen, wir sind auf dem Weg, kleines Mädchen. Wir sind auf dem Weg, wir fahren ins Krankenhaus.«

Ich schluckte schwer. Ich konnte seinen Optimismus nicht teilen. Ehrlich gesagt glaubte ich nicht, dass ich noch länger durchhalten konnte. Ich hatte entsetzliche Angst vor dem Tod, und ich spürte, dass er ganz nah war – und in dem Moment wollte ich meine Ängste mit Dylan teilen.

»Ich glaube, ich sterbe«, murmelte ich.

»Es ist nur ein bisschen Blut, kleines Mädchen.«

»Es tut aber so weh, Dylan.«

»Ich weiß«, stöhnte er. »Aber es ist gut, dass es wehtut, es bedeutet, dass du bei Bewusstsein bist, dass du alles spürst, und das ist ein gutes Zeichen.«

Er lügt.

»Ich will nicht, dass es wehtut …«

Dylan lehnte sich noch weiter über das Lenkrad, dann nahm er eine Hand davon weg und griff nach dem Telefon. Ohne auf das Display zu schauen, tippte er eine Nummer ein, die er gewiss auswendig kannte.

»Halte durch, nur noch ein bisschen«, flüsterte er und wartete, bis die Verbindung zustande kam.

»Vince!«

Er ruft Vincent an.

Diese Erkenntnis brachte mir ein wenig Trost, den ich unter diesen Umständen nicht erwartet hätte. Ich konnte die Stimme unseres ältesten Bruders nicht hören, aber ich stellte sie mir vor und begann abzudriften, bis Dylans Finger mich wieder in die Wange zwickten.

»Du darfst nicht einschlafen«, erinnerte er mich. »Vince, ich … ich muss aufpassen, dass sie wach bleibt …«

Er sprach gleichzeitig in den Hörer und mit mir. Er sagte etwas zu Vincent und zwickte mich gleichzeitig in die Wange, um mich aus den Fängen des Schlafes zu reißen.

Oder des Todes.

»Ey! Hailie! Bleib wach!«, rief er, so laut, dass ich zusammenzuckte und meine Augen aufriss. Er hatte bereits aufgelegt. Das Navi sagte etwas mit einer künstlichen Stimme und informierte uns, dass wir bald irgendwo abbiegen sollten. Dylan versuchte, der dunklen Straße zu folgen, während er mir weiterhin seine Aufmerksamkeit schenkte. »Hey, komm schon, erzähl mir was.«

»Was denn?« Ich stöhnte vor Schmerzen und verzog mein Gesicht.

»Ich weiß es nicht, irgendwas, was du mir noch nicht erzählt hast.«

Ich strengte meinen Kopf an, nur weil ich wusste, dass es wichtig war. Ich hatte wahrscheinlich keine Chance zu überleben, aber Dylan gab sich so unglaublich viel Mühe … Für ihn wollte ich so lange wie möglich kämpfen.

»Erinnerst du dich …« Ich schluckte mühsam und versuchte, einen sinnvollen Satz zu bilden. »… als ich Maya und Monty in Saint Tropez besucht habe?«

»Ach ja, letzten Sommer, richtig?«, antwortete er, offensichtlich froh darüber, dass ich angefangen hatte zu sprechen.

»Ja, und dann sind wir auf eine Party gegangen und … haben uns betrunken.«

Meine Kehle war trocken, und in meinem Kopf drehte sich alles.

»Was, echt?« Dylan lachte, ohne den Blick von der Windschutzscheibe abzuwenden. »Was habt ihr denn getrunken?«

»Also … ich weiß nicht … verschiedene Dinge … Tequila, glaube ich?« Ich wollte mich auf dem Sitz zusammenrollen, aber es ging nicht, dafür war kein Platz. Erst jetzt fiel mir ein, dass ich immer noch den goldenen Schal auf meine Bauchwunde drückte, genau wie Dylan es mir vorhin befohlen hatte. Ich konnte spüren, wie klebrig meine Finger waren. Das Tuch war mit Blut getränkt.

»Tequila, sagst du?«, fuhr er fort, und in seiner sanften, leicht amüsierten Stimme schwang immer noch Angst mit. »Mit Zitrone und Salz, hoffe ich?«

»Mhm …« Ich stöhnte auf, als mich eine besonders starke Schmerzwelle durchflutete. »… genau so.«

»Maya weiß, was gut ist.«

Ich runzelte die Augenbrauen, nicht nur vor Schmerz, sondern auch vor Überraschung.

»Du bist nicht wütend?«

»Ach, Quatsch!«, lachte er auf. »Warte nur, bis wir uns zusammen an deinem achtzehnten Geburtstag besaufen!«

»Vince hat gesagt, er lässt mich keinen Alkohol trinken … bevor ich einundzwanzig bin«, erinnerte ich ihn und machte immer wieder Pausen zwischen den Worten. Da schon das Atmen eine Herausforderung für mich war, war das Aneinanderreihen von Sätzen eine beinahe unmögliche Aufgabe. Doch ich musste es versuchen. Für Dylan.

»Da werden wir wohl eine Ausnahme machen müssen.«

»Wir haben auch ... also, in Saint Tropez ... auch Zigarren geraucht ... «

Bei der bloßen Erinnerung lächelte ich, während ich an die Decke des Wagens schaute.

»Das werden wir auch tun«, sagte Dylan sofort. »Ich weiß, wo Vince seine besten Habanos aufbewahrt.«

Ich hätte am liebsten gelacht, aber stattdessen zuckte ich vor Schmerz zusammen.

»Was noch, erzähl weiter!«, drängte er mich.

Ich öffnete meine Augen; ich wusste nicht einmal, wann ich sie wieder geschlossen hatte. Angestrengt dachte ich an meinen Urlaub in Frankreich zurück.

»Wir haben es geschafft, Sonny abzuhängen ... «

Dylan verstummte, und ich wimmerte auf einmal leise und lang anhaltend. Denn dieses Mal erreichte der Schmerz auch mein Herz.

»Dylan ... «, flüsterte ich. Mein Mund war trocken. Ich war mittlerweile fast nicht mehr in der Lage, Laute zu artikulieren. Ich hoffte, dass mein Bruder mich noch verstand, obwohl ich erkennen konnte, wie angestrengt er lauschte, während er sich darauf konzentrierte, zu fahren. »Ich habe ihm etwas versprochen, als er im Sterben lag ... «

Denn damals konnte ich noch nicht wissen, dass ich selbst sterben würde.

»Wenn ... « Mein Stimme zitterte. »Wenn mir etwas passiert ... werdet ihr Lea unterstützen? In meinem Namen?«

Ein Zischen ertönte, als Dylan plötzlich tief und scharf einatmete.

»Ich werde verdammt noch mal niemanden in deinem Namen unterstützen«, knurrte er laut. »Das wirst du gefälligst selbst tun. Du wirst Lea selbst unterstützen. Hast du mich verstanden?!«

»Aber ... «

»Verstehst du mich?

»Mhm«, erwiderte ich erschrocken.

Auf einmal spürte ich seine Hand an meiner Wange. Diesmal zwickte er mich nicht, sondern streichelte mich leicht.

»Es ist nicht mehr weit, kleines Mädchen, du musst tapfer bleiben, okay?«

»Mhm ...«, bestätigte ich noch weinerlicher.

Zuerst dachte ich, dass es nur meine Tränen waren, die mein Gesicht benetzten, aber als ich einen schwachen Blick zu meinem Bruder riskierte, stellte ich fest, dass auch seine Tränen auf mein Gesicht tropften.

Vor meinen Augen wurde es dunkel.

»Bleib bei mir, Hailie!«, knurrte er durch seine zusammengebissenen Zähne.

»Nicht kneifen ...«

»Bleib gefälligst wach!«

Das Telefon klingelte.

Ich blinzelte mit meinen Augenlidern, die sich plötzlich furchtbar klebrig anfühlten. Ich konnte es nicht mehr kontrollieren. Ich konnte nicht einmal mehr Dylans Berührung spüren. Ich konnte auch kaum noch verstehen, was er sagte.

»Wir sind fast da!«, rief Dylan.

»Alle warten schon auf euch«, sagte Vincent durchs Telefon, und seine angespannte Stimme klang diesmal deutlich, als Dylan den Lautsprecher einschaltete. »Halte vorne, da wo die Einfahrt für die Krankenwagen ist.«

»Wo zum Teufel ist die Krankenwageneinfahrt? Woher soll ich wissen, wo die Einfahrt für die verdammten Krankenwagen ist!«, schrie Dylan. »Vincent, sie ist ... Hailie, wach auf, sofort!«

Ich weinte, weil er mich nicht schlafen lassen wollte. Auf einmal brannte meine Wange. Er muss mich geschlagen haben.

Warum lässt er mich nicht schlafen, warum quält er mich so?

Ich konnte nicht mehr. Ich driftete ab und schaffte es nicht mehr, wach zu bleiben. Es kostete mich zu viel Kraft. Nichts drang mehr zu mir durch.

Mein letzter Gedanke war, dass Dylan immerhin sich selbst gerettet hatte, und ich lächelte dabei.

Plötzlich zuckte mein Körper, und die Reifen quietschten, als das Auto scharf abbremste.

37

Gänseblümchen

Ich konnte Lichter unter meinen Lidern wahrnehmen, obwohl es Nacht war und ich meine Augen geschlossen hielt. Inzwischen hatte ich keine Schmerzen mehr. Ich spürte kaum noch, dass ich an jemanden übergeben wurde oder dass ich auf etwas Hartes gelegt wurde. Mir war, als befände ich mich unter Wasser. Ich wusste, dass um mich herum Chaos herrschte, aber ich war auf eine seltsame Weise davon unberührt. Ich hörte Stimmen wie aus weiter Ferne – Menschen, die sich gegenseitig etwas zuriefen.

»Wir brauchen mehr Blutkonserven!«, rief jemand.

»Rettet sie!«, schrie Dylan.

Mein Leben.

Als ich so unerwartet die Möglichkeit erhielt, es hier, in dieser Leere, in der ich schwebte, zu betrachten, wurde mir klar, wie viele Dinge ich erlebt hatte.

Ich konnte mich nicht an jede Kleinigkeit erinnern, was schade war – denn am Ende sind es oft diese scheinbar unbedeutenden Momente, die im Leben so besonders sind …

Wie Shane und ich Pizza selbstgemacht hatten. Wir hatten dafür sogar online einen riesigen Steinofen gekauft, der später nur noch als

Gartendekoration diente. Dabei entdeckte ich, dass Shane ein Händchen fürs Kochen hat, und ich dachte mir, dass er ein ziemlich guter Koch sein könnte, wenn er nur nicht so faul wäre.

Und wie Will mich zu einem seiner berühmten Morgenläufe in den nahe gelegenen Wäldern mitgenommen hatte. Nach diesem Training dachte ich, ich würde vor Erschöpfung meine Lunge auskotzen.

Und wie Tony mir beigebracht hatte, wie man mit einem Bogen schoss. Ja, die Monets hatten nämlich neben ihren Gewehren noch verschiedene andere Waffen in ihrem Haus. Eines Tages langweilte ich mich, und Tony sich auch, denn er sagte, er würde mir den Umgang mit dem Bogen beibringen – allerdings unter der Voraussetzung, dass ich alles tat, was er mir sagte. Also rannte ich die ganze Zeit hin und her und schleppte die ausgeschossenen Pfeile wieder an, wie es sich für die kleine Schwester gehörte.

Dylan hatte mir einmal versprochen, mit mir ins Kino zu gehen, suchte dann einen Film aus, der mir überhaupt nicht gefiel (irgendetwas mit Robotern im Weltraum), und ging am nächsten Tag, von Schuldgefühlen geplagt, wieder mit mir hin – diesmal in eine kitschige Romcom. Dann schlief er dabei ein, aber es war okay, denn wenigstens mopste er mir nicht wie immer mein Popcorn.

Was Vince angeht, so konnte ich mich an einen sehr angenehmen Tag erinnern, als das Wetter schön war und mein Bruder seine Mittagspause mit mir verbracht hatte. Nach dem Essen machte ich ihm einen starken schwarzen Kaffee und mir einen Jasmintee, und wir setzten uns auf die Sonnenliegen auf der Terrasse. Ich erinnerte mich, dass ich ihn so sehr zum Lachen brachte, dass ich ihn zum ersten Mal etwas verschütten sah, sodass er sein Hemd wechseln musste.

Die Jungs und ich hatten so viele tolle Momente zusammen erlebt, und wir hatten noch so viel mehr vorgehabt. So vieles lag noch vor uns. Ich wollte studieren, reisen, alle möglichen Köstlichkeiten essen und lachen, bis ich umfiel. Ich wollte mich betrinken, in Bars tanzen und am Strand schlafen. Ich wollte mich noch einmal hinter das Steuer meines goldenen Porsche setzen.

Bitte, nur noch einmal …

Es war nicht fair, dass ich stattdessen auf dem Operationstisch um mein Leben kämpfte, während meine Brüder im Wartezimmer bangten.

Berichten zufolge bedrohte Vincent in seiner Verzweiflung sogar die Ärzte.

Dylan bot jedem Dutzende, wenn nicht Hunderte von Millionen Dollar an, um mich zu retten. Als ob das Krankenhauspersonal nicht ohnehin schon alles in seiner Macht Stehende tat, um ein siebzehnjähriges Mädchen zu retten, das ihr ganzes Leben noch vor sich hatte.

Tony rauchte so viele Zigaretten, dass er sich angeblich irgendwo vor dem Krankenhaus übergeben musste.

Shane saß im Wartezimmer auf dem Boden an der Wand, die Beine angewinkelt und die Stirn auf die Knie gestützt. Er verbarg sein Gesicht, weil ihm wahrscheinlich Tränen über die Wangen liefen und er nicht wollte, dass andere sie sahen.

Will ging stocksteif den Korridor auf und ab und setzte sich keinen Moment lang. Er hatte während meiner Operation wohl mehr Kilometer zurückgelegt als mancher Pilger auf seiner Reise. Er erzählte mir später, dass er erst damit aufgehört hatte, als der Chirurg zu ihnen herauskam und bestätigte, dass die Operation erfolgreich verlaufen war.

Seine Knie knickten ein. Vince, ganz blass im Gesicht, starrte den Arzt so durchdringend an, dass dieser zu stottern begann und aussah, als wolle er zurück in den Operationssaal rennen. Shane streckte seine Beine auf dem Boden aus, ließ den Kopf nach hinten fallen und stieß damit gegen die Wand, dann schloss er die Augen. Dylan warf fast eine zierliche Krankenschwester um, nur um in den Aufwachraum zu gelangen, in den sie mich brachten – und Tony wollte ihm nachlaufen, aber ihm wurde so schwindelig, dass er auf seinem Stuhl zusammensackte.

Ich habe überlebt.

Als ich das erste Mal meine Augenlider wieder öffnete, hatte ich das Gefühl, unter Wasser zu sein. Ich konnte sie kaum heben, sodass meine Sicht eingeschränkt war. Außerdem wurde ich vom Tageslicht geblendet.

Dann entdeckte ich Shane, der auf der breiten Fensterbank neben meinem Bett saß. Er hatte seinen Laptop auf den Oberschenkeln, starrte auf den Bildschirm und hatte große Kopfhörer auf.

Ich hatte noch nicht die Kraft, meinen Kopf zu drehen, also bewegte ich nur meine Augen. Ich blickte zur Seite und sah, dass Dylan direkt neben mir im Sessel saß. Auch er konnte nicht sehen, dass ich wach war, denn er schlief mit offenem Mund und zurückgelegtem Kopf, den er auf seinem angewinkelten Arm abstützte. Den anderen hatte er hingegen so ausgestreckt, dass er meine Hand auf der Bettdecke erreichen konnte. Seine Finger lagen auf meinen.

Ich schlief wieder ein.

Als ich meine Augen ein zweites Mal öffnete, war es dunkel, und es dauerte einen Moment, bis ich Formen zu erkennen begann. Ich konnte sehen, dass Dylans Hand, die zuvor auf meiner gelegen hatte, nun durch eine andere ersetzt worden war – eine mit einem riesigen Siegelring am Finger.

Vince.

Ich schloss meine Augen.

~

Als ich meine Augen zum dritten Mal öffnete, fühlte ich mich stärker. Zumindest ein kleines bisschen.

Diesmal war meine kleine Hand, in die ich, wie ich erst jetzt bemerkte, eine Kanüle eingesetzt bekommen hatte, von Wills Fingern bedeckt. Seine gepflegten Hände würde ich überall wiedererkennen. Er war derjenige von allen, der am meisten darauf achtete, regelmäßig zur Maniküre zu gehen und Feuchtigkeitscreme zu benutzen.

Mehr und mehr Reize erreichten mich.

Irgendetwas schmatzte, und dank dieses Geräuschs erkannte ich Shane, der wieder auf der Fensterbank saß, wieder mit seinem Laptop auf dem Schoß und Kopfhörern auf den Ohren, und diesmal einen Schokoriegel mampfte, wobei er mit dem Papier raschelte.

Ich roch auch einen milden, erdigen Geruch, ganz frisch und leicht. Schnell fand ich die Quelle – ich brauchte mich nur im Raum umzusehen, der ein kleines Einzelzimmer war. Es stellte sich heraus, dass unzählige Gänseblümchensträuße im Raum platziert standen. Sie waren überall: auf dem Boden, auf den Tischen und auf der Fensterbank (die Vasen von der Fensterbank hatte Shane zur Seite geschoben, um sich Platz zu schaffen).

Ich war fasziniert von der großen Anzahl dieser niedlichen Blumen in diesem kleinen Raum – die Gänseblümchen waren wunderschön, mit winzigen, länglichen weißen Blütenblättern und einer gelben Mitte. Im ersten Moment dachte ich sogar, dass ich vielleicht gestorben sei. Ich stellte mir vor, dass mein Himmel mit Gänseblümchen übersät war.

»Hailie.«

Vincent erschien auf der Schwelle des Zimmers und sah mich mit großer Anspannung im Gesicht an. Dann schloss er die Tür hinter sich, ohne unseren Blickkontakt zu unterbrechen.

Ich hatte schon mehrmals in meinem Leben die Gelegenheit gehabt, einen erschöpften Vincent zu sehen. Er hat oft viel gearbeitet, und es gab in der Vergangenheit auch Situationen, die ihn nachts wach hielten, wie Tonys Unfall oder meine Entführung. Oder besser: eine meiner diversen Entführungen.

Der Vincent, der sich in diesem Moment meinem Bett näherte, zeigte jedoch einen anderen Grad von Erschöpfung. Er hatte seine Fassade nicht ganz verloren, aber sie bröckelte gewaltig, denn sein Haar war nachlässig nach hinten gekämmt, für seine Verhältnisse ziemlich unordentlich, und sein Teint hatte einen ungesunden, blassen Farbton. Außerdem hatte ich den Eindruck, dass sich um seine Augen, die er vor Anstrengung und Stress ständig zusammenkniff, Falten gebildet hatten, die es im Gesicht eines Mannes von knapp dreißig Jahren nicht geben sollte.

Mein ältester Bruder machte seine müde Erscheinung jedoch mit seinem klassischen Outfit – weißes Hemd und dunkle Anzughose – wieder wett und erlaubte es sich nicht einmal im Krankenhaus, lässiger aufzutreten.

Als er meinen Namen sagte, erregte das sofort die Aufmerksamkeit von Will. Dieser saß neben mir und las, wie sich herausstellte, in einem Buch, das er sofort weglegte, als er bemerkte, dass meine Augen offen waren. Er richtete sich auf und drückte leicht meine Hand, als wollte er mir Halt geben. Mir wurde bewusst, dass sich unsere Finger berührten, denn ein unerklärlicher, starker Strom durchfuhr meinen Körper und zwang mich, meine Hand wegzuziehen.

Ich erschrak.

In diesem Moment hob sich Shanes Kopf, und als er sah, dass ich wach war, rutschte ihm sein Laptop vor Aufregung fast auf den Boden. Doch er konnte ihn im letzten Moment noch fassen und riss sich gleichzeitig die Kopfhörer von den Ohren.

»Hey, Kleines«, flüsterte Will aufgeregt.

»Hol die Krankenschwester und die Jungs«, sagte Vincent leise zu Shane, der ohne ein Wort der Diskussion zum Korridor hinauslief und sich beim Hinausgehen mit erschrockenen Augen nach mir umblickte.

»Hailie, sieh mich an, kannst du mich hören?«, fragte Will und schenkte mir ein sanftes Lächeln, als sich unsere Blicke trafen. In seinen Augen lagen Angst und Sorge.

Ich hatte das Gefühl, dass meine Hand immer noch pulsierte, und zwar nicht wegen der Kanüle, sondern wegen der Berührung meines Lieblingsbruders. Ich drückte sie fester an meine Brust, beunruhigt, weil da neben diesem Pulsieren auch andere unangenehme Empfindungen waren.

Erst allmählich bemerkte ich, dass ich starke Schmerzen hatte. Irgendetwas ziepte fies auf der Höhe meines Unterleibs, und zuerst dachte ich, es sei nur ein vorübergehendes Unbehagen, aber das Gefühl wurde unerbittlich stärker.

Ich schluckte und fing an zu weinen.

»Hey, psst, ganz ruhig, Hailie«, sagte Will schnell.

»Du bist im Krankenhaus«, fügte Vincent mit seiner ruhigen Stimme hinzu. »Du hattest eine Operation, die erfolgreich verlaufen ist. Du bist gerade aufgewacht. Wir sind alle hier bei dir.«

»Es tut so weh«, sagte ich mit erstickter Stimme und starrte ihn mit tränenerfüllten Augen an.

Er biss seine Zähne zusammen, machte aber auf keine andere Weise deutlich, dass er besorgt war.

»Es darf wehtun. Du wurdest schwer verletzt, aber die Operation ist gut verlaufen. Sieh mich an, Hailie. Hörst du mich? Dir fehlt nichts, du hast Schmerzen, weil die Wunde heilt. Die Krankenschwester kommt gleich und gibt dir mehr Schmerzmittel, okay?«

Nein. Gar nichts ist okay.

Mit jeder Sekunde wurde ich mir dieses stechenden Schmerzes mehr und mehr bewusst. Ich ballte meine Hände zu Fäusten – eine an meinem Hemd und die andere um das Bettlaken.

»Es tut so weh«, quiekte ich wieder. Meine Atmung war hektisch, sodass ich kaum sprechen konnte. Und als ich mich beruhigen und tief durchatmen wollte, konnte ich es nicht. Körperlich konnte ich es nicht. Ich hatte zu große Schmerzen, um in meinen Bauch einzuatmen.

Verzweifelt schaute Will zur Tür, als wolle er telepathisch eine Krankenschwester herbeirufen, und es muss ihm gelungen sein, denn plötzlich öffnete sich die Tür und eine Frau in Krankenhausuniform trat ein. Dicht hinter ihr folgte der aufgeregte Dylan, der von den Zwillingen begleitet wurde.

»Sie müssen ihr sofort etwas gegen die Schmerzen geben«, verkündete Will im Befehlston.

»Ist alles okay mit ihr?«, fragte Dylan seine älteren Brüder laut und wandte sich dann in demselben Ton wie Will an die Krankenschwester: »Untersuchen Sie sie.«

Die Frau presste die Lippen zusammen, sichtlich unzufrieden mit der Art und Weise, wie sie hier behandelt wurde, sagte aber nichts dazu, sondern konzentrierte sich auf ihre Aufgabe. Wahrscheinlich verstand sie, dass meine Brüder jetzt viel zu aufgebracht waren, um die Regeln des guten Benehmens zu beachten. Sie lächelte mich sanft an und fragte mit beruhigender Stimme, wie es mir ginge. So gern ich ihr ebenso ruhig geantwortet hätte, ich konnte es nicht. Ich konnte nur weinen und ihr mitteilen, dass ich große Schmerzen hatte.

Irgendwann kam eine Ärztin zu uns und löste die Krankenschwester ab. Jetzt war sie diejenige, die von meinen Brüdern mit Forderungen bombardiert wurde; sie verlangten, sie solle meine Schmerzen lindern.

Ich lag da, umringt von ihnen allen, überwältigt von den Qualen und dem Tumult im Raum. Irgendwo im Hintergrund sah ich Tonys Gesicht und seine großen Augen, die von feuchten Wimpern umgeben aufblitzen.

Weint Tony etwa?

Ich hatte nicht die Kraft, darüber nachzudenken, denn mittlerweile tat mein ganzer Körper weh.

Irgendwann presste ich meine Augenlider zusammen und drückte meine feuchte Wange in das Kissen, weil ich mittlerweile bedauerte, dass ich wach war.

Dass ich nicht gestorben war.

Es dauerte eine Weile, aber schließlich beruhigte ich mich ein wenig und bekam wieder mit, was um mich herum geschah. Die Ärztin ging, nachdem sie versprochen hatte, bald wiederzukommen. Die Krankenschwester fummelte noch immer an meinem Tropf herum.

Die Wunde an meinem Bauch zwackte, aber es tat nicht mehr ganz so weh. Doch als der Schmerz etwas nachließ, kamen plötzlich all die schlimmen Erinnerungen wieder hoch.

Ich nahm einen unruhigen Atemzug.

»Hailie?« Will beugte sich sofort über mich. »Willst du etwas sagen? Brauchst du etwas?«

»Die Schmerzmittel müssten inzwischen wirken«, warf die Krankenschwester ein und hielt einen Moment inne. Sie schaute mich an, besorgt, dass etwas schiefgelaufen war und die Monet-Brüder ihr das womöglich übel nehmen würden.

Bevor ich sprechen konnte, hustete ich, weil meine Kehle so trocken war wie nach der Party mit Maya in Saint-Tropez. Diese Erinnerung fühlte sich an wie ein anderes Leben.

»Sonny?«, flüsterte ich. Ich sah Will an, und als er den Blick senkte, sah ich Vincent an, und meine Lippen zitterten, als ich mich wiederholte. »Sonny?«

»Sonny ist tot«, sagte Vince und ertrug tapfer meinen schmerzerfüllten Blick.

Daraufhin weinte ich noch mehr. Die Tränen liefen ungebremst hinunter: Mein Gesicht, an meinem Hals entlang, aber auch in meine Kehle, und eigentlich sollten sie sie befeuchten und mir Erleichterung verschaffen, aber ich konnte nur würgen.

Dieses Mal wussten meine Brüder nicht, wie sie mich beruhigen sollten. Will wollte mir über die Wange streicheln, aber ich wandte mein Gesicht von seiner Hand ab, sodass er sie zurückzog. Jeder von ihnen sah aus, als ob sie nach Worten suchten, um mich zu trösten, aber in diesem Moment war es schlicht und einfach unmöglich.

Sonny war tot, und es gab nichts, was es mir leichter gemacht hätte, mich mit seinem Tod abzufinden.

»Wann ist die Beerdigung?«, murmelte ich schwach.

Allein der Gedanke, Sonny zu begraben, der mir so lieb war, machte mich noch kränker.

Die Jungs sahen sich gegenseitig an.

»Die Beerdigung hat bereits vor ein paar Tagen stattgefunden«, sagte Vince schließlich, der am besten darin war, sachlich Informationen zu vermitteln, mit seiner kühlen Stimme.

Ich spürte einen weiteren Stich in meinem Herzen.

»Aber warum?«, flüsterte ich und schüttelte dann den Kopf. »Nein, nein, was meinst du mit: vor ein paar Tagen?«

»Nach der Operation wurdest du in ein künstliches Koma versetzt, damit du dich besser erholen konntest. Du hast mehrere Tage lang geschlafen. Und während dieser Zeit fand die Beerdigung statt.«

»Wir wissen, dass es unglücklich ist, dass du nicht dabei sein konntest ...«, fügte Will hastig hinzu, als er meinen Gesichtsausdruck sah.

Ich begann zu schluchzen, und meine fünf Brüder standen in meinem Krankenzimmer, jeder von ihnen wohl hilflos.

»Hey, dafür waren doch wir alle da«, meldete sich Shane zu Wort. Normalerweise war er fröhlich oder zumindest entspannt, aber jetzt stand er mit den Händen in den Taschen seines roten Hoodies und wusste nicht, was er mit sich anfangen sollte. »Abgesehen von Will. Ich meine, Will ist bei dir geblieben. Und so waren wir alle da, um uns von Sonny zu verabschieden. Auch in deinem Namen.«

Ich schüttelte meinen Kopf, und die Tränen liefen mir über die Wangen.

»Wir werden dich zum Friedhof fahren, sobald du dich erholt hast«, versprach Will.

»Er …«, begann ich mit brechender Stimme, »er ist wirklich tot …«

Ich fing an, wieder schneller zu atmen, und ich spürte erneut ein Kribbeln an der Wunde. Ich konnte nicht aufhören, über den Tod meines Bodyguards nachzudenken. Je stärker mir bewusst wurde, dass der tote Sonny, sein ausdrucksloser Blick, das Blut, das mein lilafarbenes Kleid und den Schnee befleckt hatte, kein Albtraum gewesen war, sondern reale Ereignisse, desto schwerer fiel es mir, damit fertig zu werden.

Meine Brüder sagten etwas zu mir, sie redeten durcheinander, ich glaube, sogar Vincent erhob seine Stimme, aber nichts drang zu mir mehr durch.

Dann kam die Krankenschwester zurück, gab mir ein Medikament, und ich schlief wieder ein.

Als ich wieder einmal aus dem Schlaf erwachte, wurde ich von drei meiner Brüder an meinem Bett begrüßt. Shane saß auf seinem Lieblingsplatz auf der Fensterbank, aber diesmal ohne Laptop, dafür mit den Beinen nach unten baumelnd und gegen die Fensterscheibe gelehnt. In der Hand hielt er eine Packung Chips, die er mampfte, vertieft in ein Gespräch mit Dylan, der gegenüber meinem Bett stand, und Will, der im Sessel neben mir saß.

Diesmal war es Shane, der als Erster bemerkte, dass ich wach war. Sein Mund war gerade voll, aber er wedelte mit seiner Packung Chips, um die anderen darauf aufmerksam zu machen.

Will und Dylan begriffen sofort, und ich schaffte es nicht einmal, zu blinzeln, schon stürzten sie sich von beiden Seiten auf mich.

»Hallo, Kleines«, sagte Will leise und beobachtete mich aufmerksam. »Hast du Schmerzen?«

Fairerweise musste ich zugeben, dass sich die Wunde an meinem Bauch diesmal nur deutlich weniger bemerkbar machte, und irgendwie fiel es mir jetzt leichter, meine Gefühle zu kontrollieren. Meine Augen wurden immer noch glasig bei dem Gedanken an Sonny, aber diesmal hatte ich mich genug unter Kontrolle, um nicht sofort wieder loszuschluchzen.

Also zuckte ich nur mit den Schultern und stöhnte leise. Ich hatte mich noch nie so schwach gefühlt. Ich hatte das Gefühl, dass mein Körper völlig nutzlos war, und mir kam der Gedanke, dass es das Beste wäre, ihn zu verlassen.

»Hey«, knurrte Dylan Shane an, der besonders laut mit der Packung raschelte. »Hau ab mit diesen Chips.«

»Was?« Shane war überrascht.

»Sie kann im Moment nichts essen und ist wahrscheinlich hungrig, also hör auf, sie zu quälen. Zieh ab.«

»Dylan hat recht«, gab Will zu und blickte erwartungsvoll zu Shane, der verstanden hatte und nicht mehr argumentierte. Doch anstatt zu gehen, zerknüllte er einfach die Packung und warf sie in den Mülleimer.

Nach diesem Wortwechsel wurde mir klar, dass ich tatsächlich großen Hunger hatte.

Danke, Dylan.

Ich hatte ein unangenehmes Ziehen im Magen, und das trockene Gefühl im Mund wurde unerträglich. Plötzlich träumte ich von einer kalten Cola. Und dann von einem herzhaften Mittagessen. Eine große Schüssel echter italienischer Pasta zum Beispiel. Mit Tomatensoße und Käse.

Ich versuchte, mich zu bewegen.

Als ich mit dünner Stimme meine Bedürfnisse artikulierte, konnte ich nicht glauben, dass meine Brüder es ablehnen würden. Ich konnte ihnen ansehen, dass sie bereit waren, alles zu tun, damit es mir gut ging, aber ihre Möglichkeiten waren nun einmal begrenzt.

Denn ich durfte nur ein paar Schlucke Wasser trinken. Ich war immer noch an eine Infusion angeschlossen und konnte, wie Will mir erklärte, vorerst nur vom Essen träumen, denn das Messer hatte meinen Darm verletzt, der nun Zeit brauchte, um sich zu erholen. Aus diesem Grund stand mir eine strenge Diät bevor, die nur sehr langsam und vorsichtig erweitert werden sollte.

Außerdem erwarteten mich noch viele andere neue Dinge.

Neben häufigen Untersuchungen und Kontrollen, endlosen Verbandswechseln und Medikamenteneinnahmen wurde mir eine Therapeutin zugewiesen. Erst da verstand ich, warum ich jedes Mal zusammenzuckte, wenn mir einer der Jungs zu nahe kam, oder warum ich jetzt, wo ich wach war, nicht zuließ, dass sie meine Hand hielten – obwohl ich doch schon immer der kuschelbedürftigste Mensch aller Zeiten gewesen war.

Es war eine andere Therapeutin als die, bei der ich bisher gewesen war. Ich dachte, dass es traurig sei, dass ich, obwohl ich gerade erst siebzehn geworden war, schon so viel Therapieerfahrung vorweisen konnte. An sich hatte ich überhaupt keine Lust, mit jemandem zu sprechen, ich fühlte mich schrecklich, sowohl körperlich als auch geistig.

Aber nachdem Vincent von Dylan erfahren hatte, was passiert war, beschloss er, mich in die Betreuung einer Psychotherapeutin zu geben, noch bevor die Ärzte es vorschlugen. Außerdem zwang Vince Dylan dazu, sich ebenfalls diese Unterstützung zu holen. Letztlich hatte er ebenfalls ein Trauma erlebt, das meinem kaum nachstand.

Ich weiß, dass Dylan Vincent zustimmte, dies geschah allerdings erst, nachdem ich aufgewacht war. Davor behauptete Dylan, er könne sich nicht auf – ich zitiere – »dummes Gelaber« konzentrieren.

Nun, dieses Gelaber war für ihn sicherlich auch nützlich. Einmal sah ich, wie er in dem Sessel neben meinem Bett ein Nickerchen machte und irgendwann panisch aufwachte und seine Augen heftig aufriss. Ich konnte gut sehen, dass sie feucht wurden, obwohl er versuchte, dies vor mir zu verbergen, indem er sich die Augenlider rieb und den draußen vor dem Fenster wütenden Sturm verfluchte.

Es herrschte irgendwie eine seltsame Distanz zwischen uns. Oder eine Art Anspannung? Dennoch saß Dylan fast immer neben mir, und zwar freiwillig, und ich wollte ihn unbedingt an meiner Seite haben; Zusammensein war ein so natürliches Bedürfnis, wie Wasser zu trinken.

Ich ertappte mich oft dabei, wie ich ihn anstarrte, und manchmal überraschte ich auch ihn dabei, wie er mich mit einem nachdenklichen Blick ansah. Es schien mir, dass wir beide langsam etwas Wichtiges begriffen. Denn obwohl ich schon lange wusste, dass mir meine Brüder wichtig waren und dass ich ihnen selbstverständlich auch nicht gleichgültig war, hatten wir uns tatsächlich so aneinander gewöhnt, dass unser Band unglaublich stark geworden war.

Geradezu beängstigend stark.

Ich legte das Buch beiseite. Will hatte mir ein paar davon mitgebracht, in der Hoffnung, dass Lesen mir wenigstens ein bisschen helfen würde, zu meinem alten Selbst zurückzufinden. Aber ich war nicht in der Lage, mich auf die Lektüre zu konzentrieren. Mein Kopf war von einem düsteren Nebel umhüllt, der es mir nicht erlaubte, an etwas anderes zu denken als an Sonnys Tod und all die schrecklichen Dinge, die mir widerfahren waren.

Die Entführung, die versuchte Vergewaltigung, der Messerstich in den Bauch … Und alles, was ich nach dem Erwachen erfuhr, wie die Tatsache, dass ich das diesjährige Weihnachtsfest im Koma verbracht hatte (und meine Brüder deshalb auch im Krankenhaus) oder dass auf der Verlobungsfeier von Grace und Vincent mehrere Menschen verletzt wurden, zwei davon schwer. Sonny und mehrere andere Leibwächter wurden getötet. Menschen, die Kinder, Familien, Träume und Pläne hatten.

Auch für sie habe ich viele Tränen vergossen. Ich konnte diese Tragödie nicht fassen und nicht ertragen, dass alles so schlimm gekommen war. Ich konnte mich nicht einmal darüber freuen, dass die offizielle Verlobung von Vince und Grace vorerst nicht zustande gekommen war.

Da ich es nicht schaffte zu lesen, beschloss ich in Ermangelung besserer Möglichkeiten, ein Nickerchen zu machen. Doch zuerst warf ich einen Blick auf Dylan, der heute neben mir saß. Er war im Moment der Einzige, der hier bei mir war. Seit ich im Krankenhaus war, war ich noch nie ohne einen meiner Brüder allein in diesem Zimmer gewesen. Es gefiel mir zu wissen, dass sie alle in der Nähe waren.

»Dylan?«

»Hm?«

Er hob den Blick von seinem Handy. Er hatte schon eine Weile etwas geschrieben, wahrscheinlich an Martina. Er hatte sie in letzter Zeit wegen mir etwas vernachlässigt, übrigens genauso wie sein Studium. Daher hatte er seinen Laptop mit ins Krankenhaus gebracht, um eine Hausarbeit zu schreiben, aber er hatte ihn nicht einmal aufgeklappt. Er behauptete, es sei ihm »scheißegal«, aber ich wusste, dass es auch für ihn schwer war, sich zu konzentrieren.

»Wo ist Will?«

»Er ist kurz nach Hause gefahren«, sagte er.

»Er ist schon lange weg.«

»Gerade mal eine Stunde.«

»Und wo sind Tony und Shane?«

Dylan seufzte müde. Ich konnte es ihm nicht verdenken, denn ich fragte ständig nach meinen abwesenden Brüdern. Es genügte, wenn einer von ihnen länger als ein paar Minuten von meinem Bett weg war, und schon schaute ich nervös in Richtung Korridor.

»Sie holen gerade Essen.«

»Und V… «

Ich schaffte es nicht, nach Vince zu fragen, denn in diesem Moment öffnete sich die Tür zum Flur, etwas klapperte, und schwere Schritte waren zu hören.

Mein Herz blieb einen Moment lang in meiner Brust stehen.

Denn das, was da rasselte, waren die Handschellen, die unser Vater um die Handgelenke trug, als er mein Zimmer betrat.

Camden hatte seinen grauen Gefängnisanzug an, über den er eine dicke schwarze Lederjacke mit Pelzbesatz geworfen hatte. An seinen Füßen trug er massive, etwas verdreckte Stiefel. Trotzdem war seine ganze Erscheinung irgendwie beeindruckend. Sein Haar war feucht, was wohl daran lag, dass es draußen ziemlich stark schneite.

Obwohl ich ihn schon lange nicht mehr gesehen habe, hatte er sich nicht sehr verändert. Nur eine winzige längliche Narbe an seinem linken Augenwinkel war hinzugekommen. Sein Bart war immer noch imposant, aber gestutzt, sein Gesicht von Falten gezeichnet, sein Haar ein wenig kürzer. Mit ein bisschen Vorstellungskraft sah er ein bisschen aus wie ein Pirat.

Bei seinem Anblick wäre ich am liebsten unter der Bettdecke hervorgesprungen und ihm in die Arme gefallen, aber der dumpfe Schmerz der Wunde an meinem Bauch hielt mich davon ab. Stattdessen drehte ich mich ein wenig in seine Richtung und starrte ihn mit offenem Mund an, als er auf mich zukam. Meine Miene verfinsterte sich, als zwei bewaffnete Polizeibeamte mit konzentrierten Gesichtern hinter meinem Vater den Raum betraten. Glücklicherweise folgte Vincent ihnen dicht auf den Fersen.

Camden blieb an meinem Bett stehen und lächelte mich sanft an, dann sah er Dylan mit demselben Lächeln an. Er hob seine Arme, als wolle er sie ausbreiten und mit einer Hand mich und mit der anderen seinen Sohn berühren, aber die Handschellen an seinen Handgelenken hinderten ihn daran. Seine verschrammten Fingerknöchel entgingen mir keineswegs.

»Hey«, sagte er zu einem der Polizisten und drehte sich zu ihm um. Entweder bildete ich mir das nur ein, oder seine Stimme war noch tiefer geworden. »Nehmt mir doch mal Handschellen ab.«

Der Polizist zog die Augenbrauen hoch.

»Wir haben nicht die Erlaubnis …«

»Ich besuche doch nur meine Tochter im Krankenhaus«, unterbrach ihn mein Dad und deutete mit dem Kopf auf mich, »und mit diesen Mistdingern kann ich sie nicht einmal richtig umarmen.«

Die Cops sahen mich an, und ich machte das traurigste Gesicht, das ich mir ausdenken konnte. In Anbetracht all der Ungerechtigkeiten und schlimmen Dinge, die mir in letzter Zeit widerfahren waren, fiel es mir ganz leicht.

»Kommen Sie schon, Tom. Sie wissen doch, dass ich keinen Mist baue. Nicht vor meinen Kindern.« Camden hob eine Augenbraue und der Polizist, den er ansprach, seufzte und tauschte einen Blick mit seinem Partner aus.

»Aber du musst dich benehmen, Monet«, erwiderte er, griff an seinen Hosenbund, um den Schlüssel zu holen, und ging damit auf meinen Vater zu. »Eine falsche Bewegung, und wir haben ein Problem.«

»Schon gut, ich werde ein gottverdammter Engel sein.« Dad zwinkerte mir zu, als er losgemacht wurde.

Daraufhin versuchte ich zu lächeln, obwohl mich der Anblick meines Vaters in Gefängniskleidung, in Handschellen und von Polizisten bewacht sehr traurig machte.

Zuerst ging Camden zu dem Stuhl, auf dem Dylan saß. Mein Bruder lümmelte jetzt nicht mehr faul darauf herum, sein Rücken war gerade, und er folgte aufmerksam den Bewegungen unseres Vaters. Dieser befahl ihm mit einer gebieterischen Handbewegung aufzustehen. Camden war wahrscheinlich die einzige Person, mit der Dylan nicht zu diskutieren wagte. Also erhob er sich gehorsam, und als sie sich so gegenüberstanden, war klar, dass, obwohl Dylan größer und breiter war, Camden das Sagen hatte.

Unser Vater sah seinen Sohn an. Er legte eine Hand auf seine Schulter und die andere an seine Wange. Er versuchte, ihm in die Augen zu sehen, aber Dylan wich seinem Blick aus. Erst als Dad ihm die Wange tätschelte, gab mein Bruder nach.

»Das hast du gut gemacht, Junge«, sagte Camden mit gedämpfter Stimme. »Ich bin stolz auf dich, hörst du? Unendlich stolz.«

Dylan versuchte erneut, seinen Kopf zur Seite zu drehen – nicht nur, um nicht in die Augen seines Vaters zu sehen, sondern auch meine und Vincents zu meiden.

»Du musst dich deiner Tränen nicht schämen«, ermahnte Camden ihn mit seiner heiseren und scharfen Stimme. »Sie werden deiner Männlichkeit keinen Abbruch tun. Im Gegenteil.« Er beugte sich vor, sodass sich ihre Gesichter fast berührten, und ich konnte kaum verstehen, wie er sagte: »Du hast sie gerettet.«

Camden schüttelte ungläubig den Kopf und wischte mit den Fingern etwas von Dylans Wange, wahrscheinlich eine Träne – dann küsste er ihn an derselben Stelle, umarmte ihn fest und klopfte ihm auf die Schulter.

Ich selbst brach beim Anblick dieser Szene zwischen den beiden fast in Tränen aus. Ich war froh, dass unser Vater Dylan seine Zuneigung so offen gezeigt hatte. Mein Bruder hatte es so sehr verdient.

»Und du …« Diesmal wandte er sich an mich. »Du hast ihn gerettet. Mhm, ja, ich habe gehört, wie erbittert ihr füreinander gekämpft habt.« Dad schüttelte lächelnd den Kopf und blickte auf die schweigend dastehenden Polizisten. »Das sind meine Kinder!« Mit einem Geräusch schob er einen Hocker unter meinem Krankenhausbett hervor und setzte sich sofort darauf. »Du hast *alle* meine Söhne gerettet«, korrigierte er sich. »Und mich außerdem. Denn wenn wir dich verloren hätten, meine Prinzessin, wäre keiner von uns in der Lage gewesen, jemals damit fertig zu werden.«

Ich starrte meinen Dad an und versuchte, den Kloß in meinem Hals herunterzuschlucken.

Mein Vater streckte seine Hand aus, und ich hatte Angst, dass er mich berühren würde und ich wieder diesen seltsamen Impuls verspüren würde zurückzuzucken, obwohl ich seine Nähe doch so sehr brauchte … Aber er legte seine Hand auf die Bettdecke, in einem angemessenen Abstand zu meiner.

»Ich entschuldige mich bei dir, meine liebe Hailie, dass du für ein Unrecht, das du nicht getan hast, bezahlen musst. Du hast es nicht verdient, so sehr zu leiden.« Dads Stimme stockte, und er blickte auf die Stelle, wo die Bettdecke meine genähte und verbundene Bauchwunde bedeckte. »Sie wollte meine kleine Prinzessin erstechen …«

Ich schwieg, denn ich hatte ein wenig Angst vor seiner dunklen Seite, die sich allmählich bemerkbar machte. Ich fürchtete, dass er die Beherrschung verlieren würde. Keineswegs wollte ich zusehen, wie die Polizisten ihm gewaltsam Handschellen anlegten und ihn nach draußen schleppten. Auch wenn es nur ein weiteres Trauma wäre, hatte ich definitiv nicht vor, es zu erleben.

Zuerst zuckte mein kleiner Finger, aber ich zögerte noch, und erst nach einer Weile fasste ich den Mut, meine Finger langsam zu heben und sie vorsichtig auf die Hand meines Vaters zu legen.

Seit dem Moment, als ich aus dem Koma erwacht war, scheute ich Berührungen. Vor allem von Männern. Zum Glück wurde ich ausschließlich von Frauen betreut: Krankenschwestern, meiner Ärztin, meiner Therapeutin. Meine Brüder respektierten meine neuen Grenzen und kamen mir nicht zu nahe, obwohl ich manchmal Kummer in ihren Augen sehen konnte, denn sie waren nicht gewöhnt, dass ich ihre Nähe ablehnte. Schließlich war ich zuvor ein geradezu anhänglicher Mensch gewesen, der ständig Körperkontakt suchte.

Um meinen Vater zu beruhigen, überwand ich mich zu dieser vertraulichen Geste, obwohl ich befürchtete, dass ich meine Hand so schnell wie möglich zurückziehen wollen würde. Dies geschah jedoch nicht. Seine kräftige Hand schloss sich um meine, und ich spürte nur eine angenehme Wärme. Ich vertraute meinen Brüdern, aber meine Beziehung zu meinem Vater war etwas Besonderes.

Jetzt beugte sich Dad vor, strich mit seinen Lippen über meine Finger und kitzelte mich dabei mit seinem Bart.

Ich lächelte.

»Du bist so mutig«, sagte er. Ich konnte die Sorge in seinen dunklen Augen sehen, die seine Wut überdeckte. Wenn diese Augen mich nicht sanft ansahen, loderte sicherlich der Zorn darin.

Tränen stiegen mir in die Augen. Das war in letzter Zeit so oft passiert, dass ich mich eigentlich schon daran gewöhnt hatte und es fast nicht mehr bemerkte.

»Ich bin schuld, dass Sonny tot ist …«

Es war das erste Mal, dass ich es vor allen laut aussprach. Ich hatte bisher nicht den Mut gehabt, diese Worte vor den Jungs auszusprechen, aber mein Vater war etwas anderes. Ich fühlte mich bei ihm vollkommen sicher, als ob er alles Böse wegzaubern, es verschwinden lassen könnte.

Camden schloss die Augen und schüttelte den Kopf.

»Doch, es stimmt!«, schluchzte ich, und Dylan, der noch vor wenigen Augenblicken darauf bedacht gewesen war, sich zurückzuhalten, hob nun den Kopf, trat einen Schritt vor, ballte die Fäuste und sagte: »Nein, das ist nicht wahr! Denn wenn ich nicht zuerst in den Wald gerannt wäre …«

»Nein, das wäre alles nicht passiert, wenn ich auf Sonny gehört hätte …«

»Ruhe jetzt!«, knurrte unser Vater scharf und öffnete die Augen. »Dylan, sag uns, warum bist du in den Wald gerannt?«

Dylan fuhr sich mit einer schnellen, nervösen Bewegung durch sein Haar.

»Tja, weil ich bescheuert bin.«

»Antworte richtig!«

Mein Bruder holte tief Luft und zeigte in meine Richtung: »Ich weiß es nicht, ich dachte halt, sie hätten sie dort hingebracht.«

Mein Vater richtete seinen Blick auf mich.

»Und du, warum bist du in den Wald gelaufen?«

Ich hielt seinem Blick einen Moment lang stand, biss mir auf die Unterlippe und warf dann einen flüchtigen Blick zu Vincent, der immer noch an der Wand lehnte, uns aufmerksam zuhörte und mich beobachtete.

Ich schluckte.

»Hailie, warum bist du in den Wald gelaufen?«, wiederholte Dad ruhig.

»Weil ich Dylan dort gesehen habe …«, antwortete ich leise.

Er breitete die Hände aus und nickte mit einem ernsten Gesichtsausdruck. »Da habt ihr es!«

Einen Moment lang waren wir alle still. Dylan schaute zum Fenster.

»Aber …«, fuhr ich nach einer Weile fort, »aber Dad, Sonny hat sein Leben verloren.«

Er ergriff meine Hand, diesmal etwas mutiger, weil ich es zuließ, und streichelte dann über meine Haare.

»Sonnys Tod ist ein schwerer Schlag für uns alle«, sagte er mit der gebotenen Feierlichkeit und Traurigkeit. »Ich habe ihn als Jungen kennengelernt, und er war all die Jahre stets loyal. Er hat sich unser Vertrauen verdient. Und das ist keine Kleinigkeit, denn ich vertraue nur einer Handvoll Menschen.« Camden strich mir mit dem Handrücken über die Wange. »Wir haben ihm deine Sicherheit anvertraut. Er war ein guter Mensch und ein hervorragender Bodyguard …«

»Er war der Beste«, sagte ich schniefend.

»Ja, Hailie, das war er. Und wir werden ihn immer so in Erinnerung behalten … Sonny war allerdings auch kein Narr. Er kannte seinen Job und wusste, welche Risiken dieser mit sich brachte.«

»Aber er konnte nicht vorhersehen, dass er sterben und … seine kleine Tochter zurücklassen würde.«

»Nein, das konnte er nicht«, seufzte Camden. »Wir werden uns um seine Familie kümmern.«

»Ich habe ihm, bevor er starb, versprochen, dass ich Lea unterstützen werde«, fuhr ich mit brüchiger Stimme fort.

»Das hast du sehr gut gemacht, es war sicher eine Erleichterung für ihn. Wir werden dir selbstverständlich helfen, dein Wort zu halten, dich um die Kleine zu kümmern.«

»Aber wie? Können wir ihr, keine Ahnung, Geld schicken? Vielleicht ein Konto für sie eröffnen?«

»Lass es uns so machen, dass wir das Geld an ihre Mutter schicken, okay? So viel du willst. Und wir werden einen Treuhandfonds direkt für die Kleine einrichten, hm? Wir werden das Mädchen auch in einen guten Kindergarten schicken, und dann werden wir ihre Gebühren an den besten Schulen bezahlen. Wie wäre das?«

Ich nickte erleichtert. »Ja, lass uns das tun, bitte.«

»Vincent wird sich darum kümmern, okay?« Unser Vater sah seinen ältesten Sohn an, der noch immer wie eine Statue an der Wand lehnte, und Vince nickte.

Dieser Plan war ein Lichtblick in dem schwarzen Sumpf des Kummers, durch den ich watete. Ich hatte befürchtet, dass sich mein Versprechen an Sonny aus irgendeinem Grund als problematisch erweisen würde. Ohne die Hilfe meiner Familie wäre ich nicht in der Lage, es zu halten. Deshalb war ich erleichtert, dass ich mich auf sie verlassen konnte.

»Meine kleine Prinzessin«, wiederholte mein Vater und sah mich mit einer solchen Zärtlichkeit an, dass ich verlegen den Blick senken musste. »Ich habe eine Bitte an dich. Kannst du mich ansehen, Hailie? Ich möchte dich bitten, dich in nächster Zeit vollkommen auf deine Gesundheit zu konzentrieren. Meinst du, du bekommst das hin? Ich möchte, dass du dich gut um dich selbst kümmerst, dass du auf deine Ärzte hörst und mit deiner Therapeutin arbeitest. Kannst du das tun?«

Ich schaute kurz hoch und senkte meinen Blick schnell wieder. »Ich tue, was ich kann«, murmelte ich.

»Ich weiß, meine Süße, ich weiß.« Sein Bart kitzelte mich wieder, als er meine Hand erneut küsste. »Ich möchte dich nicht drängen. Mir ist nur wichtig, dass du dich selbst in den Vordergrund stellst. Du bist so empathisch, du hast so ein gutes Herz … Aber manchmal ist es nötig, ein wenig egoistisch zu sein. Und daher bitte ich dich, in diesem Fall ein kleines bisschen egoistischer zu sein.« Er berührte meine Schläfe mit der Kuppe seines Zeigefingers. »Dein Körper und dein Geist brauchen deine Aufmerksamkeit, das verstehst du doch, oder?«

Ich nickte unsicher.

»Dad?«, sagte ich leise und achtete darauf, weder Dylan noch Vincent aus Versehen anzuschauen.

»Ja?«

»Du weißt also alles … was dort passiert ist?«, flüsterte ich.

»Ich weiß nicht, ob ich alles weiß, aber ich weiß auf jeden Fall eine Menge«, antwortete er, und sein Blick verfinsterte sich.

»Und weißt du, dass ich …« Meine Stimme blieb mir im Hals stecken.

»Ja, Prinzessin?« Die Augen meines Vaters blickten mich gutmütig an.

»Ist dieser … Mann, den ich … ist er …«

Ich beendete den Satz nicht, aber ich wusste, dass es nicht nötig war. Dad sah mich betroffen an, und ich erwiderte seinen Blick durch feuchte Wimpern. Dann antwortete er mir, diesmal in einem eiskalten Ton: »Er ist tot.« Und als mein Kinn zu zittern begann, fügte er hinzu: »Clarissa hat ihn umgebracht.«

Ich schwieg und spürte, wie sich mein Magen schmerzhaft verkrampfte. Dieses schreckliche Gefühl wurde durch die Tatsache verstärkt, dass ich doch eine Wunde am Bauch hatte.

»Ich weiß, dass du dich erfolgreich verteidigt hast«, fuhr mein Vater fort. »Und ich finde, du bist erstaunlich, meine Prinzessin. Du bist so mutig und stark! Ich bin unendlich stolz auf dich, weil du so gekämpft hast. Du bist eine wahrhaftige Monet!«

Dieses Mal hatten seine Worte allerdings keine beruhigende Wirkung auf mich. Der Gedanke, dass mein Angreifer, den ich niedergestochen und am Boden liegend zurückgelassen hatte, tatsächlich gestorben war, schwirrte in meinem Kopf herum.

»Sag es noch mal! Wer hat ihn getötet?«, fragte ich dumpf.

»Clarissa«, antwortete sein Vater mit zusammengebissenen Zähnen. Man konnte sehen, dass allein das Aussprechen dieses Namens ihn wütend machte. »Die Frau, die für diese ganze Scheiße verantwortlich ist.«

»Sie ist krank«, warf Vincent ein, der zum ersten Mal das Wort ergriff. »Bei ihr wurden schwere psychische Störungen diagnostiziert, die vermutlich auf Kindheitstraumata zurückzuführen sind.«

»Das stimmt, Clarissa hatte lange psychische Probleme«, bestätigte Camden. »Ich erinnere mich, dass sie schon als Teenagerin labil war. Lissys ganze Familie war ja extrem schwierig.« Dann hob er den Blick zur Decke, legte seine Zeige- und Mittelfinger an die Lippen, küsste sie, reckte sie nach oben und murmelte vor sich hin: »Verzeih mir, Sunshine.«

»Ich war es also nicht, die …«, fuhr ich stockend fort. Das Wort blieb mir im Hals stecken und wollte einfach nicht rauskommen.

»Nein, du hast ihn nicht umgebracht, Hailie.«

Ich nickte und senkte meinen Blick auf die Bettdecke.

Ich habe ihn nicht umgebracht. Ich war nicht diejenige, die ihn getötet hat.

Ich habe mich nur gewehrt. Ein Messerstich ist kein Todesurteil. Schließlich wurde ich selbst auch niedergestochen und lebe noch.

»Aber es ist eine Schande, dass er tot ist«, meldete sich Dylan zu Wort, seine Stimme wurde dunkel und bedrohlich: »Denn ich würde ihm am liebsten den Schwanz abreißen und ihn ihm dann ins Maul stopfen.«

»Dylan, halt die Klappe«, knurrte unser Dad.

»Nein, werde ich nicht! Weil ich es nicht ertrage, dass dieses Drecksvieh einen so leichten Tod hatte, ich meine …« Dylan war so aufgebracht und gestikulierte so wild, dass er einen der Blumensträuße erwischte, die auf dem Tisch neben ihm standen. Die Vase fiel um, zerbrach mit einem lauten Geräusch, und Scherben und Wasser verteilten sich auf dem Boden.

Doch Dylan achtete nicht darauf. Niemand tat das.

»Ich stimme dir zu, mein Sohn, aber da dieser Dreckskerl tot ist, machen wir einfach weiter, anstatt uns zu fragen, was wäre, wenn.«

»Ich kann nicht einfach weitermachen, wenn ich mir ganze Zeit wünschte, ihn selbst umgelegt zu ...«

Unser Vater stand auf und packte Dylan am Vorderteil seines T-Shirts. »Du bist kein Mörder! Du hast dich nicht unter Kontrolle.«

»Oh, ich habe mich sehr wohl unter Kontrolle, ich habe mich zu hundert Prozent unter Kontrolle, und was ich sage, ist zu hundert Prozent durchdacht, denn ...«

»Dylan«, zischte unser Vater, dieses Mal ein paar Töne leiser, aber auch schärfer. Er stand jetzt direkt vor meinem Bruder und fügte in einem kaum hörbaren Flüsterton hinzu: »Ich weiß, okay? Ich weiß, wie es dir geht, und ich verstehe dich. Ich würde diesem Typen auch mit dem größten Vergnügen unsagbare Schmerzen zufügen, aber er ist tot. Konzentrieren wir uns also auf das, was wir aktuell tun können. Wir müssen deine Schwester unterstützen. Sie ist diejenige, die unsere Aufmerksamkeit braucht, nicht dieser tote Bastard. Meinst du nicht?«

Bei diesen Worten begann Dylan, sich ein wenig zu beruhigen. Er war immer noch aufgeregt, aber nicht mehr so fiebrig und rasend. Stattdessen schaute er mich an, und als er sah, dass ich traurig auf die Gänseblümchen blickte, die seinetwegen ohne Wasser und zwischen Glasscherben auf dem Boden lagen, bückte er sich, um sie aufzuheben.

Camden sah Dylan einen Moment lang beim Aufräumen zu, dann wandte er sich wieder zu mir, nachdem er auch Vincent einen langen Blick zugeworfen hatte.

»Möchtest du sonst noch etwas fragen?« Seine Stimme war wieder sanft, als er sich mir zuwandte. Er streichelte über meinen Kopf, und ich genoss seine liebevolle Berührung.

»Wie kam es, dass sie diejenige war, die ihn … getötet hat?«, fragte ich leise, immer noch von einer unangenehmen Vorahnung gequält.

Camden ballte beide Hände zu Fäusten, als er sagte: »Sie drehte das Messer, zog es aus der Wunde, und das war offenbar genug.«

Ich verzog mein Gesicht und leckte mir über die Lippen. »Aber ich war doch die Erste, die … Bin ich denn nicht … Es ist dann nicht meine Schuld?«

Camden beugte sich über mich und sah mir so tief in die Augen, dass ich jeden einzelnen blauen Sprenkel darin erkennen konnte. »Hailie, ich werde es jetzt noch ein Mal sagen, und ich möchte mich nicht wiederholen müssen, also merke es dir gut.« Hier machte mein Dad eine kurze Pause. »Nichts von dem, was passiert ist, ist deine Schuld. Gib dir niemals die Schuld für Dinge, die außerhalb deiner Kontrolle liegen. Gib dir nicht die Schuld für den Strudel der Ereignisse, in den dich jemand hineingeworfen hat. Ist das klar und verständlich?«

Ich nickte und versuchte, meine Tränen zurückzuhalten.

»Großartig, Prinzessin. Es ist sehr wichtig, dass du das verstehst.« Mein Vater hob den Kopf und sah erst Dylan und dann Vincent an. »Und das Gleiche gilt für euch, verstanden? Passt auf eure mentale Gesundheit auf. Ihr könnt an Clarissas Beispiel sehen, was passiert, wenn man sie vernachlässigt. Dylan, hast du verstanden?«

»Yep«, brummte er.

»Vincent?«

Mein ältester Bruder nickte nur.

»In Ordnung. Denkt bitte daran, dass in unserer Familie kein Platz für Schuldzuweisungen, mit dem Finger aufeinander zeigen und das

Lamentieren über ›was wäre, wenn‹ ist. Wenn ihr dazu noch weitere Fragen habt, kommt damit zu mir, ich werde sie schon für euch beantworten. Verdammte Scheiße, wenn man Monet heißt, sucht man, wenn es ein Problem gibt, nach einer Lösung und jammert nicht wie ein verdammter Hosenscheißer über verschüttete Milch und fragt sich, ob sie sauer geworden wäre, wenn man sie nicht verschüttet hätte. Ist das klar?«

Unwillkürlich musste ich leise kichern, und Dylan lächelte leicht.

»Klar oder nicht, frage ich?«, knurrte unser Vater.

»Alles klar«, murmelten Dylan und ich gleichzeitig.

»Nun, ich hoffe es.«

»Und … was wird mit Clarissa geschehen?«, fragte ich nach einem Moment der Stille.

Dad seufzte tief.

»Was soll ich sagen, meine liebe Hailie … Ich weiß es nicht. Aber sie wird es nicht leicht haben.«

»Aber sie ist doch eure Tante.« Ich schaute Dylan an und spürte ein unangenehmes Schaudern.

Er sah mich an, als wäre ich ein Alien: »Komm schon, was soll der Scheiß? Was soll sie für eine Tante sein? Nein, fuck off, die Frau ist mir scheißegal.«

»Es ist ja nicht so, dass sie, ich weiß nicht, nur einen Drohbrief geschickt hätte, Hailie. Sie hat versucht, dich umzubringen, und das mehr als einmal. Selbst wenn sie psychische Probleme hat, können wir ihr nach alldem nicht verzeihen. Auch wenn Clarissa die Schwester meiner verstorbenen Frau ist. Und selbst wenn wir uns entschließen würden, ihr zu verzeihen, würde die Organisation wahrscheinlich ein Todesurteil über sie verhängen.«

Vince hob seine Augenbrauen.

»Die Organisation?«, griff ich unsicher das Thema auf.

»Es ist an der Zeit, das Geheimnis zu lüften«, entschied unser Vater und sah seinen ältesten Sohn bedeutungsvoll an. »Also, nicht jetzt sofort, denn dies ist nicht der richtige Ort …« Er warf einen flüchtigen Blick auf die Polizisten, deren Anwesenheit ich vollkommen vergessen hatte, »… aber wenn Hailie nach Hause kommt, möchte ich, dass du, Vincent, deiner Schwester erklärst, worum es bei unserer Sache geht. Sie hat genug durchgemacht, um einige Antworten zu bekommen. Nicht alle, aber die wichtigsten Informationen.«

Vince presste den Kiefer zusammen, widersetzte sich aber nicht dem Willen seines Vaters.

»Also … also diese Orga…«, begann ich, aber Dad berührte meine Schulter und schüttelte den Kopf.

»Später. Halt noch ein bisschen durch, Prinzessin. Kannst du das für mich tun?«

Ich nickte zögernd mit dem Kopf.

Dann drückte er mir einen Kuss auf die Stirn.

Bald darauf kehrten Shane und Tony zurück, und kurz nach ihnen betrat Will den Raum, in dem es allmählich richtig voll wurde. Die Polizisten drückten sich an die Wand, und ihre Gesichter verrieten, dass sie sich hier nicht sehr wohlfühlten. Die Jungs hingegen wurden in der Gegenwart unseres Vaters so locker wie nie zuvor, und für einen Moment fühlte ich mich an einen unserer gemeinsamen Urlaube erinnert. Trotz der Ängste, die mich plagten, und der Gedanken an Sonnys Tod gelang es sogar mir, ein paar Mal zu lächeln.

Ich war wahnsinnig traurig, als die Polizisten immer nachdrücklicher das Ende des Besuchs verlangten. Mein Vater zögerte den Moment hinaus, so lange er konnte, aber irgendwann kam einer der

Beamten mit Handschellen auf ihn zu, und es war ihm nicht mehr möglich zu verhandeln.

»Ich bin so froh, dass du es geschafft hastvorbeizuschauen«, flüsterte ich ihm zu, als er erneut meine Hand küsste und mir über die Stirn strich; diesmal, um sich zu verabschieden.

»Siehst du, es ist gut, wenn man Beziehungen hat, durch die man mehr als nur ein zusätzliches Steak in der Gefängniskantine bekommen kann«, zwinkerte er mir zu. »Es war sehr schön, dein Gesicht zu sehen, meine Prinzessin. Pass auf dich auf, werde schnell gesund und bis bald.«

38

Besucher

Onkel Monty schob seinen Kopf durch die angelehnte Tür. Als er Shane und mich erblickte, leuchteten seine Augen auf und die Tür schwang weit auf.

»Ha, ich habe sie gefunden!«, rief er, und einen Moment später stand Maya neben ihm und reckte ihren Hals, um mich zu sehen.

»Hailie!«, zwitscherte sie.

Mit ihr kam der Frühling ins Zimmer, obwohl draußen strenger Winter herrschte. Die Jungs beklagten sich jedes Mal über die schneidende Kälte und die heftigen Schneefälle, wenn sie von draußen hereinkamen.

Bevor Maya sich neben mich setzte, streifte sie sich einen eleganten Mantel von den Schultern, den sie Monty in die Hand drückte, ohne ihn anzusehen. Er nahm ihn ihr ab, legte aber vorher noch einen großen Strauß Gänseblümchen auf den Tisch.

»Wie geht es dir, meine Süße?«, fragte Maya.

Ich antwortete nur mit einem Achselzucken, brachte aber ein Lächeln zustande. Maya verbreitete einfach eine wunderbar positive Atmosphäre, wo auch immer sie auftauchte.

»Wie schön, dass du so viele Blumen hast!«, schwärmte sie.

»Du kannst bestimmt kaum noch atmen vor so viel Grünzeug«, brummte Onkel Monty.

»Quatsch, es ist wunderbar, so frisch!«, meinte Maya. »Wessen Idee war das eigentlich? Mit den Gänseblümchen? Also, ich finde sie toll.«

»Ich wette, Will«, sinnierte Monty und nahm eines der zarten Blütenblätter zwischen seine Finger.

»Ich glaube, Tony«, meinte Shane.

»Tony?«, fragte ich überrascht.

»Tony hat einen guten Geschmack«, sagte Maya in sachkundigem Ton und nickte.

»Es waren tatsächlich Dylan und Tony, die die Blumen besorgt haben«, gab Shane zu und kratzte sich im Nacken, weil er offenbar nicht darauf gekommen war. Er war in solchen Dingen auf eine liebenswürdige Art unwissend.

»Das dachte ich mir schon. Sie können ja durchaus charmant sein, wenn sie wollen.« Maya schaute sich noch einmal um, lächelte freundlich und rückte dann näher an mich heran. »Aber sag mal, Kleine, wie fühlst du dich? Geht es dir soweit gut? Als ich hörte, was passiert ist, bin ich in Ohnmacht gefallen, Monty musste mich auffangen, so schlecht war mir.«

»Geht's dir wieder besser?«, fragte ich besorgt.

»Jaja. Wichtig ist doch, dass es dir wieder besser geht.« Sie winkte ab.

Also erzählte ich alles. Ich wollte nicht allzu sehr ins Detail gehen, vor allem, was die unangenehmen Einzelheiten anging, aber Maya wusste ohnehin schon eine ganze Menge. Onkel Monty zuckte ein paar Mal zusammen, Maya schüttelte bestürzt den Kopf. Ich wollte jedoch nicht lange in bösen Erinnerungen schwelgen, und die beiden drängten mich auch nicht.

So gingen wir bald zu einem lockeren Gespräch über, an dem sich Onkel Monty eifrig beteiligte und ein paar seiner typischen Jokes machte. Einige brachten sogar mich zum Lachen. Shane stieg auch ein, und es dauerte nicht lange, bis sich die beiden Männer vor Lachen krümmten. Maya verdrehte die Augen, lächelte mich aber an.

»Und wo ist eigentlich Flynn?«, fragte ich dann.

»Er ist bei der Nanny geblieben«, antwortete Maya schnell. »Es tut mir leid, Hailie, ich dachte zuerst daran, ihn mitzunehmen, aber er ist noch so klein, und ich wollte ihn nicht in ein Krankenhaus schleppen. Er war in letzter Zeit öfter krank, weißt du … Aber er hat etwas für dich gemalt, schau mal!«

Maya holte aus ihrer karamellfarbenen Ledertasche ein Stück Papier heraus. Sie reichte es mir, und ein Lächeln erhellte mein Gesicht, als ich die Kritzeleien des Kleinen sah. Auf dem Zettel waren mehrere bunte Schmierereien zu sehen.

»Wunderschön!«, kommentierte ich ohne einen Hauch von Ironie, weil ich es wirklich süß fand, aber Onkel Monty schnaubte belustigt, wofür er von seiner Frau einen bösen Blick erntete.

»Zeig mal.« Shane reckte den Hals und hob eine Augenbraue. »Oh, na ja, äh, cool …«

»Vor Kurzem hat Maya ein ähnliches Gemälde gekauft, für wie viel, Baby? Dreißigtausend?«

»Fünfundzwanzig.«

»Aber … so ähnlich wie das hier?«, fragte ich erstaunt und deutete auf Flynns Geschenk.

»Ich sehe in dem Bild eine Tiefe, die Monty aufgrund seiner geringen Sensibilität einfach nicht erkennt.«

»Sweetie, das Problem liegt nicht in meiner Sensibilität, sondern in den Fähigkeiten des Malers.«

Maya winkte rasch ab.

»Ich für meinen Teil finde das Bild großartig, und es ist außerdem perfekt für unser Gästebad.«

»Ich würde es gerne mal sehen«, sagte ich mit aufrichtiger Neugierde.

»Aber unbedingt! Ich habe bereits gesagt, dass du sofort nach Paris kommen musst, sobald du wieder fit genug bist, um in ein Flugzeug zu steigen. Ein Tapetenwechsel wird dir guttun. Wir werden den ganzen Tag Croissants essen, ins Theater gehen und shoppen. Was hältst du davon?«

Ich lächelte, als diese Vision in meinem Kopf aufkeimte. »Ich war noch nie in Paris.«

»Ich werde später alles mit Vince klären. Du kannst so lange bei uns bleiben, wie du willst. Im April ziehen wir wieder nach Saint-Tropez, und da bist du natürlich auch willkommen.«

»Danke, Maya.«

Meine Tante begann, Pläne zu schmieden, wie sie meinen Aufenthalt in der französischen Hauptstadt aufregend gestalten könnte, und obwohl es sich nur um vorläufige Pläne handelte, hörte ich ihren Ideen gerne zu. In der Nähe von Maya fühlte ich mich immer wohl. Sie geriet nicht so leicht in Wut wie meine Brüder und war auch nicht so sehr darauf bedacht, mich mit Samthandschuhen anzufassen. Sie war einfach sie selbst und behandelte mich ganz normal.

Ich hatte auch keine Angst, von ihr angefasst zu werden, wahrscheinlich, weil sie eine Frau war. Ich gewöhnte mich allmählich auch an die Berührungen meiner Brüder, aber bei ihnen kostete es manchmal noch Überwindung.

Der Besuch von Maya und Monty munterte mich auf. Er zeigte mir, dass es irgendwo außerhalb der Mauern dieses Krankenhauses ein richtiges Leben gab, das sich nicht nur um Therapie, besorgte Brüder, eine mysteriöse Organisation und einen Vater im Gefängnis drehte.

Irgendwo da draußen gibt es noch eine Welt, in der man in ein Flugzeug steigen und nach Paris fliegen kann.

Ich hatte mein Smartphone nicht zurückbekommen.

Jemand hat es mir weggenommen, als ich bewusstlos war, wahrscheinlich einer der Entführer – und bis jetzt wusste ich nicht, wo es abgeblieben war. Es bestand die Möglichkeit, dass es meinen Brüdern gelungen war, es zurückzubekommen, aber niemand hatte mich darüber informiert, und ich hatte bisher auch nicht danach gefragt.

Ich fragte nicht, denn der Gedanke, dass ich es in die Hand nehmen und Nachrichten von Freunden aus der Außenwelt lesen müsste, überwältigte mich. Die meiste Zeit befand ich mich in einem seltsamen Zustand, in dem mir irgendwie alles egal war. Ich hatte nicht einmal Lust, eine Nachricht an Leo zu schreiben.

Vielleicht war es nicht in Ordnung, aber seit ich aufgewacht war, hatte sich mein Leben im Krankenhaus abgespielt.

Deshalb war ich überrascht, als Will eines Tages mit Leo im Schlepptau in mein Zimmer kam.

Ich sah ihn mit offenem Mund an, ein wenig erschrocken, als hätte er mich bei etwas Verbotenem erwischt.

»Soll ich euch zwei allein lassen?«, fragte mein Lieblingsbruder, wobei die Frage offensichtlich an mich gerichtet war.

Als Leo mir einen Strauß Blumen überreichte, versuchte ich, glücklich über seine freundliche Geste zu sein. Ich schnupperte daran, was half, den Schatten des Zögerns auf meinem Gesicht zu verbergen.

»Das wäre lieb«, antwortete ich.

Will verließ gehorsam den Raum, und ich betastete das bunte Einwickelpapier und die geringelten Schmuckbänder.

»Der Strauß ist wunderschön«, sagte ich, als plötzlich eine peinliche Stille entstand.

»Ich hatte gehofft, dass ich deinen Geschmack treffe«, antwortete Leo und sah sich in dem Raum voller Gänseblümchen um.

»Das sind Orchideen, oder?«

»Mhm.«

Ich ertappte mich dabei, wie ich übertrieben lange auf die rosa Knospen schaute. Es war, als ob ich mit Gewalt versuchte, meinen Blick irgendwohin zu lenken, und nach einem Moment wurde mir klar, dass Leo das sehr wohl bemerkte. Ich war verlegen, doch schließlich schaute ich ihm in die Augen.

»Wie geht es dir?«, fragte mein Freund. Er stand neben meinem Bett und knetete nervös seine Finger.

»Mittlerweile geht es mir schon besser. Also, besser als am Anfang«, antwortete ich.

»Und wie war es am Anfang?«

Ich hob den Kopf und war verwirrt über den leichten Hauch von Reserviertheit in seiner Stimme.

»Du meinst, als ich aufgewacht bin?«

»Ich weiß es nicht, insgesamt halt«, seufzte er, diesmal mit offensichtlicher Frustration. »Ich weiß rein gar nichts. Dass meine Freundin im Krankenhaus liegt, habe ich auf dem Schulflur erfahren.«

»Es gab einen Unfall, und ich lag eine Weile im Koma«, antwortete ich mit einer emotionslosen Stimme. »Ich war nicht in der Lage, dir zu schreiben.«

»Ich weiß, aber niemand hat es für nötig gehalten, mir Bescheid zu geben. Zum Glück hatte ich wegen die Ryder-Sache Kontakt zu Will, sonst hätte ich bis jetzt nicht gewusst, wo du bist.«

»Es tut mir leid, Leo«, seufzte ich. »Du hast recht, du solltest einer der Ersten sein, der erfährt, wenn mir etwas passiert.«

»Ich bin doch nicht auf dich sauer, und ich will nicht, dass es so klingt ... Ich habe nur ...« Leo senkte den Kopf. »Ich habe mir Sorgen gemacht, weißt du?«

»Ich weiß, und es ist alles andere als optimal gelaufen. Die Jungs hätten dir Bescheid sagen sollen. Es ist nur so, dass das, was passiert ist, uns alle ziemlich fertiggemacht hat ... Wir haben einfach nicht daran gedacht, Kontakt zur Außenwelt aufzunehmen. Weder ich noch meine Brüder.«

»Ich verstehe, aber ...« Leo zögerte. »Du bist schon länger wach und ... hast du nicht ein einziges Mal an mich gedacht?«

»Ich habe an dich gedacht!«, versicherte ich ihm schnell und spürte, wie mein Gesicht leicht errötete. »Natürlich denke ich an dich. Es ist nur eine schwierige Zeit für mich.«

»Es freut mich, dass du dich gut erholst«, sagte er und sah sich um. »Du hast es hübsch hier.«

»Deine Blumen sind wirklich perfekt, ich werde sie neben mein Bett stellen«, verkündete ich, und er lächelte vage.

Irgendetwas läuft hier falsch.

Die Stimmung war angespannt, und ich konnte sie mit keinem Gesprächsthema auflockern. Und mir kamen viele Themen in den Sinn.

In Gedanken flehte ich Leo an, mich nicht zu fragen, was passiert war, weil ich keine Lust hatte, die Einzelheiten zu erzählen. Obwohl ich tief in mir glaubte, dass ich ihm eine Erklärung schuldig war. Ich sollte mich ihm anvertrauen.

Er ist doch mein Freund!

Ich hatte mein erstes Mal mit ihm. Er war der einzige Mensch, dem ich diesen Teil von mir geschenkt hatte – den Teil, den mir ein furchterregender Mann vor Kurzem auf bestialische Weise nehmen wollte.

Doch ich wollte Leo nicht davon erzählen.

Er konnte mein Zögern spüren und konnte nicht wissen, was ich ihm ersparen wollte. Ich versuchte zu lächeln und schaute gleichzeitig jedes Mal auf seine Hände, wenn ich glaubte, er würde sie bewegen. Denn dann bestand die Gefahr, dass er mich berühren würde.

Er ist es doch gewohnt, mich zu berühren.

Aber aus irgendeinem Grund hatte ich Angst davor.

Meine neue Therapeutin hatte mir erklärt, dass dies eine übliche Reaktion darauf sei, was mir widerfahren war. Ich hoffte, dass ich nur ein wenig Zeit brauchte.

»Wie geht es denn Winter?«, fragte ich, und erst als diese Worte meinen Mund verließen, wurde mir klar, dass ich das dämlichste Thema gewählt hatte, um die Stille zwischen uns zu brechen.

Leo sah mich länger als nötig an.

»Du fragst doch nicht wirklich nach Winter?«

Ich zuckte mit den Schultern und antwortete nicht.

»Na ja, es geht ihr mittelprächtig«, erwiderte er.

»Ist etwas passiert?«

Ja, ich weiß, ich mochte Winter nicht, aber ich habe ihr nie etwas Schlechtes gewünscht.

»Der Sozialdienst ist auf ihre Situation aufmerksam geworden.«

Ich öffnete meinen Mund.

»Wie?«

Leo warf mir einen weiteren langen Blick zu.

»Ich weiß es nicht genau. Aber sie kamen eines Tages in ihre Wohnung. Und ihr Vater lag dort, bis zur Bewusstlosigkeit besoffen, also machten sie sich auf die Suche nach Winter. Sie hörten sich ein bisschen um und fanden sie bei uns zu Hause.«

»O Gott, und was jetzt?« Ich hielt erschrocken meine Hand vor den Mund.

»Meine Mutter wird versuchen, sie in ihre Obhut zu nehmen.«

»Deine Mutter ist so ein guter Mensch …«

Leo zuckte mit den Schultern.

»Sie kann es nicht ertragen, Winter leiden zu sehen. Immerhin kennt Mom sie schon von klein auf und mag sie sehr. Es bleibt nur abzuwarten, ob alles klappt. Sie könnte Schwierigkeiten haben, ein paar der Anforderungen zu erfüllen.«

»Wie geht es Winter denn?«

»Nicht schlechter als dir … Hailie, warum reden wir nicht über …«

»Hält sie durch?«

Leo stieß einen Seufzer der Frustration aus.

»Ja, irgendwie … Sie weint viel, und sie ist verletzt, weil ihr Vater sie aufgegeben und gesagt hat, dass ihm diesmal alles egal ist und er sich nicht in einen Entzug schleppen lassen wird.«

Ich schloss meine Augen und seufzte.

»Es tut mir sehr leid für sie«, sagte ich. »Und ich drücke die Daumen, dass …«, ich zögerte, »Gina Erfolg haben wird.«

Leo war nun sichtlich irritiert und hob eine Augenbraue.

»Hey!«, rief ich. »Ich meine es ernst! Ich weiß, dass ich in der Vergangenheit eine andere Einstellung zu Winter hatte, aber ich will nicht, dass sie so leidet.«

Mein Freund öffnete den Mund, um etwas zu erwidern, aber die Zwillinge kamen gerade zur Tür herein. Es war ihnen egal, ob wir Privatsphäre brauchten – sie ließen sich nicht auf den Flur verbannen. Wenigstens machten sie keine rüpelhaften Bemerkungen über Leos Anwesenheit, obwohl Tony ihn misstrauisch ansah.

Leo stand noch eine Weile an meinem Bett, aber es fiel uns schwer zu reden, selbst wenn wir allein hier gewesen wären, ganz zu schweigen von der Anwesenheit meiner Brüder, die die ganze Situation noch unangenehmer machte.

Außerdem hatte Shane mir Mittagessen mitgebracht. Ich erweiterte meinen Speiseplan allmählich, und Leo musste gesehen haben, wie ich gierig auf die Papiertüte blickte, denn schließlich bat er mich, nicht zu vergessen, ihm zu schreiben, überbrachte mir Grüße von Mona, Lavinia und ein paar anderen Leuten aus der Schule, wünschte mir noch gute Besserung und verschwand.

Wir hatten nichts geklärt, wir hatten nicht genug besprochen, er war nicht lange genug hier gewesen. Es war natürlich nicht seine Schuld, wahrscheinlich war ich es, die ihn nicht so willkommen geheißen hatte, wie ich es hätte tun sollen oder wie er es wohl erwartet hatte. Ich lag im Krankenhaus, sicher, aber ich nahm an, dass ich mich hätte mehr freuen können, ihn zu sehen. Oder es ihm besser zeigen?

Habe ich ihm das Gefühl gegeben, dass ich froh bin, dass er gekommen war? Ich habe mich bei ihm nicht mal richtig für mein Schweigen entschuldigt.

Maya wurde schnell zu meiner Lieblingsbesucherin.

Abgesehen von den Jungs natürlich, aber mit ihnen war es anders, denn ich sah sie nicht wirklich als Besucher, sie waren einfach ständig bei mir, wie ein Teil des Inventars.

Ich hörte gerade meiner Tante zu, wie sie mit ihrer üblichen fröhlichen Art über ihre derzeitige Beziehung zu ihrem Vater sprach, der, wie ich mich noch gut erinnerte, damals völlig überreagiert hatte, als er sie und Flynn auf den Straßen von Paris entführt und damit eine Kette dramatischer Ereignisse in Gang gesetzt hatte.

Maya schien jedoch keinen Groll gegen ihn zu hegen, obwohl ihr Ton etwas unwirsch wurde, wenn sie über ihn sprach. Sie sagte, er würde sie neuerdings oft anrufen, um ihr irgendwelchen Quatsch aus seinem Leben zu erzählen, und als sie gerade berichtete, dass er sich kürzlich sogar nach Flynn erkundigt habe, schaute ein Frau schüchtern in mein Zimmer hinein.

Abgesehen von den Krankenschwestern und Maya hatte ich hier keine weibliche Gesellschaft, und so lächelte ich breit, als ich Martina erkannte.

»Hola, Hailie!«, grüßte sie und strich sich eine Haarsträhne hinters Ohr. »Ich wollte nur nachsehen, wie es dir geht …«

Ich glaube, sie fühlte sich unwohl bei dem Anblick von Maya, die sie sofort von Kopf bis Fuß mit ihrem Blick abscannte.

»Martina, hallo!«, sagte ich überrascht. »Bist du allein gekommen? Ohne Dylan?«

»Mit Dylan, aber dein großer Bruder wollte irgendwas von ihm, und er hat mir gesagt, ich soll schon mal vorgehen.«

»Es ist schön, dass du vorbeigekommen bist. Das freut mich sehr«, sagte ich aufrichtig. »Komm her, setz dich zu uns.«

Maya verbarg nicht einmal die Tatsache, dass sie Martina genau musterte, und ich wünschte, ich könnte sie diskret anstupsen und sie ermahnen, sich zu benehmen.

»Ich kann draußen warten, ich will euch nicht stören.« Martina winkte nervös mit der Hand ab und hatte bereits einen Schritt aus meinem Zimmer gemacht.

»Nein, nein, alles gut«, protestierte ich. »Du störst uns nicht. Maya, das ist Martina, die Freundin von Dylan.«

»Ah …« Maya nickte und schaute sich die Spanierin, wenn möglich, noch genauer an.

»Martina ist super«, erklärte ich wahrheitsgemäß und warf meiner Tante einen bedeutungsvollen Blick zu.

»Wenn Hailie dich mag, freut es mich, dich kennenzulernen«, sagte Maya freundlich und wurde endlich ein bisschen lockerer. Sie lächelte sogar, obwohl sie immer noch skeptisch wirkte, als Martina sich schüchtern neben sie setzte.

Ich hatte das Gefühl, dass Martina jetzt lieber woanders wäre. Zugegeben, sie hatte sich immer um ein gutes Verhältnis zu mir bemüht. Ich kannte sie, sie war ziemlich clever – ihr war klar, dass eine Freundschaft zu Dylans Schwester hilfreich für ihre Beziehung war.

Glücklicherweise kamen wir drei gut miteinander aus und alberten sogar bald miteinander.

»Du lebst also in Spanien?«, fragte Maya.

»Ich stamme von den Kanarischen Inseln, aber ich bin zum Studieren nach Madrid gegangen. Nun ja, und jetzt lebe und studiere ich in New York, aber nur für eine Weile im Rahmen eines Austauschprogramms«, erklärte Martina.

»Oh, ich liebe Madrid, ich bin oft dort«, erwiderte Maya. »Mein Mann hat dort sein Lieblingscafé für *Churros*.«

»Wirklich?«, lachte Martina und schüttelte ungläubig den Kopf. »Alle Ausländer sind verrückt nach *Churros*, ich weiß nicht, was es damit auf sich hat. Dylan ist genauso: Immer, wenn er mit mir in Madrid ist, schleppt er mich immer an denselben Ort, wirklich immer.«

»Vielleicht ist es sogar dasselbe Café«, meinte ich.

»Wahrscheinlich haben sie beide einfach eine Vorliebe für die besten Lokale«, lachte Maya.

»Genau!« Martina hob ihren Zeigefinger. »Ich erkläre Dylan, dass man manchmal in einem heruntergekommenen Imbiss besser essen kann als in diesen schicken Restaurants, wo er immer hingehen will ...«

»Aber ich muss zugeben, dass Monty und ich uns einmal böse getäuscht haben. Wir gingen in eine Bar, die Art, die du meinst, so eine ganz einfache, und Monty bekam seinen Café con Leche in einer ...« Maya senkte ihre Stimme dramatisch. »... total dreckigen Tasse. Es war ekelerregend. Und er hat sich übelst aufgeregt und Stress gemacht.«

»Gott, du Arme, du musst ja vor Scham im Boden versunken sein«, prustete ich.

»Aber nein, keineswegs. Ich habe schön mitgemacht. Ich meine, es war eine schmutzige Tasse. Du wirst zugeben, Hailie, dass das äußerst unappetitlich ist.«

Martina und ich tauschten ein kleines Lächeln aus.

»Maya, wenn du das nächste Mal in Madrid bist und ich auch, melde dich – dann führe ich dich in eine billige Bar aus, die großartig und in der das Geschirr sauber ist, okay?«, schlug Martina vor.

»Ich glaube nicht, dass du eine ohne einen roten Teppich und Champagner für Tausende von Euro finden wirst, die Maya gefallen wird«, lachte ich.

»Aha, seit wann bist du so frech zu mir, hm?« Maya streckte mir ihre Zunge raus. »Klar, lass uns das gerne tun, wir treffen uns in Madrid und gehen in eine billige Bar.«

»Cool, dann sind wir verabredet!«, freute sich Martina. »Hailie, du kommst natürlich mit uns mit!«

»Unbedingt. Sie versteht es wie kaum eine andere, Spaß zu haben«, machte Maya mir ein Kompliment, und ich lachte so herzhaft, dass meine Bauchwunde wehtat und ich mich ein wenig winden musste.

Maya war zwar ein Mensch, der manchmal schnell urteilte, aber sie und Martina wurden bald miteinander warm. Die wiederum ließ sich von der Direktheit und gelegentlichen Abgehobenheit meiner Tante nicht entmutigen. Andererseits war Martina mit Dylan zusammen, hatte also bereits Erfahrung im Umgang mit verwöhnten reichen Menschen.

Später gesellte sich Dylan zu uns und war sichtlich erfreut, dass Martina schnell Anschluss gefunden hatte. Er legte seine Hand auf ihre Schulter und zwinkerte mir zu.

Die Frauen sprachen wieder über die Bars in Madrid und begannen, weitere Dinge zu planen – und mir fiel auf einmal ein, wie ich ihm in meinem Delirium von der Party in Saint-Tropez erzählt hatte.

Einen Moment lang hatte ich das Gefühl, dass wir dasselbe dachten, denn während Maya und Martina laut kicherten, trafen sich mein und Dylans Blick, und darin lag die gleiche Ernsthaftigkeit und gegenseitiges Verständnis. Mein Herz schlug bis zum Hals. Auch Dylan schaute schnell weg. Er brauchte einen Moment, um wieder klarzukommen, und erwähnte nicht einmal, dass er von unserer wilden Party wusste. Er sagte auch nichts dazu, als die anderen planten, dass ich sie nach Madrid begleiten sollte.

Die Reise nach Spanien hörte sich toll an, aber wie konnte ich an so einen Spaß denken, wenn ich mit einer Stichwunde im Krankenhaus lag. Meine Priorität war es im Moment, das Trauma des sexuellen Übergriffs zu heilen und die Trauer um Sonnys Tod zu überwinden.

Mir blieb lediglich die Hoffnung, dass ich vielleicht all diese Vorfälle möglichst bald würde verarbeiten können, und dann würde ich mit den Mädels Partys planen, meinetwegen am Ende der Welt.

Vielleicht eines Tages.

Ich bürstete meine Haare zur einen Seite. Und dann auf die andere. Dann stieß ich einen Seufzer der Frustration aus. Ich konnte wegen meines Verbands nicht richtig duschen und mir ordentlich die Haare waschen, und ich hatte das Gefühl, dass sie ständig dreckig waren.

Heute fühlte ich mich besonders mies. Inzwischen juckte meine Bauchwunde so schlimm, dass ich sie am liebsten aufkratzen wollte.

Die Ärzte erlaubten mir immer noch nicht alles zu essen, und Shane, der gerade an meinem Bett saß, roch total lecker nach Pommes und weckte in mir so starke Lust darauf, dass ich ihn deswegen mehrmals unhöflich anpampte. Der arme Kerl wusste nicht, wie ihm geschah.

»Was ist los mit dir?«, fragte Shane verwirrt, als ich vor Verzweiflung laut aufstöhnte.

»Nichts.«

»Du bist kurz davor, dir die Haare auszureißen, kleines Mädchen.«

»Meinetwegen, dann reiße ich sie eben raus!«

»Hey, was gibt's?«, sagte er sanft, mit engelsgleicher Geduld.

Während meiner Rekonvaleszenz ließen mir die Jungs im Allgemeinen mehr als sonst durchgehen. Sogar Vincent war extrem tolerant gegenüber meinen Launen.

»Meine Haare sind so fettig!«, rief ich dramatisch und war kurz davor, in Tränen auszubrechen.

»Nein, überhaupt nicht …«

»Doch, sind sie, ich kann es sehen, ich kann es fühlen. Ich habe genug von fettigem Haar und von diesem Krankenhaus, und ich will Pommes!«, nörgelte ich.

Tony hob den Kopf von dem Comicheft, in dem er las, und zog eine Augenbraue hoch.

»Deine Haare sehen ganz normal aus«, antwortete Shane und kratzte sich an der Schläfe. »Und was willst du für Pommes?«

Ich presste meine Lippen aufeinander und richtete meine Augen voller Trauer und Tränen auf das Fenster. Der Himmel war heute so weiß wie Papier.

Ich brauchte die Zwillinge nicht einmal anzusehen, um zu wissen, dass sie sich bedeutungsvolle Blicke zuwarfen.

»Okay, kleines Mädchen, pass auf.« Shane kam zu mir herüber und hockte sich neben mich aufs Bett. Dann griff er nach meinen Haaren.

»Was machst du da?«

»Ich mache dir einen, keine Ahnung, Zopf oder so. Rutsch mal!«

Ich zog meine Nase hoch und runzelte die Stirn, aber ich gehorchte ihm und machte ihm neben mir Platz.

Meine Regeneration verlief zwar langsam, aber positiv – denn vor nicht allzu langer Zeit hätte ich mich nicht bewegen können, und jetzt konnte ich mich fast aufsetzen.

»Du weißt doch gar nicht, wie man einen Zopf flechtet«, sagte ich ihm.

»Da wirst du dich aber wundern. Beweg nur nicht den Kopf.«

»Aua, Shane!«

»Moment …«

Zuerst zerrte er mir eine Weile planlos an den Haaren herum, dann griff er nach seinem Handy, um ein Video-Tutorial zu suchen.

Tony schaute ab und zu von seinem Comic auf und amüsierte sich sichtlich.

»Aua, nein, lass mich los, lass es«, knurrte ich irgendwann und riss mich von Shane los.

»Ich habe doch nichts gemacht«, wehrte er ab.

»Du tust ihr nur weh«, warf Tony ein.

»Nun, ich denke, um ihr einen Zopf zu machen, muss ich ihr Haar anfassen, oder, du Genie?«

»Du fasst es nicht an, du ziehst daran«, murmelte ich.

»Möchtest du diesen Zopf haben oder nicht?«

»Schon, aber …«

»Soll das dein schönster Zopf sein?«, schnaubte Tony, der seinen Hals reckte, um Shanes Kreation zu sehen.

»Ich bin noch nicht fertig.«

»Er ist doch total schief!«

»Du bist selber total schief«, murrte Shane.

»Okay, vielen Dank«, zischte ich und unterbrach die Jungs ihrem Geplänkel. »Ich will jetzt keinen Zopf mehr.«

Ich zog wieder die Nase hoch, starrte aus dem Fenster und spürte, wie sich meine Stimmung noch mehr trübte.

Tony seufzte demonstrativ. Dann legte er das Comicheft beiseite und stand auf.

»Okay, rutsch mal«, warf er Shane zu, der schon widersprechen wollte, aber mit einem letzten Blick auf seine erbärmliche Kreation, die er mir ins Haar geflochten hatte, ging er zur Seite. Oder vielleicht wollte er, dass Tony sich statt seiner damit rumärgerte.

Ich spürte sofort den Unterschied, als Shanes ungeschickte Bewegungen durch Tonys geübte Finger ersetzt wurden, die erst die Knoten lösten und sich dann an die Arbeit machten. Das Handy brauchte Tony offenbar nicht. Er kämmte meine Haare und begann, damit zu spielen, und seine sanften Streicheleinheiten fühlten sich für mich wie eine Massage an. Ich schloss zwischenzeitlich sogar genüsslich meine Augen, und Shane beobachtete uns vom Sessel aus mit einem verstimmten Gesichtsausdruck. Ich versuchte, mich ein paar Mal umzudrehen, aber Tony ermahnte mich nur, den Kopf gerade zu halten, und siehe da: Bald hatte ich zwei wunderschöne Zöpfe, die an den Seiten begannen und hinten in einen übergingen.

Meine miese Laune drehte sich um hundertachtzig Grad, und für den Rest des Tages griff ich immer wieder zum Spiegel, um mich lächelnd zu betrachten.

Mein am wenigsten erwarteter Gast besuchte mich kurz darauf, während ich mit Will Karten spielte. Ich hatte immer noch die Frisur, die Tony mir gemacht hatte, nur dass sie jetzt ein bisschen zerzaust war.

Adrien betrat den Raum und nickte Will zu, der sich sofort erhob. Der liebevolle Gesichtsausdruck, der für mich reserviert war, verwandelte sich in eine Maske kühler Professionalität.

»Weiß Vincent, dass du hier bist?«, fragte er Adrien ohne ein Wort des Grußes.

»Er weiß, dass ich Hailie Blumen und Genesungswünsche schicken wollte.« Adrien winkte lässig mit einem rosa Blumenstrauß, der zugegebenermaßen einen schönen Kontrast zu seinem schwarzen Anzug bildete.

»Stattdessen hast du dich entschlossen, persönlich hier herzukommen?«

»Meine Schwester meinte, dass es angemessener wäre, also habe ich nachgegeben. Sie bat mich, dich von ihr zu grüßen, Hailie.«

Ich öffnete überrascht den Mund und hob die Augenbrauen. »Grace lässt mich grüßen?«

Adrien räusperte sich. »Sie natürlich auch«, sagte er dann. »Natürlich komme ich im Namen meiner ganzen Familie hierher.«

»Grace lässt mich grüßen?«, wiederholte ich skeptisch.

»Ich meinte mit meiner Schwester eigentlich Keira. Aber meinetwegen: Die Blumen sind von uns. Sie hat Gänseblümchen vorgeschlagen, und ich sehe, sie hat es perfekt getroffen.« Er warf einen kurzen Blick in den Raum und winkte noch einmal mit dem Strauß, dann legte er ihn vorsichtig auf die Bettkante.

Tatsächlich waren in seinem Blumenstrauß auch Gänseblümchen dabei, nur waren sie rosa. Sie waren wunderschön.

Verwirrt kniff ich die Augen zusammen. »Von wem sprichst du?«

»Von meiner Schwester, Keira. Sie mag dich, was erstaunlich ist, um ehrlich zu sein, denn sie mag nicht viele Leute. Sie sagte, sie hätte sich bei der Verlobungsfeier gut mit dir unterhalten. Sie war sehr besorgt über deinen Zustand.«

Ich starrte Adrien schockiert an. Ich erinnerte mich daran, dass jemand – ich glaube, Maya – erwähnt hatte, dass Adrien außer Grace noch eine weitere Schwester hatte, aber wann hatte ich diese Keira angeblich kennengelernt?

»Hailie?« Will runzelte die Stirn, als er meine Verwirrung sah. »Du hast Keira bei der Verlobungsfeier getroffen. Ich habe euch beide miteinander sprechen sehen …«

»Schlank, hellbraune Haare? Attraktiv, wie alle in der Familie?«, verriet Adrien, und ein Lächeln wanderte über seine Lippen. »Verzeih mir, aber ich weiß nicht mehr, was sie anhatte.«

»Äh … ich glaube, einen Jumpsuit? Komm schon, Kleines, denk nach. Ich weiß, du hast sie gesehen«, hakte Will nach.

Beide sahen mich erwartungsvoll an, und ich geriet ein wenig in Panik, weil mir gerade gesagt wurde, dass ich mit einer Frau gesprochen hätte, woran ich mich allerdings überhaupt nicht erinnern konnte. Adrien konnte ich noch ignorieren, aber Will würde mich nicht belügen.

Adrien wurde schnell ungeduldig, zückte sein Handy und wählte das erstbeste Foto seiner Schwester aus, das er in seiner Galerie hatte. Darauf posierte sie mit einem kleinen Kind im Arm. Sie hatte ein erstaunliches Lächeln, aufrichtig, herzlich, und ihre Zähne waren so weiß und gleichmäßig wie die eines Filmstars. An diesem Hollywood-Lächeln erkannte ich sie, und dann fiel mir ein, dass ich ihre Augen schon einmal gesehen hatte.

Sie hatten mich mit aufrichtigem, aber unaufdringlichem Interesse, später sogar mit einer gewissen Zuneigung angeschaut.

~

Ich stand da in meinem lilafarbenen Kleid und eine fremde Frau sprach mich an.

»Entschuldigung, ich suche nach Grace.«

»Wie bitte?«, fragte ich und wurde aus meiner nachdenklichen Stimmung gerissen.

»Ich bin auf der Suche nach Grace. Die Gastgeberin der Party? Die zukünftige Braut? Grace Janderau?«, erklärte sie.

»Ja, ich weiß«, murmelte ich. »Aber ich weiß nicht, wo sie ist.«

»Und Adrien?«

Ich rollte mit den Augen. Ich konnte mir nicht helfen.

»Ich weiß nicht, wo die beiden sind.«

Die Frau sah mich überrascht, aber auch amüsiert an.

»Deinem Gesichtsausdruck entnehme ich, dass du zum zukünftigen Bräutigam gehörst?«

Ich hob mein Kinn. »Ich bin die Schwester von Vincent.«

»Ich bin die Schwester von Grace.«

Ich sah sie mir genauer an. Von jemandem, der mit der fiesen Grace verwandt war, hätte ich einen ähnlich versnobten Eindruck erwartet, aber die Frau, die vor mir stand, war mir keineswegs unsympathisch. Im Gegenteil, sie schien wohlhabend, aber nicht überheblich zu sein.

»Du bist Keira?«, fragte ich und erinnerte mich, dass Maya mir von ihr erzählt hatte.

»Und du Hailie«, antwortete sie mit einem Lächeln.

»Woher weißt du das?«, fragte ich misstrauisch.

Sie lachte herzhaft.

»Ich will nicht unhöflich sein, aber alle haben über dich gesprochen, nachdem du aufgetaucht bist. Das war ein ziemlicher Skandal. Also, es muss ein ziemlich großer Skandal gewesen sein, wenn sogar ich davon erfahren habe. Normalerweise halte ich mich von Klatsch und Tratsch aus der Welt der … « Sie ließ ihren Blick über die anderen Gäste schweifen. » … Organisation heraus.«

»Ich glaube, ich habe davon gehört, dass du dich von der Familie entfernt hast«, erklärte ich.

»So kann man es auch sagen.« Sie legte den Kopf schief. »Und wer hat dir von mir erzählt, wenn ich fragen darf?«

»Maya.«

»Ah, Maya. Sie hat doch deinen Onkel geheiratet, wenn ich mich nicht irre?«

»Und du sagst, du hältst dich vor Klatsch und Tratsch fern?« Ich hob lächelnd eine Augenbraue.

Sie lachte auf.

»Maya war schließlich mit meinem Bruder verlobt, also das bekomme ich schon mit.«

»Ja, sie hat meinen Onkel Monty geheiratet. Sie leben in Frankreich. Sie haben einen kleinen Sohn.«

»Ich hoffe, sie ist glücklich.«

»Ich denke schon …« Ich zuckte mit den Schultern und musterte sie kurz. »Sie hat auf jeden Fall wohlwollend von dir gesprochen.«

»Wirklich?«, wunderte Keira sich.

»Sie sagte, dass du fürs College weggezogen bist und dich von deiner Familie distanziert hast.«

»Ich war schon lange, bevor ich aufs College ging, raus aus der Organisation«, erklärte Keira.

»Vielleicht sollte ich deinem Beispiel folgen«, murmelte ich.

»Das kann ich nur empfehlen! Es war die gesündeste Entscheidung, die ich je getroffen habe. Gleich nach der Entscheidung, Vegetarierin zu werden.«

Ich lächelte. »Und trotzdem bist du heute hier.«

Sie nickte.

»Ich habe mich zwar von meiner Familie distanziert, aber ich habe nie völlig den Kontakt abgebrochen.«

»Möchtest du etwas zu trinken?«, fragte sie mit einem Lächeln. »Grace wird es verkraften, wenn ich sie später begrüße.«

Ich lachte und stimmte zu, froh, eine nette Gesellschaft bei dieser Feier zu haben.

Ich lächelte Sonny an, der an mir vorbeiging, als wir gemeinsam in die Halle liefen. Ich stand am Büfett und genoss das natürliche Licht, das durch die großen Fenster fiel, und bedankte mich bei Keira, als sie mir ein Wasser anbot, und griff stattdessen nach einem Johannisbeersaft.

»Pass auf, Johannisbeeren färben die Zähne«, warnte sie mich.

»Ah, ich erinnere mich, du bist Kieferorthopädin, nicht wahr?«

»Du weißt offenbar eine Menge über mich.«

»Maya erwähnte auch, dass du einen Ehemann und Kinder hast?«, sagte ich.

»Ich habe einen Ehemann und zwei Töchter, ja.«

»Sind sie nicht mit dir hierhergekommen?«

»Nein. Sie sind in Houston geblieben. Ich nehme sie nicht mit zu solchen, sagen wir, Familientreffen«, erklärte Keira, und als ein junger dunkelhaariger Kellner mit einem Tablett voller schlanker Champagnergläser auf sie zukam und ihr eines anbot, schüttelte sie augenzwinkernd den Kopf: »Danke, ich trinke nicht.«

»Warum nimmst du deine Familie denn nicht mit?«, fragte ich mit Interesse.

»Dies ist nicht die Welt, die ich mir für sie wünsche.«

»Vermisst du es nicht?«, fragte ich irgendwann im Flüsterton.

»Was? Meine Familie? Ich habe schon gesagt, dass ich mit ihnen durchaus noch Kontakt habe.«

»Dieses Leben.« Mit einer ausholenden Geste wies ich auf das Spektakel um uns herum.

»Dieses Leben besteht aus Events, Eitelkeiten und zwielichtigen Geschäften. Das fehlt mir nicht.«

Ich verfiel erneut ins Nachdenken, und diesmal fügte Keira hinzu: »Weißt du, Hailie, ich bin, wie ich bin. Ich war schon immer ein bisschen anders. Ich bin nicht wie meine Schwester oder Maya. In der Schule war es mir egal, ob ich beim Mittagessen am Tisch der beliebtesten Kids saß. Ich war sogar am glücklichsten, als meine Eltern endlich zustimmten, mich zu Hause unterrichten zu lassen.«

Ich hob schnell meinen Kopf. »Du hattest Homeschooling?«

»Oha, aus deiner Reaktion schließe ich, dass dir das Thema nicht unbekannt ist?«

»Dieses Schwert schwebt immer über mir.« Ich verdrehte meine Augen. »Vincent wäre am glücklichsten, wenn er mich von der Schule abmelden könnte.«

»Nun, ich musste meinen Vater anflehen, mich zu Hause lernen zu lassen.«

»Wolltest du das wirklich?«, fragte ich ungläubig.

»Selbstverständlich. Da hatte ich endlich Zeit, mich auf meine eigentlichen Leidenschaften zu konzentrieren: Reiten, Japanischunterricht. Später bin ich ein bisschen gereist, habe Sprachkurse besucht und dann auch Freiwilligenarbeit geleistet.«

»Klingt echt interessant«, sagte ich und war überrascht, dass ich nicht lügen musste.

»Wenn du keinen Spaß daran hast, die Königin der Schulcafeteria zu sein, würde ich dir Privatunterricht empfehlen. Ich glaube, dass man da mehr rausholen kann, vor allem wenn man die Möglichkeit hat wie wir.« Sie zwinkerte mir zu. »Deshalb habe ich mich auch nicht völlig von meiner Familie abgekapselt. Ich habe ihr viel zu verdanken.«

»Sogar Grace?«, scherzte ich. Sofort ärgerte ich mich über meinen vorlauten Mund, schließlich kannte ich Keira nicht genug, um meine Abneigung gegen ihre Schwester so deutlich zu zeigen, aber zum Glück schien sie nicht beleidigt zu sein. Im Gegenteil, ihre

Mundwinkel hoben sich, und ich glaube, sie konnte meine Gefühle für ihre Schwester nachvollziehen.

»Im Laufe der Jahre habe ich gelernt, mit ihr auszukommen. Es ist nicht einmal schwierig, wenn man ihr nicht in die Quere kommt. Und da wir völlig unterschiedlich sind, bin ich ihr eben nie in die Quere gekommen.«

Ich nickte knapp. Das ergab Sinn.

»Aber dafür hatte ich immer Angst vor Vincent«, gestand sie.

Ich nippte an meinem Saft und schluckte, um schneller antworten zu können.

»Vincent ist im Grunde seines Herzens ein liebenswürdiger Mensch. Nur manchmal ziemlich nervig in der Art, wie er es ausdrückt.«

»Ich denke, er wird gut zu Grace passen. Schließlich ist unsere Schwester auch manchmal nervig, nicht wahr, Keira? Und so werden sie ihr Leben damit verbringen, gemeinsam nervig zu sein«, hörte ich auf einmal Adriens Stimme, der sich uns lautlos genähert hatte.

Keira lächelte breit.

»Ich habe dich gesucht«, sagte sie und drückte ihn an sich, und er erwiderte freudig die Umarmung.

»Aber ich bin es, der dich gefunden hat.« Er küsste sie auf die Wange. »Wie geht es den Kindern? Hat Annabelle das Geschenk gefallen?«

»Ja, hat es – aber Adrien, ich hatte dich gebeten, ihr nicht so teures Spielzeug zu schenken. Ich versuche schließlich, die Kinder zu normalen Menschen zu erziehen.«

»Und ich versuche, sie zu verwöhnen«, antwortete Adrien und grinste fröhlich, und dann fiel sein Blick auf mich. »Oh, und ich sehe, du hast Hailie kennengelernt.«

»Es ist eine angenehme Überraschung, hier jemanden zu treffen, der so ...« Keira sah mich an und suchte nach dem richtigen Wort.

»Ist wie du?«, schlug Adrien vor und warf uns ein spöttisches Lächeln zu.

»In gewisser Weise.« Sie zwinkerte mir zu und stellte ihr Glas Wasser auf dem Tisch ab. »Ich muss auf die Toilette. Ich bin gleich wieder da. Hailie, und ansonsten finde ich dich schon wieder. Irgendwie habe ich das Gefühl, dass du eine der wenigen Personen hier bist, mit denen ich reden möchte.«

Ich winkte ihr lächelnd zu, erfreut über das Kompliment.

Dann verschwand mein Lächeln so schnell, wie es gekommen war, als ich feststellte, dass mein Begleiter nun Adrien Santana war. Instinktiv sah ich mich nach Sonny um und griff dann nach der Karaffe Johannisbeersaft, um meine Hände mit etwas zu beschäftigen.

Es war gut, dass Keira auf die Toilette gegangen war, dachte ich jetzt. So hatte sie sich wenigstens vor der Schießerei retten können.

»Ich erinnere mich«, gab ich zu, und Will sah ein wenig erleichtert aus. Dann schaute ich Adrien an und fügte hinzu: »Ich habe mich übrigens auch gerne mit ihr unterhalten. Bitte richte Keira meinen Dank und meine Grüße aus.«

Adrien nickte. »Das werde ich.«

Dann hob er die Hand, um die Manschette seines schwarzen Hemdes zu korrigieren, und trotz der Tatsache, dass dieser Mann, der mir im Grunde genommen fremd war, eine plötzliche Bewegung in meiner Nähe machte, blieb ich ruhig. Mein Körper reagierte nicht mit Angst, ich verkrampfte mich nicht und zuckte nicht zusammen.

Das kam für mich sehr überraschend. Zuerst dachte ich, es läge an Wills Anwesenheit, die mir so viel Sicherheit gab, dass selbst Adrien mir kein Unbehagen bereitete – aber ich merkte bald, dass es eine andere Erklärung geben könnte. Mein verdrehtes Gehirn nahm die Warnsignale von Adriens Bewegung nicht wahr, weil es wusste und daran gewöhnt war, dass dieser Mann wahrscheinlich eher seine Hand in eine Flamme stecken würde, als mich anzufassen.

Adrien blieb nicht lange. Er war zu der Verlobungsfeier gewesen, weil es um seine Schwester ging und er ein Geschäftspartner meiner Familie war. Was danach geschehen war, wusste er natürlich nicht.

Die meiste Zeit sah er mich mit einem skeptischen Gesichtsausdruck an. Er sprach hauptsächlich mit Will, und zwar in einer sehr förmlichen Art und Weise. Mein Bruder ging glücklicherweise nicht ins Detail, aber Adrien war ein kluger Mann und hatte sicherlich eine Ahnung von dem, was mir passiert war.

Unnötig zu erwähnen, dass nach all den Gesprächen, die ich mitbekommen hatte, diese »Organisation« sich mit der Angelegenheit unseres Dads befassen sollte. Ich wusste zwar noch nicht, was das genau bedeutete, aber nach dem Besuch meines Vaters war ich zuversichtlich, dass ich bald mehr herausfinden würde.

Ich muss zugeben, dass ich dem Gespräch mit Vincent nicht weniger ungeduldig entgegensah als der Rückkehr nach Hause. Ich nutzte meine Zeit im Krankenhaus, um über gewisse Dinge nachzudenken. Ich kam zu neuen Erkenntnissen. Ich traf Entscheidungen. Ich setzte die Puzzlestücke in meinem Kopf zusammen.

Und ich hatte trotzdem nicht einmal darüber nachgedacht, ob Vincents ständig umschattete Augen und blasses Gesicht womöglich bedeuteten, dass es größere Probleme gab, als wir alle ahnten.

39

Der Friedhof

Insgesamt verbrachte ich fast einen Monat im Krankenhaus: zuerst die Zeit, in der ich im Koma lag, dann die Phase der Erholung nach der Operation und schließlich die Rehabilitation. Die Tage waren voll mit Therapiesitzungen, Physiotherapiestunden und Massagen. Vincent zahlte für all das unglaublich viel Geld – das wusste ich genau, denn sobald ich einigermaßen genesen war, wurde ich von dem ersten Krankenhaus, in das mich Dylan gebracht hatte (weil es ja das nächstgelegene war), in eine Privatklinik verlegt, in der unsere Familie normalerweise behandelt wurde.

Ich war schon einmal hier gewesen, nachdem ich von Ryder entführt worden war, und sowohl damals als auch heute erfüllte die Pflege dort selbst die Erwartungen der anspruchsvollsten Patienten. Und auch des anspruchsvollsten gesetzlichen Vormunds einer solchen Patientin.

Irgendwann hatte ich so genug von meinem Bett, dem kleinen Zimmer mit den braunen Wänden und dem freundlichen Lächeln der Krankenschwestern, dass ich Vincent jedes Mal, wenn er mich besuchte, anflehte, mich wieder nach Hause kommen zu lassen. Es machte mich auch jedes Mal traurig, sein angespanntes Gesicht und die blutunterlaufenen müden Augen zu sehen. Ich hätte ihn wirklich gerne in den Urlaub geschickt.

Ich glaube, es fiel ihm nicht leicht, mir immer wieder abzusagen, und schließlich nickte er eines Tages mit einem schweren Seufzer knapp mit dem Kopf. Mir verschlug es die Sprache. Sofort wollte ich vor lauter Aufregung aus dem Bett springen und mit dem Packen beginnen, was mir umgehend einen Stich im Bauch bescherte, mich zusammenzucken ließ und mir einen strengen Blick von ihm einbrachte. In diesem Moment hätte ich beinahe meine Chancen verspielt, die Klinik noch in diesem Jahrhundert zu verlassen.

In der Monet-Residenz erwartete mich ein kleiner Empfang, der von den Jungs organisiert worden war. Ich bekam ein Sofa ganz für mich, und Eugenie kochte für mich leicht verdauliches Essen. Auf fettige und frittierte Speisen musste ich nach wie vor verzichten, aber ich bekam leckere Salate, abwechslungsreiche Bowls und Reisgerichte mit Gemüse.

Bei gutem Essen und einem meiner Lieblingsfilme feierten wir meinen Geburtstag, Weihnachten und Silvester in einem nach. Allerdings wollte keine festliche Stimmung aufkommen. Wir konnten nicht so herumalbern und uns entspannen, wie wir es immer taten. Sogar Shane tat sich schwer damit, sich locker zu machen.

Wen wunderte es? Ich verband jeden Winkel des Hauses mit Sonny – er war doch fast immer hier gewesen. Das Wissen, dass er nicht mehr bei uns war, dass ich nie wieder seine stille Gegenwart und Fürsorge spüren würde, verletzte mich mehr als der Messerstich.

Kurz nachdem ich die Klinik verlassen und die kalte Januarluft auf meinem Gesicht gespürt hatte, verlangte ich, zum Friedhof gebracht zu werden. Will willigte ohne Einwände ein, gleich am nächsten Tag mit mir hinzufahren.

Ich kleidete mich schwarz, wie bei einer Beerdigung üblich. Ich zog den Gürtel aus den Schlaufen des Mantels, damit nichts auf meine immer noch empfindliche Wunde drückte. Außerdem trug ich hohe, warme Stiefel mit flachen Sohlen und wickelte mich in einen Wollschal. Nur eine Mütze wollte ich zunächst nicht aufsetzen, denn alle Mützen, die ich besaß, waren meiner Meinung nach zu fröhlich. Will lieh mir seine, aus Angst, dass ich mir die Ohren abfror.

Ich wollte so früh wie möglich zum Friedhof fahren, aber meine morgendliche Physiotherapiestunde durfte nicht ausgelassen werden, und so konnten wir erst nach dem Mittagessen aufbrechen. Für den Weg brauchten wir etwas mehr als eine Stunde, und schon bald war ich bis auf die Knochen durchgefroren. Meine Augen schmerzten vom Weiß des Schnees, und von den baumlosen Felder rund um den Friedhof fegte ein eisiger Wind herüber. Der Schnee knirschte unter unseren dicken Sohlen, als wir Arm in Arm zwischen den Gräbern hindurchgingen.

Der Friedhof war völlig verwaist. Niemand wollte bei diesem Wetter die Toten besuchen. Es war ein bisschen wie in einem Horrorfilm, aber ich hatte keine Angst – ich war zu sehr von anderen Gefühlen überwältigt, außerdem war Will ja bei mir.

Er war auch nicht bei Sonnys Beerdigung dabei gewesen, weil er an meiner Seite gewacht hatte, als ich noch im Koma lag, aber er hatte sein Grab seither besucht, sodass er jetzt genau wusste, wo wir hin mussten.

Ich bestand darauf, das riesige Blumengesteck, das wir beim Floristen bestellt hatten, selbst zu tragen. Auf dem Grab lag bereits ein Kranz von unserer ganzen Familie, aber ich wollte Sonny etwas nur von mir schenken. Als ob ich mit diesen blöden Blümchen irgendetwas wiedergutmachen könnte …

Die Kränze, die an Sonnys Grabstein lehnten, waren mittlerweile größtenteils durchnässt, schlaff und verwelkt. Es waren nicht viele, obwohl es auf den ersten Blick so aussah, dank des prächtigen Gebindes von der Familie Monet.

Schon als ich mich dem Grab näherte, begann ich zu weinen, und der eiskalte Wind wehte meine Tränen fort. Will umarmte mich fest, und als ich den in den Stein gemeißelten Namen meines Bodyguards sah, schmiegte ich mein Gesicht an die Brust meines Bruders. Auch Will hatte feuchte Augen.

Noch vor Kurzem hatte ich genauso vor den Grabsteinen meiner Mutter und meiner Großmutter gestanden. Ich hatte gehofft, dass ich so schnell keinen solchen Schmerz mehr erleben müsste, aber ich hatte offenbar falschgelegen. Ich schluchzte in Wills Mantel, der geduldig bei mir stand, mich festhielt und mir Zeit gab, all meiner Trauer freien Lauf zu lassen.

Irgendwann wurden die Schluchzer weniger. Ich zog die Nase hoch und rieb mir die verheulten Augen und legte endlich den Kranz auf den Erdhügel vor mir, wenn auch ziemlich schief. Will stützte mich und achtete darauf, dass ich mich nicht zu weit vorlehnte. Doch er störte die Stille nicht mit unnötigen Fragen, sondern beugte sich vor und richtete den Kranz ordentlich, wie ich es selbst getan hätte, wenn ich gekonnt hätte.

Wir standen lange so da. Es gab viele Dinge, die ich Sonny gerne gesagt hätte, aber in meinem Kopf herrschte ein derartiges Chaos, dass ich meine Gedanken nicht ordnen konnte. Ich wollte ihm erklären, was mich angetrieben hatte, in den Wald zu rennen, wollte mich bei ihm entschuldigen, aber jedes Mal endete es in einer erneuten Welle aus Tränen.

Schließlich begann ich zu zittern, weil mir kalt und ich emotional ausgelaugt war. Will wollte mir so viel Zeit lassen, wie ich brauchte, doch als er merkte, dass ich die ganze Nacht über Sonnys Grab stehen würde, begann er, sanft darauf zu bestehen, dass wir wieder zurückfuhren.

Ich hatte das Gefühl, dass ich kein warmes Zuhause verdiente, während mein Bodyguard allein in einem kalten dunklen Grab unter Erde und Schnee auf diesem Friedhof lag.

In einvernehmlichem Schweigen machten wir uns auf den Heimweg. Die Stille im Auto wurde nur durch mein Schniefen unterbrochen.

Wir kamen gegen Abend in der Villa an. Will riet mir, eine heiße Dusche zu nehmen und mich für die Nacht warm einzupacken, wobei er mich besorgt ansah, während er mir half, meinen Mantel auszuziehen. Ich hockte mich auf die Treppe und bückte mich, um meine Stiefel abzustreifen. Ich wollte sie gerade in den Schrank stellen, als wir von oben ein lautes Krachen hörten.

Ich blickte mich erschrocken um, ebenso wie Will, der sofort die Treppe hochstürmte und mich mit einer Geste aufforderte, hinter ihm zu bleiben.

»Was ist los?«, rief er und stieg die Treppe weiter hinauf. »Wer ist da?«

Ich ging nervös hinter ihm her. Unruhig beobachtete ich, wie er die Stufen emporstieg. Oben angekommen blieb er kurz stehen und ging dann schnell weiter.

»Was ist los?«, fragte er mit gedämpfter Stimme, und ich strengte mich an, um eine Antwort zu verstehen, aber ich hörte nur dumpfe Geräusche. »Verdammt, warte, pass auf!«

Es klang zum Glück nicht so, als wäre Will im ersten Stock einem Einbrecher begegnet, also folgte ich ihm mutig. Meine Finger krallten sich am Geländer fest, als ich mich leise die Treppe hinaufbewegte. Ich hielt den Atem an, aus Angst vor dem, was ich oben vorfinden würde.

Ich blieb im Flur stehen und riss die Augen weit auf, als ich sah, wie Will gerade versuchte, den Arm von Vincent zu greifen, der mit geschlossenen Augen an der Wand lehnte.

Ein zerbrochenes Whiskeyglas lag neben ihm auf dem Boden.

Meine Welt begann sich zu drehen.

»Sei vorsichtig mit den Splittern«, sagte Will zu mir.

Es sah so aus, als ob Vince auf dem Weg ins Schlafzimmer gewesen wäre. Er hatte offenbar ordentlich getrunken, sonst würde er Will jetzt anknurren und ihn fortscheuchen.

Mein Lieblingsbruder hatte Schwierigkeiten, Vincent zu halten, der immer wieder seine Augen schloss, als würde er einschlafen. Ich zwang mich, meine Beine zu bewegen, um ihm zu helfen, und ging zur Tür von Vincents Zimmer, die ich weit öffnete und festhielt. Der Raum lag im Halbdunkel. Es war kühl darin, wie an einem frischen Morgen.

»Was ist …« Dylans Stimme verstummte, als er am oberen Ende der Treppe stehen blieb, völlig überrascht von dem Anblick, der sich ihm bot. Er war trug kein Shirt, kurze Trainingshosen, und hatte ein Handtuch über die Schulter gehängt und feuchtes Haar. Wahrscheinlich kam er gerade aus dem Fitnessraum.

Er rannte sofort hinüber und packte Vincent an der anderen

Seite. Er hakte ihn unter und gemeinsam führten er und Will ihn ins Schlafzimmer. Vincent war nicht völlig betrunken – er bewegte seine Beine, aber er schloss immer wieder die Augen und schüttelte den Kopf, als ob er nicht glaubte, dass ihm das gerade wirklich passiert war.

»Du bist total besoffen, Alter«, kommentierte Dylan und versuchte, seine Besorgnis mit Belustigung zu überspielen.

Zusammen legten sie Vincent aufs Bett. Will machte sich daran, seine glänzenden Schuhe auszuziehen, und Dylan ging zu den Fenstern und zog die Vorhänge zu. Schließlich hatte er selbst genug Erfahrung damit, am nächsten Morgen verkatert bei grellem Tageslicht aufzuwachen.

»Bring ihm ein Glas Wasser«, wies Will mich an. Ich wollte ihm mit dem anderen Schuh helfen, ließ es aber dann sein und rannte in die Küche.

Während ich die Treppe hinunterlief, wirbelten die Gedanken in meinem Kopf herum. So hatte ich Vincent noch nie gesehen. Jetzt schien es, als ob sich die ganze Familie zusammen mit ihm in einem betrunkenen Zustand befände. Mir kam es vor, als wären die Lichter gedämpft, die Konturen verblasst und Blut rauschte in meinen Ohren. Rasch schenkte ich ein Glas Wasser für Vince ein. Bevor ich es nach oben brachte, kramte ich noch ein Aspirin aus dem Medizinschrank, denn nach meinen wenigen Abenteuern mit Alkohol wusste ich bereits, dass das unabdingbar war.

Auf der Schwelle des Schlafzimmers ging ich an Dylan vorbei, der gerade das Zimmer verließ, schwer seufzte und sich mit dem Handtuch, das immer noch um seine Schultern lag, über sein nasses Haar rieb. Wir sahen uns flüchtig in die Augen. Will war immer noch bei Vince: Er legte gerade die Tagesdecke vom Bett auf der eleganten

Chaiselongue ab, die an der Wand stand. Ich konnte mir nicht vorstellen, dass Vince dieses Möbelstück jemals zum Entspannen benutzte.

Er lag nun auf der Seite auf dem Bett, bereits ohne Schuhe und ohne Jacke. Will wollte ihm das Glas reichen, aber Vince schüttelte Kopf und winkte dann heftig mit der Hand ab, als wollte er sich aller Eindringlinge in seinem Schlafzimmer entledigen.

Will presste seine Lippen aufeinander, sagte aber nichts und stellte das Glas neben dem Aspirin auf dem Nachtschrank ab. Dann schob er mich hinaus und schloss die Tür hinter uns.

»Die Scherben müssen weg«, sagte ich.

»Ich mach das«, erwiderte er.

»Musst du nicht, ich schaffe das schon.«

»Du darfst dich nicht bücken, ich mache das, Hailie. Du wolltest doch duschen, erinnerst du dich?«

Ich nickte, blieb aber trotzdem im Flur stehen. Will hatte sich auch nicht bewegt – er stand da und starrte ausdruckslos auf das zerbrochene Whiskeyglas.

»Geht es Vince gut?«, fragte ich wie ein Kind, das sich nach den Worten eines Erwachsenen sehnt, die ihm Erleichterung verschaffen sollen.

»Er wird schon wieder«, entgegnete Will, warf mir ein kleines und, wie ich fand, etwas gezwungenes Lächeln zu und verschwand dann, um einen Besen und einen Lappen zu holen.

Als ich endlich im Bett lag, konnte ich nicht aufhören, an Vincent zu denken. Die Gewissheit, dass mein ältester Bruder sich immer um alles kümmerte, schenkte mir stets großen Trost. In meiner Naivität glaubte ich, dass Vincent bei egal welchem Problem in den verbotenen Korridor gehen und es dort lösen würde. Nun, er stellte sich ja selbst stets als allwissenden Herrn der Welt dar, der nie Hilfe brauchte und sogar in aussichtslosen Situationen wusste, was zu tun war.

Heute jedoch hatte ich begriffen, dass er ein Mensch wie jeder von uns war. Ein Mensch, der auch Grenzen hatte – und dessen Grenzen gerade überschritten wurden.

Ein vom Alkohol berauschter Vince war definitiv nicht die Version meines Vormunds, die ich sehen wollte. Ich wusste, dass er in seinem Büro immer einen guten Whiskey und eine Reihe anderer Spirituosen hatte, und nun befürchtete ich, dass er längst süchtig danach geworden war und es gut zu verbergen gelernt hatte.

Ich zog die Bettdecke bis zum Kinn hoch, als wenn ich mich so vor der Realität verstrecken könnte. Ich wollte nicht, dass er Alkoholiker wurde! Ich wollte, dass er so blieb, wie er für mich war: groß und unbesiegbar.

Bei diesen Überlegungen fiel mir natürlich auch Winter ein. Obwohl ihre Situation hundertmal schlimmer war als meine, begann ich, Vince und ihren Vater zu vergleichen, und fürchtete mich davor, was passieren würde, wenn Vince auf ähnliche Weise die Kontrolle über sein Leben verlieren würde wie ihr Vater. Dieser beschimpfte seine Tochter und vernachlässigte sie. Bei diesem Gedanken wurde ich noch trauriger.

Ich erinnerte mich, dass sogar Ruby, die ja täglich mit ähnlich schwierigen Fällen zu tun hatte, mitleidig die Stirn gerunzelt hatte, als ich ihr erzählt hatte, dass Winter nicht einmal in ihr eigenes Haus zurückkehren konnte aus Angst vor dem, was sie dort vorfinden würde.

Moment …

Ich zuckte zusammen und setzte mich im Bett auf. Ich starrte auf den in Halbdunkel getauchten Zimmerboden und krallte meine

Hände in die heruntergerutschte Bettdecke. Ich zog meine Augenbrauen zusammen und dachte angestrengt nach.

Habe ich mit Ruby gesprochen? Bei der Verlobungsfeier?

Ich wusste noch, dass sie mich mit einem strahlenden Lächeln begrüßt hatte. Dann unterhielt sie sich mit mir über die Stiftung und wollte wissen, ob ich mich im neuen Jahr wieder engagieren würde. Sie erzählte mir von einem neuen Projekt, bei dem es darum ging, Grundschülern die Möglichkeit zu geben, in den Ferien zwei Wochen in London zu verbringen.

Und dann?

Ich erstarrte und begann plötzlich, schwer zu atmen. Es war, als ob sich mir die Kehle zuschnürte.

Ich habe Ruby alles über Winters Situation erzählt.

»Nein, nein«, flüsterte ich. »Das hast du nicht getan!«

Ich sprang aus dem Bett und ging barfuß im Zimmer auf und ab, wobei ich mir mit den Fingern aufgebracht durch die Haare fuhr.

»Du hast Ruby auf der Party gesehen«, erklärte ich mir selbst. »Du hast dich gefreut, sie zu sehen. Du hast dich mit ihr unterhalten und dann ... Was?«

Ich blieb stehen und schlang die Arme um meinen Oberkörper.

Du hast über Winter gesprochen.

Ruby kam zu mir und lächelte mich breit an. Ich mochte es, dass sie immer so freundlich zu mir war. Sie machte mir Komplimente über mein Kleid und meine Frisur. Sie sagte, dass ich wie ein Filmstar wirkte, und scherzte dann mit leiser Stimme, dass ich auf jeden Fall besser aussähe als Grace.

Ich erwiderte ihre Herzlichkeit und grinste, als sie die zukünftige Verlobte meines Bruders erwähnte. Jeder, der Grace nicht mochte, bekam von mir automatisch einen Pluspunkt.

»Äh, Ruby?«, hatte ich gefragt, als sie gerade gehen wollte. »Da wäre noch eine Sache …«

»Ja?« Sie hatte innegehalten.

»Ich habe kürzlich etwas erfahren …«

Was hat mich angetrieben? Eifersucht wegen Leo oder vielleicht Wut wegen der Sache mit Ryder?

Oder vielleicht war es, weil ich auf die Kanaren hatte fliehen müssen, wodurch ich wieder eine Pause von der Schule und damit auch von Leo machen musste – während Winter weiterhin mit ihm zusammenlebte. Sie hatte es irgendwie geschafft, mich aus ihrer beider Leben zu vertreiben.

Ich weiß nicht, ob ich wirklich wütend auf sie war. Höchstwahrscheinlich hatten sich in mir einfach zu viele negative Gefühle aufgestaut, die ich leicht loswerden konnte, indem ich irgendeinem Mädchen die Schuld an allem gab. Doch sie hatte sowieso schon ein beschissenes Leben. Es gab überhaupt keinen Grund, es ihr noch mehr zu versauen.

Aber offenbar hatte ich genau das getan. Mein Gedächtnis offenbarte mir immer wieder neue Bilder von der Verlobungsfeier, wie als Adrien mich im Krankenhaus besuchte und ich erfuhr, dass ich Keira getroffen hatte.

»Eine Freundin meines Freundes, Winter Hansen … sie ist in einer schwierigen häuslichen Situation. Ich glaube, sie braucht Hilfe«, hatte ich Ruby erzählt und mich zugleich sehr gut daran erinnert, wie Leo mir mit fester Stimme zu verstehen gegeben hatte, dass Winter keine Hilfe wollte.

Als Ruby erkannt hatte, um was für einen Fall es ging, war sie sofort ernst geworden und hatte eine professionelle Miene aufgesetzt, während sie sich die ganze Sache aufmerksam angehört hatte.

Es war logisch, dass sie die Anfrage nicht ignorieren, sondern ihr sogar Vorrang einräumen würde, da sie von mir, der Schwester des Stiftungsvorsitzenden, kam.

Tja, und anscheinend hatte sie die Angelegenheit in Windeseile erledigt und Winter in Obhut des Systems überführen lassen, wenn man Leos Worten im Krankenhaus Glauben schenken durfte. Danach hatte er mich noch ein paar Mal besucht, aber nicht mehr über Winter erzählt – auch das eine Mal nicht, als ich gezielt nach ihr gefragt hatte.

Wusste er womöglich, dass ich diejenige war, die Winter verpfiffen hatte? Wusste er es und wollte mich nicht direkt dazu befragen? Ich ging im Zimmer auf und ab und dachte fieberhaft nach.

Gott, was habe ich nur getan?

Bin ich ein schlechter Mensch?

Ich wollte sofort zum Telefon greifen, Leo anrufen und ihm alles erklären, aber das war nicht so einfach, denn ich war mir nicht sicher, wie viel er tatsächlich wusste. Ich musste mit ihm von Angesicht zu Angesicht darüber sprechen.

Einen Moment lang hielt ich mein neues Smartphone in der Hand, das ich kürzlich von Vincent erhalten hatte, und überlegte, was ich tun sollte. Schließlich legte ich es mit einem grimmigen Gesichtsausdruck wieder weg.

Was, wenn ich Leo anrufe und Winter neben ihm steht? Weiß sie, dass ich diejenige war, die ihr Leben noch komplizierter gemacht hat?

Ich saß in der luxuriösen Monet-Residenz mit fünf Brüder, die mir beinahe jeden Wunsch erfüllten – während Winter der Gnade ihres Freundes und seiner Mutter ausgeliefert war, ohne Unterstützung einer Familie, und das alles wegen der Alkoholkrankheit ihres Vaters, für die sie nichts konnte.

Nachdem ich schließlich zurück unter die Decke gekrochen war, konnte ich lange nicht einschlafen, und als ich es endlich tat, träumte ich schlecht. Es wurde keine erholsame Nacht.

Am nächsten Morgen war ich nur für ein paar Sekunden in einem Zustand seliger Unwissenheit, dann fiel mir alles wieder ein. Die Sache mit Winter hinterließ eine widerliche, stinkende Spur der Schuld, die den ganzen Tag über an mir haften blieb.

Zu allem Überfluss kam noch meine Angst um Vincent hinzu. Als ich an seinem Schlafzimmer vorbeiging, lauschte ich, ob er vielleicht schon wach war. Ich überlegte, ob ich anklopfen, nach ihm sehen und ihm vielleicht Hilfe anbieten sollte, aber ich verzog mein Gesicht über meine eigene Dummheit. Vince war niemand, der zuließ, dass man sich um ihn kümmerte. In Lichtgeschwindigkeit hätte er mich höflich, aber bestimmt aus seinem Schlafzimmer hinausgebeten.

Frustriert versteckte ich mich vor der Welt in der Bibliothek und wühlte mich durch eine Roman, der sich viel besser gelesen hätte, wenn meine Gedanken nicht um die immer gleichen Sorgen gekreist wären.

Dort fand mich am Nachmittag schließlich Vincent.

40

Kein Zurück

Ich kann die Erleichterung, die ich empfand, als er mich mit seiner gewohnt kräftigen Stimme begrüßte, kaum beschreiben. Sein Haar war ordentlich zurückgekämmt und glänzte wie immer, sein Blick war fokussiert, scharf und vollkommen nüchtern, seine Kleidung war gebügelt, frisch und elegant, und er roch nicht nach Ausdünstungen von Alkohol, sondern dezent nach Aftershave.

Ich legte das Buch zur Seite und war froh, meine ältesten Bruder in gewohnt guter Form zu sehen. Seine Bewegungen waren geschmeidig wie immer, als er sich auf das Sofa setzte, das dem Sessel gegenüber stand, in dem ich gerade lümmelte.

»Wir müssen reden«, verkündete er.

Normalerweise standen mir die Haare zu Berge, wenn er das sagte, aber diesmal wusste ich, dass es um keines meiner Vergehen gehen würde, für die er mich rügen oder bestrafen wollte, also richtete ich mich in meinem Sessel auf, um bequemer zu sitzen.

»Zunächst einmal entschuldige ich mich bei dir für das, was du gestern gesehen hast, Hailie«, begann er mit rauer Stimme und sah mich direkt an. »Ich gebe zu, ich habe ein Glas zu viel getrunken und die Kontrolle verloren. Das hätte nicht passieren dürfen.«

»Schon gut, Vince, das kommt vor.« Ich zuckte scheinbar gleichgültig mit den Schultern, aber er schüttelte energisch den Kopf.

»Nein, Hailie. Es gibt keine Entschuldigung für meinen gestrigen Zustand, schon gar nicht jetzt, zu einem so wichtigen Zeitpunkt. Ich bin für vieles verantwortlich, auch für dich – und so die Kontrolle zu verlieren ist ein äußerst nachlässiges und infantiles Verhalten, das ich weder bei anderen noch bei mir selbst dulde.«

»Komm schon, Vince.« Ich war erschrocken von seiner Härte sich selbst gegenüber. »Du hast ein Recht auf einen Moment der Schwäche. Es ist sehr viel passiert in letzter Zeit.«

»Gerade deswegen kann ich mir so etwas nicht erlauben.«

»Meiner Meinung nach ist es keine große Sache«, log ich.

Vince sah mich an. »Aber du hast Angst bekommen.«

Ich öffnete den Mund, sagte aber eine Zeitlang nichts.

»Wovor soll ich Angst haben?«, fragte ich schließlich.

»Vor mir«, antwortete er ruhig.

»Nein, das habe ich nicht …«

»Hailie, ich weiß, dass es so war.«

Ich saß einen Moment lang mit offenem Mund da und erwiderte dann: »Na ja, ich habe eigentlich immer Angst vor dir.«

Doch mein Bruder fand es gar nicht lustig.

»Es war eine andere Art von Angst. Will hat es mir erzählt.«

Nun widersprach ich nicht mehr.

»Hailie, es wird nicht noch einmal vorkommen.«

»Okay«, murmelte ich.

Obwohl Vince gefasst wie immer war, hatte ich das Gefühl, dass sein Blick in mich hineinbohrte.

»Hast du noch Schmerzen?«, fragte er und deutete mit seinem Kinn auf meinen Bauch.

»Nicht wirklich.«

»Hast du die Wunde versorgt?«

»Ja.« Ich unterdrückte ein Augenrollen. Ich hörte diese Fragen mehrmals am Tag von jedem meiner Brüder.

»Trage vor dem Schlafengehen bitte nochmals Salbe auf.«

Verlegene Stille trat ein. Ich strich mit dem Zeigefinger über die feste Ecke meines Buches, während ich irgendwo zur Seite sah. Ich spürte Vincents Blick auf mir, und ich wusste, dass er mir noch etwas zu sagen hatte. Also wartete ich.

»Gibt es sonst noch etwas, worüber du sprechen möchtest?«

Früher hatte er diese Frage in einem kühlen Ton gestellt, der andeutete, dass ich in Schwierigkeiten steckte, von denen er bereits wusste, und wollte, dass ich was auch immer zugab. Jetzt aber klang seine Stimme sanft und überhaupt nicht so, als wollte er mich unter Druck setzen.

Ich schaute zu ihm hinüber. Es gab so viele Dinge, die ich in diesem Moment mit ihm besprechen wollte. So viele, dass sie in meinem Kopf durcheinanderflatterten und mich überwältigten, sodass ich nicht in der Lage war, eine einzige Frage zu formulieren. Also schüttelte ich nur den Kopf und fragte nach einer Weile mit heiserer Stimme: »Und wie geht es dir?«

Er sah zwar wieder aus wie der Alte, aber der seltsame Ausdruck, der mich schon im Krankenhaus beunruhigt hatte, lag immer noch in seinen Augen.

Vince schüttelte nur den Kopf und stand auf, hielt dann aber inne und sagte: »Wenn alles gut geht, könntest du möglicherweise ab Mitte Februar wieder zur Schule gehen.«

Ich hob meinen Kopf und sah ihn ungläubig an.

»Ja?«

»Das müssen wir natürlich zuerst mit deinen Ärzten besprechen.«

»Du lässt mich wieder zur Schule gehen?«, fragte ich erstaunt.

Vincent seufzte.

»Dich zu Hause einzusperren hat eindeutig nicht funktioniert. Und da Clarissa hinter den Angriffen auf dich steckte und sie dich nun nicht mehr bedrohen kann, glaube ich nicht, dass es fair ist, dich weiterhin einzuschränken.«

Ich senkte meinen Blick auf das Buch, und Vince stand auf und ging zur Tür. Er blieb stehen, als ich wieder sprach, diesmal sehr leise: »Ich will nicht mehr zur Schule gehen …«

Er wandte sich zu mir.

»Wie meinst du das?«

Ich sah ihn an, ein wenig ängstlich und mutlos, als ob ich das, was ich laut gesagt hatte, gerade erst selbst begriff. »Ich will nicht mehr in die Schule gehen«, wiederholte ich. »Ich möchte lieber zu Hause lernen.«

Vince runzelte die Stirn und schwieg einen Moment, bevor er auf mich zuging. Als ich das sah, legte ich das Buch beiseite und stand auf. Tränen verschleierten meine Sicht, als sein Arm sich um meinen Rücken legte und meine Wange an seine Seite presste. Ich wollte mich irgendwie erklären, aber meine Kehle war wie zugeschnürt.

»Schhh«, flüsterte Vince beruhigend und streichelte meine Schulterblätter. »Es ist deine Entscheidung, Hailie. Du kannst tun, was du möchtest. Das verspreche ich dir.«

»Ich will zu Hause bleiben«, weinte ich weiter und kuschelte mich noch enger an ihn. »Ich will zu Hause sein. Für eine lange Zeit.«

»Dann mach wir das«, verkündete er. »Dies ist dein Zuhause, Hailie. Du kannst hier so lange bleiben, wie du willst. Niemand wird dich jemals vertreiben. Du hast mein Wort darauf.«

In Vincents starken Armen, mit seinen Worten im Kopf, beruhigte ich mich allmählich. Ich hatte definitiv nicht damit gerechnet, vor ihm in Tränen auszubrechen, aber am Ende fühlte ich mich ein wenig besser.

»Kannst du mich bitte von der Highschool abmelden?«, fragte ich, als ich meine Sprache wiedergefunden hatte. Ich zog die Nase hoch und umarmte ihn noch fester.

»Sollen wir damit nicht lieber warten?«, antwortete er mit einer Gegenfrage. »Vielleicht änderst du deine Meinung noch?« Dann strich er mir die Haare hinters Ohr. Ich liebte die Sanftheit, mit der er mich jetzt behandelte.

»Wenn ich damit warte, ändere ich meine Meinung bestimmt«, flüsterte ich. »Und ich will meine Meinung nicht ändern, Vince.«

»Okay. Wir können morgen, nach deiner Reha und Therapie, hinfahren und es klären.«

Ich nickte und war einerseits erleichtert, dass es nicht lange dauern würde, bis die Sache geregelt war – andererseits bedauerte ich, dass ich eine solche Entscheidung überhaupt getroffen hatte. Immerhin mochte ich die Schule. Das machte mich traurig.

»Wenn es mir besser geht, werde ich dann zu Maya nach Frankreich fliegen können?«, fragte ich mit dünner Stimme. Ich brauchte dringend Trost.

»Wenn du gesund bist, kannst du fliegen, wohin du willst.«

Ich erzitterte.

»Und …«, fragte ich weiter, »und werde ich … werde ich in Zukunft im Ausland studieren können?«

Vincent schwieg einen Moment lang, und seine Arme schienen sich leicht zu versteifen.

»Du kannst studieren, wo immer du willst.«

Mein Kopf schoss hoch. Ich konnte nicht glauben, dass die Worte wirklich aus seinem Mund gekommen waren.

»Echt jetzt?«, flüsterte ich.

Ich spürte, wie sein Daumen eine Träne von meiner Wange wischte.

»Ich möchte, dass du glücklich bist. Du hast es verdient. Nach all diesen furchtbaren Dingen …« Vince unterbrach sich, und sein Blick glitt über meinen Bauch. »… verdienst du jegliches Glück, das diese Welt zu bieten hat.«

Mein Kinn begann zu zittern. Vince streichelte darüber und hob es an, um meinen Blick einzufangen.

»Ich hoffe, bald wieder dieses wunderschöne Lächeln auf deinem Gesicht zu sehen, das wir alle so sehr lieben.«

Wenn ich gekonnt hätte, hätte ich ihm dieses Lächeln hier und jetzt geschenkt, aber meine Lippen zitterten nur, und eine weitere Welle von Tränen schoss aus meinen Augen hervor. Vincent schaffte es, mich gleichzeitig aufzumuntern, traurig zu machen und beinahe zum Lächeln zu bringen.

»Vince?«

»Ja?«

»Auch ich würde gerne ein Lächeln auf deinem Gesicht sehen.«

Er versuchte es, es gelang ihm aber nicht besonders gut. Ich schüttelte den Kopf.

»Nicht dieses aufgesetzte Lächeln. Das kann ich doch erkennen, Vince.«

Er neigte seinen Kopf nach unten, ich hob meinen Kopf an, und so sahen wir uns tief in die Augen.

»Alles wird sich fügen, Hailie. Mach dir keine Sorgen.«

»Was wird sich fügen? Worüber sollte ich mir keine Sorgen machen?«, fragte ich. Ich hatte genug von solchen leeren, nichtssagenden Phrasen.

»Auf jeden Fall solltest du dir keine Sorgen um mich machen.«

»Du brauchst eine Pause, Vince«, verkündete ich bestimmt. »Du darfst dir nicht so viel zumuten.«

»Komm schon, es ist alles gut, reg dich nicht auf«, ermahnte er mich. »Mir geht es gut.«

»Du bist übermüdet.«

»Es ist viel los, wie gesagt.«

Ich ballte meine Fäuste in seinem Hemd.

»Du hast Unterstützung. Du hast uns. Wir sind für dich da«, sagte ich.

Dieses Mal lächelte er sogar richtig und streichelte meinen Kopf.

»Ich weiß, Hailie, ich weiß.«

Plötzlich kam mir ein Gedanke, und ich spürte, wie sich meine Gesichtsmuskeln verhärteten.

»Was ist mit Grace?«, wollte ich wissen. »Unterstützt sie dich auch?«

Ich wusste, dass die Verlobung nach dem Chaos der Feier nicht offiziell zustande gekommen war, aber sie hatten sicherlich miteinander gesprochen. Ich konnte mir vorstellen, dass sie wegen der schiefgelaufenen Party sauer auf Vincent war. Und wenn er mir das jetzt bestätigen würde, schwor ich mir, dass ich aus dem Haus rennen, in meinen Porsche springen, diese Hexe suchen und ihr perfektes Gesicht mit meinen Fingernägeln zerkratzen würde.

»Grace ist vorübergehend aus meinem Leben verschwunden«, gab er schließlich zu.

Einen Moment lang setzte mein Herz aus, dann schwoll es sofort wieder vor Hoffnung an.

»Ernsthaft? Hast du dich von ihr getrennt?«, fragte ich, und es fiel mir schwer, die Anzeichen von Aufregung zu verbergen, und Vince warf mir einen schiefen Blick zu.

»Nein.«

Das Hochgefühl verließ mich so schnell, wie es gekommen war. Es wurde durch Wut ersetzt. »Sie hat mit dir Schluss gemacht!«

»Es ist kompliziert. Und ich möchte jetzt nicht mit dir über meine Beziehung sprechen.«

»Wenn ihr euch nicht getrennt habt, was ist dann passiert?«, wollte ich wissen.

»Was ist eigentlich mit deinem Freund?«, fragte Vince. »Ich hatte erwartet, dass du so schnell wie möglich wieder zur Schule gehen willst, damit du ihn regelmäßig sehen kannst.«

Dabei streichelte er mir sanft über den Rücken, wahrscheinlich, weil er wusste, dass dies ein sensibles Thema für mich war. Ich machte Fortschritte in der Therapie und hatte mich kürzlich sogar von Leo umarmen lassen, als er mich besuchte. Aber ich war dabei so distanziert und kämpfte so sehr damit, meine negativen Gefühle im Zaum zu halten, dass ich mich nicht darauf konzentrieren konnte, ein normales Gespräch mit ihm zu führen – was bedeutete, dass unsere Treffen in letzter Zeit sehr verkrampft abliefen und schnell endeten.

»Redest du von Leo?«, fragte ich.

»Gehst du etwa noch mit anderen Jungs aus?« Vince hob eine Augenbraue.

»Nein, aber eigentlich sehen Leo und ich uns auch noch kaum«, erklärte ich und wich seinem Blick aus.

»Ich weiß, dass es schwer für dich ist, Hailie. Ich habe kürzlich mit deiner Therapeutin gesprochen. Sie meinte aber, dass du Fortschritte machst.«

Er versuchte, in seinem typischen, kontrollierten Ton zu sprechen, aber für mich klang er ein wenig verzweifelt. Er wollte so sehr, dass es mir besser ging, und das brach mir beinahe das Herz.

»Ja, das tue ich«, bestätige ich. »Aber ich will nicht darüber reden. Noch nicht.«

»Ich verstehe.«

»Es ist irgendwie so seltsam mit Leo … Ich weiß nicht«, seufzte ich und versuchte es dann erneut: »Es ist irgendwie anders … Besonders, seit Ryder zurück ist.« Vince sagte daraufhin nichts, und ich hob den Kopf. »Weißt du eigentlich schon etwas über Ryder?«, fragte ich leise und hatte etwas Angst vor der Antwort.

Mein Bruder löste sich langsam aus meiner Umarmung, holte tief Luft und rieb sich mit den Händen übers Gesicht, als ob er gerade in die harte Realität zurückkehren würde.

»Da er als Zeuge in Clarissas Fall auftritt, ist er aktuell noch von Nutzen für die Organisation.«

Ich blinzelte bei der Erwähnung der ominösen Organisation. Seit ich aus der Klinik zurückgekehrt war, hatte ich darauf gewartet, dass Vince bereit war, mir die Erklärung zu geben, die mein Vater mir versprochen hatte. Und ich fand, dass ich sehr geduldig gewesen war – aber jetzt, da er selbst sie selbst angesprochen hatte, wollte ich meine Chance nicht verpassen.

»Was meinst du damit?«

Vincent zögerte. Er überlegte offenbar intensiv, ob dies der richtige Zeitpunkt war, mich in dieses Familiengeheimnis einzuweihen. Als er in die Bibliothek gekommen war, hatte er das sicher nicht vor, aber jetzt, da unser Gespräch so lief, hatte er anscheinend seine Meinung geändert.

»Warum machen wir nicht einen Spaziergang?«, schlug er vor und blickte zum Fenster, hinter dem sich das Weiß des flauschigen Schnees auf dem Boden mit dem Weiß der flauschigen Wolken am Himmel vermischte. »Du solltest jeden Tag an die frische Luft gehen. Das hat der Arzt empfohlen, weißt du noch?«

Ich stimmte wohl oder übel zu, denn obwohl ich keine Lust hatte, in die Kälte hinauszugehen, wäre ich für Informationen über die Organisation sogar bereit, mich in einer Schneewehe zu wälzen.

Wir schwiegen, als wir unsere Mäntel und Stiefel anzogen. Diesmal musste mich niemand zwingen, meine Mütze aufzusetzen. Ich wickelte mich in meinen dicken Schal und klammerte mich an Vincents Arm. Einerseits suchte ich Wärme, andererseits wollte ich auch nicht die Nähe zu ihm verlieren, die ich in der Bibliothek gespürt hatte. Als wir vor das Haus traten, zündete sich Vince mit seinem Feuerzeug aus Weißgold eine Zigarre an, nachdem er sich zuvor vergewissert hatte, dass mir der Rauch nicht ins Gesicht steigen würde.

Ich hatte mit einem stärkeren Wind gerechnet, aber überraschenderweise war das Wetter, obwohl frostig, für einen kurzen Spaziergang recht angenehm. Ich vermisste nur das Sonnenlicht, das den Schnee zum Glitzern brachte, aber heute gab es keine Chance, dass ein Strahl durch die dicken Wolken brach. Vince und ich gingen schweigend zum Tor. Der Schnee knirschte bei jedem unserer Schritte.

»Die Organisation befasst sich mit Clarissa«, sagte er, und seine kalte Stimme passte perfekt zu der winterlichen Umgebung. »Hauptsächlich wegen der Tatsache, dass sie euch auf meiner Verlobungsfeier angegriffen hat. Und da außer mir und meiner Familie noch andere Mitglieder anwesend waren, handelt es sich um einen Angriff auf die Organisation selbst. Das wiederum hat sehr schwere Konsequenzen.«

»Aber was ist das überhaupt für eine Organisation?«, fragte ich und sah zu Vince, der mit zusammengekniffenen Augen geradeaus starrte und immer wieder seine Zigarre an die Lippen führte.

»Es scheint mir immer noch unangemessen …«, murmelte er vor sich hin.

»Was genau?«, wollte ich wissen.

»Ich finde, ich sollte dir nicht erlauben, etwas über die Angelegenheiten der Organisation zu erfahren. Das erscheint mir unangemessen.«

»Vince …«

Er sah mich an.

»Ich versuche, dich zu beschützen, Hailie.«

Ich schüttelte leicht den Kopf.

»Welche schrecklichen Taten begeht ihr denn in dieser Organisation, dass du so wenig bereit bist, mir davon zu erzählen? Ich habe ja mittlerweile selbst schon einiges erlebt und gesehen. Und ich ahne viel. Ich weiß, dass dort keine Heiligen arbeiten.«

»Es geht nicht um die Taten. Es geht um das Bewusstsein.«

Ich bemerkte nicht einmal, dass ich mich noch fester an seine Seite drückte, weil ich so an seinen Lippen hing.

»Bewusstsein wofür?«

Vincents Blick schien sich in meine Seele zu bohren, und seine Lippen bewegten sich kaum, als er antwortete: »Für Macht.«

41

Die Organisation

Ich musste schlucken.

»Mir ist durchaus bewusst, dass du viel Macht hast«, flüsterte ich. »Sogar Polizisten haben deine Nummer auf der Kurzwahltaste.«

»›Viel Macht‹ ist eine ziemliche Untertreibung«, erklärte er.

»So ein Spruch wird mich nicht beeindrucken, Vince«, antwortete ich trocken. »Nicht, wenn deine Macht nicht ausreicht, um unseren Vater aus dem Gefängnis zu holen.«

»Unser Vater ist im Gefängnis, nicht weil das System es so will, sondern weil die Organisation es so will.«

Ich runzelte die Augenbrauen.

»Bis du nicht der Boss dieser ganzen Organisation?«

»In der Organisation gibt es keinen Boss.«

Ich wartete darauf, dass er fortfuhr, denn ich hatte so wenig Informationen, dass ich nicht einmal wusste, welche Fragen ich stellen sollte. Vincent hingegen versuchte wirklich, mir die Aufgabe so schwer wie möglich zu machen.

»Dann sag mir doch endlich, was sie ist«, bat ich, wobei ich mich bemühte, nicht zu quengeln.

»Die Organisation, meine liebe Hailie, bringt eine Handvoll der einflussreichsten Menschen der Welt zusammen.«

»Also Geschäftsleute?«

Vince nahm einen Zug an seiner Zigarre.

»Das kann man so sagen.«

»Also die reichsten Menschen der Welt?«, hakte ich nach, und gleichzeitig wurde mir beinahe schlecht bei dem Gedanken, dass mein eigener Bruder zu einer solchen Gruppe gehörte.

»Natürlich«, bestätigte er. »Allerdings wirst du unsere Namen in keiner Rangliste finden.«

»Willst du damit sagen, dass all diese Online-Listen der reichsten Menschen der Welt gefaked sind?«

»Wir erstellen sie selbst. Wir, Mitglieder der Organisation, ziehen es vor, vor der breiten Öffentlichkeit im Verborgenen zu bleiben. Das ist sicherer für die Organisation und damit auch für uns Monets.«

Ich schaute ihn ungläubig an. Was er sagte, klang zu abstrakt für mich. Doch er erwiderte meinen Blick mit Gelassenheit.

»Und was macht ihr denn genau dort?«, wollte ich wissen. »Trefft ihr den Präsidenten oder so?«

Es sollte locker und ein bisschen witzig klingen, aber Vince lachte nicht.

»Wir lassen den Präsidenten nur selten bei unseren Treffen zu. Nur wenn es dringend notwendig ist.«

»Vince, machst du Witze?«

»Ich habe dich gewarnt.«

»Aber nicht davor, dass die Definition der Organisation so absurd klingen wird!«

»Das mag jetzt ein Schock und eine Absurdität für dich sein, aber das ist ganz natürlich. Sobald diese Gefühle vergehen, wirst du ein Bewusstsein für die wahre Macht deines eigenen Namens bekommen. Und das könnte dir eines Tages zum Verhängnis werden.«

»Was ist mit den Jungs? Wie viel wissen sie?«

»Ein bisschen mehr. Aber unser Vater hat sich sehr bemüht, uns alle so zu erziehen, dass wir nicht zu sehr den Bezug zur Realität verlieren. Und außerdem: Auch wenn unsere Brüder ein gutes Herz haben, weißt du doch selbst, dass sie manchmal so tun, als wäre die Welt ihr Spielplatz.«

»Hast du Angst, dass mir die Macht zu Kopf steigt, weil mein Bruder in einer geheimen Organisation ist?«

»Ich befürchte, dass du dich zu mächtig fühlen könntest, ja. Macht ist wie eine Droge. Sie ist süß und tut so gut, und es ist leicht, süchtig danach zu werden. Und so gewöhnt man sich daran und verliert schließlich den Bezug zur Realität. Also musst du sehr vorsichtig sein.«

»Fühlst du dich wirklich mächtig?«, fragte ich.

»Die Organisation unterliegt ihren eigenen Gesetzen. Zugegebenermaßen gibt es davon nicht viele, aber sie müssen beachtet werden. Ein Verstoß kann zu Problemen führen, aber das ist die einzige wirkliche Bedrohung. Unser Vater ist ein gutes Beispiel dafür, was passiert, wenn man sich mit der Organisation anlegt.«

»Hättest du ihn nicht verteidigen können?«

»Unser Vater wollte der Organisation angehören und gleichzeitig … nun, sein Gewissen beruhigen und nur noch legale Geschäfte machen.« Vince schüttelte leicht den Kopf. »Das ist bedauerlich, denn es ist nicht fair gegenüber den anderen Mitgliedern. Deshalb hat er es vermasselt und am Ende seinen Tod vorgetäuscht und sich dann, als er es leid war wegzulaufen, selbst gestellt.

Und glaub mir, liebe Hailie, dass es extrem schwierig ist, sich vor der Organisation zu verstecken. Also hat er zugestimmt, ins Gefängnis zu gehen, um für den ganzen Schlamassel und seine Unaufrichtigkeit gegenüber den anderen zu bezahlen. Die Mitglieder der Organisation dürfen nicht zum Narren gehalten werden. Sie sind Menschen, die sich nicht gerne betrügen lassen.«

»Aber werden sie ihm irgendwann verzeihen? Wird er zu uns zurückkommen?«, wollte ich wissen.

»Er wird sicherlich nicht in die Organisation zurückkehren, aber das ist irrelevant, da ich seinen Platz eingenommen habe, als er gegangen ist. Was seine Bestrafung angeht, so glaube ich, dass die Chancen gering sind, dass die Organisation ihm jemals die Freiheit gewähren wird. Er hat eine Menge Leute verärgert. Und er wusste, was er tat. Jetzt muss er dafür büßen.«

Ich senkte den Kopf und betrachtete die schneebedeckten Spitzen meiner Schuhe. Es machte mich wütend, dass eine Gruppe von hohen Tieren sich an meinem Vater rächen wollte und er deshalb hinter Gittern sitzen musste.

»Unser Vater ist ein schwieriger Mensch«, fuhr Vince fort, als ob er meine Verstimmung gespürt hätte. »Ich weiß, dass er in deinen Augen geradezu perfekt ist, Hailie, und er liebt dich wirklich sehr – aber eine solche Idealisierung kann dazu führen, dass man Schwächen übersieht. Und die hat Camden wie jeder andere Mensch auch. Er ist nicht unfehlbar. Glaube ja nie etwas anderes.«

»Für mich seid du und Dad beide unfehlbar«, gab ich zu.

Vince lächelte gequält, ließ den Rauch aus seinem Mund entweichen und blickte nach vorne.

Eine Weile gingen wir schweigend weiter. Ich versuchte, die neuen Informationen in meinem Kopf zu verarbeiten.

»Die Väter von Maya und Adrien sind auch Mitglieder der Organisation, ja?«, fragte ich irgendwann. »Und wer sind die anderen?«

Mein Bruder nickte und fuhr fort:

»Auf jedem Kontinent leben maximal fünf Mitglieder.«

»Auch in der Antarktis?«, fragte ich überrascht.

»Nein, dort nicht. Auf allen Kontinenten außer der Antarktis.«

»Wie kommt es, dass ausgerechnet du, Adrien und Charles alle in Pennsylvania leben?«

»Auf jedem Kontinent gibt es ein bestimmtes neutrales Gebiet, in dem die Mitglieder der Organisation ihren ständigen Wohnsitz haben. In Nordamerika ist dieser Ort nun mal Pennsylvania.«

»Hier in den Vereinigten Staaten müssen also alle in Pennsylvania leben?«

»Das ist das Vernünftigste, was wir tun können, denn das Gebiet dieses Staates gehört formal uns allen.«

»Und was ist mit dem Rest des Kontinents?«

Vince zuckte wie üblich mit den Schultern und steckte sich die Zigarre zwischen die Lippen. Dann atmete er den Rauch aus und sagte: »Der Rest soll aufgeteilt werden.«

Ich verzog mein Gesicht.

»Das ist doch Irrsinn«, kommentierte ich, schaute zu meinem Bruder und versuchte, irgendeine Veränderung an ihm zu bemerken. Ich hatte ihn immer als jemanden angesehen, der wichtig war. Vielleicht nicht unbedingt mit der Erwartung, dass er die Angelegenheiten der Welt in seiner Hand hielt, aber er war ohnehin schon eine große Autorität für mich, und jetzt verstärkte sich mein Eindruck noch.

»Charles Geras, Ricardo Sanchez, Adrien Santana und Rodric Retter. Merke dir diese Namen«, sprach er mit heiserer Stimme. »Es ist das Beste, wenn du dich von diesen Leuten fernhältst. Oder so tust, als wüsstest du nichts über ihre Zugehörigkeit zur Organisation. Wie du es bisher getan hast.«

»Warum sollte ich mich verstellen?«

»Weil es manchmal, meine liebe Hailie, besser ist, wenn man gewisse Dinge nicht weiß.« Vince sah mich an. »Deine Unwissenheit war in gewisser Weise deine Waffe. Aber du wirst erwachsen. Und vielleicht hatte unser Vater recht, dass es für dich an der Zeit ist zu verstehen, welche Rolle unsere Familie in der Welt spielt.«

»Ich glaube nicht, dass ich es jetzt besser verstehe«, gab ich zu.

»Halte dich bitte einfach von den Menschen fern, deren Namen ich gerade genannt habe. Wenn du doch mit ihnen in Kontakt kommen musst, behandele sie mit Respekt, aber geh bei der ersten Gelegenheit wieder. Ah, und noch eins: Berühre sie niemals.«

»Was?« Ich hob fragend eine Augenbraue.

»Das ist eine alte Regel. Ursprünglich wurde sie eingeführt, damit die Mitglieder der Organisation sich selbst und ihre Familien vor Missverständnissen schützen können – beispielsweise vor vertraulichen Gesten, die falsch aufgefasst werden könnten. Und niemand von der Organisation hat das Recht, dich zu berühren, weil du meine Schwester bist.«

»Aber du hast zum Beispiel … Grace angefasst, nicht wahr?« Sofort biss ich mir auf die Unterlippe, weil es irgendwie komisch klang.

Vince warf mir aus den Augenwinkeln einen Blick zu.

»Zuvor hatte sie die Erlaubnis des Oberhaupts ihrer Familie, des damaligen Mitglieds der Organisation, Egbert, eingeholt. Jetzt ist Adrien an seine Stelle getreten. So wie ich den Platz unseres Vaters eingenommen habe.«

»Adrien hat mich aber angefasst«, erwiderte ich.

»Was? Wann?« Vince zog die Stirn in Falten.

»Auf der Party. Als er bemerkte, dass der Scharfschütze auf mich zielte.«

»Ah ja. Nun, es war eine Ausnahmesituation. Wir werden ihm deswegen keine Probleme machen.«

Ich nickte knapp und schwieg mich über die Tatsache aus, dass ich Adrien auch einmal selbst angefasst hatte: Als ich ihn in Vince' Büro angefleht hatte, Camden nicht zu verraten. Es war offenbar gut, dass er damals kein Drama daraus gemacht hat. Zugegeben, er hatte sich auch selbst wie ein Arschloch benommen, woran ich mich nur zu gut erinnerte, also hatte er auch Interesse daran gehabt. Obwohl ich zugeben musste, dass er auch den Moment gut verkraftet hatte, als ich ein Messer nach ihm warf.

Zu meinem Glück ist er offenbar nicht überempfindlich.

Wir gingen schweigend weiter. Ich blickte die ganze Zeit auf meine Stiefel.

»Weißt du, Vince, ich dachte, ihr wärt die Mafia.«

Er lachte leise.

»Die Mafia wird entweder zu schlicht oder zu hochtrabend dargestellt, je nachdem, ob man die neuen oder die alten Filme gesehen hat«, sagte er. »Das entspricht in keiner Weise dem, was die Organisation ist, die eine viel exklusivere Verbindung ist.«

»Aber ihr tut doch auch illegale Dinge?«

»Wenn man das allgemein geltende Recht betrachtet, ja.«

»Und was zum Beispiel?«, wollte ich wissen.

Vince schnaubte und verdrehte seine Augen.

»So ziemlich alles.«

»Alles?« Ich schnappte nach Luft. »Wirklich alles? Was ist mit Gewalt an Kindern? Oder mit dem Menschenhandel?«

»Gott, Hailie«, zischte Vince scharf, schaute mich mit gerunzelter

Stirn an und schüttelte den Kopf. »Natürlich tun wir so etwas nicht. Wir sind zivilisierte Menschen.«

»Also tötet ihr nur Erwachsene?« Ich schluckte verbittert. »Nun, das geht natürlich in Ordnung.«

»War es Tony, der dir diesen hässlichen Sarkasmus beigebracht hat? Ich werde mit ihm reden müssen.«

»Fang nicht schon wieder an, mich wie ein Kind zu behandeln«, warnte ich. »Und wechsele nicht das Thema. Ich weiß, dass ihr eine Menge verbrochen habt. Im Haus liegen ja überall Waffen herum, es gibt sogar einen Schießstand.«

»Im Allgemeinen haben nur wenige Menschen die Kühnheit, jemanden in der Organisation tatsächlich anzugreifen, auch wenn deine Erfahrung vielleicht etwas anderes vermuten lässt. Wenn es aber doch jemand versucht – und viele träumen sicherlich davon –, die Organisation zu zerschlagen oder in sie einzudringen, ist es gut, sich verteidigen zu können ... Normalerweise spielen wir aber nicht irgendwelche Spielchen und veranstalten keine sinnlosen Schießereien.«

»Wenn ihr so weit über der Mafia steht, was macht ihr eigentlich genau?« Ich hob eine Augenbraue.

»Einmal im Quartal finden Mitgliedstreffen statt. Und glaube mir, Hailie, es gibt immer etwas zu besprechen.«

»Das klingt total öde.«

»Nur gut, dass du so denkst.« Vince hob die Zigarre an seine Lippen.

»Was besprecht ihr denn so? Nenn mir doch ein paar Beispiele. Bitte!«, drängte ich, hielt ihn am Arm fest und blickte direkt in sein konzentriertes Gesicht.

Er seufzte.

»Okay, ein Beispiel wäre die Diskussion darüber, was in den sozialen Medien passiert. Hast du dich schon mal gefragt, warum manche der Portale so beliebt sind?«

»Nein«, antwortete ich ehrlich.

»Also: Je mehr Menschen dort Mitglied sind, desto größer ist die Datenbank, die wir haben, und desto größer ist gleichzeitig unsere Reichweite. Wenn nötig, ist es kein Problem, die öffentliche Meinung zu manipulieren.«

»Und warum?«

»Das ist zwar selten nötig, aber es kommt vor. Wenn ein Skandal ausbricht. Manchmal reicht es aus, ihn mit einem anderen Skandal zu überdecken. Manchmal ist es dienlich, um die Wahrnehmung der Menschen über bestimmte Dinge zu ändern. Oder wenn ein neues Unternehmen oder ein neues Produkt auf den Markt kommt, das zum Nutzen einer bestimmten Person vermarktet werden soll. Normalerweise zu unserem Nutzen.«

»Wahrnehmung verändern?« Ich starrte Vincent mit Faszination und leichter Beunruhigung an.

»Wenn wir wollten, Hailie, könnten wir mit der Macht, die alle Medienkanäle, die unter unserer Kontrolle stehen, haben, die Menschen glauben machen, dass Wasser giftig ist oder dass das Einatmen von Sauerstoff sie tötet.« Vince richtete seinen Blick fest nach vorn und schmeckte wieder den Rauch seiner Zigarre. »Und sie würden es glauben.«

Seine Worte jagten mir einen Schauer über den Rücken.

»Tut ihr das oft?«

»Nein. Das sind riesige Projekte. Manche dauern Monate, andere Jahre. Außerdem haben auch wir einen Kodex. Manche Dinge fassen wir nicht an.«

»Es klingt wie aus einem Film!«

»Es ist aber die Realität. Sag mir, wie oft hast du schon gedankenlos Cookies auf einer Website akzeptiert, die du besucht hast?«

Ich schwieg betreten.

Vince schaute mich aus den Augenwinkeln an, schüttelte aber sofort amüsiert den Kopf und fuhr fort: »Du brauchst dir zum Glück keine Sorgen um den Schutz deiner Daten zu machen, denn ich kümmere mich ja darum. Aber täglich werden Hunderte von Millionen Menschen ihrer Privatsphäre und ihrer persönlichen Daten beraubt. Und die Organisation nutzt das aus und wird immer stärker.« Vince lächelte grimmig, mit einem Glitzern in seinen hellen Augen. »Als ob sie nicht ohnehin schon mächtig genug wäre.«

Ich sog all diese Informationen auf und hatte das Gefühl, dass ich im Vergleich zu dem, was die Organisation war, immer kleiner wurde. Mir wurde bewusst, wie viele Dinge ich nicht wusste.

»Was ich dir hier sage, Hailie, ist ein Geheimnis, das du von nun an hüten musst. Es ist kein Thema, über das man mit seinen Freunden spricht. Ich glaube, das ist klar, aber ich möchte keinen Zweifel daran lassen.«

Ich nickte steif.

»Und ich bitte dich, daran zu denken, dass du nun mal in dieser Welt lebst, also solltest du dich an ihre Regeln halten.« Vince hielt plötzlich inne, und sein Blick wurde durchdringend. »Du bist nicht unzerstörbar, Hailie. Behalte diese Worte im Kopf. Und wenn du anfängst, etwas anderes zu glauben, komm sofort auf den Boden der Tatsachen zurück.«

Ich nickte zustimmend, und er ging weiter, obwohl ich mir fast sicher war, dass ein Teil von ihm bedauerte, mir auch nur dieses wenige über die Organisation offenbart zu haben.

Ich wiederum war in meine eigenen Gedanken vertieft und kämpfte mit meinen Dämonen. Einer dieser Dämonen hatte mich so fest im Griff, dass ich endlich den Mut aufbrachte, es Vince zu beichten.

»Ich habe bereits etwas falsch gemacht«, flüsterte ich.

Er sah mich sofort streng an.

»Sag es mir«, forderte er. »Sag mir immer, wenn dich etwas beschäftigt.«

Also schilderte ich ihm Winters Situation und gab zu, dass ich Ruby absichtlich darauf angesprochen hatte. Es war sehr wichtig für mich, ihm meine Motive zu erklären, denn ich wollte weder mir noch Vince vormachen, dass ich es aus Sorge um Leos alte Freundin getan hatte. Ich wollte, dass er wusste, dass ich sie wegen meiner Eifersucht aus dem Haus meines Freundes haben wollte. Ich wurde rot vor Scham, als ich darüber sprach.

»Ich würde das gerne irgendwie ungeschehen machen«, murmelte ich. »Kann man jetzt noch etwas dagegen tun, dass Winter ins System gelangt ist?« *Und mich von meinem Schuldgefühle befreien?*, hätte ich eigentlich hinzufügen müssen.

Vince war klug, also verstand er. Er sah nicht besonders beeindruckt aus, sondern seufzte nur leise.

»Deine Motive waren in der Tat nicht lobenswert, und du musst an deiner Einstellung arbeiten«, betonte er. »So wie ich das sehe, sollte Winter Hansen jedoch definitiv für das Programm der Stiftung infrage kommen, und es spielt keine Rolle, ob sie das will oder nicht. Sie ist immer noch minderjährig.«

»Sie will aber keine Hilfe. Nicht diese Art von Hilfe. Sie möchte gerne weiterhin mit Leo zusammenleben. Mit seiner Mutter versteht sie sich gut, sie ist offenbar sehr hilfsbereit. Leo sagte, dass Mrs.

Hardy ihr gesetzlicher Vormund werden könnte, aber sie wird wahrscheinlich nicht alle Anforderungen erfüllen können. Meinst du, es wäre möglich, dass …«

Vincent sah mich einen Moment lang an und nickte dann. »Ich glaube schon«, antwortete er knapp. Er klang immer noch ungerührt, aber was für mich mehr zählte, war die Bedeutung seiner Worte als der Ton, in dem sie gesprochen wurden.

»Und …« Ich zögerte. »… denkst du, dass Leo mich hassen wird?«

Vincent hatte wahrscheinlich nicht vor, sich zu meinem Liebesleben zu äußern, aber als er mich ansah und meinen Kummer bemerkte, seufzte er, zog die Hand, die er noch frei hatte, aus seiner Manteltasche, legte sie um mich und umarmte mich fest.

»Vince, ich habe Angst, dass er mit mir Schluss macht«, sagte ich und fing an zu weinen.

Es war unglaublich, dass ich mich meinem ältesten Bruder mit solchen Dingen anvertraute. Noch vor etwa zwei Jahren hatte er mich ausgeschimpft, wenn ich nur erwähnte, jemanden kennengelernt zu haben, und jetzt erzählte ich ihm von meiner Angst, dass meine Beziehung zu Leo zerbrechen könnte.

Vincent wäre nicht Vincent, wenn er bei meinen Teenagerproblemen nicht mit den Augen rollen würde, aber er drückte mich trotzdem fest an sich und flüsterte: »Ich weiß nicht, welche Entscheidung dein Freund fällen wird, Hailie, aber ich persönlich glaube nicht, dass das ein sinnvoller Grund ist, sich zu trennen. Wenn er das tun sollte, bedeutet es, dass er dich absolut nicht verdient.«

Ich hielt an.

»Vince, und wenn er nicht Schluss macht – was ist, wenn ich diejenige bin, die es tun muss?«

Mein Bruder schaute verwirrt.

»Wie meinst du das, Hailie?«

»Ach, ich weiß es doch selber nicht …«

Ich hatte ein solches Durcheinander in meinem Kopf! Ich konnte mich da drin selbst nicht zurechtfinden, also machte das, was ich sagte, auch keinen Sinn.

Vincent umarmte mich erneut und tröstete mich, offensichtlich unglücklich über die Tatsache, dass ich mich so quälte, und das noch wegen eines Jungen, der in seinen Augen meiner nicht einmal würdig war.

Und ich wollte nicht mehr weinen. Im Krankenhaus und zu Hause bei den Jungs hatte ich versucht, meine Gefühle im Zaum zu halten. Ich wollte die Zwillinge nicht mit meinen Problemen belästigen. Dylan hatte ohnehin schon viel erdulden müssen, und Will würde ich mit jedem einzelnen Schluchzer das Herz brechen. Ich wollte auch Vincent verschonen, das wollte ich wirklich, aber irgendwann, in genau diesem Moment, verlor ich die Kontrolle.

Dann wurde die Stille des Waldes vom Klingeln seines Handys gestört.

42

Liebe ist ein guter Grund

Mit einer für ihn ungewöhnlich hastigen Bewegung griff mein Bruder nach dem Telefon und blickte auf das Display, wobei er seinen Arm, der jetzt ungewöhnlich angespannt war, immer noch um mich gelegt hatte. Als er sah, von wem der Anruf kam, entspannte er sich etwas, aber ich starrte ihn dennoch misstrauisch an.

Er brummte in den Hörer, dass er sich in zwei Stunden um was auch immer kümmern würde, legte dann auf und steckte das Handy zurück in seine Tasche.

Tränen liefen immer noch über meine Wangen, aber ich ignorierte sie und schaute meinen Bruder durch den Schleier durchdringend an.

»Hattest du auf einen anderen Anruf gewartet?«, fragte ich schließlich.

»Ich warte auf viele Anrufe.«

Ich sah einen Schmerz und eine Sorge in seinen Augen, die ich nicht gewohnt war. Seinen kühlen blauen Augen waren zu meiner Definition von Stabilität und Gewissheit geworden. Und dieser Ausdruck gerade war wie eine Bestätigung meiner Befürchtungen.

Bisher hatte ich gedacht, dass seine dunklen Augenringe, seine ungesunde Blässe und sogar der kürzliche Alkoholabsturz von der Sorge um mich und von den Ereignissen um die Verlobungsfeier herrührten, aber jetzt, da ich sah, wie er auf seinem Handy herumwischte, wurde mir klar, dass da noch mehr sein musste.

Vincent hatte ein offenbar ein anderes großes Problem – und das jagte mir große Angst ein.

Ist etwas mit der Organisation? Oder vielleicht mit unserem Vater? Ist er krank?

Die Tränen liefen nun wieder ungehemmt. Ehrlich, ich ertrug das alles nicht mehr.

Warum können wir nicht eine normale Familie sein?

Ich würde all diese Macht und das ganze Geld hergeben, um mit meinen fünf Brüdern im Wohnzimmer zu sitzen, eine Pizza zu bestellen und einen schlechten Film zu sehen, über dessen unrealistische Handlung ich fröhlich lachen könnte.

Stattdessen stampfte ich durch einen verschneiten Wald und versuchte zu begreifen, was mit Vincent los war. Was die Organisation von ihm verlangte. Und ob wir jemals sicher sein würden.

In einem ähnlichen Wald verlor mein Bodyguard sein Leben.

Ich versteifte mich sofort, und mein Herz begann zu rasen. Ich musste würgen und schnappte nach Luft und wusste, dass ich die unangenehme Erfahrung einer weiteren Panikattacke machen würde. Ich konnte kaum hören, wie Vince meinen Namen rief.

»Höre auf meine Stimme, Hailie, atme langsam ein und aus«, sprach er mit fester Stimme zu mir.

Ich versuchte, seinen Anweisungen zu folgen, aber es war unglaublich schwierig.

»Tief durchatmen, Hailie. Ruhig atmen.«

Ich rang nach Luft. Seine Anweisungen halfen mir gar nicht. Ich hasste dieses Gefühl, diesen Kontrollverlust. Meine Therapeutin hatte mir geraten, in solchen Situationen zu versuchen, mich zu beruhigen und auf meinen Körper zu hören, und ihm befehlen, sich zu entspannen. Was für ein sinnloser Ratschlag! Wie sollte ich mich denn entspannen, wenn Vincent und ich hier in diesem Wald standen und einem Heckenschützen ausgeliefert waren!

Was, wenn jemand jetzt auf Vince schießt ...

Ich stellte mir vor, wie er auf den schneebedeckten Boden stürzte und sich ein Blutfleck auf seinem weißen Hemd ausbreitete. Es würde sein wie bei Sonny.

Ich verlor vollkommen die Kontrolle. Ich hatte das Gefühl, als würden meine Lungen versagen.

»Hailie! Sieh mich an! Du musst mir zuhören, Hailie, jetzt sofort.«

Seine Hand drückte meine jetzt sehr fest.

Ich hörte ihn, aber irgendwie auch nicht, aber als ich irgendwann die Augen öffnete, bemerkte ich, dass ich im kalten Schnee saß und Vince neben mir kauerte und mich festhielt. Er hielt meine Hand und drückte sie an seine Brust, wo sein Herz beruhigend schlug.

Ich wollte etwas sagen, aber meine Lippen zitterten, und ich konnte kein Wort herausbringen, weil meine Kehle so eng war.

»Hailie, atme ...«

Vincent wusste nicht, was er tun sollte, aber wusste überhaupt jemand, was man in einer solchen Situation machen musste? Jemand, der kein Sanitäter war?

»Hailie!«

Jedes Einatmen tat so weh, sodass ich es lassen wollte.

»Ich werde Vater.«

Ich würgte erneut.

Aber ich war endlich in der Lage, mich auf etwas anderes als meine Panik zu konzentrieren.

»W-was?«, krächzte ich. Ich drehte den Kopf und sah in das Vincents bleiches Gesicht. »Was hast du gesagt?!«

Meine Finger, die immer noch die Stelle berührten, an der sein Herz unter dem Stoff seines Hemdes jetzt schneller schlug, ballten sich fest zusammen.

»Also, wahrscheinlich«, fügte er hinzu.

Ein Meer an Gefühlen spiegelte sich in seinen Augen wider, und seine Stimme klang rau.

»Vince …« Ich keuchte und würgte erneut, und langsam kehrte ich in die Realität zurück. Ich spürte die Kälte des Bodens und den Schmerz in meinen Lungen, die verzweifelt die kalte Luft einsogen.

Als ich endlich soweit war, half mir Vince auf. Meine Beine waren wie Pudding, und der Schnee hatte meine Hose und meinen Mantel durchnässt. Ich hatte Angst, dass ein zu genauer Blick auf den Wald um uns herum erneut Panik in mir auslösen könnte. Stattdessen schaute ich immer wieder ins Gesicht meines Bruders, doch er schaute mich nicht an. Zuerst half er mir, den ganzen Schnee abzuklopfen. Dann strich er mir die Haare aus dem Gesicht, wischte es mit meinem Schal trocken, und dann erst sah er mir in die Augen.

Ich ließ ihn einfach machen und wartete darauf, dass er den Faden wieder aufnahm. Mir war sehr wohl klar, dass er nichts zu mir gesagt hätte, wenn er mich nicht von meiner Panik hätte ablenken wollen.

Nachdem sich Vince vergewissert hatte, dass das Schlimmste wirklich vorbei war, legte er schließlich seinen Arm um mich und zog mich in die Richtung, aus der wir gekommen waren. Doch ich verweigerte mich. Dann stöhnte er verärgert auf.

»Lass uns zurückgehen«, befahl er.

»Vince?«, sagte ich und sah ihn mit gewiss immer noch geröteten Augen an.

Er seufzte schwer.

»Ich erzähle es dir, wenn du weitergehst.«

Das spornte mich an. Es ging zwar eher schleppend voran, da ich etwas schwach auf den Beinen war, aber meinem Bruder genügte es offenbar.

Dann fing er an, mir Dinge zu erzählen, von denen ich nicht glaubte, dass ich sie jemals aus seinem Mund hören würde: »Einer der Gründe, warum ich mich gestern Abend betrunken habe, ist, dass die Frau, mit der ich kurz vor meiner Verlobung mit Grace zusammen war, mir mitteilte, dass sie schwanger sei.«

»O mein Gott!«, rief ich und legte die Hand vor meinen Mund. »Sie ist von dir schwanger!«

»Sei still, Hailie, schrei nicht so.« Vince sah sich in dem leeren Wald um. »Wahrscheinlich ja.«

»Wahrscheinlich?«

Er presste die Lippen aufeinander. Ich glaube nicht, dass er erwartet hatte, mit mir darüber zu sprechen, und es muss für ihn ziemlich schwer gewesen sein.

»Wir waren nicht in einer ernsten Beziehung. Aber ich glaube nicht, dass sie mich anlügen würde. Sie ist eine ehrliche Frau.«

»Und sie ist schwanger mit deinem Kind …«, flüsterte ich, wobei ich seinen Mantel noch fester umklammerte.

»Natürlich werde ich einen Vaterschaftstest verlangen, um dies zu bestätigen.«

Ich hob meine Augenbrauen. »Was du gerade gesagt hast, klang aber so, als ob du ihr vertraust.«

»Ich vertraue ihr ja, aber es ist eine zu ernste Angelegenheit, als dass ich mich nicht absichern müsste.«

»O Gott, Vince, aber das ist doch wundervoll, das ist ...« Mir versagte die Stimme, ich schluckte, und sofort kamen mir wieder die Tränen. Ein wenig vor unerwarteter Freude und ein wenig vor Schmerz. »Das ist wunderbar!«

Er schwieg und blickte nur mit einem unergründlichen Gesichtsausdruck nach vorn.

»Wie ist sie denn? Diese Frau? Ist sie netter als Grace?«, fragte ich und wischte mir mit dem Handrücken über die Wangen. »Oh, das ist sie bestimmt. Alle sind netter als Grace.«

Er sagte immer noch nichts. Nur unsere Schritte waren im Schnee zu hören.

»Du wirst ein Kind haben!«, rief ich, wieder ein bisschen zu laut. »Yay, es wird ein Baby in der Familie geben ...«

Vince verzog sein Gesicht und hob dann die Hand, zweifellos, um meinen Enthusiasmus zu bremsen.

»Das wissen wir noch nicht.«

»Du sagtest doch, dass deine Freundin schwanger ist und dass du glaubst, es sei von dir.«

»Ich weiß aber nicht, wie sie sich entscheiden wird.«

Das Lächeln, das so unerwartet für eine Weile mein Gesicht erhellt hatte, begann nun zu verblassen.

»Wie meinst du das?«

Ich glaube nicht, dass es ihm jemals derartig schwerfiel, eine Unterhaltung mit mir zu führen.

»Ich habe ihr ein Ultimatum gestellt«, sagte er mit einer emotionslosen Stimme. »Denn in dieser Situation sehe ich nur drei Möglichkeiten.«

Ich spürte, wie sich mein Körper versteifte. »Vince, was für ein Ultimatum?«, fragte ich vorsichtig, aus Angst vor dem, was ich hören könnte.

»Die Situation ist kompliziert«, sagte er und warf mir einen warnenden Blick zu. »Wir haben uns getrennt und hatten nicht vor, wieder zusammenzukommen.«

»Was für ein Ultimatum?«

»Mein Kind …«, begann Vince, und ich konnte nicht glauben, wie absurd diese Worte aus seinem Mund klangen. »… Ich möchte, dass mein Kind unter meinem Dach lebt und aufwächst.«

Ich nickte und biss mir dabei auf die Lippe.

»Und was ist mit der Mutter?«

»Sie kann bei uns wohnen oder uns nur besuchen. Sie kann auch gleich nach der Geburt aus unserem Leben verschwinden, wenn sie es so möchte.«

Er sprach mit einer so kühlen Entschlossenheit, dass ich mir sicher war, dass er bereits alles genau durchdacht hatte.

»Aber du würdest wieder mit ihr zusammen sein wollen?«

»Wenn sie es will, ja. Ich wäre bereit, eine feste Beziehung mit ihr zu führen.«

»Okay, und wenn sie es nicht möchte, wirst du sie gehen lassen und dein Kind nur gelegentlich sehen?«

Vince nickte steif.

»Und was ist dann die dritte Option?«

Er antwortete erst nach einer Weile: »Ich werde sie nicht dazu zwingen, diese Schwangerschaft durchzuziehen und ein Kind zu bekommen.«

Ich senkte den Kopf. Ich verstand nur zu gut, was das bedeutete. Wieder breitete sich diese beklommene Stille zwischen uns aus.

»Weißt du schon, zu welcher Option sie tendiert?«, fragte ich hoffnungsvoll.

»Nein.«

»Die Entscheidung liegt also jetzt ganz bei ihr?«

»Ja.«

»Und was möchtest du?« Ich neigte fragend den Kopf.

»Das spielt keine Rolle, denn wie bereits erwähnt …«

»Welche der drei Optionen, die du ihr vorgestellt hast, findest du am besten?«, wiederholte ich die Frage und forderte ihn mit einem scharfen Blick auf, mit mir Klartext zu reden.

Doch er erwiderte nichts. Stattdessen sah er mich einen Moment lang an und antwortete schließlich: »Es wäre gut, wenn die Mutter meines Kindes mit ihm unter einem Dach leben würde.«

»Das heißt, du würdest gerne wieder mit ihr zusammen sein«, stellte ich fest.

Vince nickte schließlich widerwillig.

»Hast du es ihr gesagt?«

»Nein. Ich warte darauf, dass sie ihre eigene Entscheidung trifft, ohne von mir beeinflusst zu werden.«

»Ich glaube, wenn sie wüsste, was du mir gerade gesagt hast, würde es ihr leichter fallen …«

»Ich habe nicht vor, ihre Entscheidung zu beeinflussen«, sagte er fest. »Diese Entscheidung wird sich auf ihr gesamtes Leben auswirken, und wenn sie beschließt, es mit mir zu verbringen, wird sie viele Opfer bringen müssen. Ich werde sie nicht überreden, mit mir zusammen zu sein, und dann zusehen, wie ihre Träume brutal mit der Realität kollidieren.«

»Aber vielleicht musst du ihr nur klarmachen, dass du für sie da bist, auch wenn es schwer werden sollte.«

»Ich habe ihr bereits erklärt, dass sie meine Unterstützung haben wird. Ganz gleich, wofür sie sich entscheidet. Ich bin bereit, sie jederzeit und natürlich auch materiell zu unterstützen. Ich werde für die beste medizinische Versorgung aufkommen.«

»Das einzige Szenario, mit dem du dich nicht anfreunden kannst, ist also, dass das Kind ohne dich aufwächst?«

»Ich werde nicht denselben Fehler wie unser Vater begehen«, wiederholte Vincent mit Nachdruck.

Ich senkte meinen Blick.

»Und wann wirst du erfahren, wie sie sich entschieden hat?«, fragte ich im Flüsterton.

»Die wichtigste Entscheidung ist die für oder gegen einen Schwangerschaftsabbruch. Die Zeit wird knapp. Ich erwarte, in den nächsten Tagen von ihr zu hören.«

»Mann, Vince, bist du deshalb so gestresst?« Ich seufzte und erinnerte mich daran, wie er sich auf sein Handy gestürzt hatte.

»Zunächst einmal bin ich gestresst, weil meine Schwester fast gestorben ist. Aber, wie gesagt: Momentan ist wirklich sehr viel los.«

Ich lehnte meinen Kopf an seine Seite und seufzte schwer.

»Liebst du sie?«

Er schwieg so lange, dass ich nicht erwartet hatte, dass er mir noch antworten würde.

»Vielleicht.«

»Warum hast du dich dann mit Grace verlobt?«

»Weil Grace in meine Welt passt und Anja nicht.«

Ich lächelte leicht bei dem Klang ihres Namens in seinem Mund. Anja klang hübsch und nett.

Und so viel besser als Grace.

»Frauen sind stärker, als du denkst, Vince«, sagte ich fest.

»Ich weiß das sehr wohl. Aber ich hatte keinen guten Grund, eine Frau, die ein normales Leben führt, zu einer Existenz unter solchen Umständen zu verurteilen.«

Ich zuckte mit den Schultern. »Ich weiß nicht, Vince, für mich ist Liebe ein guter Grund.«

Er antwortete wieder nicht.

Auf dem Rückweg stellte ich mir ein kleines Kind vor, das in der Monet-Residenz herumlief und mit unschuldigen blassblauen Augen auf die Welt blickte.

Zum ersten Mal seit langer Zeit lächelte ich wieder glücklich.

43

Der Abschied

Vincent war tatsächlich bereit, mich am nächsten Tag zur Highschool zu begleiten, um meine Unterlagen abzuholen und mich abzumelden. Obwohl ich es so schnell wie möglich hinter mich bringen wollte, bat ich ihn um einen Tag Aufschub. Ich musste mir über ein paar Dinge klar werden. Schließlich hatte ich vor, neben meinem Besuch im Büro der Schulleiterin auch mit einigen Leuten zu sprechen, und auf diese Gespräche musste ich mich vorbereiten.

Außerdem hat Will zugestimmt, mit mir Sonnys Grab einen weiteren Besuch abzustatten. Und wegen meiner obligatorischen Physio- und Psychotherapiesitzungen würde ich es nicht schaffen, am selben Tag zum Friedhof und zur Schule zu fahren.

Dieses Mal fielen uns auf dem Friedhof sofort zwei Gestalten in der Ferne auf. Die eine war schlank und mit einer schwarzen Pelzjacke, Jeans und hohen Stiefeln bekleidet, die so weiß waren wie der herumliegende Schnee. Die andere Gestalt war ein Kind in einen leuchtend lila Schneeanzug und eine rosa Mütze mit einer Bommel.

Ich war wie betäubt, und das nicht nur wegen der Kälte. Ich ging wie in Trance weiter und konnte meinen Blick nicht von der Frau und dem Kind abwenden, die offensichtlich am Grab meines Bodyguards standen.

Wills Arm stützte mich wie immer, und ich war mir sicher, dass er in Gedanken das Timing verfluchte, das uns ausgerechnet jetzt hier ankommen ließ. Er wurde sogar ein wenig langsamer.

Als wir schließlich in der Nähe waren, erregte das Knirschen unserer Schritte im Schnee die Aufmerksamkeit von Cali und der kleinen Lea. Als das kleine Mädchen sich umdrehte und ich die Ähnlichkeit mit Sonny in ihrem niedlichen Gesichtchen erkannte, spürte ich, wie sich meine Kehle zusammenzog.

»Mama«, flüsterte sie und zupfte die Frau am Ärmel.

Cali erkannte uns sofort und maß uns mit ihrem Blick. Ich sah, wie sich ihre Stirn in Falten legte, sich ihre Lippen kräuselten und wie das Feuer eindeutiger Abneigung in ihren Augen aufloderte. Ihr Blick bohrte sich in mich, bis ich fürchtete, unter seinem Gewicht zusammenzuschrumpfen.

Cali machte einen Schritt auf mich zu und ging vom Grabstein ihres ehemaligen Lebensgefährten und des Vaters ihres Kindes weg. Ihre Nase war gerötet, entweder vom Weinen oder von der Kälte – oder vielleicht von beidem. Doch sie musste geweint haben, denn ihr Make-up war leicht verschmiert.

Sie sah mich an, als wäre ich ihr größter Feind, und der Anblick von ihr und der kleinen Lea auf dem Friedhof zerriss mir das Herz, sodass ich bereit war, mir von Cali die größten Vorwürfe, die schlimmsten Worte und die gemeinsten Beschimpfungen anzuhören. Ich hätte sogar stillgehalten, hätte sie mich geschlagen.

Cali hatte jedoch nicht vor, mich zu schlagen. Offenbar erkannte sie, dass ich ebenfalls völlig aufgelöst war über den Tod meines Bodyguards. Allerdings warf sie mir einen hasserfüllten Blick zu.

Dann streckt sie wortlos ihre Hand aus, die Lea sofort ergriff, und die beiden gingen an mir und Will vorbei. Aus dem Augenwinkel sah ich, wie das kleine Mädchen mich verwirrt anstarrte. Sie musste mich erkannt haben und fragte sich wahrscheinlich, warum ich letztes Mal so fröhlich und nett zu ihr gewesen war und jetzt nicht einmal ihren Blick erwidern, geschweige denn ihr ein Lächeln schenken konnte.

Sie hat wegen mir ihren Vater verloren. Für den Rest meines Lebens würde ich diese Last nicht mehr loswerden. Ich habe das Leben dieses kleinen Mädchens ruiniert!

Die ganze Zeit, die ich diesmal an Sonnys Grab verbrachte, entschuldigte ich mich in Gedanken bei ihm. Ich wusste, dass Will ebenfalls litt. Dadurch fühlte ich mich allerdings nur noch schlechter. Es war, als steckte ich in einem Teufelskreis fest und käme nicht mehr heraus.

Das Einzige, was in mir einen Hoffnungsschimmer gab, war die Nachricht von Anjas Schwangerschaft, und ich wartete sehnlichst auf gute Neuigkeiten. Jedes Mal, wenn ich Vincent sah, starrte ich ihn ängstlich an und wartete auf irgendeine Information. Er wich meinem Blick jedoch meistens aus. Das Warten auf Anjas Entscheidung musste ihn ebenfalls zermürben. Vince mochte eiskalt wirken, aber ich kannte ihn inzwischen gut genug, um zu wissen, dass ihm die Situation nicht gleichgültig war.

Am nächsten Morgen, als ich mit meinem Frühstück fertig war und Vince die Küche betrat, richtete ich meinen Blick auf ihn und hoffte, dass er mir endlich die Nachricht überbringen würde, auf die ich so sehnsüchtig wartete. Obwohl keiner von uns Monets religiös war, betete ich in Gedanken, dass Anja sich entschließen würde, das Kind zu behalten. Das war alles, was ich wollte. Das war alles, worauf ich hoffte, worauf ich wartete.

Und soweit ich das beurteilen konnte, wartete Vincent auch darauf. Doch er schüttelte leider wie üblich den Kopf, ohne ein Wort zu sagen. Das bedeutete, dass es keine neuen Nachrichten gab.

Ich senkte meinen Blick auf die Müslischale, die vor mir stand, und rührte gedankenlos mit einem Löffel darin herum.

Ich hatte meine Physiotherapie an diesem Tag auf den frühen Morgen verlegt, damit sie vor meiner Therapie stattfanden und ich noch vor dem Mittag zur Schule fahren konnte. Ich wollte die Sitzungen unbedingt vor meinem Besuch in der Highschool hinter mich bringen, damit ich einen klaren Kopf hatte, wenn ich mit meinen Freunden dort sprach.

Als ich in Vincents schwarzem Auto saß, wurde mir bewusst, dass dies das erste Mal war, dass mich mein ältester Bruder zur Schule brachte. Das erste und auch das letzte Mal.

Das Einzige, was fehlte, war Sonnys SUV, der uns hinterherfuhr.

Ich trug keine Uniform, aber ich hatte mich trotzdem etwas schick gemacht. Über mein weißes Hemd hatte ich einen weiten cremefarbenen Pullover angezogen, der sich sehr angenehm anfühlte, und dazu einen schlichten engen schwarzen Rock, der mir bis zur Mitte der Oberschenkel reichte. Ich hatte ihn erst vor Kurzem gekauft. Das war eine meiner neuen Arten, mir die Zeit und auch die Traurigkeit zu vertreiben: online shoppen. Nicht sehr nachhaltig, aber ich hatte viel Freude daran.

Der kurze Rock war so etwas wie ein Durchbruch in meinem Kleiderschrank. Ich war es nicht gewohnt, so etwas zu tragen, denn meine Brüder hatten die Angewohnheit, sich über meine Kleidung aufzuregen. Aber sie mischten sich nicht mehr in meine Einkäufe ein, und das nutzte ich aus.

Dazu trug ich eine schwarze Strumpfhose und enge kniehohe Stiefel, die sich an meine Beine schmiegten wie eine zweite Haut.

Vincent hatte mir einen langen Blick zugeworfen und wahrscheinlich darüber nachgedacht, ob er mich wieder nach oben schicken sollte, damit ich mich umzog.

Aber er war still geblieben. Vor allem, als ich mir einen langen Mantel über die Schultern geworfen und mich in meinen Schal eingekuschelt hatte. Und angesichts so vieler Dinge, die im Moment vor sich gingen und seine Aufmerksamkeit erforderten, schien meine Kleidung wirklich das geringste seiner Probleme zu sein.

Vincent trug wieder einen seiner teuren Anzüge, dazu seinen langen schwarzen Mantel; und wenn man dachte, dass seine Garderobe allein nicht genug Eleganz vermittelte, konnte man den Blick noch auf seine glitzernde Uhr oder seinen Siegelring lenken.

Mein Ziel war es nicht, mich sinnlos zur Schau zu stellen und in der Schule eine Show abzuziehen. Ich wollte einfach gut aussehen, und das Outfit gab mir Selbstbewusstsein. Und Vincent sah sowieso immer aus wie Filmstar.

Wir kamen noch vor der Mittagspause vor dem Schulgebäude an. Wir hielten wie üblich auf dem Monet-Parkplatz und waren keineswegs überrascht, dass er leer war. Mir wurde klar, dass ich erwartet hatte, dass es genauso sein sollte. Der Parkplatz sollte auf mich warten, denn niemand wusste jemals, an welchem Tag Hailie Monet in der Schule auftauchen würde.

Draußen in der kühlen Luft nahm ich einen tiefen Atemzug und hielt mein blasses Gesicht in die Sonne. Vince schloss den Wagen ab, dann stellte er sich an die Treppe, die zur Schule führte, um mich vorgehen zu lassen.

Wir gingen den leeren Korridor entlang und wurden von der Frau an der Pforte begrüßt, die bei unserem Anblick blinzelte und sich fast mit dem Kaffee übergoss, den sie gerade an die Lippen hob.

Vor dem Sekretariat wartete bereits die Schulleiterin auf uns. Sie war eine ältere Dame, mit einem ordentlichen Dutt und in ein adrettes Kostüm gekleidet. Als sie uns erblickte, zitterten ihre mit dunklem Lippenstift geschminkten Lippen in einem nervösen Lächeln. Sie reichte erst meinem Bruder und dann mir die Hand.

Vielleicht lag es an meiner Entscheidung, die Highschool zu verlassen, dass ich mich dort nicht mehr zugehörig fühlte, aber es war dennoch interessant, dass ich die Schulleiterin schon nicht mehr als Autorität ansah.

Sie schien die Tatsache zu akzeptieren, dass sie es nicht mehr mit einer Schülerin zu tun hatte, sondern mit einem Mitglied einer angesehenen Familie, die jeden Monat viel Geld für die von ihr geleitete Einrichtung spendete.

»Ich bedaure zutiefst, dass unsere Schule ein solches Talent verliert«, sagte die Direktorin, als sich die Tür zu ihrem Büro hinter uns schloss. »Bitte, ich möchte, dass Sie wissen, dass Miss Monet immer in der Highschool willkommen sein wird.«

Ich nickte bei ihren freundlichen Worten.

Vincent reichte ihr eine lederne Mappe, und als sie diese entgegennahm, glitt ihr Blick über seinen Siegelring.

Die Schulleiterin beugte sich über die Unterlagen. Wusste sie, dass mein Bruder der Organisation angehörte? Und selbst wenn, wusste sie, was die Organisation war? Oder wusste sie, wie ich bis vor Kurzem, lediglich, dass die Familie Monet über immense Macht und

Reichtum verfügte? Und reichte dieses Wissen aus, um Vincent solchen Respekt zu zollen? Die Frau holte ein paar Mal tief Luft, während ihr Blick über die beschriebenen Seiten glitt. Sie vergewisserte sich, dass alles in den Unterlagen stimmte, und schließlich nickte sie enttäuscht.

»Unsere Familie hat der Highschool viel zu verdanken«, meldete sich Vincent zu Wort. »Deshalb werden wir die Einrichtung auch weiterhin finanziell unterstützen.«

Die Mundwinkel der Schuldirektorin gingen nach oben.

»Mr. Monet, Ihre Entscheidung bedeutet sowohl für die Highschool als auch für unsere Schüler sehr viel«, sagte sie. Dann sah sie mich an. »Hailie, wir werden Sie wirklich vermissen. Ich wünsche Ihnen viel Glück. Sie sind eine außerordentlich begabte junge Frau, und ich bin überzeugt, dass Großes auf Sie wartet.«

Ich lächelte lediglich freundlich, aber mein Herz schlug bei ihren Worten heftiger. Mir war, als ob eine sehr wichtige Ära für mich zu Ende ging. Das hatte ich nicht erwartet. Ich hatte angenommen, dass die Entlassung aus der Schule mich emotional kalt lassen würde – zu viele andere Dinge beschäftigten mich gerade.

Als ich das Büro der Schulleiterin verließ, spürte ich allerdings nicht die Freiheit, von der ich geträumt hatte. Stattdessen wurde ich von Dutzenden von neugierigen Augenpaaren begrüßt – wir hatten die Pause erwischt.

Die Schulkorridore, die nun voll waren, riefen in mir ein Gefühl von Nostalgie hervor. Ich würde mich hier nie wieder durchquetschen müssen, um zum Unterricht zu kommen oder um Mona oder Leo zu finden. Ich würde mich nie wieder wegen einer Toilette ekeln, die jemand in einem unansehnlichen Zustand hinterlassen hatte, oder mit einem Buch in der Hand auf der breiten Fensterbank im Flur sitzen.

Die Leute brannten mit ihren Blicken geradezu Löcher in unsere Rücken. Oder sie versuchten es zumindest, aber wir waren heute beide wie aus feuerfestem Material und gingen Hand in Hand, ohne darauf zu reagieren.

Ich traf mich mit Leo und Mona vor der Cafeteria. Lavinia und der Rest der kleinen Gruppe von Leuten, mit denen ich in zuletzt zu Mittag gegessen hatte, waren ebenfalls hier. Sie alle sahen mich vorsichtig und distanziert an und bemerkten sofort die Veränderung an mir. Es war nicht nur die Art, wie ich mich bewegte – oder die Anwesenheit von Vincent an meiner Seite. Doch das Allererste, was eine dicke Grenze zwischen uns zog, war meine neue Kleidung.

Ich ging auf Mona zu, die mich schüchtern anlächelte.

»Du siehst aber hot aus«, sagte sie.

»Danke«, antwortete ich, und auch meine Mundwinkel hoben sich leicht nach oben. Doch dann wurde ich schnell wieder ernst. »Ich wollte dir nur sagen: Ich komme nicht mehr hierher zurück.«

Mona warf über meine Schulter einen Blick auf Vincent, der etwas weiter weg wartete. Wahrscheinlich begegnete sie seinem kalten Blick, denn sie wandte ihre Augen schnell von ihm ab, als wäre sie beschämt.

»Es war meine eigene Entscheidung«, fügte ich hinzu. »Ich bin sowieso inzwischen mehr zu Hause als hier.«

»Stimmt schon. Aber ich mochte es zu wissen, dass du jederzeit auftauchen könntest.« Mona senkte ihre Augen. »Ich werde dich vermissen.«

»Wir werden uns doch weiterhin sehen. Nur halt außerhalb der Schule.«

Sie nickte, und ich wusste genau, was sie dachte.

Es wird nicht mehr dasselbe sein.

»Wer soll mich denn jetzt zum Lernen motivieren?«, fragte sie und lachte in dem Versuch, ihre Traurigkeit zu verbergen.

»Ich werde dir ganz oft schreiben«, versprach ich.

»Und wenn ich deine Nummer blockiere?«, fragte sie scherzhaft.

»Das solltest du besser nicht tun«, warnte ich sie in einem bedrohlichen Ton. »Denn dann werde ich vor deiner Tür auftauchen müssen.«

Das brachte sie wieder zum Lachen, und als ich in ihre Augen sah, die vor Rührung glänzten, öffnete ich meine Arme und umarmte sie fest. Mona war echt so lieb! Es war meine Schuld, dass mein Leben so verkorkst war, dass wir keine normale Freundschaft haben konnten.

Im Durchschnitt wollte mich alle paar Monate jemand umbringen – Freundinnen in unserem Alter sollten höchstens über Liebeskummer plaudern und nicht potenzielle Entführer.

Daran mangelte es natürlich auch in meinem Leben nicht. Als ich Mona schließlich losließ, war es an der Zeit, auf Leo zuzugehen, der ein Stück entfernt stand.

Es war noch schwieriger für mich, seinen Blick zu ertragen. Seine honigfarbenen Augen wirkten dunkler als sonst, als wüsste er bereits, was kommen würde. Ich bat ihn, mit mir zur Seite zu gehen – ich wollte diese Sache ohne die anderen klären. Er sah ein wenig aus, als wäre er in Trance. Das war ich irgendwie auch. Aber ich wusste, dass ich stark sein musste.

Selbstbewusst hob ich den Kopf und sah ihm direkt ins Gesicht, da ich ihm zeigen wollte, dass ich keineswegs mit seinen Gefühlen spielte. Ich wollte Leo beweisen, dass das, was ich ihm gleich sagen würde, keine Entscheidung war, die ich übereilt und aus einer Laune heraus getroffen hatte. Ich wollte ihn wissen lassen, dass er mir zu wichtig war, um ihn so zu behandeln.

»Leo«, begann ich mit schwerem Herzen, und für einen Moment brachte ich nichts mehr hervor.

»Es ist schön zu sehen, dass es dir besser geht«, sagte er leise, und seine Stimme zitterte leicht.

»Ja, viel besser«, bekräftigte ich und warf ihm ein kurzes Lächeln zu. »Leo, ich muss dir etwas sagen.«

»Du willst Schluss machen, oder?«

Ich kämpfte dagegen an, meinen Blick zu senken und meinen Mut zu verlieren. Er hatte es nicht verdient, dass ich ihm auswich.

»Ja.«

Er holte tief Luft und ließ den Kopf hängen.

»Ich habe es irgendwie erwartet ... Ich ... Wir ... In letzter Zeit war es irgendwie seltsam.«

»Das war es«, bestätigte ich. »Und es ist meine Schuld, Leo. Es gibt ein paar Dinge, mit denen ich gerade fertig werden muss, damit ich normal funktionieren kann. Wenn ich das nicht tue, werde ich niemals in der Lage sein, eine gesunde Beziehung zu führen. Und solange ich das nicht tue, sollte ich besser keine haben.«

Ich merkte, dass es sich anhörte, als würde ich meine Therapeutin zitieren, aber ich war das Thema sehr sorgfältig in meinem Kopf durchgegangen, sodass ich ohne zu stottern sprach, obwohl ich die ganze Zeit von Leos schönen Augen abgelenkt war.

»Ich ...«, begann er, musste sich aber erst einmal räuspern. »Ich habe mir immer gedacht, dass die Tatsache, dass meine Freundin Hailie Monet ist, zu schön war, um wahr zu sein.«

Ich legte meinen Kopf schief. »Leo, sag so etwas nicht.«

»Ich hoffe, Hailie, dass du das, was du für dich klären musst, schnell in Ordnung bringen kannst. Wie du schon sagtest, hast du es verdient, ein normales Leben zu führen.«

»Vielleicht werden wir eines Tages ... wenn es ... wenn ich bereit dafür bin ...«, stammelte ich nun doch.

»Wir werden sehen. Das Leben überrascht uns schließlich dauernd, nicht wahr?« Leo zwinkerte mir zu, aber ich konnte sehen, dass er sein Lächeln gezwungen war. Ich konnte sehr deutlich sehen, wie sehr ich ihn gerade verletzt hatte.

Wenn ich mich von meinen Gefühlen überwältigen ließe, würde ich mich im Handumdrehen in ein heulendes Häufchen Elend verwandeln, das die anderen von der Auslegware kratzen mussten.

»Eine Sache noch, Leo.« Ich holte tief Luft. »Ich war diejenige, die sich beim Sozialdienst über Winters Situation beschwert hat.«

Ich zwang mich, seinen Blick zu ertragen, so enttäuscht oder bitter er auch sein mochte. Aber meine Beichte änderte nicht viel – Leo schien immer noch genauso traurig zu sein.

»Ich habe es geahnt«, gab er schließlich zu. »Niemand hatte es laut gesagt, aber es war irgendwie klar, da die Monet-Stiftung auf ihren Fall aufmerksam wurde.«

»Nun, ja.« Ich biss mir auf die Unterlippe. »Es ist auf Vincents Verlobungsfeier passiert, kurz vor ... diesem Chaos. Es ist mir erst vor ein paar Tagen wieder eingefallen, dass ich mit einer Frau aus der Stiftung über Winter gesprochen habe, die dann den Sozialdienst benachrichtigt hat. Ich verspreche, es rückgängig zu machen. Ich werde Winter helfen. Diesmal so, wie sie es haben möchte.«

Leo starrte mich an und sagte erst nach einem Moment: »Du bist ein guter Mensch, Hailie.«

Nicht weinen, nicht weinen, dachte ich mir. Ich spielte die Toughe, weil ich nicht wollte, dass die Leute in der Schule mich in erbärmlicher Erinnerung behielten. Ich wollte einen bessere Eindruck zurücklassen. Ein starkes Mädchen, das eigenständig entschieden hatte, die Highschool zu verlassen. Nicht die kleine Hailie, die nur als Schwester der Brüder Monet bekannt war: verängstigt, traumatisiert und heulend.

»Danke«, flüsterte Leo und kam langsam auf mich zu, und während ich diskret Luft holte, schloss ich meine Augen und ließ zu, dass er mich umarmte.

Ich konnte seine Uniformjacke und seine Muskeln darunter mit meinen Fingerspitzen spüren. Ich erinnerte mich an unsere intimen Begegnungen – schön und auch ein wenig peinlich, wenn ich mich an unser erstes Mal erinnere. Es war so besonders gewesen, solche Momente miteinander zu teilen, und sie waren auf den Seiten unseres gemeinsamen Buches festgehalten, in das niemand sonst Einblick hatte.

Meine Beziehung zu Leo ist ein Teil von mir, ich habe ihm so viel zu verdanken.

Ich erinnerte mich daran, wie viel Glück mir die gemeinsamen Monate geschenkt hatten.

Und dann spürte ich seine Hand auf meiner Schulter, und eine Momentaufnahme des Zimmers in der Villa dieser Frau, Clarissa, tauchte vor meinen Augen auf. Ihre geschminkten Lippen, an die sie ihre Tasse ansetzte, und die Augen, mit denen sie den großen Mann beobachtete, der mein Kleid zerriss. Seine riesige Pranke, die mich festhielt, hatte mich damals genauso wie Leos Hand jetzt gedrückt …

Ich wäre beinahe zusammengezuckt, konnte es aber gerade noch zurückhalten. In der Therapie hatte ich gelernt, diese Erinnerung von meinen Gefühlen zu entkoppeln, damit ich in solchen Situationen gelassen reagieren konnte. Ich machte Fortschritte, aber ich beherrschte die Technik noch nicht ausreichend, also ließ ich Leo los und entfernte mich rasch von ihm, wobei ich versuchte, meine heftige Reaktion zu überspielen.

Vincent beobachtete mich aufmerksam, das konnte ich spüren, und deshalb erwiderte ich seinen Blick nicht, auch nicht, als ich nach dem Gespräch mit Leo zu ihm zurückging. Er stand neben mir und ignorierte die Herde von Schulkids um ihn herum, die ihn mit einer Mischung aus Angst, Bewunderung und Faszination ansahen.

Als ich meinen Schulfreunden ein letztes Lebewohl sagte, spürte ich die Tragweite meiner Entscheidung. Ich wusste, dass ich nicht mehr in der Cafeteria zu Mittag essen würde, in die sie bald alle verschwinden würden. Ich würde meine Bücher nicht mehr in meinem Spind verstauen, und die Klingel würde mir nicht mehr den Unterricht und die Pausen ankündigen.

Ich war mir noch nicht sicher, wie ich damit umgehen sollte, also hielt ich einfach den Kopf hoch, konzentrierte mich darauf, feste Schritte zu machen und ein selbstbewusstes Gesicht zu bewahren. Die Kraft dazu gab mir Vincent, der ja einer der Meister der Gelassenheit war, und die Aura der kühlen Autorität, die von ihm ausging, schwappte zu mir herüber.

Draußen fröstelte ich vor Kälte. Ich ging vorsichtig, damit ich auf der Treppe nicht ausrutschte. Obwohl Vince mich sicher auffangen würde. Er legte sogar seine Hand an meinen Rücken, als wir das Gebäude verließen und zum Auto gingen, und öffnete mir die Beifahrertür.

»Geht es dir gut?«, fragte er.

»Sie starren uns immer noch an, stimmt's?«, flüsterte ich zurück.

»Natürlich tun sie das.«

Ich gönnte den Leuten die Genugtuung nicht und schaute nicht zu den Fenstern, die auf den Parkplatz hinausgingen. Mir war klar, dass die halbe Schule uns anstarrte. Stattdessen ließ ich zu, dass Vincent meinen Kopf küsste, noch bevor ich ins Auto stieg, denn ich wusste, dass er das tat, um mir Zärtlichkeit und Unterstützung zu zeigen – und den anderen, dass er immer bereit war, mir zur Seite zu stehen. Egal, was passierte.

Ich drehte mich nicht noch einmal um, als wir das Gelände der Highschool verließen. Ich vergoss keine einzige Träne, als ich mich von der Schule verabschiedete, die ich so sehr mochte.

Ich werde nicht mehr den besten Durchschnitt haben.

Ich ließ Leo, Mona und eine Handvoll Bekannte in der Schule zurück. Zu letzteren war die Bindung so schwach, dass ich sie schon vergessen hatte, als ich zu Hause ankam. Meine Freundschaft mit Mona hingegen war im Begriff, ernsthaft ins Wanken zu geraten. Schließlich würden unsere Leben jetzt eine wichtige Gemeinsamkeit verlieren: die Schule und alles, was mit der Highschool zu tun hatte – was ja ein wichtiges Thema im Leben siebzehnjähriger Mädchen war.

Ich habe Leo verlassen. Ich habe keinen Freund mehr.

Nun würde ich keine Nachricht mehr von ihm bekommen, bei deren Anblick sich meine Lippen zu einem Lächeln verzogen. Ich würde morgens kein »Guten Morgen« auf dem Display meines Telefons sehen oder ein »Gute Nacht« abends. Er würde mir weder einen Kuss noch ein Herz-Emoji schicken. Ich würde mich nicht mehr in meinen Porsche setzen und zur Konditorei fahren, um ihn zu besuchen.

Wir werden nie wieder zusammensein …

Ich werde einsam sein.

Zwar mit meinen fünf Brüdern, und dennoch allein.

44

Alles ist möglich

Wir fuhren schweigend nach Hause.

Ich weinte nicht. Vincent hatte sein Smartphone bei sich, aber es blieb immer noch stumm. Und dennoch hielt Vincent seine Gefühle unter Kontrolle und sah konzentriert auf die Straße. Ich riss mich zusammen. Ich wollte stark sein. Genau wie er.

Als wir in der Garage der Villa aus dem Auto stiegen, klingelte Vincents Handy, aber es war nur sein Arbeitstelefon. Vince ging ran, fuhr sich dabei mit den Fingern durchs Haar und spannte den Kiefer an.

Auf einmal merkte ich, dass es mir zu viel war, es war alles zu überwältigend für mich. Ich ließ ihn in der Garage stehen und ging ins Haus, wo ich beinahe mit Dylan zusammenstieß, der gerade so vor mir zum Stehen kam.

Nein, bitte nicht er!, dachte ich sofort. *Warum muss Dylan derjenige sein, der den Moment miterlebt, in dem ich mal wieder losheule?*

Ich wollte auf keinen Fall vor ihm weinen. Schließlich hatte er schon genug gelitten.

Dylan trug kein T-Shirt, sondern nur graue Shorts, und in einer Hand hielt er ein Handtuch. Seit Wochen verbrachte er noch mehr

Zeit im Fitnessraum als zuvor. Ich wusste, dass es seine Art war, die schrecklichen Erlebnisse zu verarbeiten. Das Workout war seine persönliche Droge, etwas, das seinen endlosen Schmerz linderte.

Und gerade als er seine tägliche Dosis genommen und endlich Erleichterung erfahren hatte, kam ich ihm in die Quere.

»Hailie, was ist los?«

Jetzt ist es zu spät, er hat mich gesehen, also kann ich ihm nicht mehr entkommen. Sonst wird er sich noch mehr Sorgen machen.

Mein Kinn zitterte, als ich sprach: »Ich … ich habe mich von der Schule abgemeldet.«

Er stellte keine Fragen, er zögerte nicht, er nahm mich sofort in den Arm.

Ich weinte an seiner Brust, die frisch nach Duschgel duftete.

»Aber warum? Hey, wieso, kleines Mädchen?«, wollte er wissen und streichelte meinen Rücken.

Doch ich schüttelte nur den Kopf, total fertig darüber, weil ich nichts sagen konnte.

»Ich kann das alles nicht …«

»Was kannst du nicht?«

Ich erschauderte.

»Dylan, das ist nichts für mich«, heulte ich.

Er hielt mich noch fester.

»Was ist nichts für dich?«

»Dieses Leben. Ich habe das Gefühl, es ist nicht mein Leben.« Ich holte tief Luft, zog die Nase hoch und wischte mir mit dem Ärmel meines Mantels über die Augen. »Die Highschool, das Mittagessen mit Freundinnen, das Plaudern in der Cafeteria, ein fester Freund. Das ist alles falsch. Ich habe es nicht verdient.«

»Das ist nicht wahr«, wehrte er ab und wich zurück, um mir ins

Gesicht zu schauen: »Du weißt, dass es nicht wahr ist. Hey, wer hat das alles verdient, wenn nicht du?«

»Es geht einfach nicht. Ich habe versucht, mir etwas vorzumachen. Ich habe mich mit Vincent über die Schule gestritten, mit euch allen über Leo. Und alles endet immer auf die gleiche Weise.«

»Jetzt wäre es anders«, erwiderte er, nahm mir die Mütze ab und half mir, den Schal vom Hals zu wickeln, wobei ein harter, entschlossener Blick in seine Augen trat. »Jetzt könntest du ganz normal zur Schule gehen. Und dieser Leo, na ja, vielleicht, wenn er wieder herkäme … Ich meine, ich könnte, keine Ahnung, ein bisschen netter zu ihm sein oder …«

Ich schüttelte den Kopf. »Ich habe mich von der Schule abgemeldet«, wiederholte ich trocken. »Und ich habe mit Leo Schluss gemacht.«

Dylan warf mir einen erstaunten Blick zu, dann machte er sich daran, die Knöpfe meines Mantels zu öffnen.

»Hast du dich von ihm getrennt? Nicht er von dir?«, vergewisserte Dylan sich. Es amüsierte mich beinahe, dass ich mit bloßem Auge sehen konnte, wie sich seine Muskeln unter der Haut anspannten.

»Ich war es«, bestätigte ich. »Entspann dich, du musst ihn nicht verprügeln.«

»Das ist aber schade.«

Ich boxte ihn gegen seine harte Schulter, und als Vergeltung kniff er mir ins Kinn.

»Ich glaube, es ist besser so«, murmelte ich und massierte daraufhin mein brennendes Kinn. Dann zog ich endlich meinen Mantel aus, und Dylan nahm ihn mir ab, um ihn aufzuhängen. Anschließend setzte ich mich auf die Treppe und bückte mich, um meine Schuhe auszuziehen. Mir lief die Nase, und ich zog sie wieder hoch.

»Da hast du vermutlich recht«, meinte er.

»Aber es tut trotzdem weh«, erklärte ich.

Dylan kam wieder zu mir, setzte sich auf die Stufe neben mich und umarmte mich erneut.

»Ich weiß, kleines Mädchen, aber weine bitte nicht wegen ihm. Das ist es nicht wert.«

»Sag das nicht. Leo war gut zu mir.«

»Ich möchte trotzdem nicht, dass du weinst. Hey!« Er griff wieder nach meinem Kinn, aber diesmal sanfter, nur um mir in die Augen zu sehen. »Egal, wie gut ein Typ zu dir ist: Er ist deine Tränen nicht wert. Hörst du, was ich sage?«

»Aber es tut weh, Dylan!«, sagte ich trotzig.

»Es tut weh, mit einem Messer abgestochen zu werden, oder? Schlussmachen ist bestenfalls ein Kitzeln. Verstehst du das? Halt ein blödes Jucken«, sagte er und kitzelte mich erst an der Seite, dann am Bauch, und dann fing er tatsächlich an, mich richtig zu kitzeln, sodass ich zusammenzuckte und quietschte und schließlich unter Tränen lachen musste.

»Dylan!«, rief ich und rollte mich zusammen. »Hör auf damit!«

Schließlich befreite ich mich aus seinen Händen, stand auf und sprang zur Seite, und als ich sah, dass er nicht nachgeben wollte, rannte ich ins Wohnzimmer. Dylan folgte mir, holte mich wieder ein, und wir landeten beide auf dem Sofa. Er regte sich nicht einmal über meinen ungewöhnlich kurzen Rock auf.

»Jetzt lass mich endlich!«, rief ich und kicherte gegen meinen Willen. Ich trat ihm sogar in den Bauch, aber es rührte ihn offenbar gar nicht. »Woher weißt du überhaupt, wie weh ein Messerstich tut, hm? Ich bin doch diejenige, die abgestochen wurde.«

Dylan hielt inne.

»Hailie, ich habe schon verstanden, dass es nicht angenehm war, als du vor meinen Augen beinahe verblutet wärst.«

»Ja, genau.« Ich nickte, wischte mir die Tränen von den Wangen und setzte mich bequemer hin. »Vor deinen Augen. Und du wirst mir doch nicht erzählen, dass ich mehr gelitten habe als du.«

Dylan zog die Augenbrauen so hoch, dass sie fast seinen Haaransatz berührten, breitete die Arme aus und sagte: »Siehst du mich? Siehst du, was mit mir passiert ist? Mir ist gar nichts passiert. Höchstens ein paar lockere Schneidezähne.«

»Mit Zähnen ist nicht zu spaßen.«

»Du solltest besser still sein.« Dylan schüttelte schroff den Kopf.

»Hör mal ... Die Wahrheit ist, dass ich einfach nur dalag!« Ich warf meine Hände in die Luft. »Du hast die ganze Arbeit gemacht.«

»Hör auf, mich zu ärgern, kleines Mädchen. Was du dort erlebt hast, weißt nur du. Wie dieser Typ da ...« Er senkte seine Stimme.

»Damals hatte ich keine Zeit zum Nachdenken! Du hingegen hattest mehr als genug davon.«

»Aber du warst doch diejenige, die traumatisiert war! Im Krankenhaus hast du dich doch schon bei der kleinsten Berührung verkrampft, glaubst du etwa, das hat niemand mitbekommen?«

»Du hast doch auch ein Trauma erlebt! Es hat dich auch betroffen. Und erzähl mir nicht, dass es nicht so war.«

»Außerdem ...« Dylan sah weg. »Schnauz mich nicht an.«

»Na, da sind jemandem aber die Argumente ausgegangen.«

Dylan warf mir einen warnenden Blick zu, seufzte dann und rieb sich die Augen.

»Von wegen. Denn wenn mir vor ein paar Jahren jemand gesagt hätte, dass so ein kleines Mädchen kommen und alles bei uns durcheinanderbringen würde, hätte ich ihn ausgelacht.«

»Wenn mir jemand vor ein paar Jahren gesagt hätte, dass ich mit fünf älteren Brüdern leben würde, die ich so sehr lieb haben würde, hätte ich ihn auch ausgelacht.«

Bei diesem Satz guckte Dylan mich entgeistert an.

»Was?«, stieß ich mit einem Schnauben aus. »Du hast mich doch auch lieb. Du hast es selbst gesagt, ich erinnere mich ganz genau.«

»Ich würde mein Leben für dich geben«, sagte er schnell, dann senkte er den Kopf und nuschelte: »Und das macht mir Angst.«

Meine Mundwinkel wanderten nach oben, und ich klammerte mich an seinen muskulösen Arm. »Ich für dich auch.«

Er riss seinen Arm von mir weg, nur um mir mit dem Zeigefinger zu drohen: »Das ist es nämlich, worum es geht! Wage es ja nicht, etwas anderes zu behaupten. Ich meine es ernst, verstehst du? An dem Tag, als du das verdammte Messer aus deinem Bauch gezogen hast, bereit, neben mir zu sterben ... Wage es ja nie wieder, so etwas zu tun!«

»Wenn mich wieder jemand absticht, werde ich daran denken.«

»Hör auf klugzuscheißen! Das ist eine ernste Angelegenheit. Ich weiß nicht, ob du überhaupt begreifst, was du getan hast, kleines Mädchen ...« Er schüttelte den Kopf und fuhr sich mit den Fingern durch die Haare. Dann verbarg er sein Gesicht vor mir.

Ich blinzelte.

»Dylan ...«, sagte ich leise und beugte mich über ihn, überrascht von seiner plötzlichen Veränderung. »Hey, ...«

»Sie haben dich entführt, und ich konnte dich nicht retten! Und was dann? Wolltest du dort sterben? War das dein Plan? Warum bist du überhaupt zu mir in den Keller zurückgekommen, als du frei warst? Warum bist du zurückgekommen?«, rief er.

Ich zuckte zurück, als er mich mit plötzlich geröteten Augen ansah, die nicht nur von Tränen schimmerten, sondern auch voller Vorwurf waren. Ich krallte meine Finger in seine nackte Schulter.

»Hätte ich dich da im Keller zurücklassen sollen? Damit du stirbst? Hättest du es so gewollt? Und was denkst du, wie ich mich fühlen würde, wenn dir etwas passiert wäre? Denkst du, ich hätte damit leben können?«

»Ich hätte es schon alleine geschafft!«

»Und was wäre, wenn nicht?«, schrie ich.

»Doch!«

»Was wäre, wenn …«

»Ich hätte es schon geschafft, verdammt noch mal!«, brüllte er. Sein Brustkorb hob und senkte sich rasch, und ich begriff gerade, wie viele Emotionen er in den letzten Tagen unterdrückt hatte. »Es kann nicht sein, dass du dein eigenes Leben für mich riskierst … oder für einen anderen von den Jungs …«

»Ich habe doch nur euch!«

Dylan blinzelte und öffnete den Mund, um etwas zu sagen, aber ich ließ ihn nicht zu Wort kommen. Meine Gefühle wüteten in mir wie ein Tornado.

»Ihr seid meine einzige Familie, ihr seid das Wichtigste für mich, und ja, ich werde mein Leben für euch riskieren, wenn es sein muss, denn ich weiß, dass ihr dasselbe für mich tun würdet. Ob es dir gefällt oder nicht.«

Dylan sah mich an, und ich glaube, ich hatte seinen Widerspruch gebrochen. Er sprach lange Zeit nicht, und ich nutzte diesen langen Moment des Schweigens, um mich wieder zu beruhigen. Schließlich rieb er sich wieder die Augen, und ich bereitete mich schon auf einen weiteren Gefühlsausbruch vor, als er stöhnte: »Du nervst echt.«

»Ich hoffe, dass du weißt, wie heftig *du* nervst!«

Wir saßen noch einen Moment schweigend da, während wir beide in Gedanken diese erstaunliche Tatsache verarbeiteten, wie weit unsere Beziehung gekommen war.

Früher konnte ich mir nicht vorstellen, eine so starke Bindung zu haben, egal zu wem. Es war auch eine ganz andere als die, die ich mit meiner Mutter gehabt hatte – oder von der ich hoffte, dass ich sie in Zukunft mit meinem Partner oder Ehemann haben würde.

Diese Art von Verbindung war gleichzeitig schön und beängstigend. Stark und unzerstörbar.

Die Stille wurde durch das Klingeln von Dylans Telefon unterbrochen, und ich vermutete, dass es Martina war, noch bevor er sein Handy auf leise stellte.

»Warum gehst du nicht ran?«, wollte ich wissen.

»Weil ich beschäftigt bin.«

»Dann geh ran und sag ihr, dass du zurückrufen wirst.«

»Ich rufe sie später zurück und erkläre ihr dann, dass ich beschäftigt war.«

»Dylan«, seufzte ich. »Ist alles in Ordnung zwischen euch beiden?«

»Yep«, brummte er und fügte einen Moment später zögernd hinzu: »Sie wird gleich jammern, dass ich sie ignoriere.«

»Vielleicht jammert Martina, dass du sie ignorierst, weil du sie nun mal ignorierst?«, meinte ich.

»Nein. Ich ignoriere sie, weil sie jammert, dass ich sie ignoriere. Wenn ich sie jetzt ignoriere, wird sie sehen, dass ich sie vorher nicht wirklich ignoriert habe.«

»Lass mich die Frage wiederholen: Ist zwischen euch alles in Ordnung?«

Er legte den Kopf schief.

»Sie will halt Zeit mit mir verbringen. Ich glaube, sie hat gehofft, dass ich, keine Ahnung, öfter nach New York kommen würde, um sie zu besuchen, oder so.«

»Aber deshalb hat sie ja auch das Austauschprogramm gemacht, oder? Damit ihr auf demselben Kontinent seit und ihr euch öfter sehen könnt?«

»Ja, aber in letzter Zeit war viel los, sodass ich weder die Zeit noch den Kopf hatte, nach NYC zu fahren.«

»Und warum will sie nicht herkommen?«

Dylan schaute mich an.

»Sie … Ich weiß nicht. Ich glaube, sie würde schon wollen.«

Ich hob meine Augenbrauen. Nun begriff ich gar nichts mehr. »Warum kommt sie dann nicht?«

»Weil ich sie bisher nicht eingeladen habe?«

»Und als sie mich im Krankenhaus besuchte? Wo hat sie da übernachtet?«

»Ich habe uns ein Hotelzimmer reserviert.« Er zuckte mit den Schultern und ich verdrehte die Augen.

»Das ist doch nicht dein Ernst? Warum hast du sie nicht hierher eingeladen?«

»Weil es unser Zuhause ist?«

»Dylan, hast du dich schon mal gefragt, wie Martina sich fühlen muss, wenn du sie noch nicht einmal in dein Haus eigeladen hast? Hast du sie eigentlich Vincent vorgestellt? Oder Will?«

»Ich weiß es nicht, ich glaube nicht.«

»Ihr seid doch in einer Beziehung! Aber so hat sie wahrscheinlich das Gefühl, dass du sie nicht ernst nimmst.«

»Ich nehme Martina ernst, ich habe noch nie eine Frau so ernst genommen, aber ich weiß nicht, was sie sonst noch von mir erwartet.«

»Wie wäre es, wenn du nicht nur davon sprichst, sie ernst zu nehmen, sondern ihr das vielleicht auch mal zeigst?«, schlug ich vor.

»Ja, aber was soll ich ihr denn genau zeigen? Schließlich gehört sie nicht zur Familie.«

»Dylan, aber du bist mit ihr zusammen, weil du hoffst, dass sie vielleicht eines Tages dazugehören wird, richtig?«

Er schloss seine Augen.

»Das wird Zeit brauchen. Sie muss geduldig sein.«

»Dann musst du ihr die Motivation geben, geduldig zu sein. Damit sie sieht, dass es sich lohnt, auf dich zu warten, und dass du nicht nur mit ihren Gefühlen spielst. Das musst du tun, Dylan, denn sonst wird sie dich verlassen, und das will ich nicht. Ich mag Martina, und ich kann doch sehen, dass sie dir am Herzen liegt!«

»Okay, ja, ich denke mir etwas aus«, brummte er und saß eine Weile schweigend da, bis er offenbar eine Entscheidung traf und sein Handy aus der Tasche holte. Er starrte eine Weile auf das Display und hätte wahrscheinlich noch länger darauf gestarrt, wenn Martina nicht beschlossen hätte, erneut anzurufen.

Er nahm ab, stand auf und ging in den Flur, wobei er beim Anblick meines Lächelns und der hochgestreckten Daumen seine Augen verdrehte.

Ich warf mich aufs Sofa und holte tief Luft.

Ich war echt ein Fan von Dylan und Martina. Ich mochte seine Freundin, sie war nett zu mir, sie schien klug zu sein, und sie konnte mit dem schwierigen Charakter meines Bruders umgehen. Sie gab ihm Halt, und deshalb wollte ich nicht, dass ihre Beziehung in die Brüche ging. Mir war es heute so ergangen, und das Gefühl war grauenhaft. Ich wollte nicht, dass Dylan dasselbe durchmachen musste.

»Was zum Teufel ist denn schon wieder los?«, brummte Shane

und schüttelte den Kopf, aber sein Gesicht erhellte sich, als er sah, dass ich im Wohnzimmer war. »Oh, hallo, kleines Mädchen!«

»Was meinst du? Was soll denn los sein?«, wollte ich wissen.

Shane ließ sich auf der Couch nieder, auf der Dylan gerade noch gesessen hatte, und winkte in Richtung Korridor.

»Irgendwelche Liebesdramen. Dylan diskutiert mit einer Frau, Vincent mit einer anderen …«

»Also, Dylan spricht mit Martina«, erklärte ich. »Aber Vince mit irgendeinem Typen, rein geschäftlich.«

»Dylan und Martina, das stimmt. Aber wenn der Typ, mit dem Vince Geschäfte macht, Anja heißt, dann habe ich da was falsch verstanden.«

»Was?«, rief ich aus. »Hast du Anja gesagt?«

»Zumindest hat er sie so am Telefon angesprochen.« Shane zuckte mit den Schultern und zog die Stirn in Falten. »Glaubst du, er hat ernsthaft was mit jemandem am Laufen?«

Ich schluckte und hielt mich zurück, um nicht aus dem Zimmer zu rennen und meinen ältesten Bruder zu suchen.

»Vorhin hat er mit einem Mann gesprochen. Ich habe es selbst gehört«, erklärte ich.

»Vielleicht hat er einen zweiten Anruf bekommen?«, sagte Shane. »Was hat er genau gesagt?«

»Ich weiß es nicht, Hailie, es ist doch Vincent. Als er mich sah, bedeutete er mir sofort zu verschwinden. Du weißt, was für ein Prince Charming er ist!« Shane rollte mit den Augen, dann kniff er sie zusammen. »Warum, weißt du etwas Genaueres?«

»Was weiß sie?«, fragte Tony, der sich zu uns ins Wohnzimmer gesellte. In der Hand hielt er eine große Tafel Schokolade, die er wie einen Schokoriegel mampfte.

»Irgendetwas über Vincents neue Freundin.«

»Was, Vince hat eine neue Freundin?«, sagte Tony, der sich auf dem anderen Sofa ausstreckte, und fügte dann hinzu: »Und was ist mit Grace?«

»Wen kümmert's?«, murmelte ich leise vor mich hin und reckte den Hals, als ob ich Vincent von meiner Position aus sehen könnte.

»Niemanden, richtig.« Shane nickte und starrte einen Moment lang neidisch auf die Schokolade seines Zwillings, aber dann riss er sich sofort zusammen und stupste mich an: »Los, erzähl, was du über diese Anja weißt.«

»Ich weiß nichts über sie, lass mich in Ruhe.«

»Anja? Was ist das denn für ein Name?«, fragte Tony.

»Welcher Name?«, fragte Will, der als Nächster im Wohnzimmer auftauchte und sich ebenfalls einen Platz neben mir suchte. Ich begrüßte ihn mit einem Lächeln, das speziell für meinen Lieblingsbruder reserviert war. Er legte mir im Gegenzug den Arm um die Schultern und drückte mich an sein nach Waschmittel duftendes blaues Hemd.

»Anja«, antwortete Shane ihm.

»Und was ist daran falsch?«, wunderte sich Will.

»Der Name ist cool, aber mit dem Mädchen, das ihn trägt, kann etwas nicht stimmen, wenn sie mit Vince zusammen ist«, murmelte Shane, und Tony feixte und raschelte mit dem Schokoladenpapier.

Will hob die Augenbrauen.

»Wie könnt ihr wissen, ob Vince eine Beziehung mit jemandem hat?«

»Das hat Hailie erzählt.«

»Habe ich gar nicht!«, protestierte ich sofort und riss meine Augen auf. »Shane hat das gesagt.«

»Sie weiß etwas«, meinte Shane.

»Ich weiß von nichts«, verteidigte ich mich. »Es geht um unseren Bruder und sein Liebesleben. Lasst ihn einfach in Ruhe.«

»Genau, ganz richtig«, meldete sich Dylan zu Wort, der ins Wohnzimmer zurückgekehrt war, immer noch mit seinem Smartphone in der Hand. »Lasst uns in Ruhe und kümmert euch um euren Kram.«

Ich hielt mir die Hand vor die Augen.

»Niemand spricht hier über dich, Dylan!« Shane hob die Augenbrauen. »Oder sollte wir das?«

»Hier geht es doch um unseren ältesten Bruder und sein Liebesleben, oder?«, knurrte Dylan.

»Yep, die Rede ist von Vincent, du Blitzmerker«, meinte Tony.

»Ach, wirklich?«

Alle verstummten, als Vincent wie aufs Stichwort im Wohnzimmer erschien, und seine kalte Stimme ließ uns alle in der Bewegung erstarren.

»Äh, nein«, brummte Tony und nahm einen großen Bissen Schokolade, damit er nichts mehr sagen musste.

»Wir reden gerade von Dylan«, erklärte Shane verlegen und ließ seinen Blick zur Seite schweifen.

Will und Dylan prusteten, und Vincent musterte alle mit seinem eisigen Blick.

Alle, nur nicht mich. Meinen mied er, weil er spürte, wie ich ihn ungeduldig anstarrte und auf neue Informationen wartete. Ich wiederholte seinen Namen immer wieder in meinem Kopf, um ihn mit Gedankenkraft auf mich aufmerksam zu machen.

»Wie läuft's denn mit Martina, hm?« Shane nickte Dylan zu und unterdrückte ein Lachen.

»Hat dich nicht zu interessieren, du Pisser!«

Ich verzog meine Miene und rutschte noch näher an Will heran, als Dylan und Shane begannen, direkt neben mir miteinander zu ringen. Mein Lieblingsbruder lachte über die beiden Kleinkinder, und Tony verdrehte seinen Hals, um einen guten Blick auf den Fight zu haben.

Da sich die Aufmerksamkeit aller auf die tobenden Brüder richtete, schien der perfekte Moment gekommen, um endlich Blickkontakt mit Vincent aufzunehmen.

Ich wollte schon den Mund aufmachen und ihn zu mir rufen, als er mich endlich ansah. Erst da bemerkte ich, dass er eine undurchsichtige Maske über sein Gesicht gezogen hatte, die jede Emotion verbergen sollte. Als er jedoch sah, wie besorgt ich war, entspannte sich sein Ausdruck, und ein Muskel zuckte an seiner Wange.

Er sagte nichts, aber einen Moment lang schien es mir, als spiegelte sich in seinen blassblauen Augen vielleicht sogar Erleichterung wider.

Er nickte kaum merklich.

Ich hielt den Atem an.

Habe ich es mir eingebildet?

O mein Gott!

Ein spontaner Schrei entfuhr, noch bevor ich ihn aufhalten konnte. Plötzlich drehten sich alle zu mir um – just in dem Moment, als die ersten Tränen fielen.

Sie erstarrten alle. Dylan und Shane hörten auf zu kabbeln.

»Hailie!« Will rieb mir sofort die Schulter, erschrocken über meinen plötzlichen Ausbruch.

»Was ist los?«, riefen die Zwillinge einstimmig.

»Tut dir etwas weh?«, wollte Dylan wissen.

Da ich kein Wort herausbekommen konnte, schüttelte ich nur den Kopf.

»Ist etwas passiert?«

»Warum weinst du?«

Ich starrte Vincent an, der wie gelähmt war, als wollte er sich um jeden Preis unter Kontrolle halten, bis es mir schließlich gelang, etwas zu erwidern, ohne meinen Blick von ihm abzuwenden: »Das ist nur, weil ich glücklich bin.«

Vincents Mundwinkel zuckten. Ich schwöre, ich habe es mir nicht eingebildet; sein Mund lächelte beinahe.

Die Jungs sahen sich an und dachten wahrscheinlich, ich hätte zu lange in die Sonne geguckt, aber sie bemerkten bald die Blicke zwischen mir und unserem ältesten Bruder.

»Was ist hier los?« Shane zog die Stirn in Falten.

Ich schüttelte den Kopf und wischte mir die Tränen von den Wangen, und als ich Vincent wieder anschauen wollte, sah ich nur noch seinen Rücken, weil er soeben das Wohnzimmer verließ.

Ich hielt ihn nicht auf, ich stürzte mich nicht auf ihn. Ich wollte ihm diesen Moment des Friedens gönnen. Vielleicht musste er erst mal allein sein. Und es war ja nicht so, dass er getröstet werden musste.

»Es ist nur«, sagte ich laut zu den anderen und wischte mir über die nassen Wangen, »dass endlich etwas Gutes passiert.«

Der Duft von süßer Orange und herbem Zedernholz wehte durch mein Badezimmer. Ich atmete tief durch, als ich inmitten des Dampfes in der Dusche stand und mit dem warmen Wasser die Ereignisse des heutigen Tages abwusch. Ich massierte meine Kopfhaut einen Moment lang mit meinen Fingerspitzen, bevor ich schließlich das Wasser abstellte und mich in ein großes, weiches Badetuch wickelte.

Ich gönnte mir eine Gesichtsmaske, weil ich beschlossen hatte, dass meine arme Haut nach der ganzen Heulerei nun ein bisschen Luxus verdient hatte.

Dann föhnte ich mir die Haare und schlüpfte in meine Lieblingsjogginghose, in der ich wegen der kalten Jahreszeit auch gerne schlief. Doch bevor ich mich frisch und wohlriechend ins Bett verkroch, trat ich auf den Flur hinaus und schloss leise die Tür hinter mir.

Ich huschte durch den leeren Korridor und ging mit vorsichtigem Abstand an Vincents Bodyguard vorbei, der mich wie immer unfreundlich ansah. Dennoch wurde ich ohne das geringste Problem in das Büro meines Bruders reingelassen, und dort fand ich ihn im fahlen Licht einer Lampe an seinem Schreibtisch sitzend. Vor ihm stand ein Laptop. Und direkt daneben ein Glas Wasser, über dessen Anblick ich mich sehr freute, weil es kein Whiskey war.

Vincent sah mich an, er schien nicht irritiert oder überrascht zu sein. Ich näherte mich ihm langsam und lächelte. Noch war ich nicht in der Lage, offen und frei von einem Ohr zum anderen zu grinsen, aber endlich spürte ich das Feuer des Glücks in meinem Herzen, das diese Art von herzlichem Lächeln auslöste.

»Brauchst du etwas, Hailie?«, fragte mein Bruder, zurückhaltend wie immer.

Ich legte meine Hände auf die Kante des Schreibtisches und beugte mich leicht vor. Er hob sein Kinn und blinzelte kurz, doch ich konnte in seinen Augen sehen, dass er sich fragte, was um alles in der Welt mit mir los war. Aber wie es seiner zurückhaltenden Natur entsprach, sagte er nichts.

»Du bekommst ein Baby«, platzte ich schließlich heraus.

Er holte tief Luft und senkte den Blick auf die Tastatur des Laptops.

»Alles deutet darauf hin«, bestätigte er nüchtern.

»Wisst ihr schon, ob es ein Mädchen oder ein Junge wird?«

Er blinzelte.

»Nein.«

»Und hättest du lieber einen Sohn oder eine Tochter?« Ich lächelte immer frecher, als ich bemerkte, wie verlegen er war.

»Ach, Gott, Hailie, ein Kind ist ein Kind, ich sehe da keinen Unterschied.« Vincent schüttelte den Kopf und griff nach seinem Wasserglas. Doch er nahm keinen Schluck, sondern stellte es wieder zurück auf die Arbeitsplatte.

»Und weißt du schon, ob Anja hierherziehen wird?«

»Wahrscheinlich ja«, murmelte er.

»Das ist ja wunderbar!«

»Ich sagte *wahrscheinlich*.«

»Und sag mal, Vince, wann werde ich sie endlich kennenlernen?«

»Bald. Wir werden sehen.«

»Und wann wird der Rest der Jungs es erfahren?«, drängte ich.

»Ebenfalls bald«, seufzte er und rieb sich mit Zeigefinger und Daumen über die Augenlider.

»Ich kann es kaum erwarten, dass sie es erfahren«, gestand ich, immer noch gegen seinen Schreibtisch gelehnt. »Ich glaube, sie werden vor Freude ausflippen.«

Vince sah mich ungläubig an.

»Hailie, ich bin mir nicht sicher, ob du den Ernst der Lage verstehst. Es wird sich eine Menge ändern.«

»Wenn du mich aus dem Haus wirfst, fliege ich eben nach Frankreich, zu Maya«, kündigte ich an. »Das werde ich sowieso bald tun.«

»Erstens, steigere dich nicht zu sehr in diese Reisepläne hinein«, begann Vincent und musterte mich mit einem aufmerksamen Blick.

»Wenn du Pläne für die nahe Zukunft schmiedest, ist es immer noch deine Pflicht, mich darüber zu informieren und meine Erlaubnis einzuholen.«

Ich rollte mit den Augen.

»Hailie, hast du verstanden, was ich gesagt habe?«

»Ja, Vince«, antwortete ich, ohne noch einmal meine Augen zu verdrehen.

Im Allgemeinen fand ich, dass das Kind meines ältesten Bruders echt Glück haben würde, denn als ein Monet geboren worden zu sein, hatte viele Vorteile. Aber es gab da gewisse Dinge, um die ich seine künftigen Nachkommen nicht beneidete.

»Zweitens, niemand hat vor, dich aus dem Haus zu werfen. Das habe ich dir schon einmal gesagt. Niemand wird dich jemals aus der Monet-Residenz werfen. Es wird hier immer Platz für dich sein, wie für alle Monet-Kinder.«

Ich lächelte noch ein wenig breiter und ging um den Schreibtisch herum. Ich hatte in letzter Zeit mehr Zuneigung von Vince bekommen als sonst, und ich schwor mir, diese sanfte Seite von ihm so oft wie möglich zu genießen.

»Du wirst ein toller Vater sein, Vince«, flüsterte ich ihm zu und legte meine Arme um ihn.

Vincent legte seine Hand auf meinen Arm und sagte so lange nichts, dass ich keine Reaktion mehr auf meine Worte erwartete, aber schließlich hörte ich ihn antworten: »Vielen Dank, Hailie.«

Ich richtete mich auf, wich aber noch nicht von seiner Seite.

»Bin ich die Erste, die von dieser Situation erfahren hat?«

Er nickte.

»Du hast es nicht mal Will gesagt?«, vergewisserte ich mich.

»Nur du weißt von Anja und dem Baby.«

Ich umarmte ihn erneut.

»Es fällt mir schwer zu verstehen, worüber du dich so sehr freust«, gestand Vincent, und als ich mich wieder von ihm abwandte, sah ich, wie er verwirrt die Augenbrauen zusammenzog.

Ich berührte seinen Arm unter dem teuren Stoff seiner Jacke.

»Vince, mir fällt es schwer zu verstehen, dass du das noch nicht begriffen hast«, antwortete ich. »Verstehst du denn nicht? Dein Glück ist der Beweis dafür, dass jeder von uns eine Chance darauf hat. Ich habe mich heute von meinem Freund getrennt, der mir wichtig war, ich habe die Schule abgebrochen, die ich mochte, ich habe noch lange Reha- und Therapiesitzungen vor mir, ich trauere um Sonny ... Eine Zeitlang dachte ich wirklich, alles sei vorbei. Doch plötzlich findest du die Liebe, du wirst bald Vater, und das gibt mir so viel Hoffnung! Begreif es doch, Vince!«

Mir stiegen heute zum tausendsten Mal Tränen in die Augen. »Da ist diese Hoffnung, dass es möglich ist ... Dass alles möglich ist und dass das Glück irgendwo auf jeden von uns wartet!«

»Hailie«, sagte Vince, nachdem er mich eine Weile angestarrt hatte. Seine Stimme war etwas heiser, und er ergriff meine Hand. »Ich habe keinerlei Zweifel daran, dass du dein Glück finden wirst. Von allen Menschen auf der Welt wünsche ich es dir am meisten.«

»Aber wir werden doch bald ein Baby bei uns zu Hause haben!«, flüsterte ich aufgeregt. »Vince, ich bin jetzt schon überglücklich!«

Vincent ließ meine Hand nicht los, als er aufstand. Er überragte mich, doch ich blickte kühn auf seine einschüchternde Gestalt. Er wandte seine kühlen blauen Augen nicht von mir ab, als er, nachdem er mein Kinn ergriffen hatte, klar, ruhig und ohne zu zögern sagte: »Ich habe dich lieb, Hailie.«

Ich wandte meinen Blick nicht ab. Ich schloss nicht die Augen und biss mir nicht auf die Unterlippe. Ich erwiderte selbstbewusst seinen Blick und sagte ebenso direkt: »Ich dich auch, Vince.«

Freude blitzte in seinen Augen auf. Vielleicht, weil wir uns in diesem Geständnis so perfekt verstanden hatten? Aufrichtig, kurz und präzise, so war es von beiden Seiten gekommen.

Ich weiß nicht, ob jemand jemals in der Lage war, Vincents intensiven Blick so zu erwidern, wie ich es jetzt tat.

Anja vielleicht?

Hoffentlich Anja. Diese Frau muss mutig sein, wenn sie sich mit Vincent Monet einlässt und eine Familie mit ihm gründet.

Mein Bruder schüttelte schließlich den Kopf, und seine Finger legten sich sanft um meine Wange.

»Meine kleine Schwester«, flüsterte er vor sich hin und schüttelte erneut den Kopf, als ob er es immer noch nicht glauben konnte.

Ich grinste und zeigte meine Zähne in einem breiten Lächeln, bis ich schließlich beschloss, seine Überlegungen zu unterbrechen. Und ich umarmte ihn so fest, wie ich konnte.

Epilog

18. Geburtstag

Ich ballte meine Fäuste, die in Boxhandschuhen steckten, dann vollendete ich einen Schlag nach dem anderen, in schnellen Kombinationen, so wie es mir beigebracht worden war. Ich achtete auf meine Atmung und darauf, dass ich mich auf die Technik und nicht auf die reine Kraftausführung konzentrierte.

Ich trainierte schon lange und war mit der Zeit immer besser geworden, aber ein Sandsack hat noch nie zurückgeschlagen. Also richtete ich mich auf und sprang weg, als der Sandsack in einem unnatürlichen Winkel auf mich zukam.

»Nicht schlecht, kleines Mädchen.«

Ich riss die Augen auf. Mein fieser Bruder schaute hinter dem Boxsack hervor, den Mund zu einem schelmischen Grinsen verzogen.

»DYLAN!«

Sofort stürzte ich mich auf ihn und warf meine Arme um seinen Hals, ohne mir die Mühe zu machen, meine Boxhandschuhe auszuziehen.

»Was machst du denn hier?«, rief ich aus. Ich war total happy, als ich spürte, wie sich seine Arme um mich legten und die breite Brust, an die ich meine Wange presste, vor Lachen bebte.

»Die kleine Hailie hat Geburtstag! Und zwar den achtzehnten«, antwortete er. »Das hätte ich doch niemals verpassen wollen.«

»Aber doch erst morgen! Morgen ist mein Geburtstag, und wir wollten uns in Spanien treffen, das war der Plan!«

»Korrektur: Das war dein Plan. Meiner war etwas anders.«

Ich löste mich von ihm und warf ihm einen misstrauischen Blick zu.

»Moment, fliegen wir nicht nach Madrid? Ich habe doch mit Martina gesprochen. Sie hat alles bestätigt ...«

»Doch, doch! Keine Angst, unser kleines Mädchen wird seine kleine Party bekommen«, lachte er. »Es geht nur darum, den Abend gemeinsam zu verbringen. Du weißt schon, wir alle zusammen.«

»Und dafür bist du extra hergeflogen?« Auf meinen Lippen erschien ein riesiges Lächeln.

»Es kommt ja nicht jeden Tag vor, dass kleine Schwestern achtzehn werden.«

Ich klammerte mich wieder an ihn.

»Du bist der Beste.«

»Das ist allgemein bekannt.«

Ich ließ ihn lange Zeit nicht los, bis er schließlich anfing, sich loszueisen, und mir auf die Schulter klopfte.

»So, jetzt gehst du erst mal duschen. Du stinkst!«

Gehorsam trat ich zurück und riss mir mit ungeduldigen Bewegungen die Boxhandschuhe von den Händen, wobei ich meine Zähne zu Hilfe nahm. Ich ließ sie auf der Matte liegen und rannte schon zur Tür, aber Dylan lief mir sofort hinterher.

»Hailie, warte!«

Wie auf Kommando blieb ich stehen und drehte mich um.

»Lass mich sehen«, forderte er und hob gebieterisch das Kinn.

Ich leckte mir über die Lippen, bevor sie sich zu einem breiten Lächeln verzogen, und dann hob ich meinen Arm, winkelte ihn an und spannte meine Muskeln an.

Dylan rückte näher an mich heran und ließ seinen kritischen Blick über meinen Bizeps schweifen. Ich tat so, als würde es gar nicht wehtun, als er ihn fest drückte. Schließlich nickte er anerkennend: »Okay, nicht schlecht.«

»Ich trainiere fast jeden Tag«, prahlte ich, senkte den Arm und schob stolz meine Brust vor.

»Und das kann man sehen. Du hast endlich aufgehört, dich vor Sport zu drücken.«

»Das habe ich doch nie!«

»Jaja, ab jetzt unter die Dusche.«

Ich drehte mich auf dem Absatz um, wieder bereit abzuhauen, aber Dylan unterbrach mich erneut.

»Ey!«, knurrte er. »Hast du nicht was vergessen?«

Er deutete auf eine Ecke des Raums, und ich wusste genau, was er meinte, also wandte ich mich wortlos dorthin und schnappte mir eine der dort gestapelten Wasserflaschen. Dann verließ ich den Fitnessraum und trank in langen Zügen. Nun ließ Dylan mich endlich in Ruhe duschen.

Als ich am Wohnzimmer vorbeikam, hörte ich die Zwillinge flüstern, aber ich blieb nicht stehen, um sie zu belauschen. Ich war zu aufgeregt und wollte nur schnell ins Bad und danach zu meinen Brüdern laufen, um es mir zusammen mit ihnen auf dem Sofa gemütlich zu machen – und das zu fühlen, was mir so sehr gefehlt hatte, da sie mittlerweile alle so weit weg lebten.

Shane und Tony waren vor ein paar Tagen eingeflogen, und allein ihre Anwesenheit war schon ein ungewöhnlicher Höhepunkt für mich. Wir haben Playstation gespielt, waren auf dem Schießstand und haben Junkfood gegessen, das ich seit ihrer Abreise einzuschränken gelernt hatte. Ich wusste, dass sie ebenfalls Heimweh hatten, denn obwohl sie erst vor Kurzem zum Studium nach Europa gegangen waren, war es für sie eine ziemliche Umstellung. Offiziell waren sie gekommen, um mich auf meinem Flug nach Spanien zu begleiten und ihrer Rolle als Onkel ein wenig gerecht zu werden, aber ich wusste, dass sie hier auch ihre Batterien wieder aufladen wollten.

Ich stieg die Treppe hinauf und ging super schnell duschen in meinem Badezimmer. Dann zog ich mir eine bequeme, helle Jogginghose an und ließ mein feuchtes Haar offen. Außerdem besprühte ich mich mit Parfum, damit Dylan nicht behaupten konnte, ich würde weiterhin müffeln. Umgeben von einem Dunst aus Pfingstrosen und Jasmin mit leichten Zitrusnoten war ich nun bereit, als es plötzlich an meine Tür klopfte und sich kurz darauf herausstellte, dass es Tony war.

Tony in meinem Zimmer war ein seltener Anblick, aber er stand hier leibhaftig und kam sogar in den Raum, als ich ihn hereinbat.

Mit einem düsteren Blick aus seinen blauen Augen scannte er mein Zimmer. Dieser grimmige Ausdruck hatte viel von der Art, wie unser Vater die Welt betrachtete, nur dass Camdens Iriden dunkel waren und dadurch noch teuflischer wirkten.

Ich bemerkte das Skizzenbuch, das Tony in seiner tätowierten Hand hielt, erst, als er es hochhob. Er reichte es mir ohne ein Wort, und ich unterdrückte einen Jubelschrei. Es öffnete sich eine Seite mit einer Zeichnung, von der ich sofort wusste, dass mein talentierter Bruder sie speziell für mich angefertigt hatte.

Da saß ein Pony und blickte mich schüchtern an. Seine dichte Mähne war in hübsche Locken gelegt. Es lächelte leicht, aber hier endete auch schon die Unschuld dieses Bildes, denn es hielt eine Pistole in seinem Maul, und in seinen Augen lag Schalk. Ich kannte Tonys Stil gut genug, um zu wissen, dass er jeden Strich selbst gezeichnet und sich dabei auf seine außergewöhnliche Fantasie verlassen hatte. Außerdem hatte die Zeichnung diese Einzigartigkeit, die unmöglich zu fälschen war, genau wie jede Tätowierung auf der Haut meines Bruders.

»Tony …«, flüsterte ich. »Das ist so krass!«

»Echt, ja?«, murmelte er, scheinbar gleichgültig.

Ich sah ihn mit großen Augen an.

»Ein Pony! Mit einer Pistole!«

»Es ist ein Pony, weil ich es mit einem kleinen Kind assoziiere, also mit dir«, erklärte er, während er mit seinem Finger über das Skizzenbuch fuhr und meine hochgezogenen Augenbrauen ignorierte. »Und die Waffe spielt auf unseren Unterricht am Schießstand an und auch auf die Tatsache, dass du manchmal, zwar sehr selten, aber manchmal doch deine Krallen zeigst.«

Ich umarmte ihn, einerseits, um meine Dankbarkeit zu zeigen und andererseits, um zu verbergen, dass meine Augen feucht vor Rührung wurden.

Heute erlebte ich eindeutig einen Tag der Zärtlichkeit mit meinen Brüdern, und ich war absolut happy darüber.

»Es ist unglaublich. Danke!« Ich blinzelte einen Moment lang, dann kam mir ein Gedanke, und ich schob mich von ihm weg.

Ich betrachtete die Zeichnung erneut, doch diesmal hielt ich sie mit beiden Händen und steckte fast meine Nase ins Buch. Dann hob ich den Kopf und blickte in das Gesicht meines Bruders; mit einem kleinen, aber nun leicht verschlagenen Lächeln.

»Darf ich es mir tätowieren lassen?«

Tony drehte sich schnell um, als wollte er sich vergewissern, dass kein überfürsorglicher Bruder hinter ihm stand und lauschte, obwohl er zuvor die Tür hinter sich geschlossen hatte. Dann beugte er sich zu mir und schaute mir tief in die Augen.

»Jetzt hör mir mal gut zu«, begann er in einem bedrohlichen Ton. »Die offizielle Version ist, dass ich ein Bildchen für dich gezeichnet habe, damit du es über deinen süßen kleinen Schreibtisch hängen kannst, okay?« Er blickte wieder hinter sich, senkte die Stimme und fuhr fort: »Aber wenn du auf die Idee kommst, es dir tätowieren zu lassen, kommst du damit zu mir. Denn ich kenne den einzigen Kerl, der es dir nicht versauen wird.«

Ich konnte das freudige Quieken nicht unterdrücken, das aus meinem Mund drang, und klammerte mich wieder an ihn.

»Du hast mir ein Tattoo entworfen!«, rief ich aus.

»Halt den Schnabel!«

»Ich lasse mir ein Tattoo stechen«, flüsterte ich.

»Ich habe es nur getan, weil du so sehr über deine Narbe gejammert hast.«

Ich errötete bei der Erinnerung an ein Gespräch, das ich vor ein paar Monaten mit Tony gehabt hatte. Ich hatte einen schrecklichen Tag, und er war zufällig da und musste sich meine Beschwerden über die Stelle an meinem Bauch anhören, die Clarissa für immer mit dem Messer verunstaltet hatte.

»Wenn du willst, kannst du sie jetzt mit dem Pony abdecken«, sagte Tony und zuckte mit den Schultern.

»Du sagtest doch, sie sei verfickt cool!«

»Hör auf zu fluchen! Das habe ich gesagt, und das denke ich immer noch, aber bevor du ständig deswegen rumheulst, wäre es eine Möglichkeit, sie abzudecken.«

Ich strich mir die Haare hinters Ohr und zögerte, bevor ich ihm antwortete.

»Ich weiß nicht, irgendwie scheint sie mich nicht mehr so sehr zu stören … Seit du mir gesagt hast, dass sie ein Teil von mir ist, ist sie mir sogar ans Herz gewachsen.« Ich zuckte mit den Schultern. »Vielleicht könnte ich mir ein kleines Tattoo auf den Rücken stechen lassen? Oder eher so an die Seite, ungefähr hier?«

Ich wollte mich gerade umdrehen und verbeugen, um es ihm zu zeigen, da rollte Tony mit den Augen und verließ fluchtartig mein Zimmer. Als ich merkte, dass er weg war, versteckte ich seine Skizze schnell in einer Schublade und dachte mir, dass ich schon noch genug Zeit haben würde, damit zu prahlen und sie der ganzen Welt zu zeigen.

Dann rannte ich ihm hinterher.

Im Wohnzimmer nippte Shane an einer Cola und seufzte vor Vergnügen, als das kalte erfrischende Getränk seinen Durst löschte. In der anderen Hand hielt er eine Kinderrassel, die er auf dem Sessel, in dem er saß, gefunden haben musste. Er schüttelte sie von Zeit zu Zeit träge hin und her. Sie war golden und mit Bernsteinen besetzt, die schön schimmerten, wenn die Strahlen der untergehenden Sonne auf sie fielen.

Vincents Baby hatte, wie nicht anders zu erwarten, die teuerste Rassel der Welt bekommen.

Tony lümmelte auf dem Sofa in einer typischen Tony-Pose. Er hatte sich eine Packung Chips geschnappt, eine von mehreren, die auf dem Tisch lagen. Die Zwillinge hatten wie immer eine riesige Menge an ungesunden Snacks besorgt. Dylan, dem ich lächelnd zunickte, beschloss, es mit Trockenfrüchten zu versuchen, von denen ich mich in letzter Zeit im Überfluss eingedeckt hatte.

»Was ist das für ein Scheiß?«, fragte er, verzog sein Gesicht, während er an einer getrockneten Pflaume knabberte.

»Als wir ankamen, gab es hier nicht eine einzige Packung Chips. Hailie und Anja haben hier eine super-fit-öko-bio Speisekammer eingerichtet«, beschwerte sich Shane.

»Wenn ich gewusst hätte, dass ihr vorbeikommt, hätte ich Junkfood gekauft«, verteidigte ich mich. »Wir versuchen eben, uns gesund zu ernähren.«

»Sie ist echt wie Will geworden«, kommentierte Dylan.

»Nicht gut.« Shane schüttelte den Kopf.

»Hör auf zu meckern, ich fühle mich fantastisch.« Ich winkte kurz ab und setzte mich neben Dylan. »Was ist das für eine Schachtel?«

Sie stand am Fußende des Sofas, direkt neben Dylans Bein. Der Karton war groß und stand halb offen, nachlässig und locker mit einem Band verschnürt, und als Dylan ihn mit der Hand berührte bewegte er sich plötzlich.

»O mein Gott!«, kreischte ich und hatte mich schon auf den Boden geworfen, um die Schachtel aufzumachen.

Darin lag ein kleines Kätzchen auf dem Rücken, zusammengerollt wie eine Garnele. Es bewegte seine Vorderpfoten und starrte mich mit seinen großen blauen Augen an.

»Was ist das?«

Ich streckte ihm sofort meine Arme entgegen, und es miaute langgezogen und protestierend und versuchte, sich zur Seite zu drehen. Doch es beruhigte sich sofort, als es merkte, wie schön es in meinen Armen war.

»Ist das wirklich für mich?«, freute ich mich und streichelte den Kopf des Kleinen. Sein Fell glänzte, war flauschig und aschefarben, aber alle vier Pfötchen waren schwarz, so als hätte ihm jemand Socken angezogen. »Was ist mit der Regel, dass wir uns keine Geschenke zum Geburtstag machen?«

»Es ist doch dein achtzehnter Geburtstag, kleines Mädchen«, erinnerte mich Dylan und starrte misstrauisch auf die Rosine, die er zwischen seinen Fingern hielt. »Es wird Zeit, dass du verstehst, dass wir unsere Regeln stets befolgen. Es sei denn, wir entscheiden anders. Heute haben wir anders entschieden. Verstanden?«

»Verstanden«, antwortete ich. »Er ist so ein süßer Schatz!«

»Er ist ein kleiner Teufel«, verkündete Shane. »Ihr solltet also gut miteinander auskommen.«

»Er sieht aus wie ein Engelchen.«

»Von wegen!«, schnaubte Tony und streckte seinen Arm aus. »Siehst du? Er kratzt wie verrückt.«

»Ich kann nichts sehen.«

»Hast du …« Vincent, der gerade das Wohnzimmer betreten hatte, verschlug es die Sprache, als er sah, was ich mir da an die Brust drückte. »Was ist das?«

»Es ist eine Katze, Vince«, antwortete Dylan ihm, und die Zwillinge unterdrückten ein Schnauben.

»Und was macht sie hier?«, knurrte unser ältester Bruder und zog die Stirn in Falten. Er musste Dylan schon zuvor begrüßt haben, denn er schien nicht überrascht, ihn zu sehen.

»Sie ist ein Geschenk für Hailie.«

»Ist das euer Ernst? Was habt ihr euch dabei gedacht? Setz sie wieder hin, Hailie.«

Ich sah ihn nicht einmal an, sondern versank in den blauen Augen des Kätzchens, das, ich hätte schwören können, beim Klang von Vince' kalter Stimme erzitterte.

»Komm schon, Vince. Hailie braucht Gesellschaft«, sagte Dylan. »Sie ist einsam, besonders, seit wir in Europa studieren und Will in Florida wohnt … Und hier hat sie nur noch dich, und seien wir ehrlich: Du bist nicht besonders unterhaltsam.«

»In diesem Haus lebt ein Kleinkind. Es gibt hier keinen Platz für Tiere.«

»Kinder sollten aber mit Tieren aufwachsen. Es lehrt sie Empathie und so weiter«, warf Shane ein.

»Ich bin definitiv nicht mit einer Katze einverstanden.« Mir war, als würde Vince aus seinen Augen Blitze schleudern. Er schwieg einen Moment lang und fügte dann hinzu: »Außerdem bin ich allergisch.«

Unsere Brüder brüllten los vor Lachen.

»Du brauchst keine Angst zu haben, Daddy. Diese Rasse ist nämlich hypoallergen«, sagte Shane und schüttelte sich fast vor Lachen. »Außerdem haben Tony und ich Tests gemacht.«

»Was für Tests?« Ich hob neugierig eine Augenbraue.

»Die Katze hat abwechselnd in den Schlafzimmern der Zwillinge und in dem von Vince gewohnt«, erklärte Dylan.

»Der Kater hat sich auf deinem Kissen herumgewälzt«, brummte Tony zu seinem ältesten Bruder und konnte sich ein Lachen nicht verkneifen.

»Und wir haben noch nicht einmal eine laufende Nase bei dir bemerkt. Oder hast du etwa Schnupfen, Daddy?«

Ich warf einen Blick auf Vince, der aussah, als würde er alle seine Geschwister erwürgen wollen. Schließlich zeigte er auf die Zwillinge und sagte: »Ich bin kurz weg. Wenn ich zurückkomme, will ich keine Spur von dieser Katze sehen. Hast du verstanden?« Er drehte sich zu mir um. »Kannst du mich hören, Hailie?«

»Mhm«, antwortete ich und kicherte, als sich die Krallen der Katze in meiner Bluse verfingen und ich versuchte, mich zu befreien.

Das Nächste, was ich hörte, war das Zuschlagen des Garagentors. Noch immer mit dem kleinen Lebewesen in meinen Armen beschäftigt, brauchte ich einen Moment, um zu begreifen, dass die Jungs etwas planten – denn sie warfen sich verschwörerische Blicke zu und reckten ihre Hälse hinter Vince her, um sich zu vergewissern, dass er definitiv weg war.

»Okay, und machen wir es jetzt?«, fragte Shane.

Tony nickte und erhob sich in eine sitzende Position.

»Hatte er nicht gesagt, dass er nur kurz weggehen würde?«

»Wenn er sauer wird, hauen wir morgen sowieso nach Spanien ab. Also haben wir nichts zu verlieren«, erklärte Dylan, stand auf und klatschte in die Hände.

»Was habt ihr denn vor?« Ich hob meinen Kopf und warf den Brüdern misstrauische Blicke zu.

»Beweg deinen Hintern, und du wirst es herausfinden«, antwortete Dylan.

Ich folgte den Jungs aus dem Wohnzimmer; dabei drückte ich das Kätzchen an mich, das wieder miaute, weil es offenbar mit der plötzlichen Bewegung nicht zufrieden war. Ich hielt es fest im Arm, während ich hinter meinen Brüdern die Treppe hinaufstieg.

Als sie in den einst für mich verbotenen Korridor einbogen, nahm ich zunächst an, dass wir zum Schießstand gingen, und ich öffnete schon den Mund, um zu protestieren, weil die Schüsse die Katze sicher erschrecken würden – als Dylans Hand auf einmal den Türknauf zu Vincents Büro ergriff.

»Was habt ihr vor?«, fragte ich im Flüsterton und drehte mich um, als ob ich meinen ältesten Bruder direkt hinter mir erwartete. »Das könnt ihr nicht machen!«

»Easy, kleines Mädchen.«

Ich hob eine Augenbraue, blieb aber nicht zurück, sondern folgte ihnen ins Büro. Ich bekam eine leichte Gänsehaut, weil es drinnen so kühl war. Dann sah ich mich um. Vince war natürlich nicht da, aber es herrschte eine Aura der Düsternis, als hätte der Raum ein Eigenleben und wäre nicht glücklich über unser Eindringen.

Ich sah mich um, und in meinem Kopf schwirrten verschiedene Erinnerungen an diesen Ort herum. Es war gut, dass ich mit den Jungs hier war, denn sie lockerten die düstere Atmosphäre ein wenig auf. Tony warf sich auf die Couch, als wäre es das Wohnzimmer, Shane nahm einen der beiden Sessel neben Vince' Schreibtisch in Beschlag, und ich stand in der Mitte und sah ungläubig zu, wie Dylan zur Bar hinüberging und nach einer der edel aussehenden Whiskeyflaschen griff.

»Er wird uns umbringen«, sagte ich und drückte die Katze fester an mich.

»Er wird es nicht herausfinden.«

»Wir sitzen gerade in seinem Büro, und du trinkst seinen Whiskey«, antwortete ich. »Natürlich wird er es herausfinden.«

»Er ist doch weg«, murmelte Tony.

»Er wird aber bald zurück sein!«

»Aber er wird nicht in seinem Büro nach uns suchen.«

»Trotzdem ...«

»Hailie, jetzt chill doch mal«, seufzte Shane und richtete seinen Blick zur Decke.

Ich streichelte die Katze und biss mir auf die Unterlippe.

»Setz dich irgendwohin, kleines Mädchen«, wies mich Dylan an, wandte sich dann von der Bar ab, winkte mit der Hand und neigte theatralisch den Kopf. »Mach es dir bequem.«

Im Laufe der Zeit hatte ich gelernt, Vincent so zu lieben, wie er war, auch seine Kälte und Barschheit. Aber ich hatte nicht aufgehört, großen Respekt vor ihm zu empfinden, weshalb es mir widerstrebte, in seine Privatsphäre einzudringen, die sein Büro nun mal war. Andererseits hatte ich nicht vor wegzurennen oder mich von der Heiligen Dreifaltigkeit zu trennen, also stand ich da und wartete ab, wie sich die Ereignisse entwickeln würden.

Dylan öffnete die Flasche und klapperte mit den dickwandigen Kristallgläsern. Da ich dies als Zeichen verstand, dass es nun ausgemachte Sache war und es nichts zu diskutieren gab, blieb mir nichts anderes übrig, als mich geschlagen zu geben und meinen Platz bei den Jungs einzunehmen. Eigentlich sollte ich auf dem Sessel neben Shane Platz nehmen, aber aus einem Impuls heraus ging ich um den Schreibtisch herum und machte es mir auf Vincents Schreibtischstuhl bequem: dem riesigen, ledernen Thron.

Shane pfiff bewundernd, und Tony lachte.

»Nicht schlecht, kleines Mädchen«, lobte Dylan.

Ich zog meine Beine hoch und platzierte den Kater zwischen meinen Schenkeln und meinem Bauch. Er war offenbar froh, dass er in diese Kuhle hineinpasste, und machte es sich auf mir bequem. Ich lehnte mich in Vincents Stuhl zurück und genoss seinen warmen kleinen Körper.

Dylan stellte sein Glas vor Shane hin und reichte das andere in Tonys ausgestreckte Hand.

Die Jungs tranken einen Schluck. Tony hob sein Glas und ließ das Licht der Lampe darin reflektieren und schimmern. Shane nahm einen weiteren Schluck und genoss ihn einen Moment lang wie ein echter Whiskey-Kenner. Ich war so amüsiert über ihre Show, dass ich fast nicht mitbekommen hätte, dass Dylan eines der Gläser vor mir abstellte.

Ich riss meinen Kopf hoch und erwartete schon, ein spöttisches Lächeln auf seinem Gesicht zu sehen, etwas, das beweisen sollte, dass er mich auf den Arm nahm. Ich war mir sicher, dass er mir den Tumbler wieder unter der Nase wegnehmen und mit dem Finger auf mich zeigen würde, indem er etwas sagte wie: »Ne, ne, ne, die kleine Hailie darf keinen Alkohol trinken«.

Obwohl sich sein Mund in einem verdächtigen Spötteln verzog, nahm er es nicht weg, im Gegenteil, er schob das Glas noch näher an mich dran und lachte schließlich über mein Erstaunen. Ich blinzelte und konnte nicht glauben, dass mein Bruder, der wahrscheinlich neben Vincent derjenige war, der am meisten auf das Alkoholverbot pochte, mir gerade ein so hochprozentiges Getränk anbot.

»Dylan, ist alles okay?« Ich wollte sichergehen, dass er sich dessen bewusst ist, was er da tat.

»Dies ist ein Vorgeschmack auf das, was uns in Spanien erwartet. Also mach dich bereit, kleines Mädchen.«

Als klar war, dass ich immer noch skeptisch war, wurde Dylan ernst und lehnte sich leicht zu mir.

»Ich habe es dir versprochen, richtig?«, murmelte er leise.

Ich nickte, und ein Schauer lief mir über den Rücken bei der Erinnerung an die Umstände, unter denen dieses Versprechen gegeben wurde.

»Damit es nicht später heißt, dass ich mein Wort nicht gehalten hätte.« Er entspannte sich und zwinkerte mir zu.

Ich grinste.

»Also darf ich jetzt offiziell trinken, ohne dass du auf mir herumhackst?«

»Nur mit uns zusammen und nur in Europa. Es sei denn, du hast zufällig Geburtstag«, erklärte er mir und hob sein Glas auf die Spitze. »Auf dich, meine Kleine, und auf alles, was du mit uns ausgehalten hast.«

»Dafür, dass ich es mit euch allen aushalte, sollte ich eine ganze Flasche Whiskey bekommen!«

»Da sehe ich kein Problem.« Er lächelte. »Vince hat eine Menge Vorräte, und der Abend ist lang.«

»Auf die kleine Hailie«, murmelte Shane und nahm einen großen Schluck, während Tony nickte und es ihm gleichtat.

Ich legte meine Lippen an das Glas und sah Dylan direkt in die Augen – und er erwiderte meinen Blick.

Ich hatte noch nie Whiskey getrunken. Er war ähnlich oder vielleicht auch ganz anders, aber ich spürte auf jeden Fall dasselbe Brennen wie bei damals beim Tequila, wenn ich ihn im Mund hatte. Da ich Vince oft gesehen hatte, wie eifrig er daran nippte, hatte ich mir vorgestellt, dass es etwas Süßeres sein würde, vor allem wegen dieser einladenden Bernsteinfarbe. Der Whiskey meines Bruders erwies sich jedoch als herausfordernd zu trinken, aber ich wollte mein Glas nicht wegstellen. Es hatte etwas Magisches, ihn zu schlürfen, und das in der Gesellschaft der Jungs.

Bald kam ich zu dem Schluss, dass Whiskey nach Feiern schmeckte. Er war so scharf und ausdrucksstark wie die Veränderungen im Leben und die Kraft und der Mut, sie zu erleben und zu ertragen. Nun fand ich es viel angenehmer, ihn mit diesem Bewusstsein zu trinken.

Schluck für Schluck.

Ich musste das Kätzchen auf meinem Schoß halten, weil mir der Bauch bald vom Lachen wehtat. Ich wusste nicht, wohin ich meine Hände legen sollte, ob ich meinen schmerzenden Bauch halten, das Tier stützen oder mir die Tränen aus dem Gesicht wischen sollte, und gleichzeitig wollte ich nach dem Glas greifen, in das Dylan immer mehr Alkohol schüttete.

Ganz zu schweigen davon, dass wir bei unserem Gespräch so aufgeregt waren und durcheinanderschrien, dass ich meine Aussagen mit wilden Gesten unterstreichen musste.

»Nein, denn ich stimme zu, dass unsere ganze Familie kaputt ist, aber ich glaube, der krasseste von uns allen ist Dylan«, sagte ich.

»Was? Ich soll krass sein?« Dylan rutschte fast vom Tisch, als er seinen Oberkörper zu mir drehte.

»Das seid ihr beide. In dieser Hinsicht seid ihr euch verdammt ähnlich«, stellte Shane fest. Er wiederum lümmelte so entspannt in seinem Sessel, dass er fast schon auf dem Boden lag.

»Das ist überhaupt nicht wahr!«, protestierte ich.

»Und die Geschichte mit der Geburt?«, erinnerte mich Shane, und Tony legte den Kopf schief und lachte laut auf.

»Was ist damit? Das ist doch der perfekte Beweis dafür, dass ich alles hingekriegt habe«, sagte ich, klatschte zweimal in die Hände und fügte hinzu: »Alles ist doch super verlaufen!«

»Ja, du hast alles super hingekriegt«, schnaubte Dylan. »Du hast dermaßen Panik geschoben, dass Anja später bereute, sich nicht im Schlafzimmer eingeschlossen zu haben und das Kind alleine zu bekommen.«

Ich zeigte mit dem Finger auf ihn.

»Ich erinnere dich nur daran, dass du es warst, der in der Klinik ausgetickt ist!«

»Es ist nicht meine Schuld, dass dort lauter Unfähige arbeiten.«

»Nach dem, was Anja uns erzählt hat, wart ihr diejenigen, die am meisten in Panik geraten sind«, erinnerte uns Shane.

»Anja lag in den Wehen. Sie kann sich doch nicht mehr an alles erinnern.«

»Ich weiß nicht, ich glaube ihrer Version irgendwie mehr als deiner«, kicherte Shane.

»Ey, was habt ihr denn?«, rief ich und breitete meine Arme aus. Ich fühlte mich angeschickert, und die Jungs quittierten das mit einem Lächeln. »Es ist doch alles total easy gelaufen. Und ich frage mich, wie ihr es gemacht hättet. Ich war mit Dylan im Fitnessraum, wir haben trainiert, Musik lief, alles war bestens, und plötzlich schaut Anja schüchtern herein und sagt, ich zitiere: ›Äh, ich glaube, meine Fruchtblase ist geplatzt‹.« Ich hielt kurz inne. »Ja, ne, sorry, aber wie soll man sonst auf so etwas reagieren? Immerhin ist mir fast eine Hantel auf den Fuß gefallen!«

»Und dann hieß es nur: Dylan-Auto, Dylan-Tasche, Dylan dies, Dylan das«, schnaubte Dylan.

»Na, weil Vince doch nicht da war, und du standest mit offenem Mund da, als hättest du zum ersten Mal gehört, dass sie schwanger ist. Also musste jemand übernehmen.«

»Ihr hättet Anja in diesem Auto sehen müssen.« Dylan lachte und schüttelte den Kopf. »Sie sitzt mit Hailie auf dem Rücksitz, Hailie erzählt ihr die ganze Zeit irgendetwas, irgendeinen Blödsinn, um sie abzulenken. Und Anja legt den Kopf nach hinten, starrt an die Decke, und man sieht, dass sie sich heftigst zusammenreißt, um ihr nicht eine zu scheuern.«

»Du warst doch nicht besser! Du bist gerast, du hast vor der Klinik mit quietschenden Reifen angehalten! Und dann, hört zu, platzt

Dylan wie ein Irrer herein und brüllt, dass eine Frau in den Wehen liegt. Er hat den Mitarbeiter am Empfang komplett zusammengefaltet.«

Dylan zuckte nur mit den Schultern, und die Zwillinge brüllten vor Lachen.

»Weil sie mir mit irgendwelchen Formularen vor der Nase gewedelt haben! Ich habe ihnen gesagt, sie sollen sich zuerst um die Geburt kümmern, verdammt.«

»Ich erinnere mich, dass Vince sagte, dass ihr eine derartige Show veranstaltet habt, dass er euch rauswerfen musste, als er endlich in die Klinik kam.« Shanes Schultern bebten vor Lachen.

»Na, weil er mit Anja und dem Kind allein sein wollte! Und das war doch total cute«, sagte ich und streichelte die Katze hinter dem Ohr.

»Vince behauptet, er sei nicht ohnmächtig geworden, aber ich habe doch mitbekommen, dass er noch drei Tage danach blass war.« Dylan konnte sein Lachen nicht unterdrücken, was es ihm schwer machte, noch einen Schluck Whiskey zu trinken.

»Fast wie ihr, als ihr von dem Baby erfahren habt«, sagte ich zu meinen Brüdern.

»Für mich war es schon schockierend genug, dass Vince überhaupt ein Abendessen einberief, bei dem er uns seine Partnerin vorgestellt hat.« Shane verdrehte seine Augen. »Ich hätte nicht gedacht, dass es jemals so weit kommen würde. Und plötzlich sagt er noch, Anja sei schwanger, und es ist sein Kind. Echt, too much information.«

»Das ist richtig: Ich meine, Vince als Vater«, knurrte Tony und schüttelte den Kopf. »Unfassbar.«

»Anja hat mir so leidgetan. Sie saß nur da, total nervös, und sah zu, wie alle beinahe an der Nachricht erstickten, dass sie schwanger ist«, kicherte ich.

»Shane hätte an dem Abend fast sein Leben ausgehaucht.«

»Das lag nur an der scharfen Soße«, murmelte Shane.

»Wie auch immer. Ich möchte euch sagen, dass ihr alle unglaublich toll seid! Eure Reaktionen und eure Unterstützung für Vince … Das ist einfach nur erstaunlich«, seufzte ich.

»Oho, Hailie hat ein kleines Schlückchen Whiskey getrunken und wird langsam emotional!«, spöttelte Shane.

»Ich bin gar nicht emotional, ich bin dankbar«, protestierte ich und hätte ihn gestupst, wenn er näher gesessen hätte. »Es ist halt nur so, dass ich der einzige Mensch in dieser Familie bin, der Gefühle in Worte fassen kann. Denn meine Brüder sind emotionslose Arschlöcher.«

»Gleich fängt sie wieder an zu heulen«, gluckste Tony und rollte mit den Augen.

»Sie heult doch schon«, flüsterte Shane, schwenkte sein Glas und sah zu, wie das Getränk darin aufwirbelte.

»Ihr seid echt albern«, seufzte ich, rieb mir aber tatsächlich über die Augen, weil sie sich auf einmal feucht anfühlten. »Ich meine, es ist bewundernswert, dass ihr eines der Gästeschlafzimmer in ein Spielzimmer für das Baby umgewandelt habt und dass ihr so viele Sachen gekauft habt und dass ihr den Spielplatz im Garten gebaut habt und dass ihr dem Kindermädchen so hinterher wart, sodass sie gleich am ersten Tag fast ihren Job gekündigt hätte, und dass Tony ein so schönes Bild an die Wand im Schlafzimmer des Babys gemalt hat, dass … na ja, alles eben.«

»Na ja, Vincents Kind hat ein bisschen Pech mit seinem Vater, oder … Nun, sagen wir einfach, ich beneide die Kleine nicht«, murmelte Shane. »Also liegt es in unserer Verantwortung, wenigstens dafür zu sorgen, dass sie coole Onkel hat.«

»Vince ist ein wunderbarer Vater«, sagte ich mit Überzeugung.

»Vince wird von Jahr zu Jahr unheimlicher«, sagte Dylan.

»Das liegt daran, dass er diese Stirnfalte bekommt, ungefähr hier«, erklärte Shane und zeigte auf eine Stelle in seinem Gesicht.

»Ich habe den Eindruck, dass er immer mehr die Augen zusammenkneift. Es sieht aus, als würde er ständig etwas analysieren«, brummte Tony.

»Vielleicht braucht er eine Brille?«, grübelte ich und kicherte mit den Jungs mit. Der Alkohol, den wir tranken, war stark und unsere Laune dermaßen albern, sodass wir selbst bei den schlechtesten Witzen in Gelächter ausbrachen.

Dylan schenkte bald eine weitere Runde ein. Ich war Alkohol nicht gewohnt und weniger abgehärtet, aber ich trank auch weniger und langsamer als sie, sodass sich das Ganze am Ende wohl ausglich.

Irgendwann fingen die Jungs an, übers Essen zu nachzudenken. Dann bestellte Dylan Pizza, aber die Lieferung ließ auf sich warten, und so kam Shane auf die Idee, sich erst mal mit den Snacks zu versorgen, die wir im Wohnzimmer und in der Küche gelassen hatten. Keiner wollte mit ihm mitgehen, und als er zurückkam, legte er beleidigt alle Packungen ungesunder Chips neben sich und drückte Dylan lediglich die Packung Trockenfrüchte in die gierig ausgestreckte Hand.

Dylan verdrehte die Augen, hatte aber auch seinen Stolz und beschloss, meinem gesunden Snack eine zweite Chance zu geben. Anschließendes Gesprächsthema war dann der Silvesterabend, den wir in Italien verbringen wollten. Ich hatte mich vor Kurzem per Videochat mit Martina verabredet, und wir hatten gemeinsam ein Ferienhaus an einem See gebucht. Die Verantwortung dafür lag auf unseren Schultern, denn meine Brüder hatten nicht die Geduld, sich durch Dutzende von Websites zu wühlen, um die interessantesten Angebote zu finden.

Jetzt beantwortete ich ihre Fragen und versicherte ihnen, dass das Haus mit allem Drum und Dran ausgestattet sein würde, beispielsweise mit einem Kickertisch, einem Billardtisch, einer Bowlingbahn, einem riesigen Whirlpool und Lautsprechern so groß wie Autos, aus denen die Silvesterhits ertönen würden.

Dylan schwenkte eine getrocknete Aprikose, als er uns erzählte, dass er für sich und Martina im Anschluss eine romantische Reise nach Venedig gebucht hatte. Shane hingegen sagte, dass er schnell nach Bologna zurückkehren müsse, wo er derzeit als Austauschstudent studierte, da er für eine Prüfung lernen müsste.

Tony hingegen prahlte damit, dass es bei ihm ganz entspannt sein würde, und so bot ich ihm kurzerhand an, ihn danach zu besuchen. Er studierte in Berlin, und ich hatte schon seit seiner Abreise nach Deutschland geplant, ihn dort zu besuchen – und nun schien mir die perfekte Gelegenheit dafür zu sein. Ich überlegte, Maya anzuschreiben, denn es wäre vielleicht keine schlechte Idee, wenn ich sie später, direkt nach der Reise nach Deutschland, in Paris besuchen würde. Immerhin hatte ich sie seit etwa vier Monaten nicht mehr gesehen …

Ich glaube, das Kätzchen wurde meiner Schnapslaune überdrüssig, denn auf einmal flüchtete es von meinem Schoß. Doch ich sprang schnell von Vincents Chefsessel auf, rannte ihm hinterher, nahm es auf den Arm und begann, es zu streicheln, um es zu beruhigen.

»Du darfst nicht weglaufen, Katerchen«, flüsterte ich ihm ins spitze Ohr und kehrte auf meinen Platz zurück.

»Hast du ihn ›Katerchen‹ genannt?«, scherzte Shane und leckte an einem Käsechip. »Weil du so verkatert sein wirst?«

»Nein. Ich habe ›Kater‹ zu ihm gesagt, weil er nun mal ein Kater ist.«

»Du solltest ihm einen Namen geben.«

»Da fällt mir gerade nichts ein.« Ich kraulte ihn hinter den Ohren. »Ich weiß nicht, welcher Name zu ihm passt.«

»Tony«, schlug Dylan vor.

»Ich glaube, Dylan wäre besser«, knurrte Tony.

Dylan hörte kurz auf zu lachen und zog dann eine Grimasse. Tony warf eine Erdnuss nach ihm. Sie fiel zu Boden und wurde dann von Shane irgendwo unter Vincents Schreibtisch flachgetreten.

»Vielleicht Peanut!«, rief ich aus.

Shane hob eine Augenbraue, und Tony zog eine Schnute.

»Was für ein lahmer Name«, knurrte Dylan und schüttelte den Kopf, während er sich selbstvergessen eine getrocknete Dattel in den Mund steckte.

»Ich finde ihn süß«, sagte ich und kraulte das neue Familienmitglied am Kopf. »Was meinst du, Kätzchen? Magst du es? Klar, ich sehe, dass es dir gefällt. Bist du Peanut? Klar, so heißt du jetzt.«

»Sie dreht mittlerweile komplett durch wegen dieser Katze«, murmelte Shane.

»Du darfst dir keine Namen aussuchen, wenn du betrunken bist, kleine Hailie.«

»Ich bin doch nicht betrunken! Und Peanut scheint mir aus irgendeinem Grund eine gute Wahl zu sein.«

Das Kätzchen sah mich mit großen Augen an, als ob es eine Bestätigung dafür suchte, dass es hier gerade einen Namen bekommen hatte. Ich nickte ihm zu und küsste ihn zwischen den Äuglein, während ich Dylan mein Glas hinhielt, damit er mir noch mehr Whiskey einschenkte.

Die nächste Phase unserer Trunkenheit begann, als wir nicht mehr in der Lage waren, irgendein normales Thema anzusprechen, sondern nur noch herumalberten. Um für Peanut würdige Bedingungen zu schaffen, ließ ich einen freien Sessel neben mich stellen, holte eine Decke, aus der ich ein bequemes Nestchen formte, und legte ihn hinein. Dann holte ich ihm aus der Küche zwei Näpfe. Die Jungs hatten sogar Katzenfutter besorgt, an dem Peanut freudig knabberte. Ich gab ihm Wasser, und Shane half mir sogar, das tragbare Katzenklo im Büro aufzustellen.

Zu diesem Zeitpunkt war ich mir sicher, dass Vincent uns ermorden würde.

Peanut lag zusammengerollt in seinem Nest und schloss ab und zu die Augen, aber die meiste Zeit über beobachtete er mich.

Dylan breitete sich mehr und mehr auf Vincents Schreibtisch aus. Die Tischplatte war zwar aufgeräumt, aber es lagen einige vereinzelte Gegenstände darauf, die Dylan achtlos mit einer Armbewegung zur Seite schob, um mehr Platz für sich zu schaffen, damit er darauf sitzen konnte.

»Ich glaube, das ist ein guter Zeitpunkt«, sagte er plötzlich, woraufhin die Zwillinge kurz beim Trinken innehielten und nickten.

»Wofür denn?«, fragte ich und beobachtete interessiert, wie Dylan aufstand und sich direkt neben mich stellte, sich zu einer der Schubladen des großen Schreibtisches beugte und sie aufzog. »Oh-oh.«

Dylan zog eine große Kiste aus massivem Holz heraus und öffnete den Deckel – und vor unseren Augen erschienen, fein säuberlich nebeneinander gestapelt, die exklusivsten Zigarren, die ich je gesehen hatte. Sie waren kein Vergleich zu der billigen, plumpen Rolle, mit der ich in Saint-Tropez auf der Straße herumgewedelt hatte. Diese Zigarren waren wie Kunstwerke, sie mussten ein Vermögen gekostet haben – und Dylan hatte gerade eine herausgenommen und sich in den Mund gesteckt.

Jetzt sah er aus wie ein Gangster, mit seinen dicken Muskeln, seinem schelmischen Blick und der Zigarre im Mund.

Ich blinzelte einen Moment völlig verwirrt. Dylan hatte sich, seit ich ihn kannte, all die vielen Verbote, die mir auferlegt worden waren, durchgesetzt und war bereit, mich beim kleinsten Verstoß bei Vince zu verpfeifen. Und doch jetzt stand er vor mir, schenkte mir dauernd Whiskey ein und bot mir obendrein eine Zigarre an.

Ich wollte mich keineswegs weigern. Ich genoss endlich diese Gleichheit zwischen mir und meinen Brüdern, auf die ich gewartet hatte, seit ich zum ersten Mal die Schwelle der Monet-Residenz überschritten hatte. Ich streckte also meine Hand aus, doch Dylan schob die Zigarrenschachtel ein wenig zur Seite, und sein warnend erhobener Finger erschien vor meiner Nase.

»Merk dir eins, kleines Mädchen«, begann er ernst und lispelte ein wenig wegen der Zigarre in seinem Mund. »Heute feiern wir zusammen deinen Geburtstag, also machen wir eine Ausnahme. Aber wenn ich dich noch mal betrunken, mit einer Zigarre oder mit einer Zigarette sehe, dann werde ich dich ordentlich zusammenfalten. Im Ernst, Hailie, ich werde echt Stress machen. Daran hat sich nichts geändert. Du bist immer noch unsere kleine Schwester, und ich passe immer noch auf dich auf, okay?«

»Dylan, ich bin jetzt erwachsen.«

»Alkohol und Tabak dürfen nicht einfach so konsumiert werden. Es sei denn, der große Bruder sagt etwas anderes, *capisce*?«

»Schon gut.« Ich verdrehte die Augen, und Dylan starrte mich einen Moment intensiv an, dann hob er mein Kinn, blinzelte, und steckte mir eine von Vincents Zigarren zwischen die Lippen.

»Nein, nein, nein!«, rief ich. »Ich weiß, wie man es noch besser spielen kann! Ich habe es schon gemacht!«

»Wenn du nicht endlich erwachsen wirst, wirst du nicht auf deine Bankkonten zugreifen können«, sagte Shane und senkte seine Stimme so weit wie möglich.

»Wie alt bist du denn? Nimm endlich dein Studium ernst!«, zischte Tony, und eine Rauchfahne stieg aus seinem Mund auf.

»Vater wird darüber nicht glücklich sein«, warf Dylan ein und drohte erneut mit dem Finger, diesmal an niemand Bestimmtes gerichtet.

»Ihr könnt das echt nicht, ich spiele Vince am besten«, sagte ich und stand auf, um es zu beweisen.

Ich hielt die Zigarre in einer Hand und warf einen flüchtigen Blick auf Peanut, um mich zu vergewissern, dass er in Sicherheit war. Der Kater lag bequem in seinem Nest, schaute mich aber abfällig an, als würde er mein Herumalbern missbilligen. Ich zwinkerte ihm zu und kletterte auf den Schreibtisch.

»Ey, du fällst gleich runter«, knurrte Dylan mich an und streckte sofort seine Arme aus, um mich zu sichern.

»Passiert schon nichts«, murmelte ich und stellte meine Füße auf die Schreibtischplatte.

»Pass ja auf.«

»Ja doch!«

»Sonst musst du gleich wieder heulen.«

»Ich werde nicht runterfallen«, wiederholte ich stur und richtete mich auf. Ich schwankte einen Moment und musste die Augen zusammenkneifen, während ich mein Gleichgewicht fand. Ich spürte, wie sich Dylans Hand auf meine Wade legte, um mir Halt zu geben.

»Man kann euch alle nicht ernst nehmen«, sagte ich in einem eiskalten Ton und zog an der Zigarre.

Keiner der Brüder war mit meiner Idee einverstanden, auf den Möbeln herumzutollen, aber ich hatte es unbestreitbar geschafft, sie mit meiner Vince-Show zum Lachen zu bringen.

Tony wurde regelrecht rot vor Lachen, und Shane musste aufhören zu essen, zerknüllte die Packung Chips, legte sie beiseite und krümmte sich geradezu.

»Du bist echt gut«, gab Dylan zu und feixte immer noch.

»Geh mir aus den Augen, Dylan, und lass dich nicht blicken, bis du erwachsen bist«, sagte ich so kühl wie möglich.

Shane schüttelte den Kopf, und Tränen liefen ihm über die Wangen. Er hatte einen so lustigen Gesichtsausdruck, dass meine eigenen Lippen zu zittern begannen, obwohl ich das eigentlich nicht wollte, denn ich wollte, dass meine Show so authentisch wie möglich ausfiel, also musste ich ernst bleiben.

»Ich kann nicht mehr, Hailie, oh Mann, ich liebe dich!«, lachte er.

Ich hielt einen Moment inne und sah zu ihm hinunter, aber er lachte weiter, als wäre nichts geschehen. Ich warf einen diskreten Blick auf Tony und Dylan, aber auch bei ihnen konnte ich keine Überraschung oder gar Spott erkennen. Diese Worte waren ihm so natürlich und selbstverständlich über die Lippen gekommen, dass sie niemanden mehr beeindruckten.

»Ich dich auch, Shane«, murmelte ich, und mir wurde warm ums Herz.

Er hob seinen Blick zu mir und zwinkerte mir zu, und nach einem Moment zuckte ich mit den Schultern, als ich merkte, dass die anderen Brüder mich anschauten, in der Hoffnung, ich würde noch ein bisschen weitermachen.

Ich setzte mir sofort wieder meine Vince-Maske auf, nahm einen Zug von meiner Zigarre und knurrte eiskalt: »Sag, liebes Kind, findest du das etwa lustig?«

Dylan ließ für einen Moment mein Bein los, um sich die tränenden Augen zu reiben.

Wieder versuchte ich, nicht zu lachen, um meinen Auftritt nicht zu verderben, und zog an der Zigarre, um mich zu beruhigen.

Ich habe ihnen ja gesagt, dass ich Vince am besten nachmachen konnte.

Ich strich mir die Haare zurück und blickte stolz in die Gesichter meiner Brüder: Shane, Dylan, Tony, Vince …

Vince?

Ich wandte meinen Blick wieder dorthin, wo ich glaubte, das Gesicht von Vincent gesehen zu haben. Ich hoffte, dass ich es mir nur einbildete, aber nein, er stand leibhaftig in der Tür. Er stand auf der Schwelle und schaute mich direkt an, während ich auf seinem Schreibtisch tanzte, betrunken und von grauem Rauch umgeben, mit seiner Zigarre in der Hand – und ihn parodierte.

Ich verlor das Gleichgewicht und schwankte, aber dann kam Dylan mir zu Hilfe und hielt mich wieder fest, und dann sahen die Jungs, wohin ich schaute, und drehten sich allesamt dahin.

Stille trat ein.

Shane richtete sich in seinem Sessel auf, Dylan streckte sich aus und drückte mich fester an sich, und Tony machte sich noch mehr auf dem Sofa breit; wahrscheinlich wünschte er, dass es ihn verschlang.

Vincent stand regungslos in der Tür, ganz in Schwarz gekleidet. Sein Haar war wie immer zurückgekämmt, und sein Blick war messerscharf. Ihm war die Müdigkeit ins Gesicht geschrieben, aber in diesem Moment schien sie verblasst zu sein.

Direkt hinter ihm stand Will. Dieser versuchte nicht einmal, seinen Schock zu überspielen. Sein Mund stand offen, und seine blauen Augen starrten mich an, als sähen sie mich zum ersten Mal.

Ich senkte die Hand, in der ich die Zigarre hielt, obwohl jeder sie schon gesehen hatte. Außerdem schwebte eine graue Dunstwolke durchs Büro. Ich wollte am liebsten von dem Schreibtisch herunterzuspringen und weglaufen, aber gleichzeitig wollte ich keine zusätzliche Aufmerksamkeit auf mich ziehen. Und sobald ich mich bewegte, würde genau das geschehen.

Niemand wagte es, das Schweigen zu brechen. Es war äußerst unangenehm, und unser ältester Bruder setzte es geschickt gegen uns ein und sagte immer noch kein Wort.

Schließlich machte Vincent einen Schritt nach vorne. Einen und dann noch einen, bis er an uns vorbei zur Bar ging. Dort überflog er mit einem bekümmerten Blick die geleerten Flaschen und nahm sich dann selbst ein Glas. Seine Bewegungen waren ruhig und geschmeidig wie immer. Er schenkte sich einen Whiskey ein, legte den Kopf schief und atmete leise durch. Schließlich nahm er einen Schluck und drehte sich langsam wieder zu uns um.

Wir alle beobachteten ihn angespannt. Niemand von uns wusste, wie er reagieren würde. Er musterte uns mit einem eisigen Blick, der ganz zum Schluss an Peanut hängen blieb. Das Kätzchen spürte die bedrohliche Atmosphäre und musste schon gewusst haben, dass man sich nicht mit Vince anlegen sollte, denn es versteckte sich in der Decke und tat so, als wäre es nicht da.

Vincent blinzelte.

»Na, wenigstens ist die Katze nicht betrunken.«

Und plötzlich wussten wir, dass er uns verziehen hatte.

Wie von Zauberhand wurden wir sofort wieder entspannt.

Shane begann, laut zu mampfen, Tony gähnte gelöst, Dylan wischte sich die Lachtränen aus den Augen, und Will kam zu mir hinüber, während ich begann, Vince zu erklären, dass Peanut bereits ein Teil der Familie geworden war. Vincent zog die Augenbrauen hoch, irritiert von meiner vom Alkohol verwaschenen Aussprache. Ich hielt in meinem Monolog inne, als Will am Schreibtisch ankam und mir seine Hände entgegenstreckte.

»Komm schon, sonst fällst du noch runter«, sagte er leise und schüttelte den Kopf.

»Ich werde nicht fallen«, wiederholte ich.

»Ich kann nicht zusehen, wie du schwankst.«

Letztlich kam ich zu dem Schluss, dass er recht hatte und dass es vielleicht doch an der Zeit war, die Bühne zu verlassen. Ich errötete ein wenig wegen des in meinem Hals brennenden Alkohols und der Tatsache, dass Vince wahrscheinlich mitbekommen hatte, wie ich mich über ihn lustig gemacht hatte.

Will hob mich mühelos herunter, und nachdem er mich auf dem Boden abgesetzt hatte, wich ich nicht mehr von seiner Seite. Ich sah in sein gebräuntes Gesicht und seine wohlwollenden Augen.

»Du bist da!«, rief ich erfreut.

»Natürlich bin ich hier«, antwortete er, aber er war immer noch ernst und distanziert gegenüber der Situation, die er hier vorgefunden hatte. »Ich wollte dich noch einmal sehen, bevor du nach Spanien verschwindest. Doch ich hätte nicht gedacht, dass du den Abend so verbringen würdest.«

Ich biss mir auf die Unterlippe, um so unschuldig wie möglich auf seinen strengen Blick zu reagieren.

»Dylan hat es mir aber erlaubt.«

»Pass nur mit der Zigarre auf.«

»Nimm sie mir nicht weg. Es ist meine«, jammerte ich und versteckte sie hinter meinem Rücken.

»Ich werde sie dir nicht wegnehmen, aber fuchtel nicht so viel damit herum und sei vorsichtig, sonst verbrennst du dich noch.«

»Und die Zigarre gehört mir, nicht dir, würde ich sagen«, warf Vince kühl ein.

Ich diskutierte gar nicht dagegen an, weil er ja Recht hatte.

Will strich mir eine Haarsträhne aus dem Gesicht und sah mich aufmerksam an, dann seufzte er.

»Kleines, ich bin echt noch nicht für so was bereit.«

Ich wusste nicht, wie ich mich verhalten sollte, aber es schien mir in dem Augenblick eine gute Idee zu sein, an meiner Zigarre zu ziehen, woraufhin Will eine Augenbraue hob und erneut den Kopf schüttelte.

»Los, setz dich besser hin«, wies er mich an und schob mich leicht zu Vincents Sessel, von dem er richtig angenommen hatte, dass ich ihn belegt hatte.

»Okay«, antwortete ich, trat an den Schreibtisch und stieß gegen die darauf stehende Lampe, die sich mit einem Geräusch zur Seite bewegte.

Aus den Augenwinkeln sah ich, dass Vincent irritiert seine Augen schloss.

Und ich kicherte angeschickert.

Vincent und Will saßen auf der Couch, die Dylan und Vincents Bodyguard aus dem Flur vor Vince' Büro hereingetragen hatten, und es war genau dieselbe, hinter der ich mich versteckt hatte, als ich jünger war und gerade die Geheimnisse entdeckt hattee, die die Monet-Residenz verbarg.

Auf dem Tisch standen zwei Flaschen Whiskey und die Holzkiste mit Vincents Zigarrensammlung. Im Moment rauchte niemand, denn das Essen war endlich angekommen, und nun lagen überall im Büro Pizzakartons verstreut. Dylan hatte wie üblich viel zu viel bestellt.

Wir redeten über Gott und die Welt. Ich erzählte den Jungs vom Homeschooling und wie gut es sich mit meinen Reisen vereinbaren ließ.

Und wenn Will von seiner Zeit in Miami erzählte, warf ich ab und zu etwas ein, denn da ich den Sommer bei ihm verbracht hatte, hatte ich das Gefühl, dass ich das, was er sagte, noch ergänzen konnte. Wir hatten alle die Gelegenheit, die fabelhafte Villa zu besuchen, in der er wohnte – aber ich war die Einzige, die genug Zeit dort verbracht hatte, um die besten Restaurants und Strände kennenzulernen.

Vince, der so verschwiegen war wie immer, wollte unsere Fragen zu seiner neuen Rolle als Vater nicht allzu umfassend beantworten. Er sagte, das Baby esse und schlafe nur, aber als ich ihn darauf ansprach, gab er zu, dass es entzückend sei. Einmal nahm er sogar in unserer Anwesenheit einen Anruf von Anja entgegen, die heute ihre Mutter besucht hatte und gerade in die Villa zurückgekehrt war. Sie war müde, also wollte sie direkt ins Bett und versprach, alle am nächsten Tag beim Frühstück zu begrüßen.

Ich war mir ziemlich sicher, dass sie uns auch nicht stören wollte – wir sechs hatten immer weniger Gelegenheit, uns als Geschwister zu sehen, ohne andere Leute. Natürlich trafen wir uns trotzdem häufig, denn in dieser Familie wurden Entfernungen mit Privatjets überbrückt, und Geld war nie ein Thema – aber ich schätzte Anjas Verständnis sehr.

Shane erzählte, wie sehr er die italienische Küche liebte und wie froh er war, in diesem Land zu studieren, wo er jeden Tag so gut essen konnte. Tony berichtete von der kulturellen Szene in Berlin, und Dylan prahlte damit, dass er in diesem Semester nicht nur Kurse auf Englisch, sondern auch auf Spanisch belegt hatte, was ihm zwar mehr Arbeit abverlangte, aber er behauptete, dass er das in Kauf nehmen würde, weil sein Spanisch »*fantastico*« sei.

Zuweilen bemerkte ich, wie Will und Vincent uns, ihre jüngeren Geschwister, mit Nachsicht ansahen. Wir wurden langsam immer betrunkener und immer unerträglicher, doch der Abend meines achtzehnten Geburtstages, den wir zusammen in Vincents Arbeitszimmer bei Whiskey und Pizza verbrachten, war wirklich wunderbar.

Irgendwann, als Vince wieder anfing, wegen der Katze zu lamentieren, stand ich auf, hob Peanut aus seinem Körbchen auf und legte ihn auf seine Brust. Vince zuckte zusammen, hob ihn vor Schreck mit einer Hand hoch, sodass der Kater nur noch Zentimeter von seinem Gesicht entfernt war. Er kniff die Augen zusammen und schaute aufmerksam in die blauen Äuglein.

Ich schwöre, ich habe gesehen, wie mein ältester Bruder einen Kloß in seinem Hals herunterschluckte. Sein Gesicht hatte immer noch einen strengen Ausdruck, als er mir sagte, ich solle ihm Peanut abnehmen, aber er sprach nicht mehr davon, den Kater aus dem Haus zu werfen.

Um Mitternacht sangen mir die Jungs *Happy Birthday*, und dann saßen wir noch lange herum und stopften uns mit Pizza voll. Vincents Whiskeyvorrat war aufgebraucht, aber ich glaube, er war am Ende nicht allzu böse darüber. Sogar er genoss die entspannte Zeit, die die Monet-Geschwister miteinander verbrachten.

Am nächsten Tag tranken wir alle viel Wasser, und beim Frühstück gesellte sich wie versprochen Anja zu uns. Ich spielte mit meiner süßen Nichte, und bis ich gehen musste, erfreute ich mich an den Geschenken, die per Post zu meinem Geburtstag in der Villa angekommen waren. Es waren hauptsächlich Blumen, vor allem verschiedene Rosensträuße, aber auch rosa Gänseblümchen, von denen ich nicht wusste, wer sie geschickt hatte.

Doch dann musste ich meinen Koffer zu Ende packen und verließ die Villa in Begleitung der Heiligen Dreifaltigkeit.

In Madrid erlebte ich die schönste Party meines Lebens, und es sollten noch besser werden. Endlich konnte ich die Zeit mit meinen Brüdern so genießen, dass ich gleichberechtigt mit ihnen mithalten und richtig Spaß haben konnte.

Und auch, als ich wieder nach Hause kam, ging es mir wunderbar.

Ich war glücklich. Und ich glaubte insgeheim, dass das Leben noch mehr von diesem Glück für mich bereithielt.

Und wenn es mir einmal schlecht ging, wenn ich von dunklen Erinnerungen aus der Vergangenheit eingeholt wurde, wenn mich manchmal traurige Gedanken überfielen, wenn ich einen schlechten Moment hatte, dann ging ich ins Kinderzimmer, setzte mich in den Schaukelstuhl neben das Babybettchen und entspannte mich, während ich Vincents schlummernde Tochter beobachtete.

Liebe Leser:innen,

in *The Monet Family. Be Strong My Pearl*
sind potenziell triggernde Inhalte enthalten.

ACHTUNG:
Es folgen SPOILER für den Roman!

Die folgenden Inhalte und Themen
werden behandelt oder sind enthalten:
Tod eines Elternteils und enger Freunde, vulgäre Sprache,
psychische und körperliche Gewalt, Freiheitsberaubung,
sexualisierte Gewalt, Alkoholkonsum.

Gib auf dich acht!
Deine Aufbau Verlage